Sutton · Die Exhibitionisten

HENRY SUTTON

Die Exhibitionisten

Roman

ULLSTEIN

Titel der englischen Originalausgabe: »The Exhibitionist«
Ins Deutsche übertragen von Ilse Winger

Ex Libris Ausgabe · September 1988

Druck und Binden: Ebner Ulm
Printed in Germany 1988
ISBN 3 550 08551 6

FÜR
WILLIAM COFFIN
UND
ROBERT JOY

MES SEMBLABLES
MES FRÈRES

Es war nicht Mangel an Gefühl. Manche Leute in der Stadt sahen es so, aber das stimmte nicht. Ganz im Gegenteil, er fühlte — bei Gott — sehr menschlich. Menschliche Wesen sind keine Tiere und sollten sich nicht wie Tiere verhalten, und weil Sam Houseman dieser Überzeugung war, beherrschte er sich. Die Schreie aus dem Hinterzimmer zerrissen ihm fast das Herz, aber er schloß seinen Laden nicht. Er wollte nicht nachgeben. Der Laden blieb offen, und er stand hinter dem Ladentisch und verkaufte Futter und Pferdebalsam und Zaumzeug. So wie er es immer tat. Nein, er war beschäftigter als sonst, denn die Leute aus der Stadt kamen zu ihm einkaufen, um zu sehen, wie er dort stand und die Kunden bediente, während seine Frau im Hinterzimmer schrie.

Wagen und Pferd des Tierarztes standen vor der Tür. Der Tierarzt half bei der Geburt. Es gab auch einen richtigen Doktor in der Stadt, doch er war immer betrunken, und Sam ließ ihn nicht an Ellen heran: besser ein nüchterner Tierarzt als ein betrunkener Menschenarzt. Aber die Leute kamen, um Sam anzugaffen, und sie sahen den Wagen des Tierarztes und schüttelten den Kopf. Sie dachten, er sei einfach geizig und wolle nichts von dem Geld anrühren, das er sein Kapital nannte. Er scherte sich keinen Deut um ihre Ansichten. Sein ganzes Leben in dieser Stadt war eine einzige lange Lektion gewesen, durch die er sich die Kunst angeeignet hatte, einfach zu ignorieren, was die Leute dachten. Oder um es anders und weniger negativ auszudrücken: Selbstvertrauen zu haben und von der Richtigkeit der eigenen Meinung überzeugt zu sein. Und allmählich der Stadt seinen eigenen Stempel aufzudrücken. Es hatte lange gedauert und ihn zahllose blutige Nasen und verschwollene Augen gekostet, aber er hatte ebenso viele ausgeteilt, wie er empfangen hatte, und letztlich war er es, der triumphiert hatte. Seit dem Tag, da er Jake Kern im Wald hinter dem Schulhaus grün und blau geschlagen hatte, getraute sich keiner mehr, ihn einen Bastard zu schimpfen. Wenigstens hatte es ihm seither niemand mehr ins Gesicht gesagt. Und was sie hinter seinem Rücken redeten, war ihre Angelegenheit, nicht seine. Diese Unterscheidung hatte er gelernt.

Wieder schrie Ellen auf. Sam hielt keinen Augenblick inne im Abmessen der Schnur für Frank Spenlow. Nur die Zähne biß er zusammen. Er konnte ja doch nichts tun. Doc Gaines, der Tierarzt, war bei ihr. Und Sams Mutter. Und Ellen war eine kräftige, junge Frau. So maß er weiter, nahm die Schere und schnitt drei Meter ab. Spenlow zahlte. Er gab das Wechselgeld zurück. Spenlow ging. Und nicht einmal jetzt, da das Geschäft einen Augenblick lang leer war, gab er nach. Er ging nicht nach hinten, um zu sehen, wie es stand. Er gab seinen Impulsen nicht nach. Er hielt es nicht für richtig.

Im Hinterzimmer lag Ellen auf dem Bett und wartete auf die nächsten Wehen. Doc Gaines lungerte auf einem Stuhl in der Ecke des Zimmers, den Stummel einer ausgegangenen Zigarre im Mund, und ließ seine Taschenuhr hin- und herpendeln. Auf einem kleinen Stuhl neben dem Bett saß Mutter Houseman und hielt Ellens Hand. Jedesmal wenn die Wehen von neuem einsetzten, preßte Ellen ihre Hand so fest, daß es schmerzte. Ließen die Wehen nach, so sagte Mutter Houseman: „Gut.“ Sie glaubte an den Schmerz.

Mutter Houseman — sie war niemals Frau Houseman gewesen — empfand trotz der kahlen Trostlosigkeit des Zimmers Mißtrauen gegenüber der, wie ihr schien, luxuriösen Umgebung. Die Anwesenheit eines Arztes — auch wenn er nur Tierarzt war — und einer Frau als helfender Hand, das war ein Luxus, den sie selbst nicht gehabt hatte, als sie vor dreißig Jahren einem Kind das Leben schenkte. Und dazu noch einen besorgten Gatten im nächsten Zimmer. Der arme Sam war ebenso beiläufig auf die Welt gekommen wie die Lämmer auf den Wiesen der Farm. Und man hatte ihn Samuel genannt, nach Samuel Tilden, der — wie die Zeitungen sagten — der neue Präsident werden würde. Und dann war Mr. Tilden nicht einmal Präsident geworden, aber Mutter Houseman hatte sich geweigert, den Namen zu ändern. Sie hatte nichts einzuwenden gegen Mr. Hayes, den neuen Präsidenten, aber was war das für ein Vorname — Rutherford?

So blieb es bei Samuel und Houseman, nach ihrem und ihres Vaters Namen. Den Familiennamen von Sams Vater wußte sie nicht einmal. Er war Vorankündiger und Werbemann einer Zirkustruppe. Eines Tages war er in der Stadt erschienen, hatte Plakate angebracht, Karten verkauft und an die Herren Zigarren, an die Damen Papierfächer verteilt. Es war ein Zufall, daß Amos, ihr Vater, sie damals mitgenommen hatte. Er ging selten zur Stadt, und meistens ließ er sie auf der Farm in den Hügeln zurück. Diesmal aber hatte er ihr selbst angeboten, sie mitzunehmen. Später, als alles vorbei war, sprachen sie nie mehr darüber, aber sie hatte stets angenommen, ihr Vater sei damals der Überzeugung gewesen, es wäre an der Zeit, sie zu verheiraten, und man müsse sie daher ein bißchen herumzeigen. So waren sie in die Stadt geritten, und sie hatte den gutaussehenden Burschen mit den Papierfächern kennengelernt. Er gab ihr einen Fächer und wollte sich wieder abwenden, doch dann besann er sich anders und fragte, ob er ihr eine Limonade kaufen dürfe. Amos diskutierte eben über die Preise der Schafwolle, sagte „Natürlich" und fuhr in seinem Gespräch fort. Was konnte schon geschehen? Wohin könnten sie schon gehen? Es war ja nur eine kleine Stadt: einige Straßen, ein kleiner Platz, ein paar Wirtshäuser. Amos hatte sich den jungen Burschen angeschaut, der sich Jason Soundso nannte und einen recht ordentlichen Eindruck machte. So hatte Amos „Natürlich" gesagt und sich wieder seinen Wollpreisgesprächen zugewandt. Eine halbe Stunde später begann er sich Sorgen zu machen und sie zu suchen.

Martha hatte gewußt, daß irgend etwas mit der Limonade nicht stimmte, und hatte versucht, so langsam wie möglich zu trinken. Aber es war so nett, ihm zuzuhören, so angenehm, wenn er sie ansah und seine Blicke prüfend auf sie richtete, daß sie sogar noch ein zweites Glas annahm. Ja, sie hatte ein zweites Glas richtig gewollt, und nach einer Weile wollte sie auch mit ihm davonlaufen und wurde ganz ungeduldig, als er noch immer in dem kleinen Gastzimmer der Kneipe sitzen blieb und auf den Augenblick wartete, bis ihre Ungeduld den

Höhepunkt erreicht hatte; und dann endlich fragte er sie, ob sie nicht Lust auf eine Spazierfahrt hätte. Und sie bejahte.

Er hatte einen kleinen Pferdewagen und fuhr mit ihr aus der Stadt, und die Hitze erregte sie, wie das, was in der Limonade gewesen war, sie erregt hatte. Sie fühlte sich heiß und schwindlig, und sogar das Rütteln des Pferdewagens war seltsam beruhigend und erregend zugleich. Und dann zweigte er von der Straße ab. Auf einer kleinen Lichtung legte er sie sanft ins Gras und nahm sie.

Sie wußte, was da geschah. Schließlich war sie siebzehn Jahre und mit den Schafen aufgewachsen. Sie wußte, daß dies alles ganz natürlich war. Was sie nicht gewußt hatte, war, wie angenehm es war, wie ruhig und träumerisch man sich nachher fühlte — mit der Sonne, die herabbrannte, und dem Zirpen der Grillen und dem Ruf eines Vogels in der Ferne. Eine Weile blieben sie im Gras liegen und lauschten dem Vogel und ließen die Sonnenwärme in sich eindringen, und dann stand er auf und fragte, ob sie bei ihm bleiben wolle. Natürlich wollte sie. Sie wollte nicht in die Stadt zurückgehen, und sie wußte, er konnte nicht mit ihr zurückfahren, denn ihr Vater hätte ihn umgebracht. Auch würde er sie wahrscheinlich schlagen. So kletterte sie in den Wagen und blieb bei ihm.

Nach vier Tagen hatte Amos sie eingeholt. Sie waren bis nach Spoon Gap gekommen und noch ein Stück weiter, dann machte die Straße eine Biegung, und da stand auf einmal ihr Vater mitten auf der Straße, mit einem Gewehr in der Hand.

„Gut", sagte er. „Das war genug Limonade."

„Sie werden nicht schießen", sagte Jason. „Sie sitzt neben mir."

„Komm herunter, Martha." Amos sagte es sehr ruhig, sehr beiläufig, als ob er weder befehlen noch bitten, sondern nur etwas vorschlagen wollte. Als ob es bequemer wäre auf dem Boden als oben auf dem Pferdewagen.

„Also", sagte Amos, „was hast du zu deiner Verteidigung zu sagen?"

„Gar nichts", sagte Jason. Amos hatte Bitten und Flehen und vielleicht das Versprechen einer Heirat erwartet, nicht aber das. Jetzt, wo Martha aus dem Wagen gestiegen war, wurde Jason mutig. Doch der Augenblick war falsch gewählt.

„Nichts?"

„Nichts.“

„Gut, dann komm herunter.“

„Nein.“

Amos hob das Gewehr, legte an, schien zu zielen, besann sich anders. „Komm herunter“, sagte er, „es hat keinen Sinn, das Pferd zu erschrecken.“

Jason stieg vom Pferdewagen.

„Dreh dich um.“

„Warum?“

„Weil ich es sage.“

„Nein, warten Sie. Ich werde das Mädchen heiraten.“

„Vielleicht, aber dann wirst du sie verlassen.“

„Nein, ich werde bei ihr bleiben. Ich werde sie heiraten und bei ihr bleiben.“

„Ich glaube nicht, daß sie dich haben will.“

„Natürlich will sie, nicht wahr, mein Schatz?“

Sie hörte seine Worte und versuchte nachzudenken. Sie versuchte ihre Gedanken zu ordnen und nicht bloß auf den mattglänzenden Lauf des Gewehres zu starren oder die am Himmel vorbeiziehenden Wolken zu beobachten. Sie dachte nach, als er zu drängen begann: „Los, Margaret, heiraten wir.“

„Ich heiße nicht Margaret“, sagte sie, „ich heiße Martha.“

„Dreh dich um“, sagte Amos.

Er drehte sich um. Amos hob einen schweren Felsbrocken auf und näherte sich Jason. Dann plötzlich hob er den Arm und schleuderte den Stein mit aller Kraft auf Jasons Schädel. Jason brach zusammen. Vielleicht war er nur bewußtlos, vielleicht war er schon tot. Amos hob ihn auf und lud ihn auf den Wagen und fuhr zurück nach Spoon Gap, nicht in die Stadt, sondern zur Schlucht. Dort hielt er an und warf Jasons reglosen Körper in den Abgrund. Wortlos stieg er wieder ein, und sie fuhren nach Hause.

Einige Wochen später sagte sie ihrem Vater, daß sie ein Kind erwarte.

„Kein Wunder.“ Er sagte es vollkommen tonlos.

Im nächsten Frühling brachte sie ihr Kind zur Welt, und der Vater half ihr, wie er den Schafen half, behutsam und geschickt.

„Wie willst du ihn nennen?“ fragte er. Sie entschloß sich für Samuel, nach dem Präsidenten.

„Samuel, und wie weiter?“

„Samuel Houseman, glaube ich."

„Schon recht", meinte er und ging hinaus. Ob es ihn schmerzte oder freute oder ob er einfach zu müde war, konnte sie nicht feststellen.

Sie wollte es auch gar nicht wissen. Man mußte die Gedanken und Gefühle der andern nicht allzu genau kennenlernen. In der Einsamkeit der Farm, in der Weite des endlosen Hügellandes waren die wichtigen Dinge völlig klar: sie hießen Arbeit und Überleben. Sie kochte und besorgte das Haus, und er hütete die Schafe und betreute den Garten. Worte wurden nur selten gewechselt, und oft waren Tage hindurch das Lallen und Quäken des kleinen Sam die einzigen menschlichen Laute. Und er war ein stilles Kind. Er begann spät zu sprechen und redete nur selten. Auch heute noch war er wortkarg, dachte sie, wie er da im Laden stand, die Zähne zusammenbiß und wartete.

Wieder griff Ellen nach ihrer Hand und schrie auf. Dann, wenn der Schmerz nachließ, lächelte sie entschuldigend und sagte, es täte ihr leid, sich so kindisch zu benehmen.

„Schrei ruhig drauflos", sagte Mutter Houseman und dachte bei sich — sie sprach es nicht aus —: Gott sei Dank, daß du schreien kannst. Sie wußte, daß sie eigentlich in dem andern Raum hätte sein sollen, um Sams Hand zu halten. Seine Ängste und Sorgen konnte sie nur erraten. Sein ganzes Leben war es so gewesen. Er hatte auf der Farm gelernt zu schweigen, und er hatte es nochmals gelernt, als er aus dem Hügelland in die Stadt kam, um dort in die Schule zu gehen. Die kleinen, bösen Bemerkungen, die geflüsterten Andeutungen, der Hohn, den er ertragen mußte. Nur wenn ihn einer der Kameraden einen Bastard schimpfte, setzte er sich zur Wehr. Und dann blieb er auch stets Sieger, denn das Leben auf der Farm hatte ihn stark und zäh gemacht. Jetzt nannten sie ihn höchstens einmal „den schweigsamen Sam", und das machte ihm nichts aus, oder es schien ihm nichts auszumachen; wer wußte schon, was er wirklich dachte.

Sogar für seine eigene Mutter war er ein Fremder. Er glich einem verschlossenen Buch. Jahr um Jahr hatte sie gewartet, daß er etwas enthüllen würde oder genauer, daß sich an ihm etwas von seinem Vater zeigen würde. Aber nichts geschah. Er war grau und schweigsam wie die Bergkuppen rundum. Oder wie Amos. Sie hatte gehofft, daß Großvater und Enkel zueinanderfinden würden, aber ihr Zusammensein war so steif, würdevoll und bedachtsam wie ein Gespräch unter Bankleuten. Manchmal hatte sie gedacht, Sams Zurückhaltung sei nur eine Nachahmung der Art des Großvaters und verberge Zuneigung oder sogar Liebe, doch seine Verschlossenheit war von solcher Beharrlichkeit, daß sie dessen nie sicher wurde. Und darüber zu sprechen wäre undenkbar gewesen.

Wenn sie redeten, benützten sie immer die formelle Anrede „Großvater“ und „Enkel“, wie um keinen Zweifel an ihrem Verwandtschaftsverhältnis aufkommen zu lassen. Ganz selten nur, wie damals, als der Großvater Sam zum Geburtstag ein Klappmesser schenkte, ließen sie die Förmlichkeit fallen, und Sam sagte: „Vielen Dank“, und Amos antwortete „Schon gut, mein Junge.“ Aber niemals: mein Sohn. Niemals in all den Jahren.

Die Wehen kamen jetzt schneller, und Martha sagte Doc Gaines, daß es vielleicht soweit sei.

„Ist auch an der Zeit“, brummte der Arzt, trennte sich von seinem Zigarrenstummel und erhob sich schwerfällig.

Es dauerte noch eine halbe Stunde, bis das Baby geboren war. Doc Gaines hielt es hoch, gab ihm einen leichten Schlag, und es begann zu schreien — laute, lustvolle Schreie. Martha wartete einen Augenblick, sah, daß das Kind gesund war und es der Mutter gutging, und trat hinaus zu Sam. Er mußte die Schreie das Säuglings gehört haben. Aber er war noch nicht hereingekommen.

„Es ist ein Junge“, sagte sie.

Er sagte kein Wort. Er stand nur da und klammerte sich an die Tischkante, bis seine Finger weiß wurden. Dann nickte er. Martha hörte das Geschrei des Neugeborenen und dachte, ja schrei nur, schrei. Schrei und brüll, was du kannst.

Sam ließ den Ladentisch los und holte tief Atem. Dann ging er wortlos ins Zimmer. Immer dieses Schweigen. Einen Augenblick lang fragte sie sich, was geschehen wäre, wäre sie damals nicht vom Pferdewagen gestiegen.

„Wir werden ihn Amos nennen, nach meinem Großvater“, hörte sie Sam sagen.

„Gut, Sam“, erwiderte Ellen.

„Amos Meredith Houseman“, sagte Sam. Daß er Ellens Mädchennamen als zweiten Namen wählte, war vielleicht ein Zeichen seiner Dankbarkeit für sie.

„Amos Meredith Houseman“, sagte Ellen.

Vorne im Laden spürte Martha die Tränen aufsteigen. Sie wünschte dem Jungen alles Gute.

I

„Sünde ist's . . .“, soufflierte sie.

„Sünde ist's, dem Leben feige zu entfliehen — und ich sage Euch, / Kommen wird der Augenblick, einmal — Gott sei gnädig dem, . . .“

Hatte er schon Mühe gehabt, alle Zeilen im Gedächtnis zu behalten, die Worte einander sinngemäß folgen zu lassen, die Stichworte nicht zu verpassen und die blumenreichen Verse auszusprechen, während er sich nicht von der Stelle bewegte, so war es noch weit schwieriger, sich dabei zu bewegen, immer zu wissen, wo er zu stehen hatte, die von ihr festgelegten Pausen einzuhalten und dazu den Text parat zu haben. Irgendwie war er damit fertig geworden, aber er wußte, daß sie nicht zufrieden war. Sie war mit seinen Bewegungen nicht zufrieden, die ihr zu hölzern und zu automatisch waren, und die Verse gefielen ihr auch nicht. Oh, er hatte den Text förmlich in sich hineingestopft, er konnte ihn heruntersagen, kannte ihn Wort für Wort, aber der Klang der Worte glich seinen Bewegungen, er war hölzern und monoton. Sie glaubte nicht, daß er bei den Worten etwas fühlte, ihren Sinn begriff, daß er auch nur das geringste Verständnis besaß für die Kraft und die Leidenschaft, die in Rostands Stück lag.

So tanzten sie im Eßzimmer von Mrs. Thatchers Haus in Spoon Gap. Er, Amos Houseman und Mrs.Thatcher, die Lehrerin für Englisch und Dramatik an der High School von Spoon Gap. Um Platz zu haben, hatten sie den Tisch und die Sessel an die Wand geschoben. Es ging nicht um einen primitiven Twostep, sondern um einen Tango mit allen kunstvollen Figuren; während des Tanzens ließ sie ihn deklamieren, gab ihm die Stichworte und soufflierte, wenn er, was häufig passierte, steckenblieb. Demosthenes hatte seine Reden am Meeresstrand geübt, hatte Kiesel in den Mund genommen und zu den Wellen gesprochen. Das hier, dachte Amos, war viel härter. Das Ganze war verrückt, vollkommen verrückt, aber wenn es das war, was Mrs. Thatcher wünschte, dann war es eben das, was er zu tun hatte. Er hatte am Anfang zugestimmt, bei allem mitzumachen, und sie hatte ihn gewarnt. Es würde mühsam und hart werden. Und er hatte sich zu allem bereit erklärt. Nie aber wäre er auf den Gedanken gekommen, es könnte etwas dergleichen sein, so seltsam und so persönlich.

„Gott sei gnädig dem, . . .", soufflierte sie.

„Gott sei gnädig dem, der / Ungenützt ihn läßt verstreichen! Uff!"

„Nicht ‚uff!'. Besser Totenstille als ‚uff!'. Du machst einer schönen Frau den Hof. Du liebst sie bis zum Wahnsinn. Um ihretwillen, um deiner Liebe willen und für dich selbst, um deines Stolzes willen bist du elegant, ganz Mann von Welt, aber unter dieser eleganten modischen Fassade ist dein Herz in tausend Stücke gerissen. Du bist über deine Häßlichkeit und deine ungeheure Nase verzweifelt. Und so sagst du ihr, mit der ganzen Beredsamkeit, deren du mächtig bist, alles das, was du fühlst. Aber, um Gottes willen, sag nicht ‚uff!' "

„Entschuldigen Sie."

„Es ist nichts zu entschuldigen", sagte sie. „Aber versuche den Sinn der Worte zu verstehen und was Cyrano mit ihnen ausdrücken will."

Für sie war es qualvoll. Sie zweifelte an der Richtigkeit ihres Entschlusses, an ihrer Wahl dieses sehr folgsamen, trotz seiner Ungeschicktheit erstaunlich attraktiv wirkenden Burschen zum Hauptdarsteller ihrer Theateraufführung, von der sie wußte, es würde ihre letzte sein. Es war eine Wahl der Verzweiflung gewesen. Sie hatte sich gewünscht, den „Cyrano" aufzuführen, und nach ihrer Fahrt nach Denver und der Rücksprache mit den Ärzten hatte sie gewußt, daß es dieses Jahr sein mußte. Dieses Jahr oder niemals. In Amos Houseman hatte sie geglaubt einen passablen Cyrano gefunden zu haben. Oder zumindest einen möglichen Cyrano. Wenn er sich unbeobachtet fühlte, zeigte er beim Gehen eine gewisse Grazie, Leichtigkeit und Schwung, und eine Art von Selbstsicherheit und Selbstvertrauen, wenn er redete. Aber diese Eigenschaften auf die Bühne zu bringen, ihn so weit zu bekommen, sein Inneres nach außen zu projizieren, erwies sich als schwieriger, als sie erwartet hatte. Doch es war ihre Aufgabe — ihre Schüler zu unterrichten, und wenigstens diesen einen Knaben wollte sie noch so weit bringen, daß er die Kunst ernst nahm. Um der Kunst willen. Und dies hier war ihre letzte Chance. Die Ärzte hatten das taube Gefühl in ihren Fingerspitzen und die tödliche Müdigkeit, die sie zeitweise in den Waden verspürte, als Parkinsonsche Krankheit diagnostiziert und ihr deren unabänderlichen und unerbittlichen Verlauf beschrieben.

So lag in diesen Versen viel mehr Wahrheit, als der junge Amos ahnen konnte, ja selbst mehr, als Rostand gewußt hatte. „Kommen wird der Augenblick, einmal — Gott sei gnädig dem, der / Ungenützt ihn läßt verstreichen! . . .“

An diese Zeilen hatte sie gedacht, als sie Amos wählte, die Hauptrolle in ihrer letzten Inszenierung zu spielen. Dieses Mal, dieses letzte Mal, hatte sie sich gesagt, würde sie sich und ihre Arbeit ernst nehmen, den Knaben ernst nehmen und versuchen, ihn mit allen ihr zu Gebote stehenden Mitteln Theaterspielen zu lehren, ihn zu inspirieren und ihn mit dem Theater zu infizieren. Er war niemals in einem ihrer Stücke gewesen, aber nur deshalb nicht, weil sein Vater tiefstes Mißtrauen, ja sogar Haß gegen die Bühne hegte. Sie aber war zu Sam Houseman gegangen und hatte ihn gebeten, ihr, der Sterbenden, der Witwe, der kinderlosen Frau, den Knaben für diese eine Aufführung zu überlassen. Sie hatte ihn angefleht, im Namen der Schule, in ihrem eigenen und im Namen der christlichen Nächstenliebe. Er war nicht imstande gewesen, sie zurückzuweisen.

Jetzt aber war ein noch schwierigeres Problem aufgetaucht, das Problem von Amos' Unbeholfenheit. Es ging nicht darum, ihm die Rolle oder die Bühnenerfahrung beizubringen, sondern um die Kunst, sich des eigenen Körpers bewußt zu werden. Er wirkte, als hätte er seinen Leib aus der Leihanstalt bekommen und als bereite er ihm ebensoviel Angst wie Unbehagen. Um ihn von diesem Mangel an Leichtigkeit zu befreien, hatte sie ihn zu sich nach Hause genommen zum Tangotanzen.

„Die Verse klingen immer noch so, als läsest du sie einfach herunter. Stell dir doch vor, du sagtest diese Worte einem Mädchen, in das du verliebt bist. Du warst sicher schon verliebt?“

„Nein, Mrs. Thatcher.“

„Nicht die große Liebe, nur eine kleine Verliebtheit. Ich meine, du hast doch schon ein Mädchen geküßt?"

„O ja!" stammelte er. Er war verlegen, aber das war immerhin etwas. Etwas, wofür oder wogegen man arbeiten konnte.

„Hast du auch mehr als geküßt?"

Es war ein Wagnis, ein großes Wagnis. Sie versuchte die Chancen abzuwägen; sie wußte, die Wahrscheinlichkeit sprach dagegen. Sie hatte nicht nur mit der Schüchternheit und Zurückhaltung, ja Verlegenheit des Knaben, bedingt durch seine Erziehung, zu rechnen, sondern auch mit ihrem Alter. Sie war neununddreißig, und war sie auch einmal anziehend gewesen, hatten doch Sorge und die Jahre ihre Spuren hinterlassen. Immer noch war sie groß und schlank, ihre Figur war passabel. Hals und Kinn waren edel geformt. Und er war jung, das war ein Vorteil, jung, voll Gesundheit und Kraft, Tatsachen, die kein elterliches Verbot unterdrücken konnten. Darauf würde sie setzen, nicht etwa, weil es klug oder sicher war, sondern einfach, weil es für ihre Zwecke die einzige Lösung schien und weil sie bei weitem vorzog, zu versuchen und zu verlieren, als gerade bei diesem Ziel und diesem einmal erwählten Weg Niederlage und Mittelmäßigkeit kampflos hinzunehmen.

Sie wechselte die Platte, wählte eine langsamere Melodie und forderte Amos auf, mit ihr zu tanzen. Sie bewegten sich einige Schritte; um seine Gedanken vom Tanzen abzulenken, ließ sie ihn wieder deklamieren:

> Sünde ist's, dem Leben feige zu entfliehen — und ich sage Euch,
> Kommen wird der Augenblick, einmal — Gott sei gnädig dem, der
> Ungenützt ihn läßt verstreichen! —, da Schönheit tritt vor einen,
> Blickt mit Augen süßer Schwere voll, in die Seele tief hinein,
> Augen freilich, die umdüstert sind bei zärtlich' Wort.

„Denk an die Bitterkeit, die darin liegt, die leidenschaftliche Bitterkeit, mit der er seine Verachtung für das ‚zärtlich' Wort' ausdrückt, für diese Worte, die er verwendet, in der Hoffnung, mit ihnen die Häßlichkeit seines Gesichtes zu verdecken. Das ist ein Aufschrei der Qual! Laß dich gehen!"

„Mein Gott, ja, aber es . . ., nun, es ist peinlich.“

„Gut, dann laß es peinlich, aber nicht lähmend sein. Sei selbstbewußt, nicht verlegen. Küß mich!“

„Was?“

„Küß mich.“ Ihr Vorteil lag in der Abruptheit und der Entschiedenheit des Befehls. Sie mußte ihn überrumpeln; wenigstens am Anfang.

Er zögerte, sein Blick verlor sich, kehrte zu ihr zurück, und dann, mit der rührendsten Unbeholfenheit, langsam, vortastend, als fürchte er, etwas zu zerbrechen, küßte er sie. Und dann wieder, bereits sicherer, und beim drittenmal küßte er sie schon mit aufkeimender Überzeugungskraft, ja sogar mit Genuß.

„So, jetzt lies den Vers“, forderte sie ihn auf. „Sünde ist's . . .“

Er begann von neuem. Seine Stimme klang heiser vor Erregung, und wenn er auch noch nicht das erreichte, was sie sich letzten Endes erträumte, so war es doch endlich ein Deklamieren, ein echtes Deklamieren, in dem Sinn und Gefühl zu spüren waren. Wenn auch noch ungeschliffen, so war es doch ein Anfang.

Sie sagte ihm, daß er bereits besser sei und die Worte zum erstenmal so klangen, als spräche er sie zu einem Mädchen und nicht zu einem Auditorium. Während er das Lob überdachte, sich Worte und Gefühle nochmals vergegenwärtigte, nahm sie seine Hand, die immer noch an derselben Stelle ruhte, und führte sie an ihre Brust.

Dann schickte sie ihn nach Hause, lobte seine Fortschritte und meinte, sie beide hätten für diesen Abend genug geleistet.

Erst der kommende Abend würde ihr verraten, wie ihr verzweifeltes Wagnis ausgegangen war. Doch als Amos zur verabredeten Stunde wieder erschien und die Verse las, da war es besser als je zuvor. Sie schlug vor, er sollte wie am Tag vorher während des Tanzens rezitieren; da erst fand sie heraus, daß alles in Ordnung war, daß es wunderbar war — daß sich alle ihre Hoffnungen erfüllt hatten. Er hielt sie fest an sich gepreßt und tanzte mit erotischer Selbstsicherheit. Er küßte sie nicht, aber er hatte nicht vergessen, was die Nacht vorher geschehen war, noch versuchte er, es zu vergessen. Sie küßte ihn ganz leicht, eher flirtend, aber es war, als hätte sie damit den Auslöser eines Sprengkörpers niedergedrückt. Seine Begierde glich einer Explosion.

Er griff nach ihr, küßte sie, hielt sie fest, verschlang sie förmlich. Sie fielen auf die Couch, und in atemloser Hast stürzten sie ineinander. Natürlich war er unbeholfen, doch seine natürliche, unschuldige Leidenschaft bedurfte weder der Technik noch der Kunstgriffe. Er drang in sie ein, wühlte und stieß wie ein wildes Tier. Dann lag er erschöpft auf ihr, den Kopf auf ihrer Brust, während sie über sein Haar strich. Sie ließ ihn eine Weile ruhen, doch dann, als wäre es nur eine Art Zeitvertreib, begann sie ihm das Stichwort zu geben und ließ ihn seine Verse sprechen. Und diesmal hatten die Worte jene Tiefe, nach der sie gesucht hatte, die Spur von Traurigkeit, das Wissen um die menschliche Unzulänglichkeit, die ein unberührter Knabe niemals ausdrücken oder auch nur begreifen kann.

Die Idee war Wahnwitz gewesen, das wußte sie, aber der Erfolg gab ihr recht. Die Leidenschaft hatte bewirkt, was zu bewirken sie sich von ihr erwartet hatte, aus ihm herausgeholt, was sie gehofft hatte, aus ihm herauszuholen. Wieder und wieder liebten sie einander, und dann, oft noch auf dem zerwühlten Bett, nackt, ließ sie ihn seine Rolle sprechen. Das Bett, erklärte sie ihm, sei der Bühne sehr ähnlich, beide seien gleich hoch, beide Orte der Leidenschaft.

Als die Zeit der drei Cyrano-Vorstellungen kam, erntete sie den Erfolg ihrer Bemühungen. Er war einfach blendend, und durch ihn schien auch das gesamte Ensemble besser. Die ganze Aufführung war so erfüllt von kraftstrotzender Lebendigkeit, daß Phantasie und Dichtung voll zur Geltung kamen. Es war ihr Triumph und der seine. Und es war auch ihr Schwanengesang.

Eine Woche nach der letzten Vorstellung forderte sie ihn auf, mit ihr auszureiten, und in der Hoffnung auf ein neuerliches Liebesspiel stimmte er zu. Sie galoppierten mitten hinein in den Frühlingswald. Die Luft war lau und klar. Es war einer jener traumhaften Tage, die es nur am Fuß des Gebirges gibt; die Berge vergessen wohl nie auf ihre Größe und ihre starre Majestät, doch heute schienen sie voll friedlicher Sanftheit. Sie stiegen ab und ließen sich in das hohe Gras fallen, aber sie hatte ihn nicht hierher geführt, um sich mit ihm zu vergnügen. Sie wollte ihm Lebewohl sagen.

„Wir werden einander niemals wiedersehen", eröffnete sie ihm.

„Niemals?“

„Nein“, sagte sie. „Ich werde weggehen, und du solltest das gleiche tun.“

„Nur aufs College.“

„Selbst dann ...“, begann sie. Sie zögerte. Nachdem sie einen Moment nachgedacht und überlegt hatte, fragte sie ihn: „Willst du gehen?“

„Aufs College? Sicher. Ich denke schon.“

„Du könntest ...“, murmelte sie, beendete aber den Satz nicht.

„Was könnte ich?“

„Nein, ich habe in deinem Leben schon genug herumgerührt.“

„Was könnte ich?“ bohrte er.

Sie riß einen Halm aus dem frischen Gras und wand ihn behutsam um ihren Finger, während sie ihm erklärte, er sei gut gewesen, nicht nur für die Verhältnisse einer Schulbühne, sondern wirklich gut. Und sie fragte ihn, ob er nicht Lust verspüre, sein Glück beim Theater zu versuchen. Sollte es nicht gehen, könnte er immer noch zurück und aufs College — auf die Bergbauakademie, die sein Vater für ihn ausgesucht hatte. Ob dieser Vorschlag ein Zeichen ihrer Liebe zu ihm war oder eine Folge der Mühen, die sie sich mit ihm gegeben hatte, wurde ihm niemals klar. Aber es machte letztlich keinen Unterschied, denn es gab für ihn auch noch persönliche Gründe. Er verspürte für sie ein Gefühl der Dankbarkeit und Liebe. Dazu kam noch seine Hochachtung für das, was sie miteinander geschaffen hatten. Außerdem war da noch Sam, sein Vater, dessen Schatten er nur zu gerne entfliehen wollte.

„Wohin sollte ich gehen?“

Sie erzählte ihm vom Pasadena Playhouse, wo ein alter Freund von ihr eine einflußreiche Position innehatte.

Er dachte einen Augenblick darüber nach, dann lachte er und meinte zustimmend: „Ich denke, ich sollte es auf einen Versuch ankommen lassen.“

Sie küßte ihn und rannte von ihm fort, er jagte hinter ihr her und fing sie. Aber nachdem er sie entkleidet hatte und gerade im Begriff war, seine Badehose auszuziehen, entschlüpfte sie ihm von neuem, und er mußte sie wieder verfolgen. Sie glichen zwei herrlichen Waldgeschöpfen — Nymphe und Faun —, die Verstecken spielen; sie ließ sich beinahe fangen, entfloh und sprang in das noch eisige Wasser des Sees. Er tauchte ihr nach, holte sie ein und versuchte mitten im Wasser in sie einzudringen. Aber es war zu kalt, das Wasser war so schneidend, daß es ihm jede Kraft nahm. Er hielt sie fest, und ihre kleinen Brüste waren wie Blumen von ungewöhnlicher Schönheit. Sie umschlang ihn, wie wilder Wein den Baum mit starken Ranken umfängt.

Sie kehrten heim, ohne einander geliebt zu haben. Und doch behielt er diesen einen Tag viel länger im Gedächtnis als alle die anderen Male, als sie miteinander geschlafen hatten. Weil er versagt hatte? Oder weil Mrs. Thatcher — Lila — so zartfühlend war, ihm nicht ihren Willen aufzuzwingen, und ihn nicht drängte, das Begonnene zu vollenden.

Er schrieb an das Pasadena Playhouse und sie an den einflußreichen Freund; er wurde aufgenommen. Sam war bleich vor Wut. Ein Leben peinlichster Korrektheit war mit einem Schlag wie weggewischt. Die Bürde der unehelichen Geburt, die Sam getragen und wie eine Last auf seinem Kopf balanciert hatte, war schwerer als je zuvor geworden, denn die Entscheidung seines Sohnes für das Theater schien ihm wie eine Heimkehr in jene schemenhafte, schäbige Welt, aus der dieser Fremde gekommen war, um ihn zu zeugen und dann zu sterben. All die Jahre der Strenge und der Rechtschaffenheit, all die Schläge und harten Worte, die er Amos ohne weitere persönliche Anteilnahme auf dem alten Abort verabreicht hatte, alle Lehren waren für nichts gewesen. Amos verließ das Haus, und Sam verschwendete kein Wort mehr an ihn. Er sagte nicht einmal „Geh zur Hölle!“, geschweige denn „Adieu“.

Amos ging nach Pasadena. Er änderte seinen Namen, Amos klang zu biblisch, zu verstaubt. Er ließ ihn einfach weg und verwendete statt dessen seinen zweiten Namen, Meredith. Fünf Wochen nach seiner Ankunft bekam er die Nachricht vom Tod seines Vaters, eine Ader im Gehirn war geplatzt, und er war gestorben; ganz einfach so.

Als Meredith nachdachte, kam ihm zum Bewußtsein, daß sein Vater während jenes drei Tage währenden Wutanfalls hätte sterben können. Dann hätte er nie gewagt, nach Kalifornien zu gehen. Wäre Sam damals gestorben ... Nun, es war sinnlos, darüber zu grübeln. Aber es war an einem Haar gehangen.

Er ging und ging, ohne jedes Ziel, stürzte sich förmlich in die Tätigkeit des Bewegens; er fühlte, wie ihn Müdigkeit überkam, die erst wieder schwand, wenn er in den normalen Rhythmus seiner langen Schritte verfiel. Nicht nur die Müdigkeit, auch das Bewußtsein und alle Gedanken versanken in diesen Schritten. Sogar das Gefühl für Zeit. Als er daran dachte, auf die Uhr zu schauen, entdeckte er, daß er eineinhalb Stunden herumgewandert war. Er sprang in ein Taxi, raste zum Spital und stürzte hinein. Der Mann am Lift teilte ihm mit, daß er ein kleines Mädchen bekommen habe. Dr. Cooper war nicht mehr im Hause. Elaine sagte: „Du Dreckskerl, wo warst du?", und wandte sich ab. Er saß eine Weile bei ihr, mußte aber erkennen, daß sie wieder eingeschlafen war. Er verließ das Zimmer und fragte die Schwester, ob er seine Tochter sehen dürfe. Sie führte ihn durch die Halle zum Babyzimmer, wo eine andere Schwester, mit Maske, ein winziges verrunzeltes Geschöpf mit schwarzem Haar in die Höhe hielt. Seine Tochter. Tränen stiegen ihm in die Augen. Er wischte sie weg. Dankend nickte er der Schwester zu, dann kehrte er in Elaines Zimmer zurück. Die Zimmerschwester erklärte ihm, Elaine würde erst in einigen Stunden aufwachen, und meinte, er könne ebensogut gehen und selbst ein wenig schlafen.

„Ich glaube, das könnte ich wirklich", stimmte er zu. Er würde es Elaine morgen erklären. Er wünschte nur, er könnte es auch jenem roten, runzeligen kleinen Mädchen dort unten erklären.

„Soll ich sie einladen oder nicht?" fragte Tish Curtiss ihren Mann.

„Nein", lehnte Clint ab.

„Warum nicht?"

„Es klingt grauenhaft. Aber wenn ich nur daran denke, steigt es mir schon hoch. Schau, ich kenn' den Kerl kaum."

„Nach der ganzen Zeit, die du mit ihm auf den Proben verbracht hast?"

„Ja."

„Also, ich glaub' dir nicht", sagte sie. „Aber selbst wenn,

würde es keinen Unterschied ausmachen. Er kennt niemanden hier und ist wahrscheinlich einsam, es ist nur recht und billig, ihn in einer solchen Situation einzuladen."

„Armer, einsamer Meredith Houseman! Was ist los mit dir, bist du verrückt?"

„Nein, ich glaube nicht. Tatsache ist, daß ich finde, du bist es. Die Frau dieses Burschen hat ein Baby bekommen, es ist für Leute, die mit ihm bekannt sind, die natürlichste Sache der Welt, ihm eine kleine Party zu geben."

„In Ordnung. Laß ihm die Leute, die ihn kennen, so viele Parties geben, wie sie wollen. Du kennst ihn nicht. Und ich kenne ihn auch nicht."

„Aber du bist sein Regisseur."

„Sag das nicht in diesem Ton. Es klingt, als wäre er mein Eigentum."

„Bitte sehr, er ist dein Star."

Was Clint Curtiss im Grunde beschäftigte, war natürlich nicht die Party, sondern das Stück. Oder, genauer gesagt, die Inszenierung. Das Stück war ein simples kleines Lustspiel, ein völlig konventionelles, aber recht attraktives Stückchen. Nichts. Aber die Inszenierung, eine von Arthur Bronstons Genieblitzen, war phantastisch. Bronston hatte Curtiss, einen jungen Regisseur der Provincetown Players, genommen und ihn mit Meredith Houseman, einer der letzten Entdeckungen der Hollywood-Studios, zusammengespannt; er hatte sie mit der ganzen enthusiastischen Neugier eines kleinen Jungen miteinander in Verbindung gebracht, der mit einem Chemiekasten spielt und in einer Eprouvette die verschiedensten Stoffe mixt.

„Mit deinem Talent und seiner Schönheit", hatte er gesagt, „werden wir prächtig fahren."

„Aber was ist mit *seinem* Talent?" hatte Clint gefragt. Bronston hatte das Zigarrenende abgebissen und es in den Papierkorb gespuckt.

„Ich denke, er hat etwas davon, vielleicht sogar eine Menge. Wie dem auch sei, mir gefällt die Art, wie er geht."

„In seinem letzten Film hat er den größten Teil der Zeit auf einem Pferd verbracht."

„Sehr komisch", hatte Bronston gesagt, sich dann nach vorne über seinen riesigen Schreibtisch gelehnt und, während er seine Zigarre wie eine Pistole in Anschlag hielt, Clint gefragt, ob er einen Vertrag wolle. „Das ist der Broadway. Wollen Sie oder wollen Sie nicht? Alle diese Scheiße über die vielen neuen Talente überall, die keine Chance bekommen ... Also, ich gebe Ihnen Ihre Chance. Und in bezug auf Houseman tun Sie sich nur nichts an. Ich will ihn, weil meine Frau ihn mag. Sie hat seine Filme dreimal gesehen. Jeden der drei. Sie sagt, in ganz Amerika gibt es keine Frau, die es nicht von ihm verpaßt haben möchte. Verstehen Sie mich? Er ist nicht nur ein Hollywood-Produkt, er ist ein Vollblutschwanz. Gut für das Theater. Abgemacht?"

„Abgemacht", hatte er zugestimmt. Und nun, vier Monate später, arbeiteten sie zusammen, er und Houseman. Jeder argwöhnte, der andere betrachte ihn als eine Art Mißgeburt. Oh, sie waren freundlich genug gewesen, aber freundlich in der Art von Diplomaten, ohne echte Intimität oder echte Wärme. Doch das ging in Ordnung. Denn letzten Endes arbeiteten sie beachtlich gut. Das war auch der Grund, warum Clint abgeneigt war, an den Dingen zu rühren oder etwas zu riskieren, was nach einem Versprechen für mehr aussehen konnte.

„Nun?" fragte Tish.

„Schau, ich weiß nicht einmal, ob Elaine bereits das Baby hat. Vielleicht ist es tot oder eine Mißgeburt, mit einem Auge an einem Stiel in der Mitte der Stirn. Oder siamesische Zwillinge ..."

Das Telephon läutete. Es war Meredith.

„Es ist ein Mädchen", wiederholte Clint zu Tish. „Drei Kilo zwanzig. Alle sind wohlauf."

„Prächtig", sagte sie und flüsterte dann: „Lade ihn ein!"

„Heute abend?" fragte er, während er die Sprechmuschel mit der Hand zudeckte.

„Morgen abend", antwortete sie.

„Sagen Sie, Meredith, warum kommen Sie nicht morgen abend her? Wir haben ein paar Leute hier und ..."

Houseman ließ ihn nicht einmal den Satz beenden. Clint nickte Tish zu, ja, Houseman würde kommen. „Ach, so gegen halb acht", sagte er in das Telephon. „Übrigens, Glückwünsche von uns beiden. Wie werdet ihr sie nennen? ... Ausgezeichnet! ... Ja", stimmte er zu. „Nein, vergessen Sie es bis morgen. Wir könnten keinesfalls etwas unternehmen. Schlafen Sie lieber."

„Was ist los?" wollte Tish wissen.

„Sie wird Merry heißen. Eigentlich Meredith, aber Merry genannt."

„Recht hat er."

„So, jetzt verrate mir den wirklichen Grund."

„Habe ich."

„Den wirklich wirklichen Grund."

Laetitia stand auf, durchquerte das Wohnzimmer und goß sich noch einen Brandy ein. Sie hielt das Glas an die Nase, schwenkte die Flüssigkeit einen Moment, dann sagte sie: „Erinnerst du dich, was Bronston dir über ihn gesagt hat?"

„Was?"

„Daß jede Frau in Amerika ... auf ihn fliegt?"

„Ja?"

„Ich denke, das ergibt eine großartige Party, nicht?"

„Jetzt? Mein Gott, Elaine hat gerade ..."

„Genau. Und es wird nicht eine Frau hier sein, der diese Tatsache unbekannt ist. Ich denke, wir feiern das."

„Sicher, aber was soll das bedeuten?"

„Sei kein Idiot."

„Um Himmels willen! Was?"

„Das heißt, mein Bester, daß er vermutlich wie ein Teufel ist. Und das sollte eine tolle Party ergeben. Absolut toll."

Jocelyn Strong umrandete einen der Textabzüge, lehnte sich dann in Ralphs schwarzem Leder-Chrom-Stuhl zurück und hielt sein silbergefaßtes Vergrößerungsglas ans Auge. Das Vergrößerungsglas hatte sie ihm zum Geburtstag geschenkt. Sie hatte zuerst an eine vergoldete Fassung gedacht, um es eindrucksvoller zu machen, doch hatte sie sich dann anders entschieden. Das Geschenk war in seiner Art ausreichend, mehr als ausreichend. Jocelyn pries sich selbst für ihre Begabung, Affären dieser Art auf das genaueste abzuschätzen. Ihre Liaison mit Ralph war keine schulmädchenhafte Verknalltheit. Die Vergoldung wäre mehr wert gewesen als der Mann, mehr, als ihre hastigen Zusammenkünfte wert waren. Genaugenommen handelte es sich eigentlich um eine Geschäftsverbindung.

Dennoch, es war seltsam, wie dieses Glas alles ins Gegenteil verkehrte. Der ganze Raum stand kopf. Sie bewegte das Glas vom Aug weg, um das ganze Zimmer zuerst verschwommen und dann wieder scharf zu sehen. Genau das war auch mit ihr geschehen. Alles war scharf eingestellt, nur verkehrt. Die Arbeit, ihre Karriere, Ralph — alles war kristallklar, nur anders.

Jetzt, da sie entschlossen war, mit ihm zu brechen, war sie zu dem Schluß gekommen, daß sie ihn beinahe gern hatte. Freundlich, ein wenig albern, aber gutherzig, ziemlich eins mit sich und der Welt, war er gar kein so schlechter Zeitgenosse. Aber es hatte keinen Sinn, in bezug auf ihn sentimental zu werden. Hier saß sie, in seinem Sessel, an seinem Schreibtisch, während er im Krankenhaus sein Schläfchen hielt. Sie spannte einen Bogen Durchschlagpapier in seine Maschine, stellte den Wagen auf Großbuchstaben für die Überschrift und zählte die Anzahl der notwendigen Buchstaben aus. Ziellos kritzelte sie einen Moment, spielte mit Worten und Wortstellungen und kam dann zu einer Lösung, die sie befriedigte. Es war dem idiotischen Vergnügen des Kreuzworträtsels nicht unähnlich. Man war befriedigt, es gefunden und eingesetzt zu haben.

Ihr Plan, ein einfacher, sogar sehr einfältiger Plan, nämlich durch Ralphs gütige Vermittlung eine Förderung zu erfahren, war nun irrelevant. Der Angriff auf Polen hatte alles verändert. Es war leicht zu sehen, daß es Krieg geben würde. Ebenso sicher war, daß eine wirtschaftliche Konjunktur bevorstand. Beides bedeutete für ein Mädchen im Zeitschriftengeschäft unabsehbare Möglichkeiten, die eine Friedenszeit niemals bieten konnte. Alle diese Männer, die in den Kampf zogen oder weggingen, um die kämpfende Front zu unterstützen, würden verlockende Arbeitsplätze zurücklassen. Bisher war Ralph als Weg, zu einem dieser Plätze zu gelangen, wichtig gewesen. Aber das Angebot von *Pulse*, das vor zwei Tagen gekommen war, hatte die ganze Affäre sinnlos gemacht. Ein absolutes Verlustgeschäft. Sie hätte es ohne diese Geschichte genauso erreicht. Nicht daß sie es bereute. Ralph war letzten Endes nicht der Schlechteste, und es wäre verrückt gewesen, auf einen Krieg zu bauen oder sich auf Hitler mehr zu verlassen als auf sich selbst. Wie dem auch sei, sie würde gehen, und es war wichtig für sie, ein für allemal festzuhalten, daß sie Ralph und nicht er sie benützt hatte. Sie mußte es für ihn ebenso wie für sich selbst festhalten, damit es zu keinem Mißverständnis, zu keiner Schwierigkeit kommen konnte.

Es war ein Problem. Das heißt, es war eines gewesen,

bis Tish angerufen hatte. Jetzt war alles ganz einfach. Welchen besseren Weg gäbe es, mit Ralph zu brechen, als sich mit jemand anderem etwas anzufangen? Und was gab es Besseres für einen Beginn als Meredith Houseman? Das würde eine eindeutig klare Unabhängigkeitserklärung sein. Tish hatte gesagt, er würde zu der Party kommen. Und das war alles, was für sie zu wissen notwendig war. Die Tatsache, daß er die neue Berühmtheit vom Broadway war oder es in einem Monat sein würde, beeinträchtigte kaum ihr enthusiastisches Vorgefühl. Ralph konnte zu seiner Frau nach White Plains zurückkehren und über sie und Houseman nachdenken.

Sie lehnte sich im Sessel vor, blickte wieder auf den Korrekturabzug und rief nach einem der Laufburschen. Sie klebte den Titel auf die Fahne und legte das Blatt in den Auslauf. Dann nahm sie ein Memo und schrieb Ralph eine Nachricht: „Kann heute abend nicht. Muß meine Cousine in Queens besuchen. J." Sie schob den Zettel in einen Umschlag, verschloß diesen und steckte ihn in die Schreibmaschine, zusammen mit den Telegrammen der Büros aus Übersee und den vervielfältigten Stories, die sich bereits für die Morgenausgabe häuften.

Sie nahm den Telephonhörer und traf eine Verabredung mit ihrem Friseur. Sie war mit sich und ihrer Nachricht durchaus zufrieden. Die Idee, eine Cousine in Queens zu haben! Es war absurd genug, um köstlich zu sein.

Das ganze Zimmer war voll Blumen. Das Studio hatte ein enormes Arrangement geschickt, ebenso Arthur Bronston, der Produzent von „Honey, Do", und natürlich hatte Meredith einen Riesenstrauß Gladiolen gebracht. In ihrem neuen seidenen Nachtjäckchen lag Elaine im Bett, blickte auf all die Blumen und versuchte zu erraten, was sie gekostet hatten. Sie freute sich über sie, doch gleichzeitig wirkten sie bedrückend. Sie kannte niemanden von den Spendern. Natürlich hatte sie die Leute getroffen, hatte ein „Wie nett, Sie zu sehen!" mit ihnen getauscht und versucht, mit ihrem charmantesten Lächeln zuzustimmen, wenn Meredith' Talent gelobt wurde. Aber es waren nicht ihre Freunde. Sie hatte kaum welche. Sie reisten zuviel umher. Es war nichts von dem, was sie sich damals erträumt hatte, als sie nach Tallulah in Louisiana heimkehrte und Meredith heiratete.

Ach, es hatte so herrlich ausgesehen. Es war, als wäre der Traum aller Mädchen wahr geworden. Sie hatte sich gekniffen, um sicher zu sein, daß sie wach war und nicht träumte. Und nun, zwei Jahre später, mußte sie sich immer noch kneifen, um zu versuchen, zwar nicht aus einem Alptraum zu erwachen, aber aus einer traumartigen Irrealität, der enttäuschenden Unwirklichkeit ihres gemeinsamen Lebens.

Elaine war auf dem üblichen Weg von Tallulah nach Hollywood gekommen, indem sie einen Wettbewerb für eine Probeaufnahme gewann. Sie war Tambourmajor in der Tallulah High School gewesen und nach Tulane gegangen, wo sie ihr Hochschulstudium begonnen hatte. Und dann hatte ihr der Mann den Silberpokal überreicht, ihr Bild war im *Picayume* erschienen, und sie war mit einem Berg guter Ratschläge, von denen kaum einer brauchbar war, nach Hollywood gekommen. Elaine hatte ihre Vor- und ihre Nachteile gekannt. Ihr Aussehen lag auf der Aktivseite — jetzt. Manchmal war sie schön, mit zarter Haut und einem Körper, dessen Schlankheit die Größe ihrer Brüste betonte. Ihr hellblondes Haar war nicht gebleicht, sondern echt. Sie war einsichtig genug, zu erkennen, daß sie ein schnell verblühender Typ war, und damit war sie weitblickender als die meisten hoffnungsvollen Mädchen und Knaben, die sich westwärts nach Hollywood und dem Erfolg zuwenden.

Wie ein kluger Anwalt hatte sie ihre beste Chance in einer guten Investition gesehen, und es war Meredith gewesen, in den sie investiert hatte. Im Pasadena Playhouse, das sie aufgesucht hatte, weil dort die „Seriösen" zu finden waren, schienen ihr sein Aussehen, sein Talent und sein Charme am erfolgversprechendsten.

Und dann, wie in einem Roman, schwanden alle berechnenden Überlegungen in dem Glanz dessen, was wirklich und wunderbar — einfach Liebe war. Sie hatte nichts anderes zu tun, als nach Tallulah zu fahren, unter Assistenz von Mama und Stiefpapa in der First Baptist Church zu heiraten und bis an ihr Lebensende glücklich zu sein.

Nun, sie waren nicht unglücklich gewesen. Sie hatte nicht gedacht, daß sie unglücklich wären. Aber es hatte bisher keine echte Prüfung für ihre Ehe gegeben, keine Inanspruchnahme, keine Belastung. Und jetzt mit dem Baby fühlte sie sich entsetzlich mutlos und leer — nicht nur wegen des Babys, es war einfach alles so entmutigend. Sie lag hier, in einem fremden Zimmer, mit Blumen von Fremden, während Meredith mit dem Stück beschäftigt war und allen Spaß allein genoß. Die verdammten Blumen galten weder ihr noch dem Kind, sie waren alle nur für ihn bestimmt; alle bis auf die seinen jedenfalls.

Sie versuchte, sich an den Artikel über nachgeburtliche Depressionen im *Reader's Digest* zu erinnern. Das Wichtigste war, sich die heiteren Seiten des Lebens vor Augen zu halten. Sie besaß wieder einen hübschen glatten Bauch und konnte trinken, ohne daß ihr übel wurde oder sie sich Sorgen machen mußte, das Baby könnte als Alkoholiker auf die Welt kommen.

Als Jaggers mit Clint Curtiss im Schlepptau das Zimmer betrat, erhellte sich Elaines Gesicht, denn sie hoffte, dieser Besuch würde Anlaß zum Trinken und Lachen geben.

Sam Jaggers, Meredith' New-Yorker Agent, brachte als Geschenk eine silberne Zahnbürste von Jensen mit. „Heutzutage hat jeder einen Silberlöffel, aber eine Silberzahnbürste ist nützlicher", pries Jaggers seinen Einfall und reichte Elaine das absurde Ding.

„Wird sie mit Silberputzmittel oder Zahnpasta verwendet?" fragte Meredith.

Bis dahin war er mit seinem Manuskript beim Fenster gesessen und hatte die Änderungen im Text studiert; es war, als befände sich bloß eine lebensgroße Statue von ihm im Raum. Kaum aber platzten die anderen herein, legte er das Manuskript zur Seite und sprühte vor Witz.

„Ich möchte nur sagen", stichelte Clint, „es geschieht Ihnen recht. Alle Jugendidole sollten mit Töchtern gesegnet sein. Um ihnen Gottesfurcht beizubringen, nicht wahr?"

„Sehr richtig", stimmte Jaggers zu.

Sie warfen sich gegenseitig die Scherze zu. Elaine hatte keinen Grund zur Klage. Sie waren reizend. Besonders Clint, der ihr am nächsten saß, machte ihr, wie im Roman der Gentleman aus dem Süden, den Hof. Jaggers und Meredith standen beim Fenster und scherzten oder diskutierten über Geschäfte. Sie aber fühlte sich wieder dazugehörig oder zumindest dabei, wenn Dinge geschahen. Dann aber kam die Schwester mit der Mahnung, es wäre Zeit für Merrys Mahlzeit.

„Muß ich das tun?" fragte Elaine. „Ich meine, könnten nicht

dieses eine Mal Sie ihr die Flasche geben? Ich schicke so ungern alle Gäste aus dem Zimmer."

„Aber das macht doch nichts", beeilte sich Jaggers zu sagen. „Wir können für eine Weile in die Halle gehen."

„Ach, bleibt doch", versuchte Elaine sie aufzuhalten, aber es war hoffnungslos.

Die Schwester brachte Merry herein. Sie lag in einem kleinen, mit einem Schleier bedeckten Korb. Elaine gab ihr die Flasche, die die Schwester vorgerichtet hatte.

Sie freute sich, als Meredith zurückkehrte. Es war nett von ihm, ihr Gesellschaft zu leisten, besonders, wenn man bedachte, daß er seine Freunde im Warteraum gelassen hatte.

Aber es war nicht, um ihr Gesellschaft zu leisten.

„Was zum Teufel hat das alles zu bedeuten?" fuhr er sie an.

„Ich habe mich gelangweilt", verteidigte sie sich. „Ich wollte nicht, daß sie weggehen. Ich habe mich unterhalten und . . ."

„Zur Hölle mit der Unterhaltung. Das Baby ist wichtiger. Selbstverständlich gingen sie hinaus. Das ist ein Spital, kein Hotel; sie wissen das."

„Ich weiß es auch und versuche es zu vergessen. Es ist immer so einsam hier, und es ist so nett, Freunde bei sich zu haben, wenn auch nur für kurze Zeit."

„Heiliger Gott", rief er, „ich wollte, ich könnte dich verstehen. Die da draußen sind nicht wichtig, sie ist es!" Er zeigte auf das Kind in ihren Armen.

„Ich weiß. Bitte, da ist sie ja."

„Und da gehört sie auch hin."

„Sei nicht böse", bat Elaine.

„Bin ich nicht."

„Ehrlich?"

„Ja", sagte er.

Dann aber stand er auf und kehrte zu Sam Jaggers und Clint zurück. Sie war so wütend, daß sie am liebsten ausgespuckt hätte.

Es wurde auch um nichts mehr besser, als sie zurückkamen und noch einige Minuten herumlungerten; dann brachen Jaggers und Clint auf. Meredith blieb zurück, um bei ihr zu sitzen und sein Manuskript zu lesen. Beim Verabschieden sagte Clint zu Meredith: „Wir sehen Sie also heute abend?"

„In Ordnung."

„Was meinte er damit?" fragte Elaine, nachdem die beiden Besucher das Zimmer verlassen hatten.

Meredith berichtete ihr von der Einladung.

„Und du gehst?"

„Ja, ich gehe."

„Wunderbar. Unterhalt dich gut."

„Schau, ich muß gehen, das ist Geschäft."

„Ich habe nichts gesagt", antwortete sie.

„Es geht darum, was du denkst."

„Ich glaube, dagegen läßt sich nichts tun, oder?"

Er schwieg. Er saß in seinem Stuhl und wandte die vervielfältigten Seiten säuberlich eine nach der anderen um.

Eis klirrte in den Gläsern; perlendes Gelächter und das Plätschern der angeregten Unterhaltung flossen ineinander wie zwei Ströme, die zusammentreffen und Schaum und Wirbel bilden. Carlotta Rohans graue Augen schienen in einem einzigen Moment den ganzen Raum aufzunehmen, als sie eintrat und in Curtiss' Salon wie eine langstielige weiße Blume zu blühen begann. Clint war zwar erstaunt, sie zu sehen, aber wirklich erfreut. Er küßte sie auf die Wange und übernahm es, ihr die Leute vorzustellen, die sie noch nicht kannte. Er versorgte sie mit einem Drink und einer Platte Hors d'œuvres, machte viel Aufhebens um sie und schöpfte sichtlich jede nur mögliche Freude aus ihrer Anwesenheit. Es war so gut, daß sie gekommen war. Es war so gut von Tish, daran zu denken, sie einzuladen. Genau in der richtigen Weise, genau zu der richtigen Art von Abend. Zum vielleicht fünftenmal strahlte er sie an: „Oh, Carlotta, es ist so herrlich, dich zu sehen."

Sie lächelte dankbar; sie schätzte den Eifer von Clints Begrüßung und die Zärtlichkeit, die ihn zu so unartikulierten Beteuerungen hinriß. Sie dankte ihm aber auch für das, was er fühlte und nicht in Worte kleiden konnte.

Carlotta war die Witwe nach Mark Rohan, der auf der Yale Drama School Clints bester Freund gewesen war. Gemeinsam waren sie nach New York gekommen, um dem ihrer Meinung nach sterbenden zeitgenössischen Theater ein wenig frischen Atem einzuhauchen; ihre Freundschaft hatte weiterbestanden und sich noch vertieft — eine ungewöhnliche Tatsache in einer Welt, in der der Gifthauch des Konkurrenzneides und der Eifersucht nur ganz außergewöhnliche Seelen verschont. Nach jeder vollbrachten Leistung, bei jedem Erfolg hatte sich einer für den anderen gefreut, und sie hatten stets voneinander gelernt. Und plötzlich, eines Nachts, hatte Carlotta Clint angerufen und gesagt, Mark sei bei einem Autounfall ums Leben gekommen und mit ihm auch der kleine Mark. Carlotta war gleich nach dem Begräbnis auf die Antillen gefahren, aber die Erinnerung an ihren Mann und ihren Sohn hatte sie weiterverfolgt, auch auf diesen Inseln mit ihren zauberhaften Buchten und Stränden, die scheinbar weder Vergangenheit noch Erinnerung, sondern nur die Taufrische des Augenblicks kennen. Sie hatte einen leichten Nervenzusammenbruch erlitten und einige Zeit im Spital verbracht. Ihr war klar, daß dies alles Clint unsicher machte. Man fühlt sich nicht wohl angesichts menschlichen Leidens und Sterbens und all jener Dinge, die deren unmittelbare Präsenz in einem heraufbeschworen. Dennoch war Carlotta nicht nur ein Symbol; sie spürte, wie glücklich Clint war, sie zu sehen. Aber auch sie war glücklich — glücklich, wieder die Gesten zu beobachten, die Modulation der Stimmen zu hören, glücklich, auf der Oberfläche freundschaftlichen Gesprächs dahingleiten zu können. Es war genau wie in alten Tagen.

Unten in der Halle betrachtete sich Meredith Houseman im Spiegel. Er tat dies fast automatisch, es war dies noch ein Rest aus all den Jahren, diesen schrecklichen Jahren, in denen er gezwungen war, sich zu verkaufen; als er Produzenten treffen, Direktoren beeindrucken, Rollen lesen, Probeaufnahmen machen und zu Gesellschaften gehen mußte, wo er hoffen konnte, von jemand Wichtigem gesehen zu werden. Er verkaufte sich nicht mehr auf diese Weise. Aber wenn auch die Mittel und Wege heute andere waren, so mußte er es immer noch tun. Er hatte sich dem anzupassen, was zu verkaufen ihm gelungen war. Nun, er würde seinen Mann stellen. Bei allen diesen kleinen Theaterleuten, die Clint kannte, würde er schon gut ankommen — der große Filmstar mit dem vielen Geld und der Hollywood-Publicity. Die Unterhaltung des Abends würde davon abhängen, ob sich die Gäste als mehr oder minder amüsant entpuppten.

Er zog seine Manschetten zurecht, richtete den Knoten seiner

Krawatte und drückte den Knopf des Lifts. Er wartete auf die Ankunft der Kabine, öffnete die Tür und war gerade im Begriff, in Clints Etage hinaufzufahren, als er hinter der langsam zugehenden Tür eine weibliche Stimme hörte: „Warten Sie, bitte.“ Er drückte auf „Tür öffnen“, und die Tür glitt zurück. „Danke“, sagte sie, noch atemlos von ihrem Trab quer durch die Halle. „Sie sind Meredith Houseman. Nicht wahr?“

„Ja“, nickte er.

„Ich bin Jocelyn Strong. Ich glaube, ich hätte das gegenseitige Bekanntmachen Clint oder Tish überlassen sollen. Aber es ist doch peinlich, nicht, sich vor jemandem zu verbeugen, mit dem man gerade im Aufzug gefahren ist und der sich nun plötzlich als Gast entpuppt?“

Er wußte nicht genau, wie er sich dazu äußern sollte, also lächelte er sie an, sein altes, vertrauenerweckendes Lächeln, und sagte: „Guten Abend. Es freut mich, Sie kennenzulernen.“

„Die Freude ist auf meiner Seite“, antwortete sie, aber die Art, wie sie es ausdrückte, ihn dabei mit großen, schwarzen Augen ansah, die aus ihrem blassen Gesicht heraus zu brennen schienen, ließ den Satz zu mehr als einer gesellschaftlichen Floskel werden. Als der Aufzug stehenblieb, drehte sie sich um und ging vor ihm hinaus; ihm kam zum Bewußtsein, daß er nicht einmal bemerkt hatte, ob sie anziehend war. Sie war, auf irgendeine Weise, so aufregend, daß Anziehung üblicher Art damit nichts zu tun hatte. Er fragte sich, wer zum Teufel sie wäre. Vielleicht, so dachte er, würde der Abend doch nicht so übel werden.

Der Abend entwickelte sich offensichtlich blendend. Das erotische Marionettenspiel, das Tish vage vor Augen gehabt hatte, lag greifbar an der Oberfläche. Wollte man neue Eiswürfel und schlängelte sich durch den Salon zur Küche, so spürte man förmlich die Schnüre des Marionettenspielers, der da an den Figuren zog und mit ihnen herumhantierte, während es schien, als säßen, stünden, gingen oder sprächen sie ganz nach ihrem eigenen Willen. Das zu beobachten konnte einen mit einem Gefühl des Triumphes erfüllen, des Triumphes über Clint, der nur auf der Bühne Menschen nach seinem Willen tanzen lassen konnte.

Meredith bemerkte kaum, was vorging. Er war an die Aufmerksamkeit von Frauen gewöhnt. Es war ein Teil seines Betriebskapitals. Immer hatte diese Aufmerksamkeit zu seinem Leben gehört, und ihm kam nicht in den Sinn, sie in Frage zu stellen. Im Grunde genommen ein Narziß, fand er die weibliche Bewunderung angebracht und sogar begründet. Letztlich teilten sie nur seine eigene Überzeugung. Sogar die von Tish angeregte Konversation erschien ihm nicht im geringsten ungerechtfertigt.

„Ihr bewunderndes Publikum wird Sie nun, da Sie Ihre Männlichkeit bewiesen haben, noch mehr anbeten", sagte Tish. „Es erinnert mich an diese netten Wilden, über die Margaret Mead schreibt. Sie verachten Jungfrauen. Um anziehend zu werden, muß man einen Bastard zur Welt bringen; es gilt als Beweis der Fruchtbarkeit."

„Aber es sind doch sicher die Frauen, die den Bastard gebären", korrigierte Jocelyn.

„Das ist mir bekannt, meine Liebe. Ich bin eben einen Schritt weitergegangen."

Und so spielten sie mit dem Problem, ob Meredith jetzt, da er Vater geworden war, auf das Publikum mehr oder weniger Anziehungskraft ausübe. Meredith schlürfte seinen Brandy und hörte zu, als sprächen sie über irgend jemanden aus dem öffentlichen Leben, nicht über ihn. Etwas abseits entdeckte er Carlotta, die mit halbem Ohr der Konversation zu folgen schien. Die Lampe hinter ihr verlieh ihrem schönen, ernsten Profil den Zauber jener Heiligendarstellungen des Seicentos. Sie besaß die gleiche Ebenmäßigkeit der Züge, die edlen Brauen und die sanften Wangenbögen; durch die Elfenbeinblässe ihrer Haut schimmerte die feine Zeichnung ihrer zarten Knochen.

„Hoffentlich wird es für Ihre Tochter keine zu große Belastung", warf sie ein. Möglicherweise hatte sie den auf ihr ruhenden Blick gespürt. „Töchter sind immer in ihre Väter verliebt, und eines Tages wachsen sie über ihre Väter hinaus. Ich glaube, es ist sicher nicht leicht, über Sie hinauszuwachsen."

„Aber sicher auch nicht schwierig", lächelte er zurück. „Wenn Sie mich so gut kennen würden, wie dies bei meiner Tochter vermutlich der Fall sein wird, wüßten Sie, daß ich gar nichts Besonderes bin."

„Das sollte mich wundern", warf Jocelyn ein.

Für Tish war es absolut herrlich.

Und für Meredith auch.

Er war in den zwei Jahren seiner Ehe mit Elaine ein treuer Mann gewesen. Die Arbeit in Hollywood hatte ihn voll beschäftigt, und die paar Gelegenheiten, die sich von selbst angeboten hatten, waren ihm zu wertlos und zu dumm gewesen, um sie weiterzuverfolgen. Ambitionierte Starlets und gelangweilte Stars. Aber diese Frauen hier waren ganz anders. Oder nein, es waren nicht so sehr die Frauen wie seine eigene Stimmung. Der dumme, ärgerliche Streit, den er mit Elaine gehabt hatte, trug dazu bei, und auf eine seltsame Weise erlaubte ihm das Baby, das sichtbare Zeichen des Bestandes ihrer Ehe, ein diskretes Umherschweifen in Erwägung zu ziehen, ähnlich wie unzweifelhafte Tugend es manchmal dem Redlichen gestattet, mit dem Gedanken an die Möglichkeit der Sünde zu spielen. Nur der Zweifler ist gezwungen, seine Tage mit Beten und Fasten zu verbringen. Außerdem: er dachte bloß daran. Und das war doch erlaubt, oder? Wie lautete doch der alte Witz? Er war zwar verheiratet, aber noch nicht gestorben.

Aber dieses Darandenken war komplizierter und somit auch gefährlicher, als Meredith annahm. Vor allem rechnete er nicht mit dem Denken der anderen. Als in der Küche, wo er für Tish eine Schale mit Kartoffelchips auffüllte, Carlotta sich bei ihm entschuldigte, war er keineswegs erstaunt, sondern nur erfreut und geschmeichelt.

„Aber wofür denn?" fragte er.

„Ich mache selten derart persönliche Bemerkungen. Es war sehr anmaßend von mir."

„Was?" Verblüfft starrte er in ihre bezaubernden grauen Augen, und dann erinnerte er sich mit einiger Anstrengung, daß sie irgend etwas über Merrys Beziehung zu ihm gesagt hatte und welche Probleme und Gefahren unter Umständen darin liegen könnten. „Ach das! Denken Sie nicht mehr daran. Es war, weiß Gott, weniger persönlich als der Großteil der übrigen Bemerkungen, finden Sie nicht?"

Er lächelte, als teilten sie miteinander einen köstlichen Scherz.

„Aber die kennen Sie doch alle gut", widersprach sie.

„Nein, außer Clint und Tish sehe ich sie alle zum erstenmal."

„Du lieber Himmel", sagte sie und ließ es dabei bewenden. Sie besaß eine Sanftmut, die sogar einen so gemäßigten Ausruf kräftig erscheinen ließ. „Wie seltsam!"

„Das passiert mir immer", entgegnete er.

„Was für eine Last für Sie."

Und dann erzählte sie ihm von ihrem Mann und ihrem Kind und wie sie bei dem Autounfall getötet worden waren; sie vertraute sich ihm an, nicht nur weil es alle anderen taten oder nicht gerade deswegen, sondern einfach weil sie fühlte, daß sie dazu imstande war, und weil es ihr bisher nie möglich gewesen war, darüber zu sprechen.

Er hörte ihr zu, doch die bezaubernde Art, in der sie ihr Kinn hochhielt, und die schmerzliche Zartheit ihres schlanken Halses beschäftigten ihn mehr als ihre Worte.

So war es Carlotta, an die er dachte, während Tish auf Jocelyn anspielte, als sie ihn zu seiner Eroberung beglückwünschte. Sie befanden sich alle im Salon, nur er stand etwas abseits beim Plattenspieler und suchte in den Alben mit Eddie-Duchin-Platten nach einer, die ihm gefiel. Tish war zu ihm herübergekommen, scheinbar um ihm bei seiner Suche zu helfen.

„Jocelyn?"

„Aber ja", sagte sie ganz *sotto voce*. „Sie hat sich den ganzen Abend um Sie bemüht. Sie müssen solche Dinge bemerken, es ist schrecklich amüsant."

„Schrecklich", stimmte er trocken zu.

Es war für ihn nicht schwierig, herauszufinden, daß in dem, was Tish ihm anvertraut hatte, etwas Wahres lag, und er kam zu der Überzeugung, daß Jocelyn für ihn nicht unerreichbar war. Er war nicht sicher, wieviel davon bloß Berechnung eines New-Yorker Karrieregirls war — und die schillernde Oberfläche konnte Teil dieser Rolle sein. Immerhin zeigte sie Bereitschaft zu einem Flirt, und weiter ging sein Interesse nicht.

Aber seine Gedanken beschäftigten sich nicht ernstlich mit Jocelyn, denn er war sich immer wieder Carlottas kühler, fast geisterhafter Augen bewußt, deren Blick auf ihm ruhte. Sie beobachtete genau, wie er und Jocelyn einander vergeblich zu schockieren suchten.

„Ich erinnere mich", erzählte er, „als ich ein Kind war, sagte mir einmal jemand, es sei kindisch, über Sex zu sprechen, weit mehr Spaß mache es, wenn man es tue. Es machte einen tollen Eindruck auf mich. Es war die klügste Bemerkung, die ich jemals gehört hatte. Aber es war falsch, wissen Sie. Es ist auch ein Spaß, darüber zu plaudern."

„Eines braucht das andere nicht auszuschließen", meinte sie und betrachtete aus irgendeinem Grund ihre Hände. Ohne weiter darüber nachzudenken, senkte auch er den Blick und bemerkte, daß die Hände makellos manikürt und die Finger lang, spitz zulaufend und ringlos waren.

„Wahrscheinlich nicht", gab er zu.

„Gut", nickte sie und wandte sich ab Es war wirklich ein seltsamer Augenblick, doch hatte er nicht die Absicht, ihn zu vertiefen.

Er setzte sich neben Tish und beteiligte sich an der Konversation, die sie und Clint mit einigen der Gäste über Brecht führten, und vergaß das Ganze.

Viel später, als die Gäste begannen, sich zu verabschieden, bot er sich an, Carlotta einen Wagen zu besorgen. Mit dem Hinweis auf seinen frisch eingeschenkten Drink lehnte sie ab und meinte: „Denken Sie an die vielen hungernden kleinen Chinesenkinder. Verschwenden Sie nicht den ausgezeichneten Brandy. Ich komme schon zurecht."

Er ließ sie gehen, setzte sich wieder und trank sein Glas leer; er fühlte sich herrlich. Er hatte einen reizenden Abend verbracht, und er war ein braves Kind gewesen. Genau die richtige, nette Linie. Jocelyn war gegangen, und nun auch Carlotta; er war hier, allein, etwas betrunken und etwas mehr als müde.

Er wünschte eine gute Nacht und ging.

Als er aus dem Aufzug trat und im Begriffe war, die Halle zu durchqueren, mit dem einzigen Gedanken, endlich zu seinem Schlaf zu kommen, hörte er ein Husten. Er sah sich um, und aus einer Nische, in der sich die Briefkästen befanden, tauchte Jocelyn auf.

„Gut gemacht?" fragte sie.

„Was meinen Sie?"

„Laß schon. Du brauchst dich nicht mehr anzustrengen. Sie ist fort."

„Wer ist fort?"

„Carlotta natürlich. Du mußt es doch bemerkt haben. Sie hat versucht, so lange wie möglich klebenzubleiben. Nur um die Dinge zu komplizieren. Und das, nachdem wir doch schon alles so gut arrangiert hatten."

„Was arrangiert?"

„Na, was glaubst du?" fragte sie.

„Ach, haben wir?“

„Ich hatte den Eindruck“, gab sie zurück. „Solltest du es vergessen haben, so vergess' ich es auch.“

Er lachte, und sie fiel ein. Das Lachen zerriß für den Moment die Spannung.

„Pardon, es ist nur ... nun, ich bin bisher noch nie verführt worden.“

„Nein? Ich glaube dir nicht.“

„Oder doch?“ überlegte er. „Ja, ich denke doch.“

„In Ordnung also“, sagte sie, als gäbe es keinen weiteren Grund zu einer Verzögerung. „Wollen wir gehen?“

Das Maß an Unverblümtheit wirkte überwältigend. Ihr Benehmen war so weit von dem entfernt, was ihm normalerweise unterkam, daß ihm einfach die Sprache wegblieb. Es war genau der Punkt, an dem jede Antwort überflüssig war. Ihm blieb nichts übrig, als ihr auf die Straße zu folgen. Er war im Begriff, einen Wagen zu rufen, aber sie stieß einen schrillen, durchdringenden Pfiff aus und nahm damit die Sache selbst in die Hand. Doch gab sie ihm ihre Adresse und erlaubte ihm, sie dem Chauffeur zu sagen.

Sie fuhren durch den Central Park zur East Side. Sie ließ ihn das Taxi bezahlen, doch dann übernahm sie wieder die Führung; sie stieg ohne seine Hilfe aus, drückte den Aufzugknopf und öffnete die Tür ihrer Wohnung. Er hatte kaum die Möglichkeit, sich umzusehen, und er wollte gerade vorschlagen, sie sollten etwas trinken, da küßte sie ihn bereits. Als er begann, sich dem Kuß anzupassen und ein Vergnügen daran zu finden, indem er sich an ihm und an ihr erwärmte, löste sie sich aus der Umarmung und wandte sich zum Schlafzimmer.

„Richt uns einen Drink, ja?“ befahl sie. „Und bring ihn herein.“

Es war vollkommen unwirklich. Er kam sich vor, als befände er sich auf einem Fließband, in einem der alten Stummfilme, nur daß ihn am Ende keine Säge, sondern das Bett erwartete. Er war nicht sicher, ob ihm das gefiel, aber er war weder bereit, sich einzugestehen, daß es nicht sein Fall war, noch daß er so etwas wie Furcht empfinden oder davon überwältigt sein könnte. Es war, als hätte sie ihn herausgefordert. Mit einer fast grimmigen Entschlossenheit wandte er sich zur Bar, um zu mixen ... Was? Was mochte sie? Oder spielte das überhaupt keine Rolle? Er entschied, daß es keinerlei Unterschied ausmachte, und entschloß sich für Brandy, den er bereits den ganzen Abend getrunken hatte. Brandy mit Soda. Es bedurfte eines Augenblicks, um die Eiswürfel herauszunehmen und den Flaschenöffner für das Sodawasser zu finden. Er goß die Gläser voll und nahm einen tiefen Schluck, bevor er sich in Richtung des Schlafzimmers begab.

Sie war bereits nackt und lag auf dem Bett.

„Hier bin ich, Tiger", sagte sie.

„Da hast du." Er gab ihr eines der Gläser.

Er trank einen Schluck, dann zog er seinen Rock aus.

„So ist's gut", sagte sie. „Zieh dich aus, zieh dich aus."

Ihre Forderung klang, als sähe sie sich eine Striptease-Vorführung an. Er paßte sich dem an, so, als spielte er das Spiel auf ihre Weise, knöpfte langsam sein Hemd auf, machte aus jedem einzelnen Knopf eine große Sache und zog es dann gerade nur über die Schultern herunter. Sie pfiff, leiser als der Autopfiff, aber von gleicher schriller Vulgarität.

„Das packt mich genau hier", äußerte sie. Er blickte auf sie. Sie streichelte ihre Schamhaare.

Jäh beendete er den Striptease-Akt und entledigte sich, so schnell er konnte, seiner Kleider. Aber sogar dafür hatte sie eine spöttische Bemerkung: „Gut so, du lüsterner Bock. Lock ihn ein bißchen."

Es hätte absolut abschreckend und tötend wirken können, doch das tat es nicht. Durch die ganze bizarre Stimmung, die sie geschaffen hatte, war er bis zum äußersten erregt. Es war eine eigenartige Atmosphäre schamloser Sinnlichkeit, die sich selbst ad absurdum führte. Alles war so eindeutig, wie es überhaupt nur sein konnte, und gleichzeitig doch von gewisser Unsicherheit — wie ein Feld von Polareis, das tief und weit und durchsetzt von trügerischen Spalten ist. Es galt, seinen Weg sorgfältig zu suchen.

Als er seine Hose abstreifte, sah sie seine erregte Bereitschaft. Wieder pfiff sie vor sich hin. War sie nun bereit, seinen Sieg, seinen Erfolg, seine Männlichkeit anzuerkennen? Oder stachelte sie ihn nur weiter an? Alles ging sehr schnell, und für Überlegungen blieb wenig Zeit, aber eine Sekunde lang durchzuckte ihn blitzartig die Erkenntnis, wie traurig das alles war und daß sie ebenso verletzlich und schwach war, wie sie vorgab, stark und angriffslustig zu sein. Er nahm noch einen Schluck Brandy, aber nicht, um sich, und gewiß nicht, um sie abzukühlen, sondern um zu denken, um zu versuchen, diese Ahnung, die ihm gekommen war, weiterzuverfolgen.

Doch sie ließ es nicht zu. Er hatte das Glas noch nicht auf das Nachttischchen gestellt, als sie ihn auf das Bett niederzog. Es kostete ihn einige Anstrengung, den Brandy nicht zu verschütten. Als er das Glas mehr oder weniger im Gleichgewicht hatte, lag sie auf ihm, küßte ihn und hielt seinen Kopf in ihren Händen.

Sie blieb auf ihm liegen, gebrauchte ihn, triumphierte über ihn, preßte aus ihm eine Art Vergeltung für alle Unvollkommenheit, die sie als Frau fühlte. Und durch ihr unweibliches Verhalten versuchte sie alle Weichheit und Schwäche auszulöschen, die sie zu besitzen glaubte, für die sie sich selbst haßte und die sie dennoch belastete. Nun würde er ihr Gesicht spüren; sie wollte *ihn* besitzen, ihn, Meredith Houseman, das Ideal der Männlichkeit, den Schauspieler, den Filmstar, den strahlenden jungen Helden. Von unten her sah er nur ihre Brüste, die scharfe Kante ihres Kinns und die zusammengepreßten Kiefer. Bis sie ganz plötzlich mit einem letzten Erschaudern über ihn hinsank und triumphierend spürte, wie auch er in höchster Lust erschlaffte.

Während er unter ihr lag, war alles glasklar, so unendlich klar, daß er nur mit Mühe an die Randerscheinungen denken konnte, an zufällige Assoziationen, an Beziehungen zwischen dem Akt und anderen Dingen, nicht aber an den Akt selbst. Er dachte zum Beispiel an die seltsame Passivität, die zum Teil seine Karriere ausmachte, in der er — allem Geschwätz über großes Auftreten und die Bezeichnung „Schauspieler" zum Trotz — nichts anderes als ein Geschöpf von Autor und Regisseur war, das nur passiv blieb und Befehle entgegennahm und ausführte. Steh auf dem Kreidestrich, geh bei dieser Stelle von hier nach dort. So mußt du denken, so mußt du sprechen. Jetzt eine Geste machen, und jetzt und jetzt! Träge stellte er sich die Frage, ob es Lila Thatcher bewußt gewesen war, was sie begonnen hatte, und wie jene Pfade, die sie gemeinsam in den Wäldern außerhalb von Spoon Gap betreten hatten, zuerst zu einem Weg und schließlich zu einer breiten Straße der Erfahrung geworden waren.

Alle diese Gedanken zogen im Bruchteil einer Minute an ihm vorüber. Jocelyn brachte ihn in die Gegenwart zurück.

„Das war in Ordnung", sagte sie. Ihre Stimme war jetzt sanft. Immer noch lag sie auf ihm, aber sie senkte ihr Gesicht, um seine Brauen, seine Lider, seine Lippen zu küssen; sie war ruhig und zärtlich. Sie legte sich neben ihn. Er zündete für beide eine Zigarette an, aber sie lehnte ab. Sie lag einfach da, und hin und wieder streichelte sie seinen Arm. Dann schlief sie ein.

Er stieg aus dem Bett, zog sich an und blickte auf sie nieder. Er hatte keine Ahnung, was er von ihr halten, was er über sie denken sollte. Er war nicht einmal sicher, ob er sie mochte. Es war eben eines dieser Dinge, „one of those things ...", wie Cole Porter es nannte. Sie hatten einander gebraucht. Aller Voraussicht nach würden sie einander nie wieder begegnen.

Er verließ das Schlafzimmer und löschte das Licht. Im Vorraum prüfte er sein Aussehen, rückte die Krawatte zurecht und ging. Er zog die Tür so zu, daß das Schloß einschnappte.

II

Das Stück sei in Ordnung, hatten die Kritiker gesagt, banal, aber amüsant. Meredith Houseman jedoch sei ein Schlager. Seiner, Housemans, Ansicht nach war das Stück besser, als die Kritiker wahrhaben wollten, aber es war nicht an ihm, sie zu belehren. Wenn er überhaupt daran dachte, so nur im Zusammenhang mit Jaggers, der außergewöhnlich interessiert war, „Honey, Do" als etwas hinzustellen, was gerade richtig war, um seinen Schützling brillieren zu lassen. Es war genauso, wie wenn man für den Helden eines Westerns ein Pferd aussucht. Das Pferd darf nicht zu groß sein, sonst wirkt der Star auf dem riesigen Tier wie ein Kind, aber auch nicht zu klein, denn der Mann auf seinem Rücken muß ebenso eindrucksvoll wie wohlproportioniert erscheinen.

Meredith zündete sich eine Zigarette an, seine Spannung begann nachzulassen. Er hatte sich abgeschminkt, geduscht und war für diesen Abend fertig. Er fühlte sich wie ein Geschäftsmann nach einem erfolgreichen Tag. Niemand war zu sehen, weder Reporter noch Gratulanten aus der Theaterwelt, ein perfekter Routineabend, dessen Gewöhnlichkeit er genoß. Nach der Aufregung des Experiments von New Haven, den letzten Wochen vor der Premiere und dem Riesenwirbel der ersten Spielzeit war es wohltuend, ins Theater zu kommen, seine Arbeit zu machen, eine Zigarette zu rauchen und dann nach Hause zu Elaine und Merry zu gehen. Er könnte jetzt mehr Zeit mit ihnen verbringen, dachte er.

Er drückte die Zigarette aus, zog sein Jackett an und verließ das Theater. Er bekam ohne weiteres ein Taxi, jetzt, da der Rummel nach dem Ende der Vorstellung vorbei war, gab es genug davon, nur die halbe Stunde machte den ganzen Unterschied. Er nannte dem Fahrer seine Adresse, lehnte sich zurück und genoß das Gefühl leichter Müdigkeit. Es war das Gefühl, gute Arbeit geleistet zu haben. Ein gutes, ein solides Gefühl. Ein hektischer Monat lag hinter ihm, hart für ihn, aber noch härter für Elaine; doch es hatte sich gelohnt. Und er nahm sich vor, sich ab nun mehr um Elaine zu kümmern. Er versprach es ebenso sich selbst wie ihr. Und auch das gab ihm ein gutes Gefühl.

Er bezahlte den Fahrer, stieg aus, gab den Gruß des Portiers mit einem Nicken zurück und betrat das Haus. Er fuhr mit dem Lift bis in sein Stockwerk, klinkte die Tür auf und fragte sich, welches Baby wohl so jämmerlich schreien könne. Wer noch außer ihnen hatte eines? Und weshalb sollten Leute ihr Kind so schreien lassen? Nicht einmal im entferntesten kam es ihm in den Sinn, es könnte sich um sein Kind handeln. Schließlich waren drei Erwachsene in der Wohnung, um auf die Kleine aufzupassen: die Säuglingsschwester, das Dienstmädchen und natürlich auch Elaine. So konnte es einfach nicht Merry sein, was da so spitze und durchdringende Schreie von sich gab. Als er jedoch die Tür öffnete, wurde das Geschrei lauter. Als er rief: „Hallo, ich bin zurück!“, und niemand antwortete, dachte er entsetzt: „Mein Gott, es ist Merry“, und rannte durch das Vorzimmer zum Kinderzimmer.

Da lag sie in ihrem Kinderbett, mit geballten Fäusten,

krebsrotem Gesicht und so heftig schreiend, daß ihr winziger Körper bei jedem Atemzug geschüttelt wurde. „Elaine!“ rief er. „Schwester Swain! Margaret!“ Er erinnerte sich, daß Schwester Swain ihren freien Abend hatte, aber wo zum Teufel war Margaret? Wo war Elaine? Was für eine Verrücktheit, ein Baby allein zu lassen. Er hob seine Tochter heraus, um sie zu beruhigen. Sie hatte volle Windeln. Er legte sie auf den Wickeltisch, zog sie aus und reinigte sie vorsichtig mit Watte und Babyöl. Dann nahm er eine Windel von dem großen Stoß unter dem Wickeltisch, faltete sie, breitete sie aus, legte Merry darauf und wickelte sie ein. Die ganze Zeit über, in der er diese Dinge tat, redete er, zu sich und zu ihr, weil er noch niemals ein Baby umgewickelt hatte und nicht sicher war, ob er allein vom Zusehen alles richtig gelernt hatte. „Schau her, schau her, es ist schon alles in Ordnung“, wiederholte er unaufhörlich. „Daddy ist hier, alles ist in Ordnung. Alles ist gut.“

Aber Merry war anderer Ansicht. Sie schrie weiter, obwohl sie jetzt sauber und trocken war. Was konnte sonst noch mit ihr los sein? Vielleicht war sie hungrig. Er ging in die Küche, um eine Flasche zu holen. „Ich bin gleich wieder zurück“, sagte er zu Merry. Er kam sich ein wenig komisch vor, wußte aber, er würde sich in der Küche noch viel komischer fühlen. Wie zum Teufel richtete man eine Flasche? Er hatte nicht die leiseste Ahnung.

Es war merkwürdig, daß in der Küche das Licht brannte, aber dann, als er eintrat, sah er Margaret auf dem Boden liegen. Offenbar hatte sie gerade die Flasche für Merry geholt, als sie hinfiel, denn auf dem Boden war eine Milchlache, und die Flaschenscherben lagen überall verstreut. Meredith kniete nieder, um zu sehen, was mit ihr los war. Oder, besser gesagt, um zu versuchen festzustellen, ob sie am Leben oder tot war. Er hatte keine Ahnung, was ihr zugestoßen sein konnte. War ein Gewalttäter dagewesen? Hatte sie jemand überfallen? Ihr Gesicht war zerschnitten und blutverschmiert, die wunden Stellen an der Wange waren mit geronnenem Blut verkrustet. Um den Mund herum war eine Art von Schaum. Er griff nach ihrem Handgelenk, konnte aber den Puls nicht finden. Sie war jedoch warm. Er suchte den Puls bei seinem eigenen Handgelenk, fand ihn und versuchte es dann nochmals bei ihr. Jetzt spürte er ihn, schwächer als seinen, aber doch regelmäßig und stark. Zum Teufel mit seiner Diagnose, die Frau brauchte einen Arzt. Er lief in Merrys Zimmer zurück, um sich zu überzeugen, ob mit dem Baby alles in Ordnung war. Sie war es nicht. Sie weinte immer noch. Aber er konnte sich jetzt nicht damit aufhalten, ihr eine Flasche zu geben. Das würde zumindest eine halbe Stunde dauern. Sie lag in ihrem Korb und schien für den Augenblick in Sicherheit. Er lief durch die Halle ins Vorzimmer, blieb stehen, um die Tür aufzusperren, trat auf den Gang und läutete nach dem Lift. Ungeduldig wartete er auf das Ende des Schwirrens, Summens und gedämpften Rasselns von Ketten und Seilen.

„Ja, Sir?" fragte der Fahrstuhlführer.

„Gibt es in diesem Haus einen Arzt?"

„Ja, Doktor Roseblau. Frank Roseblau."

„Bitte, holen Sie ihn. Es ist dringend!"

„Ja, Sir", antwortete der Fahrstuhlführer und schloß die Tür des Lifts.

Meredith lief in die Küche zurück. Es gab nichts, was er für Margaret hätte tun können. Er wagte nicht, sie zu bewegen, und eigentlich war er auch ein wenig angewidert von dem Schaum um ihren Mund. Er wußte nicht, was der Schaum bedeutete. Tollwut? Es schien unwahrscheinlich. Merry weinte noch immer. Er ging zum Kühlschrank, fand dort mehrere Babyflaschen und nahm eine heraus. Er nahm einen Topf, füllte ihn mit Wasser und setzte Topf und Flasche zum Wärmen auf. Er fragte sich, wann Schwester Swain zurückkommen sollte. Und wo blieb der Arzt? Und wo zum Teufel war Elaine?

Er prüfte die Temperatur der Flasche an seinem Handgelenk, wie er es Schwester Swain hatte tun sehen; die Flasche schien weder heiß noch kalt. Er nahm an, daß es so recht sein würde. Er trug sie in Merrys Zimmer, nahm das Kind auf, setzte sich auf den Holzsessel, den Schwester Swain zu benützen pflegte, und gab Merry die Flasche. Zu seiner größten Genugtuung hörte das Geschrei auf, und das winzige Mädchen gab sich wonnigem Saugen hin. Er beobachtete sie beim Trinken und sah befriedigt, wie die hochrote Farbe des Gesichtes schwand und zu einem gesunden Babyrosa wurde. Er öffnete ihre Faust und legte seinen Zeigefinger in ihre Hand, die sich sofort darum schloß. Alle ihre Finger faßten den seinen, und er bestaunte die unglaubliche Winzigkeit der Finger und Fingernägel. In ihrer Hand war sein Finger groß wie ein Baumstrunk.

Er hörte, wie die Tür geöffnet wurde.

„Hallo?“ tönte eine männliche Stimme; der Arzt.

„Ich kann im Augenblick nicht kommen“, schrie er dem Arzt zu, „aber schauen Sie in die Küche.“

„Hallo?“ Diesmal war es eine Frauenstimme. Es war Elaine.

„Ich bin hier!“ rief Meredith zurück. „In Merrys Zimmer.“

Elaine kam in das Kinderzimmer.

„Ich versteh’ es nicht“, sagte sie, „es dauerte so lange, bis der Aufzug herunterkam.“

„Verdammt noch einmal, wo bist du gewesen?“

„Bei Jane“, antwortete sie kichernd.

Sie hatte getrunken. Es war nicht das Trinken oder das Kichern oder dies zusammen, was Meredith veranlaßte, vom Sessel aufzustehen, Merry vorsichtig in das Kinderbett zu legen und sich dann, sobald das Kind versorgt war, zu Elaine zu wenden und ihr ins Gesicht zu schlagen.

Daraufhin ging er in die Küche, um mit dem Arzt zu sprechen und zu erfahren, was in Teufels Namen mit Margaret geschehen war.

Es war schmerzlich klar wie das Licht der Sonne selbst und fast unerträglich, als Jaggers aufhörte, auf dem gepolsterten Schreibtischsessel vor und zurück zu schaukeln, sich vorbeugte, den Kopf schüttelte und sagte: „Es tut mir leid, Meredith, aber es gibt keinen Ausweg. Die Sorge für das Kind muß ihr übertragen werden. Du kannst versuchen, dagegen anzukämpfen, aber es wird nichts nützen. Du würdest verlieren. Wenn du nicht beweisen kannst, daß sie eine Prostituierte oder rauschgiftsüchtig ist oder am besten beides, wird ihr das Kind zugesprochen. Alles, was für dich heraussähe, wäre ein ungeheuerlicher Skandal, der für dich, für sie und letzten Endes auch für Merry höchst unerfreulich wäre. Die Leute erinnern sich an solche Sachen. Du bist heute schon berühmt und wirst es in zehn, in zwanzig Jahren noch mehr sein. Die Leute behalten diese Art von Dingen im Gedächtnis. Und, glaube mir, damit lädst du dem Kind eine schwere Bürde auf.“

So war es in der Tat. Die Worte Jaggers’ schnitten wie

Messer in sein Fleisch, und das schärfste von allen war „Bürde“. Das war das letzte, was er seiner Tochter sein wollte. Er selbst wußte nur zu gut, was es hieß, eines Vaters Bürde auf dem Rücken mit sich herumschleppen zu müssen. Und sein Vater hatte es auch gewußt. Und alles, was er wollte, mehr als etwas auf der Welt, war, diesem Kind, für dessen Dasein er verantwortlich war, ein guter Vater zu sein, ein Freund, ein Vertrauter, ein verstehender, verläßlicher, hilfreicher Vater.

Er hatte Sam Jaggers erklärt, was sich an diesem Abend abgespielt hatte. Wie er nach Hause gekommen war und Margaret auf dem Boden liegend vorgefunden hatte, den ganzen Mund voll von diesem Schaum. Es war ein schwerer epileptischer Anfall gewesen, aber das hatte er nicht gewußt. Und wie er Merry hatte umwickeln und füttern müssen, und in welchen Zorn er geraten war. Und der Schlag? Er hatte sich gar nicht so sehr gegen Elaine gerichtet als vielmehr gegen alles, was geschehen war, und daß sie es hatte geschehen lassen. Aber da stimmte etwas nicht, konnte etwas nicht stimmen. Ein Schlag konnte nicht so viel zerstören in einer normalen Ehe. Es war wie ein Schlag auf ein Holz, das völlig gesund erscheint, aber von innen her vom Holzwurm zerfressen ist; ausgehöhlt, vollkommen ausgehöhlt.

Er hatte das Haus verlassen und war in seine Garderobe zurückgekehrt, um dort zu schlafen. Und dann, am nächsten Tag, hatte er Elaine angerufen und sich bei ihr entschuldigt, und sie hatte die Entschuldigung angenommen, und alles hätte in Ordnung sein können und wäre auch in Ordnung gewesen, hätte er nicht vor Beendigung des Gespräches noch einmal ihre Trunkenheit erwähnt. Sie hatte Argumente vorgebracht und er Gegenargumente; gerade hatte er sich entschlossen, die Dinge auf sich beruhen zu lassen, als sie abhängte. So hatte er eine zweite, eine dritte Nacht in seiner Garderobe verbracht und war schließlich in ein Hotel übersiedelt.

Er erwähnte Jaggers gegenüber nicht, daß er versucht hatte, Carlotta anzurufen. Sie war nicht in der Stadt gewesen, und so hatte er Jocelyn Strong angerufen, nicht so sehr aus Sehnsucht nach ihr, sondern um einen Weg zurück zu Elaine zu finden. Es war alles eingetroffen, wie er erwartet hatte; die Klatschspaltenschreiber hatten sich darauf gestürzt und eine kleine, pikante Geschichte daraus gemacht, wie der Star von

„Honey, Do“ sich nun in dem alten Spiel „Wer war diese Frau?“ betätigte. Elaine hatte es gelesen und, genau wie Meredith vorausgesehen hatte, nach dem Telephon gegriffen. Nur hatte sie nicht ihn angerufen, sondern ihren Anwalt.

Was Elaine betraf, so ließ ihn das Ganze ziemlich kalt. Sicher, er bedauerte es bis zu einem gewissen Grad, wie es eben bei Mißerfolgen dieser Art natürlich war, jedoch überraschte ihn die Gelassenheit, mit der er den Bruch hinnahm. Es war, als ob er seine Ehe erst jetzt, da sie in Brüche ging, wirklich verstand. Er mochte Elaine gerne, immer noch, und er wünschte ihr alles Gute. Aber es wurde ihm bewußt, daß er sie und auch sie ihn aus dem zufälligsten und banalsten aller Gründe gewählt hatte. Jeder hatte im anderen einen wesensgleichen Zug, eine vertraute und deshalb kongeniale Eigenschaft entdeckt, die ihnen die sofortige Freundschaft, ein unmittelbar anschließendes Liebesverhältnis und das Eingehen einer Ehe innerhalb von einer Woche ermöglicht hatte. Das einzig Unangenehme hatte darin bestanden, daß dieser gemeinsame Wesenszug, auf den sie so viel gebaut, auf den sie alles gesetzt hatten, das Bedürfnis nach Stärke war, im Bewußtsein eigener Unterwürfigkeit und Abhängigkeit. Und irgendwie hatte jeder an des anderen Kraft, Verläßlichkeit und Führungsqualität geglaubt. Und beide waren sie enttäuscht worden.

Nun gut, das waren eben die Risiken des Spiels. Aber Meredith empfand es als ungerecht und falsch, daß er und Elaine nicht die einzigen Verlierer waren. Da war die kleine Merry, die keinen Fehler gemacht und sich auch nicht verspekuliert hatte, die nun durch richterlichen Wahrspruch ins Leben gestoßen und nicht ihm, sondern Elaine zugesprochen wurde.

„Aber denk doch an dein Leben“, sagte Jaggers, während er vor und zurück schaukelte, „und betrachte es mit den Augen des Richters in einem Scheidungsprozeß. Du bist Schauspieler, was schon schlecht ist. Du reist in der Welt herum, fährst in der Welt herum, saust zwischen Los Angeles und New York hin und her. In Wahrheit hast du keinen festen Wohnsitz. Nicht daß an einem dieser Dinge unbedingt etwas auszusetzen ist, aber es kann etwas nicht in Ordnung sein. Häufig ist es auch so. Und das Publikum — und Richter gehören auch zum Publikum — neigt dazu, dir dein glanzvolles Leben übelzunehmen, und wird daher nicht bereit sein, im Zweifelsfall zu deinen Gunsten zu entscheiden. Nein, es hat keinen Sinn, darum zu kämpfen, weil keine Gewinnaussichten bestehen."

„Aber was soll ich tun? Ich kann doch nicht einem drei Monate alten Kind ein kurzes ‚Auf Wiedersehen' zuwinken und dann alles vergessen."

„Wo denkst du hin", antwortete Jaggers. „Was du tun kannst, ja was du tun mußt, ist ‚Auf Wiedersehen' zu winken und nicht zu vergessen. Wünsche ihr alles Gute und behalte sie im Auge. Ich werde sie auch im Auge behalten, und wir werden sehen, was geschehen wird."

Denver James kroch über das Dach des fahrenden Güterwagens. Es war nichts besonders Schwieriges daran, er mußte sich nur rasch bewegen, um zum Ende des Waggons zu kommen, die Leiter hinunterzukriechen und im Moment, da der Zug den die Markierung darstellenden Kaktus passierte, zu springen. Denn ungefähr fünfunddreißig Meter nach der Kaktuspflanze war der Boden entsprechend vorbereitet, aufgegraben, mit Schaumgummi belegt und zuletzt mit einer dünnen Erdschicht bedeckt worden. Er hatte den Sprung so zu berechnen, daß er auf dem Schaumgummi landete. Auch mußte er sich vom Zug abstoßen und mit von der Kamera abgewandtem Gesicht landen. Keine einzige Phase in diesem Ablauf war besonders schwer oder besonders gefährlich. Wenn er die vorbereitete Stelle verfehlte, würde die Landung schwierig sein und vielleicht einen Beinbruch kosten. Aber warum sollte er sie verfehlen? Nein, das Schwierige war, alles richtig zu machen, zur rechten Zeit und im richtigen Winkel zu landen, mit dem Gesicht in der vorgeschriebenen Richtung. Für fünfzehnhundert Dollar. Ungefähr zwei Minuten Arbeitszeit, allerdings nicht eingerechnet das Warten und Schminken und ohne das Getue mit den Kleidern, damit er dem süßen Beau der Leinwand gleichsähe.

Dieser Scheißwind, dieser verfluchte. Er war zwar weder gefährlich, noch würde er den Sprung behindern, doch konnte die ganze Aufnahme im Eimer sein, wenn sein Hut vom Kopf geblasen und damit alles lächerlich erscheinen würde; vor allem müßte er die Szene wiederholen. Er hielt den Kopf so, daß der Wind den Hut anpreßte, schaute nach dem Kaktus aus und kroch vom Dach des Güterwagens die Leiter hinunter.

Er duckte sich sprungbereit, und als der Kaktus in seiner Höhe war, stieß er sich mit einem kräftigen, eleganten Schwung vom Zug ab. Er schlug hart auf, rollte ein paarmal herum und blieb liegen.

„Schnitt“, brüllte der Regisseur von irgendwoher. Der Hilfsregisseur machte eine Geste des Halsabschneidens, und der Kameramann stoppte die Aufnahme.

Denver James lag auf dem Boden. Es war richtiger Boden, denn er war vom Schaumgummi weggerollt. Da lag er und versuchte einzuatmen. Er war hart aufgefallen, und die Luft war ihm ausgegangen. Er hoffte, daß es nichts anderes war, vor allem aber konzentrierte er sich auf ganz kurze, flache Atemzüge, die nicht weh taten.

„Haben Sie sich verletzt?“ fragte der Hilfsregisseur. Er tastete den Boden mit dem Fuß ab. „O Gott, der Schaumgummi ist da drüben.“

„Verdammt, ich bin gerollt.“

„Jesus Christus“, stöhnte der Hilfsregisseur. „Bleiben Sie ruhig, ich hole den Arzt. Wo ist er überhaupt? Er hat doch hier zu sein.“

Er ging um den Arzt. Denver versuchte etwas tiefer zu atmen. Es war nicht ganz so arg. Dennoch konnte er nicht wirklich einatmen, aber immerhin seine Lunge ohne Schmerzen zu einem Drittel füllen. Er vermutete, er war soweit in Ordnung. Systematisch, fast wie ein Pilot, der vor dem Flug seine Kontrolliste überprüft, untersuchte er seine Glieder. Arme, Beine, Hände, Füße. Ja, er glaubte, daß alles ganz war.

Der Arzt kam angelaufen.

„Also schauen wir es uns einmal an“, sagte er und war nichts als Herzlichkeit und Beruhigung. „Es tut mit leid, daß ich nicht hier war“, fügte er hinzu. „Ich habe mich halb zu Tode gewartet, bis diese verdammte Szene endlich gedreht würde, schließlich konnte ich nicht mehr. Ich mußte weg.“

„Ist schon gut“, murmelte Denver. „Ich hoffe, ich werde mit dem Leben davonkommen. Mir ist nur alle Luft abhanden gekommen.“

„Wir werden gleich sehen“, sagte der Doktor, befühlte die Rippen, tastete, klopfte, fragte von Zeit zu Zeit: „Tut das weh?“, und wartete auf Denvers „Nein“.

Als der Arzt mit seiner Ad-hoc-Untersuchung fertig war,

hatte sich Denver bereits so weit erholt, daß er aufstehen konnte, und der Doktor erlaubte es auch. Um ganz sicherzugehen, ließ der Arzt in der Ordination des Studios einige Röntgenaufnahmen machen.

Es dauerte eine Weile, bis die Aufnahmen entwickelt waren, und als der Techniker aus der Dunkelkammer kam, um zu bestätigen, daß nichts gebrochen war, fühlte sich Denver bereits wieder wohl. „Danke", sagte er. „Ich habe es mir gedacht." Er salutierte, indem er mit einem Finger seine Stirn berührte, und verließ den Raum. Mit jedem Schritt fühlte er sich besser in Form, um an die Kasse zu gehen und seine dreitausend Dollar zu kassieren. Zwei Kunststücke zu je fünfzehnhundert. Eine gute Woche. Und jetzt auf nach Mexiko. Spaß und Spiel, bis die Moneten dahin sein würden, das war die Belohnung dafür, daß er diesen Job überlebt hatte. Und ein neuer Job würde die Strafe für Spaß und Spiel sein. Es war ein Teufelskreis, aber das Laster hatte eben, nach den Worten eines versoffenen Dichters, seine Reize. Jedenfalls war Denver dieser Ansicht. Es war teuer, etwas teuer, aber was für ein Preis! Mit diesem Spiel konnte er es sich leisten. Einige der anderen Doubles kamen ihm nur verrückt vor. Zum Beispiel Jay Abbott, mit seiner Frau, seinen Töchtern und seinen Prämien für die Lebensversicherung, der in der ewigen Angst lebte, das nächste Mal könnte das letzte sein und irgendein Jemand würde sich die Zeit mit seiner Frau vertreiben, bevor er noch kalt unter der Erde lag. Und erst Jay Rabbit. Nervös? Heiliger Himmel!

Er brauchte fast eine Stunde von Culver City nordwärts nach Beverly Hills, aber es war noch nicht drei Uhr, als er am Ziel war. Vielleicht konnten sie schon am Abend wegfahren oder früh am Morgen. Ihm war es egal. Ihm war alles egal.

Kaum war die Tür hinter ihm ins Schloß gefallen, begrüßte ihn Elaine mit einem enthusiastischen Kuß.

„Ist alles gutgegangen?" fragte sie aufgeregt.

„Ich bin hier, oder nicht?"

„Ja, du bist da."

„Dann ist es gutgegangen", sagte er und dachte, daß Weiber manchmal die blödesten Fragen der Welt stellten. Er ging zur Hausbar im Wohnraum und nahm sich etwas zu trinken. Er lebte nicht direkt mit Elaine zusammen, aber er war oft genug im Haus, um zu wissen, wo der Alkohol war, und ungeniert genug sein zu können, sich das zu holen, wonach er gerade Lust hatte. Das Haus war in Ordnung. Er fühlte sich hier wohl. Natürlich war das auch ein Warnzeichen. Alle diese Häuser waren Warnzeichen, denn sie waren im Besitz von Weibern, die ihre Ehemänner hinausgeschmissen hatten oder von ihren Ehemännern hinausgeschmissen worden waren. Ob das eine oder das andere, war egal. Denver James hatte schnell gelernt, daß nichts auf der Welt einer in Hollywood geschiedenen Frau glich. Mal mit diesem, mal mit jenem, und doch waren sie in Sachen Heirat äußerst vernünftig. Welche Frau, die ihre fünf Sinne beisammen hatte, würde auf die Annehmlichkeit der Alimente — die sie alle bekamen — verzichten, um ein Double zu heiraten, das in einer Woche bereits tot sein konnte! Nein, damit war es nichts. Frei wie ein Vogel, nett und unverbindlich. Irgendein Knabe hatte das recht gut ausgedrückt, als er sagte: „Spar wie ein Schotte, küß wie ein Franzose, fick wie ein Amerikaner!“ Wer zum Teufel war das nur gewesen? Er konnte sich nicht erinnern. Das wichtigste aber war, daß er den Rat beherzigte. Wenn sie Lust dazu hatten, konnten sie diesen Spruch auf seinen verdammten Grabstein schreiben.

„Hast du gegessen?“ fragte Elaine. „Bist du hungrig?“

„Nein, ich habe nicht gegessen, aber ich habe keinen Hunger, nicht jetzt. Ich möchte mich so schnell wie möglich waschen.“

„Natürlich“, sagte sie.

Er trank aus, schenkte sich noch einmal ein und ging hinauf zum Badezimmer. Er ließ die Tür offen, und sie folgte ihm. Er zog sich aus, ging zur Dusche und stellte die Temperatur so heiß ein, wie er es nur aushalten konnte. Er sah, wie sie ihn beobachtete, als wäre sie ein hungriges Kind und er das größte Schokoladeeis der Welt. Er überlegte einen Moment, ob er es ihr gleich sagen sollte. Aber nein, das hieße die Dinge überstürzen; und außerdem Wasser verschwenden. Das ganze herrliche heiße Wasser würde den Abfluß hinunterrinnen, während sie über Gehen oder Nichtgehen diskutieren würde, mit dem Gedanken spielen, mit ihm spielen würde, denken ... Zum Teufel damit. Er wußte genug, um den Gedanken einer Frau nicht zu trauen. Nur Gefühle zählten. Gefühle! Willst du einen Gefallen, so bitte einen Mann vorher, eine Frau aber nachher. Das ist allgemein bekannt. So beschloß er, bis nachher zu warten, und ging unter die Dusche, wo das heiße Wasser über seinen Körper rann und die Schmerzen der Quetschungen, die er bei dem Sprung von dem Zug davongetragen hatte, etwas linderte. Sie stand draußen, hielt seinen Drink, und von Zeit zu Zeit steckte er den Kopf hinaus, und sie gab ihm einen Schluck.

„Herrlich. Danke", sagte er. Das war ohne Zweifel die beste Art zu leben. Solange es eben ging. Aber zur Hölle damit. Da gab es geprüfte Buchhalter, gesetzlich geschützte Apotheker und Schuhverkäufer — eine ganze Welt kleiner Männer in grauen Anzügen und mit grauen Schnurrbärten, die ihr kleines graues Leben lebten —, man liest immer über sie, über ihre Unfälle durch ins Rollen gekommene Betonmischer, wie sie in ihren lächerlichen Badewannen stolpern und sich den Hals brechen. Und mit dem kommenden Krieg — jeder wußte, daß er jetzt kommen mußte — gab es ohnehin keinerlei Sicherheit mehr.

Er kam aus der Dusche heraus, trocknete sich ab und drehte sich zu Elaine, um sich den Rücken frottieren zu lassen. Dann wandte er sich um, damit auch seine Vorderfront liebevoll behandelt würde, und als sie begann, etwas tiefer zu greifen, zog er sie an sich und küßte sie. Zusammen gingen sie in ihr Schlafzimmer, einen großen Raum mit Kamin. Er beobachtete sie, als sie die Schlafzimmertür verriegelte und sich das Kleid über den Kopf zog. Sie trug nichts darunter, was sowohl hübsch als auch wirksam war. Mit dieser Art Vorbereitung sah er sich bereits auf halbem Weg nach Mexiko. Natürlich mußte sie das Kind für diese Zeit zurücklassen; entweder das, oder sie konnte ihm gleich adieu sagen. Oder, besser gesagt, ihm nachsehen, wie er ging, denn gehen würde er, und das gleich am Morgen, weg nach Tijuana, weg in Richtung Süden.

Seine Gedanken kamen langsam zur Ruhe, um schließlich stillzustehen, als das Spiel seiner Hände auf ihrem Körper ihn mehr und mehr in Anspruch nahm. Er ließ sich Zeit, abwartend, daß sie käme und ihn anflehte, er möge endlich in sie eindringen, möge zu ihr kommen wie ein brünstiger Hengst; die Trägheit ihrer Umarmung glich einer Wolke, die ihn trug. Sie war ein braves Stück. Und bald genug bat sie ihn darum, und in einer netten, langsamen, behutsamen Weise rollte er sich hinüber, auf sie und in sie, geschickt und sicher wie die Hand eines Taschendiebes. Da hörten sie plötzlich das Anschlagen der Eingangstür.

„Wer ist das?" fragte er.

„Das ist nur Clara, die Merry vom Spaziergang zurückbringt. Es geht schon in Ordnung, die Tür ist verriegelt."

„Gut", sagte er und fuhr in seinen Zärtlichkeiten fort. Aber es war nicht in Ordnung, nicht im geringsten, denn der kleine Balg hatte auf seinem Spaziergang ein Eichhörnchen gesehen und war darüber so aufgeregt, daß er kaum erwarten konnte, seiner Mutti davon zu erzählen. Trapp, trapp, trapp kam sie die Stiegen herauf, zu Muttis Schlafzimmertür, um zu klopfen und zu hämmern und jammernd vor der Tür zu stehen, denn sie wollte hinein und Mutti vom Eichhörnchen erzählen.

Für gewöhnlich hätte ihn das Ganze kaltgelassen, doch war das nicht irgendein Fick, sondern ein besonders wichtiger, einer mit dem Zweck zu überreden, und wenn er sie damit nicht überreden konnte, dann mit nichts sonst, und damit würde er allein nach Mexiko gehen, in den Kaschemmen von Tijuana herumkugeln, betrogen und in irgendeiner Bar in eine Rauferei verwickelt werden und schließlich im Gefängnis landen. Um wieder freizukommen, müßte er bestechen, und damit würde er in zwei Wochen pleite sein und in drei Wochen wieder von Zügen springen.

„Sie wird schon weggehen", sagte Elaine, aber es war mehr eine Hoffnung als eine Feststellung.

„Nicht jetzt, Merry." Aber bei der Stimme der Mutter wurde die Kleine nur noch hartnäckiger und jammerte lauter denn je, daß sie herein wolle.

„Es tut mir leid", entschuldigte sich Elaine.

Ihm tat es auch leid. Vor allem aber war er ärgerlich. Das vor allem. Er löste sich von Elaine und ihrer Umarmung, stand auf und ging quer durch das Zimmer zur Tür.

„Nein", schrie Elaine auf. Aber er beachtete sie nicht.

Er öffnete die Tür und schrie das kleine Mädchen an: „Hast du nicht gehört, was deine Mutter eben gesagt hat. Nicht jetzt. Komm später. Hau ab!" Er hätte noch weitergetobt, denn das Kind stand bewegungslos da und starrte ihn an, erschreckt durch sein Geschrei, aber doch neugierig durch seine Nacktheit und jenes Ding, das aus den Haaren heraussprang, da, zwischen seinen Beinen. Aber er hörte einen Aufschrei von der Stiege her, und als er aufblickte, sah er Clara vor sich, die Augen geweitet, fast so neugierig wie das Kind.

„Was zum Teufel ist los mit dir?" brüllte er Clara an.

„Warum gibst du nicht acht auf sie? Das ist es doch, wofür du bezahlt wirst. Das verdammte Jammern und Türklopfen ... Auf was starrst du? Auf mich?"

„J-j-ja", stotterte sie.

„Wenn du deine Arbeit machen und dich um das Kind kümmern würdest, stünde ich nicht hier. Wenn sie mit ihren Geschichten über ihr Eichhörnchen hier hereinplatzt, dann schau nicht so verdammt schockiert, wenn ich mit meinem Eichhörnchen hier herauskomme. Ach, Scheiße. Schaff sie weg, ja? Geh spielen mit ihr. Du kannst mit dir selbst spielen, wenn du außer Dienst bist."

Er knallte die Tür zu. Anscheinend hatte Clara, eine Werkstudentin, Merry schnellstens aus dem Weg geräumt, denn aus der Halle vor dem Schlafzimmer kam keine weitere Störung. Elaine lag auf dem Bett, zu entsetzt, um zu sprechen. Oder zu ängstlich. Mit einiger Genugtuung stellte er fest, daß ihre Furcht, ihn zu verlieren, zu groß war, als daß sie ihm über das Unerhörte seines Handelns Vorwürfe gemacht hätte.

Er stieg zu ihr ins Bett. Aber es war unmöglich, die Stimmung wiederherzustellen, die durch die Unterbrechung zerstört worden war. Keiner der beiden war an der Fortsetzung wirklich interessiert, aber da er nun einmal überzeugt war, er könne Elaine nur auf diese Weise zum Mitfahren bewegen, kehrte er ins Bett und schließlich in sie zurück. Aber es war nicht gut. Sie kam nicht, in keiner Bedeutung des Wortes.

„Scheiße!" knurrte er, während er auf der Bettkante saß und eine Zigarette rauchte. „Du willst mit mir nach Mexiko kommen, ich will dich mithaben, also warum nicht?"

„Wegen Merry", antwortete sie.

„Was ist mit dem Mädchen los, warum kann sie nicht auf die Kleine achtgeben?"

„Sie geht in die Vorlesungen, sie ... Ich kann sie einfach nicht bei Clara lassen, ich kenne sie kaum, und sie ist selbst nichts als ein Kind."

„Scheiße!" wiederholte er. Gut, er würde in der Früh verschwinden.

Aber er verschwand nicht. Er und Elaine kleideten sich an und gingen in die Küche hinunter, damit er etwas zu essen bekäme. Er hatte kein Mittagessen gehabt, und nun war es bereits halb fünf. Clara kam mit allem Mut, den sie aufbringen konnte, in die Küche und kündigte auf der Stelle. Jetzt war wirklich nichts mehr zu machen, dachte Denver. Aber er sollte seinen Irrtum sogleich erkennen. Ohne einen Gedanken an Mexiko saß Elaine da und rang die Hände; verzweifelt fragte sie, was sie denn tun solle. Sie könne nicht selbst auf Merry aufpassen, sie hielte es nicht aus, auf diese Weise zur Sklavin zu werden; niemals ausgehen, niemanden sehen, nichts unternehmen! Sie brauche jemanden. Darauf meinte er, Urlaub von Merry sei das einzig Richtige für sie. Er sagte es, ohne im entferntesten daran zu glauben, daß sie auf ihn hören würde. Doch genau das tat sie. Sie stimmte ihm zu und wollte wissen, wie sie es bewerkstelligen solle.

„Gib sie ihrem Vater zurück", riet er.

„Nein, das kann ich nicht."

„Sei keine sentimentale Gans."

„Bin ich nicht. Ich brauche das Geld. Der Großteil meines Lebens wird durch seinen Unterhaltsbeitrag für das Kind gedeckt."

„Dann gib sie eben eine Weile in eine Schule."

„In die Schule? Mach keine Witze. Um Himmels willen, sie ist erst drei Jahre und kaum aus den Windeln."

„Macht nichts. Es gibt auch Anstalten für Dreijährige."

Sie dachte einen Augenblick darüber nach, dann sagte sie: „Du meinst Waisenhäuser?"

„Ja. Natürlich sind einige der Kinder dort Waisen, aber nicht alle. Und schließlich gehst du nicht für immer weg. Höchstens für ein, zwei Wochen. Sie wird dort besser aufgehoben sein als bei Clara. Du hast das selbst gesagt, bevor Clara noch das Ihre dazu beitrug, es zu beweisen."

Sie wog seine Argumente ab und beschloß, vielleicht am nächsten Tag einige dieser Anstalten anzusehen. So änderte auch er seine Pläne, denn jetzt war er überzeugt, daß sie mitkommen würde. Er mußte sich nur noch einen Tag gedulden.

Am Morgen machten sie einige Anrufe, bekamen die Namen verschiedener Anstalten und zogen aus, sie zu besichtigen. In der Crestview-Schule für Mädchen, dem ersten Platz, den sie sahen, deponierten sie das Kind, holten ein paar von Elaines Sachen aus dem Haus, und schon waren sie auf dem Weg nach Mexiko.

Laut ihrer Vereinbarung hatte Meredith das Recht, seine Tochter jeden Mittwochnachmittag von ein Uhr bis vier Uhr zu besuchen und jedes zweite Wochenende von Samstag neun Uhr früh bis Sonntag sechs Uhr nachmittags. Mittwoch kam er selten, weil seine Besuchszeit mit Merrys Mittagsschlaf zusammenfiel und auch, weil ihn die Dreharbeiten in Anspruch nahmen und er das Studio nicht bitten konnte, ihm den Mittwochnachmittag freizugeben. Ein Drehtag kostete damals zwischen zehn- und dreißigtausend Dollar, und der Besuch eines Kindes, das wahrscheinlich schlief, war einfach nicht einen halben Drehtag wert. Aber zwei Tage nachdem Elaine und Denver nach Mexiko gefahren waren, arbeitete Meredith an einem Film, der in der Mojave-Wüste, jenseits der Hügel von Los Angeles, gedreht wurde, und ganz unerwartet — manchmal kommt so etwas auch in der Wüste vor — begann es zu regnen. Es gab eilige Besprechungen zwischen dem Kameramann, dem Regisseur, dem Produzenten, dem Regieassistenten und dem Coproduzenten, und man faßte einen Entschluß: man würde das Studio anrufen. Auch dort faßte man einen Entschluß: man fluchte, wer habe je von einem Regen in der Wüste gehört, aber zum Teufel, Schluß mit den Dreharbeiten für heute. Und so fand sich Meredith an einem Mittwoch um halb zwölf Uhr vollkommen frei. Er nahm seinen Wagen und fuhr nach Los Angeles zurück, aber irgendwo in den Bergen, unterwegs zu der weitläufigen Riesenstadt, beschloß er, er wolle Merry doch besuchen, und wenn es auch nur für eine Stunde war. Er hatte das Auto und konnte sie spazierenfahren, er konnte ihr ein Sandwich kaufen und sie immer noch einigermaßen pünktlich zu ihrem Mittagsschlaf nach Hause bringen. Zum Teufel mit diesem Mittagsschlaf, dachte er. Es würde lustig sein, Merry wiederzusehen, und er wollte es machen.

Am Wilshire-Boulevard bog er ab, fuhr fünf Blocks bis zur nächsten Kurve und parkte gleich dahinter seinen Wagen. Er ging zur Eingangstür, läutete, wartete ... wartete. Er läutete nochmals. Er klopfte. Er konnte es nicht verstehen. Wo mochten sie an einem Mittwoch sein? War Merry krank? War Elaine krank? War etwas geschehen? Er ging um das Haus zum hinteren Eingang, nicht aus einem bestimmten Grund, sondern einfach so. Und er fand die Nachricht, die Elaine für den Milchmann zurückgelassen hatte: „Bis auf weiteres keine Milch." Er war verwundert, aber nicht wirklich besorgt. Vielleicht war sie für einige Tage verreist. Es war ärgerlich, denn sie hätte ihn benachrichtigen müssen. Er hatte das Recht, Merry jeden Mittwoch zu sehen. Aber er versuchte vernünftig zu sein und sagte sich, daß sie ihn nicht erwartet hatte. Sie wußte, daß er filmte, und hatte daher wahrscheinlich angenommen, er würde nicht kommen. Und wenn er Merry nicht besuchen kam, ging es ihn nichts an, was sie machte. Er überlegte sich, wo sie sein könnten. Daß Merry nicht bei ihrer Mutter war, kam ihm gar nicht in den Sinn.

Nachts kehrte er nochmals zurück und fuhr an dem Haus vorbei. Nirgends brannte Licht. Also war sie fort. Er fragte sich, ob er etwas unternehmen sollte, entschied aber, daß es keinen Sinn hatte. Er würde warten.

Donnerstag rief er dann an. Niemand meldete sich. Als er am Samstag anrief, meldete sich noch immer niemand. Nach einem neuerlichen Anruf am Montag begann er sich Sorgen zu machen. Er verständigte Arthur Wemmick, Jaggers' Partner in Los Angeles, und erklärte ihm, was geschehen war. Wemmick versprach, der Sache nachzugehen und ihn zu benachrichtigen. Erst Dienstag nachmittag meldete sich Wemmick wieder, und Meredith war verärgert, daß der Mann so lange gebraucht hatte. Aber sein Ärger verflog sofort, als er begriff, daß Wemmick den größten Teil der Zeit am Telephon verbracht haben mußte, und vor allem, weil er nur noch Schmerz und Wut empfand, als er Wemmicks Nachrichten hörte — daß Elaine irgendwo in Mexiko war und seine Tochter in einem Waisenheim in Santa Monica. Er erhielt die Adresse und fuhr augenblicklich los.

Die Crestview-Schule hatte weder eine schöne Aussicht, wie der Name versprach, noch war es eine wirkliche Schule. Aber es sah nicht so schlimm aus, wie Meredith befürchtet hatte. Es gab keine dicken, grauen Wände wie in den Schilderungen von Dickens und keine endlosen Gänge, durch welche kleine Kinder in gestärkten Uniformen marschierten. Es war eine als Heim eingerichtete Villa, die von zwei erträglich aussehenden Frauen geleitet wurde. Miß Evelyn Sears, die ältere der beiden, erklärte ihm, daß Meredith gerade beim Nachtessen sei. Daß sie die kleine Merry Meredith nannte, gefiel ihm nicht recht und wirkte irgendwie kalt und gefühllos. Aber er ließ sich nichts anmerken und erwiderte freundlich, er habe nicht gewußt, wo seine Tochter sei, habe es erst vor einer halben Stunde erfahren und würde sie gern sehen.

„Das kann ich verstehen“, meinte Miß Sears, „aber die Kinder haben ein festes Programm, wissen Sie, und wir sind der Ansicht, daß plötzliche Störungen sie aus der Ordnung bringen ...“

„Das ist sicher richtig, aber ich bin keine plötzliche Störung, sondern ihr Vater! Und ich möchte sie sehen. Bitte“, fügte er hinzu, denn er wollte nicht unfreundlicher sein als nötig, dachte aber gleichzeitig, daß er bereit war, dieser Frau ins Gesicht zu schlagen, wenn es nicht anders ging.

Miß Sears sagte, sie würde das Kind holen, und er dankte ihr.

Was ihm am meisten auffiel, als sie Merry in das Büro brachte, war das stille, verschlossene Wesen des Kindes. Er mußte ihr gut zureden, auf seinen Schoß zu klettern, und als sie endlich reagierte, war es nur, um an seiner Schulter zu weinen. Er sagte ihr, daß er sie noch eine Nacht allein lassen müsse, daß er sie aber am nächsten Morgen holen werde, und dann könnten sie gemeinsam so viele Schinkensandwiches essen, als sie Lust habe. Sie lächelte einen Augenblick und gab ihm einen Kuß. Und er dankte Miß Sears und ging.

Sofort rief er Wemmick an. Wemmick erklärte ihm, daß Elaine berechtigt gewesen sei, das Kind dort unterzubringen, um selbst irgendwohin in die Ferien fahren zu können. „Natürlich hätte sie Ihnen Nachricht geben müssen, und das hätte Ihnen eine Menge Sorgen erspart ...“

„Schauen Sie, Arthur, es geht hier nicht um mich und meine Sorgen. Es ist das Kind. Dieses kleine traurige Mädchen. Meine Tochter. Es ist ihr Kummer, der mir Sorgen macht, und ich will irgend etwas tun.“

„Wir können einen Brief schreiben und uns beklagen“, sagte Wemmick.

„Was? Sie glauben, ich kann sie nicht herausnehmen?“

„Nein, das können Sie nicht.“

„Aber das ist ja vollkommen verrückt. Das ist unmöglich.“

„Tut mir leid.“

Also meldete er ein Ferngespräch nach New York an und weckte Sam Jaggers mitten in der Nacht. Rasch entschuldigte er sich für die späte Stunde, schimpfte über den dummen Zeitunterschied zwischen West- und Ostküste und erklärte, daß es sich um Merry handle. Er erzählte ihm, wo sie sei und was Arthur gesagt habe.

„Es tut mir schrecklich leid, Meredith", sagte Sam, „aber Arthur hat recht. Sie können überhaupt nichts machen. Natürlich haben Sie recht, und es ist eine Gemeinheit, aber so ist es eben. Sie hat Merry dort untergebracht, und dazu ist sie berechtigt, ebenso wie sie Merry in ein Ferienlager schicken könnte oder in ein Pensionat. Ihnen bleibt nichts als das Besuchsrecht."

„Aber sie ist drei Jahre alt! Sie ist erst drei Jahre!"

„Wird sie in der Schule schlecht behandelt?"

„Natürlich!"

„Ich meine, wird sie geschlagen, läßt man sie hungern oder etwas Derartiges?"

„Nein."

„Dann können wir nichts machen. Aber, Meredith . . ."

„Ja?"

„Mich macht es auch wütend."

„Danke, Sam, danke."

Er hing auf und begann zu schluchzen.

Mal gewinnt man, mal verliert man, dachte Denver. Nun, dieses Mal hatte er verloren, darüber gab es keinen Zweifel. Er schleppte Elaine zum Auto, lehnte sie an die Motorhaube, um die Tür zu öffnen, und schob sie hinein. Er selbst stieg auf der anderen Seite ein und setzte sich so hin, daß sie auf der Fahrt über die löchrigen Straßen von Mexikali nicht auf ihn fallen konnte. Er klopfte ihre Wangen und versuchte nochmals, sie zu Bewußtsein zu bringen. Vergeblich. Er gab ihr einen harten Schlag, der einen roten Fleck auf ihrem Gesicht hinterließ. Noch immer nichts. Sie war erledigt. Niemals zuvor hatte er etwas Ähnliches erlebt.

Natürlich hatte er schon Frauen gesehen, die, sinnlos betrunken, das Bewußtsein verloren hatten. Auch bei Elaine war das schon vorgekommen. Zweimal in Tijuana, einmal auf der Straße von Tijuana nach Mexikali und dann einmal in Mexikali selbst.

Aber diesmal war alles Bisherige übertroffen worden. Sie waren in einen billigen kleinen Nachtklub gegangen, hatten Tequila getrunken und den Strippers zugesehen. Sie hatte gesoffen wie ein Fisch. Allerdings hatte sie schon die ganze Zeit in Mexiko getrunken wie ein Fisch. Mit einer Art Rachegefühl. Wie um sich zu ertränken. Vielleicht war es das, was sie wollte. Vielleicht hätte er sie nie überreden sollen, mit ihm zu kommen und das Kind wegzugeben. Vielleicht hätte er nicht ... Aber zum Teufel. Sie war schließlich erwachsen. Sie wußte, was sie tat. Man kann niemals jemanden überreden, etwas zu tun, was er im Innersten nicht tun will. Irgendein Hypnotiseur hatte ihm das einmal erklärt, und für Menschen, die nicht unter Hypnose stehen, mußte es um so mehr gelten. Aber dann hatte sie zu trinken angefangen. Und ihm hatte es Spaß gemacht. Hemmungslos beim Trinken, hemmungslos im Bett, sagt man, und es stimmte. So war sie auch. Aber an diesem Abend wollte sie einen Rekord aufstellen. Einen Weltrekord im Saufen. Ihm konnte es recht sein. Und im Bett wollte sie einen Weltrekord haben. Auch da hatte er nichts dagegen. Doch die Regeln, die sie aufstellte, waren einfach lächerlich. Er konnte es nicht begreifen. Sie war großartig im Bett und wußte es auch ganz genau. Aber weil er die kleine Tänzerin bewundernd anschaute — die junge, die ihre Brüste tanzen lassen konnte —, wurde sie ganz wütend. Auch das machte nichts! Schließlich kann man jemanden, der betrunken ist, nicht zur Rede stellen. Und sie war betrunken — voll wie ein Stinktier. Jedenfalls wurde sie ganz ärgerlich über die Tänzerin und behauptete, sie sei zu mager, hopse nur herum und fühle nicht das geringste dabei.

„Das tun sie nie", erklärte er ihr.

„Aber sie sollten etwas fühlen."

„Was weißt du davon, warst du einmal Striptease-Tänzerin?"

„Nein, aber ich bin eine Frau."

„Das hat nichts damit zu tun."

„Natürlich hat es damit zu tun. Darum geht es ja eben."

„Nein, die täuschen etwas vor, und das machen sie ganz gut."

„Ich könnte es besser."

„Sicherlich."

„Du glaubst mir nicht?"

„Natürlich glaube ich dir."

„Nein, aber ich werde es dir beweisen."

Die Tänzerin hatte gerade ihre Nummer beendet, warf ihren schmalen Gürtel weg, ließ einen Augenblick lang das dunkle, wollige Dreieck sehen und verschwand. Von den vier oder fünf Tischen kam schwacher Applaus. Und plötzlich stand Elaine auf und kletterte auf die Bühne.

„He, Elaine, bist du verrückt? Komm herunter, Schatz, wir müssen nach Hause gehen", rief er, aber der Leader der kleinen Band fand anscheinend, es sei lustig, sie mit ein paar Takten zu begleiten. Die Musik fing an zu spielen, Elaine fing an zu tanzen. Und von den Tischen kam Applaus, lauter als vorhin für die kleine Tänzerin, und einige Rufe: „Niedersetzen!" Also setzte er sich nieder. Es hatte keinen Sinn, einen Streit anzufangen.

Es war eine merkwürdige Striptease-Vorführung. Normale Kleider sind dafür nicht so ganz geeignet, und sie war betrunken, so daß sie umherstolperte, meistens nicht im Takt mit der Musik, etwas bemitleidenswert, aber so hübsch, daß es doch faszinierend war, ihr zuzuschauen. Gerade durch ihre Unbeholfenheit wirkte sie überzeugend. Sie zog ihr Kleid aus, wie eine Frau eben ein Kleid auszieht. Sie plagte sich mit dem Reißverschluß, und dann endlich zog sie es über den Kopf. Sie zog auch das Unterkleid aus, und da stand sie dann in Schuhen und Strümpfen, Gürtel und Büstenhalter und machte ein paar unsichere Tanzschritte. Sie brauchte eine Weile, um den Verschluß des Büstenhalters zu lösen, und die Leute klatschten und schrien, und endlich hatte sie den Büstenhalter abgestreift und schwang ihn umher und versuchte ihre Brüste tanzen zu lassen, wie das Mädchen es gemacht hatte. Natürlich gelang es ihr nicht, und es ertönte Gelächter. Dieses Lachen machte sie fertig. Sie blieb stehen, mitten auf der Bühne, unbeweglich, und dann erbrach sie. Lautes Geschrei und Pfeifen von den Tischen, und Denver blieb nichts anderes übrig, als hinaufzugehen und sie nach hinten zu nehmen, sie etwas sauber zu machen und wieder anzuziehen. Es war unappetitlich und beschämend gewesen. Dann hatte er sie zum Auto getragen und zum Hotel gefahren und sich dabei überlegt, daß das Ganze vielleicht ein verdammter Irrtum gewesen war und es ihm in Mexiko wahrscheinlich allein besser ginge.

Er trug sie ins Zimmer und legte sie auf das Bett. Er zog sie wieder aus und versuchte sie zu wecken, aber ohne Erfolg.

Zum Teufel, dachte er. Er ging ins Badezimmer, nahm eine Dusche und bemühte sich, den Geruch des Erbrochenen loszuwerden. Und als er herauskam, versuchte er ein letztes Mal, sie zu wecken — vielleicht sollte er sie zum Abschied noch einmal nehmen. Sie regte sich nicht. Der Anblick ihres Körpers versetzte ihn in Erregung, er fand, daß es ihm noch zustehe. Schließlich hatte er sie ins Hotel zurückgeschleppt. Hätte er sie dort gelassen, jeder Bursche in Mexikali hätte sie in der dunklen Allee hinter dem Klub haben können. Nochmals schlug er ihr ins Gesicht, nicht zu fest. Sie bewegte sich nicht. Er spielte mit ihrer Brustwarze. Nichts. Da hörte er auf, sich mit ihr zu beschäftigen und beschäftigte sich mit sich selbst. Alkohol und Sex? In Erniedrigung ertrunken? Na, er würde sie etwas Erniedrigung verspüren lassen. Erregt von der Idee und ihrer Neuheit, gelangte er über ihrem reglosen Körper zum Höhepunkt. Weltmeister im Sex, dachte er.

Er ließ ihr fünfzig Dollar für die Heimreise zurück und ging. Er ging für immer.

III

Spontan, unmittelbar, treuherzig — wie immer man es nennt, es gibt eine Art von Unschuld, die Erwachsene, ob es nun richtig ist oder nicht, gern den Kindern zuschreiben. Niemandem gefällt die Vorstellung, daß ein Kind, ein kleines Kind, berechnend sein könnte oder auch nur dazu fähig wäre; daß es andere Kinder oder Erwachsene ausnützt, wie ein Bridgespieler seine Trümpfe und Asse gebraucht. Besonders daß ein kleines Mädchen so sein könnte, will niemand wahrhaben.

Aber sie war so und wußte es selbst. Sie wußte auch, daß sie hübsch war und daß ihre blonden Locken, die hellblauen Augen und die freche kleine Nase von den Erwachsenen als Beweise ihrer Unschuld genommen wurden. Und auch das nützte sie, wie ein Bridgespieler seine Trümpfe nützt. Auf eine seltsame Art waren ihre Spiele unschuldig, und sie spielte sie, wie andere

Kinder mit Bausteinen und Puppen spielen. Sie spielte die Spiele, die man sie gelehrt hatte, und diese Spiele betrafen die Menschen, mit denen sie lebte. Schließlich war sie ein Stiefkind, und als ihr Stiefbruder geboren wurde, mußte sie lernen, mit ihrem Bruder um Anerkennung und Liebe zu wetteifern. Schon vorher hatte sie herausgefunden, wieweit sie die begrenzte Geduld ihres Stiefvaters in Anspruch nehmen konnte, wann sie bei ihm Gehör fand, wieweit sie sich auf ihn verlassen konnte. Es war wie ein Spiel, aber für sie war es kein Spiel. Ihr war es mit den Versuchen, ihre Stellung in der Familie zu behaupten, tödlich ernst. Sie wollte dazugehören, sie wollte dableiben und nicht mehr in die Schule zurückgehen, in der sie so viele trostlose Jahre verbracht hatte. Schule? Nein, Waisenheim! Doch wie immer es hieß, sie war entschlossen, nicht mehr zurückzugehen, sich nicht mehr zurückschicken zu lassen, wie es schon so oft der Fall gewesen war.

So lernte sie zu spielen, zu leben — zu spielen, um zu leben. Und wo das eine aufhörte und das andere anfing, war nicht immer leicht zu erkennen. Sie hatte damit begonnen, fast schamlos ihren kleinen Bruder zu gebrauchen. Und es war erstaunlich, daß weder der Stiefvater noch die Mutter ihre Manöver durchschaut hatten. Was kann ein Neugeborenes schon bieten? Meistens schläft es. Oder es trinkt. Oder es macht die Windeln schmutzig. Manchmal rülpst es auch. Die Abwechslung ist nicht sehr groß. Aber Merry fand sehr schnell heraus, daß sie die Zuneigung des Stiefvaters gewann, ja sogar die Bewunderung der Mutter errang, wenn sie dem kleinen Bruder etwas vorsang. Lange, langweilige Minuten sah sie zu, wenn ihre Mutter Lyon fütterte, um dann — eine zweifelhafte Belohnung — den Bruder auf den Schoß nehmen zu dürfen und seinen Rücken zu klopfen, bis er aufstieß. Ihr war der Rülpser wirklich ganz gleichgültig, und auch der Bruder, aber die zufriedenen Worte der Eltern und das Zuckerwerk, das sie als Belohnung bekam, waren ihr nicht gleichgültig.

Als Lyon größer wurde, fand sie, daß sie ihn wirklich gern hatte, ja daß sie ihn liebte, denn mit ihm konnte sie reden und war nicht mehr allein. Mit ihm konnte sie sich unterhalten und spielen — auch wenn niemand zuschaute und die unvermeidliche Bemerkung machte, wie gut sich die Kinder doch verstünden, worauf Elaine ebenso unvermeidlich lächelte. Und dann waren da noch die Bonbons von Harry Novotny, Elaines Mann und Merrys Stiefvater.

Diese Bonbons waren süßer, als ihr Hersteller je ahnen konnte. Sie waren sichtbare Beweise, daß sie etwas erreicht hatte — die Belohnung für ein gelungenes Kunststück. Sie hatte ihren Stiefvater beobachtet, wie er den Tieren in den Käfigen hinter dem Haus kleine Stücke Zucker gab oder Hundekuchen oder Käse — geradeso wie ihr. Wenn er auch selbst die Ähnlichkeit nicht merkte, Merry war sie vollkommen klar. Wäre sie etwas erfahrener gewesen, vielleicht hätte sie sich die schreckliche Frage gestellt: Wer war der Trainer, wer war das Tier?

Irgendwie beneidete sie die Tiere. Wenigstens war ihre Stellung klar. Ihr Leben war nicht angenehm, ja es war sogar ein recht elendes Leben, das sie führten, und sie hatte gelernt, sich gegen ihre Leiden abzuschirmen, indem sie in sich jedes Gefühl für die Tiere erstickte. Katzen, Mäuse, Kaninchen, Hunde, Löwen — es gab zwei Löwen — und Affen mögen wie ein Kinderparadies scheinen, aber für Merry waren die Tiere in den Käfigen und Boxen nur Werkzeuge ihres Vaters, nicht interessanter als die Fleischstücke für das Kind des Metzgers. Harry Novotnys Fleisch war lebendig, das war der einzige Unterschied — und kein großer Unterschied.

Er hatte es ihr unmißverständlich gesagt. Zuerst hatte sie es nicht glauben können, so wie man im Bridge die Eröffnung mit fünf Karos nicht glaubt: „All dieses Gerede über Tierliebe ist einfach ein Unsinn", hatte er gesagt. „Das ist für das Publikum oder die Zeitungen. Wenn du die Tiere liebst, kannst du dein Hemd daran verlieren. Ich schlage die Tiere. Ich schlage sie fest." Er erzählte, wie er die Katze gelehrt hatte, auf dem hohen Seil zu gehen und über sechs Mäuse zu springen, ohne sie anzurühren. Eigentlich erzählte er es Elaine, aber Merry war dabei, und sie hörte zu. „Die Katze lernte, auf dem Seil zu gehen. Das war leicht. Ich setzte die Katze auf den einen Pfahl und ihr Futter legte ich auf den anderen Pfahl, und die einzige Möglichkeit, zum Futter zu gelangen, war das Seil. Die eine Katze wollte nicht. Sie verhungerte. Die zweite Katze lernte, auf dem Seil zu gehen. Dann begann ich mit den Mäusen. Immer fraß die Katze die Mäuse. Mindestens hundert Mäuse muß ich verloren haben. Und ich schlug die Katze! Junge, mein Arm tat weh, so schlug ich das Vieh. Trotzdem fraß es die

Mäuse. Katzen sind so, weißt du. Aber dann fand ich die Lösung. Ich stopfte der Katze Watte in den Hals. Sie konnte nicht mehr schlucken. Sie konnte kaum atmen. Aber ein bißchen konnte sie doch atmen. Und sie sprang über die Maus. Dann über zwei und drei Mäuse. Es war ein ausgezeichneter Trick. Aber er hatte keinen wirkungsvollen Abschluß. Weißt du, was ich da machte?"

„Was?" hatte Elaine gefragt.

„Ich ließ die Mäuse in kleine Schachteln laufen, und dann fielen sie mit Fallschirmen aus den Schachteln zu Boden, und die Musik spielte ein patriotisches Lied. Die Mäuse, die mit den Fallschirmen herauskamen, waren nicht dieselben, die ich hineingejagt hatte. Die Schachteln hatten einen doppelten Boden. Aber schließlich sehen alle Mäuse gleich aus, nicht?"

„Wie hast du den Mäusen beigebracht, den Fallschirm zu benützen?" fragte Elaine.

„Beigebracht? Die Schachteln gingen unten auf, die Mäuse fielen heraus, und die Fallschirme öffneten sich. Manchmal gingen sie auch nicht auf, aber zum Teufel, es waren ja nur Mäuse. Und meistens funktionierte es. Es war ein gutes Kunststück, und ich konnte drei, vier Jahre davon leben. Überall in Europa führte ich es vor."

Novotny war ein kleiner, dunkelhaariger Mann und nannte sich den besten Dompteur der Welt. Vielleicht war er es auch, und in Hollywood hatte er den geeigneten Markt für seine besonderen Talente gefunden — wahrscheinlich den besten Markt, den es gab. Er war nicht aus Europa geflüchtet; bei Kriegsausbruch war er mit einem Zirkus in den Vereinigten Staaten unterwegs gewesen. Er hatte sich in Hollywood niedergelassen und ganz klein angefangen, doch in acht Jahren hatte er sich ein gutes Geschäft aufgebaut. Er besaß ein Haus, ein hübsches Haus im Tal mit einer Scheune dahinter und Boxen und Käfige für alle Tiere. Er besaß auch Elaine und zwei Kinder. Eines hatte er selbst gezeugt. Das andere war mit Elaine gekommen. Gut abgerichtet und sauber, konnte es sogar schon sprechen, als er die Mutter heiratete. Ein abgerichtetes Tier zu bekommen ersparte eine Menge Mühe und Arbeit. Daher war er zufrieden.

Auch Elaine war zufrieden. Harry war ein starker Mann, auf den man sich stützen konnte und der sie doch niemals bedrohte oder unsicher machte, vielleicht, weil sein Beruf ein wenig lächerlich war. Natürlich hatte es manchmal Streit gegeben, und Harry hatte sie auch geschlagen, aber die Prügel waren immer maßvoll gewesen und zu ihrem Nutzen. Einmal war sie betrunken gewesen, als er nach Hause kam, da hatte er sie geschlagen, wie er am Morgen desselben Tages ein störrisches Maultier geschlagen hatte — erfahren und methodisch, so daß keine dauernde Verletzung zurückblieb. Er hatte ihr Schmerzen, aber keinen Schaden zugefügt. Nie mehr wieder hatte sie sich so betrunken.

Die Zärtlichkeiten des Vaters im Schlafzimmer hatte Merry gehört und sofort die richtige gedankliche Verbindung hergestellt, die ihr nicht schwieriger und abwegiger erschien als die zwischen den Zuckerstücken, die er ihr gab, und den Leckerbissen, die er an die Tiere austeilte. Die offenbar logische Welt von Harry Novotny gab auch ihr eine gewisse Sicherheit.

So wäre es ungerecht, zu behaupten, daß Merry ein berechnendes kleines Mädchen war. Sie war vielmehr ein Kind, das man zur Berechnung erzogen hatte. Sie tat, was man von ihr erwartete, und tat es so gut, als ob ihr Leben davon abhinge. Ja sie glaubte auch daran. Aber eine derartige Tüchtigkeit verlangt nach einem Wirkungsfeld, und vielleicht marschierte sie einzig aus diesem Grunde eines Nachmittags im April auf das Flugfeld hinaus, trippelte hinter einer wohlbeleibten Dame mit vielen Taschen und Koffern her, ging die Treppe hinauf und bestieg ein Flugzeug nach New York. Niemand fragte nach ihrer Karte, denn kleine Mädchen in Begleitung Erwachsener brauchen keinen Flugschein. Und niemand stellte Fragen, denn ihr Haar war ordentlich gekämmt, sie trug ein hübsches rotes Kleid, Lackschuhe und einen blauen Mantel; und offensichtlich gehörte sie zu jemandem. Ihr Atem ging schnell, und fast fürchtete sie, jeder im Flugzeug müsse hören, wie laut ihr Herz klopfte, aber niemand sagte etwas. Sie schnallte den Sitzgurt fest, wie die andern es taten, und auch als die Türen geschlossen wurden und die Motoren aufheulten, sagte niemand ein Wort, niemand fragte sie etwas. Als das Flugzeug auf die Startbahn rollte und auch die Stewardeß sich anschnallte, wußte sie, daß sie es geschafft hatte. Zuerst hatte sie überlegt, ob sie Lyon mitnehmen sollte, war aber davon abgekommen. Sie hätte es gern getan, doch sie hatte Angst, etwas Schreckliches könnte geschehen, das Flugzeug könnte abstürzen oder man würde sie schlagen, wie die Tiere geschlagen wurden, und sie wollte nicht, daß Lyon etwas zustieß. So hatte sie sich vorgenommen, ihm etwas Schönes mitzubringen. Sie besaß fünfundachtzig Cent und konnte ihm Ansichtskarten von New York kaufen.

Die Motoren lärmten, dann setzte sich das Flugzeug in Bewegung, wurde schneller und immer schneller, und Merry war sicher, daß es nie vom Boden wegkommen würde, daß etwas nicht in Ordnung sei, daß es immer schneller vorwärtsrollen und am Ende der Rollbahn irgendwo hineinkrachen würde. Sie begann zu weinen. Die neben ihr sitzende Frau beugte sich zu ihr und streichelte ihren Arm. Merry faßte nach ihrer Hand und hielt sie fest. Auf einmal war das Flugzeug in der Luft.

„Bist du allein im Flugzeug?“ fragte die Frau.

Merry dachte eine Weile nach. Jetzt konnte man ihr nichts mehr anhaben. Sicher würden sie nicht umkehren und wieder landen, um sie loszuwerden. Außerdem war es offensichtlich, daß sie allein war. Also gab sie es zu.

„Und du fliegst ganz allein bis nach New York?“

„Mein Vater holt mich dort ab“, antwortete sie. Es stimmte nicht ganz. Sie hatte sich vorgenommen, ihren Vater zu besuchen. Darum hatte sie New York gewählt und nicht Mexico City oder St. Louis oder Kansas City — lauter Städte, die an den verschiedenen Flugsteigen angeschrieben waren. Sie hatte sich gedacht, New York würde lustig sein, sie würde ihren Vater dort treffen und mit ihm Eiscreme-Soda trinken, bevor sie wieder zurückflog. Und außerdem war es der am weitesten entfernte Ort, zu dem sie fliegen konnte. Sie hatte festgestellt, daß man bestraft wurde, wenn man eine kleine schlimme Sache anstellte: ein Glas zerbrach, die Tinte ausschüttete, aber wenn man etwas wirklich Schreckliches machte, zum Beispiel während der Fahrt die Autotür öffnete, dann gab es kaum eine Strafe, nur Tränen und Umarmungen. So war New York, weil es am weitesten entfernt war, irgendwie der sicherste Ort.

Die Frau neben ihr meinte, daß sie sehr tapfer sei — ein großes, erwachsenes Mädchen. Trotzdem half sie Merry beim Mittagessen und verlangte ein Kissen und eine Decke für sie, so daß sie schlafen konnte. Auch beim Nachtessen war sie ihr behilflich und bestellte sogar extra ein Glas Milch für sie. Merry zeigte sich von ihrer besten Seite, sowohl aus Dankbarkeit für die nette Dame als auch um die Stewardeß in der Annahme zu bestärken, daß sie zu der Dame gehöre. Denn diese Annahme war ihre Flugkarte.

Merry wußte nicht, wie spät es war, als die Stewardeß sie weckte. Sie hatte geschlafen und war ganz in ihre Decke eingewickelt, aber jetzt kontrollierte die Stewardeß die Sitzgurte, denn das Flugzeug setzte zur Landung an. Merry dankte der Stewardeß, und die Nachbarin schnallte ihr den Gurt fest. Das Flugzeug ging hinunter. Sie konnte es spüren, denn ihre Ohren waren so komisch wie in einem abwärts fahrenden Aufzug. Und dann setzte das Flugzeug auf dem Boden auf, und plötzlich wurde der Motorenlärm lauter, und sie war überzeugt, etwas könne nicht in Ordnung sein, und sie preßte die Hand der netten Dame. Aber es war alles in Ordnung, und das Flugzeug blieb stehen. Merry lächelte triumphierend und erleichtert. Sie war glücklich, daß sie es wirklich geschafft hatte. Doch dann sagte die Stewardeß, daß sie in Chicago angekommen seien. Ihr Mut sank.

Merry begann blitzartig zu überlegen. Was sollte sie tun? Gar nichts? Das sicherste, fand sie, war, einfach sitzen zu bleiben und vorzugeben zu schlafen, bis das Flugzeug wieder startete. Oder vielleicht in den Waschraum zu gehen und knapp vor dem Abflug wieder herauszukommen? Ja auch das konnte sie machen, wenn es sein mußte. Aber wenn sie einfach sitzen bleiben könnte, wäre es am einfachsten. Gerade hatte sie sich dafür entschieden, als ihre Nachbarin den Gurt öffnete, eine gute Reise wünschte und aufstand, um das Flugzeug zu verlassen, um in Chicago auszusteigen ... es war entsetzlich! Sie wartete eine Minute, gab vor, mit ihrem Sitzgurt beschäftigt zu sein, und stand auf, um der Dame zu folgen. Dieses Flugzeug war erledigt. Die Stewardeß nahm an, sie gehöre zu der Frau, daher mußte sie nun mit dieser Frau das Flugzeug verlassen. Oder eine eigene Flugkarte haben. Also fort. Es konnte nicht so schwer sein, wieder von neuem zu beginnen und ein anderes Flugzeug nach New York zu finden. Sie war bis hierher gekommen, dachte sie, sie würde auch den Rest schaffen.

Und sie hätte es auch geschafft, wäre die Stewardeß nicht gar so freundlich gewesen, hätte sie nicht dem sich entfernenden Rücken der netten Dame nachgerufen: „Warten Sie einen Augenblick, gnädige Frau, Ihre Tochter!"

„Meine Tochter?“ sagte die Frau und drehte sich um. „Sie gehört nicht zu mir.“

Merry lief um ihr Leben. Und die Stewardeß rannte hinter ihr her. Aus dem Flughafengebäude kamen zwei Männer in Uniform und beteiligten sich an der Jagd. Sie sah ein, daß Laufen keinen Sinn hatte, und blieb stehen. Sie stand einfach da und wartete, bis man kam und sie faßte. Und dann war es nur mehr langweilig, sehr langweilig, als man sie in das Büro schleppte und Fragen stellte und die Frau befragte und versuchte, die Angelegenheit zu klären und herauszufinden, wer sie sei. Ihr war alles egal. Sie besaß fünfundachtzig Cent, und die konnten sie haben, wenn sie wollten.

Das ärgerlichste war, daß ihr niemand glaubte. Es war irgendwie komisch, denn sie konnte sehr gut verstehen, warum sie ihr nicht glaubten. Da war sie, ein blinder Passagier oder wie immer man das bei Flugzeugen nannte, der von Los Angeles nach Chicago gekommen war, und sie fragten sie, wer sie sei, und natürlich sagte sie: „Meredith Houseman.“ Sie hätte ebensogut behaupten können, sie sei Gary Cooper oder John Wayne oder Henry Fonda. Natürlich glaubten sie ihr nicht. Ihre Nachbarin im Flugzeug erinnerte sich, daß sie irgend etwas von ihrem Vater erzählt hatte, der sie in New York erwartete.

„Ich habe gelogen“, sagte Merry.

„Es ist gar nicht schön, zu lügen“, sagte die Bodenstewardeß, die ihr zu helfen versuchte, „das weißt du doch, nicht?“

„Ja“, log Merry. Denn sie verstand das ganz und gar nicht. Es war schlecht von ihr gewesen, das Flugzeug zu nehmen. Das Lügen war nur eine notwendige Begleiterscheinung.

„Also gut“, sagte die Hostess, die so süß und verständnisvoll war, daß Merry sich fragte, wie jemand das aushalten könne, „warum beichtest du nicht und sagst uns deinen wirklichen Namen?“

„Meredith Houseman. Und man nennt mich Merry“, sagte sie zum hundertstenmal. Aber schon spielte sie mit dem Gedanken, einen neuen Namen zu erfinden. Sie verdienten es mit all dem Gerede vom Beichten. „Ich bin Meredith Housemans Tochter.“

Die Hostess zuckte die Achseln, sah den Mann hinter dem Schalter an, der sehr gewichtig aussah, und er zuckte ebenfalls die Achseln.

„Willst du, daß wir ihn anrufen?“ fragte die Hostess.

„Ja“, antwortete sie. Eigentlich wollte sie es nicht. Sie wollte nur zu einem Flugzeug nach New York gebracht werden und ihn von dort anrufen. Dann wäre es eine Überraschung. Aber wenn sie anriefen, um ihm mitzuteilen, daß sie seine Tochter in Chicago aufgegriffen hätten, war das gar nicht lustig. Es würde alles verderben. Doch anderseits wollte sie nicht noch weiter in diesem langweiligen Büro herumsitzen und dauernd ausgefragt werden.

„Wie ist seine Telephonnummer, Merry, weißt du sie?“

„Nein“, antwortete sie.

„Du kennst nicht die Telephonnummer deines Vaters?“

„Nein.“

Wieder sahen sie einander an, offensichtlich glaubten sie ihr kein Wort. Das heißt, natürlich glaubten sie ihr, daß sie die Telephonnummer nicht wußte, aber sie glaubten ihr nicht, daß sie Meredith Houseman hieß. Es war zu lächerlich. Der Mann hinter dem Schalter rief die Auskunft in New York an. Es war eine Geheimnummer. Natürlich. Also rief er die Auskunft für VIPs (very important persons), das heißt für berühmte Persönlichkeiten, an; das war eine Agentur, die Reportern, Luftlinien und Magazinen Auskunft gab, wo sich irgend jemand Berühmter gerade aufhielt und wie man ihn erreichen konnte. Die Agentur nannte dem Mann die Telephonnummer von Sam Jaggers. Der Mann rief Sam Jaggers an, entschuldigte sich für die Störung und erklärte ihm, es handle sich um ein kleines Mädchen, das sich als Meredith Housemans Tochter ausgebe.

„Ungefähr neun Jahre“, beantwortete der Mann die Frage von Jaggers. „Blond, blauäugig, hübsch ...“, sagte er, und dann wurde er aufmerksam. „Gut, nur einen Moment“, sagte er in den Hörer und wandte sich an Merry: „Sag mir einmal, wann hast du denn Geburtstag?“

„Am ersten September“, antwortete sie.

„Wie heißt dein Bruder?“

„Lyon.“

„Ja, mein Herr“, sagte er ins Telephon, „ja natürlich. Nein, kein Wort. Ja. Sie wird das nächste Flugzeug nehmen. Sie wird in einigen Stunden in New York sein. Ja. Mit dem größten Vergnügen. Nichts zu danken.“

Er hing den Hörer auf und fragte Merry, ob sie etwas zu

essen wolle. Sie sagte, ein Glas Milch wäre fein, und die Hostess rannte hinaus, um es ihr zu bringen. Sie rannte. Es war zu lustig. Und sie würde doch nach New York kommen.

Meredith war erstaunt, daß Sam mit ihm übereinzustimmen schien. Übereinstimmen war vielleicht zuviel gesagt. Er wußte ja selbst nicht genau, was er dachte, was er wollte, was er machen würde. Aber Sam schien zur Vorsicht zu neigen und von spontanen Entscheidungen abzuraten ... Aber zum Teufel, das war typisch für Sam. Anwälte sind immer vorsichtig, dachte Meredith, und Agenten sind manchmal vorsichtig, und Sam Jaggers war Anwalt und Agent. Aber er war mehr als das. Er war auch ein Freund. Er saß auf der Couch und sah ein bißchen lächerlich aus mit der kleinen Kaffeetasse auf den Knien. Seine Worte periodisch mit einem Nicken seiner Löwenmähne unterstreichend, setzte Sam seine Gründe auseinander, warum er in der Angelegenheit zur Vorsicht riet.

„Sie ist nicht davongelaufen", sagte er. „Ich glaube es zumindest nicht. Jedenfalls gibt es keinen Grund für sie, davonzulaufen. Sie ist gut aufgehoben. Dieser Novotny scheint in Ordnung zu sein. Er macht sich ganz brav. Und Elaine ist ebenfalls in Ordnung. Offenbar vertragen sich die beiden. Und außerdem haben sie ein Kind, einen kleinen Jungen, Lyon heißt er. Und für beide Kinder scheint gut gesorgt zu werden."

„Woher wissen Sie das?"

„Weil ich es mir zur Aufgabe machte, darüber informiert zu sein."

„Sie sind sehr gründlich."

„Ich tat, was ich konnte."

„Aber warum sollte sie so etwas machen? Warum nimmt man ein Flugzeug, wenn nicht, um davonzulaufen? Warum kommt sie zu mir, wenn sie nicht fort will? Und warum sollte sie davonlaufen, wenn alles in Ordnung ist und man gut für sie sorgt?"

„Kinder machen manchmal merkwürdige Dinge."

„Vielleicht, ja", sagte Meredith, „warten wir ab."

„Natürlich", sagte Sam, „jedenfalls werden Sie Merry sehen und selbst feststellen können, was los ist."

„Und wird das ausschlaggebend sein?" fragte Carlotta. Bisher hatte sie kein Wort gesprochen, nur zugehört und gewartet. „Glaubst du wirklich, daß es etwas zu bedeuten hat, was das Kind für einen Eindruck macht? Du mußt entscheiden, was du tun willst. Was wir tun wollen. Und es auch machen. Aber das Kind anzuschauen und von ihm herauszufinden, was wir tun sollen, das ist einfach schrecklich. Als ob man sich ein Kleid zur Probe nach Hause schicken ließe, um zu sehen, ob es einem gefällt oder nicht, und es zu retournieren, wenn es nicht hübsch genug ist. Als ob man ein Bild malen ließe und es nur kauft, wenn es einem zusagt. Aber bei einem Kind? Bei deinem eigenen Kind?“

„So ist es nicht“, sagte Meredith, „wirklich, Liebste, so ist es nicht.“

„Ich hoffe nicht“, sagte sie. Aber sie fand, daß es so war, und er wußte es. Er wußte auch, daß sie bereits entschieden hatte, was sie tun wollte, und das war, Merry zu behalten; die Tatsache, daß Merry ein Flugzeug genommen hatte, auszunützen, um Elaine zu drohen und dazu zu bringen, das Kind aufzugeben. Und er wußte auch, warum. Aber er sagte nichts. Und Jaggers sah über den Brillenrand hinweg und schwieg. Und Carlotta sagte, sie sollten sich fertigmachen, um zum Flugplatz zu fahren, stand auf und nahm Sam die kleine Kaffeetasse aus der Hand.

„Kein Grund zur Eile“, sagte Sam, „die Limousine steht unten.“

„Danke“, sagte Meredith, „ich hatte ganz darauf vergessen.“

„Sie haben mich darum gebeten. Sie ist da.“

„Gut, es wird ihr Spaß machen.“

„Wahrscheinlich“, sagte Jaggers, „aber ich glaube, mit Ihnen wird sie sich am meisten freuen.“

„Ich bin die Eiscreme“, sagte Meredith, „das Auto ist die kandierte Kirsche obendrauf.“

„Okay, okay.“

„Fertig“, sagte Carlotta, die sich im Schlafzimmer frisiert hatte. „Gehen wir.“

Ohne ein Wort zu wechseln, nahmen sie den Aufzug, schweigend gingen sie durch die Halle und stiegen in die wartende Limousine ein. Jeder war mit seinen eigenen Gedanken beschäftigt, und nicht nur beschäftigt, sondern von ihnen gefangen, denn keiner konnte es über sich bringen, den beiden anderen zu sagen, was die Ankunft des kleinen Mädchens für ihn bedeutete oder warum sie so viel bedeutete.

Meredith half Carlotta in den Wagen, stieg ein, und Sam kam als letzter und schlug die Tür zu. Er war es, der den Chauffeur anwies: „Idlewild, bitte." Das Auto tauchte im Verkehr unter.

Daß es so einfach sein konnte, machte Sam Jaggers Sorgen. Daß das kleine Mädchen gerade jetzt auftauchte, zu einem so kritischen Zeitpunkt der Verhandlungen — etwas Besseres hätte er sich nicht wünschen können. Er wollte nicht, daß Meredith unterschrieb. Auf keinen Fall wollte er einen Vertrag für mehr als ein Jahr, und das bedeutete zwei, höchstens drei Filme. Es war ein wildes, seltsames neues Geschäft, und er fand, Meredith müsse vorsichtig sein. Separate Verträge für jeden einzelnen Film, solange die Studios einander bekämpften, um zu überleben, und alle gemeinsam das Fernsehen bekämpften. Das war das einzig Richtige. Schluß mit dieser Sklavenarbeit der langen Kontrakte. Es machte Sam wütend, wenn Meredith fünfzigtausend Dollar für einen Film bekam, und dann verlieh ihn das Studio an eine andere Gesellschaft für fünfhunderttausend und strich einen phantastischen Profit ein, ohne die geringste Arbeit, einfach, weil ihnen Meredith gehörte. Das allein versetzte Sam in Wut, ohne daß er dabei an die fünfundvierzigtausend Dollar dachte, die seine zehn Prozent der vierhundertfünfzigtausend Dollar darstellten. Es war das Prinzip. Wie viele Filme kann ein Schauspieler machen, wie lange kann er Jugend und gutes Aussehen einsetzen? Und wie kommen diese Hunde dazu, ihm alles Geld abzunehmen? Nun, vielleicht gab es andere Möglichkeiten, gerade jetzt bei den Verhandlungen, zu denen Meredith nach New York gekommen war. Und nun tauchte Merry auf. Wie würde ihre Ankunft die Dinge beeinflussen?

Sam hoffte, daß Meredith sie behalten würde oder daß er sich von Carlotta überreden lassen würde, sie zu behalten. Damit wäre alles so einfach. Meredith hätte keine Lust mehr, nach Afrika zu gehen, sondern würde lieber mit seiner Tochter in New York oder Los Angeles bleiben. Er würde nicht den Film über das Leben von Cecil Rhodes drehen und daher den Kontrakt nicht unterschreiben, und das war es, was Sam erreichen wollte. Und doch und doch ... Irgendwie gefiel es ihm nicht. Es war verwirrend, es war unordentlich und ungeschäftlich, sogar in einem so ungeschäftlichen Geschäft wie dem seinen. Das Erscheinen eines neunjährigen Mädchens sollte die Dinge nicht beeinflussen. Es war nicht in Ordnung, auch wenn es so war. Und so nahm er sich vor, vorsichtig zu sein, wirklich sehr vorsichtig, sich nicht hineinzumischen, weder zu- noch abzuraten und Meredith die Entscheidung zu überlassen, und natürlich Carlotta. Meredith mußte selbständig entscheiden. Die schreckliche Verantwortung der Freundschaft, das war das schlimmste, wenn man für diese Menschen arbeitete, dachte er. Das schlimmste und das beste.

Wenn Sam schwieg, weil er Meredith' Entscheidung nicht beeinflussen wollte, so schwieg Carlotta aus einem völlig anderen Grund. Sie wollte das Kind. Sie wollte es so sehr, daß sie Angst hatte, was immer sie auch sagte, es würde zu intensiv, zu extrem sein und Meredith irgendwie abschrecken. Schließlich war es sein Kind. Und es war eine heikle Situation. Er sollte das Kind haben wollen, aber ohne Schuldgefühle, weil er das Kind bei der Mutter gelassen hatte. Schuldgefühle würden es erschweren, das Kind aufzunehmen und in die Familie einzubetten wie geschlagenes Eiweiß in ein Soufflé. Und so wollte sie es haben — so vollkommen und so zart.

Sie wußte, daß sie es erzwingen konnte, wenn sie es darauf anlegte. Und sie wollte es erzwingen, ein Teil ihres Ichs wollte wenigstens. Aber all diese alten Ärgernisse wieder aufzufrischen wäre so unfair gegenüber dem kleinen Mädchen, wäre eine solche Belastung für das Kind. Und nicht nur für das Kind, sondern auch für sie selbst und für Meredith. Und wenn alles gutging, sollte Merry der Ersatz sein, sollte Merry ihr gemeinsames Kind sein, und was im Krieg geschehen war, wäre damit ausgelöscht.

Meredith war für einige Wochen Urlaub nach New York gekommen. Er hatte sie angerufen, und sie waren zusammen ausgegangen. Es war ein köstliches Souper gewesen, mit zwei Sorten Wein, dicken, saftigen Steaks und Glashauserdbeeren so groß wie Zitronen, alles sehr exquisit und sehr teuer, und sie hatte ganz harmlos gefragt, wie sich all dies mit dem Gehalt eines Sergeants vereinbaren ließe. Da hatte er ihr seine Rolle in diesem Krieg erklärt, und sie glaubte zu wissen, warum er so anders erschien als in ihrer Erinnerung. Er sei kein gewöhnlicher Sergeant, hatte er ihr erklärt, sondern ein Filmstar —

noch immer unter Kontrakt, noch immer mit Gehalt. Mit halbem Gehalt zwar, aber auch das sei eine Menge Geld. Das Ganze war eine ekelhafte, schiefe Sache. Er war eingerückt, weil es das Studio gewollt hatte. Es gehörte zur Reklame für den letzten Film, den er gemacht hatte. Man hatte ihn den *Special Services* zugeteilt, das Studio hatte alles dazu veranlaßt, und er reiste umher und verkaufte Kriegsanleihen.

„Klingt gar nicht schlecht."

„Es ist faul. Natürlich ist es nicht schlecht. Es ist wahrscheinlich der angenehmste Posten in der ganzen Armee. Aber mich macht es krank. Die ganze Zeit muß ich daran denken, daß ich um Überstellung ansuchen würde, wenn nur irgend etwas an mir dran wäre. Ich sollte zu den Rangers gehen oder zu den Fallschirmspringern. Natürlich wäre die Gesellschaft dann wütend. Aber ich würde wenigstens etwas Nützliches tun."

„Was du machst, ist sehr nützlich. Jedermann kann Fallschirmspringer werden. Nicht jeder kann Kriegsanleihen verkaufen."

„Dann wäre ich lieber jedermann. Im Ernst. Dieses Filmgeschäft ist im Frieden arg genug, aber da gibt es wenigstens die Filme. Man spielt, man steht am Morgen auf und geht ins Atelier, und es ist eine Arbeit, und man fühlt sich wie jeder andere, weil man eine Arbeit hat. Doch das hier ist verrückt. Ich bin ein Filmstar ohne Filme. Es ist, als wäre man König im Exil oder ehemaliger Boxweltmeister — etwas Großartiges und Lächerliches."

Bei Kaffee und Kognak gab er dann zu, daß er nur mit dem Gedanken spielte, sich versetzen zu lassen, aber genau wußte, daß er es niemals tun würde. Und daß das Leben eines Filmschauspielers nur in seiner Erinnerung nützlich und vernünftig war, nicht aber in der Wirklichkeit. Und er erzählte ihr die Geschichte jenes Abends, als er sie kennengelernt hatte, und daß er Jocelyns Einladung ablehnen hatte wollen und wie sie auf ihn in der Halle gewartet hatte.

„So etwas geschieht Filmstars, aber es geschieht auch Bankiers oder Zahnärzten oder Schullehrern", hatte sie gemeint.

Doch dann erzählte er ihr, wie er mit Elaine gebrochen hatte und wie die Zeitungen, bloß um ihre Leser zu unterhalten, über sein Nachtessen mit Jocelyn in einem Restaurant berichtet hatten. Und dann sagte er ihr, daß sein Anruf an Jocelyn sein zweiter Anruf war. „Dich habe ich zuerst angerufen. Ich — ich saß die ganze Zeit in dieser verdammten Garderobe und war einsam, und alles, was ich brauchte, war jemand, mit dem ich sprechen konnte."

„Nur das?"

„Hauptsächlich. Wirklich!"

„Ich weiß nicht, ob das sehr schmeichelhaft ist."

„Es ist schmeichelhaft gemeint. Ich habe dich angerufen, weil ich noch die Hoffnung hatte, bestimmte Dinge könnten so bleiben — so weitergehen, wie sie waren. Ich konnte mir einen vollkommen harmlosen Abend mit dir vorstellen; nur plaudern, nur mich an deiner Gesellschaft erfreuen, nur mit dir zusammen sein. Aber du warst nicht zu Hause, und plötzlich dachte ich, zum Teufel damit, zum Teufel mit allem. Und ich rief sie an. Und damit war es geschehen. Ich glaube, ich wußte, daß es nicht anders kommen konnte. Vielleicht wollte ich es auch so haben."

„Ich verstehe", sagte sie.

„Und — und darum rief ich dich heute abend an. Um mit dir zu sein, um mich zu freuen, daß du da bist. Um auszuruhen."

„Nur um beisammenzusitzen und zu plaudern?"

„Ja", sagte er. „Wenn es nur das ist, so genügt es mir auch. Ich meine, es muß nichts anderes sein — wenn du mit jemandem anderen liiert bist. Oder wenn du dich nicht gerade jetzt mit mir einlassen willst."

„Was meinst du mit gerade jetzt?"

„Ich meine den Krieg und das alles. Wer weiß? Vielleicht falle ich von einer Plattform und verstauche mir den Knöchel. Du weißt doch, was ich meine."

„Ich weiß. Aber ..." Sie senkte den Blick, und ihre Fingernägel ritzten kleine Quadrate in das Tischtuch. „Und wenn ich an niemanden gebunden wäre, wenn ich ...?"

„Wunderbar", sagte er, nahm ihre Hand und hinderte sie, weiter Zeichnungen auf dem Tischtuch zu machen.

„Es ist alles so einfach", sagte sie lächelnd. Sie hatte ihre Sicherheit wiedergefunden und war glücklich. „Es ist wie im Kino."

„Merkwürdig", sagte er, „aus diesem Grunde muß ich die verdammten Kriegsanleihen verkaufen. Die Leute scheinen nur an Dinge zu glauben, die sie im Kino sehen. Aber nicht nur hier, sogar im Krieg, auf dem Schlachtfeld. Wieder und wieder kamen Soldaten aus der Kampflinie zurück und erzählten, es sei wie im Kino gewesen. So verwenden sie mich statt eines echten Soldaten, und irgendwie scheine ich echter zu wirken. Sonderbar, nicht? Aber alles ist heutzutage verkehrt oder verzerrt. Hast du den Oberkellner beobachtet, als wir hereinkamen? Er war ganz unglücklich, als er auf meine Uniform sah und feststellte, daß ich nur Unteroffizier bin. Das machte ihn unglücklich. Doch dann sah er mich an und stellte fest, daß ich Meredith Houseman bin, und nach seinem veränderten Ausdruck zu schließen, macht mich das mindestens zum Oberst."

Sie unterhielten sich — fröhlich, glücklich, entspannt. Sie nahmen einen zweiten Kognak, und dann gingen sie in Carlottas Wohnung. Meredith ging im Wohnzimmer umher und betrachtete die Bücher, besonders die vielen Kunstbücher in den hohen Regalen neben dem Kamin. Sie machte Kaffee und beobachtete ihn von der Küche aus, während er sich im Zimmer umsah; nicht neugierig, sondern froh, durch ihre Bücher, durch ihre Bilder und Zeichnungen mehr von ihr zu erfahren. Ihr gefiel es, wie er sich umsah, wie er in den Raum paßte, wie sehr er dazuzugehören schien. Es gefiel ihr, wie er sich bückte und den Degas studierte — eine kleine Zeichnung, gar nicht anspruchsvoll, aber bei weitem das beste Stück im Zimmer und ihr besonders lieb, weil Mark es ihr zum ersten Jahrestag ihrer Hochzeit geschenkt hatte.

„Es ist ein schönes Zimmer", sagte er, als er merkte, daß sie ihn beobachtete.

„Danke."

„Und du bist eine schöne Frau", fügte er hinzu.

„Danke."

Und dann küßte er sie, und auf einmal war es doch nicht so einfach, sondern schwierig und herrlich und ein wenig erschrekkend, denn es war schon so lange, lange her, und ihr Körper erschien ihr fremd und seltsam und ungeschickt. Sie hatte Angst, daß sie linkisch sein könnte, daß sie vergessen hatte, wie man es machte. Konnte man es vergessen? War es wie Radfahren, oder konnte man es einfach verlernen? Aber er umfing sie sehr sanft, er hielt sie in seinen Armen und küßte sie, und behutsam begann er die Knöpfe ihres Kleides zu öffnen.

Sie zog ihr Kleid aus und ging voran ins Schlafzimmer;

immer noch fühlte sie sich schüchtern und unsicher und unbeholfen, als wäre sie nie verheiratet gewesen, als hätte sie nie ein Kind geboren, als wäre sie niemals in den Armen eines Mannes gelegen. Sie warf ihre Schuhe fort und streifte die Strümpfe ab und wünschte, sie könnte es eleganter machen, routinierter oder wenigstens so direkt wie jenes Mädchen auf dem Bild von Manet. Oder war es Monet? Jedenfalls war es eine Zeichnung. Sie zog die Unterwäsche aus, aber ihre Diamantohrringe behielt sie an und hoffte, etwas von deren Glanz würde auf sie übergehen. Meredith schien ihre Nervosität zu fühlen, denn er war sehr sanft und sehr zärtlich, als hielte er ein junges Mädchen in den Armen. Er küßte und streichelte sie, als hätten sie unendlich viel Zeit ... aber er begehrte sie. Er begehrte sie leidenschaftlich. Sie wußte es, wenn sie ihn ansah. Und als er endlich in sie eindrang, war es wirklich, als sei sie wieder Jungfrau; sie war so lange allein gewesen, oder vielleicht war es auch nur, weil er so verdammt groß war. Nein, nicht verdammt groß, herrlich groß, und sehr bald kam die alte Selbstverständlichkeit zurück, und sie erinnerte sich, wie es ist, wie wundervoll es ist, und sie war glücklich, sie war glücklich und flüsterte immer wieder: „Es ist gut, es ist herrlich, es ist so herrlich."

In wenigen Augenblicken hatte sie sich von einer schüchternen Jungfrau in eine erfahrene Geliebte verwandelt, und nach der langen Zeit der Enthaltsamkeit erreichte sie in unglaublich kurzer Zeit den wilden Höhepunkt der Ekstase. „O Gott, ja, jetzt, o Gott ...", murmelte sie, als sie kam. Aber er war noch nicht so weit, war noch nicht einmal in der Nähe und fuhr fort, in sie einzudringen, in starken rhythmischen Stößen. Voll Verwunderung spürte sie, daß er sie wieder hinauftrieb, daß sie wieder zu ihm kam und noch ein drittes Mal, als sie sein heißes Naß verspürte.

Erschöpft fielen sie zurück, und sie legte ihren Kopf auf seine Schulter, schmiegte sich eng an ihn und fühlte sich herrlich. Da hörte sie aus der Küche ein Zischen und ein seltsames Geräusch.

„Der Kaffee", rief sie, „der Kaffee ist übergekocht. Das ist die kleine Kaffeemaschine."

„Ich werde ihn holen", bot er sich an.

„Nein, du bleibst liegen. Ich werde ihn holen", sagte sie, stand auf und ging in die Küche.

Es war ein wundervoller Abend. Sie saßen auf dem Bett und tranken Kaffee, sie überließen sich wieder der Liebe, sie aßen Brot und Käse, sie redeten und redeten und beschlossen, eine Weile wegzufahren, solange er noch Urlaub hatte. Am nächsten Morgen gingen sie zum Bahnhof und nahmen einen Zug nach Cape Cod. Sie mieteten ein kleines Haus an der Bucht von Wellfleet, ein komisches kleines Haus mit grauen Schindeln und einem großen Kamin und einem riesigen Fenster, von dem aus man die ganze Bucht überschauen konnte. Sie wanderten über die Dünen und liebten einander, sie aßen Hummer und liebten einander, sie gingen schwimmen und liebten einander. Am Nachmittag tranken sie Cocktails und liebten einander, und des Abends saßen sie am Feuer und liebten einander, und Meredith saß im Schaukelstuhl, und sie saß auf seinem Schoß, und er schaukelte sanft nach vor und zurück, während er in sie eindrang.

Doch der Urlaub ging zur Neige, und sie mußten zurück nach New York, und Meredith mußte zu seiner Einheit nach Chicago, um weiter Kriegsanleihen zu verkaufen.

„Ich rufe dich an, sobald ich zurückkomme", sagte er.

„Ja", sagte sie.

„Ich habe niemals eine so herrliche Zeit erlebt", sagte er.

„Ich auch nicht."

„Und — ich liebe dich."

„Ja", sagte sie und küßte ihn, „ja, ja, ja."

Er löste sich aus ihrer Umarmung und ging. Und sie spürte, daß er den Gedanken an eine Trennung ebensowenig ertragen konnte wie sie. Und sie wußte auch, daß er zurückkommen würde, daß sie heiraten würden, daß sie einander gefunden hatten. Es war alles wundervoll.

Oder doch nicht ganz so wundervoll. Einige Wochen später stellte sie fest, daß sie schwanger war. Der dumme, alte Gummi des dummen, alten Pessars, das sie so lange nicht gebraucht, an das sie jahrelang nicht gedacht hatte, war ihr zum Verhängnis geworden. Ihre Enthaltsamkeit während all der Jahre hatte sich gerächt. Das Zeug hatte nicht gehalten. Irgendwo war der Gummi gerissen, und mit ihm die runde Vollkommenheit jener idyllischen Woche, ihre Träume, ihr gemeinsames Leben.

Sie ließ es nicht geschehen. Sie dachte nicht daran, Meredith anzurufen, es ihm zu sagen, ihn zu einer Heirat zu zwingen.

So etwas war in jedem Fall zu arg, um es auch nur zu erwägen, aber bei einem Schauspieler, und besonders bei einem Filmstar, war es einfach unmöglich. Es war zu gewöhnlich. Jede Hure in Hollywood versuchte den Trick, und vielen gelang er auch. Carlotta konnte es nicht über sich bringen, etwas zu tun, das einer solchen Gemeinheit auch nur im entferntesten glich. Eine Weile spielte sie mit dem Gedanken, das Kind trotzdem zur Welt zu bringen, aber das erschien ihr genauso arg oder noch ärger. Sie mußte zwischen dem Kind und dem Mann wählen, und sie wählte den Mann. Sie fuhr nach Washington zu einem gewissen Arzt, an den sich die meisten Frauen der Ostküste in einem solchen Fall wandten, und ließ sich das Kind nehmen. Es war ein ordentlicher, sauberer Abortus mit Narkose, oder zumindest mit einer lokalen Narkose. Während sie auf dem Tisch lag, die Füße weit auseinandergespreizt in den hohen Steigbügeln hängend, konnte sie das Kratzen der Kürette hören, aber sie konnte nichts spüren, oder nur selten. Ein leichtes Zucken und ein scharfer Schmerz. „Tut mir leid", sagte der Arzt und machte weiter. Es schien alles in Ordnung. Auf dem Weg zum Bahnhof sah sie ein großes Plakat, das für diesen Abend ein Kriegsanleihetreffen ankündigte. Unter den zahlreichen Schauspielern und Künstlern war auch Meredith Houseman erwähnt. Sie wußte nicht, ob sie lachen oder weinen sollte. Nach einigen Drinks in der Bahnhofsbar entschied sie, daß es eher komisch war. Sie bereute nur, daß sie Meredith nichts davon erzählen konnte.

Aber es war weniger komisch, als es den Anschein hatte. Der Abortus war doch nicht so ganz in Ordnung. Eine Infektion stellte sich ein, und sie ging zu ihrem Frauenarzt in New York, der sie sofort ins Spital brachte und eine Hysterektomie vornahm. Es war dieselbe Klinik, in der Merry, eine Nacht bevor Carlotta Meredith kennenlernte, zur Welt gekommen war. Nie mehr würde sie ein Pessar brauchen.

Irgendwie hatte sie sich mit der Kinderlosigkeit abgefunden. Sie dachte kaum mehr daran. Sie hatte Meredith von dem Abortus und der Operation erzählt, aber nicht gesagt, daß er damit etwas zu tun hatte. Auch er fand sich mit ihrer Kinderlosigkeit ab. Doch jetzt fiel dieses kleine Mädchen vom Himmel, seine kleine Tochter, als ob die verrückte, launische Welt ihr endlich einen Ausgleich bieten wollte für den Tod des kleinen

Mark und für den Tod jenes anderen Kindes, das nie geboren wurde und niemals einen Namen hatte. Das war ihre große Chance, die große Chance für sie und Meredith. Sie sagte kein Wort. Es war zu wichtig, sie wollte es zu stark, um irgend etwas zu sagen. Schweigend, mit zusammengepreßten Lippen dachte sie an das Kind und an ihn — wie in stillem Gebet.

Der Wagen hielt vor dem Fluggebäude der *American Airlines*, und der Chauffeur riß die Wagentür auf. Sam, Meredith und Carlotta stiegen aus und gingen schnell zum Informationsschalter.

„Wo ist das Büro von Mr. Carlsen, bitte?“ fragte Sam.

„Den Gang entlang, Zimmer 112“, gab die Hostess Auskunft.

Sie näherten sich der Tür. Meredith wußte, daß seine Gedanken gewandert waren, sich an unwichtige Dinge geklammert hatten, um sich nicht mit Merry beschäftigen zu müssen. Er hatte Angst. Wenn er sie nicht leiden konnte? Wenn er sie sofort ins Herz schloß? Beides konnte schrecklich sein. Warum hatte er sein Leben so verpatzt? Er erinnerte sich an alle Vorsätze und Pläne für Merrys Zukunft, die er gemacht hatte, als er sie zum erstenmal kurz nach ihrer Geburt durch das Fenster des Säuglingszimmers sah.

Sam klopfte an die Tür.

„Herein.“

„Mr. Carlsen?“

„Ja, guten Tag, Mr. Jaggers. Und Sie sind Mr. Houseman und ... das ist Mrs. Houseman?“

„Ja“, sagte Meredith.

„Das Flugzeug setzt gerade zur Landung an und sollte in zehn Minuten auf dem Boden sein. Bitte nehmen Sie Platz. Wollen Sie einen Drink oder Kaffee?“

„Nichts, vielen Dank.“

„Dann werde ich Sie allein lassen. Ich gehe zum Flugzeug und werde die kleine Dame abholen und herbringen, wenn es Ihnen recht ist?“

„Sehr gut“, sagte Sam.

„Vielen Dank“, fügte Meredith hinzu.

Mr. Carlsen verschwand. Sie setzten sich in die Stühle, die alle gleich aussahen — modern, gepolstert, in der Farbe zum Teppich, zu den Wänden, zu den Uniformen des Personals passend ... Und warteten.

„Sie haben das gut arrangiert", wandte sich Meredith an Sam.

„Die Luftlinie hat sich um alles gekümmert. Ich sagte ihnen nur, was wir haben wollen."

„Die Leute waren sehr entgegenkommend."

„Ja", sagte Sam.

„Soll ich irgendeine Reklame für sie machen? Eine Anzeige?"

„Vielleicht, wir können es uns überlegen."

„Okay", antwortete Meredith, „Sie sind vorsichtig wie immer, nicht?"

„Ja."

„Carlotta, woran denkst du?"

„An Merry."

„Natürlich, aber woran sonst?" Er sagte es fast scharf.

„An nichts anderes."

„Oh", er spürte ihre Zurechtweisung.

Zehn Minuten? Es schien, als vergingen Stunden, bis Mister Carlsen zurückkam, aber dann war er plötzlich da, und Merry war an seiner Seite. Meredith sah sie an, und sie sah ihn an. Einen Augenblick lang herrschte Schweigen.

„Hallo Merry", sagte er, „es ist schön, dich zu sehen."

Er hatte geschwiegen, weil er vollkommen in die unglaubliche Ähnlichkeit versunken war. Es war nicht so, daß sie ihm einfach glich — sie *war* er —; sie hatte seine Nase, seine Stirn, sein Kinn. Natürlich waren alle Merkmale kleiner und weicher, aber es war alles da, und es sah ebenso gut bei ihr aus wie bei ihm, das heißt sehr gut. Fast unheimlich war es, sie anzuschauen und sich dabei selbst zu sehen — zu sehen, wie er als Mädchen ausgeschaut hätte. Als er endlich sprach, klang es wie eine Art Entschuldigung für sein Starren. Aber das Erstaunen war noch immer da und hörbar für jeden, der feine Ohren hatte.

Merry hatte sehr feine Ohren. Sofort bemerkte sie die Intensität seines Blickes, das angedeutete Lächeln — war es Freude über ihr Kommen? Belustigung auf ihre Kosten? Oder war es sein gewohnter Ausdruck? Und dann die etwas belegte Stimme, die sagte: „Es ist schön, dich zu sehen." War er heiser? Oder war er wirklich erregt?

Nun, nichts gewagt, nichts gewonnen. Sie konnte es ja versuchen. Und er sah ihr sehr ähnlich, das flößte ihr eine Spur von Selbstvertrauen ein, jedenfalls genug, um es zu versuchen.

Sie rannte auf ihn zu und rief mit weit geöffneten Armen: „O Daddy!" — und es gelang, es gelang. Er schloß sie in die Arme, hob sie auf, trug sie im Zimmer umher und küßte sie. Als er sie wieder auf den Boden stellte, konnte Merry sehen, daß die Frau, die ihn begleitete — ihre Stiefmutter? —, zu weinen begann. Sie hatte gewonnen. Es war wie ein ganzer Sack Pralinen von Novotny.

Sie gingen rasch zum Auto. Merry wollte auf einem der Klappsitze sitzen, denn sie war noch nie in einer Limousine gefahren. Sie fragten sie nach der Reise, und sie erzählte ihnen alles und versuchte es sogar mit der Wahrheit. Sie berichtete, daß sie auf einer Geburtstagseinladung von einem Freund über Flugreisen gehört habe, das heißt nicht wirklich von einem Freund, sondern von einem der Jungen, die sie bei solchen Geburtstagsfeiern traf. Als Meredith Housemans Tochter wurde sie zu schönen Parties eingeladen, mit Zauberern und Clowns und Ponyritten und allem Drum und Dran. Einer der Jungen auf Harry Sabinsons Party hatte ihr erzählt, daß er allein von New York nach Los Angeles geflogen sei. Natürlich hatte er eine Flugkarte, aber niemand fragte ihn danach, er war erst neun Jahre, und man hielt ihn für den Sohn des Mannes, der neben ihm saß. Er hatte die Karte bis Los Angeles behalten und dort bei der Ankunft der Stewardeß übergeben. Diese war ganz erstaunt gewesen. Und jeder fand, er sei dumm gewesen, er hätte den Flugschein behalten und als unbenützt einsenden sollen. Er erwiderte, so etwas sei nicht anständig, aber wahrscheinlich tat es ihm nur leid, daß er nicht selbst daran gedacht hatte, und jetzt mußte er sagen, es sei nicht anständig, so, als ob er auch daran gedacht und sich dagegen entschieden hätte. Und Merry habe wochenlang darüber nachgedacht, ob sie einfach zum Flugplatz gehen und irgendwohin fliegen könne. Und der einzige Ort, der ihr in den Sinn kam, sei New York gewesen, denn schließlich hatte sie dort einen Vater, den sie seit Jahren nicht gesehen hatte.

Es klang komisch, und sie lachten. Kein Schelten, kein Schreien, keine Prügel. Es war in Ordnung. Merry entspannte sich ein wenig. Es war in Ordnung; Merry hatte das Gefühl, alles würde in Ordnung kommen. Sie fuhren zurück in die Stadt und zu dem Appartement. Sam ging mit ihnen hinauf und wartete im Wohnzimmer, während Carlotta und Meredith

Merry ins Bett brachten. Sie zogen ihr die Jacke seines Pyjamas als Nachthemd an, gaben ihr einen Gutenachtkuß und deckten sie gut zu.

Dann telephonierte Meredith wieder mit Elaine. Er hatte sie bereits angerufen, als er von Sam hörte, daß Merry in Chicago sei.

„Hallo, ja?" meldete sich Elaine.

„Elaine? Hier spricht Meredith. Sie ist hier. Es geht ihr gut."

„Gott sei Dank."

„Ja, wie wäre es, wenn man sie eine Weile hier ließe? Ich habe das Kind sehr lange nicht gesehen."

„Das ist nicht meine Schuld."

„Nein, wahrscheinlich nicht. Aber es ist auch ganz unwichtig, wessen Schuld es ist."

Wenn er in Kalifornien war, hatte er versucht, sie von Zeit zu Zeit zu besuchen, manchmal an einem freien Nachmittag, doch seine Besuche hatten sehr unregelmäßig stattgefunden, und jedesmal, wenn er kam, hatte er sie aus ihrer Ruhe gebracht und sich aufgeregt, daß sie sich aufregte. So hatte er es aufgegeben, sie zu besuchen. Natürlich schickte er ihr Geburtstagsgeschenke und Ansichtskarten, aber seit drei Jahren hatte er sie nicht mehr gesehen.

„Also, wie lange soll es sein?"

„Einige Monate?"

„Nein", sagte sie, „nein."

„Mach doch keine Schwierigkeiten, Elaine, sie ist ja auch mein Kind."

„Hör mir damit auf! Du hast dich die ganze Zeit nicht um sie gekümmert. Jetzt auf einmal ist sie dir wichtig?"

„Ich mache mir Sorgen um sie. Und ich fühle mich auch schuldig. Aber vor allem mache ich mir Sorgen. Daß sie davonläuft, ist nicht sehr vertrauenerweckend."

„Ich brauche dein Vertrauen nicht. Ich pfeife darauf."

„Also dann einen Monat?"

„Nein. Warum sollte ich es erlauben?"

„Schau, ich habe auch Rechte. Ich bin berechtigt, sie jedes Jahr zwei Wochen zu sehen."

„Im Juli."

„Bitte sei vernünftig."

„Deinetwegen? Ha!"

Er hielt die Telephonmuschel zu. „Sam", sagte er, „ich komme nicht weiter mit ihr. Was soll ich tun?"

„Lassen Sie mich sprechen", sagte Sam.

Meredith übergab ihm den Hörer.

„Hallo, Mrs. Novotny? Hier ist Samuel Jaggers. Erinnern Sie sich an mich?"

„Ja."

„Ich war dabei, als Mr. Houseman Merry auf dem Flugplatz abholte. Es war eine rührende Szene. Außerordentlich rührend. Sie waren ganz glücklich, einander zu sehen."

„Es ist mir vollkommen gleichgültig, ob Meredith glücklich ist."

„Aber sie ist doch Ihre Tochter!"

„Nicht Merry, Meredith."

„Entschuldigen Sie, darf ich ganz offen mit Ihnen sprechen?"

„Warum nicht?"

„Würden Sie erwägen, die Obhut des Kindes Mr. Houseman zu überlassen. Ich meine, gegen eine Entschädigung."

„Entschädigung?"

„Geld."

„Wieviel?"

„Was würden Sie sich vorstellen, Mrs. Novotny?" fragte er. Er nahm einen goldenen Bleistift aus der Westentasche, schrieb auf ein Stück Papier neben dem Telephon „50.000 Dollar?" und schob es Meredith zu. Meredith nickte.

„Einen Augenblick", sagte Elaine.

Wieder hielt Sam die Muschel zu. „Sie bespricht es mit Novotny", flüsterte er.

„Was für einen Betrag haben Sie sich vorgestellt?" fragte Elaine nach einer kurzen Beratung mit ihrem Mann.

„Fünfundzwanzigtausend?" fragte Sam.

„Verdoppeln Sie es", sagte Elaine nach einer kurzen Pause und wahrscheinlich nach einer kurzen Rücksprache.

„Gut. Einverstanden. Mr. Wemmick, mein Partner in Los Angeles, wird Sie morgen früh mit den entsprechenden Papieren und einem Scheck aufsuchen. Gute Nacht, Mrs. Novotny."

„Unglaublich", bemerkte Carlotta, als Sam abgehängt hatte.

„Nicht wahr?" sagte Sam. „Aber jetzt müßt ihr mir sagen, was ihr tun wollt. Ich kann Wemmick ihre Unterschrift auf den

Papieren einholen lassen, dann damit zu Gericht gehen und die Obhut auf euch überschreiben lassen, weil sie bereit war, das Kind zu verkaufen. Oder Sie können zahlen."

„Ich möchte lieber zahlen", sagte Meredith.

„Gut."

„Es ist schon so schlimm genug."

„Was?" fragte Carlotta.

„Daß ich das Kind kaufen kann. Fünfzigtausend Dollar sind eine Menge Geld für Elaine und den Tiertrainer. Für mich sind es zwei oder drei Wochen Arbeit."

„Vor Abzug der Steuern."

„Trotzdem, du weißt schon, was ich meine."

„Ja", sagte Carlotta, „dessenungeachtet bin ich froh, daß du es getan hast. Ich wollte es. Ich wollte es so sehr."

„Ich weiß. Ich auch."

„Also gut, dann ist alles geregelt", sagte Sam abschließend.

„Danke, Sam, danke ... Ich weiß nicht, wie ich Ihnen danken soll."

„Sie brauchen sich nicht zu bedanken, ich bin froh, daß ich euch helfen konnte."

Sam verließ sie. Carlotta und Meredith gingen in das Gästezimmer — es war jetzt Merrys Schlafzimmer —, um noch einmal nach ihr zu sehen. Sie hörte sie kommen, schlüpfte schnell ins Bett und gab vor zu schlafen. Daß sie die ganze Zeit an der Tür gelauscht hatte, sollten sie nie erfahren.

Merry gefiel die Wohnung. Sie wußte nicht, daß es Carlottas alte Wohnung war, die Meredith und Carlotta während ihrer Aufenthalte in New York als *pied-à-terre* benützten, weil es billiger kam, als im *Plaza, Sherry Netherland* oder *St. Regis* zu wohnen. Aber für Merry schien es ein Zuhause. Und die ersten Tage war es himmlisch. Da war der nahe Central Park, und da war das große Kaufhaus Schwartz, wo man mit Carlotta Spielsachen kaufen konnte, und Best, wo man schöne Kleider bekam, und die Konditorei Rumpelmayer, wo man nach einem Besuch des Zoos im Central Park Eiscreme-Soda trinken konnte. Sie glaubte nicht wirklich, daß das Leben immer so weitergehen würde, doch anderseits hatte sie keine Ahnung, was sie sich vorstellen oder erwarten sollte. Ihr Vater fuhr jeden Tag in die

City, und wenn er nach Hause kam, erzählte er von Verhandlungen und Kontrakten und was Sam Jaggers und was Mister Kitman gesagt hatte und was Mr. Siegel gesagt hatte und was er gesagt hatte. Und so nahm sie an, daß dies seine Arbeit war, unterbrochen von gelegentlichen Filmen. Aber darüber schien er nie zu sprechen.

Eines Tages, ganz plötzlich, sprach er davon. Er würde einen Film machen. Er schien erfreut und war sehr aufgeregt, als er nach Hause kam. So freute sie sich auch. Er setzte sich zu ihr auf die Bettkante und erklärte ihr, daß er Schauspieler sei und Filme mache, und sie sagte: „Das weiß ich, Daddy."

„Und ich muß dorthin fahren, wo die Filme gedreht werden. Das verstehst du doch, nicht?"

„Ja", erwiderte sie, denn das leuchtete ihr ein. Anscheinend fuhren sie jetzt alle irgendwohin, um einen Film zu drehen.

„Ich muß nach Afrika fahren, um einen Film zu machen."

„Ja, Daddy?" Er zögerte, um es auszudehnen, wie man das Beste auf dem Teller zurückläßt, so daß man am Schluß nur noch hat, was man am meisten liebt.

„Und leider müssen wir dich hierlassen."

„Ganz allein?"

Er lachte und erklärte ihr, natürlich nicht, sie würde in eine Schule kommen, in eine nette Schule, die ihr gefallen würde. Und daß er in acht Monaten zurück sein würde, und dann wären sie wieder beisammen. Sie weinte bitterlich. Sie sagte ihm, daß sie mitwolle. Sie bat sogar, aber er meinte, die Milch sei dort nicht pasteurisiert.

„Ich werde keine Milch trinken. Ich verspreche es. Ich werde sie nicht anrühren. Ich trinke gar nicht so gerne Milch."

„Nein, mein Schatz, es tut mir leid, aber Afrika ist kein Platz für kleine Mädchen. Wirklich nicht. Ich wollte, es wäre anders. Ich wollte, du könntest mitkommen."

Und so ging sie nach einem weiteren Monat in das Stokely-Internat. Wieder ein Waisenheim. Zurück, wo sie angefangen hatte.

IV

Die Karten klatschten auf den Tisch: acht, neun, zehn und eine aufgedeckt. Die Pik-Sechs.

„Ich verdopple“, sagte Carlotta.

„Also habe ich noch eine Chance“, meinte Meredith.

Sie spielten Gin-Rummy, drei Spiele gleichzeitig, und notierten den Stand auf separaten Blättern. Das Spiel hieß „Hollywood“, und das sei das einzige, was bei dieser Produktion an Hollywood erinnere, behauptete Meredith.

Natürlich übertrieb er, aber er hatte nicht ganz unrecht. Es war heiß, heiß, heiß. Und die Luft war voll von dem getrockneten Kuhmist, den die Massai zum Bauen ihrer Hütten und auch als Brennmaterial verwendeten. Ganz gleich, wie oft Carlotta und Meredith ein Bad nahmen, immer gab es kleine Stücke Kuhmist in der Luft, die sich in ihren Haaren und Kleidern festsetzten. Es war ekelhaft.

Natürlich ging es ihnen besser als den meisten andern. Sie besaßen einen Wohnwagen und Klimaanlage. Im Wagen war es nicht so arg. Aber draußen in der gleißenden Hitze wetteiferten Kuhmist und Fliegen miteinander, wer von ihnen einem das Leben unerträglicher machen konnte. Und die Massai übertrafen beide. Es erforderte so viel Zeit, sie zu irgend etwas zu überreden. Dennis Frazer übersetzte die Anweisungen des Regisseurs in Suaheli, und Richard Mobutu übersetzte aus dem Suaheli in den Massaidialekt, und der Stammeshäuptling wiederholte die Anordnungen, und unweigerlich waren sie irgendwie verändert worden. Oder sie wurden überhaupt ignoriert. Zum Beispiel die Sache mit den Armbanduhren. Entweder waren die Massaiworte für „Keine Armbanduhren“ sehr ähnlich denen für „Jeder trägt eine Armbanduhr“, oder die Krieger scherten sich einfach nicht darum. Da kamen sie auf die Szene gestürzt, diese Wilden, um Cecil Rhodes zu begrüßen, und alle Stammesangehörigen trugen Armbanduhren! Und das erheiterndste daran war, daß keine der Uhren die Zeit anzeigte. Sie waren seit langem verrostet. Aber die Massai trugen sie als Zeichen der Zivilisation.

„Es geschieht uns recht“, sagte Frazer, „wir haben sie zu dem gemacht, was sie heute sind.“ Frazer war der Großneffe von Sir James Frazer und auf unausgesprochene Art mit der Produktion, an der er selbst teilnahm, nicht einverstanden. Am wenigsten war er mit sich selbst einverstanden.

„Das freut mich zu hören“, sagte Gerald Lester, der Regisseur, „es wäre ärgerlich, zu wissen, daß man uns grundlos verflucht. Wir werden die Aufnahme wiederholen.“

Und das bedeutete eine weitere Woche in Kuhmist und Hitze, weiteres Warten, daß die Massai sich von ihren Statussymbolen trennten, und fünfzigtausend Dollar Mehrkosten. Dabei war das Budget schon längst überschritten. Und Meredith saß in seinem Wohnwagen und spielte mit Carlotta Karten und verlor.

Es zeigte sich, daß auch die Dreharbeit dieses Tages umsonst war. Zwar trugen die Massai keine Armbanduhren — Frazer und Mobutu hatten vor Drehbeginn alle genau kontrolliert —, aber einer der Krieger verlor seinen Lendenschurz und sagte nichts. Vielleicht wollte er nicht hinausgeworfen werden und den Dollar nicht verlieren, den die Filmgesellschaft ihm täglich zahlte. Vielleicht war es auch ein Scherz, eine Art Rache, daß er keine Armbanduhr tragen durfte. Als die Abzüge eine Woche später zurückkamen, gab es jedenfalls lautes Gelächter, denn links von Meredith, ein paar Schritte hinter ihm, stand der nackte Krieger mit dem längsten Schwanz, den man je im Vorführraum gesehen hatte.

„Warum lassen wir es nicht? Niemand wird es für möglich halten!“ schlug Frazer vor.

„Natürlich“, sagte Lester, „ich hätte nichts dagegen, aber sein Ding wird die amerikanischen Rassenprobleme um zwanzig Jahre zurückwerfen. Im Süden werden neue Lynchexzesse ausbrechen. Und überall auf der Welt!“

„Also morgen nochmals?“ fragte Frazer.

„Sicher“, erwiderte Lester, „es ist eine Teufelsarbeit, nicht?“

„Das will ich meinen“, sagte Meredith und ging zum Wohnwagen zurück, um es Carlotta mitzuteilen.

Aber wenn das Filmemachen verrückt ist, so ist das Filmgeschäft selbst noch verrückter. Es ist das Manipulieren von Millionen Dollars durch Hunderte von Menschen beim Versuch, ein Publikum von Millionen zu unterhalten. Und die unwahrscheinlichsten und fernsten Ursachen ergeben — vielleicht durch eine besondere Spiegelung oder Brechung — plötzliche, unerwartete, eindrucksvolle Resultate. Es ist, als sammle eine Linse die Sonnenstrahlen auf einen Grashalm: Plötzlich beginnt der Grashalm aufzuglühen und zu verbrennen. Die Kameras des Filmgeschäftes sind ähnlich, und Meredith befand sich vor einer solchen Kamera.

Hier war er, in Afrika, verkörperte Cecil Rhodes und gab vor, den Dschungel in ein Imperium zu verwandeln. Zehntausend Meilen weit entfernt verkörperte Milton Berle eine andere Persönlichkeit, schrie: „Make-up!", bekam eine riesige Puderquaste ins Gesicht gedrückt und machte aus einem anderen Dschungel ein Imperium. Das Fernsehen hatte den Siegeszug angetreten. Aus der Kuriosität der Weltausstellung von 1939 — für die Dauer des Krieges eingemottet — war mit einem Male ein neuer Lebensstil geworden. In ganz Amerika kauften die Leute Fernsehapparate und setzten sich abends vor den Bildschirm, um ihre Lieblinge zu sehen oder alte Filme — was immer man ihnen bot, denn es kostete nichts und war da, vor ihnen, in ihrem Wohnzimmer. In Hollywood und New York saßen die Filmproduzenten beisammen, kauten an ihren Zigarren, kauten an ihren Fingernägeln. Ihre Welt war eingestürzt. Die Studios schränkten die Produktion ein, lösten die Verträge, versuchten um jeden Preis durchzuhalten. Die kleinen Filmsternchen waren die ersten, die es zu spüren bekamen. Fox ließ Marilyn Monroe fallen, eine unbedeutende Schauspielerin, die im Nebenberuf Besuchern von der Ostküste einen angenehmen Abend zu bereiten wußte. Joseph Mankiewicz konnte Darryl Zanuck nur mit Mühe überreden, sie wieder zu engagieren, um ihr in „Alles über Eva" eine Rolle zu geben. Sie war eine der wenigen, die zumindest im Geschäft blieb.

An der Spitze ging es ähnlich zu, nur lauter und lärmender. Die Studios entließen die Stars, die sie unter Vertrag hatten, kürzten die Gagen, schränkten die Spesen ein. Es schien eine vernünftige, logische Politik. Doch sie hatte zur Folge, daß die Summen, welche die Schauspieler verlangen konnten, größer wurden, und es machte die gesuchten Filmstars reicher als je zuvor. Sam Jaggers hatte für Meredith einen Zweijahresvertrag ausgehandelt, eine wesentlich kürzere Periode als üblich. Er war vorsichtig gewesen. Und hatte Glück gehabt. Meredith machte in diesen zwei Jahren vier Filme, dann wurde der Vertrag gelöst. Aber es herrschte Nachfrage nach ihm. Sein Gesicht war bekannt, sein Name war zugkräftig. Er war ein Kassenschlager, jemand, bei dem die Leute, um ihn zu sehen, sogar bereit waren, sich von Pantoffeln und Wohnzimmer zu trennen, einen Babysitter zu mieten und Eintritt zu zahlen. Der erste Film, den er nach Ablauf seines Vertrages machte, brachte ihm mehr Geld ein als die vier Filme unter Vertrag. Der zweite Film brachte ihm doppelt soviel. Beim dritten war er kein bezahlter Schauspieler mehr, sondern eine Produktionsfirma, ein Mitbesitzer, der am Gewinn beteiligt war. Das war auch durchaus vernünftig. Schließlich machte der Produzent ja nichts anderes, als Meredith zu engagieren, mit Meredith' Unterschrift zur Bank zu gehen und Meredith' Verpflichtung, den Film zu machen, als Sicherstellung für einen Zweimillionenkredit zu verwenden. Die Möglichkeit, einen derartigen Kredit zu verschaffen, rechtfertigte die Beteiligung und einen Anteil am Gewinn.

Diese Entwicklung war es aber auch, die Meredith außer Landes trieb. Eine Million Dollar sind in den Staaten nach Abzug der Steuern wenig mehr als hunderttausend Dollar. In der Schweiz sind es neunhunderttausend Dollar. In Monako sind es eine Million Dollar, denn Monako kennt keine Steuern. Meredith gründete eine Gesellschaft in der Schweiz mit dem Büro in einer Villa am Genfer See nahe von Montreux. Und er durfte drei Jahre lang nicht in die Vereinigten Staaten zurückkehren, sonst hätte er seine gesamten Gewinne versteuern müssen.

Also blieb er in der Schweiz. Merry besuchte ihn jeden Sommer, und das war ihm ebenso wichtig wie ihr. Diese Besuche waren eine der wenigen Verbindungen mit seiner alten, vertrauten Welt. Ganz gleich, wie reich er war, ganz gleich, in welchem Land er lebte, der Gedanke an einen Sommer mit Frau und Tochter, mit Schwimmen, Tennis, Reiten und Erholung war beruhigend und tröstlich. Er konnte es sich jetzt leisten, Ferien zu machen und die Sommermonate der Familie zu widmen. Er hatte jenes beneidenswerte Stadium erreicht, in dem man es sich leisten kann, nur dann zu arbeiten, wenn man Lust hat. Niemals mehr würde er etwas tun müssen — wenigstens nicht, um Geld zu verdienen. Es gab ein Treuhandvermögen für Merry und eines für Carlotta, und beide waren an seiner Produktionsfirma beteiligt. Sie waren alle Millionäre.

Da war er auf der Leinwand, in voller Lebensgröße — sogar überdimensional bei den Nahaufnahmen. Den Tropenhelm auf dem Kopf, brave eingeborene Träger zur Seite, begrüßte er die wilden Krieger mit Gummibällen. Er warf sie hoch in die Luft, und die naiven Wilden liefen ihnen nach, und Cecil Rhodes hatte wieder einmal triumphiert. Merry lachte, es war eine komische Szene. Nicht gar so komisch, wenn man sie zum vierten- oder fünftenmal sah, aber immerhin lustig. Er blickte weniger auf die Leinwand als auf Merry, die neben ihm im Vorführraum saß, den er im Westflügel seiner Villa eingerichtet hatte. Er freute sich an ihrer Freude. Den Film konnte er kaum mehr aushalten. Diese Vorführungen zu Hause deprimierten ihn jedesmal. Sie waren eine so dürftige Rechtfertigung für all das Geld, die Berühmtheit, den Erfolg, die sich in so erdrückender Fülle über ihn ergossen hatten. Es schien fast so, als wäre der Luxus, mit dem ihn die Welt für seine Rollen in diesen mittelmäßigen Filmen belohnte, ein sarkastischer Kommentar — so übertrieben, daß er jeden Sinn verlor. Nicht daß er eine puritanische Natur gewesen wäre, die Sinnvolles stets mit Tugend gleichsetzte. Es war einfach so, daß sein Erfolg nicht zu glauben war; er konnte weder an seine Filme glauben noch an sich selbst. Und so klammerte er sich an Carlotta und Merry, und um Merrys willen ertrug er sogar eine weitere Vorführung des Rhodes-Films.

Als es vorbei war, ließ Philippe die Lichter langsam hell werden. Es war etwas lächerlich, in einem privaten Vorführraum einen Rheostat zu haben, aber er war nun einmal da wie die automatisch betriebenen Vorhänge vor der Leinwand und den Fenstern. Merry gefiel das alles, und sie klatschte; auch das war ein wenig lächerlich, aber rührend.

„Danke, Philippe“, sagte Meredith.

„Monsieur“, kam Philippes Stimme aus der Projektionskabine. Er trat heraus, um ihnen die Tür zu öffnen.

„Schluß. Ab ins Bett", sagte Meredith.

„Aber du kommst doch noch gute Nacht sagen?"

„Natürlich."

Sie war bereits in Pyjama und Schlafrock. Gemeinsam gingen sie durch die Halle in das Wohnzimmer, wo Merry Carlotta einen Gutenachtkuß gab, und dann gingen sie hinauf in Merrys Schlafzimmer. Er deckte sie zu, sagte ihr gute Nacht und kam zu Carlotta.

„Noch einen Kaffee?" fragte sie ihn.

„Danke, ja."

Sie schenkte ihm aus der silbernen Kaffeekanne ein, fügte Milch und Zucker hinzu und reichte ihm die kleine Tasse.

„Danke", wiederholte er, „und nun?"

„Und nun?"

„Ich weiß es nicht", sagte er, „ich weiß es einfach nicht. Es ist alles so schwierig. Ich weiß nicht, was ich machen soll."

„Man muß das tun, was für sie am besten ist", erklärte Carlotta, als ob es ganz klar und einfach wäre.

„Natürlich. Aber sie möchte so gerne bei uns bleiben. Und wie soll ich wissen, was am besten für sie ist? Sie zurück in die Schule zu schicken scheint das richtige für sie zu sein, aber nur, weil es genau das ist, was ich nicht tun will und was sie nicht haben möchte. Es ist die alte Geschichte; wenn etwas schlecht schmeckt, bildet man sich ein, es müsse besonders gesund sein. Aber es stimmt nicht. Oder zumindest stimmt es nicht immer."

„Aber du erinnerst dich doch, was du mir selbst zu Beginn des Sommers sagtest."

„Ja, ich erinnere mich." Er nahm einen Schluck Kaffee und stellte die Tasse auf den Tisch. Er hatte gar keine Lust auf Kaffee. Und auch nicht auf einen Drink oder eine Zigarette. Er wollte nichts anderes, als Merry bei sich behalten. Aber Carlotta hatte recht. Er hatte sich gefreut, als Merry zu Beginn der Ferien auf dem Flugplatz von Genf ankam, ein dickliches, kleines Mädchen, plötzlich linkisch und schüchtern und ihm weniger ähnlich als jemals zuvor. Es hatte ihn betrübt, daß ihre kindliche Schönheit verschwunden war, doch Carlotta hatte ihn getröstet, daß dies ganz normal sei und sie in wenigen Jahren hübscher denn je sein würde. Und das hatte ihn noch nachdenklicher gestimmt, denn er mußte sich über seine geheimsten Gedanken klarwerden, und das tat weh. Was er sich im Leben vielleicht am meisten gewünscht hatte, war, seinen Kindern nahe zu sein; und hier war sein Kind — ein kluges, hübsches Kind —, und es durfte ihm nicht nahe sein, er mußte es vor sich und seinem Leben schützen, mußte es von sich fernhalten. Merry war reich, doch sie wußte es nicht und sollte es nicht wissen. Er versuchte den schalen Glanz des Starlebens von ihr fernzuhalten wie unsauberes Wasser oder nicht pasteurisierte Milch. Ursprünglich hatten sie Merry in ein Internat gesteckt, um sie vor den Schattenseiten seiner Arbeit zu schützen, vor dem unaufhörlichen Umherreisen, vor dem unsteten Zigeunerleben eines Filmstars. Und jetzt ließen sie sie dort, um sie vor dem Erfolg seiner Arbeit zu schützen, vor der Sattheit, der Wurzellosigkeit, dem dauernden Wohlleben. Sie sollte wissen, was Arbeit heißt, sie sollte eine Tageseinteilung haben, eine Ordnung und eine Aufgabe in ihrem Leben. Und er wußte, daß sie nichts davon bei ihnen finden konnte. All dies hatte er zu Beginn des Sommers ausführlich mit Carlotta besprochen, wenn Merry bereits schlief. Es war ihm nicht leichtgefallen, darüber zu reden; gegen sein besseres Wissen hatte er gehofft, Carlotta würde ihm widersprechen, würde darauf hinweisen, daß er im Unrecht sei, daß er etwas übersehen habe... Aber nein, Carlotta war seiner Meinung. Traurig, mitfühlend, verständnisvoll gab sie ihm recht. Und damit war die Sache erledigt. Doch das war zu Beginn des Sommers gewesen. Jetzt, am Ende der Ferien, nach den schönen Zeiten, die sie miteinander verbracht hatten, nach den Stunden im Segelboot auf dem Wasser, nach den langen Ritten in die Berge, die ein wenig den Bergen von Montana glichen, sobald man die Bauerngehöfte und die Weingärten hinter sich gelassen hatte, war er nicht mehr so sicher.

„Aber sie möchte bleiben", sagte er nochmals, „sie möchte so gerne bleiben. Werden wir sie nicht noch mehr verletzen, wenn wir sie wegschicken?"

„Möglich", meinte Carlotta.

„Also?"

„Also? Wo wirst du im Herbst sein? Wo werden wir sein?"

„Ich weiß nicht — hier, oder nicht?"

„Und was wird aus der Biennale in Venedig? Und was wird aus der Premiere von ‚Two Brave Men' in New York? Was wird aus dem Skifahren in Cortina? Wirst du das alles absagen?"

„Wir könnten Merry ja mitnehmen."
„Mit einem Privatlehrer?"
„Natürlich, warum nicht?"
„Weil es sie kaputtmachen würde, das weißt du ganz genau. Sie muß ihrem Leben irgendeinen Sinn geben. Wir haben sie lieb, aber Liebe allein genügt nicht. Es genügt einfach nicht."
„Hast du sie wirklich lieb?"
„Ja, das weißt du doch."
„Wie kannst du dann so sprechen? Wie kannst du sie so leichten Herzens zurückschicken?"
„Du weißt genau, daß ich es nicht leichten Herzens tue."
„Verzeih", sagte er. Er war zu weit gegangen. Schweigend saß er da und bereute, daß er sich ins Unrecht gesetzt hatte, nicht so sehr wegen des Unrechts als wegen der Wirkung auf ihre Auseinandersetzung; als wäre dies ein Treffen zweier Gegner und nicht ein Gespräch zwischen Mann und Frau. Nein, so durfte er nicht darüber denken. Er würde nochmals beginnen. Neuerlich versuchen. Überlegen.

Und dann machte er plötzlich einen Vorschlag, der ihn selbst erstaunte. „Warum adoptieren wir nicht ein Kind? Es wäre gut für Merry, aber auch gut für uns. Ohne Zweifel können wir es uns leisten, und es würde unserem Leben einen Schwerpunkt geben ... Ich weiß gar nicht, warum wir nie daran gedacht haben."
„Nein."
„Warum nicht?"
„Einfach nein. Genügt das nicht?"
„Nein", sagte er, „das genügt nicht."
„Ich will nicht."
„Aber warum nicht?" fragte er. „Daß du einmal einen Abortus hattest, bedeutet doch nicht, daß wir unser Leben dadurch zerstören lassen müssen. Was hat das überhaupt mit uns zu tun?"
„Es hat mit uns zu tun", sagte sie ruhig.
„Wieso? Du hattest eine Affäre mit irgendeinem Kerl, und wir müssen dafür bezahlen? Ich sehe das nicht ein. Es tut mir leid, daß es geschehen ist, und auch die Hysterektomie tut mir leid. Aber kannst du nicht verstehen, daß dies der Vergangenheit angehört und wir nichts damit zu tun haben? Ich habe jedenfalls nichts damit zu tun."

„Doch“, entgegnete sie ihm.

„Ich?“

„Du warst dieser Kerl.“

„Was? Aber wie? Um Gottes willen, wie?“

Sie erzählte ihm, wann und wie es geschehen war, und versuchte ihm damit begreiflich zu machen, warum es geschehen war, so daß er eine Ahnung bekam, die Last mit ihr teilen konnte — Steine, die sich ihm auf die Brust legten. Er konnte kaum denken.

„Oh, mein Gott.“

„Und daher war ich wirklich froh, als Merry kam“, fuhr sie vollkommen ruhig und beherrscht fort, als führten sie eine belanglose Konversation. „Ich war glücklich, als Merry kam und bei uns blieb, und ich habe sie lieb und betrachte sie als unser Kind. Ich habe sie sehr lieb.“

„Ja“, sagte er, „ich weiß es. Jetzt weiß ich es.“

„Und ich will nur das Beste für sie.“

„Schon gut“, beschwichtigte er, „schon gut.“

„Es ist schrecklich, nicht?“

„Ja“, stimmte er zu, „aber was soll ich ihr sagen? Sie wird so unglücklich sein.“

„Sag ihr — sag ihr, daß wir darüber gesprochen haben und ich der Meinung sei, es wäre besser für dich.“

„Dafür wird sie dich hassen.“

„Sie wird darüber hinwegkommen. Wichtig ist nur, daß sie dich nicht haßt. Nicht jetzt. Es ist für ein Mädchen in ihrem Alter besonders wichtig, ein gutes Verhältnis zum Vater zu haben.“

„Es klingt, als hättest du Bücher darüber gelesen.“

„Habe ich auch.“

„Du bist unglaublich“, sagte er und versuchte zu lächeln. Aber es fiel ihm schwer, denn noch immer spürte er ein Gewicht wie eine Zentnerlast auf seiner Brust. Er meinte, seine Lungen müßten bersten oder sein Herz müßte brechen.

Oder nein, so arg war es gar nicht. Denn irgendwo hatte sein Schmerz einen Rettungsanker gefunden, es war etwas, was Carlotta gesagt hatte. Was war es bloß? O ja.

„Was meinst du mit ‚ein Mädchen in diesem Alter‘?“

„Ein Mädchen, das vor der Pubertät steht. Merry hatte letzte Woche ihre erste Menstruation.“

„Ja? Hast du . . .“

„Ich erklärte ihr alles, und wir hatten ein ausführliches Gespräch. Sie nahm es sehr ruhig auf und war auf eine merkwürdig intellektuelle Art interessiert. Sie ist ein kluges Mädchen.“

„Ja“, bestätigte Meredith, „das ist sie.“

„Etwas Seltsames sagte sie.“

„Ja?“

„Nun, ich erklärte ihr den Geschlechtsverkehr, und sie hörte sich alles ganz ernst an. Und dann fragte sie ebenso ernst: ‚Aber wieso hat irgend jemand Lust, das zu tun?‘ Und mir ist keine rechte Erklärung eingefallen.“

Meredith lachte. „Wieso hat wirklich irgend jemand Lust, das zu tun?“ wiederholte er. „Komm“, schlug er vor, „machen wir einen Spaziergang zum See.“

Am nächsten Tag sagte Meredith seiner Tochter nach dem Frühstück, daß er und Carlotta beschlossen hätten, es sei am besten, wenn sie zurück in das Internat in den Vereinigten Staaten ginge.

„Du und sie habt beschlossen?“

„Ja.“

„Oder sie allein?“

„Wir beide.“

„Aber sie war diejenige, die vorschlug, daß ich zurückgehen solle, nicht?“

„Ich war der gleichen Meinung.“

„Aber sie schlug es vor?“

Einen Augenblick zögerte Meredith. Es war so gemein, alles auf Carlotta zu schieben. Aber er erinnerte sich, was sie über die Wichtigkeit seiner Beziehung zu Merry gesagt hatte. Und es war ja auch keine Unwahrheit. „Ja“, sagte er.

„Ich dachte es mir.“

Es gab keine Tränen, keine Ausbrüche, nicht einmal ein Schmollen. Die restlichen Tage ihres Besuches war Merry etwas abwesend und unnahbar. Sie war absolut höflich, antwortete, wenn sie gefragt wurde, und schien wie immer. Oder doch nicht so ganz. Es war, als wäre sie nicht dreizehn Jahre, sondern viel, viel älter. Carlotta dachte, es wäre besser, sie würde weinen oder toben, anstatt alles in sich aufzustauen. Doch nichts dergleichen geschah. Gar nichts.

Es war Carlotta, die schließlich kaum mehr die Tränen zurückhalten konnte. Ihr eigenes Kind, ihr kleiner Junge, war getötet worden. Das andere Kind, das von Meredith und ihr, hatte sie ihrem Stolz geopfert. Anfangs hatte es so ausgesehen, als wäre es die einzige Möglichkeit gewesen. Aber später war alles anders gekommen. Und jetzt fühlte sich das Mädchen, das sie wie eine eigene Tochter liebte, zurückgestoßen und konnte nicht begreifen, daß alles, was Carlotta tat, nur aus Liebe zu ihr geschah und aus keinem anderen Grund. Sie dachte daran, wie Merry ihr auf dem Flugplatz keinen Abschiedskuß gegeben hatte. Niemand bemerkte es. Jeder Beobachter hätte es der allgemeinen Aufregung des Abfluges oder einer Unachtsamkeit zugeschrieben. Doch Carlotta hatte die Absicht gespürt und spürte sie noch immer. Hinter ihren Augen warteten die Tränen, und beim geringsten Anlaß brachen sie hervor. Oft auch ganz grundlos. Es war wie die tiefe Niedergeschlagenheit, die sie nach dem großen Unglück erlebt hatte. Und daß sie jetzt vollkommen von Meredith abhing, machte es noch viel schlimmer. Es gab keinen anderen Sinn, keine andere Daseinsberechtigung in ihrem Leben außer ihm. Und er schien in seine Gedanken verloren und abweisend, seit sie sich ihm anvertraut und das Geheimnis preisgegeben hatte, das sie nie hatte verraten wollen. Oder vielleicht erschien es ihr nur so, dachte sie, weil sie selbst so traurig war. Hoffentlich.

„Rosenberg! MacArthur! Kefauver! Truman! Ich sage dir, wir brauchen Sex."

„Na, wir hatten ja auch Ethel Rosenberg."

„Toll! Ich kann mir vorstellen, wie alle kleinen Jungen in Amerika beim Anblick von Ethel Rosenberg onanieren!"

„Kleine Jungen onanieren nicht, höchstens Halbwüchsige."

„Du warst eben zurückgeblieben."

„Wie wär's mit einer Titelgeschichte über die Pfadfinder?"

„Hinreißend! Das ist die originellste Idee, seit sich jemand eine Titelgeschichte über Fußpilze einfallen ließ. Die war doch von dir?"

„Wie wäre es mit einer Story über Syphilis?"

„Vielleicht syphilitische Pfadfinder? Das ist eine Idee!"

„Sex, sage ich dir, Sex. Dann schon gleich syphilitische Pfadfinderinnen."

„Kommt auf das gleiche hinaus. Von wem zum Teufel, meinst du, erwischen es die Pfadfinder?"

„Von andern Pfadfindern!"

„J. D. Salinger vielleicht?"

„Wer?"

„Ach, tu nicht so. Das ist der letzte Schrei bei den jungen Literaten."

„Schriftsteller sind öd. Alles, was sie machen, ist schreiben."

„Verleger sind öd. Alles, was sie machen, ist Dreck."

„Vielleicht Leinwandidole?"

„Was?"

„Na, du weißt doch, Filmstars."

„Genialer Einfall. Wer?"

„Barbara Steele."

„Da waren die Pfadfinder noch besser."

„Ich weiß nicht. Was gibt's für Premieren?"

„ ‚Two Brave Men.' "

„Wer hat die Hauptrolle?"

„Meredith Houseman."

„Die weibliche, du Idiot. Was ist los mit dir? Wir wollen Sex."

„Linda Forbes."

„*Time* hatte sie letztes Jahr in der Titelstory."

„Was gibt es sonst?"

„ ‚Up the Stairs.' "

„Taugt nicht."

„Jane Robbins?"

„Über die hat *Newsweek* geschrieben."

„Vielleicht Rock Hudson?"

„Zieht nicht."

„Houseman?"

„Sex, sagte ich."

„Wie wär's mit Houseman und als Hintergrund alle seine Partnerinnen. Damit bekommen wir sechs Mädchen in die Geschichte 'rein."

„Ist Houseman was wert?"

„Er ist gut. Das weibliche Publikum schätzt ihn. Sauberes Lachen und all der Kram."

„Okay, also Houseman und einen Bericht über die Telstar-Schau oder den japanischen Vertrag. In Ordnung?"

„Gut. Übrigens, wie wäre es mit einem Artikel über Fußpilze unter Medizin?"

„Schön, warum nicht. Machen wir."

für strong filme titelgeschichte meredith houseman anläßlich premiere two brave men brauchen biographie hintergrund intime details. houseman derzeit montreux erwarten story bis 9/30 photos bis 9/27 grüße tourneur

Der Fernschreiber schrieb diese Nachricht auf den gelben Papierstreifen, und Claude brachte sie in Jocelyns Zimmer. Sie las, klopfte mit dem Ende des Kugelschreibers gegen ihre Zähne und lächelte.

Houseman gehörte in jene Periode, in der sie ihre Stellung gewechselt hatte und Korrespondentin für *Pulse* geworden war. Er hatte nicht direkt damit zu tun gehabt, aber irgendwie blieb er verbunden mit dem Beginn ihrer erfolgreichen Karriere. Eigentlich war es der Krieg gewesen, der es ihr möglich gemacht hatte, die große Hürde zu nehmen — die Abneigung der Zeitschrift gegen weibliche Reporter —, weil er alle Männer geschluckt hatte. Und sie hatte ihre Stellung zäh verteidigt, so daß ihr bei Kriegsende dieselbe Abneigung zu Hilfe kam und es ihr erlaubte, die Zentrale zu verlassen und in das Pariser Büro versetzt zu werden. Es war ein angenehmer Arbeitsplatz und nicht allzu anstrengend. Man hatte zu tun, aber das war gut, denn so hatte niemand Zeit, dem andern über die Schulter zu schauen. Und jeder hatte sein Gebiet. Jack Shaw berichtete über Politik, Marvin Federman über Geschäfte, Wirtschaft und den Marshallplan, sie und Harvard Wetherill kümmerten sich um den Rest — Religion, Erziehung, Gesellschaft, Sport und Kultur. Auch Kino. Sie hatte nicht gedacht, daß sie eines Tages beauftragt werden würde, Meredith Houseman zu interviewen. Sentimentalität war ihr fremd. Es schien eine gute Idee. Wie lange war es her? Dreizehn Jahre? Sie war neugierig, zu sehen, wie er sich in dieser Zeit gehalten hatte.

Sie ging in Shaws Büro, um ihm über Tourneurs Auftrag zu berichten und das Datum ihrer Reise nach Montreux festzusetzen.

„Jederzeit", sagte er.

„Morgen?"

„In Ordnung, okay. Gute Unterhaltung."

„Danke."

Sie ging in ihr Zimmer zurück und rief Montreux an. „Meredith? Hier spricht Jocelyn."

„Jocelyn?"

„Strong", erläuterte sie in einem fragenden Tonfall, der gleichzeitig ausdrückte: Aber Liebling, du erinnerst dich doch an mich, nicht?

„Ja natürlich. Wie geht es dir?"

„Ausgezeichnet, danke", erwiderte sie und schwieg den Bruchteil einer Sekunde, um ihn ein wenig im ungewissen zu lassen. Dann: „Ich rufe dich als Reporterin der Zeitschrift *Pulse* an. Sie wollen eine Titelgeschichte über dich bringen, anläßlich der Premiere von ‚Two Brave Men'. Ich wurde beauftragt, dich zu besuchen und zu interviewen, wenn es dir recht ist?"

„Du kommst hierher?"

„Ja. Das heißt, wenn du nichts dagegen hast."

„Natürlich nicht. Ich meine, es wird mich freuen. Wann immer du willst. Wir sind noch ungefähr zwei Wochen hier."

„Morgen?"

„Gut."

„Es wird nett sein, dich wiederzusehen." Sie wählte ihre Worte sorgfältig. „Nett" war so herrlich neutral, so wohlerzogen, und doch ließ es alles offen. Man würde sehen. Es war das Spiel, das sie reizte. Die reine Freude am Spiel.

„Carlotta und ich werden uns freuen, dich bei uns zu sehen. Du wirst natürlich bei uns wohnen."

„Ich kann auch in ein Hotel gehen. *Pulse* zahlt alle Spesen."

„Nein, nein. Das kommt gar nicht in Frage."

„Gut, dann nehme ich dankend an. Es ist natürlich viel einfacher."

„Mit Vergnügen."

„Fein. Ich komme morgen im Laufe des Tages nach Montreux."

„Ruf an, wenn du hier bist. Ich schicke dir das Auto."

„Tausend Dank", sagte sie, „okay."

Sie ließ sich hunderttausend französische Franc aushändigen — ungefähr dreihundert Dollar —, bat Claude, ihr die Fahrkarte zu besorgen, und ging nach Hause, um zu packen. Es dauerte nicht lange, bis sie das Nötigste in ihren kleinen Koffer geworfen hatte; sie hatte genügend Praxis und kannte den Schlüssel zum erfolgreichen Packen — wissen, was man entbehren kann. Sie war ganz geschäftige Tüchtigkeit, außer in dem Augenblick, da sie ihr Pessar nahm. Es war reine Gewohnheit, aber einen Moment lang hielt sie inne und fragte sich, ob sie es wohl brauchen würde. Doch es war nur ein flüchtiger Gedanke. Sie warf es in den Koffer und holte den Stenoblock, auf dem sie sich die Notizen für den Bericht nach New York machen würde.

Freddie Grindell saß auf der Terrasse, die den See überschaute, und trank einen Campari mit Soda. Obwohl er Meredith zuhörte, waren seine Augen geschlossen, und sein Kopf war der Sonne zugewandt. Meredith erzählte von Venedig; es war eine Art Generalprobe für das bevorstehende Interview. Eigentlich war es langweilig. Da hatte Meredith zwei Wochen bei der Biennale verbracht und konnte über nichts anderes berichten als über Filme. Die Filme konnten sich alle ansehen. Wichtig waren die Leute. Aber Meredith wußte keinerlei Klatsch. Da würde Carlotta besser sein. Es war sonderbar, aber er zog die Gesellschaft der Frauen der der Männer bei weitem vor. Sogar der von Meredith Houseman. Natürlich war er hinreißend, aber es war langweilig, so lange zuhören zu müssen. Er fragte sich, worüber er und Carlotta sonst miteinander sprachen. Oder vielleicht sprachen sie gar nicht. Vielleicht lagen sie nur miteinander im Bett. Nein, das war gemein. Sicherlich fanden sie Gesprächsstoff. Er wußte, auch er und Meredith könnten sich unterhalten, wenn er Meredith dazu animierte. Nur ein klein wenig animierte. Ein wenig wäre durchaus normal. Aber Meredith war abweisend; Freddie konnte seine Abweisung spüren. Das war einer der Nachteile, wenn man ein bekannter Homosexueller war. Es gab auch Vorteile. Er war ein gesuchter Begleiter, an den schicksten Plätzen willkommen. Was konnte ungefährlicher für den Ruf einer Frau sein — zum Beispiel einer Frau, deren Mann verreist war, oder einer jungen Witwe —, als mit Freddie Grindell gesehen zu werden? Aber man zahlt für alles. Hier war Meredith Houseman und benahm sich betont, fast beleidigend kühl, männlich und geschäftlich, als habe er Angst, Freddie könne ihn jeden Augenblick vergewaltigen. Absurd. Als ob er nicht wüßte, wie man sich als Gast zu benehmen hat. Schließlich galten bei Warmen die gleichen Regeln wie bei Normalen. Vielleicht bei Warmen noch strikter. Und er war aus geschäftlichen Gründen hier.

Nicht daß er hier ernstlich zu tun hatte. Natürlich war das Studio ganz aufgeregt und hatte ihn von Rom heraufgeschickt, um Meredith Houseman beizustehen, wenn der *Pulse*-Reporter kam, aber alles, was er zu tun hatte, war, herumzusitzen, zu lächeln und den Reporter bei guter Laune zu halten. Die Geschichte würde auf jeden Fall positiv und schmeichelhaft sein. Titelgeschichten sind es fast immer. Es ist, als ob die Titelstory eine solche Ehrung wäre, daß die Herausgeber neue Superlative erfinden müssen, um die Wahl des Themas zu rechtfertigen. Sie machten aus der Sache fast eine Ernennung zum Nobelpreisträger.

So konnte er sich beruhigt entspannen. Aber war das alles? Angenommen, eine Zeitschrift schickte einen harten Mann mit dem Dolch in der Hand herauf; dann wäre es seine Aufgabe, dem Reporter zuvorzukommen, sich den Eindruck vorzustellen, den Meredith und Carlotta auf ihn machen würden, und, allen verwirrenden Veränderungen des verlegerischen Prozesses zum Trotz, die fertige Geschichte zu erraten. Und der Eindruck, den Meredith und Carlotta machten, war merkwürdig. Irgend etwas war sonderbar. An der Oberfläche war alles ruhig, doch er traute dem Frieden nicht. Es war zu ruhig. Obwohl er keinerlei Anhaltspunkte hatte, konnte er das Gefühl nicht loswerden, daß zwischen Meredith und Carlotta etwas nicht in Ordnung, ihr gutes Einvernehmen nur eine Täuschung war. Für *Pulse*? Für ihn? Füreinander?

Er würde abwarten müssen. Er konnte nur hoffen, daß er bemerkte, was los war, bevor es der Reporter bemerkte.

Er zwang sich, seine Aufmerksamkeit wieder dem Bericht von Meredith zuzuwenden. Dieser sprach über den Neorealismus und den neuen italienischen Film und daß die Amerikaner etwas Ähnliches tun sollten. Nun, das würde eine gute Geschichte für *Pulse* geben. Sie konnten ihn als den empfindsamen, intelligenten Typus hinstellen. Und wenn Meredith sich an dem Thema erwärmen wollte, indem er es zuerst ihm vortrug, so sollte es ihm recht sein. Er wünschte nur, er hätte einen dieser Sonnenreflektoren bei der Hand, um ihn unter sein Kinn zu halten. Die Strahlen der späten Nachmittagssonne waren wirklich nicht sehr stark.

Auf der Terrasse erschien Carlotta, und Freddie vergaß auf die Sonne. Sie würde voll der Neuigkeiten sein, welche Leute sich betrunken hatten, wer wen beleidigt und wer wen verführt hatte; welche Parties schrecklich und welche ein Erfolg gewesen waren — voll der wichtigen Neuigkeiten über die Biennale. Er stand auf und drehte seinen Stuhl, so daß er nicht mehr gegen die Sonne gerichtet war. Doch war das nur ein Vorwand. Er hatte nur aufstehen wollen, doch in einer Weise, die Meredith nicht bloßstellte, falls dieser nicht aufstand. Meredith dachte gar nicht daran. Freddie tat es nicht so sehr für Carlotta oder für Meredith als für sich selbst. Als Selbstverständlichkeit. Er wußte, daß die Leute unter anderem von ihm sagten, er habe die besten Manieren der Welt.

Aber Carlotta setzte sich nicht und erzählte auch keinerlei amüsante Geschichten über Venedig. Sie teilte nur mit, Jocelyn sei am Telephon und rufe vom Bahnhof an.

„Ich werde mit ihr sprechen", sagte Meredith und ging ins Haus.

„Erzählen Sie mir von Venedig", wandte sich Freddie an Carlotta.

Sie schien beunruhigt. Warum?

„Alle jene köstlichen Skandale, die sich zugetragen haben."

„Ach, es war mehr oder weniger wie immer."

„Das ist keine sehr eindringliche Schilderung."

„Es tut mir leid", sagte sie, „ich dachte an etwas anderes."

„Das habe ich bemerkt."

„Eigentlich geht es Sie ebenso an wie mich. Oder fast so sehr."

„Was Sie betrifft, Carlotta, betrifft auch mich."

„Nicht immer, aber diesmal sieht es so aus."

„Also lassen Sie mich raten. Ist es Jocelyn?" fragte er.

„Hat er Ihnen etwas erzählt?"

„Nein."

„Wieso wissen Sie dann ...?"

„Wie ich es erriet? Eben weil er mir nichts sagte. Er erwähnte kein Wort. Aber offensichtlich kennen Sie Jocelyn?"

„Wieso offensichtlich?“

„Nun, Sie nannten sie beim Vornamen. Das wäre ungewöhnlich, wenn es sich um eine wildfremde Reporterin handelte. Und Meredith erwähnte nicht, daß er sie kennt, also kennt er sie wahrscheinlich nicht nur flüchtig.“

„Ja, das ist es ja eben.“

„Lange her?“

„Vor unserer Heirat. Vor zwölf, nein, vor dreizehn Jahren.“

„Aber er sprach mit Ihnen darüber? Oder fanden Sie es heraus?“

„Nein, er sagte es mir.“

„Dann müssen Sie sich keine Sorgen machen. Aber ich, mein Gott, ich schon.“

„Warum?“

„Natürlich. Wenn Sie keinen Grund zur Sorge haben, so habe ich einen.“

„Ich verstehe nicht.“

„Es ist doch klar. Er erzählte Ihnen von ihr. Daher ist er anscheinend nicht mehr interessiert. Aber das wird sie auch spüren, nicht? Und vielleicht schätzt sie das nicht. Und das wäre wiederum schlecht für die Titelgeschichte.“

„Ja, das sehe ich ein“, erwiderte Carlotta.

„Natürlich. Es ist vollkommen klar, ich stecke bis zum Hals in Sorgen“, sagte er mit gespielter Verzweiflung.

„Einer von uns jedenfalls.“

Es war eine durchaus harmlose Bemerkung, ein Scherz wurde mit einem Scherz pariert. Aber der Ausdruck äußerster Anspannung auf ihrem Gesicht war keineswegs ein Scherz. Sie versuchte ihn zu verbergen, und das machte es noch ärger.

Wenn sie Befürchtungen hegte, so gab es einen Anlaß dazu. Sie war keine dumme Frau. Er stellte es fest und trug es im Geist in seine private doppelte Buchhaltung ein. Er machte sich Sorgen, weil er sie gern hatte. Aber er wußte auch, daß er jetzt eine Entschuldigung hatte, falls die Titelgeschichte nicht den Erwartungen entsprach.

Es war nicht so sehr Jocelyn selbst als der Zeitpunkt ihrer Ankunft, der Carlotta beschäftigte. Merrys Abreise und Carlottas Aussprache mit Meredith über ihre Abtreibung und die Hysterektomie waren noch zu frisch, als daß die Wunden vernarbt gewesen wären. Die Nerven lagen noch bloß, sowohl bei ihr wie bei Meredith. Und Jocelyn war wie Salz auf diese offenen Wunden. Auch ohne es zu wollen, verletzte sie. Ihre Bemerkung zu Carlotta über Freddie zum Beispiel war ganz harmlos gemeint gewesen, denn Carlotta konnte sich nicht vorstellen, daß sie etwas wußte. Nur als Scherz oder als ungezielte Grausamkeit hatte Jocelyn gesagt: „Freddie ist so amüsant. Ich glaube, es war eine Tänzerin, die mir einmal sagte, sie habe immer gerne einen Warmen um sich, der ihr die Zigaretten anzünden und Tampax besorgen könne." Und das kurze, spöttische Auflachen. Oh, es war widerlich! Sie hatten den Abend in dem großen Wohnraum verbracht, Cointreau und Kaffee getrunken und Konversation gemacht. Sie und Freddie waren in einer Ecke des Zimmers gesessen, um Jocelyn und Meredith nicht bei ihrem Interview zu stören. Und Freddie hatte geplaudert und geplaudert. Amüsant, charmant und nichtssagend. Nein, es war nicht seine Schuld. Es war einfach so, daß sie — vielleicht völlig grundlos — das Gefühl hatte, dort drüben in der Ecke säßen die beiden gesunden, lebenstüchtigen Menschen, und die beiden Krüppel, die beiden Versehrten säßen hier. Daß sie und Freddie sich auf der falschen Seite des Stacheldrahts befänden. Sie erinnerte sich, von dem KZ-Arzt Doktor Mengele gelesen zu haben, wie er entweder nach links oder nach rechts zu nicken pflegte, und eine Seite bedeutete Tod, die andere Leben — ein elendes Leben, aber immerhin Leben. Und sie konnte die Vorstellung nicht loswerden, daß Mengele bei Meredith und Jocelyn zum Leben, bei Freddie und ihr zum Tode hingedeutet hätte. Und dann, schon gegen Ende des Abends, hatte Jocelyn diesen witzig sein sollenden, häßlichen Ausspruch getan.

Doch es lag nicht an Jocelyn. Sie sagte es sich wieder und wieder und glaubte es auch. Es handelte sich gar nicht um Jocelyn. Das machte es ja noch ärger. Jede Frau, jede tüchtige, erfolgreiche Frau, die selbstsicher und siegesgewiß dieses Haus betrat, mußte zu diesem Zeitpunkt die gleiche Wirkung ausüben.

Und doch, trotz allem, obwohl sie einsah, daß es mit Jocelyn selbst gar nichts zu tun hatte und Jocelyn mit ihrer Bemerkung gar nichts gemeint haben konnte, mußte sie darauf antworten. Nicht nur Freddies wegen, nein, überhaupt nicht seinetwegen, sondern wegen der ungewollten Anspielung auf sie selbst. Sie sandte Freddie sicher nicht um Tampax, weil sie Tampax nicht brauchte.

Es war alles völlig lächerlich, aber sie konnte es einfach nicht stillschweigend hinnehmen. „Das ist eine eher gehässige Bemerkung, nicht?"

„Vielleicht ein wenig", gab Jocelyn zu.

Es war genug. Sie hätte es dabei bewenden lassen sollen. Aber sie tat es nicht.

„Ich habe diese Scherze nicht sehr gerne", sagte sie.

„Entschuldigen Sie", erwiderte Jocelyn. Es war eine eindeutige Kriegserklärung. Ihr Tonfall ließ keinen Zweifel zu. Und mit unglaublicher Schnelligkeit begann sie zu handeln. Meredith kam zurück, er hatte die Lichter im ersten Stock gelöscht, und sie bat ihn um ein Handtuch.

„Ein Handtuch? Gerne, aber wozu?"

„Ich hätte Lust, schwimmen zu gehen. Der See da vor uns, am Ende der Wiese — es ist sehr verlockend, meinst du nicht?"

„Ich glaube, wir haben uns schon an den Anblick gewöhnt", antwortete Meredith, „aber es ist eine gute Idee. Warum gehen wir nicht alle schwimmen?"

Es blieb ihr keine andere Wahl, als Jocelyn zu zeigen, daß sie davon vollkommen unberührt und in keiner Weise besorgt war. Es lohnte sich kaum, auf ihre lächerliche Herausforderung einzugehen.

„Nein, ich glaube nicht. Ich habe leider etwas Kopfweh", sagte Carlotta.

„Freddie?" fragte Meredith.

„Jetzt?"

„Warum nicht?" meinte Meredith. Carlotta blickte Freddie an und schüttelte fast unmerklich den Kopf. Er verstand den Wink. Kluger Freddie. Verläßlicher Freddie. Vielleicht hatte diese Tänzerin doch recht gehabt.

„Nein, ich habe keine Lust."

Damit war alles geklärt. Sollten sie nur allein gehen, allein baden, jede Gelegenheit haben, die sie sich wünschen konnten. Ihr war es gleichgültig, und sie hatte es bewiesen. Carlotta und Freddie gingen hinauf und ließen Jocelyn in der Halle wartend zurück; Meredith war die Handtücher holen gegangen. Am Ende der Treppe blieb sie stehen. Freddie trat zu ihr. Sie belauschten die beiden ganz offen. Keiner mußte den andern bitten, sich ruhig zu verhalten. Sie standen da oben und hörten Meredith' Frage: „Und die Badeanzüge?"

„Ach, die Badeanzüge", gab Jocelyn nonchalant zurück. Sie öffnete die Tür und trat ins Freie. Meredith zögerte einen Augenblick, dann folgte er ihr.

„Warum ließen Sie mich nicht mit ihnen gehen?" fragte Freddie.

„Ich wollte es nicht."

„Hoffentlich wissen Sie, was Sie tun."

„Nein, ich weiß es nicht, und es ist mir auch gleichgültig."

„Wenn es Ihnen gleichgültig ist, dann ist es auch egal, was geschieht?"

„Es ist mir wirklich gleichgültig. Ich wollte, es wäre anders."

„Ich möchte mich nicht gerne in Ihre Angelegenheiten mischen, aber hätten Sie Lust auf einen Spaziergang?"

„Ja", erwiderte sie, „vielleicht bekomme ich einen klareren Kopf."

Sie zogen die Schuhe aus und gingen hinaus. Vorher hatten sie das Licht gelöscht, so daß kein durch die Tür fallender Lichtstrahl sie verraten konnte. Lautlos gingen sie über den kurz geschnittenen Rasen zum See, um sich dann links hinter den Büschen zu halten. Carlotta blieb stehen.

„Ich werde allein weitergehen", sagte Freddie.

„Gut."

Sie wartete. Freddie war ein paar Minuten fort, und sie hatte Lust, laut aufzulachen. Es war alles so lächerlich, so dumm und lächerlich. Doch sie lachte nicht.

Freddie kam zurück. „Ich glaube, wir sollten zurückgehen", flüsterte er fast unhörbar, die Worte nur mit den Lippen formend.

„Nein", erklärte sie, „warten Sie hier."

„Bitte, gehen Sie nicht."

„Warten Sie hier", wiederholte sie.

Sie ging zum See, in der Richtung, aus der Freddie gekommen war. Der Mond war noch nicht voll, doch sein silbriges Licht wurde vom See reflektiert. Trotzdem konnte sie eine Weile nichts unterscheiden. Doch, dort drüben, im Gras hinter dem Bootssteg, bewegte sich etwas. Vorsichtig schritt sie näher. Und dann sah sie es. Sah beide. Und dachte, wie seltsam es sei, daß sie nichts dabei empfand. Ununterbrochen dachte sie, was sie fühlen sollte, da sie die beiden „in flagranti" ertappte, wie es so schön hieß. Aber sie verspürte nichts außer schwacher Neugierde gemischt mit schwachem Ekel. Es war fast weniger beeindruckend als der Anblick einer Schar sich paarender Krabben, die sie einmal am Strand von Maine gesehen hatte. Da stand sie, und der Wind fuhr durch ihre Haare, und sie dachte, daß den beiden kalt sein müsse, und dachte, daß sie irgendwie verlegen oder beschämt sein sollte, es aber nicht war. Hauptsächlich weil ihr Freddie einfiel und was er, hinter dem Gebüsch auf sie wartend, von ihr denken würde, kehrte sie um. Gemeinsam gingen sie in das Haus.

„Es tut mir furchtbar leid", sagte Freddie.

„Nun, wenigstens wird die Titelgeschichte gut werden."

„Das ist nicht so wichtig."

„Sie sind sehr, sehr nett."

„Das ist mein großes Problem", erwiderte er.

Sie ging in ihr Zimmer und legte sich nieder. Mit offenen Augen lag sie in der Dunkelheit und fragte sich, was mit ihr los war. Sie hatte das Gefühl, eine Art Ungeheuer zu sein. Es fiel ihr ein, daß sie ein Gewehr packen, hinauslaufen und die beiden erschießen könnte. Voraussichtlich würde sie freigesprochen werden; man würde annehmen, daß sie in blinder Erregung und Wut gehandelt habe. Aber sie empfand keine Wut. Sie empfand überhaupt nichts.

Sie hörte die beiden zurückkommen. Sie hörte Jocelyn in ihr Zimmer gehen. Meredith blieb unten. Hatte er Angst, in sein eigenes Zimmer zu kommen, zu seiner eigenen Frau, in sein eigenes Bett? Wartete er, daß sie einschlief? Oder war er schuldbewußt? Oder stolz auf sich wie ein Zuchtstier auf der Weide? Sie lag ganz still und lauschte. Sie hörte das Klirren der Eisstücke in einem Glas. Sonst blieb alles still. Endlich kam er die Stiegen herauf. Er betrat das Zimmer und begann sich auszuziehen. Wie kompliziert das alles war. Er hatte sich erst anziehen müssen, um hier hereinkommen und sich wieder ausziehen zu können. Sie unterdrückte ein Lachen.

„Liebling?"

Sie antwortete nicht.

„Carlotta, bist du wach?"

Nichts.

„Carlotta? Es ist nichts geschehen. Wir waren nur schwimmen. Das ist alles."

Belogen zu werden kränkte sie mehr als der Betrug. Schweigend lag sie da, und er gab es auf, mit ihr zu sprechen. Kaum war er im Bett, so hörte sie seine regelmäßigen Atemzüge. Natürlich. Er schlief immer schnell ein, wenn er geliebt hatte.

Es dämmerte schon, als Carlotta endlich Schlaf fand.

Am nächsten Morgen fühlte sie die gleiche tiefe Niedergeschlagenheit. Sie gab der schlaflosen Nacht die Schuld und blieb lange im Bett liegen. Das Mädchen brachte ihr das Frühstück herauf, und noch immer stand sie nicht auf. Wie herrlich wäre es, dachte sie, sich tief in die Decke zu vergraben und niemals aufzustehen. Aber es klopfte an der Tür ihres Schlafzimmers; eine komische Folge von drei kurzen Schlägen.

„Freddie?"

„Ja, kann ich hineinkommen?"

„Kommen Sie nur."

„Wieso wußten Sie, daß ich es war, der klopfte?"

„Ich wußte es nicht, ich erriet es einfach."

„Es tut mir leid, Ihnen eine unangenehme Nachricht bringen zu müssen."

„Machen Sie einen Scherz?"

„Nein, Jocelyn möchte mit Ihnen sprechen."

„Mein Gott, wozu?"

„Natürlich wegen der Titelgeschichte. Warum sonst?"

„Natürlich, warum sonst?"

„Also?"

„Nicht heute vormittag. Sagen Sie ihr, ich hätte noch immer Kopfweh. Sagen Sie ihr, vielleicht heute nachmittag oder morgen. Sobald ich mich besser fühle."

„Gut, wird gemacht."

Er erledigte den Auftrag und sagte Carlotta später, er habe den nächsten Morgen vereinbart.

„Danke."

„Nichts zu danken, das ist ja mein Geschäft."

„Sie machen Ihre Sache sehr gut, Freddie, aber wie wäre es mit ein wenig Entspannung von der Arbeit?"

„Wann immer sich eine Gelegenheit dazu bietet."

„Jetzt. Machen wir ... ich weiß nicht. Spielen wir Gin-Rummy oder etwas dergleichen."

„Fein. Ich gehe die Karten holen", erbot er sich.

„Bringen Sie auch den Wodka."

„Eine blendende Idee."

Er brachte Karten und Wodka, und sie spielten Gin-Rummy und tranken, und Freddie erzählte amüsante Anekdoten und machte angenehme Konversation. Carlotta dachte, daß das, was sie tat, absolut ungehörig war, wenigstens dem Anschein nach. Im Bett liegen und mit einem Mann im Schlafzimmer Wodka trinken. Völlig unpassend, wirklich. Das heißt, wenn Freddie ein wirklicher Mann wäre und sie eine wirkliche Frau. Sie hatte Meredith niemals betrogen, vielleicht weil es so einfach und gefahrlos gewesen wäre. Nach einigen Spielen und fünf oder sechs Gläsern Wodka schien ihr alles entsetzlich unfair. Sie wußte nicht genau, was es war, das ihr so unfair erschien, aber er erschien ihr eben so. Daß sie da mit Freddie herumsaß. Daß Freddie mit ihr herumsaß. Daß sie aneinandergeraten waren — zwei Ausschußprodukte des menschlichen Fließbandes. Es war verdammt unfair.

„Freddie", fragte sie plötzlich, „waren Sie immer ein Warmer?"

„Wie bitte?"

„Nein, so wollte ich es nicht sagen. Ich meine ... Ich meine, sind Sie ausschließlich an Männern interessiert?"

„Wie kommen Sie darauf?" gab er etwas steif zurück.

„Es tut mir leid, ich habe mich sehr ungeschickt ausgedrückt."

„Ja", sagte er.

„Komm", forderte sie ihn auf, „komm zu mir."

„In dein Bett?"

„Ist es eine so abstoßende Vorstellung?"

„Nein, nein, natürlich nicht." Etwas unbeholfen stand er auf und zog sich aus. Sie fragte sich, ob er nur höflich und verständnisvoll zu sein versuchte — guter, alter Freddie. Er verdiente wirklich Besseres, als nur nach Tampax ausgeschickt zu werden. Er kam zu ihr ins Bett, und sie küßte ihn. Er schien ihren Kuß zu erwidern, liebkoste ihre Brust, zog sie zögernd an sich. Lange Zeit lagen sie eng umschlungen nebeneinander. Doch sie mußte ihn weiter stimulieren, um ihm ein Eindringen zu ermöglichen. Jetzt war es soweit, und sie dachte, es würde in Ordnung gehen. Aber er konnte nicht zu ihr kommen, sie spürte es und fühlte Mitleid für ihn, für seine Verlegenheit, und sie schämte sich, ihn dazu genötigt zu haben. So lagen sie ineinander verstrickt, in sinnloser, endloser Umarmung, in leidenschaftsloser Leidenschaft. Er bewegte sich nicht mehr, er lag nur da, und sie streichelte seine Haare und sagte: „Lieber Freddie, lieber, lieber Freddie", und sie fühlte, wie er kleiner wurde und aus ihr herausschlüpfte, und nochmals sagte sie: „Freddie, mein Lieber, danke."

„Guter, alter Freddie", wiederholte er so fröhlich, wie es ihm möglich war. Er zog sich an und verließ sie. Sie hörte ihn in sein Zimmer gehen, und dann hörte sie, wie er die Dusche aufdrehte. Es war ihm zuwider gewesen. Er versuchte sich von ihr reinzuwaschen. Armer Freddie, armer, lieber Freddie. Und sie hatte ihn dazu verführt. Scheußlich. Hatte er es aus Mitleid getan? Oder gehörten solche Vorfälle zu seinem Geschäft? In jedem Fall war es ekelhaft, widerlich und ekelhaft. Sie lag da und fragte sich, warum sie nicht weinen konnte, warum ihre Augen trocken blieben, was mit ihr geschehen war, daß sie nichts mehr empfinden konnte.

Ihr Körper wurde einen halben Kilometer weiter unten ans Seeufer gespült. Offenbar war sie hinausgeschwommen, bis die Erschöpfung sie überkam und sie einfach untergegangen war. Es schien merkwürdig, denn sie war niemals eine ehrgeizige Schwimmerin gewesen, hatte niemals weite Strecken zurückgelegt, niemals irgendein Interesse daran gezeigt. Trotzdem kämen solche Unglücke manchmal vor, erklärte der Inspektor.

Meredith war wie betäubt. Er ging wie im Traum umher und überließ Freddie alle Anordnungen. Freddie war es, der die Presse benachrichtigte, das Begräbnis bestellte, alle Dispositionen traf. Guter, alter Freddie. Er verbrannte auch die kurze Nachricht, die sie ihm hinterlassen hatte: „Es tut mir leid, Freddie. C." Er verbrannte sie im Aschenbecher seines Schlafzimmers und spülte die Asche in den Ausguß.

Pulse zog die Titelgeschichte zurück. Sie nahmen das Material über Fußpilze, schmückten es etwas aus und nannten den Artikel „Die Welt der Fungi", mit einer Mikrophotographie bunter Pilze auf der Titelseite. Jocelyns Bericht ging ins Archiv, in einem großen, braunen Kuvert mit der Aufschrift: „Houseman, Meredith — Schauspieler."

V

Es war Miß Prestons feste Überzeugung, daß die Reichen oft ebenso benachteiligt seien wie die Armen, und diese Überzeugung half ihr, die Abneigung, die sie gegen manche ihrer Schülerinnen hegte, auszugleichen. Was sie tat, was die Schule tat, war ein gutes Werk, eine Art Wohltätigkeitsarbeit, und die Nutznießer dieser Wohltätigkeit bedurften ihrer ebensosehr wie arme Leute, wenn manche von ihnen auch Millionärinnen waren. Wie viele von diesen jungen Wesen hatten nie etwas anderes gekannt als die lieblosen Dienstleistungen von Kinderfrauen und Gouvernanten. Wie viele von ihnen kamen aus zerrütteten Ehen. Wie viele von ihnen hüllten sich, auf der Suche nach der eigenen Persönlichkeit, die zur Krise des Heranreifens gehört, in ihren Reichtum ein wie in einen Mantel, in dem sie sich vor sich selbst verstecken wollten. Wenn Miß Preston das alles bedachte, wurde ihr klar, wie nötig die Mädchen das Mather-Internat und ihre, Miß Prestons, Führung, ihr Vorbild brauchten. Es machte Freude, die Mädchen heranzubilden, die sie mochte; und es war eine lohnende Aufgabe, an denen zu arbeiten, die sie nicht mochte. Welche Befriedigung, wenn es gelang, solch ein störrisches Geschöpf zu bändigen, seinen Charakter zu bilden, es in eine aufgeschlossene, verantwortungsbewußte junge Dame zu verwandeln.

An all das dachte Miß Preston, während sie in ihrer Wohnung im Hauptgebäude am Schreibtisch saß. Vor ihr lagen die Notizen, die sie sich während des Telephongesprächs mit Mister Jaggers gemacht hatte. Auf dem Kaffeetisch im Wohnzimmer standen Tassen und ein Teller mit Backwerk. Jacqueline brachte eine Kanne mit Kakao herein, stellte sie neben die Tassen auf den Tisch und meldete, daß alles bereit sei.

„Danke, Jacqueline", sagte Miß Preston.

Es handelte sich hier um ein Ritual, das man am ehesten als eine verfeinerte Form der Henkersmahlzeit bezeichnen könnte. Kakao und Backwerk bekamen die Töchter von kürzlich Verstorbenen vorgesetzt, als Zeichen des Mitgefühls, als zarten Hinweis auf die Tatsache, daß das Leben weitergehen müsse, und nicht zuletzt als eine Möglichkeit für Miß Preston, den Weg zu den Herzen selbst der schwierigsten Mädchen zu finden. Und Meredith Houseman war eines der schwierigsten Mädchen. Miß Preston war froh — nicht darüber, daß Meredith' Stiefmutter gestorben war, natürlich —, daß es ihr, Miß Preston, oblag, Meredith diese Nachricht mitzuteilen. Vielleicht gelang es ihr bei dieser Gelegenheit, dem Mädchen näherzukommen, ihm zu helfen. Miß Preston war vollkommen sicher, daß Meredith Hilfe brauchte, allein ihre Abneigung gegen das Mädchen schien ihr ein Beweis dafür zu sein. Wie verschlossen, wie kalt, wie abweisend das Kind war! Fast unglaublich bei einer Dreizehnjährigen! Ebenso abstoßend, wie wenn ein Kind dieses Alters sich Lippen und Augen schminkt.

Es klopfte an der Tür. Miß Preston atmete tief, stand auf und ließ Merry eintreten.

„Komm herein, Meredith", sagte sie. Sie sprach die Mädchen immer bei ihrem vollen Namen an, denn sie haßte Abkürzungen.

„Danke", sagte Merry.

„Willst du dich nicht setzen?" fragte Miß Preston und wies mit der Hand auf die Couch. Merry setzte sich, und Miß Preston nahm neben ihr Platz. Das Mädchen sah sie mit einem Blick an, in dem nichts zu lesen war, nicht einmal Neugierde. Höfliche Aufmerksamkeit bestenfalls. „Leider muß ich dir eine traurige Mitteilung machen", begann Miß Preston.

„Oh", sagte Merry in fragendem Ton, aber immer noch mit ausdruckslosem Gesicht.

„Deine Stiefmutter ist tot."

Kein Zucken. Wieder ein fragendes „Oh?", und nach einer Pause: „Wie?"

„Sie ist ertrunken. Leider."

„Merkwürdig."

„Wieso merkwürdig?"

„Sie war keine besonders gute Schwimmerin ... Ich meine, sie ist nur sehr selten geschwommen. Wie ist es geschehen? Ist sie aus einem Boot gefallen?"

„Nein. Sie ist schwimmen gegangen und hat wahrscheinlich einen Krampf oder so etwas Ähnliches bekommen. Man weiß es nicht genau. Sie war allein."

„Sie ist allein schwimmen gegangen?"

„Offenbar."

„Höchst unwahrscheinlich."

„Was willst du damit sagen?"

„Nichts. Nur, daß es mir unwahrscheinlich vorkommt."

„So?" fragte Miß Preston, aber da das Mädchen nichts sagte, fügte sie hinzu: „Möchtest du eine Tasse Kakao?"

„Nein, danke. Der Doktor hat gesagt, ich soll keine Zwischenmahlzeiten nehmen."

„Ich glaube, er hätte nichts dagegen ... in einem solchen Fall ..."

„In einem solchen Fall? Warum? Sie hat mich nicht besonders gemocht, und ich habe sie gar nicht gemocht. Nicht genug, um ihretwegen eine Tasse Kakao zu trinken. Und ich brauche es auch nicht. Ich meine, es ist sehr liebenswürdig von Ihnen ..."

„Schon gut", sagte Miß Preston.

„Haben Sie ... Haben Sie mir sonst noch etwas sagen wollen?" fragte Merry, nachdem sie ein paar Sekunden schweigend die Tassen und den Teller mit Backwerk angestarrt hatte.

„Nein, sonst nichts", sagte Miß Preston. „Du kannst auf dein Zimmer gehen."

„Danke, Miß Preston."

Miß Preston nickte Merry zu. Unglaublich! Nie noch hatte ein Mädchen den Kakao abgelehnt. Erstaunt und verletzt schüttelte sie den Kopf und schenkte sich selbst eine Tasse ein.

Merry ging auf das Zimmer im Ostflügel, das sie mit Helen Farnam teilte. Merry mochte Helen, weil sie nicht wie die anderen Mädchen war. Sie zeigte keinerlei Neugierde, vielleicht weil sie eine Farnam war, vielleicht weil sie war, wie sie eben war — phlegmatisch und ein wenig träge. Es machte ihr nicht den geringsten Eindruck, daß Merry die Tochter eines Filmstars war, sie betrachtete Merrys Privatleben nicht als öffentliches Eigentum, stellte keine dummen Fragen und machte keine albernen Bemerkungen. Sie saß einfach da und war Helen Farnam, als ob sonst nichts auf der Welt zählte. Und wenn man eine Farnam war, zählte vielleicht wirklich sonst nichts.

Aus all diesen Gründen fiel es Merry leicht, mit Helen zu sprechen. Und als sie in das gemeinsame Zimmer trat, erzählte sie Helen, weshalb man sie gerufen hatte. „Meine Stiefmutter ist gestorben."

„Oh, das tut mir leid."

„Nicht nötig. Wir haben einander nicht gemocht."

„Oh."

„Übrigens glaube ich, daß sie sich umgebracht hat. Ich kann mir nicht vorstellen, daß sie ertrunken ist. Unbeabsichtigt, meine ich."

„Oh."

„Miß Preston war komisch. Ich glaube, sie war enttäuscht, daß ich nicht geweint habe oder so etwas."

„Hat sie dir Kakao angeboten?"

„Ja."

„Dacht' ich mir. Peg Hamilton bekam auch Kakao, als ihr Vater starb."

„Aber ich habe keinen getrunken."

„Großartig!"

„Aber . . . dann dachte ich . . ."

„Was?"

„Vielleicht hätte ich sollen."

„Warum?"

„Nein, ich meine nicht den Kakao. Ich meine, ich hätte vielleicht Erschütterung zeigen sollen. Wenigstens ein bißchen. Das würde die Gänse eine Zeitlang fernhalten."

„Okay."

„Was meinst du mit ‚okay'?"

„Ich werde ein paar Klatschmäulern erzählen, daß du erschüttert bist. Dann brauchst du bloß zu schweigen und ein bißchen schwermütig zu sein."

„Danke. Du bist ein Schatz."

Helen machte sich an ihre Hausarbeit, und Merry dachte eine Weile über ihre Empfindungen nach, was sie sich jetzt leisten konnte, nachdem die Entscheidung über das, was zur Schau getragen werden sollte, gefallen war. Sie kam zu dem Schluß, daß sie eigentlich froh war. Jetzt gab es nur sie und ihren Vater. Das war angenehm. Es mochte herzlos sein, aber sie mußte sich eingestehen, daß sie jetzt, nachdem Carlotta tot war, nicht einmal mehr etwas dagegen einzuwenden hatte, im Internat zu sein. Ihr Vater hätte sie jetzt ohnehin wegschicken müssen. Sie fragte sich, warum Carlotta wohl allein schwimmen gegangen sei und ob sie Selbstmord begangen habe. Und warum? Bis zu dem Tag, da Carlotta sie wegschickte, hatte sie geglaubt, daß ihre Stiefmutter sie gern habe, ja sogar liebe. Und sie hatte sich eingebildet, Carlotta ebenfalls zu lieben. Aber ... Es war zu deprimierend. Und beängstigend. Sie warf einen Blick auf Helen Farnam, blies die Backen auf, wie Helen es oft zu tun pflegte, und entschied, daß man gerade so wie sie sein müsse und nicht anders.

Es war nicht die Lautstärke des Weckers, die Meredith ärgerte, sondern die Häßlichkeit dieses Dings. Da stand er auf dem weißen Metalltischchen neben seinem Bett, rund und ekelhaft, und rief mit jedem überlauten Ticken: Dollar, Dollar, Dollar! Er fragte sich, wo Dr. Marston ihn wohl gekauft habe. Selbst die billigsten amerikanischen Warenhäuser würden sich nicht so weit erniedrigen, etwas derart Scheußliches anzubieten. Welch lächerlicher Gedanke, daß Dr. Marston eine Anzahl dieser abscheulichen, lauten, widerwärtigen Uhren aus den Vereinigten Staaten in die Schweiz importiert hatte!

Natürlich war das alles ganz unsinnig, diese Gedanken über den Wecker, sein lautes Ticken, seine Häßlichkeit. Unsinnig war auch die Angst vor seinem Läuten, das in einer Stunde losrasseln würde. In weniger als einer Stunde. In fünfundfünfzig Minuten! Nein, in dreiundfünfzig. Da! Schon wieder sah er die Uhr an. Man konnte verrückt werden dabei! Und das eben war der springende Punkt. Nicht für ihn, aber für Doktor Marston und seine Klinik. Diese Uhr! Aber er wollte nicht daran denken. Er wollte an etwas anderes denken. An irgend etwas anderes.

Oder nein. Das war auch nicht das richtige. Das richtige wäre, schlafen zu können. An gar nichts denken, nur schlafen. Das

Ticken der Uhr nicht hören, nicht ihr widerlich lautes Weckgeräusch, überhaupt nichts hören — nur schlafen. Alles verschlafen. Zumindest die Stunde zwischen den Behandlungen verschlafen. Was einen fertigmachte, vollkommen fertig, war der Mangel an Schlaf. Er hatte irgendwo gelesen, daß absolute Ruhe fast ebenso gut sei wie Schlaf. Was für ein Blödsinn! So gut wie der Schlaf war nur der Tod. Der wäre auf jeden Fall besser als diese Kur hier, ohne jede Frage. Eine blödsinnige Art, tausend Dollar in der Woche auszugeben ... zum Fenster hinauszuwerfen! Das hier war die reine Hölle, und infernalisch teuer noch dazu.

Der Schlaf kam und kam nicht. Er gab sich Mühe, allergrößte Mühe, aber er konnte nicht einschlafen. Seine Gedanken gingen wie rasend im Kreis in dem Versuch, das hartnäckige Ticken der Uhr auszuschalten. Er konnte nicht einmal den Kopf unter das Kissen stecken, denn der gute Dr. Marston hatte an alles gedacht — hier gab es kein Kissen. Dem verdammten Ticktack konnte man nicht entrinnen, es hämmerte auf das Trommelfell, wie bei der chinesischen Wasserfolter der Tropfen auf den Kopf hämmert. Ja, das war es, genau das. Eine chinesische Folter. Für tausend Dollar pro Woche. Die Methoden der Gehirnwäsche aus dem Koreakrieg zu nützlichen und sozial wünschenswerten Zwecken angewendet! Er war verrückt. Und wenn er es noch nicht war, würde er es bald werden. Besser wäre der Tod.

Er dachte an Carlotta, die für sich entschieden hatte, daß es besser sei, tot zu sein. Und nun wünschte er sich mit mehr als nur halber Aufrichtigkeit, ihr folgen zu können. Aber sie hatten daran gedacht. Kein Rasiermesser, kein Gürtel, nichts Scharfes, Spitzes oder Schweres. Und die Tür natürlich versperrt! Er konnte nicht einfach hinausgehen und zum See hinunterschlendern. Welche Ironie! War das nicht die ideale Vergeltung? Womit sonst hätte er besser sühnen können, was er getan hatte?

Aber das war doch nichts als sentimentales Theater, das er sich vormachte. Daß er hier war, hatte mit Carlotta nichts zu tun. Es war ihm nicht Ernst damit, sich umzubringen. Das wußte er. Er haßte bloß die Klinik und diese blödsinnige Behandlung und Marston und den Wecker, und er wollte das einfach nicht länger mitmachen. Aber er wußte, daß er sich nicht umbringen würde, auch wenn er die Möglichkeit dazu hätte. Und daß er nicht wegen Carlotta hier war und auch nicht zu trinken angefangen hatte, weil sie tot war. Natürlich hing es damit zusammen, aber nur zum Teil.

Er blickte um sich, und in der Leere des Klinikzimmers hefteten sich seine Augen wieder auf die Uhr. Genau das war ja auch beabsichtigt, und er las die Zeit ab, was ebenfalls beabsichtigt war. Er sollte sich ständig der Zeit bewußt sein. Und dann würde sie wieder da sein. Der Wecker würde läuten, die Tür würde sich öffnen, und sie würde da sein! Er fühlte, wie sich sein Magen umdrehte, wenn er daran dachte.

Es war so unfair! Das alles war so verdammt unfair! Er hätte Carlottas Selbstmord ertragen können, und er hätte die Untätigkeit ertragen können. Aber beides gleichzeitig war zuviel für ihn gewesen. Und mit der Untätigkeit wuchs die Versuchung. Womit sonst, zum Teufel, hätte er sich die Zeit vertreiben sollen? Er hatte keine Filme zu machen, er hatte keine Familie, niemanden, mit dem er reden konnte. Natürlich hatte er zu trinken angefangen. Hätte er nur Jaggers geglaubt und allen diesen Behauptungen über eine Umstellung und Neugestaltung im Filmgeschäft. Jaggers hatte darauf bestanden, zu warten, bis ein anständiger Preis geboten würde. Nicht weniger als fünfhunderttausend und Beteiligung am Gewinn. Und dabei bekam kein Mensch damals so viel! Aber „Das kommt, das kommt" hatte Jaggers gesagt, „und wenn es soweit ist, werden Sie der erste sein". Und so war er ohne Arbeit gewesen und hatte gewartet, bis ein Produzent verzweifelt genug sein würde, ihm fünfhunderttausend Dollar und Gewinnbeteiligung zu bieten. Und es war nicht nur das Warten gewesen. Das Ärgste bei diesem verrückten Beruf war ja, man faßte sofort den Verdacht, der sich rasch zur festen Überzeugung steigerte, daß man dieses Geld nicht wert sei. Wenn einem niemand so viel zahlen wollte, dann war man eben nicht so viel wert. Das schien durchaus logisch. Er hatte angefangen, Stücke zu lesen, ohne jedoch etwas Passendes zu finden. Und dann war es mit dem Trinken erst richtig losgegangen. Vor dem Mittagessen — ach was, vor dem Frühstück. Auch das wäre noch nicht schlimm gewesen. Jeder kann einmal über die Stränge schlagen. Aber plötzlich war Jaggers mit dem Angebot erschienen. Irgendein Narr war verzweifelt genug, den Preis zu bieten, und Meredith Houseman war ihn wert. Dann kam ein langweiliges Gerede über eine Weitwinkellinse und eine ganz, ganz breite Leinwand, und schließlich sagten sie, das Trinken müsse er natürlich aufgeben. Und das konnte er nicht. Nicht so rasch. Und sie wollten kein Risiko eingehen. Der Grund, warum sie in erster Linie an ihn gedacht hatten, war ja eben, daß sie kein Risiko eingehen wollten. Große Namen auf der Besetzungsliste, große Summen — alles wirklich ganz groß, um das Risiko möglichst klein zu halten. Trotz alldem blieb die Sache riskant genug, mit dem neuen Verfahren, der neuen Linse, den neuen Kameras. Noch kannte sich kein Regisseur damit aus, niemand wußte, wie die Einstellungen zu machen seien und so weiter. Und die Filmgesellschaft hatte darauf bestanden, daß er diese verrückte, unmenschliche, brutale Kur machen müsse, die von den Nordkoreanern und den chinesischen Kommunisten erfunden worden war, um einen Menschen dazu zu bringen, daß er einfach alles tat, was man von ihm wollte: Sein Vaterland verraten, ja sogar auf die Flasche verzichten.

Aber es hatte keinen Sinn, sich selbst zu bemitleiden. Das hatte er schon zur Genüge getan, während er eine Flasche nach der andern leerte. Er hatte an Carlotta gedacht und an das Schuldgefühl, das er empfunden hatte, als sie ihm mitteilte, er sei der Anlaß zu jener Operation gewesen; und wie er sich innerlich geweigert hatte, die Schuld auf sich zu nehmen, und wie er mit Jocelyn fortgegangen war, um das Schuldgefühl zu betäuben, vor ihm zu fliehen in die Dunkelheit und in Jocelyns Umarmung. Natürlich war das das Schlimmste gewesen, was er hatte tun können. Aber wie konnte er wissen, daß Carlotta es so aufnehmen würde, daß es sie so tief verletzen würde. Wie konnte er ahnen, daß sie in den See hinausschwimmen würde, um zu sterben.

Dann hatte er die andere Richtung eingeschlagen. Statt vor der Schuld zu fliehen, hatte er sich an sie geklammert, so wie er sich gerne an Carlotta geklammert hätte. Ja, er hatte sich an sein Schuldgefühl geklammert und an den Alkohol, der es ihn intensiver empfinden ließ. Und das hatte ihn schließlich hierher gebracht, in Dr. „Fu Man Chu“-Marstons chinesische Folterklinik und zu diesem scheußlichen Wecker, diesem schäbigen, hassenswerten, unerträglichen, gottverdammten Wecker! Zerschmettern müßte man ihn. Und falsch ging er auch noch. Es konnten doch unmöglich nur noch fünf Minuten sein.

Zum Teufel mit dem Schlafen! Er zündete sich eine Zigarette an, mit etwas, das so ähnlich konstruiert war wie die Feuerzeuge in Autos, damit der Patient sich keine Brandwunden zufügen konnte, die so arg wären, daß man ihn vom Sanatorium weg in ein Spital bringen müßte. Sein Magen krampfte sich zusammen. Diese Kur war so unbeschreiblich idiotisch. Eine richtige Gehirnwäsche. Und so überflüssig! Er hatte genug davon. Fünf Tage schon machte er diesen Irrsinn mit. Oder waren es sechs? Jedenfalls eine Ewigkeit. Lange genug, um alles darüber zu wissen. Sie könnten in seinen Vertrag schreiben, daß er hierher zurück müsse, falls er während der Dreharbeiten auch nur einen Tropfen Alkohol anrühre. Das würde genügen, um ihm das Zeug zu verekeln. Es würde genügen, um ihn selbst auf Essen und Wassertrinken verzichten zu lassen, ja sogar auf das Atmen. Er fragte sich, ob er die Pflegerin durch Bestechung dazu bringen könnte, einen Brief an die Filmgesellschaft oder an Sam hinauszuschmuggeln. Sam schaffte so ziemlich alles. Wenn er ihn hier herausbrächte, könnte er zwanzig, fünfzig, hundertfünfzig Prozent von allem haben, was er je verdienen würde. Sonst brauchte Sam nichts zu tun. Nur das. Diese kleine Gefälligkeit. Und sie wäre es wert. Bei Gott, sie wäre es wert.

Er sog an der Zigarette. Sie schmeckte wie Stroh. Was zum Teufel war mit diesen Zigaretten los? Nein, es lag nicht an den Zigaretten, es lag an ihm. Sein Mund war trocken. Sein Magen war total verknotet, und sein Mund war trocken. Seine Zunge war wie ein alter Schuh, der jahrelang in einem Schrank gelegen hatte und dann in seinen Mund gesteckt worden war. Und es war nicht einmal sein eigener Schuh, denn er hatte eine Nummer, die viel größer war als seine. Er blickte wieder auf den Wecker. Die Zeit war abgelaufen, aber es hatte nicht geläutet. Das widerliche Ding funktionierte nicht mehr. Er setzte sich auf, ließ die Beine über den Bettrand hängen und starrte den Wecker an. Er mußte jeden Augenblick zu läuten beginnen. Aber er fuhr fort zu ticken. Dieses Warten war schlimmer als die Angst vor dem Läuten. Er sehnte sich nach dem Läuten, damit das Schreckliche vorüber sei — wenigstens für eine Stunde. Vielleicht konnte er dann schlafen. Manchmal gelang es ihm, in der Zwischenstunde aus purer Erschöpfung einzuschlafen. Aber das war genauso schlimm, denn dann ging die Stunde so rasch vorbei, als wären es bloß zwei, drei Minuten und ... Da ging es los.

Der Wecker läutete. Er streckte den Arm aus und wollte den kleinen Knopf drücken, der das Läuten aufhören läßt. Aber er erinnerte sich, daß der kleine Knopf fehlte. Den hatte die Pflegerin. So saß er da und wartete, während der abscheuliche Lärm sein Trommelfell zerriß. Dann trat die Pflegerin ein und stellte das Läuten ab. Sie holte die Flasche Black Label aus dem Kästchen unter dem Wecker, schenkte zwei Finger hoch in ein Glas, tat Eiswürfel hinein und fügte das richtige Quantum Evianwasser hinzu. Kein Mixer in irgendeiner Bar von Europa oder Amerika machte das besser als Dr. Marstons Pflegerinnen.

„Da", sagte sie strahlend. „Es ist Zeit für Ihren Whisky."

In sein Schicksal ergeben, ergriff er das Glas. Er hatte einmal versucht, sich zur Wehr zu setzen, aber es hatte nichts genützt. Die zwei Kerle draußen waren hereingekommen, hatten ihn festgehalten und ihm den Whisky in den Mund geschüttet. Also nahm er das Glas, erhob es, wie um der Pflegerin zuzutrinken, und stürzte das Getränk hinunter. Es schmeckte scheußlich. Ärger als Pferdepisse. Das Ärgste, was man sich überhaupt vorstellen konnte. Die Pflegerin nahm das Glas und wartete. Und wenige Sekunden später geschah es. Das Antabus lehnte den Alkohol ab und schickte ihn mit eiserner Konsequenz zurück. Es war, wie wenn man gegen eine Wand Tennis spielt. Er würgte immer heftiger, erbrach sich und fuhr fort zu würgen, auch nachdem sein Magen schon leer war, sinnlos und hilflos. Dann reichte ihm die Pflegerin Papiertücher und sah zu, wie er sich säuberte. Auch das gehörte zur Behandlung. Und schließlich gab sie ihm die Pille und ein bißchen von dem Evianwasser. Die Antabuspille. Oder vielleicht diesmal nicht? Nach Dr. Marston gehörte es zur Behandlung, daß die Antabuspille nach einiger Zeit durch ein Placebo ersetzt wurde, denn man nahm an, daß durch die bloße Gewohnheit ein psychologischer Zusammenhang zwischen Trinken und Erbrechen zustande komme, so daß die Antabuspille überflüssig wurde. Selbst der Geruch von Alkohol sollte unerträglich werden. Für immer. Er war wahrscheinlich noch nicht lange genug hier, um ein Placebo zu bekommen. Er schluckte die Pille mit Wasser hinunter und trank den Rest des Wassers nach, um den Geschmack des Erbrochenen loszuwerden. Dann stellte die Pflegerin den Wecker ein und ging. Er legte sich erschöpft auf das Bett zurück und versuchte, das Ticken zu überhören. Wenn der schlaue Teufel wenigstens leiser gehende Uhren verwendete ...

Die „Eingeborenen", wie Helen und Merry ihre Mitschülerinnen zu bezeichnen pflegten, waren in heller Aufregung. Nicht daß sie irgendeine Berechtigung gehabt hätten, aufgeregt oder auch nur an der Tatsache interessiert zu sein, daß Meredith Houseman seinen Besuch im Internat angekündigt hatte. Aber Heidi Krumrind, die Obereingeborene, hatte Merrys Telephongespräch mit ihrem Vater belauscht und war mit einem breiten, idiotischen Grinsen, das häßliche Klammern an ihren Zähnen sehen ließ, im ganzen Haus herumgerannt mit der Behauptung, sie habe es aus Merrys eigenem Mund gehört, daß „er" komme. Nun, im wörtlichen Sinn stimmte das zwar, aber die stillschweigende Folgerung, daß Merry es ihr gesagt oder sie überhaupt einer Ansprache gewürdigt hätte, war völlig falsch, und Merry ärgerte sich darüber.

„Das sieht der Krum ähnlich", meinte Helen. „Es lohnt sich nicht, einen Gedanken an sie zu verschwenden."

„Ich weiß, aber es ist wie ein Moskitostich. Da lohnt es sich auch nicht, einen Gedanken daran zu verschwenden, aber jukken tut es doch."

„Ja, ja, aber reg dich nicht auf."

„Ich rege mich nie auf", sagte Merry gekünstelt schnippisch. Und was den äußeren Anschein betraf, stimmte das vollkommen. Für die gelassene Selbstbeherrschung, die ein gutes Internat höheren Töchtern beizubringen hat, gab es kein besseres Beispiel als Merry. Sie war klug und hübsch und beliebt, und sie wußte, daß sie das alles war. Aber sie war außerdem Meredith Housemans Tochter und hatte sich seit jeher gegen die anderen verteidigen müssen; gegen zu rasch angebotene Freundschaft, gegen gelegentliche Anwandlungen von Feindseligkeit, die nur die Kehrseite der Medaille darstellte. Und je besser es ihr gelang, sich zu verteidigen, desto strahlender und exotischer erschien sie ihren Schulkolleginnen, denen jede Art von Selbstbeherrschung und Selbstbewußtsein gleichzeitig beneidenswert raffiniert und verachtenswert snobistisch vorkam.

Die Aussicht auf den Besuch ihres Vaters war natürlich aufregend für Merry. Sie war jetzt sechzehn Jahre alt und hatte ihn seit jenem Sommer, als sie — mit Carlotta — in der Schweiz waren, nur zweimal gesehen. Ihre Sommer hatte sie in einem besonderen Ferienlager in New Hampshire verbracht, wo ein Freund von Sam Jaggers ein sehr gutes Musik- und Tanzprogramm aufgezogen hatte. In den kürzeren Ferien war sie mit den Farnams in Darien oder in Palm Beach gewesen. Sie bedauerte sich nicht sonderlich, weil sie ihren Vater all die Jahre kaum gesehen hatte. Sie wußte, daß Vicki Dalrymples Bruder schon mit vier Jahren in ein Internat gesteckt worden war, weil seine Eltern nach Indien gingen. Er hatte sie erst mit sechzehn wiedergesehen. Vicki hatte ihr einmal erzählt, wie sich dieses Wiedersehen abgespielt hatte. Als die Eltern in das Internat kamen, war Andy mit dem Ruf „Mutti! Vati!" auf einen Onkel und eine Tante zugestürzt, die mitgekommen waren, und hatte sie umarmen wollen. Man mußte ihm erst schonend beibringen, daß die andern beiden seine Eltern waren. Solche Dinge gehörten offenbar zur Bürde des weißen Mannes oder wie die Engländer das nannten. Und auch sie hatte ihre Bürde zu tragen.

Jedenfalls würde sie keine Schwierigkeiten haben, ihren Vater zu erkennen. Sie selbst sah anders aus, ganz anders als zu der Zeit, da sie einander zuletzt gesehen hatten. Die Rundlichkeit war weg. Durch sorgfältiges, ja fanatisches Diäthalten hatte Merry es zu einer bezaubernden, sylphidenhaften Figur gebracht. Sie war um mindestens fünf Zentimeter gewachsen und besaß jene Art von reizvoller Überschlankheit, die den besten Photomodellen ihren besonderen Charme verleiht. Und während ihre Gestalt die kindliche Rundlichkeit verlor, hatten sich auch ihre Züge schärfer herausgearbeitet. Die Ähnlichkeit mit ihrem Vater war jetzt verblüffend.

Sie hatte also keine Angst, daß sie einander nicht erkennen würden. Das einzige, wovor sie sich ein wenig fürchtete, war der Moment des Wiedersehens. Sie wollte nicht, daß eine theatralische Szene daraus würde. Das Wiedersehen sollte ungezwungen, selbstverständlich und natürlich verlaufen, so wie das bei ihren kleinbürgerlichen Mitschülerinnen der Fall war, wenn ihre Väter zu Besuch kamen — Apotheker, Provinzanwälte oder mittlere Angestellte großer Industriekonzerne. Sie beneidete die „Gänse“ um die Selbstverständlichkeit, mit der die Begrüßung vor sich ging. Die herzhaften Küsse, die natürliche Zärtlichkeit der Umarmungen — als hätte man sich gestern zum letztenmal gesehen.

Sie wartete daher auch nicht in der Halle auf ihn, von der aus man durch das große Erkerfenster die Auffahrt überblikken konnte. Sie blieb in ihrem Zimmer und tat, als ob sie läse, während sie darauf lauschte, daß der schrille Aufschrei einer der Gänse ihr seine Ankunft verkünden würde.

In Wirklichkeit war es dann nicht ganz so schlimm. Es war Vicki Dalrymple, die zu ihr kam, um ihr mitzuteilen, daß ihr Vater unten in der Halle sei, und Vicki besaß eine gewisse Ahnung davon, wie man sich in einem solchen Fall zu benehmen hatte. Unten trieben sich Scharen von Mädchen herum, die so taten, als wären sie nicht bloß hier, um zu glotzen und sie anzustarren. Aber Merry machte sich nichts daraus. Ihr Vater war zu ihr gekommen, und er rief ihr entgegen: „O Merry, Merry, du siehst fabelhaft aus!“ Er öffnete die Arme, und sie stürzte sich hinein; er drückte sie vor all den Mädchen an sich, und sie machte sich nichts daraus. Es war so herrlich, so wunderbar, daß es durch nichts beeinträchtigt werden konnte, auch nicht durch die aufgerissenen Augen und offenen Münder der Krum und all der anderen Gänse, die sich an der Begrüßung zwischen der interessantesten Mitschülerin und ihrem hochberühmten Vater weideten. Nichts konnte ihr diesen großartigen, herrlichen Augenblick verderben. Ihr Vater war wunderbar. Er hielt sie fest, küßte sie auf die Stirn, dann ließ er sie los, winkte den anderen Mädchen zu und reichte ihr den Arm. Sie legte ihren Arm in den seinen, und sie traten hinaus, in einen Sonnenuntergang in Technicolor.

Natürlich nicht in einen Sonnenuntergang in Technicolor, sondern in den berühmt schönen Park, auf den das Internat mit Recht stolz war.

„Erzähl mir von dir“, sagte ihr Vater.

„Ich weiß nicht ... Es gibt nichts zu erzählen. Du kannst dir mein Leben vorstellen. Du siehst die Schule, du siehst mich. Wenn du beides zusammenhältst, kannst du dir vorstellen, wie ich lebe. Es geht mir ganz gut. Ich habe gute Noten, und ich habe ein paar Freundinnen.“

„Fein“, sagte er. „Ich bin froh darüber.“

Er blieb stehen und sah einen Rosenstock an, der noch ein paar späte Knospen hatte, die um so schöner und rührender wirkten, als sie infolge der vorgeschrittenen Jahreszeit nie mehr zum Erblühen kommen würden. Merry hätte gern ein paar Fragen gestellt, aber sie zögerte. Immer wieder formten sich Fragen in ihrem Kopf, und immer wieder unterdrückte sie sie, weil es genau die Fragen waren, welche die Gänse an sie richten würden, falls sie das wagten. Es war ihr, als wäre sie nicht hier im Park allein mit ihrem Vater, sondern als stünde sie irgendwo in der Nähe und beobachtete ihren Vater und sich selbst und übte Kritik an Stil und Geschmack jeder Geste, die sie machten, an jedem Wort, das zwischen ihnen fiel.

„Wie geht es mit dem Filmen?" fragte sie. Die Frage war nicht gut. Sie hielt zwar die richtige Distanz, war nicht zu neugierig und zu persönlich, aber es war eine Frage, die jeder Reporter, jeder Interviewer gestellt hätte.

„Ganz gut", antwortete er. „Besser, als zu erwarten war. Der Film ist zwar stellenweise langweilig, aber die Bilder sind schön. Wie Gemälde. Ich glaube, das kommt von der Breite der Leinwand. Die Bilder wirken wie die historischen Kolossalgemälde von David."

„Ich ... ich habe eigentlich nicht den Film gemeint. Ich meinte, wie es dir bei der Arbeit gegangen ist."

„Ach, recht gut. Es war nicht sehr anstrengend."

„Ich meine ... wie ... wie ist es mit dem Trinken?"

Sie wandte das Gesicht ab. Diesmal war sie nach der andern Richtung zu weit gegangen. Die Frage war zudringlich, ja sie war unverschämt. Aber, verdammt noch mal, warum sollten diese dummen, albernen Gänse gerade wegen ihrer Dummheit und Albernheit freier und offener mit ihren Eltern sprechen dürfen als sie mit ihrem Vater?

„Du weißt davon?"

„Mr. Jaggers hat mir darüber geschrieben. Er meinte, es würde mich weniger beunruhigen, als wenn ich, ohne es zu wissen, längere Zeit hindurch nichts von dir hörte."

„So? Hat er das gemeint?"

„Er hat recht gehabt", sagte sie.

„Ja, wahrscheinlich. Nun, jedenfalls ist das alles vorbei. Ich habe eine Kur gemacht, weißt du. Und sie hat geholfen. Sie hilft noch immer. Ich kann keinen Tropfen Alkohol anrühren, außer gelegentlich ein Glas Champagner. Von allem andern wird mir übel. Ich vertrage nicht einmal den Geruch. Ein, zwei Wochen nachdem ich aus dem Sanatorium entlassen wurde, fuhr ich mit einem der Direktoren der Filmgesellschaft im Auto. Er hatte zum Mittagessen ein Glas Bier getrunken. Man mußte die Fenster öffnen, und selbst dann konnte ich es kaum aushalten. Ich meine seinen Atem, der nach Bier roch."

Er war bezaubernd, gesprächig, gelöst, ja sogar lustig, als er davon sprach. Merry hatte nicht mehr das Gefühl, nur beobachtend auf der Seite zu stehen. Nein, sie war da, neben ihm, zuhörend und antwortend und mit ihm fühlend.

„War es wegen Carlotta?" fragte sie.

Er sah sie an, hob die Hand und strich über ihre Wange und das zu ihm erhobene Kinn. Er dachte einen Augenblick nach und sagte: „Ach Merry, ich glaube, diese Frage kann ich dir jetzt noch nicht beantworten. Wir werden eines Tages darüber reden. Das verspreche ich dir. Aber ich halte es für besser, wenn wir das aufschieben, bis du ein wenig älter bist. Es wäre schrecklich, wenn du mich nicht verstehen könntest, und ebenso schrecklich, wenn du es könntest. Verzeihst du mir?"

„Ja, Daddy." Ihm verzeihen! Sie war über alle Maßen glücklich, daß er sie so behandelte, wie ein Vater sein Kind behandeln soll, und daß wenigstens für diesen Augenblick und im Zusammensein mit ihm der schreckliche Zwang zum korrekten, damenhaften Benehmen wegfiel. Sie fühlte jene Erleichterung, die ein Seemann empfinden mag, wenn er sein kleines Schiff durch haushohe Wogen und tobenden Sturm in eine schützende Bucht gesteuert hat. Er weiß, daß es bis zum Heimathafen noch weit ist, aber für den Augenblick ist er gerettet, und das ist herrlich.

Sie machten noch einen Rundgang durch den Park, bewunderten die exotischen Sträucher und die weißen, gelben und rostroten Knospen der Chrysanthemen, die sich eben anschickten aufzubrechen.

Als sie wieder vor dem Haus angelangt waren, fragte er, wie sie den Nachmittag am liebsten verbringen wolle. Sie sagte, es sei ihr gleich, sie sei glücklich, einfach mit ihm zusammen zu sein. Er schlug ein Picknick vor.

„Ach ja, das wäre herrlich. Es ist ein so wunderschöner Tag."

„Möchtest du eine deiner Freundinnen mitnehmen?"

„Ja, nehmen wir Helen Farnam mit. Sie ist meine Zimmergenossin."

„Ja, ich weiß. Ich habe gehofft, daß du Helen mitnehmen würdest. Es war sehr nett von ihr und ihrer Familie, daß sie dich während der Ferien eingeladen haben, nicht?"

„Ja, wirklich."

„Also hol sie und laß uns gehen."

Es war ein schönes Picknick. Meredith hatte einen ganzen Korb voller Delikatessen mitgebracht: Gänseleber und Käse und Früchte und Süßigkeiten und eisgekühlte Piccoloflaschen Champagner. Sie fuhren in seiner Limousine hinaus aufs Land und saßen am Ufer eines Baches. Dann brachte Meredith die Mädchen ins Internat zurück. Sie dankten ihm überschwenglich, küßten ihn zum Abschied und versicherten immer wieder, was für ein herrlicher Ausflug es gewesen sei. Es hatte ihnen tatsächlich so gut gefallen, daß sie sich vergaßen und einigen von den Gänsen davon erzählten. Sie erwähnten auch den Champagner, was bei allen ehrfürchtige Bewunderung hervorrief.

Heute kann man sich schwer vorstellen, daß es damals ein riskantes Unternehmen war, „Die Französische Revolution" zu drehen, und daß von Erfolg oder Mißerfolg dieses Films nicht nur das Schicksal der Gesellschaft, die ihn gemacht hatte, sondern das der gesamten Filmindustrie abhing. Und hier lag er nun, dieser Film: ein Stapel flacher Blechdosen, in denen, wie Martin Siegel in dem für ihn kennzeichnenden salbungsvollen Ton sagte, „nichts" war. „Nichts. Sie haben richtig gehört, meine Herren. Filmstreifen, unzählige Meter, vielleicht eine halbe Meile Filmstreifen, und darauf kleine Bildchen, alle so verzerrt, daß Sie nicht erkennen können, was sie darstellen, außer mit Hilfe einer besonderen, äußerst kostspieligen Linse. Und diese Bildchen an sich sind auch nichts. Was wir verkaufen, sind Lichter und Schatten, die vergänglichsten, wesenlosesten Dinge auf Erden. Stellen Sie sich nicht irgend etwas anderes vor. Vergessen Sie die Requisiten, die Kostüme, die Gebäude, die wir errichtet, die Städte, die wir gebaut haben. Sie sind ohnehin inzwischen niedergerissen worden. Vergessen Sie die Millionen Dollars, die es uns gekostet hat, diesen Film herzustellen. Vergessen Sie, wenn Sie können, die Gesellschaft und die ganze Filmindustrie, an denen ohnehin niemandem wirklich etwas liegt. Aber denken Sie an die Lichter und Schatten, an das Spiel der Phantasie, das um einen großen Augenblick in der Geschichte der Menschheit kreist. Dieser Film ist mehr als eine Geldinvestition, mehr als eine Arbeitsleistung, mehr als eine Reihe von Bildern mit unterlegtem Text. Dieser Film ist eine Bestätigung des menschlichen Genius und unseres Glaubens an diesen Genius. In diesen Dosen, meine Herren, befindet sich der Traum des Menschen von der Freiheit. Der Traum von Freiheit, Gleichheit, Brüderlichkeit. Nicht weniger als das! Und das ist es, was ich Sie bitten möchte zu verkaufen. Ich möchte, daß jeder Kinobesitzer, wenn er einmal vor dem heiligen Petrus an der Himmelstür steht und über sein Leben Gericht gehalten wird, in aller Aufrichtigkeit und mit bescheidenem Stolz sagen kann: ‚Ich war der erste in meinem Bezirk, der »Die Französische Revolution« aufgeführt hat.' "

Siegel setzte sich, zog ein billiges Taschentuch aus der Brusttasche seines maßgeschneiderten Schantunganzugs und wischte sich die Tränen ab, die ihm vor Rührung über seine eigene Rede in die Augen getreten waren.

Die andern anwesenden Männer — Direktoren für Reklame, Propaganda, Vertrieb und Produktion sowie ihre diversen Mitarbeiter — trugen in verschiedenen Abstufungen eine feierliche, begeisterte bis tief gerührte Miene zur Schau. Einer hielt die Zigarre, die er eben anzünden wollte, und das geöffnete goldene Dunhill-Feuerzeug vor sich, als sei er zu Stein erstarrt oder solle für ein Wachsfigurenkabinett verewigt werden. Ein anderer blickte gen Himmel oder, besser gesagt, auf die grotesken neoägyptischen Stuckornamente, mit denen Siegels Vater zu einer Zeit, da die Zukunftsaussichten der Gesellschaft besser gewesen waren, die Decke hatte verzieren lassen.

„Und jetzt", begann Siegel, „berichten Sie mir über die Premiere."

Der Direktor für Propaganda schilderte die Pläne für die Premiere. Sie sollte zugunsten des Herzfonds stattfinden.

„Das ist sehr gut", meinte Siegel. Der alte David Siegel war nämlich an einem Herzleiden gestorben.

Der Direktor berichtete weiter, daß das Fernsehen die Premiere übertragen werde, daß nachher eine Party im großen

Ballsaal des Hotels Astor stattfinden werde und daß Karren, ähnlich denen, worin die Opfer der Revolution zur Guillotine geführt wurden, den Limousinen auf dem Broadway voranfahren würden.

„Das ist riskant, Sol“, unterbrach jemand. „Die Leute könnten glauben, daß das Publikum enthauptet wird.“

„Das ist moderne Werbung“, entgegnete der Propagandadirektor, „und es paßt zum Thema. So sehen die Einladungen aus“, fuhr er mit sichtlichem Stolz fort und entnahm seiner Aktentasche eine kleine vergoldete Guillotine. Er reichte sie Martin Siegel.

Siegel nahm sie und stellte sie vor sich auf den Tisch, der so groß war wie ein Pingpongtisch, nur schwerer, denn er war aus massivem Eichenholz und mit unbeschreiblich häßlichen Schnitzereien verziert. Siegel spielte mit der kleinen Guillotine. Dann blickte er auf und rief mit dem staunenden Entzücken eines kleinen Kindes. „Sie funktioniert!“

„Nicht nur das“, sagte der Direktor für Propaganda. „Man kann Zigarren damit abschneiden.“

„Großartig! Einfach großartig!“ sagte Siegel. Es war einer jener Momente — darüber waren sich später alle einig —, in denen seine Stimme genauso klang wie die seines Vaters.

Melissa Filides, die Erbin des griechischen Reeders, überreichte die kleine Guillotine ihrer Zofe, deren Kindern sie als Spielzeug vielleicht Spaß machen würde. Das unsagbar scheußliche Ding paßte, so dachte Melissa, völlig zu dieser ganzen scheußlichen Angelegenheit. Die Filmgesellschaft warf Unsummen zum Fenster hinaus. Aber das ging Melissa nichts an, denn es war ausgemacht, daß die Gesellschaft dem Herzfonds eine Pauschalsumme übergeben würde; eine Summe, die mit der Höhe des Preises der Eintrittskarten nicht das geringste zu tun hatte. Der Vorteil für die Filmgesellschaft lag darin, daß die Fernsehübertragung sie auf dieser Art viel billiger zu stehen kam, als wenn sie sie als Werbung hätte bezahlen müssen. Der Herzfonds bekam zwar nur etwa ein Drittel des eingesparten Betrages, aber das war noch immer viel Geld. Und dieses Geldes wegen hatte sich Melissa bereit erklärt, ihren Namen für die Sache herzugeben und ihre Anwesenheit bei der sicherlich trostlos langweiligen Premiere zuzusagen. Sie würde sich also von dem Film anöden lassen und dieses vulgäre Diner im „Astor“ durchstehen. Aber dann — ein heißes Bad und ins Bett! Gewiß, sie hatte Applaus geerntet, als sie im „Colony“ berichtet hatte, sie habe den Ehrenschutz über diese Filmpremiere übernommen, aber es stand nicht dafür. Nein, es stand nicht dafür. Und die Nachricht, die sie soeben erhalten hatte, gab ihr den Rest. Daß sie sich anmaßten, ihr den Begleiter für den Abend beizustellen, war schon schlimm genug. Aber daß sie ihr unter all den unmöglichen Leuten ausgerechnet einen Schauspieler ausgesucht hatten, der sicherlich ebenso dumm wie schön war, einen eitlen, langweiligen Laffen, der nichts anderes hören wollte als Schmeicheleien — das war einfach zuviel! Vielleicht war dieser Meredith Houseman nicht der Allerärgste, sicherlich aber arg genug. Er kam, soviel sie gehört hatte, aus Montana ...

„Fertig“, sagte Colette. „Ist Mademoiselle zufrieden?“

„Ja“, sagte Melissa und betrachtete ihr Bild im Spiegel des Ankleidezimmers. Das Kleid war von Givenchy — eine Abendrobe aus schneeweißem Satin von klassisch strengem Schnitt. Auf der linken Schulter mit einer Sonne aus Brillanten und Smaragden befestigt, ließ sie wie eine Toga die rechte Schulter frei. Dazu trug Melissa Smaragdohrgehänge, die eher bescheiden wirkten. Sie hatte sie an ihrem einundzwanzigsten Geburtstag von ihrem Vater bekommen.

„Mademoiselle sehen fabelhaft aus“, sagte Colette.

„Ja.“ Melissa nickte.

Colette öffnete ihr die Tür, und sie trat in den Salon, wo Meredith Houseman saß. Er stand mit einer raschen und anmutigen Bewegung auf.

„Guten Abend, Mr. Houseman. Ich bin Melissa Filides.“

„Guten Abend“, sagte er mit einem leichten, ganz korrekten Kopfnicken, der Andeutung einer Verbeugung. Melissa haßte Amerikaner, die darauf bestanden, einer Dame die Hand zu schütteln.

„Entschuldigen Sie, daß ich Sie warten ließ. Hat Maurice Ihnen einen Drink gegeben?“ Sie warf einen Blick auf das Tischchen neben dem Stuhl, auf dem er gesessen hatte.

„Ein Glas Vichy“, sagte er. „Ich ... ich trinke nichts, außer Champagner — leider.“

„Warum leider? Mein Vater hat es ebenso gehalten. Wir haben doch noch Zeit, etwas zu trinken, nicht wahr?"

„Ich glaube schon", antwortete er.

„Fein", sagte sie. „Maurice, Champagner, bitte."

Sie brauchte die Stimme nicht zu heben. Die Kitchenette lag neben dem Salon ihres Appartements im Hampshire House. Das Appartement gehörte ihr, aber sie benützte es nur im November, und das Hotel konnte es die übrige Zeit vermieten. Das bedeutete eine Ersparnis, und sie hatte doch die Gewißheit, daß die Räume jeden November für sie bereitstanden.

Maurice erschien mit einer Flasche Taittinger und zwei eisgekühlten Sektkelchen, die zu zwei Drittel gefüllt waren.

Melissa hob ihr Glas und sagte: „Ich glaube, wir sollten auf den Film trinken."

„Und auf einen angenehmen Abend", antwortete Meredith. Der Mann war, Gott sei Dank, nicht völlig unmöglich. Vielleicht würde der Abend nicht ganz so unangenehm werden, wie sie befürchtet hatte. Natürlich sah Houseman gut aus — das hatte sie erwartet. Ein Filmstar mußte gut aussehen, das gehörte zum Beruf. Aber seine Art von Schönheit war weder langweilig noch vulgär. Er sah nicht aus, als sei er aus Plastik gemacht, wie so manche dieser Filmhelden.

Als es Zeit war, zu gehen, erhob er sich, wieder mit der gleichen selbstverständlichen Anmut, nahm Maurice das Cape aus der Hand, legte es ihr um die Schultern und bot ihr den Arm.

„Also auf ins Kino", sagte er. „Einer der Drehbuchautoren erzählte mir, daß Burke eine ausgezeichnete Bemerkung über die Französische Revolution gemacht hat — oder vielleicht war es eine Bemerkung, die jemand anderer über Burkes Ansicht von der Revolution gemacht hat. Das weiß ich nicht mehr genau. Es handelte sich dem Sinn nach ungefähr darum, daß man beim Anblick Frankreichs um das Gefieder trauere, während der Vogel im Sterben liegt. Ich hoffe, daß Sie wenigstens von Zeit zu Zeit ein bißchen hübsches Gefieder zu sehen bekommen und sich nicht die ganze Zeit langweilen werden."

Wie konnte er ahnen, daß sie dem Abend ohne jede Begeisterung entgegengesehen hatte? Oder ahnte er es gar nicht, sondern sprach seine eigenen Gefühle aus? Sie lächelte ihm zu, als teilten sie einen herrlichen privaten Spaß.

Der Film war ein großer Erfolg. Jedenfalls gab es am Schluß Bravorufe und enthusiastischen Applaus, was nicht weiter überraschend war. Das Publikum bestand ja hauptsächlich aus Angestellten der Filmgesellschaft, aus Aktionären und deren Freunden und Verwandten. Aber die Neuheit des Breitwandverfahrens, die bloße Länge des Streifens und der Aufwand, mit dem er gedreht worden war, die ungeheure Propaganda, die für ihn gemacht worden war, und die Überzeugung einiger einflußreicher Kritiker, daß die Zukunft der Industrie von diesem Film abhänge — eine Überzeugung, die sie zu übertriebenem Lob veranlaßte —, all das hatte mehr mit diesem Erfolg zu tun als irgendwelche künstlerische Erwägungen. Dennoch war es kein schlechter Film. Es gab eine Menge Kämpfe und eine Menge Hinrichtungen und eine Menge Liebesszenen. Wie merkwürdig, dachte Melissa, neben einem Mann im Kino zu sitzen und gleichzeitig zuzusehen, wie er eine andere Frau umarmt.

Er machte das sehr gut, was zum Teil sicherlich dem Regisseur, dem Schnitt, der Beleuchtung und dergleichen zuzuschreiben war. Aber während sie sich durch diese Überlegung intellektuell distanzierte, fühlte sie sich doch irgendwie physisch beeindruckt. Vielleicht kam das einfach daher, daß sie sein Bild vor sich sah, während er neben ihr saß.

„Sie haben einen anstrengenden Beruf“, flüsterte sie.

„Ja, aber er ist gut bezahlt.“

Selbst solche Scherze vermochten jenen physischen Eindruck nicht ganz auszulöschen. Sie ertappte sich dabei, daß sie ihn immer wieder von der Seite ansah. Und sie war erleichtert, als die Liebesszene neuem Blutvergießen Platz machte.

Als der Film zu Ende war und der Applaus erstarb, traten sie auf den Broadway mit seinen Menschenmassen hinaus, gingen die Reihe der johlenden und drängenden Zaungäste entlang, die von einem Polizeikordon mühsam in Schach gehalten wurden, und quer über die Straße zum „Astor“. Es war ein merkwürdiges Gefühl, neben Houseman durch die Menge zu gehen, nachdem sie den Film Seite an Seite gesehen hatten. Das Starren, das Flüstern, die Schreie und Zurufe aus der drängenden Menschenmasse jenseits des Polizeikordons erinnerten an gewisse Szenen des Films; und es war ihr beinahe angenehm, zur Abwechslung einmal neben dem Mittelpunkt der Aufmerksamkeit einherzugehen, statt — als eine der reichsten Frauen der Welt — selbst dieser Mittelpunkt zu sein.

Der große Ballsaal quoll über, nicht nur von Gästen, sondern auch von Fernsehkameras, Kabeln, Scheinwerfern, Technikern und Mechanikern. Er sah nicht aus wie der Schauplatz irgendeiner Party, sondern eher wie die Dekoration für einen Film.

Sie nahmen ihre Plätze am obersten Tisch ein, und Meredith bestellte Champagner. Es gab kaum eine Möglichkeit zu plaudern, weil jeden Augenblick Leute kamen, um Meredith zu seinem Erfolg zu gratulieren oder sich Melissa vorstellen zu lassen und sie zu ihrem Einsatz für den Herzfonds zu beglückwünschen. Als schließlich etwas Ruhe eintrat, meinte Meredith, das alles wäre vielleicht leichter zu ertragen, wenn sie ein wenig tanzten.

„Ja, tun wir das", sagte sie dankbar.

Sie tanzten also — und sie tanzten immer weiter. Walzer, Foxtrott, Tango, sogar einen Charleston. Melissa bemerkte mit Vergnügen, wie hervorragend er tanzte. Das war dabei ihr erster Eindruck. Aber sehr bald kam es zu einer Art Wettstreit zwischen ihnen; sie tanzten immer wilder, immer näher aneinander, immer ausgelassener. Keiner von ihnen hatte Lust, zum Tisch zurückzukehren, zu der Langeweile, den Vorstellungen, Gratulationen und Danksagungen. Und keiner wollte eingestehen, daß er müde sein könnte. Sie waren zu beschwingt, zu vollkommen, zu ätherisch, um sich zu einer solchen menschlichen Schwäche zu bekennen. Melissa fand es wunderbar, mit ihm zu tanzen, wissend, daß aller Augen auf sie und ihn gerichtet waren, nicht nur hier im Ballsaal, sondern in Tausenden Wohn- und Schlafzimmern im ganzen Land, auf dem Umweg über die monströsen Apparate, welche die Leute vom Fernsehen fast pausenlos auf sie gerichtet hielten.

Aber das war noch nicht alles. Stärker als das reine Vergnügen an seiner Vollkommenheit als Tänzer, stärker als der leichte Rausch, den die physische Erschöpfung hervorrief, war die sinnliche Erregung, die von seinem männlichen Körper auf sie ausstrahlte. Und das war verblüffender, aufregender, wundervoller als irgend etwas, was sie sich vorstellen konnte. Sie tanzten langsam, und er hielt sie eng an sich gedrückt; sie tanzten schnell, und sie fühlte seine flüchtige Berührung, seine Leichtigkeit — und sie brannte, sie brannte.

„Sie sind ein sehr aufregender Mann“, sagte sie zwischen zwei Tänzen. Und dann fügte sie, fast ohne sich dessen bewußt zu sein, was sie sagte, hinzu: „Wie lange müssen wir noch hier unter all diesen Leuten bleiben?“

„Gehn wir gleich“, schlug er vor.

„Aber man hat eben angefangen, das Diner zu servieren ...“

„Haben Sie Hunger?“ fragte er.

„Nein“, antwortete sie. Auf das Diner hatte sie jedenfalls keinen Appetit.

Sie gingen, ohne sich von irgend jemandem zu verabschieden. Sie kam sich vor wie Aschenbrödel, das vom Ball wegläuft, nur war hier der Prinz an ihrer Seite. Zusammen stiegen sie in die Limousine und fuhren zu Melissas Appartement im Hampshire House.

Colette und Maurice warteten natürlich. Colette pflegte Tee und Toast vorzubereiten, bevor ihre Herrin zu Bett ging. Maurice öffnete die Tür und nahm Melissas Cape in Empfang.

„Champagner“, befahl sie und fügte mit leiser Stimme hinzu: „Und dann können Sie gehen.“

„Ja, Mademoiselle.“

„Bon soir, Mademoiselle“, sagte Colette.

„Gute Nacht“, antwortete Melissa. „Das ist alles für heute.“

„Mais, Mademoiselle ...“, begann Colette.

Melissas Augen wurden schmal. „Ich habe gesagt, das ist alles für heute.“

Colette ging. Maurice stellte den Champagner auf den Teetisch, sagte „Bonne nuit, Mademoiselle, Monsieur ...“ und folgte seiner Frau.

„Ich muß meine Leute entschuldigen“, sagte Melissa. „Sie sind beauftragt, Männer von mir fernzuhalten, Besucher abzuwimmeln, und sie tun ihr Bestes, aber leider sind sie nicht sehr anpassungsfähig. Machen Sie mir den Zippverschluß auf, bitte.“

Er nahm an, daß sie ins Schlafzimmer gehen wolle, um sich etwas Bequemeres anzuziehen. Ihre Dienstboten hatte sie soeben weggeschickt, und so schien es ganz natürlich, daß sie seine Hilfe in Anspruch nahm. Es war vielleicht ungewöhnlich, aber durchaus möglich. Er zog den Zipp an der Rückseite des Kleides hinunter.

Sie wandte sich um, sah ihn einen Augenblick an und ließ das Oberteil des Kleides fallen. Sie trug keinen Büstenhalter, denn das Givenchy-Kleid hatte eine eingebaute Stütze. Sie streckte ihre schlanken Arme aus, und er trat auf sie zu und küßte sie.

„Nun den Champagner", sagte sie heiser, während sie sich von ihm löste und ins Schlafzimmer verschwand.

Er ergriff das kleine Silbertablett und folgte ihr. Sie war bereits nackt, als er das Zimmer betrat. Er stellte das Tablett auf das Nachttischchen und zog sich aus, während sie ihm vom Bett aus zusah, den Kopf auf ein Kissen gestützt, die Arme über den zarten, winzigen Brüsten gekreuzt.

„Du ziehst dich sehr elegant aus", sagte sie. „Ich habe mich oft gefragt, warum Männer nicht Striptease machen."

„Wenn es mehr Frauen gäbe wie dich, würden sie es vielleicht tun."

„Wie mich? Aber du kennst mich doch kaum. Komm. Beeil dich!"

Er stieg aus seinen Lackpumps, zog die Socken aus und streifte die Unterhose ab. Dann kam er zu ihr ins Bett. Sie küßten sich leidenschaftlich, berührten einander, entzückt und erstaunt darüber, daß sie zusammen waren und ihre Körper berühren und erforschen konnten. Meredith küßte sie immer wieder und machte Anstalten, sich auf sie zu legen, aber sie wehrte ihn ab.

„Nein. Noch nicht. Sei nicht so ungeduldig."

„Ungeduldig? Aber ich dachte, du hättest es so eilig."

„Eilig, ins Bett zu kommen", sagte sie. „Nicht gleich wieder heraus."

„Aber ich . . .", begann er.

„Bitte", sagte sie, „langsam, langsam, langsam."

„Gut. Warum nicht?"

Sie lagen lange Zeit nebeneinander. Er berührte ihre Brüste, zog mit den Fingern zarte Kreise rund um die rosigen Knospen, ließ seine Hand über den flachen Bauch gleiten und auf dem Weg zu der glatten Innenseite ihrer Schenkel wie zufällig in den Haaren spielen. Und sie berührte ihn, streichelte seine Brust und seine Schenkel und ließ ihre Hand hin und wieder auf seinem Glied ruhen, ganz leicht, fast schüchtern.

Schließlich konnte er es nicht länger aushalten. „Oh, Melissa", stöhnte er, und diesmal wehrte sie sich nicht, als er sich auf sie legte. Sie murmelte zwar etwas, aber er wußte nicht, ob sie wollte, daß er es höre oder nicht. Mit hoher, kaum hörbarer Stimme wiederholte sie immer wieder: „Oh, oh, oh, oh.“

Es dauerte lange, bis es ihm gelang, sie zum Orgasmus zu bringen. Endlich mündete das gehauchte „Oh, oh“ in ein langgezogenes, hohes Stöhnen, und die Erregung darüber brachte auch ihn zu höchstem Lustempfinden.

Sie lagen nebeneinander und teilten die Erschöpfung, wie sie die Leidenschaft geteilt hatten. Und gleichzeitig erholten sie sich auch wieder, und sie bat um ein Glas Champagner.

Er füllte ihr Glas.

„Du nicht?“ fragte sie.

„Nein, ich habe genug gehabt. Ich trinke nicht viel.“

„Du hast Glück.“

„Findest du?“

„Ja. Nein. Ich weiß es nicht. Nein, ich habe Glück. Weißt du, daß du der erste Mann bist, mit dem ich geschlafen habe?“

„Nein.“

„Du glaubst mir nicht.“

„Nein.“

„Nun, es ist auch nicht wahr. Aber in gewisser Weise doch. Du bist der zweite. Der erste war mein Cousin Nikos. Ich war elf Jahre alt, und er war damals, glaube ich, zweiunddreißig.“

„Wie entsetzlich!“

„Ja. Seither habe ich mit keinem Mann geschlafen.“

„Ich glaube, ich werde doch noch ein Glas Champagner trinken.“

Vier Tage später beschlossen sie zu heiraten. Sie lagen gerade im Bett. Melissa hob den Telephonhörer ab und gab ein Kabel an ihre Mutter nach Paris auf. Meredith rief Merry im Internat an, durfte jedoch nicht mit ihr sprechen, weil sie Gymnastikstunde hatte. So bat er Miß Preston, sie zu benachrichtigen.

Wäre Miß Preston ein wenig klüger oder ein bißchen verständnisvoller gewesen oder hätte sie einfach etwas mehr Glück gehabt, so wäre ihr klargeworden, daß dies der Augenblick war, um mit Kakao und Mitgefühl einzuspringen. Statt dessen teilte sie Merry die Neuigkeit nach dem Nachmittagsgottesdienst mit und gratulierte ihr. Auf Merry wirkte das so, als beglückwünschte man sie, daß sie an Krebs erkrankt sei. Ohne auch nur zu lächeln, sagte sie: „Danke, Miß Preston", und setzte ihren Weg zum Speisesaal fort.

Miß Preston war entsetzt. Noch nie in ihrem Leben hatte sie ein so kaltes, gefühlloses Mädchen gesehen.

Aber Merry war nicht gefühllos. Sie wollte nur um keinen Preis, daß irgend jemand ahnen sollte, wie vernichtet sie war, wie sehr es sie kränkte, daß ihr Vater, in den sie sich verliebt hatte, eine andere Frau heiraten wollte. Sie konnte ihre Gefühle nicht einmal mit Helen teilen, deren Eltern, Stiefeltern und Stiefstiefeltern sich ungefähr alle zwei Wochen scheiden ließen und wieder verheirateten. Vorläufig bemühte sich Merry, möglichst nicht daran zu denken, zumindest nicht während dieses Tages, damit ihr Gesichtsausdruck nicht mehr verriete, als ihre Mitschülerinnen auch nur ahnen durften. Nein, sie wartete, bis es Nacht war und die Lichter gelöscht wurden, um in der Wärme und Behaglichkeit ihres Bettes ungestört nachzudenken, was zu tun sei.

Der nächste Tag war ein Mittwoch, an dem die Schülerinnen des Mather-Internats den Nachmittag frei hatten. Am Vormittag war Unterricht, aber nach dem Mittagessen konnte man tun, was man wollte.

Merry ging in die Stadt und kaufte in einem Warenhaus einen Lippenstift, Augenschatten und Rouge. Das war ein Verstoß gegen die Regeln des Internats, denn es war den Schülerinnen verboten, Make-up zu tragen oder Make-up-Artikel ins Internat mitzubringen. Merry kaufte auch einen Tiegel Coldcream und eine Packung Abschminktücher, was nicht verboten war.

Sie fuhr mit ihrem Päckchen zum Bahnhof und begab sich dort in den Toilettenraum. Sie schminkte sich die Lippen, machte sich die Augen zurecht und legte etwas Rouge auf die Wangen, das sie sorgfältig verteilte. Dann warf sie Lippenstift, Augenschatten und Rouge weg und behielt nur die Coldcream und die Abschminktücher.

So zurechtgemacht, daß niemand sie für eine Schülerin des Mather-Internats halten würde, trat sie in den nächsten Alkoholladen und verlangte eine kleine Flasche Black Label. Es war die einzige Whiskymarke, die sie kannte.

„Sind Sie schon achtzehn?" fragte der Mann.

„Das ist die netteste Frage, die man mir heute gestellt hat", antwortete Merry.

„Na, sind Sie's oder sind Sie's nicht?"

„Natürlich bin ich über achtzehn."

„Haben Sie einen Führerschein?"

„Ja", antwortete sie schnell gefaßt. „Aber er ist im Wagen. Das ist mein Wagen, da drüben." Sie zeigte irgendwohin auf die andere Straßenseite.

„Okay. Sie wissen, wie das ist. Ich bin verpflichtet zu fragen. Sie verstehen?"

„Natürlich."

Er überreichte ihr die Flasche, und sie zahlte. Dann ging sie zum Bahnhof zurück. In der Damentoilette entfernte sie mit Hilfe von Coldcream und Abschminktüchern das Make-up. Im Internat angekommen, versteckte sie die Whiskyflasche in dem Sack für Schmutzwäsche, der in ihrem Schrank hing.

Sie wartete mit dem Trinken bis nach dem Abendessen. Helen lernte in dem kleinen Wohnzimmer, das zu ihrem gemeinsamen Appartement gehörte. Sie war es gewohnt, daß Merry sich zeitig niederlegte, um zu lesen. Es war also keineswegs auffallend, daß Merry sich in ihr durch Vorhänge abgetrenntes Bett zurückzog. Sie nahm sogar ein Buch mit. Aber unter dem Bett standen die Whiskyflasche und ein Zahnputzbecher aus Plastik. Sie trank den Whisky pur, denn sie hatte weder Eis noch Soda. Es brannte ein bißchen beim Hinunterrinnen, aber bald verwandelte sich das Brennen in eine angenehme Wärme. Es war gar nicht schlecht. Aber da es ihr nur darauf ankam, betrunken zu werden, hätte es ihr auch nichts ausgemacht, wenn das Getränk abscheulich geschmeckt hätte. Es dauerte nicht ganz eine Stunde, bis sie spürte, daß sie richtig betrunken war. Ihre Wangen fühlten sich wie Gummi an, die Zunge war dick und paßte nicht recht in den Mund, und sie hatte überhaupt ein ganz sonderbares Gefühl ... aber eher ein angenehmes. Das Ganze war lustig, unwiderstehlich lustig.

Sie sah auf die Uhr. Es war fünfundzwanzig Minuten vor zehn. Sie stand auf, schwankte ein wenig, lachte und trat ins Wohnzimmer.

„Ist dir nicht gut?" fragte Helen.

„Doch. Warum?"

„Ich weiß nicht. Du machst einen komischen Eindruck."

„Du machst auch einen komischen Eindruck."

„So hab' ich's nicht gemeint", sagte Helen.

„Ich weiß", murmelte Merry und schickte sich an, das Zimmer zu verlassen.

„Wohin gehst du?"

„Wohin werd' ich schon gehen?" fragte Merry zurück. Selbst jetzt wollte sie sich Helen nicht anvertrauen. Es war traurig, dachte sie, daß sie keine Lust hatte, sich mit ihrer einzigen Freundin auszusprechen. Aber so war es eben. Helen sollte ruhig glauben, daß sie bloß ins Badezimmer wollte.

Sie ging die Treppe hinunter, durchquerte die große Eingangshalle und klopfte an Miß Prestons Tür. Miß Preston öffnete selbst.

„Meredith? Was willst du?"

„Ich möchte mich selbst anzeigen."

„Oh. Weswegen?"

„Ich habe getrunken."

„Du hast getrunken?"

„Ja. Deshalb möchte ich mich selbst anzeigen", sagte Merry und unterdrückte mit Mühe einen Lachanfall.

„Aber warum gerade jetzt? Du hast eben jetzt getrunken?"

„Ja."

„Wo?"

„Was macht das für einen Unterschied, wo es gewesen ist?" Es fiel ihr immer schwerer, das Lachen zu unterdrücken.

„Hier stelle ich die Fragen, wenn du nichts dagegen hast. Wo hast du getrunken?"

„In meinem Zimmer."

„Und Helen?"

„Was ist mit Helen?"

„Hat sie auch getrunken?"

„Nein, Miß Preston." Was für eine lächerliche Frage. Helen und trinken! Wie komisch, wenn die strenge Miß Preston so hin und her schwankte. Oder war sie selbst es, die schwankte? Es war ihr ganz merkwürdig zumute. „Darf ich mich setzen, Miß Preston?"

„Ja, natürlich. Wußte sie, daß du getrunken hast, Meredith?"

„Nein, Miß Preston."

„Woher hattest du es?"

„Den Whisky?“

„Was immer es gewesen ist. Woher hattest du es?“

„Ich habe ihn heute in der Stadt gekauft.“

„In welchem Laden?“

„Das möchte ich lieber nicht sagen.“

„Damit hast du vielleicht nicht ganz unrecht, glaube ich.“ Miß Preston dachte einen Augenblick nach und fragte dann: „Warum hast du getrunken?“

„Weil ich Lust hatte.“

„Warum?“ wiederholte Miß Preston in strengem Ton.

„Ich hatte Lust, mich zu betrinken. Warum sonst sollte ich ... Ich sehe nicht ein, was das für einen Unterschied macht.“

„Ich glaube, Meredith, du bist momentan nicht in der Lage, irgend etwas einzusehen“, sagte Miß Preston. Sie hob den Telephonhörer ab, und während sie ihn in der einen Hand hielt, blätterte sie mit der andern in einer Kartothek. Sie fand Merrys Karte und wählte eine Nummer.

„Hallo“, sagte sie nach einer Weile, „hier ist Miß Preston vom Mather-Internat. Ist dort Mr. Jaggers?“ Es entstand eine Pause. Dann fuhr sie fort. „Nein, es geht ihr gut. Ich meine, sie ist gesund. Aber sie hat gegen unsere Schulordnung verstoßen ...“ Pause. „Ja, ich bin ganz sicher. Und ich würde es für das beste halten, wenn ich mit ihrem Vater sprechen könnte.“ Pause. „Ja, jetzt gleich, wenn das möglich wäre.“ Sie horchte ein paar Minuten, was Mr. Jaggers sagte, dann nahm sie einen kleinen goldenen Bleistift vom Schreibtisch und schrieb eine weitere Nummer auf Merrys Karte.

„Danke vielmals, Mr. Jaggers ... Ja, ich verstehe. Mir tut es genauso leid ... Ja, danke. Auf Wiedersehen.“

Dann wählte sie die andere Nummer und verlangte Mister Houseman zu sprechen. Offenbar fragte man nach ihrem Namen, denn sie sagte: „Agatha Preston, Internat Mather. Ja, Mather, M-A-T-H-E-R ... Ja, bitte.“

Merry hörte zu, als Miß Preston ihrem Vater von ihrem Verstoß gegen die Schulordnung und den damit zusammenhängenden Folgen berichtete. Das heißt, sie hörte eigentlich nicht auf die Worte, die ohnehin klar vorauszusehen gewesen waren, sondern auf den Ton der Stimme, den einschmeichelnden Singsang, der der abgehackten Sprechweise einen eigenartigen Rhythmus verlieh. Dann brach die Stimme ab, und Miß

Preston begann zu lauschen. Halb unbewußt wunderte sich Merry, was ihr Vater wohl zu erwidern fand. Nicht daß es irgend etwas geändert hätte. Die Würfel waren gefallen.

Aber Merry irrte. Miß Prestons Verhalten hatte sich verändert. Sie sagte in unregelmäßigen Abständen: „Ich verstehe. Gewiß. Ja, ich verstehe", aber in verärgertem, fast zornigem Ton, während sie die Stirn runzelte und schmale Augen bekam. Und nach einer Pause, die etwas länger dauerte: „Das ist empörend, Mr. Houseman." Und dann: „Gut, ich werde mir die Sache überlegen und Sie durch Mr. Jaggers von meinen Entschlüssen in Kenntnis setzen, wenn Ihnen das recht ist." Pause. „Ja, ich bin überzeugt, daß Sie das möchten. Aber ich habe an mich selbst gedacht. Ich möchte lieber mit Mr. Jaggers verhandeln, und ich hoffe, Sie verzeihen mir, daß ich Sie mit einer Sache belästigt habe, die mir als ein außerordentlich wichtiges und dringliches Problem erscheint. Gute Nacht."

Der Abschiedsgruß klang, als hätte sie am liebsten in den Hörer gespuckt; sie knallte ihn mit solcher Heftigkeit auf die Gabel, daß Merry zusammenzuckte. Noch nie hatte sie Miß Preston so wütend gesehen. Dann sah Miß Preston Merry an, seufzte — oder vielleicht war es nur ein tiefes Atemholen, um die Selbstbeherrschung wiederzugewinnen — und erzählte ihr, was ihr Vater eben gesagt hatte.

„Ich bedauere, dir sagen zu müssen, daß mein Gespräch mit deinem Vater höchst unerfreulich war. Was er mir mitgeteilt hat, war, glaube ich, nicht für deine Ohren bestimmt, aber ich werde es dir doch sagen. Ich bin der Ansicht, daß ich es dir sagen muß."

Doch nachdem sie so begonnen hatte, verstummte sie plötzlich und schien zu überlegen, ob sie recht daran täte. Oder vielleicht versuchte sie auch bloß die richtigen Worte zu finden, Meredith Housemans Ausdrucksweise in ihre eigene zu übersetzen, in eine Ausdrucksweise, die sich für ein Gespräch zwischen Schulleiterin und Schülerin eignete. Merry wartete, noch immer gänzlich uninteressiert. Nichts würde sich nach Beendigung der Ansprache, die Miß Preston offenbar an sie zu richten beabsichtigte, ändern. Aber sie war durchaus gewillt, die Predigt über sich ergehen zu lassen, wie sie auch bereit gewesen war, den Geschmack des Whisky — sei er gut oder schlecht — zu ertragen, um ihr Ziel zu erreichen.

„Dein Vater sagte“, begann Miß Preston wieder, „er sei nicht überrascht. Er lachte sogar. Ich teilte ihm mit, daß du in betrunkenem Zustand in meine Wohnung gekommen seist, und er lachte! Er antwortete mir, er selbst sei ein Trinker, und deine Mutter sei vermutlich ebenfalls eine Trinkerin, so daß es nicht überraschend wäre, wenn du einen Hang zum Trinken geerbt hättest. Er verstehe zwar sehr gut, daß man dich hier nicht behalten wolle, aber es gebe andere Schulen, und in einer von ihnen würdest du schließlich und endlich irgend einmal deine Abschlußprüfung machen.“

Merry senkte den Kopf. Miß Preston sollte ihr Gesicht nicht sehen.

Aber Miß Preston gab sich nicht zufrieden. „Sieh mich an“, sagte sie. „Meredith ... Merry, bitte.“

Merry sah sie an.

„Es ist schrecklich ... Ich weiß nicht, was ich tun soll ... Aber ich weiß, was ich nicht tun werde — ich werde dich nicht relegieren. Ich möchte, daß du hier bleibst, und ich möchte, daß du über das, was dein Vater gesagt hat, nachdenkst und dir überlegst, ob dies die Art von Leben ist, die du dir wünschst, und ob du willst, daß man in dieser Weise über dich spricht. Willst du das?“

„Nein, Miß Preston.“

„Natürlich nicht. Ich habe es gewußt. Geh jetzt in dieses Zimmer, mein Gastzimmer, und schlafe dich aus. Ich will nicht, daß du in diesem Zustand in dein Zimmer zurückkehrst. Morgen nach dem Frühstück gehst du in dein Zimmer und kleidest dich um, und wenn dich jemand fragt, wo du warst, sagst du, daß du dich nicht wohl gefühlt und die Nacht im Krankensaal verbracht hast. Die Last, die dir dein Vater durch seinen Beruf und seine Lebensweise auferlegt hat, ist groß. Ich fände es unfair, dir nicht noch einmal eine Chance zu geben. Einmal noch. Verstehst du mich?“

„Ja, Miß Preston.“

„Gut“, sagte Miß Preston. „Geh jetzt zu Bett.“

„Danke, Miß Preston.“

Merry ging in das Gastzimmer und legte sich zu Bett. Agatha Preston blieb noch eine Weile sitzen und las oder tat, als ob sie läse. In Wirklichkeit lauschte sie auf irgendein Zeichen, auf einen Laut ... sie wußte selbst nicht, was sie erwartete. Aber nach einiger Zeit, ungefähr nach zehn Minuten, hörte sie etwas. Ganz leise und gedämpft. Wahrscheinlich hatte das Mädchen den Kopf in die Kissen vergraben, aber für jemanden, der still saß und lauschte, war das Schluchzen deutlich zu vernehmen.

Selbst jetzt war Miß Preston nicht sicher. Weinte Merry aus Dankbarkeit, aus Demütigung oder aus Zorn, weil ihr Plan, aus der Schule ausgeschlossen zu werden, gescheitert war? Wahrscheinlich aus allen diesen Gründen. Aber immerhin, immerhin ... Es war ein Anfang. Ein Platz, auf dem man stehen konnte. Sie dachte an den Ausspruch von Archimedes: „Gebt mir eine Stelle, auf der ich zu stehen vermag, und ich werde den Erdball bewegen." Gab es etwas, womit sie Merry rühren konnte? Sie war weit entfernt von solchem Optimismus, aber sie war auch nicht mehr ganz ohne Hoffnung.

VI

Merry hatte keine Ahnung, daß ihr Vater es wirklich gut gemeint hatte. Die Art, wie er Miß Preston behandelt hatte, war merkwürdig, aber sie hatte Erfolg gehabt. Als der Anruf kam, lag Meredith mit Melissa im Bett. Er war glücklich und fühlte sich sicher genug, das Manöver zu wagen, von dem er annahm, daß es seiner Tochter das Verbleiben in der Schule ermöglichen konnte. Er vermochte weder zu sagen, warum er das annahm, noch wie er sich die Wirkung seines Versuchs vorstellte. Aber im Augenblick war er überzeugt, daß es das einzig Richtige sei, so vorzugehen; er folgte der Eingebung des Augenblicks, vielleicht aus dem unbewußten Gefühl, daß ein Mensch im Zustand des Glücks in allem, was er tut, Erfolg haben müsse. Und Miß Preston tat genau das, wozu er sie hatte bringen wollen.

Merry allerdings fühlte sich verraten und verkauft. Sie hatte gewußt, daß ihr Vater keine moralischen Bedenken gegen das Trinken äußern und die Nachricht, daß seine Tochter sich zum erstenmal im Leben betrunken hatte, nicht sehr ernst nehmen würde. Aber daß er es so leicht nehmen würde, hätte sie nicht gedacht. Es hatte so wenig Eindruck auf ihn gemacht, daß sie annehmen mußte, er habe jedes Interesse an ihr verloren. Das war ein sehr begreifliches Mißverständnis. Aber selbst wenn Meredith von dieser Auffassung etwas geahnt hätte, wäre er nicht in der Lage gewesen, etwas dagegen zu tun. Es wäre unsinnig gewesen, seiner Tochter zu schreiben oder zu telephonieren und ihr zu verraten, daß er sich der Schulleiterin gegenüber eines Tricks bedient hatte. Merry war noch ein halbes Kind, und es wäre gefährlich und unvernünftig gewesen, ihr jede Achtung vor Gesetz und Autorität zu rauben. Aber Meredith ahnte nichts, später wurde nie davon gesprochen.

Einer der Gründe, warum Meredith nichts von den Gefühlen seiner Tochter ahnte, bestand darin, daß ihre Reaktion nach der ganzen Affäre schwer zu deuten war. Sie stürzte sich auf ihr Studium, erhielt bessere Noten, schloß ein paar neue Freundschaften mit Schulkolleginnen. Miß Preston war begeistert und schrieb sogar an Mr. Houseman, daß seine Tochter seit dem unglückseligen Zwischenfall im vorigen Semester viel bessere Fortschritte mache. Es ging ihr dabei allerdings nur zum Teil um eine Berichterstattung über die Studienerfolge einer Schülerin an die Eltern; hauptsächlich wollte sie diesem Schauspieler zeigen, daß es ihr gelungen war, eine fast schon Verlorene auf den richtigen Weg zurückzuführen. Das gestand sie sich zwar nicht ein, aber es war doch so. Es verschaffte ihr ein angenehmes Gefühl der Befriedigung, diesen Brief zu schreiben und in das Fach für die zu expedierende Post zu legen.

Miß Preston kam nicht auf die Idee, nach den Motiven zu forschen, die Merry zu so viel Fleiß und Selbstdisziplin veranlaßten. Für sie waren Selbstdisziplin und Fleiß auf jeden Fall Tugenden, was immer ihnen auch zugrunde liegen mochte. Da sie selbst diese Tugenden von Natur aus besaß, glaubte sie, daß sie auch bei jedem andern natürlich und selbstverständlich seien. Jedenfalls mußten sie jedem wünschenswert erscheinen. Merry gab sich Mühe, und das war zu begrüßen. In Wirklichkeit waren Merrys Fleiß, ihre Bemühungen um die Freundschaft ihrer Mitschülerinnen, ihre Zurschaustellung aller von Miß Preston geschätzten Tugenden nichts als Äußerungen eines kalten Zorns.

Merry machte so weiter bis zum Ende des Schuljahres und erhielt ausgezeichnete Noten — sie war schließlich ein intelligentes Mädchen. Im Frühjahr schrieb sie dann an ihren Vater und fragte ihn, ob er etwas dagegen hätte, wenn sie den Sommer mit ihrer Mutter verbrächte. Der Brief strotzte von Edelmut, Zartgefühl, falscher Aufrichtigkeit und Sentimentalität. Meredith war entsetzt. Nicht nur, daß Merry die Sommerferien mit Elaine verbringen wollte — was allein schon arg genug und ein Schlag ins Gesicht war —, sie zeigte sich außerdem unerträglich pedantisch, geziert und selbstgerecht. Es war ihm scheußlich zumute. Er hatte das Gefühl, Merry verloren zu haben; er warf sich vor, zugelassen zu haben, daß sie sich selbst verloren hatte — sich selbst, ihren Frohsinn, ihre Lebendigkeit ... Er kam sich wie ein Schurke vor, und das war genau das, was Merry wollte.

Anfang Juni flog sie also nach Los Angeles. Elaine und Harry, begleitet von Lyon, warteten hinter der Glaswand des Flughafengebäudes. Merry erkannte zuerst Harry. Er sah fast genauso aus, wie sie ihn in Erinnerung hatte. Ein bißchen grau an den Schläfen und etwas dicker vielleicht, aber sonst ganz wie früher. Auch ihre Mutter war gealtert. In den sieben Jahren, seit sie sie nicht mehr gesehen hatte, war sie eine hagere, fahrige und ziemlich eingeschrumpfte ältere Frau geworden. Lyon hatte sich natürlich vollkommen verändert. Er war fünf Jahre gewesen, als Merry ihn das letzte Mal gesehen hatte, und jetzt war er zwölf. Er war groß und würde in ein paar Jahren ein recht gut aussehender junger Mann werden.

Merry winkte, eilte, so rasch sie konnte, durch die Menge der Passagiere und küßte ihre Mutter, Lyon und Harry. Elaine und Harry überboten sich in Ausrufen über Merrys gutes Aussehen, die sie weniger an sie als aneinander richteten. Es war fast ein wenig peinlich. Lyon grinste bloß, was leichter zu ertragen war, und schlug vor, man solle sich um Merrys Gepäck kümmern, was vernünftig war.

Es dauerte eine Ewigkeit, bis das Gepäck vom Flugzeug gebracht wurde, und Merry konnte den Gedanken nicht unterdrücken — obgleich er ihr unfair erschien —, um wieviel leichter das Leben doch war, wenn man, so wie ihr Vater, die Möglichkeit hatte, solche Dinge durch bezahlte Leute erledigen zu lassen, statt hier warten und sich selbst um alles kümmern zu müssen. Aber sie wußte gleichzeitig, daß sie eigentlich nur möglichst rasch weg wollte, hinaus zum Wagen und nach Hause, um das neue Haus zu besichtigen und ihre Leute wirklich kennenzulernen. Denn was konnte man schon in der Ankunftshalle eines Flughafens über Menschen sagen?

Das Haus erwies sich als recht angenehm. Es war ziemlich groß, im Tudorstil erbaut, mit Fachwerk und einem runden Türmchen. Es stand auf einem Hügel im Stadtteil Pacific Palisades. Harry Novotny war tüchtig gewesen und hatte Erfolg gehabt, oder besser gesagt, die Veränderungen in der Welt hatten ihm Erfolg gebracht. Die neuen Fernsehshows mit dressierten Hunden, sprechenden Pferden, mit Seelöwen, Maultieren und dergleichen ließen das Geschäft florieren. Er hatte das Glück gehabt, zur rechten Zeit dazusein und ein kleines Kapital zu besitzen, das er im richtigen Moment einsetzen konnte. Die fünfzigtausend, die der Familie Novotny vor sieben Jahren von Jaggers übergeben worden waren, hatten sich vervielfacht. Merry fand das alles erfreulich, aber auch ein wenig verwirrend. Sie konnte sich nicht mehr recht erinnern, warum sie damals fortgelaufen war, und fragte sich, wie sich ihr Leben gestaltet hätte, wenn sie geblieben wäre. Es war seltsam, wie doch eigentlich alles von einem Zufall abhing.

Anfangs kamen sie gut miteinander aus. Die Mutter freute sich sichtlich, Merry bei sich zu haben, sie behandelte sie liebevoll und nahm Anteil an ihr. Während der ersten Tage ihres Aufenthalts bemerkte Merry, daß ihre Mutter etwas zuviel trank, aber sie machte nie den Eindruck, betrunken zu sein, nur ihre Bewegungen schienen am späten Nachmittag und am Abend ein wenig unsicher zu sein. Harry war so nett wie nur irgend möglich und viel lebhafter, als Merry ihn in Erinnerung hatte. Er führte sie in seine Menagerie und zeigte ihr die Tiere. Er fuhr mit ihr im Auto die Küstenstraße entlang. Er briet im Garten Steaks auf dem Holzkohlenfeuer, was er, wie Lyon behauptete, seit Jahren nicht mehr getan hatte. Kurz, er gab sich die größte Mühe, Merry den Aufenthalt angenehm zu machen.

Sie hätte es allerdings vorgezogen, wenn seine Freundlichkeit auf etwas andere Art zum Ausdruck gekommen wäre. Er spielte den zärtlichen Onkel, legte dauernd seinen Arm um ihre Schultern, klopfte ihr auf den Rücken oder zwickte sie in die Wangen und fragte: „Wie geht's meiner kleinen Schönheit heute?", oder: „Wie wär's mit einem Ausflug in die Berge? Was meinst du dazu?"

Sie nahm den Vorschlag mit Begeisterung auf, bestand jedoch darauf, daß Lyon mitkäme. Sie erinnerte sich, daß sie Lyon immer gern gehabt hatte, und jetzt mochte sie ihn noch lieber. Er war ein ruhiger, angenehmer Junge. Sein Vater schien sich wenig um ihn zu kümmern, und ihre gemeinsame Mutter schien sich meist überhaupt um nichts zu kümmern. Lyon tat Merry ein bißchen leid; sie spielte am Abend mit ihm Schach oder ein Kartenspiel. Und sie bestand darauf, daß er an den kleinen Ausflügen teilnähme, die Harry immer wieder vorschlug.

Es sollte sich herausstellen, daß das nicht nur eine gute Tat, sondern auch sehr vernünftig war.

Es war etwas über zwei Wochen, daß sie bei den Novotnys wohnte, als Harry eines Abends deutlich erkennen ließ, daß seine Zuneigung nicht bloß die eines Onkels war. Sie saßen vor dem Fernsehapparat. Elaine war in ihrem Sessel eingeschlafen, und Harry hatte sie die Treppe hinauf und zu Bett gebracht. Dann kam er herunter, ging in die Küche und brachte zwei Flaschen Bier und einen Teller mit Schinkenbroten ins Wohnzimmer. Er setzte sich neben Merry und blickte auf den Fernsehschirm. Was konnte gemütlicher und vertraulicher sein?

Schade nur, daß Lyon schon schlafen gegangen war, aber schließlich war er erst zwölf Jahre alt. Elaine lag auch schon im Bett. Merry und Harry waren allein. Er reichte ihr ein Glas Bier, mit dem Hinweis, daß nichts in der Welt besser zu Schinkenbroten passe als gutes, kaltes Bier. Merry kam sich sehr erwachsen vor, als sie Bier trinkend neben ihrem Stiefvater saß. Sie tranken die beiden Flaschen aus, und als sie leer waren, stand Harry auf und holte zwei weitere. Sie leerten auch diese.

Danach hatte Merry plötzlich ein eigenartiges Gefühl. Es dauerte lange, bis sie sich darüber klar wurde, was sie unruhig machte. Allmählich dämmerte ihr, daß Harrys Augen dauernd auf sie gerichtet waren. Sie schaute eine Zeitlang auf den Fernsehschirm und blickte dann, ohne den Kopf zu bewegen, aus den Augenwinkeln auf Harry. Und tatsächlich — jedesmal bemerkte sie, daß er sie ansah. Anstarrte, besser gesagt. Schließlich fühlte sie sein Anstarren auch, ohne daß sie hinsah. Es lag wie ein Gewicht auf ihr. Sie versuchte, nicht daran zu denken und sich einzureden, sie habe sich geirrt, aber es nützte nichts. Kein Zweifel — er starrte sie an.

Dann legte er seinen Arm um ihre Schultern. Er versuchte es als onkelhafte Geste auszugeben, indem er fragte, ob sie sich wohl fühle und ob es nicht sehr gemütlich sei. Aber seine Stimme klang so gepreßt, als käme sie aus dem Innern einer sprechenden Puppe.

„O ja", sagte sie. Was hätte sie sonst sagen sollen? Sie konnte ihn nicht auffordern, den Arm von ihren Schultern zu nehmen. Das wäre zu grob und zu deutlich gewesen. Schließlich war sie nicht hundertprozentig sicher, ob ihr Verdacht begründet sei. Er hatte ja weiter nichts getan, als den Arm um ihre Schultern gelegt, und sie hoffte, daß er nicht die Absicht hatte, mehr zu tun.

Aber der Gedanke war schrecklich beunruhigend. Allein die Tatsache, daß sie hoffte, er werde nicht mehr tun, setzte schon die Möglichkeit voraus, daß er weitergehen könnte, und die Möglichkeit schien sich zur Wahrscheinlichkeit zu verdichten; als er ihren Nacken mit den Fingerspitzen zu streicheln begann, wurde sie zur Gewißheit.

Es war einfach entsetzlich. Und das schrecklichste war, daß sie nirgends hingehen konnte. Natürlich hätte sie jetzt aus dem Zimmer gehen können. Aber das wäre keine endgültige Lösung gewesen. Ihr Vater war mit Melissa in Europa, und ihrer Mutter schien so ziemlich alles gleichgültig zu sein. Es war empörend. Der Zorn, der sie ergriff, wirkte wie ein Stärkungsmittel. Sie war schon einmal davongelaufen, und sie konnte es wieder tun. Aber die Notwendigkeit, es zu tun, die Anstrengung, die es erforderte, das Schmutzige der ganzen Angelegenheit — all das war so lästig und ermüdend. Es machte sie tatsächlich müde, daran zu denken. Sie hatte das Gefühl, nicht bloß Fluchtpläne zu schmieden, sondern schon seit Tagen, ja seit Wochen atemlos und voll Wut im Herzen auf der Flucht zu sein.

Aber sie floh nicht — im Gegenteil, sie saß ganz still und bewegungslos. Sie wagte kaum zu atmen, in der vergeblichen Hoffnung — sie wußte genau, daß sie vergeblich war —, er würde vergessen, daß sie da sei, oder wenigstens durch ihre Reglosigkeit entmutigt werden. Oder einsehen, wie gemein er war.

Doch es half nichts. Sie hatte nicht erwartet, daß es helfen würde, hatte gewußt, daß nichts helfen konnte, selbst wenn es ihr gelänge, sich in Stein zu verwandeln. Plötzlich verstand sie manche Geschichten aus der griechischen Mythologie, die ihr seinerzeit so wunderlich, ja ein wenig lächerlich vorgekommen waren. Diese Mädchen, die sich in Vögel, in Bäume, in Quellen, in Blumen verwandelten ... Oh, könnte sie das jetzt nur auch!

Die Hand bewegte sich. Er streichelte nicht mehr ihren Nakken, sondern ihren Oberarm, zerstreut, geistesabwesend, als wüßte er nicht genau, was er tue. Erst den Oberarm, dann die Innenseite des Armes. Und sie wußte, oh, sie wußte, ohne den geringsten Zweifel und ohne jede Hoffnung, daß nun ihre Brust an die Reihe käme, daß diese kurzen, dicken Finger innerhalb der nächsten Sekunden oder Minuten ihre Brust berühren würden. Wann immer es ihm belieben würde. Warum ging er nicht hinauf zu ihrer Mutter? Wie schrecklich, wenn sie ihm diese Frage stellte. Wie wohl es ihr aber täte, sie zu stellen! Sie dachte nach, was er wohl sagen würde. Ob sie den Mut aufbrächte, ihn zu fragen?

Und dann rückten die Finger ganz leicht zur Seite, als hätten sie bloß die Absicht, weiter ihren Oberarm zu streicheln, und streiften wie zufällig ihre Bluse. Sie hatte das Gefühl, als krabble ein Käfer auf ihr.

„Bitte, Harry, nicht ...“, sagte sie.

„Was nicht?“ fragte er, als hätte er keine Ahnung, was sie meinte.

„Rühr mich nicht so an.“

„Was heißt ‚so‘? Was meinst du mit ‚so‘?“

„Du weißt es“, sagte sie flehend. Und dann etwas ruhiger: „Du weißt es.“

„Nein“, sagte er verärgert. „Nein, ich weiß es nicht.“

Aber bevor sie antworten konnte, bevor sie die Worte fand, die gleichzeitig taktvoll und energisch genug klingen sollten, beugte er sich vor, umfaßte sie mit dem andern Arm und versuchte, sie zu küssen. Durch eine Kopfwendung entzog sie ihm den Mund, aber er küßte sie trotzdem, auf das Kinn, auf die Wange, auf die Unterlippe. Sein Mund folgte ihr, während sie den Kopf von einer Seite zur andern drehte, um seinen Küssen zu entrinnen. Und die ganze Zeit hielt er sie mit eisernem Griff fest.

„Hör auf, Harry! Um Himmels willen, hör auf! Laß mich!" flehte sie.

Und plötzlich, ohne daß sie wußte, warum, ließ er sie los. Und sie floh aus dem Raum und rannte die Treppe hinauf in ihr Zimmer. Sie lag auf dem Bett und lauschte, fragte sich, ob er ihr folgen würde, ob er vielleicht schon leise die Treppe heraufschlich. Sie wußte nicht, ob sie es wagen sollte, sich auszuziehen. Ob sie es wagen durfte, einzuschlafen. Ihre Tür hatte keinen Schlüssel. Würde er hereinkommen, sie weiter verfolgen, belästigen . . . Es war grauenhaft, grauenhaft.

Sie versuchte sich zu beruhigen. Sie konnte schreien. Lyon schlief nebenan. Und ihre Mutter, ihre eigene Mutter schlief gemeinsam mit Harry in dem Zimmer am Ende des Korridors. Sie würde aufwachen. Weiter wagte sie nicht zu denken, doch sie wußte, auch ohne es sich ganz klarzumachen, daß, sollte Harry sie überfallen, weder Lyon noch ihre Mutter irgend etwas tun könnten, selbst wenn ihre Schreie die beiden aufweckten und sie kämen, um ihr zu helfen. Aber sie glaubte nicht, daß Harry es wagen würde. Sicher war sie natürlich nicht. Doch hatte sie das völlig unbegründete Gefühl, daß er sie zumindest diese Nacht in Ruhe lassen würde. Knapp bevor sie einschlief, fiel ihr ein, daß sie jederzeit Sam Jaggers anrufen konnte. Der Gedanke tröstete sie, machte sie weniger unsicher und beruhigte sie so weit, daß sie nach einer Weile in einen unruhigen Schlaf versank.

Ihr erster Gedanke am nächsten Morgen war, daß sie alles tun müsse, um Lyon soviel wie möglich in ihrer Nähe zu halten. Zumindest, wenn sie hier im Haus war. Und sie würde versuchen, sowenig wie möglich im Haus zu sein. Keiner dieser Vorsätze versprach absolute Sicherheit. Aber der Gedanke an Mr. Jaggers in New York war immerhin tröstlich.

Obwohl Merry keineswegs besonders sportlich war, entschloß sie sich, dem Tennisklub von Beverly Hills beizutreten und Trainingsstunden zu nehmen. Ihr Spiel, erklärte sie, sei äußerst verbesserungsbedürftig. In Wirklichkeit suchte sie eine Gelegenheit, das Haus zu verlassen, und dazu eigneten sich die Tennisstunden besser als irgend etwas anderes. In den Klub konnte sie gehen, sooft sie Lust dazu hatte, und außerdem würde sie dort Leute treffen, junge Leute ihres Alters, denn es wurde ihr plötzlich klar, daß sie den Umgang mit Altersgenossen vermißte. Sie mußte sich einen gesellschaftlichen Verkehr schaffen, und je mehr Zeit dieser in Anspruch nehmen würde, desto besser. Unter den Mitgliedern des Tennisklubs von Beverly Hills — dem ihr Vater angehörte und um dessen Gastmitgliedschaft sie jederzeit ansuchen konnte — mußten sich ein paar Leute finden, die ihr zusagten.

Es war leichter, als sie gedacht hatte. Sie war überrascht und mehr noch erfreut, nach all den Jahren zu entdecken, daß ihre Situation keineswegs einen Einzelfall darstellte; daß es andere Kinder von Filmstars gab, für die sie auf Anhieb Sympathie und Verständnis fühlte und die ihrerseits sie verstanden und mit ihr sympathisierten. Sie alle wußten, wie es war, in der Schule eine Berühmtheit zu sein, nicht um eines eigenen Verdienstes willen, sondern nur, weil man eine Berühmtheit zum Vater oder zur Mutter hatte. Sie wußten um die nomadenhafte Häuslichkeit, den ständigen Wechsel der Wohnorte, den der Beruf der Eltern mit sich brachte, die einsamen Jahre in Internaten und Ferienheimen, den Überfluß an Geld und den Mangel an Zärtlichkeit. Und sie hießen Merry in ihrem Kreis mit derselben Begeisterung willkommen, wie eine Gruppe englischer Kolonialoffiziere in einem Tropennest eine neu zugezogene Familie von Landsleuten oder ein paar in Lissabon versammelte exilierte Könige und Erzherzöge das neueste Opfer einer Revolution begrüßen mochten.

Es war eine in vieler Hinsicht merkwürdige Gruppe, aber jeder dieser jungen Leute hatte ja auch ein merkwürdiges Leben geführt, war von frühester Kindheit dem surrealistischen Glanz und der hektischen Gier und Selbstsucht Hollywoods ausgesetzt gewesen. Und keiner war dabei, der nicht schon als kleines Kind genau gewußt hätte, wie hoch oder niedrig sein Vater oder seine Mutter augenblicklich im Kurs stand, denn das ließ sich aus der Zahl der Einladungen zu Kindergesellschaften ganz genau erschließen.

Diese Kindergesellschaften waren wie alle Parties in Hollywood eine Art Börse. Die Eltern kamen mit, und zwar, um den Abschluß von Verträgen einzuleiten, sich in Erinnerung zu bringen oder sich im Verein mit den andern Anwesenden dem lustvollen Klatsch über eine gescheiterte Karriere hinzugeben.

Nebenbei lernten die Kinder einander kennen. Manchmal haßten sie einander zuerst, aber ebensooft fanden sie sich in dem Gefühl, den anderen, „gewöhnlichen" Kindern überlegen zu sein, die weniger zynisch, weniger reich und weniger seelisch belastet waren als sie.

Durch den Trainer lernte Merry Pam Gerrard kennen, die Tochter des Regisseurs Walter Gerrard. Sie spielten ein paarmal Tennis miteinander, und eines Tages schlug Pam ein gemeinsames Mittagessen vor. Von da an war alles leicht.

Merry lernte alle die andern kennen. Da waren Lila Frampton, die Tochter des Sängers, und Bill Hollister, dessen Mutter noch immer als eines der amerikanischen Sexidole galt, so daß sie und ihre Filmgesellschaft allein schon durch Bills bloße Existenz in Verlegenheit gesetzt wurden, denn ein siebzehnjähriger Sohn paßte eben schlecht zu einer Sexgöttin. Und da war Ronny Golden, der Sohn des berühmten Komikers — besser gesagt des ehemals berühmten, denn heute arbeitete Golden für das Fernsehen, warf in den Trickfilmen der Nachmittagssendungen mit Sahnetorten um sich und trank zuviel. Und da war Harry Green, dessen Vater früher in Berlin Brecht inszeniert hatte und heute Produzent sämtlicher Dracula-Filme war. Und Jill Morgan, die Enkelin der Tänzerin, und Ed Kent, der Sohn des singenden Cowboys, und natürlich Pam und Merry.

Sie waren bei Bill Hollister, dessen Mutter für zwei Wochen nach New York geflogen war, um mit gewissen Filmgewaltigen eingehende Besprechungen abzuhalten, so daß das große Haus, der große Swimming-pool und die riesige Bar verlassen dalagen und einen traurigen Eindruck machten, weil niemand sie benützte.

Die Gleichgültigkeit, der Zynismus und die ironische Verachtung, welche diese jungen Leute Menschen und Dingen gegenüber an den Tag legten, überraschten Merry weniger als ihre eigene naive Harmlosigkeit. Sie hatte nie über ihre Lage nachgedacht, sich keine Rechenschaft darüber abgelegt, inwieweit die Berühmtheit ihres Vaters ihr Leben beeinflußt haben mochte. Keiner von diesen jungen Leuten hatte irgendeinen Ehrgeiz. Aber sie besaßen ja auch alle auf ihren Namen angelegte beträchtliche Vermögenswerte, die sie zeitlebens aller materiellen Sorgen entheben würden, und auch jetzt stand ihnen Geld in jeder Menge zur Verfügung. Bill Hollisters Vater, der sich ausschließlich als Produzent der Filme seiner Frau betätigte — das heißt eigentlich als Coproduzent, denn er fand immer jemanden, der die wirkliche Arbeit tat, die Verträge und die Schecks unterschrieb, die Telephonanrufe tätigte und die Briefe schrieb —, Bills Vater also lehnte es ab, so mühsame Dinge zu tun wie seinem Sohn das wöchentliche Taschengeld zu überreichen, den Dienstboten das Haushaltsgeld auszufolgen oder den Lieferanten Trinkgelder zu geben. Daher legte er stets ein paar hundert Dollar in kleinen Noten und Hartgeld in die rechte obere Schublade des Empireschreibtisches in seinem Arbeitszimmer. Es war wie ein Wasserhahn, den jeder aufdrehen kann, der Durst hat. Von Zeit zu Zeit warf Bills Vater einen Blick in die Schublade und füllte Geld nach, wenn er sie leer fand. Diese Methode der Geldgebarung bildete bloß eines von vielen Beispielen dafür, daß auch die Eltern der jungen Leute das Geld nicht als etwas Reales empfanden.

Merry war von ihren neuen Freunden entzückt. Sie ging mit ihnen schwimmen, fuhr mit ihnen den Palisades Highway entlang, um auf den Strand hinunterzuschauen und die dort nie fehlenden Schlafsäcke zu beobachten, die sich hektisch bewegten wie gestrandete Seekühe. Die Sachlichkeit, mit der diese jungen Leute solche Paarungen im Freien kommentierten, war für Merry mindestens ebenso interessant wie die Paarungen selbst. Sie nahmen nichts ernst, nicht einmal die Sexualität, die für ihre Eltern zu den großen, feierlichen, geheiligten Dingen gehörte wie die Mutterschaft oder die Nationalflagge. Aber eben diese Feierlichkeit war für die Jungen unerträglich. Sie wußten um die Liebschaften, Scheidungsaffären, Vaterschaftsklagen und illegitimen Verhältnisse, die ihre eigenen Kinderjahre überschattet hatten, und obwohl sie niemanden verurteilten — das wäre ihnen kleinbürgerlich und selbstgerecht vorgekommen —, dachten sie auch nicht daran, den Treueid zu schwören, in Habtachtstellung und die Hände auf den Genitalien. Das war ihnen einfach zu albern.

Anderseits verachteten sie das Sexuelle keineswegs. Am Schwimmbecken des Tennisklubs hatte Ronny Golden heute morgen einen Artikel erwähnt, den er in der *Los Angeles Times* gelesen hatte. In Chicago war es der Polizei gelungen, eine Gruppe von Leuten auszuheben, die pornographische Photos hergestellt hatte. Das Interessante an der Geschichte war, daß es sich dabei keineswegs um Berufsphotographen handelte, sondern um durchaus bürgerliche Leute, meist Ehepaare, die untereinander Polaroidphotos ausgetauscht hatten.

„Warum gerade Polaroidphotos?" fragte Pam.

„Na, das liegt doch auf der Hand", erwiderte Harry. „Wenn du mit einer gewöhnlichen Kamera aufnimmst, mußt du den Film in ein Photogeschäft zum Entwickeln geben, was bei solchen Aufnahmen nicht möglich ist, oder du mußt deine eigene Dunkelkammer haben, was mühsam ist."

„Du glaubst, das Photogeschäft würde solche Bilder zurückweisen?"

„Ja", sagte Harry.

„Das ist blödsinnig", meinte Ed Kent. „Ich finde es sogar gemein. Sagen wir, ein verheirateter Mann und seine Frau wollen Aktbilder voneinander aufnehmen. Dazu sollten sie doch das Recht haben, nicht?"

„Warum sollten sie das wollen?" fragte Pam.

„Ich weiß nicht. Aber warum sollten sie es nicht dürfen?"

„Ich kann mir vorstellen, daß verheiratete Leute solche Bilder voneinander haben wollen, damit sie sie ansehen können, wenn sie alt und häßlich sind", meinte Lila.

„Mit alldem hat das gar nichts zu tun. Es gibt Voyeure, müßt ihr wissen", sagte Ronny.

„Was sind Voyeure?"

„Leute, die gern zuschauen", antwortete er.

„Tut das nicht jeder gern?" fragte Bill Hollister. Alle lachten, und man sprach nicht weiter über das Thema.

Später, als sie sich in der Herrengarderobe umkleideten, fragte Bill Harry und Ed, ob er sich vielleicht eine Polaroidkamera anschaffen solle.

„Ja, warum nicht?" sagte Ed.

„Was? Was?" fragte Ronny, der eben unter der Dusche hervorkam, neugierig. „Worüber redet ihr da?"

„Über Polaroidkameras", sagte Ed. „Bill möchte sich eine kaufen."

„Warum kaufen wir sie nicht gemeinsam?" fragte Harry.

„Aber wer behält sie nachher?" wollte Ed wissen.

„Wir können es durch das Los entscheiden lassen oder so ähnlich", meinte Ronny.

Sie griffen in die Taschen und holten Banknoten heraus.

Zehndollar-, Zwanzigdollar-, ja sogar auch Fünfzigdollarnoten.

„Aber wenn die Mädels nicht mittun?“ fragte Ed.

„Dann finden wir andere, die mittun“, sagte Ronny. „Das ist kein Problem.“

Die Gruppe aß gemeinsam in dem Innenhof neben dem Schwimmbecken zu Mittag, und Bill lud die Mädchen für den Abend in sein Haus zu einer kleinen Party ein. Keiner der Jungen erwähnte, daß sie eine Kamera zu kaufen beabsichtigten; nicht aus Angst, daß die Mädchen Einwände machen könnten, sondern um sich den Spaß nicht zu verderben, um die Spannung den ganzen Nachmittag und bis in den Abend hinein zu halten. Man hatte etwas, woran man denken, worauf man sich freuen konnte, nicht sehr heftig natürlich, aber doch ein wenig. Auch hier waren intensive Gefühle möglichst zu vermeiden.

Ronny, der mit seinen neunzehn Jahren der Älteste war, meinte allerdings später, es würde nichts aus der Sache werden.

„Aber du warst doch dafür“, sagte Ed. „Du wolltest doch mittun.“

„Gewiß. Aber — warum setzt man in Las Vegas? Weil man zu gewinnen hofft? Nein. Sondern einfach bloß des Spielens wegen. Um zu sehen, was geschieht. Das Setzen ist das Vergnügen. Und genauso ist es hier. Nur sind die Gewinnchancen kleiner.“

„Warum?“ fragte Ed.

„Merry“, sagte Ronny. „Sie ist zu jung. Wie alt ist sie? Fünfzehn oder sechzehn. Und sie war bis jetzt im Internat. Es wird nicht gehen.“

„Aber Merry ist ja nur eine von ihnen“, meinte Harry.

„Das genügt. Wenn ein Mädchen nicht mitmachen will, dann bleibt den andern nichts übrig, als ebenfalls nein zu sagen. Es ist genauso, als ob man die Mädchen dazu bringen wollte, sich in ein Strip-Poker einzulassen ...“

„Halt!“ unterbrach Ed. „Strip-Poker — das ist es! Auf die Art wird es gehen.“

„Natürlich“, stimmte Bill zu.

„Ich glaube nicht“, sagte Ronny.

„Warum hast du das nicht früher gesagt? Dann hätten wir Merry nicht eingeladen.“

„Ich habe nicht daran gedacht“, sagte Ronny. „Und außerdem hat sie einen hübschen Busen.“

„Ja, das stimmt“, meinte Bill.

„Ach, hört auf mit dem Gerede“, sagte Ed. „Kauf jetzt endlich die Kamera.“

Das tat Bill.

Knapp nach acht Uhr hielt Pam in ihrem hellroten MG vor Merrys Haus und hupte. Merry verabschiedete sich von Mutter und Stiefvater. Elaine sagte „Gute Nacht“; Harry, sichtlich schlechter Laune, nickte nur und murmelte etwas Unverständliches. Merry wußte, daß den beiden ihr häufiges Ausgehen nicht recht war und daß sie für Pam und ihren roten Sportwagen nichts übrig hatten, obwohl sie das nicht offen zu sagen wagten. Die Mutter fürchtete, daß Merry nach New York oder Paris, oder wo immer Meredith sich gerade aufhielt, gehen würde, sobald man ihr irgendein Hindernis in den Weg legte, und Harry war nachgiebig, weil er Angst hatte, Merry könnte Elaine erzählen, was sich an jenem Abend abgespielt hatte. Der einzige, der es aufrichtig meinte, war Lyon. Er lächelte, winkte ihr nach und wünschte ihr gute Unterhaltung.

Merry stieg zu Pam in den Wagen. Sie fuhren zu Bills Haus.

Der Abend begann den Erwartungen entsprechend. Man spielte Schallplatten, und es gab Drinks. Die Party fand in einem großen, holzgetäfelten Raum im Souterrain statt, den Bills Vater für solche Zwecke hatte einrichten lassen. An einem Ende stand ein langer Bartisch, daneben gab es ein paar Spielautomaten. Die Mitte des Raumes war frei, damit man tanzen konnte. An den Wänden standen breite, mit rotem Leder überzogene Sitzbänke, über diesen hingen Elch-, Hirsch- und Antilopenköpfe, die Hollister bei einem Tierpräparator in Los Angeles gekauft hatte.

Die jungen Leute saßen auf den Ledersofas und plauderten, tanzten gelegentlich oder hörten bloß der Musik zu, ein Glas in der einen Hand und mit den Fingern der andern den Takt klopfend. Es war eigentlich ziemlich langweilig. Aber das war eingeplant. Ronny fand, eine gewisse Langeweile zu Beginn der Party sei genau das richtige, denn was immer man dann vorschlagen mochte, es würde Zustimmung finden, aus dem einfachen Grund, weil irgend etwas besser ist als gar nichts.

Bill wartete, bis die eben laufende Platte zu Ende war. Dann erzählte er Ed und Harry, als ob es eine Neuigkeit wäre, er habe sich eine Polaroidkamera gekauft.

Es war, als hätte man den Schalter an einem gut funktionierenden Apparat aufgedreht. Alle waren interessiert. Man sprach von neuem über die Verhaftung der Leute in Chicago, die pornographische Aufnahmen gemacht hatten, und das führte wie von selbst zu der Idee, wie es wäre, ein paar solcher Photos zu machen. Pam, Merry und Jill zögerten, aber Lila war sofort dafür. Lila war für alles, hauptsächlich aber für Bill. Das Zögern der Mädchen war vorausgesehen worden. Es wurde mit dem Vorschlag beantwortet, man solle zuerst Strip-Poker spielen, was bedeute, daß nicht alle sich ausziehen müßten und nicht alle Modell zu stehen hätten. Es war keine hieb- und stichfeste Ausrede, aber das war, wie Ronny erklärt hatte, bevor die Mädchen gekommen waren, auch nicht nötig. Man mußte ihnen bloß einen Vorwand liefern, sich gegenseitig zuzureden. Was sie auch taten.

Das Spiel begann, und Ronnys Regie funktionierte. Erst verlor Jill einen Schuh, dann mußten Lila, Bill und Ed je einen Schuh ausziehen; dann verlor Lila den zweiten Schuh und Ronny einen. So ging es weiter, bis die acht jungen Leute in verschiedenen Stadien der Entkleidung dasaßen, am Schnittpunkt zweier verschiedener Spiele. Theoretisch war Ed der Gewinner, denn er hatte nur Schuhe und Socken verloren. Aber in Wirklichkeit war er der Verlierer, denn der Zweck des Spiels war Nacktheit, so daß man eher Lila, die nur mehr mit Büstenhalter und Höschen bekleidet war, als Gewinnerin bezeichnen konnte. Es war, wie Ronny vorausgesehen hatte, eine klinisch induzierte Massenhysterie. Lila war natürlich verlegen, weil sie die erste war, die als nächstes ein entscheidend wichtiges Kleidungsstück abzulegen haben würde. Während der folgenden Spiele rauchte sie nervös, bearbeitete die Ränder der Karten mit dem Daumennagel und leckte sich die Lippen, die plötzlich furchtbar trocken geworden waren. Und dann verlor sie und mußte den Büstenhalter ausziehen.

Niemand sagte etwas, ja niemand schien hinzusehen. Aber verstohlen sahen sie alle hin. Lila trug es mit so viel Würde und Fassung, wie sie aufbringen konnte. Sie bedeckte ihre Brust nicht einmal mit den Armen, was sie leicht hätte tun können, wenn sie die Karten vor das Gesicht gehalten hätte. Aber sie fand, das verstoße gegen die Regeln, die sie anerkannt hatte, indem sie einverstanden gewesen war, das Spiel zu spielen.

Aber das Spiel war nicht die Hauptsache. Noch hatte niemand die Polaroidkamera erwähnt, die Bill auf den Bartisch gelegt hatte. Niemand hatte auch nur darauf angespielt, aber alle dachten daran. Und der Gedanke war ebenso erregend wie beängstigend.

Sie spielten noch ein paar Runden und taten ihr Bestes, sich auf die Karten zu konzentrieren. Es gab eine Menge von Sequenzen und Flushes, von Vierlingen und Fünflingen, aber das interessierte niemanden wirklich. In Wahrheit beobachteten sie alle gespannt, wie Merry ihren Schlüpfer oder Pam ihren Büstenhalter auszog und wie Harry seine Hose ablegte. Und wie Lila, die schließlich die erste war, die sich völlig entkleiden mußte, aufstand, ihr Höschen über die Hüften gleiten ließ und herausstieg. Ihre Nacktheit bildete einen Ansporn, weiterzuspielen, um endlich so weit zu sein, die Kamera in Aktion treten zu lassen. Lila war ein dunkler Typ, und das schwarze Dreieck der Schamhaare ließ ihren Körper noch nackter erscheinen.

Merry war enorm erleichtert, daß sie sich nicht als erste hatte ausziehen müssen. Sie war überzeugt, daß sie es nicht fertiggebracht hätte. Sicher wäre sie aus dem Zimmer und aus dem Haus gerannt. Der Gedanke, nackt dazustehen, während alle andern bekleidet waren, hatte etwas Unerträgliches. Oder doch nicht so ganz? So sonderbar, so unglaublich und unwahrscheinlich es schien — Merry mußte sich eingestehen, daß sie sich irgendwie darauf freute, sich ebenfalls ganz auszuziehen. Sie war mindestens ebenso gut gewachsen wie Lila. Und da sie schlimmstenfalls als zweite drankäme, wäre es nicht mehr so unerträglich, nackt zu sein.

„Ist sie nicht schön wie ein Bild?" sagte einer der Burschen.

„Na, wie wär's?" fragte ein anderer. „Machen wir eines?"

„Ein Bild?"

„Klar. Ich schlage vor, daß sich Lila, wenn sie das nächste Mal verliert, aufnehmen lassen muß", sagte Ronny. „Das ist doch fair, nicht?"

Alle waren sich darüber einig, daß es fair sei.

„Weil wir eben von fair sprechen", meinte Pam. „Ich frage mich, warum man bei diesem Spiel nur verlieren kann. Ich weiß wohl, daß der Sinn der Sache darin besteht, am langsamsten zu verlieren. Aber gewinnen kann man nicht. Was ist, wenn Lila das nächste Mal gewinnt? Sollte sie dann nicht wieder etwas anziehen dürfen?"

„Nein, das wäre zu kompliziert", sagte Harry. „Warum sollten sie auch ausgerechnet ihre Kleider zurückgewinnen? Sie könnten ja zum Beispiel auch ein Dutzend Paar Socken oder zwei, drei Gürtel gewinnen. Das käme darauf an, was ausgemacht wurde. Übrigens habe ich letzten Winter mit ein paar Freunden ein besonders komisches Strip-Poker gespielt. Wir gingen an den Strand, zündeten ein großes Feuer an, und jeder, der verloren hatte, mußte ein Kleidungsstück hineinwerfen. Ihr könnt euch vorstellen, wie wir nach Hause kamen. Es war ein Riesenspaß."

„Wollen wir spielen oder plaudern?" fragte Lila.

„Was ist los? Fühlst du dich vereinsamt?"

„Nein, nur ein bißchen komisch."

„Beruhige dich. Du siehst großartig aus."

Sie teilten die Karten aus und spielten weiter. Harry verlor seine Unterhose und war jetzt ebenfalls nackt. Merry versuchte, ihn nicht anzusehen, aber es fiel ihr schwer. Merkwürdig, wie Jungens gebaut sind, dachte sie. Sie stellte sich vor, wie es sein müsse, dauernd mit all dem Zeug zwischen den Beinen herumzulaufen, und wie sie es möglich machten, nicht ständig erregt zu sein. Aber vielleicht waren sie es. Was wußte sie davon?

Man spielte noch ein paar Runden. Merry mußte ihren Büstenhalter ablegen, aber es machte ihr nichts. Lila war ja nackt, und Pam hatte ihren Büstenhalter schon lange ausgezogen. Außerdem hatte Merry größere Brüste als Pam, aber kleinere als Lila, und sie war froh, sozusagen in der Mitte zu sein. Es gab ihr das Gefühl, weniger aufzufallen. Gleichzeitig begann sie jedesmal eine deutliche Erregung zu empfinden, wenn einer der Jungen sie ansah. Sie blickte an sich hinunter und bemerkte, daß ihre Brustwarzen steif aufgerichtet waren.

Ed mußte seine Unterhose ablegen, und dann verlor Lila wieder, und man hörte zu spielen auf, um eine Aufnahme von ihr zu machen.

Bill hatte bereits den Film eingelegt, aber es dauerte noch eine Weile, bis er das Blitzlicht angebracht hatte. Als die Kamera aufnahmebereit war, mußte entschieden werden, wie man Lila aufnehmen sollte.

Allein oder mit jemand anderem, war die erste Frage, die beantwortet werden mußte.

„Vielleicht diesmal allein und das nächste Mal mit jemand anderem."

„Aber mit wem?"

„Wir könnten es so machen: Die beiden, die die höchsten und die niedrigsten Karten haben, werden miteinander aufgenommen."

Alle waren einverstanden. Aber es blieb noch immer die Frage, wie man Lila photographieren sollte. Lila mußte sich auf eines der Sofas setzen, dann darauf niederlegen. Doch Bill war nicht zufrieden. „Ganz nett, aber nichts Besonderes", sagte er.

Schließlich mußte sich Lila auf den Boden neben eines der Sofas legen. Sie lag auf dem Rücken, hielt einen Arm gebeugt unter dem Kopf, streckte den andern aus und bog ein Knie zur Seite. Bill stand über ihr und nahm sie von oben auf.

„Du hast die Augen zugemacht", sagte er.

„Das Blitzlicht war schuld."

„Na, wir wollen sehen, wie es ausgefallen ist."

Er zog an der Lasche des Films, wartete sechzig Sekunden und nahm das Schutzpapier ab.

„Sensationell!"

„Etwas zu blaß, finde ich."

„Wer beachtet das schon, wenn man so etwas zu sehen bekommt?"

„Laß mich sehen", rief Lila. Sie gaben ihr das Bild, nicht ohne ihr einzuschärfen, daß sie es nur am äußersten Rand anfassen dürfe. Sie sagte kein Wort. Sie starrte das Photo an, gleichzeitig entzückt und ein bißchen schockiert. „Es sieht aus wie . . .", begann sie, unterbrach sich aber.

„Es sieht aus, als ob du es eben getan hättest."

„Mit einer ganzen Armee."

„Weiterspielen! Weiterspielen!"

Aber zuerst mußte ein anderes Problem gelöst werden. Was sollte man mit den Bildern tun? Wem sollten sie gehören? Wer sollte sie aufbewahren? Der darauf dargestellt war, wurde vorgeschlagen. Und wenn zwei Personen darauf waren? Dann könnte man Poker darum spielen. Aber nein, dann könnte es ja geschehen, daß alle oder die meisten Bilder einer Person zufielen. Und schon allein aus Sicherheitsgründen müßte jeder von ihnen eine Auswahl von Bildern haben. Schließlich wurde beschlossen, die Bilder am Ende des Abends zu mischen und auszuteilen wie Spielkarten. Dann entschied allein der Zufall. Das war gerecht und fair.

Sie fuhren fort, Poker zu spielen, aber es kam kein rechtes Interesse mehr auf. Sie waren ohnehin schon fast alle nackt, und schließlich kam es ja jetzt darauf an, Aufnahmen zu machen. Also zogen sie die wenigen restlichen Kleidungsstücke aus und spielten weiter um das Recht oder die Pflicht, Modell zu stehen. Es ging um die höchsten und niedrigsten Kombinationen von Karten, und das Spiel wurde wieder interessant. Diesmal teilte Pam aus. Sie warf jedem die sieben Karten rasch und geschickt zu.

„Was habe ich jetzt zu tun?" fragte Merry.

Sie erklärten es ihr. Sie müsse sich für „hoch" oder „niedrig" entscheiden. Wenn sie „hoch" gesagt habe, müsse sie jene fünf Karten behalten, die die beste Hand ergaben. Hatte sie sich für „niedrig" entschieden, dann müsse sie die fünf Karten behalten, welche die schlechteste Hand ergaben, also zum Beispiel As, zwei, Drei, Vier, Sechs oder Sequenzen mit gemischten Karten. Das alles unter der Annahme, daß sie die Absicht habe, zu gewinnen. Falls sie jedoch verlieren wolle, müsse sie, wenn sie sich für „niedrig" entschieden habe, die beste Hand behalten, die sie zusammenbringen konnte, und umgekehrt, wenn sie sich für „hoch" entschieden hatte, die schlechteste Hand. Es war, darüber herrschte allgemeine Einigkeit, herrlich kompliziert.

Merry hatte drei Achter unter ihren sieben Karten. Das war eine ganz gute Hand. Sie sagte „niedrig" an, überzeugt, daß sie auf diese Art verlieren würde. Aber niemand am Tisch hatte eine annähernd so gute Hand, und da alle verlieren wollten, sagten alle „hoch" an, was zur Folge hatte, daß Merry mit „niedrig" gewann. Ed Kent gewann mit „hoch", mit einem Blatt bis zum Buben.

Alle legten die Karten nieder. Bill ergriff die Kamera und hielt sie, während Harry und Ronny die Gebrauchsanweisung lasen und an den verschiedenen Knöpfen drehten, wobei sie über Unter- und Überbelichtung und richtige Entfernung debattierten.

„Fertig. Auf die Couch!"

„Ja. Auf die Couch!"

Merry setzte sich auf die Couch, und Ed setzte sich neben sie. Sie heftete den Blick auf die Kamera, um ihn nicht ansehen zu müssen.

„Wie wär's, wenn sie sich küßten?" schlug eines der Mädchen vor.

„Nein, das ist zu banal. Wir wollen etwas Raffinierteres machen. Blickt beide auf die Kamera, so wie Merry es tut, aber haltet einander."

„Du meinst, ich soll den Arm um sie legen?" fragte Ed.

„Nein, nein. Das wäre ebenso banal wie das Küssen. Du schaust in die Kamera und hältst ihre Brust. Und du, Merry, hältst ihn — du weißt schon wo."

Die ganze Zeit war sie froh, daß sie wenigstens nicht hinzusehen brauchte, als könne es nicht wahr sein, was sie nicht sah. Sie heftete ihren Blick auf die Kamera und auf Bill, der näher kam, sich ein wenig entfernte und wieder einen Schritt näher trat.

„Lächle", rief er Merry zu.

Sie lächelte. Das Blitzlicht leuchtete auf. Sie ließ Ed los, und es kam ihr zum Bewußtsein, daß sie seine Hand auf ihrer Brust kaum gefühlt hatte.

Die Burschen zogen den Film aus der Kamera, warteten die sechzig Sekunden und nahmen das Deckpapier ab.

„Großartig! Richtig pornographisch!"

„Viel besser belichtet als das erste."

„Sehr komisch."

Merry sah das Photo an. Es war unglaublich. Unwillkürlich wischte sie ihre Hand an ihrem Oberschenkel ab. Das Bild faszinierte sie. Es war aufregend, zu erkennen, wie sexy sie war. Sie fragte sich, ob es Ed nicht peinlich war, daß man seine Erregung so deutlich sah.

Sie fuhren fort, Aufnahmen zu machen. Das Kartenspiel war vergessen. Jetzt wurde nur mehr photographiert. Bill und Lila miteinander auf dem Boden liegend, Pam auf Harrys Schoß sitzend, einander mit den Armen umschlingend. Ronny zwischen Jill und Lila, und dann Merry zwischen Ronny und Bill, jeder von ihnen eine ihrer Brüste haltend, und Merry allein, die Hände unter ihren Brüsten. Und Lila und Pam, die sich küßten und einander an die Brüste griffen.

Und dann Bill und Lila liegend, als machten sie es miteinander. Es gab das übliche Vor- und Zurückgehen mit der Kamera, um die beste Einstellung zu finden, bis Ed, der die Aufnahme machte, rief: „Es geht los, Kinder. Benehmt euch leidenschaftlich. Es muß wirken, als ob du's wirklich tätest, Bill."

„Er tut es wirklich", verkündete Lila gelassen.

„Großer Gott! Er tut es wirklich!"

Der Verschluß klickte, und das Blitzlicht flammte auf. Das Bild war enttäuschend. Es zeigte viel weniger, als sie erwartet hatten. Es zeigte so gut wie gar nichts. Wenn man es ansah, konnte man nicht ahnen, daß die beiden es wirklich taten. Aber es war geschehen. Während der sechzig Sekunden des Wartens hatten sie alle Bill stöhnen gehört. Es wurde ein bißchen gelacht, und jemand applaudierte sogar. Aber als sie das fertige Photo in der Hand hielten, war nichts darauf zu sehen als die beiden Körper, einer über dem andern.

„Komm, gehen wir", flüsterte jemand Merry ins Ohr. Es war Pam. „Komm", wiederholte sie, noch immer flüsternd, aber eindringlich, bittend. Merry war eher erleichtert, daß Pam gehen wollte. Sie wußte, daß sie schon lange hätte aufbrechen sollen, aber sie war zu schüchtern gewesen, um als erste davon anzufangen. Sie nickte zustimmend.

Sie folgte Pam quer durch den Raum, zu dem Sofa, auf dem ihre Kleider lagen.

„Hallo, wohin geht ihr? Der Spaß fängt jetzt erst an."

„Aber Pam, bleib doch."

„Geht noch nicht. Laßt uns den Film fertigmachen."

„Ja. Es sind nur mehr ein paar Aufnahmen."

„Nein, unmöglich. Merrys Stiefvater ist ein Ekel."

Alle Argumente und Beteuerungen hätten den Mädchen nichts genützt, wenn sie sich nicht inzwischen angezogen hätten. Es bestand keine Hoffnung, daß sie sich wieder entkleiden würden.

„Na gut, wenn ihr gehen müßt ... Aber nehmt wenigstens ein paar Photos mit."

Die Bilder wurden mit der Rückseite nach oben auf die Bar gelegt. Merry und Pam zogen je zwei. Merry sah die ihren nicht einmal an. Erst im Wagen warf sie einen Blick darauf. Das eine zeigte Lila und Pam, das zweite sie selbst mit Ed Kent. Sie steckte sie in ein Seitenfach ihrer Handtasche.

„Das Schwein", sagte Pam.

„Was? Wer?"

„Bill."

„Warum . . .?"

„So etwas vor mir zu tun!"

„Ja", sagte Merry. Sie hatte keine Ahnung, was Pam so ärgerte. Sie hatten doch alles gemeinsam getan. Sie war froh, im Wagen zu sitzen und auf dem Heimweg zu sein, und doch dachte sie, daß es ziemlich aufregend gewesen war.

Das physikalische Gesetz, nach welchem jede Aktion eine Reaktion von gleicher Stärke und in entgegengesetzter Richtung zur Folge hat, läßt sich auf das menschliche Verhalten nicht anwenden. Die Handlungen der Menschen rufen oft keinerlei Reaktion hervor. Tun sie es aber gelegentlich doch, dann erfolgt die Reaktion keineswegs in gleicher Stärke und auch nicht in einer vorherzusehenden Richtung. Die Reaktion auf den Abend in Bills Haus trat auf dem Umweg über eine andere Party ein. Es war die Abschiedsparty für Tony Hardison, der das Institut für Filmwissenschaft an der Universität von Kalifornien verließ, um an die New-Yorker Universität zu gehen. Tony war ein ganz unbedeutender Mensch, es handelte sich bei dieser Party keineswegs um eines der großen gesellschaftlichen Ereignisse der Saison, sondern um eine Zusammenkunft von ein paar bunt zusammengewürfelten Leuten in einer kleinen, im maurischen Stil erbauten Mietvilla in einem der billigeren Viertel von Brentwood.

Interessant wurde die Party dadurch, daß Bill, Ronny und Ed von Sandra Kellman dazu eingeladen worden waren, als diese sie eines Nachmittags am Taschenbuchkiosk von Schwab's Drugstore traf. Bill rief sofort Pam an und forderte sie auf mitzukommen. Aber sie lehnte kühl ab. Darauf rief er Merry an, die die Einladung annahm. Gleich darauf telephonierte sie mit Pam und fragte sie, ob sie etwas dagegen habe. Sie bot ihr sogar an, Kopfschmerzen vorzuschützen, falls Pam nicht damit einverstanden sein sollte, daß Merry ohne sie gehe. Pam meinte, Merry solle nur hingehen und sich gut unterhalten, aber für sie sei Bill Hollister erledigt. Die Nachricht von der Party verbreitete sich blitzschnell, denn die Tatsache, daß Pam Bill abgesagt hatte und er in Merrys Begleitung erscheinen werde, erregte allgemeines Aufsehen. Lila Frampton hörte ebenfalls davon. Sie grübelte eine Weile und kam zu dem Schluß, daß Bill Hollister ein Schwein sei und Merry Houseman ein Biest und daß sie, Lila, betrogen worden sei. Wie und auf welche Weise, wußte sie nicht genau zu sagen, aber das Gefühl, betrogen worden zu sein, blieb bestehen. Alle diese Leute waren vollkommen unmöglich. Man hatte sie, Lila, lächerlich gemacht und beschwindelt. Es handelte sich nicht darum, daß sie an jenem Photoabend zu weit gegangen war, sondern daß die andern nachher aufgehört hatten. Und jetzt führte Bill Hollister Merry aus und nicht Lila.

Alle diese Gedanken waren ziemlich unklar. Lila hätte sie nicht in Worte fassen können. Aber der Zorn sammelte sich in ihr an, bis sie das Gefühl hatte, ihn an irgend etwas auslassen zu müssen. Und sie suchte sich dafür eher zufällig Merry aus. Sie kannte Merry nicht so gut wie Bill oder Pam. Und außerdem hatte sie noch nicht jede Hoffnung auf Bill Hollister aufgegeben. Wenn sie Merry auf irgendeine Weise ausschalten könnte, wäre der Weg zu Bill wieder frei. Doch das war nicht der Hauptgrund. Darüber wurde sie sich aber erst klar, nachdem sie den Briefumschlag bis zur nächsten Ecke getragen und in den Briefkasten gesteckt hatte. Um so besser, fand sie.

In dem Briefumschlag befand sich ein Bild von Merry, wie sie nackt zwischen zwei jungen Männern saß und mit jeder Hand einen Penis umfaßte, während jeder der beiden Burschen eine ihrer Brüste hielt.

Adressiert war der Brief an Mr. Meredith Houseman, Hotel Excelsior, Rom.

Es herrschte ein ungeheures Gedränge. Das kleine Wohnzimmer und das Eßzimmer waren so voll von Menschen, daß man ganze fünf Minuten brauchte, um zu dem Tisch mit den Getränken im Eßzimmer und wieder zurück ins Wohnzimmer zu gelangen. Ein solches Unternehmen hätte sich gar nicht gelohnt, wenn es nicht so entsetzlich heiß gewesen wäre. Gegen die Körperwärme so vieler Menschen konnte die Klimaanlage nicht aufkommen. Man mußte sich einfach etwas zu trinken holen, um nicht vor Durst umzukommen.

All das hätte sich ertragen lassen, wenn es nette Leute gewesen wären, Leute, die einander kannten oder zumindest irgendwelche gemeinsame Interessen hatten, um miteinander ins Gespräch zu kommen. Aber Tony Hardison war stolz darauf, daß er Menschen aus den verschiedensten Kreisen kannte, Akademiker und Nichtakademiker, Filmleute und Sportler, Schriftsteller und Installateure. Eben das hatte ihm in gewisser Weise zu einer wenn auch unbedeutenden akademischen Karriere verholfen, denn die Leute an der Universität nahmen an, daß seine Verbindungen mit dem Werbefilm bedeutender seien, als sie in Wirklichkeit waren, während den Werbefilmleuten wieder seine Verbindungen zu akademischen Kreisen imponierten. Es war eine Art Seiltänzertrick, den er ganz gut beherrschte. Aber seine Parties waren gräßlich.

Merry langweilte sich zu Tode. Sie saß auf einem Hocker allein in einem Zimmer voller Menschen, die sie nicht kannte. Der Hocker stand unter der Klimaanlage, also an dem einzigen Platz, wo die Hitze halbwegs erträglich war. Bill war seit einer Ewigkeit unterwegs, um etwas zu trinken zu holen.

„Verdammte Hitze."

„Wie bitte?" sagte Merry.

„Heiß ist's, hab' ich gesagt."

„Ich habe es gehört. Ich wollte nur wissen, ob Sie zu mir gesprochen haben."

„Gewiß. Wollen Sie einen Drink?"

„Ein Freund holt gerade einen für mich."

„Das wird eine Zeitlang dauern. Ich habe auch lange genug gebraucht, um zu dem da zu kommen, und das Mädchen, für das ich ihn geholt habe, ist inzwischen verschwunden. Nehmen Sie ihn."

„Danke", sagte Merry und griff nach dem Glas.

„Sind Sie mit Tony befreundet?"

„Nein. Ein Freund von mir ist mit ihm befreundet."

„Dann sind Sie besser mit Tony bekannt als die meisten hier. Ich habe ihn einmal in einer Bar kennengelernt, vor sechs, nein vor acht Monaten. Er hat sich meinen Namen aufgeschrieben, und vor einer Woche hat er mich zu dieser Party eingeladen. Verrückt!"

„Sie müssen ihm Eindruck gemacht haben", sagte Merry.

„Soweit man eben einen Computer beeindrucken kann. Ich

war betrunken und habe ihm erzählt, daß ich technischer Berater beim Film bin."

„Oh."

„Ich habe als Double gearbeitet, für gefährliche Sachen. Jetzt denk' ich mir selbst die Sachen aus und engagiere die Leute, die sie ausführen."

„Und deshalb hat er Sie eingeladen?"

„Wahrscheinlich. Ich wollte nicht kommen, aber ... Ich weiß eigentlich nicht, warum ich dann doch gegangen bin. Mein Name ist Denver James."

„Ich bin Merry Houseman."

„Oh. Ich habe mal als Double für Ihren Vater gearbeitet. Ich weiß nicht mehr, in welchem Film."

„So?" Merkwürdig. Er hatte schwarze Haare und war eher vierschrötig. Jedenfalls sah er ihrem Vater nicht im geringsten ähnlich.

„Na, ist ja egal. Hier ist es nicht auszuhalten vor Hitze. Sollten wir zwei nicht irgendwohin fahren und Luft schnappen?"

„Nein, ich kann nicht. Mein Freund wird jeden Augenblick zurückkommen."

„Der Junge?"

„Wie bitte?"

„Der Junge, mit dem Sie gekommen sind. Er plaudert mit einer Dame, der die Haare bis zum Popo hängen, und Perlen trägt sie, so groß wie Taubeneier. Im Eßzimmer."

„Schließlich sind wir ja auf einer Party. Was sonst tun Leute auf einer Party?"

„Ja, was sonst tun die Leute?" Er sagte es in einem merkwürdigen Ton und sah Merry dabei mit einem Blick an, der ihr gar nicht gefiel.

„Entschuldigen Sie", sagte sie, stand auf und drängte sich durch die Menge in Richtung auf das Badezimmer. Sie wollte sich nicht eigentlich verstecken, sondern bloß ihr Gesicht mit kaltem Wasser erfrischen. Und so nebenbei den Mann loswerden.

Das Badezimmer war keine ideale Zufluchtsstätte. Vor dem Spiegel über dem Waschbecken setzte sich ein Mädchen eine Kontaktlinse ein, die ihr herausgefallen war. Ein anderes Mädchen saß auf der Toilette. Merry ging wieder hinaus. Auf dem Korridor sah sie Bill Hollister mit einem Mädchen, das tatsächlich sehr lange Haare hatte. Und vor der Tür wartete Denver James. Er hielt das Glas in der Hand, das sie stehengelassen hatte.

„Sie haben das vergessen", sagte er. „Wenn Sie fortlaufen, dann immer langsam, damit Sie nicht stolpern."

„Ich bin nicht fortgelaufen."

„Gut", sagte er. „Warum laufen wir nicht beide fort aus dieser verdammten Hitze?"

Sie dachte einen Augenblick nach. Es war ein Abenteuer, ein recht banales wahrscheinlich ... aber immerhin. „Gut", sagte sie, „gehen wir."

Sein Bugatti stand vor dem Haus. Er fuhr in raschem Tempo, aber sicher, westwärts gegen den Pazifik zu. Als sie ihn erreicht hatten, bog er nach Süden ab, fuhr durch Santa Monica und weiter gegen Venice. Er hatte das Radio eingeschaltet und klopfte mit den Fingern im Takt der Musik auf den Volant. Keiner von beiden sprach ein Wort, aber das Schweigen war sprechend genug. Früher oder später, das wußte Merry, würde er sich ihr nähern. Das war so selbstverständlich wie das Anrollen der Wellen an die Küste. Es brauchte nicht angekündigt und nicht besprochen werden. Es mußte geschehen. Nicht daß es irgendwie wichtig gewesen wäre. Es schien auf einmal nicht mehr etwas so Besonderes zu sein. Sie erinnerte sich daran, wie Bill Lila genommen hatte, und es machte ihr nichts aus. Das war das Merkwürdige, daß es ihr nichts ausmachte. Was diesen Denver James anlangte, so war sie entschlossen, die Dinge an sich herankommen zu lassen. Sie würde versuchen, der Sache in dem Augenblick ein Ende zu machen, in dem es ihr geboten schien, aber sie hatte keinen genauen Begriff davon, wann dieser Augenblick eintreten würde. Es war wirklich sonderbar, wenn man es richtig bedachte. Ihre Flucht vor Harrys lächerlichem Überfall vor dem Fernsehschirm hatte zu diesem Abenteuer geführt! Denver war wahrscheinlich ungefähr so alt wie Novotny. Natürlich sah er besser aus. Aber auch das machte keinen Unterschied. Was machte überhaupt irgendeinen Unterschied?

Er zweigte von der Straße ab und hielt den Wagen auf einer kleinen, über dem Meer gelegenen Plattform an. Jetzt ist es soweit, dachte Merry. Vielleicht würde er vorher noch eine

Zigarette rauchen. Aber sie hoffte, er würde es nicht tun, denn sie hätte die Sache gern so bald wie möglich hinter sich gehabt. Aber er zündete sich weder eine Zigarette an, noch machte er Anstalten, sich ihr zu nähern. Er saß eine Weile ruhig da und blickte aufs Meer hinaus. Dann fragte er: „Willst du hineinkommen?"

„Wohnst du hier?"

„Ja."

Sie öffnete den Schlag und stieg aus. Er stieg auf seiner Seite aus und ging ihr voran in das kleine Strandhaus.

Es war ein nettes, kleines Haus, aber der Zweck, dem es diente, sprang so sehr in die Augen, daß es etwas Entwaffnendes hatte. Es diente ohne den geringsten Zweifel als Absteigequartier. Es bestand aus einem Wohnzimmer und einem Schlafraum, einem kleinen Badezimmer und einer winzigen Kochnische. Im Wohnzimmer gab es eine einzige bequeme Sitzgelegenheit — die Couch, von der aus man durch ein breites Fenster ein Stück Strand und das Meer sah. Merry setzte sich auf die Couch.

„Möchtest du etwas trinken?" fragte Denver James. „Ein Bier vielleicht?"

„Ja, Bier, gern." Wie angenehm, dachte Merry, daß man nicht so zu tun brauchte, als wisse man nicht, was nachher kommen würde. Das hatte zur Folge, daß man auch in anderer Hinsicht keine falschen Vorspiegelungen nötig hatte. Wenn ihr danach zumute gewesen wäre, hätte sie, ohne lange zu überlegen, ob das vielleicht kindisch sei, ruhig ein Coca-Cola verlangt. All das war belanglos. Welche Erleichterung!

Er setzte sich neben sie, und sie tranken Bier. Es war genau wie damals, als sie mit Novotny vor dem Fernsehschirm Bier getrunken hatte. Aber es war doch anders, ganz anders. Heute hatte sie keine Angst. Er ließ sich Zeit und genoß in Ruhe sein Bier. Das andere würde später kommen. Sobald ihm danach zumute sein würde. Keine Spur von jenem Zögern, das auch im Partner Zögern hervorruft. Er streifte die Schuhe ab und knöpfte sein Hemd auf. Kratzte sich ein bißchen auf der Brust. Trank noch einen Schluck Bier. Auch Merry streifte die Schuhe ab und zog die Beine unter sich auf die Couch.

Nachdem er das Bier ausgetrunken hatte, rauchte er eine Zigarette und sah aufs Meer hinaus. Dann drückte er die

Zigarette sorgfältig aus, wobei er erklärte: „Ich hasse den Geruch, wenn sie im Aschenbecher weiterglosen."

Bevor sie Zeit hatte, etwas zu erwidern, sah sie, daß er ihr näher rückte. Er nahm sie in die Arme, hielt sie fest, küßte sie und begann, ihr Kleid aufzuknöpfen. Als alle Knöpfe offen waren, stand er auf und entledigte sich seiner Kleider. Auch sie zog sich aus.

Noch stärker als an jenem Pokerabend spürte sie das Prikkeln der Erregung, als sie sich entkleidete. Es ist freudige Erwartung, sagte sie sich. So mußte es sein. Sie hätte es sich nicht anders vorstellen können. Die tiefere Wahrheit — daß ihre Anwesenheit in diesem Zimmer die Folge davon war, daß sie nackt Modell gestanden hatte und daß die Nacktheit das Primäre und der Sexualverkehr das Sekundäre für sie war — hätte ihr nur ein Psychoanalytiker erklären können. Und wenn das der Fall gewesen wäre, hätte sie ihm nicht geglaubt.

Immerhin empfand sie eine leichte Ernüchterung, als sie sich nach ihm umwandte und ihn für einen Augenblick in dem grellen Licht sah, das durch die Badezimmertür fiel. Er riß die Decke von der Couch, warf sie auf den Boden und legte sich neben Merry. Er hielt sie eine Weile in den Armen und küßte sie. Dann drang er in sie ein. Es war ganz anders als in den Romanen. Es tat weder so weh, noch war es so großartig und wunderbar, wie dort immer behauptet wurde. Es war eigentlich nichts Besonderes.

Er zeigte keine Eile und war nett und lieb und rücksichtsvoll, und es war recht interessant, zu fühlen, wie die heiße Flüssigkeit in sie eindrang. Aber aufregend war es nicht.

Erst das zweite Mal machte es ihr Freude. Komisch — sie hatte nicht daran gedacht, daß es ein zweites Mal geben würde. Sie hatte gedacht, daß die Leute es nur einmal täten und dann schlafen gingen. Oder daß er sie nach Hause bringen würde. Aber sie lagen da, und seine Finger berührten sie und streichelten ihren Körper. Und sie begann seinen Körper zu streicheln, weil sie dachte, die Höflichkeit erfordere es. Sie beobachtete, wie er in Erregung geriet. Und er drang von neuem in sie ein, und diesmal war es aufregend. Es war noch immer nicht das Überwältigende, der gewaltige Höhepunkt mit Feuerwerk, Fanfaren und Wogenrauschen. Aber es war gut. Und als es vorüber war, sagte sie, sie müsse jetzt nach Hause.

Sie kleideten sich an, und er brachte sie heim. Sie mußte ihm den Weg zeigen. Aber das war alles, was sie sprachen. Er hielt vor ihrem Haus. „Leider kann ich dich nicht einladen, mit hinein zu kommen", sagte sie.

„Das macht nichts. Ich war ja schon drinnen, nicht?" scherzte er.

Sie lächelte. Eigentlich war es ja wirklich komisch.

„Recht so", meinte er. „Ein Lächeln hat noch nie jemandem geschadet, findest du nicht?"

„Ja", antwortete sie. „Gute Nacht."

Sie stieg aus dem Wagen und trat so leise als möglich ins Haus.

Im Wagen sitzend, zündete sich Denver James eine Zigarette an und lächelte im Dunklen vor sich hin. Er erinnerte sich an eine andere Nacht, vor Jahren. Wie hieß sie doch, fragte er sich. Ellen? Helen? Er blieb vor dem Haus, bis ihm der Name einfiel: Elaine. An alles übrige erinnerte er sich mühelos. Die Reise nach Mexiko und alles ... Das Mädchen war also ihre Tochter. Wie merkwürdig. Es bedeutete, daß man alt wurde. Aber das wußte er sowieso. Und gab es eine bessere Art, alt zu werden, als einen Abend wie diesen? Man konnte ganz zufrieden sein.

Er startete den Bugatti und fuhr nach Hause.

Drei Tage später verließ Merry Los Angeles. Ihr Vater hatte mit Jaggers telephoniert, der seinerseits Wemmick angerufen hatte. Wemmick war zu den Novotnys gekommen und hatte ihnen mitgeteilt, Mr. Houseman finde, seine Tochter werde hier offenbar nicht richtig beaufsichtigt und verkehre in einer Gesellschaft, mit der er nicht einverstanden sei. Er wartete, bis Merry gepackt hatte, und fuhr mit ihr zum Flugplatz. Unterwegs fragte er sie über die Photos aus, wie viele gemacht worden seien und wer sie besitze.

„Dieses war das einzige", antwortete sie. „Es waren zwei ... ich meine zwei, auf denen ich zu sehen bin. Das andere habe ich."

„Verbrennen Sie es", sagte er.

Sie wartete auf die Strafpredigt. Es war ein langer Weg bis zum Flugplatz, und sie machte sich auf eine lange Strafpredigt gefaßt. Aber er sagte nichts als: „Solche Sachen können sehr teuer zu stehen kommen, müssen Sie wissen."

„Ich weiß es jetzt."

„Gut. Immer werden wir nicht so viel Glück haben."

Sie sagte nichts. Es schien keine Antwort nötig zu sein.

Auf dem Flugplatz teilte er ihr mit, Sam Jaggers werde sie abholen. Sie werde den Rest des Sommers bei ihm verbringen. „Sie werden ihn mögen", sagte er, „er ist ein sehr netter Mensch."

„Ich kenne ihn", sagte Merry, „und ich mag ihn sehr gern."

Er lächelte, sagte „Auf Wiedersehen, Merry" und ging zu seinem Wagen zurück.

Merry verbrachte den Rest der Ferien mit Sam und Ethel Jaggers. Sie wohnte bei ihnen und beschäftigte sich tagsüber damit, den fünf- bis sechsjährigen Kindern im Ferienlager der Schule für Ethische Kultur rhythmischen Tanz beizubringen. Die Haltestelle des Schulbusses lag nicht weit vom Hotel Dakota an der 72. Straße, wo die Jaggers ein Appartement bewohnten.

Am 1. September, ihrem siebzehnten Geburtstag, führten die Jaggers sie zum Abendessen ins Chambord. Vor dem Essen bestellten sie Champagnercocktails, nicht nur für sich, sondern auch für Merry. Wenn die Erlebnisse in Los Angeles nicht gewesen wären, hätte sie sich sehr erwachsen gefühlt.

VII

Die Rückkehr nach dem Osten bedeutete für Merry mehr als nur eine Flugreise von soundso vielen Meilen. Sie trat aus einer Welt in eine gänzlich andere. Hinter ihr lag die verrückte Welt von Los Angeles, mit ihrem barbarisch üppigen Pflanzenwuchs, ihrer unsicheren geologischen Formation, ihrer grellen Buntheit. Diese Welt schwand nun wie ein böser Traum mit unglaublicher Geschwindigkeit aus ihrem Gedächtnis. Daß sie sonderbare Erlebnisse gehabt, ausgefallene Dinge getan hatte, erschien völlig normal. Man lebte dort in einer Art Scheinwelt, in der man jede Richtung und jeden Sinn für angemessenes Verhalten verlor. Selbst Alice, die doch ein guterzogenes Mädchen aus völlig normaler Durchschnittsfamilie war, hatte es nicht zuwege gebracht, bei Vernunft zu bleiben, als sie in dieses Wunderland kam. Merry war es ähnlich ergangen. Novotnys Annäherungsversuche, die unglaubliche Party bei Bill Hollister, der unwahrscheinliche Abend mit Denver James — alle diese Dinge erschienen ihr wie neue, weniger angenehme Versionen der Erlebnisse, die Alice im Wunderland hatte.

Die Welt der Familie Jaggers war erfrischend real, und die Häuser New Yorks standen so stabil und sicher da. Es war unvorstellbar, daß sich in dieser Stadt Erdrutsche ereignen könnten wie jene, von denen die Zeitungen in Los Angeles so häufig berichteten, wobei ein Stück Steilküste samt den darauf stehenden Häusern plötzlich in den Pazifik stürzte. Man lebte dort auf unsicherem Terrain. Nichts war dort solide, endgültig, zuverlässig.

Aber selbst New York erschien allzu geschäftig und unruhig, wenn sie es, was sie hin und wieder tat, aus der Perspektive der sicheren Geborgenheit ihres Zimmers im Mather-Internat betrachtete. Sie war sich bewußt, daß sie kleinen Dingen eine zu große Bedeutung beimaß, was sie jedoch nicht daran hinderte, es dennoch zu tun. Daß hier alles immer gleichblieb, daß das Lehrbuch für Mathematik bis auf die Farbe genauso aussah wie das vom Vorjahr, das hatte etwas unbeschreiblich Beruhigendes an sich. Sie ordnete ihre Bücher und Hefte auf dem Schreibtisch mit feierlicher Sorgfalt und nahm sich vor, in diesem Semester fleißig zu lernen. Sie wollte wirklich ernsthaft arbeiten. Es war eine Art Gelübde, das sie den Hausgöttern des Internats leistete, in der Hoffnung, daß sie ihr dafür ihren Segen und ihren Schutz gewähren würden.

Helen Farnam fand das alles vollkommen natürlich. Sie gehörte an und für sich nicht zu den Leuten, die Fragen stellen, aber in diesem Fall kam sie erst gar nicht auf die Idee, da sie in Merrys Verhalten nichts Ungewöhnliches oder Bemerkenswertes sah. Natürlich arbeitete man in diesem Schuljahr fleißig, war es doch das letzte vor dem Eintritt ins College, und das Zeugnis, das man erhielt, mußte dem Ansuchen um Aufnahme beigelegt werden. Die Erklärungen und Gründe, die Helen für

Merrys Verhalten fand, waren durchaus logisch und vernünftig. Nur Merry selbst kam das alles überhaupt nicht in den Sinn. Sie dachte nur daran, daß nichts sie hier ereilen konnte, daß sie hier in Sicherheit war.

Hätte er es bloß nicht zerrissen. Hätte er es umherliegen lassen, so daß sie es jederzeit hätte ansehen können, dann wäre alles anders gewesen. Sie hätte es anstarren können, bis es ihr langweilig geworden wäre, bis sie davon losgekommen wäre, es besiegt hätte. Aber nun, da es vernichtet war, schien es immer mächtiger zu werden. Es war jetzt nicht mehr ein Stückchen Papier, sondern lebte als Bild in ihrer Phantasie. Melissa hätte kaum von ihm verlangen können, es nicht zu vernichten, ohne zuviel zu verraten. Denn überhaupt etwas verraten hieß zuviel verraten. Nein, wenn sie darüber nachdachte, mußte sie zugeben, daß sie keine Möglichkeit gehabt hatte, ihn daran zu hindern, es zu zerreißen und in der Aschenschale zu verbrennen. Als er es vom Hotel in die Villa mitnahm, in der sie das Wochenende zu verbringen pflegten, hatte sie gedacht, er würde es irgendwo aufbewahren, wo es sicher wäre. Und es wäre sicher gewesen, weit sicherer als jetzt, da es nur mehr in ihrem Gedächtnis existierte. Wenn er eine Ahnung hätte, wie oft sie daran dachte!

Sie wußte, warum sie so oft daran dachte. Es war die Ähnlichkeit zwischen den beiden, die verblüffende Ähnlichkeit, die so unerträglich erregend wirkte. Sie kannte sich gut genug, um zu wissen, was ihre Phantasie so sehr gefangennahm: die unglaublich genaue Übertragung der gleichen Züge auf ein Wesen, dessen Körper weicher, gerundeter, zarter, glatter und weniger furchteinflößend war. Sie hatte Meredith gern, liebte ihn sogar. Mehr als sie je gehofft hatte, einen Mann lieben zu können. Sie hatte ihn, wenigstens zum Teil, auch deshalb geheiratet, weil sie glaubte, es sei besser, als verheiratete oder auch als geschiedene Frau durchs Leben zu gehen, als ledig zu bleiben. Alte Jungfer, das klang so häßlich. Selbst wenn die Ehe scheitern sollte, hätte sich das Experiment also gelohnt. Aber es schien alles in Ordnung zu gehen. Meredith war offensichtlich nicht an ihrem Geld oder an irgendwelchen damit zusammenhängenden absurden Dingen interessiert. Eine Frau in ihrer Stellung konnte da nicht vorsichtig genug sein. Und die Ehe ließ sich weit besser an, als sie erwartet hatte, weil sie nicht ständig beisammen waren. Er mußte häufig verreisen, um seine Filme zu machen, mit Filmleuten, Agenten und Managern zu konferieren. Es war keine kleinbürgerliche Ehe, in der die Frau dauernd das Nachthemd mit der Küchenschürze vertauscht und umgekehrt. Er war witzig und ein angenehmer Gesellschafter und wußte wie jeder angenehme Gesellschafter, daß man nicht ununterbrochen an jemandem kleben dürfe. Sie hatte zu glauben begonnen, daß es eine Zeitlang, vielleicht sogar für immer gehen könnte. Und dann war dieses Bild gekommen, dieses lächerliche, dilettantische Photo seiner Tochter.

Sie hatte es bloß zweimal gesehen, dann war es zerrissen und verbrannt worden. Aber sie erinnerte sich so genau daran, als wäre es in ihre Netzhaut eingeritzt. Was es ihr bedeutete, war ihr zum erstenmal klargeworden, als sie einen leichten Ärger gegen Meredith empfand, weil er es verbrannte. Es war seine Tochter, es war das Bild seiner Tochter, und er hatte natürlich alles Recht dazu, es zu verbrennen. Auch, es aufzuessen, wenn er Lust dazu hatte. Aber es gehörte auch ihr; es besaß für sie eine Bedeutung, die er nicht ahnen konnte. Gerade weil sie ihn liebte, weil sie mit ihm besser auskam, als sie erwartet hatte, wurde sie von diesem Bild seiner Tochter, seinem Ebenbild, verfolgt. Manchmal gelang es ihr, es zu verdrängen, aber es kam wieder, und das zu Zeiten, da sie es am wenigsten wünschte. Eines Nachts, als sie mit Meredith im Bett lag, hatte sie seine Wange berührt. Er hatte sich seit dem Morgen nicht rasiert, weil sie den ganzen Tag mit dem Segelboot draußen auf dem Tyrrhenischen Meer gewesen waren, und sie mußte sich sehr zusammennehmen, um ihren Ekel nicht merken zu lassen, als sie die Bartstoppeln spürte. Männer waren so behaart, so hart und knochig. Und da fiel ihr das Bild jenes Wesens ein, das genauso aussah wie dieser Mann, neben dem sie lag, aber verfeinert, wie ein chemischer Stoff, der mehrmals destilliert, raffiniert und gereinigt worden war, bis er die Weichheit und die seidige Glätte angenommen hatte, die ihr soviel angenehmer und vertrauter erschien.

Sie schlug Meredith vor, heuer früher als sonst nach New York zu gehen, vielleicht schon gegen Ende September. „Kein Mensch wird dort sein, Liebster. Wir werden die ganze Stadt für uns allein haben“, erklärte sie. „New York im September! Ich kann es mir gar nicht vorstellen. Es muß wie ein kleines Fischerdorf aussehen.“

Meredith versicherte ihr, daß auch im September Leute in New York seien, wenn auch vielleicht keine, die sie kannte. Aber natürlich würden sie hinfahren, wenn sie es wünsche.

Jede Wahrscheinlichkeit sprach dagegen. Sie versuchte sich mit dem Gedanken zu beruhigen, daß Merry sicherlich eines jener langweiligen amerikanischen Mädchen sei, die sich ausschließlich von Eiscreme nährten und nichts Originelles oder Interessantes an sich hatten, weder in ihren Gefühlen noch in ihren Gedanken und Ansichten. Ja sie hoffte sogar, daß Merry eines dieser Mädchen sein würde, denn dann könnte sie sie aus ihrem Gedächtnis streichen, gleichgültig, wie hübsch sie sein und wie sehr sie ihrem Vater gleichen mochte. Denn wenn ein siebzehnjähriges Mädchen nicht wirklich sympathisch war, besaß es für sie keinerlei Reiz. Frauen sind in dieser Hinsicht viel sensibler als Männer; sie lassen sich nicht so leicht von einem anmutigen Profil, einer schönen Stirn, dem feuchten Glanz langbewimperter Augen irreführen. Waren solche Reize auch keineswegs zu verachten, so spielten sie doch nicht die Hauptrolle. Eine Frau lernt durch die Betrachtung ihres eigenen Spiegelbildes, wie wenig dem Schein zu trauen ist und wie wenig das Auge von der Seele enthüllt.

Meredith mußte nach Kalifornien. Es handelte sich um eine enorm komplizierte geschäftliche Angelegenheit, nämlich ob man Filme in Spanien drehen sollte, um dort eingefrorene Pesetenguthaben freizumachen. Es war eine unendlich langweilige Sache, aber sie mußte eingehend besprochen werden, da riesige Summen auf dem Spiel standen. Meredith hatte den Kopf voll davon. Mit jenem Teil ihres Wesens, der Pläne in bezug auf Merry ausheckte, freute sich Melissa über Meredith’ baldige Abreise. Es wurde beschlossen, das Wochenende in New York zu verbringen und Merry kommen zu lassen, damit sie ihre neue Stiefmutter kennenlerne. Am Sonntag würde Meredith nach Kalifornien fliegen. Es hätte sich nicht besser fügen können, dachte Melissa. Anderseits fragte sie sich, was sie anfangen würde, wenn sich herausstellte, daß Merry langweilig, gewöhnlich und uninteressant war. Mit ihr Einkäufe machen? Freunde besuchen? Aber es war ja niemand in New York, den sie kannte oder gut leiden konnte.

Es stellte sich heraus, daß Melissa Merry gut leiden konnte. Besser, als sie gehofft, besser, als sie gefürchtet hatte. Merry war ein außergewöhnliches Mädchen, ein schönes Mädchen, und so wunderbar zart und zerbrechlich. Sie sah ihrem Vater tatsächlich ungemein ähnlich, und sie strahlte eine Ruhe und Gelassenheit aus, die nicht allein guter Erziehung entsprang, sondern eher etwas Physisches an sich hatte. Es war wie die Gelassenheit eines Tieres, eines jungen Rehs etwa, das erstarrt und sich auf die Tarnung durch sein gefleckte Fell verläßt, wenn ihm Gefahr droht. O ja, sie war sanft und scheu, aber nicht seelisch verstümmelt, geduckt oder ängstlich — zumindest jetzt noch nicht. Offensichtlich liebte sie ihren Vater sehr. Zu sehr vielleicht. Und sie gab sich große Mühe, Melissa gern zu haben und sich ihre Sympathien zu erwerben. All das merkte Melissa innerhalb von fünf Minuten an Merrys Verhalten, an der Art, wie sie sich im Sitzen vorbeugte, ihren schlanken Hals vorstreckte und mit leicht geöffneten Lippen aufmerksam lauschte.

„Mußt du jetzt dauernd in der Schule bleiben?" fragte Melissa.

„Dauernd? Ich verstehe nicht . . ."

„Läßt man dich hin und wieder heraus, so wie diesmal? Oder mußt du immer dort bleiben?"

„Oh, nein", antwortete Merry. „Wir dürfen über das Wochenende nach Hause. Oder zu den Familien von Freundinnen, wenn wir eine schriftliche Einladung vorweisen. Und die älteren Semester dürfen Einladungen zu Tanzereien in einer Knabenschule annehmen, falls eine Gruppe von mindestens drei Mädchen zustande kommt."

„Also darfst du zum Wochenende jederzeit hierherkommen?"

„Ja", sagte Merry.

„Tu das doch. Die Abwechslung wird dir guttun."

„Sehr gern. Danke", sagte Merry.

Es ging alles ganz leicht. Die Gespräche waren darauf abgestimmt, Meredith zu gefallen, und Meredith, der den beiden gegenüber auf dem andern Sofa saß, lächelte denn auch befriedigt. Und Merry konnte nicht umhin zu bemerken, daß Melissa sich ebenso bemühte zu gefallen wie sie selbst. Das schuf ein Band zwischen ihnen. Das Gefühl, eine Prüfung bestehen zu müssen, seiner Position nicht ganz sicher zu sein, machte feinfühlig und ließ einen die feinsten Nuancen im Verhalten der andern bemerken.

„Ich komme sehr gern", wiederholte Merry, als tue sie damit Melissa einen Gefallen, leiste ihr eine kleine Hilfe Meredith gegenüber. Auch das war gut. Es zeigte, daß ihr Melissa nicht unsympathisch war, und mit nichts macht man sich einen Menschen leichter zum Freund, als wenn man ihm erlaubt, etwas für einen zu tun.

Den Rest des Abends zog sich Melissa zurück und ließ Vater und Tochter allein miteinander plaudern. Sie konnte nicht hoffen, mit Meredith zu konkurrieren, sie versuchte es auch gar nicht. Um halb zwölf gab sie dem Abend einen gemütlichen Abschluß, indem sie Kakao kommen ließ. Sie tranken alle drei davon und gingen dann zu Bett.

Meredith mußte am nächsten Morgen zeitig zum Flugplatz, und Merry sollte nach dem Mittagessen mit der Bahn in die Schule zurück. Sie standen alle zeitig auf und frühstückten gemeinsam. Dann fuhr Meredith zum Flugplatz, und Melissa und Merry waren allein. Es drängte Melissa, Merry auszufragen, soviel als möglich über ihr vergangenes Leben zu erfahren. Die Frische und augenscheinliche Unschuld, die von Merrys Erscheinung ausstrahlten, gefielen ihr, aber sie gab sich nicht damit zufrieden, wie andere es getan hätten. Nicht allein aus Lebenserfahrung, sondern weil sie sich an ihre eigene Kindheit erinnerte und wußte, wieviel sie hinter ihrer glatten Stirn und ihren klaren Augen zu verbergen vermocht hatte. Sie war entschlossen, zumindest nicht die Möglichkeit auszuschließen, Merry könnte bereits irgendwelche Erfahrungen haben. Schließlich gab es ja jenes merkwürdige Photo. Aber was für Erfahrungen das waren, angenehme oder unangenehme, günstige oder ungünstige — soweit sie Merry selbst als auch Melissas Absichten betrafen —, ahnte sie natürlich nicht. Das mußte sie erst herausfinden. Doch es war ihr klar, daß offene Neugierde nur schaden konnte. Vertrauen mußte man sich verdienen. Sie schlug einen Spaziergang im Central Park vor. Merry war einverstanden. Sie fuhren mit dem Lift hinunter, durchquerten Central Park South und wandten sich gegen Norden.

Sie sprachen nicht viel, schritten rasch aus und genossen die Frische des Septembervormittags und die Freude an der Bewegung. Wirkliche Müdigkeit begannen sie erst zu spüren, als sie am Übergang zur 72. Straße angelangt waren. Sie setzten sich auf eine Bank, um auszurasten.

„Wie groß der Park ist", sagte Melissa. „In diesem Teil bin ich überhaupt noch nie gewesen."

„Ich schon", sagte Merry. „Vergangenen Sommer habe ich in diesem Haus dort drüben gewohnt. Bei Sam Jaggers. Das ist Vaters Agent oder Anwalt oder beides, glaube ich."

„Ja, ich weiß", sagte Melissa. „Aber ich dachte, du wärest in Los Angeles gewesen", log sie, um zu sehen, was Merry antworten würde.

„Das stimmt. Aber ich hatte dort gewisse Unannehmlichkeiten, und deshalb kam ich nach New York." Sie sah Melissa an, offenbar überzeugt, daß ihre Stiefmutter nichts darüber gehört hatte.

„So?" sagte Melissa in fragendem Ton. Aber Merry schwieg. Sie war noch nicht bereit, Geständnisse zu machen. Bevor noch die Pause so lang wurde, daß Merry hätte glauben können, sie solle ausgehorcht werden, fuhr Melissa fort: „Vielleicht möchtest du den Jaggers guten Tag sagen? Hast du sie gern? Ist es dir gutgegangen bei ihnen?"

„O ja. Es sind reizende Menschen. Ja, ich würde sie gern begrüßen, wenn du nichts dagegen hast."

„Nicht das geringste. Was sollte ich dagegen haben? Wir wollen sie zuerst anrufen. Dort drüben ist eine Telephonzelle."

Sie riefen an und gingen dann zu den Jaggers hinauf, wo sie nochmals frühstückten. Nachher gingen sie ins Hotel zurück, und Merry fuhr zum Bahnhof, um ihren Zug zu erreichen.

Alles ist gutgegangen, dachte Melissa. Daß sie vorgegeben hatte, nichts von Merrys Abenteuer in Los Angeles zu wissen, freute sie besonders. Sollte ihr Merry das alles eines Tages anvertrauen, dann wäre es ein Zeichen für das Zustandekommen einer gewissen Intimität zwischen ihnen. Ja, sie mochte Merry gut leiden. Ihre Reserviertheit gefiel ihr. Sie glich einer Katze. Die Aufgeregtheit, mit der Hunde ihre Liebe äußern, fand Melissa lästig und unangenehm. Katzen waren gerade wegen ihrer Zurückhaltung viel interessanter. Man mußte sich ihre Zuneigung erwerben.

Am nächsten Wochenende fuhr sie in ihrem Ferrari zum Mather-Internat. Sie hatte Merry nicht benachrichtigt und war beglückt, daß das Mädchen sich offenbar freute, sie zu sehen.

„Aber es ist eine so lange Fahrt", sagte Merry.

„Ach, ich habe doch so viel Zeit. Und ich fahre gern. Und das Tal des Hudson ist schön. Ich habe sehr viel für Natur übrig, weißt du. Außerdem habe ich einen neuen Wagen und wollte ihn ausprobieren. So dachte ich, es wäre nett, dich zu besuchen."

„Du hast einen neuen Wagen?"

„Ja, und er ist fabelhaft. Wenn du willst, können wir ein wenig spazierenfahren. Es heißt, der Mohawk Trail sei um diese Jahreszeit am schönsten."

„Ich muß um Erlaubnis fragen", sagte Merry.

„Ach so."

„Ja, ich brauche die Erlaubnis von Miß Preston, der Vorsteherin."

„Gehen wir gemeinsam zu ihr", schlug Melissa vor. „Außer du willst lieber allein gehen."

„O nein, gehen wir zusammen", sagte Merry. „Miß Preston wird dich ohnedies kennenlernen wollen."

Gut, dachte Melissa. Sie waren bereits Verbündete, die gemeinsam unter der Autorität der Schulordnung standen. An sich war das gewiß nicht wichtig, aber wenn sich solche kleine Erlebnisse summierten, würde sich die Wirkung früher oder später fühlbar machen.

Sie betraten Miß Prestons Büro, und Merry machte ihre Stiefmutter mit der Schulvorsteherin bekannt — nicht ohne Stolz, wie Melissa bemerkte.

„Ich freue mich, Sie kennenzulernen, Mrs. Houseman", sagte Miß Preston.

„Auch ich bin sehr erfreut, Ihre Bekanntschaft zu machen, Miß Preston. Merry spricht mit großer Bewunderung von Ihnen."

Miß Preston war offenbar wirklich erfreut und versuchte auch nicht, es zu verbergen. Melissa fragte sich, warum. War sie froh, daß ihre Schülerin eine neue Stiefmutter hatte? Imponierte es ihr, eine der reichsten Frauen der Welt vor sich zu sehen? Oder was war es sonst?

Miß Preston mußte einmal recht reizvoll gewesen sein, und doch war sie unverheiratet geblieben. Aus kleinen, unwägbaren

Nuancen von Blick und Stimme glaubte Melissa zu entnehmen, daß Miß Preston zu einer andern Zeit und in einem andern Land vielleicht um sie geworben hätte, wie sie selbst jetzt um eine von ihren Schülerinnen warb. Sie schätzten einander ab, gefielen einander und fühlten sich doch ein klein wenig unbehaglich ob dieses Erkennens, das — Melissa wußte es — wechselseitig war. Sie plauderten ein paar Minuten über die Schönheit der herbstlichen Wälder in der Umgebung, und dann fragte Melissa mit ihrem geübten, aber ganz zwanglos wirkenden Charme, ob sie mit Merry eine Spazierfahrt unternehmen dürfe.

„Es ist nicht ganz korrekt", meinte Miß Preston. „Eigentlich muß um solche Ausgänge spätestens bis Donnerstag angesucht werden."

„Es war ein plötzlicher Einfall von mir, hierherzukommen. Merry wußte nichts davon", sagte Melissa lächelnd.

„Ich verstehe. Gut. Merry soll mit Ihnen fahren. Können Sie sie vor sechs Uhr zurückbringen?"

„Natürlich."

„Viel Vergnügen", sagte Miß Preston.

Die Sache war gemacht. Sie verabschiedeten sich von Miß Preston und gingen durch die große Eingangshalle zu dem kleinen, roten Ferrari hinaus, der in der Mittagssonne glänzte. Melissa startete den Wagen und fuhr los. Merry saß an ihrer Seite, sichtlich im schönsten Vorgefühl des bevorstehenden Ausflugs, entzückt von dem schicken Wagen, von dem schönen Tag und von Melissas Gesellschaft.

„Die Bäume sind noch nicht bunt genug", sagte Merry, nachdem sie eine Weile die kurvenreiche Straße entlanggefahren waren, die in Richtung auf die Berge und den Mohawk Trail führte. „In ein, zwei Wochen leuchten sie in den wildesten Farben, gelb, rot und orange."

„Mir gefällt es auch so", sagte Melissa. „Das Land ist so üppig, so fruchtbar. Ich komme mir oft so nutzlos vor, wenn ich an die Leute denke, die den Boden bearbeiten. Ja wirklich, ich bin eine nutzlose Person."

„Aber Valéry sagt, daß der große Wert der Poesie in ihrer Nutzlosigkeit liegt."

„Und wer macht sich schon etwas aus Poesie?" fragte Melissa, um das, was sie gemeint hatte, zu unterstreichen. Und dann brachte sie Merry ins Spiel: „Du liest Valéry?"

„Ein bißchen, in der Schule."
„Hast du ihn gern?"
„O ja, sehr."
„Ich habe ihn auch gern gehabt."
„Gehabt?"
„Wahrscheinlich habe ich ihn noch immer gern, aber ich habe seit Jahren keine Zeile von ihm gelesen. Leider. Vielleicht sollte ich es wieder tun."
„Mir gefällt so gut, was er über das Rauchen sagt: ‚Ich habe es gern, wenn zwischen mir und der Welt ein dünner Vorhang von Rauch hängt.' Oder ist das Verlaine?"
„Ich weiß nicht. Aber es ist ein hübscher Ausspruch. Ich war als junges Mädchen ganz ähnlich wie du."
„Wirklich?"
„Ich glaube schon. Auch mein Vater war ein besonders charmanter Mensch, auf seine Art. Er sah außergewöhnlich gut aus und war, wie du weißt, sehr reich. Er hatte einen Rennstall, mehrere Jachten und viele Mätressen. Aber auf mich machte das alles einen eher verwirrenden Eindruck. Ich fühlte mich recht allein. Meinen Vater liebte ich abgöttisch. Aber ich sah ihn fast nie. Und wenn ich ihn sah, war es noch schlimmer, denn es waren fast immer fremde Leute dabei, denen er mehr Aufmerksamkeit schenkte als mir, die doch, so fand ich, ein größeres Anrecht darauf hatte. Ich hoffe, du findest es nicht taktlos, daß ich deine Kindheitserlebnisse und deine Gefühle mit den meinen vergleiche."
„O nein, im Gegenteil. Als ich dich früher fragte, ob du wirklich glaubst, daß wir Ähnlichkeit miteinander hätten, war ich ... war ich sehr froh. Weil ... wenn das wahr ist ... wenn ich dir ähnlich bin, dann besteht noch Hoffnung für mich."
„Und ob Hoffnung für dich besteht. Mehr als Hoffnung — Gewißheit, daß du heranwachsen, die Schule verlassen und eine Frau werden wirst. Und eine wundervolle Frau, denke ich."
„Vielleicht."
„Natürlich. Mach dir keine Sorgen. Erzähl mir, was in Los Angeles passiert ist."
Merry antwortete nicht.
„Nichts ist so arg ...", begann Melissa.
„Du weißt nicht ..."
„Doch, doch, ich weiß. Ich habe dir ja gesagt, daß wir

einander ähnlich sind. Weißt du — natürlich weißt du es nicht —, daß ich mit elf Jahren von einem Cousin vergewaltigt worden bin?"

„Aber das war ja etwas, was mit dir geschah. Es war nicht deine Schuld."

„Vielleicht doch. Mindestens zum Teil. Ich habe mit ihm kokettiert."

„Aber du warst doch erst elf."

„Und du erst sechzehn. Ist der Unterschied so groß?"

Merry dachte über die Frage nach, dann betrachtete sie Melissa verstohlen, indem sie so tat, als wäre sie in den Anblick der Landschaft vertieft. Sie hatten den Wagen an einem der Aussichtspunkte geparkt, zu denen sich die Serpentinenstraße, die Mohawk Trail heißt, hin und wieder erweiterte. Unter ihnen erstreckte sich ein langes, sanft gewelltes, ungemein friedliches Tal in eine grüne Ferne. Merry betrachtete es eine Weile reglos. Dann begann sie — ohne den Blick von der Aussicht zu lösen und ohne Melissa anzusehen — zu erzählen, was sie in Los Angeles erlebt hatte. Sie berichtete von Novotny, von den jungen Leuten des Tennisklubs, von der Party, bei der sie die Aufnahmen gemacht hatten. Und sie erzählte von der letzten Nacht, der Nacht mit Denver James.

Sie war sich nicht klar darüber, warum sie Melissa das alles gestand. Sie konnte keinen Grund dafür finden — sie hätte im Gegenteil allen Grund gehabt, nichts davon zu erzählen. Melissa würde schockiert oder einfach angeekelt sein und ihr ihre Freundschaft wieder entziehen; Merry war sicher, daß es so kommen würde.

Aber sie irrte sich. Melissa hörte zu, rauchte eine Zigarette und sagte nichts. Sie schien irgendwie zu verstehen und sogar mitzufühlen. Sie hielt keine Predigt, verurteilte Merry nicht und schien sich auch nicht dazu zwingen zu müssen, es nicht zu tun. Sie schüttelte bloß den Kopf, als Merry geendet hatte, seufzte und sagte: „Oh, du liebes, armes Kind." Und sie zog Merry an sich, drückte ihren Kopf an ihre Schulter und streichelte ihr Haar.

Niemand war je so gut zu ihr gewesen. Weder ihre eigene Mutter noch Carlotta noch ihr Vater oder irgend jemand anderer. Sie fühlte sich so glücklich und so erleichtert, daß sie weinen mußte. Ihr Kopf lag noch immer an Melissas Schulter.

Nach einer Weile holte Melissa ein Taschentuch hervor, gab es Merry und schlug vor, zurückzufahren, um Miß Preston nicht zu verstimmen. Sie fuhren zum Internat zurück, und als sie sich dem Parktor näherten, fragte Merry, ob Melissa wiederkommen würde.

„Natürlich", sagte Melissa. „Und du mußt öfters über das Wochenende nach New York kommen. Vielleicht nächste Woche?"

„Oh, das wäre schön."

„Für mich auch."

Merry war ihr unendlich dankbar, aber sie brachte kein Wort heraus. Sie küßte Melissa auf die Wange und verschwand im Haus.

Melissa saß noch eine Weile da und sah die Tür an, hinter der ihre Stieftochter verschwunden war. Sie seufzte. Dann startete sie den Ferrari und fuhr nach New York zurück. Es war kein Sieg gewesen. Nein, es war weit über einen Sieg hinausgegangen. Es kam nicht mehr in Frage, das Mädchen zu verführen, man mußte es trösten. Sie hatte es aufrichtig gemeint, als sie gesagt hatte, daß sie einander in gewisser Hinsicht sehr ähnlich seien. Einander Trost spenden, einander die Wunden heilen, die die Welt ihnen geschlagen hatte, das würde etwas Wunderbares sein.

Sie fuhr viel langsamer, als sie es gewohnt war. Sie würde immer noch früh genug nach New York kommen, um mit dem Warten zu beginnen. Jede Minute, die sie hier auf der Straße verweilte, machte das schreckliche Warten kürzer.

Die Idee war bemerkenswert einfach, und das einzige, was daran mysteriös erschien, war, daß bisher niemand den Einfall gehabt hatte. In kleinem Maßstab war die Sache natürlich schon gemacht worden. Jedesmal, wenn in irgendeinem Land ein eingefrorenes Guthaben zu einer gewissen Größe anwuchs, pflegte man eine Sitzung abzuhalten. Ein eingefrorenes Guthaben war ein wertloses Guthaben. Ägyptische Pfund? Wer zum Teufel will ägyptische Pfund? Kein Mensch. Der Wechselkurs ist glatter Raub. Aber irgendein Buchhalter oder der Neffe eines Vizepräsidenten hat herausbekommen, daß die englische Fluglinie BOAC ägyptische Pfund in Zahlung nimmt, weil sie in Kairo ein Büro besitzt, an dessen Angestellte sie Gehälter zu bezahlen hat, so daß sie diese so mißachtete Währung verwenden kann. Der Buchhalter erzählt es einem Freund, der einen Verwandten anruft, der seinerseits an einen Bekannten in der Propagandaabteilung einen Brief schreibt, der in einer Schreibtischlade landet. Aber ein paar Monate später erinnert sich der Mann aus der Propagandaabteilung im richtigen Moment des Briefes, bringt den darin enthaltenen Vorschlag vor und gibt ihn als seine eigene Idee aus. Der Vorschlag lautet, man solle mehr Flugreisen für Presseleute arrangieren, und zwar mit Flugzeugen der BOAC, die man in ägyptischen Pfund bezahlen könne, was ungefähr so ist, als bezahle man sie mit Reklamebildchen aus Kaugummipackungen. Es würde praktisch nichts kosten, und man könnte diese Zahlungen außerdem als Werbungskosten von der Steuer absetzen, wodurch die Sache noch einträglicher würde. In der Steuererklärung zählten diese Ausgaben wie wirkliches Geld. Man beginnt also Presseflüge zu veranstalten, und der dafür zuständige Mann aus der Werbeabteilung bekommt eine Gehaltserhöhung und wird in das Pariser Büro versetzt, wo er es zum Vizedirektor der europäischen Werbeabteilung bringt. Der Buchhalter geht leer aus, und der Neffe des Vizepräsidenten wird um eine Erfahrung reicher: Er weiß jetzt, wie man es im Filmgeschäft nicht machen darf.

Aber er versucht es noch einmal auf andere Weise. Er geht zu seinem Onkel Harvey Fuld und sagt, er sei durch eifriges Nachdenken daraufgekommen, wie sich viel Geld machen ließe.

„Brav, mein Junge. Aber für dich besteht die beste Art, viel Geld zu machen, in der Tatsache, daß du mein Neffe bist. Also laß das Nachdenken sein."

„Erinnerst du dich an die Idee mit den Presseflügen und den ägyptischen Pfund?"

„Ja, was ist damit?"

„Das war meine Idee."

„Was du nicht sagst."

„Ja. Hier ist eine Kopie meines diesbezüglichen Briefes."

Es ist keine Kopie. Er hat einen neuen, entsprechend zurückdatierten Brief geschrieben und das Original weggeworfen.

„Einen Durchschlag kann jeder machen", sagte Fuld. „Was willst du eigentlich?"

„Daß du mich anhörst."

„Gut. Drei Minuten. Schieß los."

Die Idee lief darauf hinaus, in Spanien Filme zu drehen. Riesenfilme, Multimillionenfilme. Die Firma erzielte seit Jahren in Spanien hohe Einspielergebnisse und besaß daher dort ein beträchtliches Guthaben in Peseten, das blockiert war. Und es war sicher, daß andere Firmen dort ebenso hohe oder noch höhere Guthaben hatten. Die würden froh sein, dieses Geld in die dort herzustellenden Filme zu investieren und für ihre Peseten begehrenswertere Währungen zu erhalten. Auch wenn nur neunzig Prozent der investierten Summen eingespielt wurden, war es ein gutes Geschäft, weil ein Verlust von zehn Prozent geringer war, als der Unterschied im Wechselkurs ausmachen würde. „Wir können sechs, acht, zehn Millionen auf einmal machen", schloß er.

„Du bist verrückt."

„Warum?"

„Was gibt es in Spanien, womit man Filme machen könnte?"

„Alles. Berge, Wüsten, Ebenen. Und vor allem billige Arbeitskräfte. Wir könnten für die Filme ganze Städte aufbauen, die uns praktisch nichts kosten würden."

„Und die Gewerkschaften?"

„Es gibt nur staatliche Gewerkschaften. Wenn wir uns mit der Regierung — mit der spanischen, meine ich — einigen, dann haben wir keine Gewerkschaftsprobleme, gar keine."

„Woher weißt du das alles?"

„Ich habe darüber gelesen."

„Ach, ihr studierten jungen Leute! Gelesen! Wenn es in einem Buch steht, dann weiß es doch jeder. Was kann dabei schon herauskommen? Aber geh. Geh nach Spanien, schau dir die Sache an, rede mit den Leuten. Und wenn du zurück bist, dann sprich hier mit den Geschäftsleuten, die Geld dort liegen haben. Falls es die gibt. Und komm in zwei Monaten wieder zu mir."

Also reiste Norman Fuld nach Spanien, sah sich um, sprach mit Leuten und rechnete. Er kehrte in die Vereinigten Staaten zurück und fuhr nach New York, Pittsburgh, Detroit, Wilmington und St. Louis, um mit Geschäftsleuten zu konferieren, die nach Spanien exportierten. Und nachdem er nach Los Angeles heimgekehrt war und eine Unterredung mit Onkel Harvey gehabt hatte, wurde er Produzent.

Norman Fuld brauchte eineinhalb Jahre, um sämtliche Vorbereitungen für den ersten Film zu treffen. Die Sache mußte todsicher sein, um eine Investition von zehn Millionen Dollar zu rechtfertigen. Zuerst ließ er ein Treatment machen, dann ein Drehbuch, das dreimal umgearbeitet wurde, und dann mußte er sich bemühen, das Drehbuch Geschäftsleuten zu verkaufen, die fast noch vorsichtiger waren als jene Bankiers, von denen die Hollywoodfilme für gewöhnlich finanziert wurden, denn sie besaßen weniger Erfahrung und hatten Angst vor einem so spekulativen Geschäft. Aber es gelang Norman Fuld, den Präsidenten der Stahl-, Elektro- und Chemiekonzerne einleuchtend darzulegen, daß der Film „Nero“ ein breites Publikum ansprechen würde, sollte doch darin der Brand von Rom, die Zerstörung des Tempels von Jerusalem und das Martyrium der Christen im Kolosseum gezeigt werden. Nun brauchte Norman Fuld noch zugkräftige Stars, und einer der Stars, die er haben wollte, war Meredith Houseman.

Die Verhandlungen zogen sich in die Länge. Houseman hörte Norman Fuld an und besprach sich dann mit Jaggers und mit Wemmick. Jaggers konferierte mit Fuld. Dann sprach Fuld mit seinem Onkel Harvey, und Onkel Harvey sprach mit Wemmick. Und als es soweit war, fing das Ganze von vorn an, mit einer Besprechung zwischen Houseman und Norman Fuld. Es war tatsächlich eine schwierige Sache, die viel Zeit erforderte. Meredith hielt sich schon seit zwei Wochen in Hollywood auf, als er Melissa, die er jeden Abend anrief, mitteilte, daß er mindestens zwei weitere Wochen hierbleiben müsse.

„Geht es dir gut? Möchtest du hierherkommen? Soll ich zum Wochenende nach New York fliegen?“

„Nein, nein. Es geht mir ausgezeichnet. Ich möchte nicht gern nach Hollywood kommen. Bist du mir böse deshalb?“

„Gewiß nicht. Du sollst tun, was dir Spaß macht, Liebling.“

„Die Zeit wird schnell vergehen“, sagte sie. „Jedenfalls bekomme ich Besuch.“

„So?“

„Ja, Merry kommt zum Wochenende hierher.“

„Oh, das freut mich. Du bist reizend zu ihr.“

„Es fällt mir nicht schwer. Ich habe sie gern.“

„Nichts könnte mich glücklicher machen. Außer das Wiedersehen mit dir.“

„Bis dahin dauert es ja nicht mehr lange."

„Hoffentlich sind diese Verhandlungen bald zu Ende."

„Rufst du mich morgen an?"

„Natürlich."

„Gute Nacht, Liebster."

Als sie den Hörer auflegte, dachte sie, daß gewisse Dinge unausweichlich zu sein schienen. Sie würde Merry das ganze Wochenende für sich allein haben. Es war himmlisch.

Sie brachte kein Wort heraus. Die ganze Sache war ja auch einfach unaussprechlich. Sie war bestürzt, vielleicht sogar ein wenig entsetzt. Aber nicht empört oder abgestoßen. Das alles schien so natürlich zu sein, obzwar man es ja wohl allgemein als das Gegenteil betrachtete — als das absolut Unnatürliche. Aber es war so angenehm, daß sie den abgerissenen Gedankenfetzen, die durch ihren Kopf zuckten wie Wetterleuchten in einer schwülen Sommernacht, einfach nicht Glauben schenkte.

Sie waren am Rand von Melissas Bett gesessen und hatten geplaudert. Der Nachmittag mit Melissa war schön gewesen. Sie hatten Einkäufe gemacht, Tee getrunken, das Museum für moderne Kunst besucht und schließlich in einem hübschen Restaurant zu Abend gegessen. Nachher waren sie die Fifth Avenue entlanggeschlendert, hatten die Schaufenster angesehen und waren dann ins Hotel zurückgekehrt. Sie waren heiter und angeregt und fühlten, daß sie einander sehr mochten. Es war ganz natürlich, daß sie noch lange plauderten, zuerst im Salon und dann in Melissas Schlafzimmer, nachdem sie die Straßenkleider mit etwas Bequemeren vertauscht hatten, Merry in ihrem schottisch karierten Flanellmorgenrock und Melissa in einem seidenen Negligé. Merry saß am Bettrand, und Melissa hatte sich auf dem Bett ausgestreckt. Sie plauderten mit Unterbrechungen, aber auch wenn sie schwiegen, fühlten sie sich einander nahe. Melissa stützte sich auf den Ellbogen und begann Merrys Haar zu streicheln. Und dann küßte sie Merry auf den Mund.

Damit begann es. Dieser Kuß konnte nicht gleichgültig hingenommen werden, er erforderte irgendeine Reaktion, ein Zeichen des Einverständnisses. In Merrys Kopf begannen die Gedanken zu rasen wie ein Motor, der aus dem Takt geraten ist, während Melissa wartete, ihr Zeit ließ, sie in keiner Weise drängte. Auch das wurde Merry bewußt, und sie war dankbar dafür. Aber gerade deshalb fühlte sie, daß sie nichts sagen oder tun dürfe, was Melissa verletzen könnte, daß sie einem Menschen, der ihr so viel Zärtlichkeit entgegenbrachte, nicht weh tun dürfe.

Ohne Zusammenhang, ohne sich zu Sätzen formen zu lassen, tauchten Wörter auf wie jene häßlichen, auf Wände gekritzelten, die man manchmal mit den Blicken streift. Lesbisch. War es das? Inzest. Sie war nicht sicher — aber vielleicht war es das auch? Aber gerade weil die Wörter allein standen, keinen Zusammenhang hatten, sich nicht zu Sätzen formen ließen, blieben sie kraftlos und ohne Bedeutung. Es war nichts in ihnen, was die Zärtlichkeit hätte stören können, die in ihr aufstieg, sie einhüllte, sie trug.

„Nun?" fragte Melissa, als wolle sie ihr ganz zart zu verstehen geben, daß die Entscheidung jetzt bei ihr liege. Und Merry schätzte auch das richtig ein, verstand sofort, daß Melissa sie nicht drängen wollte, daß sie ihr die Freiheit ließ, zu entscheiden, ob sie gute Nacht sagen und gehen oder aber bleiben wolle.

Sie wandte sich Melissa zu und erwiderte den Kuß.

Sie dachte, damit sei die Entscheidung gefallen. Aber es schien nicht so zu sein, denn Melissa fuhr bloß fort, ihr Haar zu streicheln. Merry war überzeugt, daß sie alles mißverstanden, daß sie aus einer freundschaftlichen Geste falsche Schlüsse gezogen habe. Das alles war ja auch so angenehm, so zart, so süß, daß es nicht zu den wilden Gedanken, die sie gehabt hatte, passen wollte. Aber dann glitt Melissas Hand wie zufällig auf Merrys Schultern und von dort in den Ausschnitt des Morgenrocks und begann Merrys Brust mit der Zartheit eines Schmetterlings, der auf einer Blume sitzt, zu streicheln. Merry sank auf das Bett zurück, schloß die Augen und genoß mit allen Sinnen die prickelnde Erregung, die sie zu fühlen begann. Dann küßte Melissa, die ihr Negligé mit einem Griff geöffnet hatte, sie von neuem, viel glühender als vorher, und Merry, die nicht wußte, was sie tun sollte, was sich in einem solchen Fall gehörte, hob die Hand und berührte Melissas Brust. Und sie fand, daß das viel erregender war als alles, was Melissa ihr getan hatte. Sie war schon früher geküßt worden, und Hände hatten ihre Brust gestreichelt, wenn auch niemals so wissend wie Melissas Hand. Aber nie hatte sie selbst die Brust einer andern Frau berührt, nie diese feste und doch weiche Rundung gefühlt, die sie jetzt mit vor Erregung bebenden Fingern nachzeichnete. Das sonderbarste, das aufregendste aber war, daß sie gleichzeitig glaubte, die Berührung an ihrem eigenen Körper zu fühlen. Das war es! Das sonderbarste war, daß nichts an alldem sonderbar erschien, daß alles so wunderbar natürlich und selbstverständlich war.

Sie merkte kaum, daß Melissas Hand wieder zu gleiten begonnen hatte, von Merrys Brüsten zu ihrem Nacken und von dort über ihren ganzen Körper, über ihren flachen Bauch, bis zu den Schenkeln. Eine Hand so kühl wie Frühlingswind, so weich wie Wasser, so süß wie ein beglückender Traum. Und dann hörte das Streicheln auf, und Küsse rieselten über ihren Körper. Merry wollte ihr Einhalt gebieten. Denn jetzt dachte sie nicht mehr bloß daran, zu tun, was man von ihr erwarten mochte, und Zärtlichkeit mit Zärtlichkeit zu vergelten, sondern war so erregt und aufgewühlt, daß sie nichts wollte, als an jener Stelle geküßt werden, und die Entdeckung, daß es das war, was sie ersehnte, erschreckte sie. Aber sie vermochte keine Worte zu formen, ihre Stimme versagte, sie brachte nichts als ein leises Stöhnen hervor, und dann war es zu spät, etwas anderes zu tun als zu stöhnen, lauter und immer lauter, bis sie nicht mehr anders konnte als zu schreien, überwältigt von Lust zu schreien, und schließlich das letzte Erschauern sich aus der Tiefe ihres Wesens löste.

Es war ein Erwachen, ein allmähliches Entdecken und Sichselbst-Erkennen, zu dem Melissas wissende Zärtlichkeit Merry verholfen hatte. Auf ihre so bezaubernd gestellte Frage, ob denn das, was sie getan hatten, nicht etwas Schlechtes sei, antwortete Melissa: „Nichts, was mit Zärtlichkeit, Zuneigung und Liebe getan wird, ist schlecht. Nur Härte, Kälte und Grausamkeit sind schlecht."

Und Melissa küßte Merry zum Dank für ihre aufrichtige Frage, und sie öffnete eine kleine Flasche Champagner, weil es gefeiert werden mußte, daß Merry ihre Antwort angenommen hatte. Sie tranken den Champagner, löschten dann das Licht und lagen noch lange eng umschlungen.

Es war ein vollkommenes Wochenende gewesen. Am Sonntagnachmittag, als Merry ins Internat zurück mußte, war es beiden klar, daß Merry zum nächsten Wochenende und zu allen folgenden Wochenenden wiederkommen müsse.

„Ich komme also Freitag", sagte Merry.

„Natürlich, Liebes."

„Du wirst mir fehlen."

„Und du mir erst recht. Ich wünsche dir eine gute Woche."

„Ich dir auch."

„Sie wird nicht so gut sein."

„Ja, ich verstehe."

Sie küßten einander zum Abschied, und Merry fuhr in der Limousine zum Bahnhof.

Aber am nächsten Freitag kam Meredith zurück, da Norman Fuld sich endlich entschlossen hatte, seine Bedingungen anzunehmen. Meredith kam mittags an, Merry um acht Uhr abends. Meredith war strahlender Laune, erstens weil er seine Verhandlungen so gut geführt hatte, und zweitens weil sich Merry und Melissa offensichtlich ausgezeichnet vertrugen, denn sonst wäre Merry nicht an zwei aufeinanderfolgenden Wochenenden nach New York gekommen. Was für eine angenehme Abwechslung, plötzlich ein Familienleben zu haben, wie es — zumindest in seiner Vorstellung — andere Leute hatten. Sie nahmen ein spätes Abendessen in einem französischen Restaurant ein und kehrten dann ins Hotel zurück. Meredith sagte, er sei müde von der Reise und wolle zeitig zu Bett gehen. Was er wirklich wollte, war Melissa, von der er drei Wochen getrennt gewesen war. Aber sie sagte, sie habe Kopfschmerzen, und es sei ihr ein wenig übel im Magen.

„Aber das Essen war doch ausgezeichnet."

„Ich glaube auch nicht, daß es vom Essen kommt. Es dürfte eher eine kleine Infektion sein. Es tut mir leid, Liebster."

„Mir erst recht."

Meredith ging zu Bett, und falls er enttäuscht war, zeigte er es nicht. Melissa sagte, sie wolle noch eine Zeitlang aufbleiben, bis die Übelkeit vorüber sei. Sie war froh, daß sie es hatte vermeiden können, die Beziehung, die zwischen ihr und Merry bestand, zu belasten. Es ging ihr dabei hauptsächlich um Merrys Gefühle, aber vielleicht auch um ihre eigenen. Oder um ihre eigenen Wunschvorstellungen darüber, was Merry in dieser sonderbaren und äußerst heiklen Situation empfinden sollte. Merry war sich nicht ganz so deutlich der Komplikationen bewußt, die sich ergeben hatten, aber sie fühlte sich auf unbestimmte Weise beunruhigt. Sie konnte nicht schlafen. Sie lag wach, bemühte sich einzuschlafen, konnte jedoch nicht die richtige Lage finden und drehte sich von einer Seite zur andern. Es war fast drei Uhr morgens, als sie endlich in den Schlaf sank. Melissa schlief ein wenig später auf der Couch im Wohnzimmer ein.

Aber das Problem war noch keineswegs gelöst, ja es gab noch nicht einmal eine zeitweilige Lösung. Es würde schwierig sein, dachte Melissa am nächsten Morgen, heute abend die gleiche Ausrede zu gebrauchen wie gestern. Aber irgendeine Ausrede mußte gefunden werden, denn sie konnte unmöglich mit Meredith schlafen, während Merry allein im Nebenzimmer lag. Nicht daß Melissa es als Untreue gegen Merry aufgefaßt hätte — Gedanken dieser Art lagen ihr fern —, aber es wäre peinlich, ja sogar widerlich. Es wäre schlecht. Sie erinnerte sich, daß sie Merry gesagt hatte, nichts, was aus Zärtlichkeit, Zuneigung und Liebe geschehe, könne schlecht sein. Aber das Leben war leider komplizierter. Man konnte sich nicht einfach auf seine Gefühle verlassen. Oder vielleicht doch? Weil ihr Gefühl ihr sagte, daß es schlecht wäre, war es sicherlich auch schlecht. Sie konnte unmöglich mit Meredith schlafen, während Merry im Haus war. Also mußte Merry aus dem Haus. Das wäre für sie das beste, ja es wäre für alle drei das beste. Aber wie machte man es möglich, Merry an einem Sonnabend aus dem Haus zu schaffen? Wie lächerlich, daß in einem Augenblick wie diesem der Zeitplan einer Schule eine Rolle spielte! Und doch lag in diesem Fall die Schwierigkeit in Miß Prestons Vorstellung vom Wochenende. Ein Wochenende begann nach der letzten Unterrichtsstunde am Freitag und endete am Sonntag um sechs Uhr abends. Es würde einen merkwürdigen Eindruck machen, wenn Merry an einem Sonnabend ins Internat zurückkäme. Nein, sie mußte mit Merry sprechen, ihr klarzumachen versuchen ... Was? Sie dachte sich verschiedene Lügen aus, aber sie waren alle zu leicht durchschaubar. Sie waren telephonisch zu einer Besprechung mit einem Produzenten gerufen worden; sie waren nach Palm Beach eingeladen worden; sie mußten dringend abreisen, um ... Nein, das alles roch von weitem nach Lüge, und Merry würde daraus schließen — mußte daraus schließen, daß Melissa sie loswerden wollte, um mit ihrem Vater allein zu sein. Wie konnte sie ihr zu verstehen geben, daß sie sie nicht deshalb aus dem Haus haben wollte, weil sie ihn ihr vorzog, sondern weil es unmöglich, einfach unmöglich war, zu dritt in der Wohnung zu bleiben. Natürlich hoffte sie, daß sich noch irgendein Ausweg finden würde. Wie hatte sie nur übersehen können, daß sich früher oder später diese peinliche Lage ergeben mußte? Aber sie hatte es übersehen. Vielleicht hatte sie sich einfach geweigert, an irgend etwas anderes zu denken als an Merry. Und jetzt lief sie Gefahr, Merry das Herz zu brechen. Wenn sie Merry doch bloß alles erklären könnte...

Aber warum nicht? Merry war ein kluges und, was noch wichtiger war, ein sehr vernünftiges Mädchen. Sicher würde sie Verständnis für die Situation haben, würde begreifen, daß Melissa unmöglich mit Meredith schlafen konnte, während Merry im Nebenzimmer lag, die süße, wunderbare Merry, bei der sie viel lieber wäre. Ja, wenn sie aufrichtig war, mußte sie sich das eingestehen. Und sie gestand es sich ein, mit Freude und in der Hoffnung, daß Merry es ihr glauben würde. Denn es war die Wahrheit.

Es bestand jedoch ein großer Unterschied zwischen dem Beschluß, Merry reinen Wein einzuschenken, und seiner Durchführung. Es war entsetzlich schwierig, die richtigen Worte zu finden. Sie hatte solche Angst, sich falsch auszudrücken. Aber irgendwie würden sich aus ihrer Liebe heraus die passenden Worte schon einstellen. Darauf mußte sie vertrauen. Vorläufig lag sie noch im Bett und sah dem Uhrzeiger zu, der deprimierend rasch um das Zifferblatt kreiste. Colette war am Morgen hereingekommen, und als sie Melissa auf der Couch im Salon schlafend fand, hatte sie sie mit großer Vorsicht geweckt und besorgt gefragt, ob sie ihre Herrin nicht zu Bett bringen dürfe. Und Melissa war in ihrem eigenen Appartement wie ein Einbrecher auf Zehenspitzen ins Schlafzimmer geschlichen und hatte sich in eines der beiden großen Doppelbetten gelegt. Weder sie noch Meredith hatten dieses zweite Bett je benützt. Bis heute.

Sie schlief ein und wollte auch nicht aufstehen, nachdem Colette ihr knapp nach Mittag eine Tasse heißen Kaffee aus einer Mischung von Mokka- und Javabohnen, die sie liebte, gebracht hatte. Sie trank die Hälfte, dankte Colette und gab ihr den Auftrag, zu sagen, ihre Herrin fühle sich noch immer nicht ganz wohl und wünsche noch ein wenig zu schlafen. Es war nur ein Aufschub, aber jeder Aufschub war ihr willkommen. Wenigstens hatte sie noch ein wenig Zeit zum Nachdenken.

Aber nachdem sie noch eine weitere Stunde gegrübelt und die Sache nach allen Richtungen überlegt hatte, so daß ihr der Kopf schwindelte, kam sie zu dem Schluß, daß es nur eine Lösung gebe. Wollte sie niemanden kränken, dann mußte sie Merry die Wahrheit sagen. Sie klingelte nach Colette, die mit einer neuen Tasse Kaffee erschien, und fragte sie, ob Mr. Houseman noch zu Hause sei.

„Nein, Madame. Er ist ausgegangen. Er hat nicht gesagt, wohin."

„Und Merry?"

„Sie ist hier."

Es war eigentlich zu früh, aber die Gelegenheit war günstig; wahrscheinlich würde sich keine bessere ergeben. Weiteres Nachdenken hatte sowieso keinen Sinn mehr.

„Bitten Sie sie, zu mir zu kommen."

„Ja, Madame. Soll ich Ihnen noch eine Tasse Kaffee bringen?"

„Nein, danke. Ich stehe in ein paar Minuten auf, dann trinke ich vielleicht noch eine Tasse."

„Ja, Madame." Colette ging, um Merry zu rufen.

„Geht es dir schon besser?" fragte Merry von der Tür her, noch bevor sie ins Zimmer getreten war.

„Ja", sagte Melissa. „Das heißt, es geht mir nicht besser, sondern gut. Es ist mir nämlich auch gestern abend nicht schlecht gegangen."

„Aber ich dachte . . ."

„Körperlich hat mir nichts gefehlt, aber ich konnte nicht . . . Ich kann nicht mit deinem Vater Wiedersehen feiern, während ich dich im Nebenzimmer weiß. Wenn du hier bist, dann gibt es für mich nur dich. Ich kann nur an dich denken. Und deshalb habe ich Unwohlsein vorgeschützt. Aber es ist unfair. Es ist unfair deinem Vater gegenüber und dir gegenüber und . . ."

„Ich verstehe."

„Wirklich? Du kannst das verstehen?"

„Du möchtest, daß ich fortgehe, nicht wahr?"

„Ja. Aber ich muß sicher sein, daß du weißt, warum ich das möchte. Ich wünsche mir, daß du bleibst, aber ich muß dich bitten zu gehen, mir zuliebe, weil ich dich so sehr liebe."

„Ich weiß."

„Verstehst du es wirklich?"

„Ja, ich glaube. Zum Teil wenigstens. Ich ... ich liebe ihn auch. Er ist mein Vater. Ich werde gehen."

„Es wird ein anderes Wochenende kommen", begann Melissa, aber Merry unterbrach sie.

„Nein. Keines wird mehr so sein wie das letzte."

„O doch. Wir werden wieder allein sein. Dein Vater ist oft auf Reisen. Ich kann dich im Internat besuchen ..."

„Nein, um Himmels willen, nein. Das wäre nicht gut. Für dich nicht und für mich auch nicht."

„O Merry, Merry", stöhnte Melissa.

Sie konnte sich später nicht mehr erinnern, ob sie ihre Hände nach Merry ausgestreckt hatte oder ob Merry sich zuerst über sie gebeugt und sie sie dann in die Arme genommen hatte. Vielleicht war beides gleichzeitig geschehen. Sie konnte sich einfach nicht erinnern, und es wäre wichtig gewesen, sich zu erinnern, denn wenn sie nicht die Arme ausgestreckt oder Merry sich über sie gebeugt hätte, dann wäre alles in Ordnung gewesen, und nichts wäre geschehen. Nein, es wäre gar nichts geschehen.

Aber wie immer es begonnen hatte — sie küßten einander leidenschaftlich und lange. Länger, als ihnen bewußt war, und länger, als sie es sich später erklären konnten. Merry hatte die Tür nicht abgeschlossen, oder vielleicht hatte sie sie geschlossen, und er hatte sie geöffnet — jedenfalls war sie plötzlich offen, und Meredith stand da und sah die beiden an.

„Wir nehmen Abschied", sagte Melissa, sobald sie seiner ansichtig wurde.

„So?"

„Merry hat sich entschlossen, schon heute ins Internat zurückzufahren."

„So?"

„Das stimmt doch, Merry, nicht wahr?"

„Ja. Ich habe mich erinnert, daß ich bis Montag eine schriftliche Arbeit zu machen habe. Ich wollte sie hier machen, aber ich habe die Bücher, die ich dazu brauche, vergessen. Also muß ich zurück."

„Ja, das sehe ich ein."

Merry verließ das Zimmer, um ihre Sachen zu packen und ins

Internat zurückzufahren. Meredith schloß die Tür hinter sich, trat auf Melissa zu und fragte: „Was zum Teufel geht hier vor?"

„Nichts, Liebster. Was meinst du?"

„Mit Merry. Du weißt verdammt gut, was ich meine."

„Sie fährt schon heute zurück. Das ist alles."

„Und warum? Das möchte ich wissen."

„Sie hat eine schriftliche Arbeit ..."

„Komm mir nicht damit. Was war los?"

„Ich verstehe nicht, wovon du sprichst."

„Du weißt sehr gut, wovon ich spreche. Und es wird mir übel, wenn ich daran denke. Viel mehr übel, als dir gestern war — angeblich. Du lieber Himmel, wie war es möglich, daß ich nicht früher darauf gekommen bin! Daß ich nicht im entferntesten daran gedacht habe! Ich glaube, weil es mir einfach undenkbar vorkam. Undenkbar und entsetzlich gemein."

„Ich weiß nicht, was du meinst."

Sie war auf eine Szene vorbereitet. Sie wußte, sie würde früher oder später zusammenbrechen und gestehen und weinen. Und sie fragte sich, was dann geschehen würde. Würde er aus dem Zimmer stürzen und aus ihrem Leben verschwinden? Oder würde er sie schlagen? Oder würde er ihr vielleicht — auch das wäre möglich — verzeihen? Würde er verstehen? Verstehen und verzeihen? Sie begann ein wenig Hoffnung zu schöpfen, weil er ein paar Sekunden geschwiegen hatte. Aber dann bemerkte sie — und es kam ihr nur komisch vor, komisch und unerklärlich —, daß er sein Hemd auszog. Und die Schuhe. Und die Hose. Und dann begriff sie plötzlich, und sie sagte ganz leise — weil es nichts nützte, weil sie keine Hoffnung hatte, daß es etwas nützen könnte —: „Nein, nein, nein, nein", aber er zog seine Unterhose aus und näherte sich dem Bett, und sie sagte noch immer: „Nein, nein, nein", bis er ihr ins Gesicht schlug. Und dann bekam sie Angst und sprang aus dem Bett, aber er ergriff ihren Arm und verdrehte ihn, und es tat weh, und sie schrie auf, aber er fuhr fort, ihren Arm zu verdrehen, so daß sie glaubte, er müsse ihn ihr jeden Augenblick brechen, und so mußte sie sich auf das Bett zurückfallen lassen, und er warf sich auf sie und schlug ihr noch einmal ins Gesicht.

„Nicht, Meredith, nicht! Sei nicht so grausam!"

„Du hast es verdient."

Sie hörte auf zu protestieren, weil er diesen Satz gesagt hatte. Wie an eine Schulstunde, die viele Jahre zurückliegt, erinnerte sie sich plötzlich an ihren Cousin, der verächtlich hervorgestoßen hatte: „Du hast es verdient." Und sie hatte aufgehört sich zu wehren, damit er ihr nicht weh tue. Aber er hatte ihr weh getan. Es war ein brennender Schmerz gewesen, den sie heute noch als das Qualvollste im Gedächtnis hatte, was sie je im Leben hatte ertragen müssen. Und auch jetzt gab sie jede Gegenwehr auf, als er sagte: „Du hast es verdient." Und er tat ihr weh. Nicht so sehr wie Nikolas damals, aber weh genug. Genug, daß sie vor Schmerz wimmerte, vor Schmerz, der mit Lust gemischt war. Und der dann — unerklärliches Wunder — unvermittelt in höchste Lust überging, in eine Lust, die sie nie für möglich gehalten hätte, die ihr lange, gellende Schreie entriß. Sie hatte nicht gewußt, daß es eine Lust gibt, die so scharf, so durchdringend ist wie Schmerz, aber brennender, verzehrender, tiefer, höher und ...

Aber da ließ er sie los. Ließ sie einfach los, stieg aus dem Bett und begann seine Kleider anzuziehen.

Und im Nebenzimmer hörte Merry, die neben ihrem gepackten Köfferchen auf dem Bett saß, daß die Schreie plötzlich abbrachen. Die Tränen stürzten ihr aus den Augen vor Schmerz über die Qualen, die ihr Vater der Frau da drinnen zufügte. Fluchtartig verließ sie das Appartement und fuhr, immer noch weinend, zum Bahnhof. Gänzlich versiegten die Tränen erst, als sie schon fast am Ziel angelangt war.

Die Ironie des Schicksals wollte es, daß das Stück gerade am Vatertag gespielt wurde. Merrys Vater war nicht da. Er drehte in Spanien einen Film. Aber Merry machte das nichts aus, denn daß sie überhaupt in dem Stück mitspielte, daß sie die Mühe des Auswendiglernens und der Proben auf sich genommen hatte, entsprang ihrer Absicht, jeden Gedanken an ihren Vater zu verdrängen. Natürlich war es widersinnig, das gerade auf diese Art zu versuchen, das mußte sie selbst zugeben. Für sie als Tochter eines Schauspielers schien das Theater nicht der geeignete Ort, um der Erinnerung an den Vater zu entfliehen. Aber in anderer Hinsicht war es doch genau das Richtige. Was die andern dachten, war belanglos. Mochten die Leute im

Publikum auch genau auf jede Geste, jeden Tonfall achten, um Ähnlichkeiten zwischen Vater und Tochter festzustellen — es war Merry gleichgültig. Wenn sie da oben auf der Bühne stand, versuchte sie, eine ganz andere zu sein, nicht die Tochter ihres Vaters, nicht sie selbst, sondern die Rosalinde in „Wie es euch gefällt", die im Ardennenwald ihren Vater sucht. Dieser Vater, der alte Herzog, wurde von Helen Farnam gespielt, die die Rolle bekommen hatte, weil sie groß war und eine tiefe Stimme hatte.

Jaggers war natürlich gekommen. Er war der Agent ihres Vaters, aber sie hatte ihn als Freund gern. Manchmal, wenn sie nachts wach lag, kam es ihr vor, als ob sie zwei Väter hätte oder einen Vater in zwei Erscheinungsformen, wie Dr. Jekyll und Mr. Hyde. Jaggers war Jekyll. Sie war froh, daß Mr. Hyde nicht kommen konnte.

Merry war dem Theaterklub hauptsächlich beigetreten, weil Helen Farnam beigetreten war. „Ich muß neben dem Studium noch etwas anderes zu tun haben", hatte Helen eine Tages erklärt und war auf das Theaterspielen verfallen, weil sie glaubte, daß es leicht sei. Aber es stellte sich heraus, daß es wirkliche Arbeit bedeutete, und das reizte wieder Merry. Sie brauchte etwas, womit sie die wenige Zeit, die ihr das Studium ließ, restlos ausfüllen konnte, etwas, in das sie sich hineinstürzen konnte, um sich selbst zu vergessen.

Es war gar nicht so leicht gewesen, aufgenommen zu werden, da das Semester schon ziemlich weit vorgeschritten war. Aber sie hatten eine Ausnahme gemacht, weil — nun, weil sie Meredith Housemans Tochter war. Eigentlich hatte sich Merry seiner Berühmtheit im umgekehrten Sinn bedient, indem sie erklärte, sie hätte immer schon gern Theater spielen wollen, habe jedoch nie gewagt, diesen Wunsch in die Tat umzusetzen, eben weil sie die Tochter ihres Vaters war. Aber schließlich sei es ihr ungerecht erschienen, daß sie aus diesem Grund nie einen Versuch wagen sollte. Das hatte allen eingeleuchtet, und man hatte sie aufgenommen.

Niemand wußte etwas von dem Brief, den Melissa ihr geschrieben hatte. Es war eine Art Liebesbrief; jedenfalls hatte Melissa darin ihrer Liebe für Merry Ausdruck gegeben. Aber gleichzeitig war es ein Abschiedsbrief. Sie durften einander nicht wiedersehen. Meredith hatte gedroht, Melissa in ein „Sanatorium“ zu stecken, falls sie den Versuch machen sollte, Merry wiederzusehen. Der Brief enthielt auch eine Neuigkeit: Melissa war schwanger. Merry erinnerte sich nicht mehr genau an den Brief. Sie hatte ihn verbrannt, was sie später bedauerte. Aber die Erinnerung war immerhin deutlich genug: ein verworrenes Gemisch aus Schmerz und Zorn, Enttäuschung und Liebe.

Zuerst hatte sich Merry nur mit der technischen Seite des Theaterspielens befaßt, aber nach den Weihnachtsferien hatte sie beschlossen, sich um eine Rolle zu bewerben, und zwar wollte sie versuchen, wenn irgend möglich, eine große Rolle zu bekommen. Sie war zu Weihnachten „zu Hause“ gewesen, wenn man das Hampshire House als Zuhause bezeichnen konnte. Meredith hatte sie eingeladen, die Feiertage mit ihnen zu verbringen. Es würde für längere Zeit das letzte Wiedersehen sein, denn Meredith mußte nach Spanien, um den Film über das Leben Neros zu drehen, und Melissa ging nach Paris zu ihrer Familie, um dort die Geburt ihres Kindes zu erwarten. Aber der wahre Grund für die Einladung war, daß Meredith ihr Melissa vorführen wollte. Die ersten drei Monate der Schwangerschaft hatten ihrem Äußeren nicht gutgetan. Sie konnte kaum irgendwelche Nahrung behalten und erbrach nicht nur jeden Morgen, sondern auch am Nachmittag und Abend. Die Ärzte meinten, es sehe fast so aus, als ob sie das Kind nicht wolle. Es war eine traurige Woche. Am Sechsundzwanzigsten flog Meredith nach Madrid, und Melissa flog nach Paris. Den Rest der Weihnachtsferien verbrachte Merry bei den Farnams.

Eine Woche nach Schulbeginn bewarb sie sich um eine Rolle in „Wie es euch gefällt“. Sie mußte vorsprechen und erhielt die Hauptrolle! Die Rosalinde! Das Mädchen, das auf die Suche nach ihrem Vater geht und sich zu diesem Zweck als Knabe verkleidet. Welch bittere Ironie darin lag, daß gerade sie diese Rolle spielen sollte, konnte sie niemandem sagen. Aber vielleicht sollte man es nicht als bittere Ironie, sondern als Glück im Unglück betrachten? Wer hätte die Person, die sie darstellen sollte, besser verstehen können? Und sie spielte die Rosalinde und brachte mit ihrem Spiel in die leichte Komödie ein wenig Tiefe, ein Destillat aus ihrem letzten Erlebnis, das dieser Rolle so unglaublich angemessen war. Sie hatte großen Erfolg. Mrs. Bernard, die Leiterin des Theaterklubs, sagte ihr bei der Generalprobe, daß sie einfach großartig sei, und fragte, ob sie nie daran gedacht habe, Schauspielerin zu werden. Die Frage war als zusätzliches Kompliment gemeint und sollte Merry mehr Selbstvertrauen für die Vorstellung am nächsten Abend geben, an dem sie zum erstenmal in ihrem Leben vor einem Publikum stehen würde. Aber sie war mit solchem Nachdruck gestellt worden, daß sie eine Antwort erforderte.

„Ja, ich habe daran gedacht."

„Ah."

„Aber ich habe es mir überlegt. Ich möchte nicht zum Theater."

„Vielleicht entschließt du dich noch anders."

„Es ist der Beruf meines Vaters. Ich wünsche ihn mir nicht."

„Bist du sicher, daß das nicht eine Art Flucht ist? Du hast wirklich Talent, und dein Name, deine Verbindungen würden dir sehr zustatten kommen."

„Das ist es eben. Ich möchte den Namen nicht ausnützen. Anderseits wäre es Wahnsinn, es nicht zu tun. Nein, ich will nicht."

„So?" meinte Mrs. Bernard. „Was willst du denn tun?"

„Ich weiß es nicht."

„Nun, jedenfalls wünsche ich dir viel Glück für dein weiteres Leben."

„Danke."

„Und Hals- und Beinbruch für morgen."

„Danke."

Am nächsten Tag erschienen die Väter, und Jaggers kam, sozusagen um die Rolle von Merrys Vater zu spielen. Nachdem sie ihn begrüßt hatte, ging sie in die Garderobe, um sich zu schminken und das Kostüm anzuziehen, in dem sie die Rolle des Mädchens spielen sollte, das seinen Vater sucht. Und sie war gerade aufgeregt genug und auf eine merkwürdige Weise gerade ruhig genug, um alles genau richtig zu machen, besser, viel besser als bei der Generalprobe. Es ging wunderbar. Das Publikum lachte und applaudierte, und der Beifall stieg Merry zu Kopf wie Champagner. Und am Schluß kam sie heraus und sprach den Epilog, und wiederum brandete der Beifall hoch.

Er klang noch in ihr nach, als Jaggers sie während der Party für die Schauspieler fragte, ob sie im Sommer zu ihrem Vater nach Spanien gehen wolle.

„Will er, daß ich komme?"

„Natürlich.“

„Warum schreibt er mir dann nicht selbst?“

„Ich glaube, er hat Angst, daß du nein sagen könntest.“

„Und deshalb hat er es dir überlassen, mich zu fragen?“

„Wahrscheinlich.“

„Nein, ich will nicht nach Spanien.“

„Aber wohin willst du gehen?“

„Ich dachte, ich könnte in ein Ferienlager, in dem Theater gespielt wird, als Dramaturgin oder so etwas Ähnliches. Ich habe ja jetzt schon ein wenig Erfahrung. Der Tanzunterricht, den ich vorigen Sommer den Kindern gegeben habe, und das Theaterspielen hier . . .“

„Du bist zu jung. Sie nehmen nur Collegestudenten.“

„Oh.“

„Aber wenn du willst, kann ich dich bei einem Jugendtheater unterbringen. In Cape Cod. Sie spielen Stücke für Kinder. Du könntest dort viel lernen. Ich habe einen Freund dort, der das sicherlich arrangieren kann.“

„Würdest du das tun?“

„Wenn du wirklich willst.“

„O ja. Ich liebe das Theater. Seit heute weiß ich, daß ich nichts anderes will als Theater spielen.“

Erst später kam ihr zum Bewußtsein, daß sie genau das getan hatte, was sie Mrs. Bernard gegenüber so streng abgelehnt hatte. Sie hatte sich des Namens und der Verbindungen ihres Vaters bedient, um das zu erreichen, was sie sich wünschte — Theater spielen.

Nach der Party für die Schauspieler ging sie in ihr Zimmer hinauf und fand auf dem Boden ein Telegramm, das unter der Tür durchgeschoben worden war. Sie riß es auf. Es war von ihrem Vater.

„Hals- und Beinbruch, liebste Merry. Küsse. Vater.“

Die Tränen schossen ihr in die Augen. Es hätte sie doch gefreut, wenn er dagewesen wäre. Trotz allem.

VIII

Es war ein altes Holzhaus, das aussah, als hätte der Baumeister zuerst eine Scheune bauen wollen, sich jedoch dann anders besonnen und eine Kirche daraus gemacht. Tatsächlich war es einmal das Gemeinschaftshaus einer Farmergenossenschaft gewesen, aber die Genossenschaft hatte den Geist aufgegeben, und so war es leer geblieben. Schließlich mußte es versteigert werden, um die rückständigen Steuern hereinzubringen — und das Cape-Cod-Jugendtheater war geboren.

Das Gebäude schien noch immer unentschlossen, was es eigentlich zu sein hatte, und die zwei großen, bunt bemalten Clownfiguren, die das Schild mit der Aufschrift „Cape-Cod-Jugendtheater" hielten, verliehen ihm ein noch groteskeres Aussehen. Es glich einer alten Dame, die zuviel Silvesterpunsch getrunken hat und daraufhin beschließt, den Jungen zu zeigen, wie man richtig Tango tanzt. Alles Geld, das man in den letzten Jahren aus Billettverkäufen, Mitgliedsbeiträgen und Spenden eingenommen hatte, war vernünftigerweise nicht für das Äußere, sondern für wichtigere Dinge, wie Beleuchtung, Requisiten, Tonanlage und dergleichen, verwendet worden, so daß der Eindruck im großen und ganzen besser war, als man vermuten mochte. So unglaublich es war, aber die alte Dame konnte tatsächlich recht gut Tango tanzen.

Merry war zuerst leicht enttäuscht, als sie das Gebäude sah, aber sie mußte bald einsehen, daß ihr kaum Zeit blieb, sich über seine architektonischen Qualitäten den Kopf zu zerbrechen. Die Arbeit war hektisch und keineswegs wohlorganisiert, aber vielleicht gerade deshalb faszinierend. Jeden Sommer wurden vier Stücke einstudiert, deren jedes zwei Wochen lang gespielt wurde. Am Tag der Premiere des ersten Stückes begannen die Proben für das zweite, so daß durch sechs von den acht Sommerwochen täglich zweimal gespielt wurde. Das heißt eigentlich dreimal. Am Vormittag kamen die Kinder aus der Umgebung, um dramatischen und theatertechnischen Unterricht zu erhalten; am Nachmittag war Probe, gewöhnlich von zwei bis fünf Uhr. Um sieben Uhr begann das Schminken und Ankleiden für die Vorstellung um acht Uhr, und nach der Vorstellung gab es wieder Proben, weil manche Leute keine Zeit hatten, zur Nachmittagsprobe zu kommen — Leute, die im Beruf standen, oder Jugendliche, die sich während der Ferien etwas Geld verdienten, indem sie Rasen mähten oder in den Selbstbedienungsläden Konservendosen aus den Magazinen holten und in die Regale stellten. Merry hatte derlei nicht nötig, und daher konnte sie mehr Zeit im Theater verbringen, wo es immer etwas zu tun gab. Ja es gab sogar so viel zu tun, daß man glaubte, nie damit fertig werden zu können.

Mit großem Eifer erklärte Merry das alles ihrem Vater. Sie war beglückt, daß er gekommen war. Beglückt und geschmeichelt. Sie wußte wohl, daß er die Reise von Spanien in die Vereinigten Staaten nicht ihretwegen gemacht hatte, sondern um in New York wichtige Verhandlungen zu führen. Aber er war von New York nach Cape Cod gekommen, nur um sie zu sehen. Ebensogut hätte er von Spanien kommen können.

Alle ihre Zweifel waren geschwunden, hatten sich zerstreut wie die Morgennebel über Cape Cod, wenn die Sonne aufging. Sie war eher trübe gestimmt gewesen, als sie ihn auf dem Flughafen von Hyannis Port erwartete. Ihre Ferien, das seelische Gleichgewicht, das sie gefunden hatte, schienen ihr bedroht zu sein, seit ihr Vater angerufen und ihr mitgeteilt hatte, daß er sie besuchen wolle. Sie hatte es, so gut es ging, vermieden, als Meredith Housemans Tochter aufzutreten, hatte den Namen ihres Vaters so selten wie möglich erwähnt, hatte sich bemüht, eine Schülerin zu sein wie die anderen, weil sie hoffte, es aus eigener Kraft schaffen zu können, Erfolg oder Mißerfolg nur von der eigenen Leistung abhängig zu machen. Es war schwierig, aber nicht unmöglich, das durchzuführen. Die anderen Schüler sowie die Regisseure und Lehrer hatten ihr Verhalten auf Bescheidenheit zurückgeführt, was nicht ganz, aber beinahe stimmte. Jedenfalls waren sie auf das Spiel eingegangen und hatten versucht, Merrys berühmten Vater ebenso selten zu erwähnen, wie sie es tat.

Und nun war er hierher unterwegs und hatte seine Anwesenheit bei der Generalprobe von „Alice im Wunderland“ angesagt, worin Merry das weiße Kaninchen spielen sollte. Das hätte niemandem besonderen Eindruck gemacht, wäre Meredith Houseman ein Arzt oder ein Buchhalter gewesen. Aber da er ein Prominenter war, ein berühmter Filmstar, würde er im Mittelpunkt der Aufmerksamkeit stehen. Merry hatte viel darüber nachgedacht. Erst hatte sie ihrem Vater seine Berühmtheit geradezu übelgenommen, dann war sie sich darüber klargeworden, daß er schließlich für die entstandene Situation nichts könne, und zum Schluß hatte sich ihrer eine Art Angstgefühl bemächtigt. Sein Besuch würde das zarte Netz zerreißen, das sie um ihre Person gesponnen hatte, er würde sie in das grelle Licht der allgemeinen Aufmerksamkeit rücken und ihre Bemühungen, sich zu tarnen, zunichte machen.

So weit war sie mit ihren Gedanken gekommen, als das Flugzeug landete. Unter den Blicken der unvermeidlichen Gaffer stieg er aus der DC-3, lächelte, winkte, kam mit raschen Schritten auf sie zu und küßte sie auf die Wange. Sie freute sich, ihn wiederzusehen, und sagte ihm das. Und plötzlich hatte sie eher Angst davor, daß das Jugendtheater vor ihrem Vater versagen könnte, als daß er vor ihren Kollegen nicht bestehen würde. Er konnte nichts dafür, daß er so viel Glanz ausstrahlte. Wenn andere davon geblendet waren, so trugen daran ihr Blickwinkel und die Glanzlosigkeit ihres eigenen Wesens die Schuld.

Auf der Fahrt vom Flughafen erzählte sie ihm von ihrer Tätigkeit im Jugendtheater, und er erzählte ihr von Spanien und von der Dreharbeit für den Nero-Film. So groß der Unterschied zwischen diesen beiden Tätigkeiten war, es gelang ihm, es so darzustellen, als lägen sie auf gleicher Ebene und als unterhielten sich zwei Berufskollegen über Fachfragen.

Sie hielten unterwegs, um zu Mittag zu essen, und fuhren fort zu plaudern wie zwei alte Freunde, die sich lange nicht gesehen haben und doch sogleich in die alte Intimität finden. Es war einfach herrlich, wieder mit ihm zusammen zu sein. Und dann, knapp bevor der Kaffee kam, erwähnte er ganz nebenbei, daß Melissa in Paris ein totes Kind zur Welt gebracht habe und die Scheidung wolle.

„Wie denkst du darüber?“ fragte Merry.

„Wie soll ich darüber denken? Es ist aus. Das weiß ich, ohne daß es mir ein Richter zu sagen braucht. Und Melissa weiß es auch.“

Es klang brutal, fast grausam, aber es war vernünftig. Und er schien so gut gelaunt, daß auch sie nicht traurig oder deprimiert zu sein vermochte.

In die merkwürdige und unerwartete innere Ruhe, die Merry seit der Ankunft ihres Vaters empfand, drang der Trubel der Generalprobe. Die Probe verlief gut. Die komplizierten Tanzschritte, die Merry nach ihrem Lied auszuführen hatte, glückten ihr ausgezeichnet. Natürlich war noch nicht alles perfekt, aber es handelte sich ja um eine Probe. Mary Ann Maxwell spielte die Alice nicht so gut, wie man es von ihr erwartet hatte, aber sie war, wie sie Bill Schneider anvertraute (der es Merry weitersagte), schrecklich nervös, weil sie Meredith Houseman im Zuschauerraum wußte.

Nach der Probe sollten die Darsteller photographiert werden. Meredith wartete im Zuschauerraum. Merry wollte das Photographieren so schnell wie möglich hinter sich haben. Sie sehnte sich danach, mit ihrem Vater zusammen zu sein. Aber Lloyd Cook, der Regisseur, kam auf die glänzende Idee, Meredith zu bitten, er möge doch so liebenswürdig sein, sich nur ein einziges Mal mit Merry und Mary Ann aufnehmen zu lassen.

„Es wäre eine so großartige Reklame", meinte er, als wäre Meredith ein Schwachkopf, der das nicht von selbst wüßte. Es gab keine Möglichkeit, die Bitte abzulehnen, ohne den Regisseur vor den Kopf zu stoßen. Merry sah ein, daß ihrem Vater nichts übrigblieb, als einzuwilligen. Sie ärgerte sich, weil Cook die Berühmtheit ihres Vaters ausnützte. Aber dann geschah etwas, was ihren Ärger in tiefe Traurigkeit verwandelte. Als der Photograph sie auf der Bühne aufgestellt hatte — Meredith natürlich in der Mitte, flankiert von Merry und Mary Ann — verspürte Merry ein Jucken an der Schulter. Sie dachte, es sei ein Moskitostich, und kratzte sich. Aber es schmerzte plötzlich, und so wandte sie sich um, um nachzusehen, ob sie sich vielleicht blutig gekratzt hätte. Und sie wandte den Kopf gerade im richtigen Augenblick, um zu bemerken, daß die Hand ihres Vaters nicht auf Mary Anns Taille lag, sondern das Gesäß des Mädchens faßte.

Das Blitzlicht flammte auf, und der Photograph bedankte sich überschwenglich. Meredith Houseman nickte lächelnd und sagte: „Schon gut.“ Aber es war nicht gut. Es war gar nicht gut, fand Merry. Nicht nur der Moskitostich, sondern alles, alles schmerzte plötzlich. Das Gefühl, daß ihr Vater und sie einander nahestanden, hatte sich verflüchtigt. Und der Verrat, den er — so schien es ihr — an ihr begangen hatte, erinnerte sie an den Verrat, den sie an Melissa begangen hatte. Mit welcher Gleichgültigkeit sie die Nachricht aufgenommen hatte, daß Melissa ein totes Kind geboren hatte und sich in Paris offenbar unglücklich fühlte. Wie begierig war sie gewesen, ihren Vater um jeden Preis, auch um den Preis, andere unglücklich zu machen, für sich allein zu haben. Aber das war unmöglich. Immer würden ehrgeizige Streber da sein wie Cook oder Mary Ann Maxwell. Obwohl Mary Ann ja eigentlich nichts getan hatte. Man konnte wirklich nicht gut von ihr verlangen, daß sie vor allen Leuten ausrief: „Nehmen Sie die Hände von meinem Popo.“ Noch dazu, wenn es sich um Meredith Houseman handelte.

Nachher gingen sie über die Straße in den Drugstore, um etwas zu trinken. Merry und ihr Vater, Cook und Mary Ann, Schneider und Sarah Evens. Merry war deprimiert. Die Anonymität, die sie sich geschaffen hatte, war gänzlich dahin. Und sie hatte nichts dabei gewonnen, gar nichts. Sie hörte, wie ihr Vater jemandem erzählte, daß er heute nacht nach Boston müsse, um das Flugzeug nach Madrid zu erreichen, und sie empfand ein Gefühl der Erleichterung. Je früher er abreiste, desto besser.

Zwei Tage später erschien das Photo in der *Standard Times*. Meredith Houseman sah Mary Ann an, die geschmeichelt grinste. Doch das war Merry egal. Was sie ärgerte, war die Tatsache, daß Mary Ann während des Sekundenbruchteils der Aufnahme ihren Vater mit einem Blick angesehen hatte, der höchste Bewunderung und Liebe auszudrücken schien. Das machte sie geradezu krank. Aus Trotz gegen ihren Vater und um sich dauernd zu erinnern, daß sie unfähig sei, aus Erfahrung zu lernen, schnitt sie das Bild aus und hängte es an die Wand über ihrem Bett. Es sollte das erste sein, was sie morgens, das letzte, was sie abends sah; es sollte ihren Zorn wachhalten.

Zwei Wochen später wurde sie von ihrer Mutter aus Kalifornien angerufen. Harry Novotny war gestorben.

„Oh. Wirklich? Wie ist das geschehen?“ Sie wußte nicht

recht, was man in einem solchen Fall zu sagen hatte. Die Worte kamen über ihre Lippen, bevor sie sich noch von ihrer Bestürzung erholt hatte.

Ihre Mutter brach in Tränen aus. Dann faßte sie sich und berichtete, daß Novotny von einem Strauß zerfleischt worden sei. Merry erinnerte sich mit übernatürlicher Klarheit, wie ihr Stiefvater die Tiere behandelt hatte. In prahlerischem Ton hatte er gesagt: „Man muß die Biester prügeln, und zwar tüchtig. Weißt du, wie viele Mäuse wir verbraucht haben, bis wir die Katze dazu brachten, über eine Maus zu springen? Vielleicht hundert. Schließlich haben wir der Katze Watte ins Maul gestopft und sie geprügelt. Gott, wie wir sie geprügelt haben!" Jetzt war es aus mit dem Prügeln. Vogel Strauß hatte die Rechnung ausgeglichen. Merry empfand keine Bitterkeit und keinen Groll bei dem Gedanken. Es war gekommen, wie es kommen mußte, alles war logisch und völlig begreiflich. Es lag eine Art mathematischer Präzision darin. Es schien Merry, als sei auch ihr Konto jetzt ausgeglichen. Zuerst Melissa, dann Novotny — Stiefmutter und Stiefvater. Wie die parallelen Linien aus dem Geometrielehrbuch hatten sie sich im Unendlichen getroffen — eine Vorstellung jedenfalls, die weit über Merrys Horizont hinausging.

„Wie schrecklich", sagte Merry. „Es tut mir so leid."

„Man hat mich eben aus dem Studio angerufen, um es mir mitzuteilen. Es ist zu entsetzlich."

„Wie hat Lyon es aufgenommen?"

„Er war sehr tapfer. Er ist ein braver Junge. Ein wirklicher Trost für mich."

„Ich bin froh, das zu hören."

„Merry?"

„Ja?"

„Kannst du kommen?"

„Nach Los Angeles?"

„Ja, zum Begräbnis."

„Ich weiß nicht. Ich muß Mr. Jaggers bitten."

„Um Erlaubnis? Du brauchst seine Erlaubnis, um zum Begräbnis deines Stiefvaters zu kommen?"

„Nein, nein, Mutter", sagte Merry. Elaine hatte zu schreien begonnen, und das konnte Merry nicht aushalten. „Ich muß ihn nur um das Geld für die Flugkarte bitten."

„Ach ja, natürlich. Verzeih. Ich weiß nicht, wie ich auf die Idee gekommen bin."

„Schon gut. Du bist mit den Nerven fertig. Das ist begreiflich."

„Du wirst es mich wissen lassen?"

„Sobald ich es weiß. Wann ist das Begräbnis?"

„Übermorgen."

„Ich werde dich noch heute abend oder morgen früh anrufen. Sobald ich es weiß."

„Danke, Merry."

„Ich komme gern, Mutter."

„Du bist eine gute Tochter."

„Danke, Mutter", sagte Merry. Es war peinlich und höchst unangenehm, und sie hatte nur den einen Wunsch, das Gespräch so rasch als möglich zu beenden. „Ich rufe dich an, sobald ich etwas weiß. Leb wohl."

„Gott segne dich."

„Dich auch." Sie legte den Hörer auf, bevor ihre Mutter noch etwas sagen konnte.

Die nächste halbe Stunde verbrachte sie am Telephon. Sie rief Jaggers in New York an, um ihn zu fragen, ob sie an Novotnys Begräbnis teilnehmen dürfe. Dann kündigte sie Elaine ihr Kommen an und sagte ihr, um welche Zeit sie sie auf dem Flugplatz abholen solle. Und schließlich mußte sie noch die Produzentin des Cape-Cod-Jugendtheaters anrufen, um ihr mitzuteilen, daß sie nach Kalifornien müsse.

Hätte sie bloß das gesagt, wäre alles in Ordnung gewesen. Aber ohne zu bedenken, wie das auf eine fremde Person wirken mußte, hatte sie erwähnt, daß sie zum Begräbnis ihres Stiefvaters müsse, der von einem Strauß getötet worden sei.

„Von einem ... was?"

„Einem Vogel Strauß."

„Was soll das heißen? Soll das ein Witz sein?"

„Nein, nein. Es ist wirklich wahr."

„Merry! Ich finde das sehr geschmacklos."

„Er wurde von einem Strauß getötet. Er war Tierdresseur."

„Genug, Merry. Hör auf, Witze zu machen."

„Ich mache keine Witze. Ich schwöre, daß es wahr ist."

„Gut, Merry. Ich verstehe. Gute Unterhaltung beim Begräbnis. Und auf Wiedersehen morgen im Theater."

Bevor Merry sagen konnte, daß sie überhaupt nicht mehr ins Jugendtheater kommen werde, weil ihre Mutter sie brauche, hatte die Produzentin den Hörer aufgelegt. Erst jetzt wurde sich Merry bewußt, daß die Geschichte ihres Stiefvaters auf Uneingeweihte einen völlig unglaubwürdigen Eindruck machen mußte. Sie nahm sich vor, der Produzentin die Nachrufe einzusenden, die sicherlich in den Zeitungen von Los Angeles und in Filmzeitschriften erscheinen würden. Sie stellte sich das Gesicht der Frau beim Lesen der Nachrufe vor. Die ganze Sache gehörte zum Komischesten, das Merry je erlebt hatte.

Das Begräbnis war jedoch fast noch komischer. Es war ein prunkvolles Begräbnis, genauso wie Harry Novotny es sich gewünscht hätte. Vielleicht hatte er selbst die Anordnungen getroffen und den Sarg und die Grabstätte selbst ausgesucht. Merry hoffte es. Sie konnte einfach nicht glauben, daß ihre Mutter es so gewollt haben könnte. Sie hatte eine Menge an ihrer Mutter auszusetzen, aber das traute sie ihr denn doch nicht zu. Auf dem Höhepunkt der Zeremonie flatterten hundert Tauben in die Lüfte, was die Befreiung von Novotnys unsterblicher Seele aus dem Gefängnis des Leibes symbolisieren sollte, ein etwas verfehltes Symbol, wenn man bedachte, daß ihn ein Vogel mit seinen Klauen zerfleischt und zu Tode getrampelt hatte. Daß den Leidtragenden der Atem stockte, konnte man als entzücktes Staunen auslegen, es war aber wahrscheinlich eher einer Art Schock zuzuschreiben. Und dann stiegen Merry, Lyon und Elaine in den Cadillac, der, gefolgt von den übrigen Autos, von der Kapelle zur Grabstätte fuhr, eine Strecke, die nicht mehr als vierhundert Meter betrug.

Am offenen Grab wurden weitere Gebete gesprochen, aber Merry hörte nicht zu. Sie sah zu den Baumwipfeln hinauf, auf denen sich ein paar von den Tauben niedergelassen hatten. Sie fragte sich, ob nicht nachher jemand kommen würde, um sie einzufangen, um sie wieder in ihre Käfige zu stecken, zwecks Wiederverwendung bei vielen weiteren Begräbnissen. Das Ganze war grotesk, aber auch irgendwie rührend, so daß sie sich kaum mehr vorstellen konnte, Novotny einmal gehaßt zu haben. Alles, was ihn betraf, war jetzt so gleichgültig geworden. Es war schwer vorstellbar, daß er jemals irgend jemandem nicht gleichgültig gewesen sein sollte.

Und doch weinte ihre Mutter. Nicht laut oder unbeherrscht.

Aber gerade dieses unterdrückte Schluchzen, das hin und wieder die stille Traurigkeit unterbrach, die Elaine zur Schau trug, machte auf Merry einen viel glaubwürdigeren Eindruck. Sie fragte sich, ob ihre Mutter diesen Mann geliebt hatte oder ob sie von Schuldgefühlen gequält wurde, weil sie ihn nicht geliebt hatte. Sie hatte nicht die geringste Ahnung. Und auch sie empfand ein gewisses Schuldbewußtsein, weil sie sich am offenen Grab solchen Gedanken hingab. Das ärgste an diesem Begräbnis war, daß sie es so interessant fand. Aber das kam vielleicht daher, daß sie noch nie zuvor an einer Beerdigung teilgenommen hatte.

Merry beschloß, bis zum Ende der Ferien in Los Angeles zu bleiben. Sie hoffte, daß ihre Mutter in den drei Wochen bis zum Vorlesungsbeginn in Skidmore ihre Depression überwunden haben würde. Elaine war nie eine besonders gute Mutter gewesen, aber Merry war sich darüber klar, daß auch sie keine besonders gute Tochter gewesen war. Das mindeste, was sie tun konnte, war, hierzubleiben und ihre Mutter zu trösten, so gut sie konnte.

Während der nächsten Tage bemühte sie sich, Elaine über ihren Schmerz hinwegzuhelfen. Sie schlug Spaziergänge am Strand und Autofahrten in die Wüste vor, aber Elaine wollte sich um keinen Preis von ihrem Kummer ablenken lassen. Sie saß im Wohnzimmer, selbst an den heißesten Tagen in tiefstes Schwarz gekleidet, aß kaum etwas und sprach von nichts anderem als von Harry Novotny und was für ein guter Mann er gewesen sei.

Merry fand die Gesellschaft ihrer Mutter anstrengend und die ewigen Klagen deprimierend und geschmacklos. Da der ganze Haushalt auf ihr lastete und dauernd eine Menge Besucher kamen, um zu kondolieren, fühlte sie sich recht erschöpft, aber sie ertrug alles, denn sie hatte noch nie einen solchen Trauerfall erlebt und glaubte, daß sich die Dinge immer und überall auf diese Weise abspielten.

Sie selbst hatte wenigstens Lyon. Er war jetzt dreizehn Jahre alt, und obwohl im allgemeinen noch recht kindisch, hatte er gelegentlich witzige Einfälle, die Merry amüsierten. Ein gemeinsames Band zwischen ihnen war die Tatsache, daß sie beide das Falsche, Unechte und Theatralische an Elaines ständigen Lobeshymnen auf den Mann, den sie zu betrauern vorgab, durchschauten. Novotny hatte keine von den großartigen Eigenschaften besessen, die sie ihm zuschrieb; er war ein gleichgültiger Vater gewesen und in späteren Jahren ein Schürzenjäger und Trinker. Und seine Gleichgültigkeit Elaine gegenüber hatte in letzter Zeit immer mehr zugenommen.

Merry hätte das alles ertragen können, bis auf die drei „Harpyen", die jeden Abend einzeln oder gemeinsam erschienen, um mit Elaine zu trauern und zu beten. Merrys Fragen, was die drei denn eigentlich hier wollten, wich Elaine immer wieder aus, und Merry wollte nicht allzu neugierig erscheinen. Aber ohne daß sie es wollte, entschlüpfte Elaine eines Abends, nachdem sie gegangen waren, eine aufschlußreiche Bemerkung. Sie fragte Merry: „Glaubst du an ein Leben nach dem Tod?"

„Ich weiß nicht, Mutter", antwortete sie mehr aus Taktgefühl als mit Überzeugung. Sie glaubte nicht daran.

„Es gibt ein Leben nach dem Tod", sagte ihre Mutter in dem Ton, in dem man über etwas spricht, das völlig selbstverständlich ist.

Merry gab keine Antwort, aber am nächsten Abend, als die drei Frauen eben gekommen waren, lauschte sie an der Tür. Nach ein paar Höflichkeitsfloskeln hörte sie eine der drei fragen: „Willst du mit uns beten, Schwester?"

Man hörte das Rascheln der Kleider, als sie sich niederknieten, und das undeutliche Murmeln ihrer Gebete. Merry konnte es nicht länger aushalten. Sie floh in ihr Zimmer.

Es wurde ihr immer klarer, daß sie hier zu nichts nütze war. In das Phantasiereich, in dem ihre Mutter Trost suchte, vermochte Merry ihr nicht zu folgen, und jeden anderen Versuch, sie zu trösten, ja selbst ihr Gesellschaft zu leisten, lehnte Elaine ab. Merry verabscheute es, hier zu sitzen und all das weinerliche Zurschautragen von Schmerz und Bigotterie stumm mit ansehen zu müssen. Aber wohin konnte sie gehen? Es galt noch, die zwei Wochen bis zum Beginn des Wintersemesters in Skidmore totzuschlagen. Die Idee, früher nach Skidmore zu gehen, wie ein Waisenkind, das kein Heim hat, erschien ihr zu traurig. Sie war nicht mehr jung genug, um sich einfach bei den Jaggers in New York anzusagen, und nicht alt genug, um sich irgendwo in einem Hotel einzumieten. Helen Farnam war in Europa und würde erst zwei Tage vor Beginn der Vorlesungen zurückkommen. Und ihr Vater filmte in Spanien.

Das Bild ihres Vaters, das in Cape Cod über ihrem Bett hing, hatte jedoch nicht nur dazu beigetragen, ihren Zorn wachzuhalten, sondern es hatte auch ihre Neugierde geweckt. Sie wußte nichts von seinem Leben, sie wußte auch nichts von seinen und ihren Vorfahren, außer daß ihre Großmutter noch lebte — irgendwo in Montana. Und sie glaubte auch gehört zu haben, daß ihre Urgroßmutter noch am Leben war.

Je länger Merry darüber nachdachte, desto verlockender erschien ihr der Gedanke, nach Montana zu gehen. Doch konnte sie natürlich nicht so ohne weiteres dort auftauchen. Soviel sie wußte, war ihr Vater enterbt und verstoßen worden. Er sprach nie über seine Angehörigen. Wie dachten sie über ihn? Wie würden sie sie aufnehmen?

Sam Jaggers wußte es vielleicht. Merry schlich sich in das Schlafzimmer ihrer Mutter, schloß die Tür und rief Jaggers in New York an. Nach ein paar Sekunden meldete er sich.

„Hallo Sam, hier ist Merry."

„Hallo Merry. Wie geht es dir? Was kann ich für dich tun?"

„Ich bin bei meiner Mutter in Los Angeles. Aber sie braucht mich nicht mehr, und ... und eigentlich halte ich es hier auch nicht mehr aus."

„Ich verstehe", sagte Jaggers. „Und was möchtest du tun? Wir fahren für zwei Wochen an den Lake Louise. Möchtest du mitkommen?"

„Das ist sehr nett von dir", sagte Merry, „aber ich habe eigentlich die Idee gehabt, meine Großmutter in Montana zu besuchen."

„Warum?"

„Ich weiß nicht. Ich weiß nicht einmal, wo sie wohnt. Und hat sie überhaupt eine Ahnung, daß es mich gibt?"

„Ich denke schon", sagte Sam. „Einen Augenblick."

Sie hielt den Hörer in der Hand, während er offenbar irgendeine Aktenmappe durchblätterte und dabei Unverständliches vor sich hin murmelte.

„Ah, da ist es", sagte er nach einer Weile. „Der Ort heißt Spoon Gap. Telephonnummer, zehn."

„Zehn? Was für eine komische Nummer."

„Wenigstens leicht zu merken", meinte Sam.

„Du möchtest nicht für mich anrufen?" fragte Merry.

„Nein. Ich bin nicht ihre Enkelin", sagte Sam. „Brauchst du Geld?"

„Ich weiß nicht."

„Ich werde fünfhundert Dollar auf dein Konto überweisen."

„Danke", sagte Merry. „Und gute Erholung am Lake Louise."

„Alles Gute für Montana."

Es war weniger ein Besuch als eine Wallfahrt. Und von seiten der Frau, die Merry an der Autobushaltestelle erwartete, war es weniger ein Willkommenheißen als ein Zurkenntnisnehmen. Sie machten sich miteinander bekannt und tauschten die üblichen Höflichkeiten aus. Aber unter dieser banalen Oberfläche schien ein geheimnisvoller Strom zu rauschen. Das also war Ellen, ihre Großmutter, die Mutter ihres Vaters. Und im Wagen saß noch eine andere Frau, unglaublich alt und trotz der noch fast sommerlichen Wärme in eine Decke gehüllt — Merrys Urgroßmutter Martha. Minnie, die Dunkle, war die Dienerin.

Sie fuhren durch die Hauptstraße. Es gab ein paar Läden, das Postamt und die Garage. Die Houseman-Garage. Die Großmutter erzählte, daß sie die Garage in den dreißiger Jahren während der Wirtschaftskrise gekauft hatten. „Sam hat sie gekauft, dein Großvater. Er ist schon lange tot." Aber vor seinem Tod hatte er fast ganz Spoon Gap aufgekauft. Er war so ziemlich an jedem Unternehmen im Ort beteiligt gewesen. Mit der Eisenwaren- und Futtermittelhandlung hatte er angefangen und dann bis zu seinem Tod gekauft und gekauft und den Frauen die Früchte seiner Arbeit hinterlassen.

Der Wagen hielt jedoch nicht in der Stadt. Er fuhr weiter durch die Schlucht und hinauf in die Berge zu der alten Farm, in der die Frauen jetzt lebten. „Dein Ururgroßvater hat das Land hier gerodet und die Farm aufgebaut. Er hieß auch Amos."

„Auch?"

„Dein Vater heißt Amos. Hast du das nicht gewußt, Kind?"

„Nein."

„Ja, so heißt er", sagte Ellen.

„So heißt er", wiederholte die uralte Frau.

Merry nickte und lächelte.

Der Wagen verließ die Straße und fuhr durch einen steinernen Torbogen und über einen steilen Weg zum Farmhaus hinauf. Dieses war gut erhalten. Wahrscheinlich war es vollkommen renoviert worden. Offenbar hatte man all die Jahre hindurch immer wieder Geld hineingesteckt. Es gab eine moderne Küche, und alle Installationen funktionierten ausgezeichnet. Der Wohnraum dürfte annähernd so belassen worden sein, wie er gewesen war, mit dem großen steinernen Kamin, der eine ganze Wand einnahm. Das Fenster bot einen schönen Ausblick auf die Berge — zwei im Vordergrund und ein höherer Gipfel in der Mitte zwischen beiden in größerer Entfernung.

Merry blieb zehn Tage. Zu einem Gespräch kam es nur selten, denn, oberflächlich betrachtet, hatte sie kaum etwas mit den beiden Frauen gemein, zumindest nichts, worüber man sprechen konnte. Aber sie fühlte sich wohl, und sie empfand eine Vertrautheit, die sie sich nicht erklären konnte und von der sie auch nicht hätte sagen können, worin sie bestand, denn sie wußte nichts vom Leben der beiden Frauen, hatte nie die Geschichte von Amos Houseman und dem Fremden gehört, der nach Spoon Gap verschlagen worden war, um Sam zu zeugen und von Amos' Hand zu sterben. Sie wußte auch nicht, wie Ellens Leben an Sams Seite verlaufen war, nichts von all den Jahren der Wohlanständigkeit und der Rache. All das war für die beiden Frauen vorbei. Sie hatten unter ihren Männern gelitten, hatten vieles erduldet und die Männer schließlich überlebt. In Merry sahen sie sich selbst, wie sie einst gewesen waren, jung, schön und verletzbar. Und sie behandelten sie mit einer Zartheit und einer Art von Achtung, die Merry zurückgab, ohne zu wissen, woher diese Gefühle kamen.

Merry bemerkte mit Freude, daß das Gefühl der gegenseitigen Vertrautheit ihr Sicherheit gab. Eines Abends saßen sie im Wohnzimmer vor dem Kamin. Merry blätterte in einer illustrierten Zeitschrift. Ellen strickte an einem Schal, und Martha starrte ins Feuer. Plötzlich fragte Ellen, ob Merry sie am nächsten Morgen zu den Hopgoods begleiten wolle. „Frances erwartet ein Kleines", sagte sie. „Ihr sechstes." Möglicherweise würde Bill Hopgood selbst bei der Entbindung Hebammendienste leisten müssen, denn es konnte jeden Augenblick soweit sein, und in dieser Gegend kam es oft vor, daß Schneefälle die Bergstraßen schon Anfang September unpassierbar machten.

„Warum geht sie nicht in ein Spital?" fragte Merry.

„Soll sie die Kinder und Bill allein lassen? Das würde sie nie tun. Das Spital ist mehr als hundertzwanzig Kilometer von hier entfernt. Bei einem sechsten Kind kommen sie unmöglich rechtzeitig hin. Auch nicht bei einem fünften. Das ist zu riskant."

Die Stricknadeln klickten unentwegt, und die sachliche Art, in der Ellen das alles erklärte, erschien Merry interessanter als die Sache selbst. Die Ruhe und Selbstverständlichkeit, mit der hier Lebensbedingungen hingenommen wurden, die Merry barbarisch und primitiv erschienen, beeindruckten sie ungeheuer.

„Und was willst du tun?"

„Ich bringe eine Tasche vom staatlichen Gesundheitsamt hin, mit einer sterilen Schere und Verbandzeug und all den Dingen, die Bill vielleicht brauchen wird. Mit einer Anleitung. Die wird Bill allerdings kaum brauchen, glaube ich. Es ist ja nicht viel anders als bei Schafen oder Pferden."

„Wie war es das letzte Mal? Ich meine, beim fünften Kind."

„Das war im Sommer. Die Straße war in Ordnung, der Doktor konnte hinaufkommen."

„Ach so."

„Kommst du mit?"

„Ja, ich möchte gern."

Obwohl nichts dergleichen gesagt worden war, glaubte Merry zu wissen, daß Ellen sie nicht zum Mitkommen eingeladen hatte, damit sie ihr Gesellschaft leiste, und auch nicht, um Merry eine Zerstreuung zu bieten. Sie begriff, ohne daß darüber gesprochen zu werden brauchte, daß Ellen die Absicht hatte, ihr ein wenig von dem Leben zu zeigen, daß die Leute hier führten. Und sie verlangte danach, es kennenzulernen.

Am nächsten Morgen nach dem Frühstück fuhren sie ins Gebirge hinauf, über steile, kurvenreiche Straßen, die oft an rauschenden Wildbächen entlangführten. Hohe Gipfel ragten daneben auf, wild und drohend, aber doch voller Ruhe und Majestät.

Die Hopgood-Farm lag auf einer großen Wiese zwischen zwei Bergen, dort, wo sich das Tal verbreiterte. Rund um das Haus standen Stall, Scheune und ein paar andere Gebäude in verschiedenen Stadien der Verwahrlosung. Das Wohnhaus hätte neuen Verputz nötig gehabt, aber es war saubergehalten und gemütlich. In der Küche brannte ein Ölfeuer. Das Ehepaar Hopgood — von den Kindern war nichts zu sehen — saß Kaffee trinkend am Küchentisch und hieß die Besucher willkommen. Ellen überreichte ihnen die Tasche mit den medizinischen Behelfen. Sie dankten ihr, daß sie sich die Mühe gemacht hatte, den weiten Weg heraufzukommen, und Ellen erwiderte, es sei keine Mühe gewesen und sie sei froh, Merry die Berge zeigen zu können.

„Sie kennen die Berge nicht?“ fragte Mr. Hopgood.

„Ich bin in der Stadt aufgewachsen“, sagte Merry und fügte nach einer Pause hinzu: „Leider.“

„Mir tun die Füße weh, wenn ich auf Asphalt gehen muß“, meinte Mr. Hopgood. „Aber es gibt Leute, die das mögen.“

Sie saßen noch eine Weile und tranken Kaffee, bis Mr. Hopgood sich erhob.

„Bleibt ruhig sitzen und unterhaltet euch mit Frances“, sagte er. „Ich habe eine fohlende Stute im Stall.“

„Ach wirklich?“ sagte Merry mit großen Augen.

„Ja. Wollen Sie mitkommen? Sie haben doch nichts dagegen, Mrs. Houseman? Ich meine, sie darf doch mitkommen in den Stall?“

„Darf ich auch mitkommen?“ fragte Ellen.

„Natürlich.“

Er ging voraus und trat in den Stall. Ellen folgte, und Merry hielt sich dicht hinter ihr. Sie gingen nicht gleich auf die Stute zu, um sie nicht zu erschrecken. Die Stute lag auf dem Boden, und Merry konnte schon von weitem ihren keuchenden Atem hören. Von Zeit zu Zeit erschauerte das Tier unter den Wehen.

„Es kann noch eine Weile dauern“, sagte Mr. Hopgood, als müsse er sich entschuldigen, daß sie hier stehen und warten sollten.

„Dann gehen wir noch ein wenig zu Frances und kommen später zurück“, sagte Ellen.

„Das ist eine gute Idee.“

Sie gingen in die Küche zurück und warteten noch eine Stunde. Dann sagte Ellen, daß sie gehen müßten. Später, im Wagen, erklärte sie, daß sie nicht länger bleiben wollte, weil die Hopgoods sie sonst zum Mittagessen hätten einladen müssen, und das wäre ihr unangenehm gewesen. Merry sagte, daß es ihr leid tue, die Geburt des Fohlens nicht miterlebt zu haben.

„Ja, das ist wirklich etwas Schönes“, sagte Ellen.

Am Tag vor ihrer Abreise fuhr Merry noch einmal mit Ellen zu den Hopgoods. Frances hatte noch immer nicht entbunden, aber das Fohlen war da, und Merry ging in den Stall, um es zu besichtigen und ihm beim Trinken zuzuschauen. Es war das Schönste, was sie je in ihrem Leben gesehen hatte.

„Ich wollte, ich hätte eines“, sagte sie beim Abendessen.

„Um ein Pferd zu halten, muß man seßhaft sein. Man kann es nicht plötzlich allein lassen. Man muß es auch jeden Tag reiten. Es muß bewegt werden.“

„Ich weiß. Aber wünschen kann ich es mir.“

„Wünschen können wir's uns“, sagte Ellen.

Erst im Autobus, als sie sich zurückerinnerte, begriff Merry, was Ellen sich gewünscht haben mochte.

Skidmore war anders. Oder vielleicht war Merry anders. Oder beides. Jedenfalls ließ sich das Leben hier nicht mit jenem vergleichen, das sie im Mather-Internat geführt hatte. Man brauchte nicht zum Unterricht zu gehen, wenn man keine Lust hatte. Niemand kümmerte sich darum, was man tat, vorausgesetzt, daß man um elf Uhr zu Hause war. Und auch Merrys Leben gestaltete sich anders. Vielleicht weil die Mädchen auf der Hochschule etwas weniger primitiv waren, etwas mehr Schliff hatten als die in der Mittelschule, oder vielleicht weil Merry sich selbst besser kannte, wußte, wer sie war und was sie wollte. Jedenfalls, die frühere Spannung war von ihr gewichen. Es war ihr gleichgültig, was man von ihr hielt, ob man ihren Vater anbetete oder verachtete, ob man sie mit ihm verglich, ob man sie schön fand oder nicht. All das zählte nicht mehr.

Sie wohnte im Haus Foley, und das war ein Glück, denn dort gab es nicht nur Studentinnen des ersten, sondern auch solche des zweiten und dritten Jahrgangs, und sie freundete sich mit denen aus dem dritten Jahrgang an. Das hatte nichts mit gesellschaftlichem Strebertum zu tun. Sie hatte mit diesen Mädchen einfach mehr Gemeinsames, fühlte sich wohl in ihrer Gesellschaft. Sie waren ein wenig in der Welt herumgekommen, wußten etwas vom Leben. Ja manche wußten davon viel mehr als Merry. „Diese blöden Dinger aus dem ersten Jahrgang sind ja fast alle noch Jungfrauen", sagte Sarah Watson verächtlich.

Sarah war ein schönes, ziemlich verrücktes Mädchen, begabt, aber faul — das gab sie selbst zu. Doch war sie klug genug, für ihre Fehler rationelle Grundlagen zu schaffen. „Robert Frost sagt, daß jeder Student, der etwas wert ist, sich nicht um den vorgeschriebenen Studiengang kümmert, sondern sich selbst eine andere Arbeit von gleicher Schwierigkeit sucht", erklärte sie, „und daran halte ich mich." Sarah hielt sich zumindest an den ersten Teil dieses Ausspruchs; sie kümmerte sich nicht um das vorgeschriebene Studium. In ihrer zynischen Art gab sie Merry einen praktischen Rat. „Im Anfang mußt du fleißig sein. Sobald du einmal den Ruf hast, gescheit zu sein, ist es völlig egal, ob du arbeitest oder nicht. Sie behandeln dich dann wie eine Art unerschöpfliches Goldbergwerk und lassen dich unter keinen Umständen durchfallen, auch wenn sie aus ihren Aufzeichnungen ersehen, daß sie dich eigentlich durchfallen lassen sollten. Zuerst mußt du einen guten Eindruck machen, dann brauchst du dich nicht mehr anzustrengen, und sobald du einmal im dritten oder vierten Jahrgang bist, brauchst du nicht einmal mehr zu Anfang des Semesters arbeiten. Dann genügt der Ruf, den du dir geschaffen hast. Sie sprechen ja miteinander ununterbrochen über uns. Gott, muß das langweilig sein! Und wenn du einmal im Ruf stehst, gescheit zu sein, sagt es einer dem andern."

Da Sarah nicht viel zu tun hatte, ging sie jeden Abend aus, meist in ein Lokal — halb Bar, halb Imbißstube —, das sich schlicht „Namenlos" nannte. Merry kam oft mit. Manchmal gingen sie auch zu „Andreas", um Pizza zu essen und Bier zu trinken. Es war ein recht angenehmes Leben, aber Merry bemerkte, daß ihre Kleider ein wenig knapp zu sitzen begannen. Sie hatte zugenommen. Als sie sich darüber beklagte, riet ihr Sarah, die Methode der alten Römer anzuwenden, das heißt nach Belieben zu essen und zu trinken und dann die Pfauenfeder in Aktion treten zu lassen.

„Die Pfauenfeder?"

„Ja. Man kitzelt sich damit im Hals, und dann erbricht man."

„Erbrechen ist mir gräßlich."

„Du gewöhnst dich daran. Außerdem hast du ja die Wahl.

Entweder du gibst das Essen auf, oder du gibst deine Figur auf, oder du gibst dein Vorurteil gegen das Erbrechen auf."

Merry gab ihr Vorurteil auf. Sie war sich darüber klar, daß sie, falls sie Essen und Trinken aufgäbe, auch den Verkehr mit Sarah aufgeben müßte, und diese Erwägung spielte bei ihrem Entschluß keine geringe Rolle. Von nun an begab sie sich nach jedem abendlichen Ausgang ins Badezimmer, kitzelte sich mit einer Pfauenfeder, die sie im Warenhaus erstanden hatte, im Hals und erbrach. Sie blieb schlank und gewöhnte sich an die Prozedur.

Die Wochenenden waren lang, weil Sarah regelmäßig nach New York fuhr, um dort einen Mann zu treffen. Es reizte Merry nicht im geringsten, die Wochenendtanzereien in einem der „gemischten" Colleges, Dartmouth oder Williams, mitzumachen, und sie hatte auch keine Lust, nach New York zu fahren. So blieb sie in Skidmore und holte die Arbeit nach, die während der Woche liegengeblieben war. Und da sie begabt und klug war, hatte sie Erfolg mit diesem System. Sie hätte es auch wohl beibehalten, wäre Sarah nicht eines Sonntagabends nicht mehr aus New York zurückgekehrt.

Völlig abrupt hatte Sarah Skidmore verlassen, hatte einen polnischen Grafen geheiratet und beabsichtigte, mit ihm nach Rom zu übersiedeln. Aus, fertig, Schluß. Merry war zwar nicht gerade krank vor Kummer, aber doch sehr bestürzt. Sarah hatte das College mitten im dritten Jahrgang verlassen! Irgendwie hatte Merry sich eingeredet, daß sie, wenn Sarah die vier Jahre durchhielte, es selbst auch schaffen würde. Zwar bestand eigentlich kein besonderer Grund, warum sie das College absolvieren sollte, aber sie hatte gedacht, es könne unter Umständen für später nützlich sein. Jetzt begann sie daran zu zweifeln. Wenn sie wirklich ihr Glück auf der Bühne versuchen wollte, dann waren die vier Jahre in Skidmore wahrscheinlich Zeitverschwendung, denn mit einundzwanzig wäre sie möglicherweise schon zu alt für gewisse Rollen, hätte Chancen versäumt, die nie mehr wiederkommen würden. Es gab Burschen und Mädchen ihres Alters, die in der ganzen Welt berühmt waren und Millionen verdienten. Wenn sie ganz ehrlich mit sich selbst war, mußte sie zugeben, daß sie hauptsächlich deshalb in Skidmore geblieben war, weil sie den Eintritt in ein derart riskantes Berufsleben, in dem Erfolg oder Niederlage von so vielen Zufällen abhingen, möglichst hinausschieben wollte. Sie hatte sich einzureden versucht, sie sei hierhergekommen, weil es eine lustige Zeit sein würde. Aber ohne Sarah schien es ihr gar nicht mehr so lustig.

Sie versuchte fleißig zu lernen, doch es befriedigte sie nicht. Es war nicht so wie im Internat, wo man sich vor dem Leben verstecken konnte. Aber irgend etwas mußte sie tun. Sie erinnerte sich an Sarahs Rat, daß man am Anfang einen guten Eindruck machen müsse. Sie hatte jedoch nicht einmal das getan, und sie würde sicherlich in Kunstgeschichte durchfallen, weil sie keine Zeit gehabt hatte, sich hinzusetzen und die Hunderte und aber Hunderte von Dias mit ägyptischen Statuen, griechischen Säulen und römischen Reliefs zu studieren. Das war jetzt nicht mehr nachzuholen, und so tat sie das nächstbeste und bat um eine Unterredung mit Mr. Canfield, dem für dieses Fach zuständigen Dozenten, um ihm zu erklären, daß sie wegen persönlicher Probleme nicht mitgekommen sei und ihn um seine Hilfe bitte. Sarah hatte ihr erklärt, daß dies ein todsicherer Trick sei, denn durch eine solche Bitte um Hilfe bewies man wenigstens eine Spur von Interesse an dem betreffenden Gegenstand, und das war mehr, als die Professoren von so manchen Studentinnen gewohnt waren, die sich nur für Flirts oder für Pferde interessierten. Merry bat Mr. Canfield also um einen Termin für eine Unterredung, erhielt ihn und vergaß die ganze Sache sofort. Es war ja alles nicht der Mühe wert.

Aber ein paar Tage später fiel ihr plötzlich ein, daß sie für heute angesagt war. Sie hatte genau zehn Minuten Zeit, in ihr Zimmer zu laufen und ein Kleid mit genügend tiefem Ausschnitt anzuziehen. Mr. Canfield war dafür bekannt, daß er den Mädchen gern in den Ausschnitt schaute. Dann eilte sie ins Kunstgeschichtliche Institut, wo Canfield ein winziges Büro hatte. Er war ein junger Mann, der dauernd das rötliche Bärtchen strich, durch das er sich ein Ansehen zu geben hoffte. Manche Mädchen hielten ihn für anziehend, aber die meisten — darunter Merry — fanden, daß er wie ein Vogel aussehe. Doch man unterhielt sich gut mit ihm, denn er war sehr klug, sehr sarkastisch, ja zynisch. In Skidmore war er nur deshalb, weil er einen nicht zu weit von New York entfernten Ort brauchte, wo er leben und unterrichten konnte, bis er seine Dissertation über Greuze oder jemand dergleichen beendet hätte. Im Campus wurden eine Menge Geschichten über ihn erzählt, aber das war bei jedem jungen, unverheirateten Dozenten der Fall. Na, man würde ja sehen, dachte Merry, wie der Mann außerhalb des Hörsaals und ohne seine kunstgeschichtlichen Dias wirkte.

„Kommen Sie nur herein", sagte er. „Nehmen Sie Platz."

Die Tür zu seinem Büro war offengestanden, und er hatte ihre Schritte auf dem Korridor gehört. Sie setzte sich in den Armstuhl neben seinem Schreibtisch. „Ich danke Ihnen, daß Sie mich empfangen haben", sagte sie.

„Das gehört zu meinem Beruf. Was kann ich für Sie tun?"

„Ich ... Nun, ich fürchte, ich stehe in Kunstgeschichte nicht sehr gut."

„Nein, Sie stehen nicht gut." Es sah aus, als sollte das Ganze komplett schiefgehen.

„Und ... und ich wollte Ihnen sagen, daß es nicht deshalb ist, weil mir nichts daran liegt. Und ... ich möchte wissen, ob Sie glauben, daß es für mich noch eine Möglichkeit gibt, nachzuholen ... irgendwo anzuknüpfen ..."

„Natürlich gibt es diese Möglichkeit. Sie könnten zum Beispiel hin und wieder ein wenig arbeiten."

Es sah hoffnungslos aus. Aber da sie sich schon die Mühe gemacht hatte, um eine Unterredung anzusuchen und hierherzukommen, wollte sie nicht gleich aufgeben und die Niederlage hinnehmen. Sie beugte sich etwas vor, so daß der Ausschnitt ihres Kleides ein wenig abstand und den Ansatz ihrer Brüste enthüllte, und sagte so ernst und sachlich als möglich: „Ich gebe mir Mühe. Aber ich glaube, es kommt darauf an, was man unter Arbeit versteht. Ich meine im physikalischen Sinn. Wenn man gegen eine Mauer drückt, so ist das keine Arbeit, sondern bloß ein Energieaufwand. Ich wende Energie an, aber es kommt nichts dabei heraus, so daß ich in diesem Sinn wahrscheinlich wirklich nicht viel arbeite. Entweder ich interessiere mich für eines der Dias, oder ich gehe sie alle durch und versuche mir sämtliche Einzelheiten zu merken, die in der Vorlesung besprochen wurden und die wir lernen sollen. Das eine ist zu genießerisch und nimmt zuviel Zeit in Anspruch, weil es ja so viele Dias gibt, und das andere ist zu mechanisch und ... zu langweilig, so daß ich alles vergessen habe, sobald ich den Kasten mit den Dias wegstelle."

„Ich verstehe“, sagte er. Und ob er nun wirklich verstanden hatte, was sie meinte, oder nicht, jedenfalls blickte er in ihren Ausschnitt, und das verschaffte ihr zum erstenmal einen Vorteil oder glich zumindest teilweise die ungünstige Lage aus, in der sie sich zu Beginn der Unterredung befunden hatte. Er konnte seine geistigen Kräfte nicht restlos der Diskussion widmen, solange ein Teil seiner Gedanken — und sei es auch nur ein ganz kleiner Teil — sich auf ihren Busen konzentrierte und sich das übrige vorzustellen versuchte.

Er sprach irgend etwas über methodisches Denken und daß es leider notwendig sei, Kunstwerke als „Studienmaterial“ zu benützen, aber die immer länger werdenden Pausen zwischen seinen Worten und das darauffolgende rasche Hervorstoßen ganzer Sätze, als ob er damit zu Ende kommen wolle, um zu etwas anderem überzugehen, waren interessanter als das, was er sagte oder zu sagen versuchte. Denn auch er war sich darüber klar, daß das, was er sagte, nicht viel Sinn hatte. Er begann einen Satz, wußte nicht weiter, und sie mußte ihm aushelfen. Sie richtete sich ein wenig auf und erzählte ihm, daß sie eine Statue mindestens zehnmal angesehen habe, bevor ihr zum Bewußtsein gekommen sei, daß sie sie kannte, daß sie sie im Museum in Basel gesehen hatte. Und sie sei sich so dumm vorgekommen und habe sich geärgert, denn die Statue habe in Wirklichkeit tatsächlich gleichzeitig spannungsgeladen und gelöst gewirkt, so wie es in der Vorlesung und in der Diskussionsgruppe behauptet worden war, während sie auf dem Dia ganz anders ausgesehen habe.

Das hatte mit dem Zweck der Unterredung kaum mehr etwas zu tun, gehörte aber immerhin zum Thema und eröffnete die Möglichkeit für eine ganze Reihe von Gesprächsstoffen, worüber sich Merry vollkommen klar gewesen war, als sie damit begonnen hatte. Er sprach eine Weile über die Unzulänglichkeit der Reproduktionen und des Kunstgeschichtsunterrichts im allgemeinen. Merry hörte zu, beugte sich vor, um besser hören zu können, und beobachtete, wie er sich vorbeugte, um besser sehen zu können.

Das Gespräch dauerte drei viertel Stunden, bis Mr. Canfield sagte, daß er zu einer Komiteesitzung müsse. „Ich fürchte, ich habe Ihnen nicht viel helfen können“, entschuldigte er sich.

„Ich glaube, es ist wirklich nicht viel zu machen“, sagte sie.

„Sagen Sie das nicht", erwiderte Canfield. „Man darf nicht so leicht aufgeben. Passen Sie auf. Die Sitzung wird um fünf, spätestens halb sechs zu Ende sein. Könnten wir uns nicht zu einer Tasse Kaffee treffen?"

„Sehr gern", sagte sie.

„Ist Ihnen das ‚Colonial' recht?"

„Ja. Um halb sechs also?"

„Bestimmt nicht später."

Sie verließen gemeinsam das Büro und vereinbarten vor dem Haus nochmals, sich um halb sechs im „Colonial" zu treffen. Merry fand, es sei eine sehr erfolgreiche Unterredung gewesen.

Als sie einander dann gegenübersaßen, vertraute er ihr an, daß er das College, die Komiteesitzungen, überhaupt alles, was mit Skidmore zusammenhänge, satt habe, und fragte, ob sie nicht lieber in ein Lokal unten in der Stadt gehen sollten, wo nichts an das College erinnere. Es war so eindeutig wie die bekannte Frage in den Romanen: „Wollen Sie nicht meine alten Stiche besichtigen?" Gleichzeitig klang es aber auch irgendwie schüchtern. Es wirkte ein wenig lächerlich, wie er sich verstohlen umblickte, um zu sehen, ob jemand ihrer beider Fortgehen bemerke. Und daß er in dem kleinen Lokal am Fluß, in das er sie geführt hatte, zwei Bier bestellte, zeugte ebenfalls von einer gewissen Unsicherheit. Er hätte ebensogut zwei Martinis bestellen können. Bier sei das Getränk der Intellektuellen, meinte er, und erinnere an das Studentenleben an europäischen Universitäten. Er erwähnte natürlich nicht, daß man sich damit auch betrinken könne, falls man das dazu nötige Quantum in sich unterbrachte. Es war alles so durchsichtig, daß Merry keine Angst zu empfinden vermochte.

Sie sprachen über das Studium, über Merrys Schwierigkeiten mit der Kunstgeschichte, über Merrys Probleme im allgemeinen, zu denen auch die Frage gehörte, warum sie eigentlich hier in Skidmore war. Das alles besprachen sie, das heißt, er sprach, während Merry zuhörte und sich dabei vorbeugte. Ihm zuzusehen, wie er in ihren Ausschnitt starrte, machte die ganze Sache wieder langweilig. Zwischendurch bestellte er etwas zu essen, und sie fuhren fort zu plaudern, während sie aßen. Sie erbot sich, die Rechnung zu bezahlen, aber er lehnte ab. „Sie dürfen vor mir nicht so mit Ihrem Geld protzen", sagte er. „Außerdem sind die Arbeitsstunden schon vorüber."

„Ja", sagte sie, „und da fällt mir ein, daß ich Sie schon seit einer Stunde etwas fragen will."

„Was denn?"

„Ich weiß nicht, wie ich Sie anreden soll. Wollen Sie, daß ich Mr. Canfield sage, obwohl die Arbeitsstunden schon vorüber sind?"

„Um Himmels willen, nein. Sagen Sie Charles, bitte."

„Ja, Charles."

Er strich sich den Bart, um sein Lächeln zu verbergen, was ihm jedoch nicht ganz gelang. Es war das Lächeln einer Katze, die den Kanarienvogel gefressen hat. Und es war komisch, dieses Lächeln auf dem Gesicht des Kanarienvogels zu sehen.

Bald darauf verließen sie das schäbige kleine Lokal. Merry war nicht im geringsten überrascht, als Mr. Canfield — Charles — sie einlud, doch auf einen Kognak in seine Wohnung zu kommen. „Ich wohne gleich hier im nächsten Block", sagte er. Sie hielten eben vor einer Verkehrsampel, und er deutete nach links. „Sie brauchen doch nicht vor elf zu Hause zu sein, nicht wahr?"

„Nein", sagte sie, „nicht vor elf Uhr."

„Also kommen Sie auf einen Kognak."

„Ja, sehr gern."

Von da an wurde er schneller deutlich, als Merry gedacht hatte. Aber es hatte keinen Sinn, jetzt darüber nachzugrübeln. Sie war schon lange entschlossen, es über sich ergehen zu lassen und keine große Geschichte daraus zu machen, nämlich schon, als sie sich zum Kaffee einladen ließ. Das Licht wurde grün, der Wagen bog nach links und fuhr einen Hügel hinauf zu einer Gruppe von Reihenhäusern mit Vorgarten. Canfield parkte den Wagen und ging Merry voran, durch eine der vielen gleichartigen Türen und über eine schmale Treppe in ein eher deprimierend wirkendes Wohnzimmer. Die Stiche, Holzschnitte und Lithographien an den Wänden wirkten auf traurige Weise prätentiös neben den schäbigen Möbeln. Oder umgekehrt: die abgeschabten Stühle und die durchgelegene Couch wirkten wie eine ärgerliche Beleidigung der Bilder. Natürlich war eine ganze Wand mit primitiv gezimmerten Bücherregalen bedeckt, die von Büchern überquollen, unter denen die weißbroschierten Erzeugnisse französischer Verlage sehr zahlreich vertreten waren.

Merry setzte sich auf die Couch, während Charles den

Kognak holen ging. Sie war nicht wenig überrascht, als er die beiden gefüllten Gläser auf den Tisch stellte und sie in die Arme nahm, noch bevor sie etwas getrunken hatte. Es kam etwas plötzlich, geschah jedoch mit einer Sicherheit, die auf Übung schließen ließ. Sie mußte zugeben, daß der Augenblick gut gewählt war; nicht zu früh — das wäre es gewesen, wenn er sie geküßt hätte, sobald sich die Tür hinter ihnen schloß —, aber auch nicht zu spät, so daß die Erregung und die Lust am Abenteuer, die Merry und sicherlich auch all die andern dazu veranlaßt hatten, in seine Wohnung zu kommen, noch nicht verraucht waren. Obwohl der Kuß an sich nicht unangenehm war, reagierte sie weniger darauf als auf das Kitzeln seines Bartes. Sie war noch nie von einem Mann mit Bart geküßt worden. Vielleicht, dachte sie, gehörte auch das zu seinem Programm — diese Art von Neugierde zu erregen, so daß der erste Kuß kein Problem für ihn war.

Er nutzte seinen Vorteil aus, indem er sie losließ und ihr eines der gefüllten Gläser reichte. Während sie den ersten Schluck tat, fragte er: „Bist du Jungfrau?"

„Nein", sagte sie. „Warum? Hast du eine besondere Vorliebe für Jungfrauen?"

„Im Gegenteil", antwortete er. „Ich werfe sie hinaus."

„Oh."

„Ich gebe ohnehin den ganzen Tag Unterricht."

„Ich verstehe. Bei mir kannst du unbesorgt sein."

„Das ist gut", meinte er. Und er küßte sie von neuem, diesmal intensiver, tiefer eindringend und eine Hand auf ihre Brust legend. Es ärgerte sie ein bißchen, daß alles nach einer wohlüberlegten Routine vor sich ging, und aus reinem Widerspruchsgeist hatte sie Lust, sich ein wenig zu wehren.

„Ich nehme an, daß die langen Reihen von Jungfrauen und Nichtjungfrauen jede Nacht an deine Tür hämmern."

„Nicht jede Nacht", sagte er und lachte. „Aber es kommt ziemlich oft vor. Bei mir fühlen sie sich so sicher, weißt du."

„Sicher?"

„Ja, sicher. Ich gehöre nicht der gleichen Welt an wie die meisten Mädchen hier. Es würde ihnen nicht im Traum einfallen, sich mit dem netten Jungen aus Cleveland oder St. Louis oder sonstwo ins Bett zu legen, den sie eines Tages zu heiraten hoffen. Ich bin ganz etwas anderes. Und ich muß den Mund halten, oder ich fliege aus meiner Stellung — das denken sie zumindest. Und ich bin ein armer, unbedeutender, unauffälliger Mensch, mit dem geschlafen zu haben überhaupt nicht zählt. Ich glaube, das ist es."

„Und du glaubst, daß es auch bei mir so ist? Daß ich einen netten Burschen in St. Louis habe?"

„Nein, bei dir ist es nicht so."

„Was ist es also?"

„Ich habe keine Ahnung", sagte er. „Am ehesten glaube ich, daß du in Kunstgeschichte durchkommen willst."

„Das ist gemein", sagte sie.

„Ich habe gesagt, am ehesten ... Anderseits könnte es natürlich auch sein, daß du mich magst. Oder daß ich dir gefalle."

„Ach so."

„Aber ich denke nicht viel darüber nach. Das entscheidende für mich ist, daß du mir gefällst, sehr sogar." Als er sie diesmal küßte, lag seine Hand auf ihrem Schenkel und schob sich aufwärts. Sie fragte sich, wie die Bemerkung über das Durchkommen in Kunstgeschichte gemeint sein konnte. Es mochte eine Art Gegenerpressung sein. Sie war mit der vagen Vorstellung hierhergekommen, daß er vielleicht ein Tauschgeschäft machen würde — eine Gunst gegen die andere. Er hatte ihr Angebot angenommen, aber die Bedingungen geändert, so daß sie wählen konnte, auf welche Art sie durchfallen wollte. Es war eigentlich komisch.

„Komm", sagte er. „Drinnen ist es bequemer."

Es klang brutal, aber auch das war Absicht. Es bestand kein Zweifel, daß er sie, falls sie sich weigern sollte, ihm ins Schlafzimmer zu folgen, ohne weitere Umstände durch die Eingangstür zur Treppe und aus dem Haus führen würde. Er hatte ihr klargemacht, daß sich Angebot und Nachfrage auf dem akademischen Fleischmarkt die Waage hielten. Es war jetzt an ihr, zu wählen, ja oder nein zu sagen, den einen oder den andern Weg zu gehen. Und da sie bereits fünf bis sechs Stunden in die Sache investiert hatte und wegen der ziemlich unverhüllten Drohung mit dem Durchfallen und weil es eigentlich keinen Grund gab, es nicht zu tun, folgte sie ihm ins Schlafzimmer.

Sein Verhalten änderte sich schlagartig. Er hatte auf seine Weise um sie geworben und sie erobert. Jetzt galt es nur noch, die Früchte des Sieges zu genießen, und man brauchte sich nicht mehr zu beeilen. Sie entkleideten sich und legten sich ins Bett. Er stützte einen Ellbogen auf, streichelte ihren Körper mit den Fingerspitzen, und er legte ihre Hand auf sein Glied, das sie hielt, während er sie streichelte. Nach einer langen Weile küßte er sie, und dann legte er sich auf sie und war im Begriff, in sie einzudringen. Plötzlich aber fragte er: „Bist du vorbereitet?"

„Vorbereitet?"

„Hast du ein Pessar?"

„Nein", sagte sie.

„Großer Gott!" rief er und richtete sich auf. Er griff in die Lade des Nachttisches, nahm ein Präservativ heraus und streifte es über. Dann kam er zu ihr. Sie fand, daß sie entschieden Glück gehabt habe. Denn was sie bewogen hatte, in seine Wohnung zu kommen, und was ihr Interesse an ihm zwischen der Unterredung in seinem Büro und dem Treffen nachher wachgehalten hatte, war der Gedanke an das Hurenhafte der Situation gewesen. Diese Vorstellung hatte eine merkwürdige Anziehungskraft gehabt. Und dank seinem Verhalten konnte sie sich tatsächlich als Hure fühlen, viel stärker, als sie es je für möglich gehalten hätte. Dieses Gefühl hätte nicht mehr intensiver werden können, selbst wenn er nachher eine Banknote auf das Kopfkissen gelegt hätte. Und deshalb fand sie, daß sie Glück gehabt hatte. Mehr Glück jedenfalls als die lange Reihe der andern Mädchen. Oder vielleicht waren die ebenfalls gekommen, um seine Huren zu sein. Und möglicherweise wußte er das auch.

Sie spürte, wie er plötzlich zu erstarren schien und sich von ihr löste. Er zündete sich eine Zigarette an, ließ sie einen Zug machen und sagte: „Ich glaube, wir sollten gehen. Es ist zwanzig vor elf."

„Ja, gehen wir."

Sie zogen sich an, und er führte sie zum Campus zurück. Er hielt in einiger Entfernung von ihrem Haus, wo sie unbemerkt aussteigen konnte. Der Motor seines alten Wagens heulte laut auf, als er davonfuhr.

Letzten Endes war es nicht schön gewesen, nein, es hatte ihr keinen Genuß gebracht, und sie machte sich Sorgen deshalb. Was war mit ihr los? Sie war nicht zum Orgasmus gelangt. Auch mit Denver James nicht. Aber mit Melissa. Das erschreckte sie, denn sie fragte sich, ob sie vielleicht lesbisch sei. Ihre Freundschaft mit Helen Farnam war nicht sexuell betont gewesen, zumindest nicht offen sexuell, aber sie war sehr eng gewesen. Und gerade weil das Zusammensein mit ihm ihr keinen Genuß gebracht hatte, weil sie es eigentlich verabscheut hatte, weil sie ihn verabscheute, mit seiner Selbstgefälligkeit und seiner routinierten Sachlichkeit, wartete sie ein paar Tage später nach der Vorlesung auf ihn, als er sie darum bat. Und als er mit den Fingern über ihre Wirbelsäule strich und sie fragte, ob sie am Abend mit ihm „auf ein Bier" kommen wolle, sagte sie ja.

„Um acht", sagte er. „Ich hole dich ab. An der Stelle, wo du neulich ausgestiegen bist."

„Gut", antwortete sie und verließ ihn, um in die nächste Vorlesung zu gehen.

Den ganzen Tag haderte sie mit sich selbst, weil sie ja gesagt hatte. Nein, sie konnte es einfach nicht tun, und zwar nicht aus moralischen Gründen, sondern weil es neulich so freudlos und ohne jeden Reiz gewesen war. Aber dann kam wieder diese Befürchtung über sie, und sie wußte, daß sie eben dieser Befürchtung wegen gehen würde. Und sie ging. Aber sie war schlechter Laune. Selbst nachdem er sie abgeholt und in seine Wohnung gebracht hatte, blieb sie reserviert, und es kostete sie Mühe, nicht ausgesprochen unfreundlich zu sein.

Diesmal gab es keinen Kognak, sondern nur Bier, wie er es am Morgen vorgeschlagen hatte. Wahrscheinlich weil es billiger war. Kein Nachtmahl, nur ein Glas Bier, um den Anschein guter Manieren zu wahren. Und dann ins Bett.

„Wollen wir ins Schlafzimmer gehen?" fragte er.

„Ich weiß nicht. Ich weiß nicht, was ich will."

„Warum bist du dann gekommen?"

„Ich weiß nicht", sagte sie. „Ich weiß es wirklich nicht."

„Du möchtest, daß ich dir zurede? Daß ich dir das übliche Theater vorspiele?"

„Nein, ich will nicht, daß du mir das übliche Theater vorspielst. Aber das letztemal war es einfach nicht gut. Ich meine . . . ich habe nichts davon gehabt."

„Es war das erstemal, meine Liebe. Da geht es fast nie. Man muß sich aneinander gewöhnen. Auch dazu gehört Übung, wie zu allem andern."

Sie ging mit ihm ins Schlafzimmer und ließ es über sich ergehen. Es war nicht besser als das erstemal. „Du mußt dich entspannen, Kindchen", sagte er. Und sie antwortete, sie sei entspannt, aber sie habe noch nie zum Orgasmus gelangen können, und das bedrücke sie.

„Du lieber Himmel", sagte er. „Na warte, wir versuchen es noch einmal."

Aber bevor er es noch einmal versuchte, ließ er sie mit seinem Penis spielen, und er spielte mit seiner Hand zwischen ihren Beinen, bis sie sehr stark erregt war. Und dann mußte sie ihn darum bitten.

„Also was willst du?" fragte er.

„Ich möchte es noch einmal versuchen", sagte sie.

„Was versuchen?"

„Ich möchte, daß du mich noch einmal liebst."

„Hör auf mit dem Blödsinn. Liebe hat damit nichts zu tun."

„Wahrscheinlich nicht."

„Du willst, daß ich es dir mache, nicht wahr?"

„Ja, ich will, daß du es machst."

„Das ist schon besser", meinte er. Und er wälzte sich über sie und drang in sie ein.

„Machst du es gern?"

„Ja", sagte sie.

„Dann sag es."

„Ich mach' es gern."

„Was hast du daran gern?"

„Was ich spüre."

„Was spürst du?"

„Dich — dich in mir."

„So ist es recht. Hast du es gern?"

„Ja, ich habe es gern."

Er zwang sie, es immer wieder zu sagen, und schließlich begann sie es auch zu fühlen, und alles war nur das, was sie taten, und sie spürte ihn in sich immer größer werden, und heißer und tiefer und größer, bis sie sich nicht vorstellen konnte, daß er noch größer werden könnte, und er wurde es doch und barst förmlich — und dann eine ungeheure Erschütterung — es kam.

Sie duschte sich, und er fuhr sie im Wagen an die dunkle Ecke in der Nähe ihres Hauses.

Noch dreimal schlief sie mit ihm. Dann kamen die Prüfungen,

sie mußte lernen, und am Ende der Examenswoche, als die Ergebnisse angeschlagen wurden, sah sie, daß sie in Kunstgeschichte durchgefallen war. „Das Schwein!“ dachte sie. Und sie verließ Skidmore.

Es fiel ihr leicht, wegzugehen. Sie rief Jaggers an, sagte ihm, daß sie durchgefallen sei und nach New York kommen wolle. Es ist doch eigenartig, wenn man den Leuten mitteilt, daß man versagt hat, fällt es ihnen nie ein, zu fragen, ob man sie angelogen habe.

IX

„Du willst also zum Theater?“

„Ja.“

Jaggers lehnte sich hinter seinem Schreibtisch in den großen Polstersessel zurück, lachte und hörte dann so unvermittelt zu lachen auf, daß Merry ehrlich erschrak. Er beugte sich vor, sah sie an und fragte: „Warum? Warum willst du Schauspielerin werden?“

„Weil ... weil ich glaube, daß ich es kann ... daß ich etwas erreichen kann, mit dem Namen meines Vaters und mit deiner Hilfe und mit dem Talent, das ich zu haben glaube ...“

„Das habe ich nicht gemeint. Ich weiß, daß du es schaffen kannst, weil ich dir helfen werde, zumindest im Anfang. Aber was ich wissen möchte ist, warum du es dir wünscht. Warum zum Teufel willst du Schauspielerin werden?“

„Ich will es eben. Ich weiß nicht, warum.“

„Gut. Aber überlege es dir noch ein wenig. Du kennst diese Art von Leben. Es ist scheußlich. Das brauche ich dir nicht zu sagen.“

„Warum sagst du es mir dann?“

„Weil ich dich gern habe“, antwortete Jaggers. „Weil ich dich von klein auf kenne, weil du bei uns gewohnt hast, an unserem Tisch gegessen hast, weil ... Hör zu, wenn ich eine Tochter hätte, würde ich ihr abraten. Und wenn du einen Vater hättest, der Zeit hätte, sich um dich zu kümmern, würde er dir ebenfalls abraten. Wenn du willst, stelle dir vor, daß ich es für ihn tue. Daß ich ihn vertrete. Geld verdienen brauchst du nicht. Du bist nicht dumm. Es interessiert mich nicht, was in Skidmore passiert ist. Du bist ein intelligentes Mädchen. Du kannst dir jede Art von Leben schaffen, die dir zusagt. Und deshalb frage ich dich noch einmal, deshalb bitte ich dich, daß du dich selbst noch einmal fragst, warum du es tun willst. Wenn du nicht einen wirklich guten Grund hast, wenn es nicht irgendwie eine Notwendigkeit für dich ist, dann schlag es dir aus dem Kopf."

„Du willst mich nicht vertreten?" fragte Merry. Diese Möglichkeit war ihr bisher überhaupt nicht in den Sinn gekommen. Aber plötzlich hatte sie alle Sicherheit verloren, und sie saß allein und verängstigt im Büro von Mr. Samuel Jaggers. Das war nicht der alte Sam, den sie so gut kannte. Das war der Mann, von dem jedes ehrgeizige Starlet gehört hatte, ohne zu hoffen, ihn je kennenzulernen, ebensowenig wie den Maharadscha von Jaipur oder den Fürsten von Monako. Er thronte hoch oben, war einer der ganz wenigen, die alles, was mit dem Theatergeschäft zusammenhing, nach ihrem Willen lenkten. Wenn er sich weigerte — aus welchem Grund immer —, sich ihrer anzunehmen, ihr zu helfen, ihre Karriere zu fördern — was sollte dann aus ihr werden? Was konnte sie anfangen, wie konnte sie allein beginnen? Sie fühlte, wie ihre Handflächen feucht wurden, aber er sollte nicht die Befriedigung haben, zu sehen, daß sie sie an ihrem Rock abwischte.

Es verging eine sehr lange Zeit, bis er ihre Frage beantwortete. Er sah sie an, schob seine Brille auf die Stirn, massierte seine Augen mit Daumen und Zeigefinger und ließ die Brille herunterfallen. „Ja", sagte er dann. „Ich werde dich vertreten. Und weißt du auch, warum?"

„Nein. Warum?" Ihre Stimme klang dünner, schüchterner, als sie es wahrhaben wollte.

„Nicht weil ich dich gern habe. Wenn ich das Recht hätte, dir etwas zu verbieten, würde ich dich nie in die Nähe einer Bühne oder einer Kamera lassen. Aber ich habe dieses Recht nicht. Gern habe ich dich zwar, aber nicht gern genug, um Geld zum Fenster hinauszuwerfen. Eine Menge Geld. Und ich glaube, auch für dich ist es besser, wenn wir die Sache auf die richtige Weise anfangen. Ich will nicht, daß man von dir sagt, du seist eben eine von so und so vielen Schauspielertöchtern. Du würdest ein paar kleine Nebenrollen in Hollywood bekommen und schließlich in Rom landen, um dort in drittklassigen historischen Schinken oder Gruselfilmen mitzuwirken. Und das täte dir nicht gut; auch mir nicht und deinem Vater nicht. Wir müssen im Anfang ausgiebigen Gebrauch von seinem Namen machen, indem wir dafür sorgen, daß du die richtigen Sachen machst, die richtige Wahl triffst, damit du weder ihm noch mir noch dir schadest."

„Ich verstehe", sagte sie.

„Wirklich? Ich habe noch nie so zu dir gesprochen. Wir sind bisher Freunde gewesen. Aber von jetzt an hast du keinen Freund mehr. Weder mich noch sonst jemand. Es ist kein schöner Beruf. Wenn Millionen Dollar im Spiel sind, ist keiner des andern Freund. Und das Freundschaftlichste, was ich dir sagen kann, ist eben das — daß es keine Freunde gibt. Alle diese Leute bilden eine große, glückliche Familie von Haifischen."

„Ich verstehe", wiederholte sie. Sie war gleichzeitig entsetzt und entzückt. Die Brutalität seiner Schilderung war schreckenerregend, aber anderseits war es auch tröstlich zu wissen, daß dieser Mann seine unglaubliche Macht zu ihren Gunsten einsetzen würde.

Er entnahm der ledernen Schreibmappe einen Bogen Papier, dem die beiden Buchstaben S. J. aufgeprägt waren, und stellte eine Liste der Dinge zusammen, die Merry zu tun haben würde. Während er schrieb, sprach er über die einzelnen Punkte.

„Zuerst möchte ich, daß du dir eine Wohnung mietest, in dem Viertel zwischen der Fünfzigsten und Sechzigsten Straße. Nicht höher oben. Du willst doch sicher nicht dein halbes Leben in Taxis verbringen. Geh zu Jean Cushing. Sie hat die meisten Untermietwohnungen auf ihrer Liste. Wenn du eine Wohnung gefunden hast, verständige mich. Ich werde dir dann sagen, wie du die Sache mit den Telephonen regeln mußt."

„Mit den Telephonen?" fragte sie erstaunt.

„Ja. Du mußt zwei Telephonnummern haben. Eine, die im Telephonverzeichnis steht. Dieser Apparat wird ständig auf Kundendienst geschaltet sein, und du wirst dich nie melden, wenn er läutet. Das andere Telephon wird eine Geheimnummer haben."

„Aber wozu brauche ich ...", begann sie.

„Damit du nicht mitten in der Nacht von irgendwelchen

Verrückten angerufen werden kannst, die dir Schweinereien sagen. Versteht du?"

„Ja", sagte sie. Es war toll. Wer hätte an so etwas gedacht?

„Bevor du ein Appartement findest, wirst du im Hotel ... Das heißt, eigentlich kannst du, wenn du willst, auch bei uns wohnen. Oder im Hotel — wie du willst. Und ich glaube, du solltest eine Schule besuchen."

„Wie bitte?"

„Eine Schauspielschule. Ich werde sehen, ob ich dich im Theaterstudio unterbringen kann."

Er überreichte ihr das Blatt Papier, fragte, ob sie noch irgend etwas wissen wolle, und wartete.

„Soll ich jetzt gleich zu Jean Cushing gehen?"

„Das wäre eine gute Idee. Hast du schon zu Mittag gegessen?"

„Nein", sagte sie.

„Dann iß etwas, ein Hamburger in irgendeinem kleinen Lokal. In zwei Monaten wirst du das nicht mehr tun können."

Er lehnte sich zurück und lächelte ihr zu — zum erstenmal, seit sie sein Büro betreten hatte.

„Danke", sagte sie.

„Ich habe noch nichts für dich getan", antwortete er.

Sie stand auf und ging. Noch bevor sie das Zimmer verlassen hatte, beauftragte er seine Sekretärin, eine Reihe von Anrufen zu erledigen.

Es war interessant, Jaggers bei der Arbeit zu beobachten. Merry hatte es nicht nötig, zu diesem Zweck in seinem Büro zu sitzen und ihm zuzusehen, wie er telephonierte, Briefe diktierte und mit dem riesigen Polstersessel hinter seinem Schreibtisch hin und her schaukelte. Von dem Augenblick an, da sie am Morgen aufstand, war alles, was sie tat, von ihm festgelegt. Sie war eine Karte in seinem Pokerspiel. Oder eine ganze Handvoll Karten. Ihr Name war das As; ihr Aussehen die Dame; seine Geschäftstüchtigkeit, seine Gerissenheit im Verhandeln war der Bube, und die Propaganda mochte die Zehn sein. Das einzige Risiko, das er einging, war, daß er hoffte, den König zu ziehen, indem er annahm, daß sie wenigstens eine Spur von Talent habe. „Man kann es auf zwei Arten schaffen", hatte er ihr kurz nach ihrer Ankunft in New York erklärt, „mit Talent oder ohne Talent. Zum Filmen braucht man kein Talent. Hat Lassie Talent? Oder Rin-Tin-Tin? Wenn es möglich ist, ein Tier vor der Kamera entsprechend zu lenken, dann kann man auch dich lenken. Du bist imstande, einen einfachen Befehl zu verstehen. Im Film zu spielen ist nichts. Es ist sogar eher schädlich. Du hast doch schon einmal beim Drehen zugeschaut?"

„Nein", sagte sie.

„Nein? Na, das macht nichts. Ein Film besteht aus einzelnen Aufnahmen. Sie dauern zwanzig Sekunden, dreißig Sekunden, manchmal vielleicht eine Minute. Und jede Aufnahme wird zehn- oder zwanzig- oder dreißigmal gemacht. Es besteht also die Chance, daß du es einmal unter dreißigmal richtig machst. Es ist nichts als stumpfsinniger Zufall, und, glaube mir, die meisten Stars sind ziemlich stumpfsinnig. Aber wenn du auch nur ein bißchen Talent hast, sollten wir es ausnützen. Man kann ebenso von oben anfangen wie von unten. Das einzige Risiko ist, daß man von oben viel tiefer fällt."

Da in der Welt des Theaters die kürzeste Distanz zwischen zwei Punkten nicht von einer Geraden, sondern von einer S-Kurve gebildet wird, führt der Weg zum Filmstar in Hollywood über New York. Merry besuchte das Schauspielstudio, aber der Unterricht dort bildete nur einen kleinen Teil des Programms, das Jaggers für sie ausgearbeitet hatte. Unter anderem mußte sie berühmten Modephotographen Modell stehen. Homer Xenakis fuhr mit ihr an den Strand und photographierte sie vier Stunden lang vor dem Hintergrund von Sand und Meer. Mit aufgestecktem Haar; mit im Wind flatterndem Haar; barfuß; mit einem Windhund; mit einem Champagnerglas; mit einem alten Messingfernrohr.

Sie war nachher völlig erschöpft. Xenakis packte die Ausrüstung in seinen Jaguar und fuhr davon. Einer der Assistenten brachte Merry in seinem Ford in die Stadt zurück. Auf dem Rücksitz lag der Windhund.

Sie rief den Kundendienst an, und die Beamtin teilte ihr wie gewöhnlich mit, daß Mr. Jaggers angerufen habe. Merry fragte sich, ob Jaggers sie hauptsächlich deshalb anrufen ließ, um festzustellen, ob sie seine Instruktionen befolge. Oder vielleicht wollte er sie auch bloß daran gewöhnen, regelmäßig beim Kundendienst nachzufragen, was sie auch tatsächlich schon nach einer Woche völlig automatisch tat, sobald sie ihre Wohnung betrat.

Aber diesmal war Jaggers selbst am Telephon, als sie sein Büro anrief.

„Junge Dame, warum haben Sie Ihrem Vater nicht geschrieben?“ fragte er.

„Ich ... ich wollte ihn überraschen“, antwortete sie zögernd.

„Na, das ist dir gelungen. Er ist überrascht und außerdem ziemlich verärgert. Es wäre eine gute Idee, wenn du ihm heute abend einen Brief schriebest.“

„Was soll ich ihm schreiben? Wir haben einander wirklich nicht viel zu sagen.“

„Du hast ihm genug zu sagen. Zum Beispiel, daß du in New York bist und die Schauspielschule besuchst.“

„Aber ...“

„Kein Aber. Ich befehle dir, ihm zu schreiben.“

„Warum?“

„Weil dein Vater verstimmt ist. Mein Klient ist verstimmt. Ich habe es nicht gern, wenn meine Klienten nicht glücklich sind. Du wirst es also tun?“

„Ja, ich verspreche es.“

„Gut. Und schreibe ihm auch, daß Mr. Kolodin sehr zufrieden mit deinen Fortschritten ist.“

„Hat er das gesagt?“

„Ja. Ich habe heute nachmittag mit ihm gesprochen. Übrigens ... schreibe deinem Vater auch, daß du Stimmbildungsunterricht nimmst.“

„So? Tue ich das?“

„Ja. Ab morgen. Wenn er den Brief bekommt, hast du schon damit begonnen.“

„Aber warum?“

„Kolodins Idee.“

„Ach so.“

„Ich glaube, das wäre alles.“

„Sam ...“, begann sie.

„Ja?“

Sie zögerte, denn sie wußte nicht recht, ob sie ihm sagen sollte, was ihr durch den Kopf ging. Aber bevor sie noch richtig überlegen konnte, war es schon heraus.

„Es tut mir leid, wenn ich dir Unannehmlichkeiten bereitet habe. Mit Vater, meine ich.“

„Schon gut“, sagte er. „Das kommt wieder in Ordnung.“

„Hoffentlich."

„Das weiß ich bestimmt. Jedenfalls zerbrich dir nicht den Kopf darüber. Ich hätte kein Risiko übernommen, auch nicht das kleinste, wenn ich nicht überzeugt wäre, daß du es schaffen wirst. Ich war sehr erfreut über das, was mir Kolodin berichtet hat."

„Ich habe mir das alles gar nicht überlegt", sagte sie aufrichtig.

„Das wirst du schon noch lernen", sagte er, lachte und legte den Hörer auf.

Sie stellte Wasser für Kaffee auf, setzte sich auf die Couch und ging — zum fünfzigstenmal — die Szene aus den „Drei Schwestern" durch, die sie zu lernen hatte.

Es war ein merkwürdig ruhiges Leben, das sie führte. Sie hatte viel zu tun, weit mehr als je in der Schule, und war am Abend immer sehr müde. Dann legte sie sich mit einem Rollenheft in das heiße Bad und versuchte eine Szene durchzunehmen, meistens aber lag sie nur ruhig im heißen Wasser und fühlte, wie die Müdigkeit aus ihren Gliedern wich. Sie hatte keine Freunde, niemanden, mit dem sie sprechen oder ein paar vergnügte Stunden verbringen konnte. Die Kollegen im Theater mochten sie nicht, und sie mußte zugeben, daß sie alles Recht dazu hatten. Auch sie arbeiteten hart, wußten jedoch, daß Merry früher als sie etwas erreichen würde, weil sie einen berühmten Vater und gute Verbindungen hatte. Sie verhielten sich ihr gegenüber durchaus höflich, aber sie konnte den Neid fühlen, der ihr entgegenschlug. Ihre Reaktion bestand darin, daß sie noch fleißiger arbeitete, um sich die Achtung der Kollegen zu erringen.

Sie war sich bewußt, daß jene gewisse Art von unbeschwerter Kameradschaft, wie sie in Skidmore möglich war, für immer unerreichbar sein würde. Ihre Freundinnen studierten an verschiedenen Universitäten. Alle ihre Altersgenossinnen besuchten Vorlesungen, lernten für Prüfungen und hatten Flirts mit jungen Leuten. Sie arbeitete. Und obwohl alle Welt sich das Leben der Theaterleute amüsant und glanzvoll vorstellte, fühlte sich Merry eher bedrückt — wenn sie überhaupt Zeit hatte, über ihre Stimmung nachzudenken. Eines Abends, nicht sehr spät — es mochte etwas nach halb elf sein —, saß sie vor dem Fernsehschirm und sah sich ein Stück an, weil sie das in der Theaterschule verlangt hatten. Sie hatte den Ton abgestellt, um besser beobachten zu können, wie die Gefühle in den Gesichtern der Schauspieler zum Ausdruck kamen. Denn es war der Zweck der Übung, aus dem Ausdruck auf den Inhalt des Stückes zu schließen, ohne zu wissen, was gesprochen wurde. Das Stück schien entsetzlich traurig zu sein. Alle Darsteller machten den Eindruck, als würden sie jeden Augenblick in Tränen ausbrechen. Und plötzlich wurde sich Merry bewußt, daß sie weinte. Sie sagte sich, daß das nicht ernst zu nehmen sei, einfach eine Folge der Müdigkeit. Sie stellte den Apparat ab und ging zu Bett. Aber irgendwo in den Tiefen ihrer Seele wußte sie, daß — falls nicht bald etwas geschah — die Zeit nicht mehr fern war, da sie sich allabendlich in den Schlaf weinen würde.

Aber es geschah etwas. Es fing auf ganz unbedeutende Weise an. Als sie eines Vormittags nach der Stimmbildungsstunde in ihre Wohnung zurückkam, fand sie einen großen Briefumschlag mit Jaggers' Initialen vor. Er enthielt den Rohabzug einer Bildseite, die in der Märznummer von *Vogue* erscheinen sollte. Darauf war eine der Aufnahmen, die Xenakis von Merry gemacht hatte, und zwar die mit dem Champagnerglas. Sie rief Jaggers an. Es sei jetzt Zeit anzufangen, sagte er. Nichts Besonderes vorläufig, bloß ein paar kleine Gesten, um die Welt darauf aufmerksam zu machen, daß Merry existiere. Er fragte, ob sie einen Bleistift zur Hand habe.

„Ja", sagte sie.

„Gut. Also: Um drei Uhr bist du bei Elizabeth Arden angesagt. Um halb fünf hast du ein Rendezvous im ‚St. Regis'. Komm aber erst vier Minuten später hinein. Nicht in die King-Cole-Bar, die ist nur für Männer. Gleich daneben ist eine kleinere Bar. Kennst du sie?"

Sie verneinte, meinte aber, daß sie sich wohl zurechtfinden würde.

„Du findest mich dort mit zwei Herren: Bill Carr und Jim Waters."

„Der Dramatiker?"

„Ja. Jetzt wiederhole, was du zu tun hast."

Sie wiederholte das Programm. Elizabeth Arden um drei. Hotel St. Regis um halb fünf.

„Gut", sagte Jaggers. „Versuche vorher ein bißchen zu schlafen. Du mußt am Abend vielleicht lange aufbleiben."

„Herrlich!" rief sie.

„Dein Enthusiasmus ist unendlich deprimierend", sagte Jaggers und legte den Hörer auf.

Es war nicht ganz fair von ihm gewesen, das zu sagen. Merrys Begeisterung galt nicht nur der Aussicht auf den Besuch eines Nachtlokals. Die Tatsache, daß sich die Räder für sie zu drehen begannen, faszinierte sie. Und faszinierend war auch die Art, wie das geschah. Im Schönheitssalon von Elizabeth Arden war man auf ihren Besuch vorbereitet und wußte bereits genau, was mit ihr zu geschehen hatte. Jaggers hatte angegeben, wie sie frisiert und zurechtgemacht werden sollte und wann sie fertig sein müsse. Sie betrat die kleine Bar im Hotel St. Regis genau vier Minuten nach halb fünf und begrüßte die drei Männer, die Whisky tranken. Ohne zu fragen, bestellte Jaggers einen trockenen Sherry für sie.

„Ihr Bild in *Vogue* ist gut", sagte Bill Carr.

„Aber die Nummer ist doch noch gar nicht erschienen", meinte Merry.

„Mr. Carr sieht jedes Heft schon vor dem Erscheinen", erklärte Jaggers.

„Nichts ist veralteter als die Zeitung von heute", bemerkte Carr.

Jaggers kicherte. Merry lächelte, nur Jim Waters' Gesichtsausdruck veränderte sich nicht. Er saß da und sah etwas gequält drein oder vielleicht gelangweilt; jedenfalls völlig gleichgültig. Niemand hätte in ihm den Autor der geistreichen, spritzigen Gesellschaftskomödie vermutet, die im Vorjahr so enormen Erfolg gehabt hatte. Man konnte sich nicht vorstellen, daß er je imstande sei zu lachen.

Jaggers und Carr bestritten die Unterhaltung, indem sie witzig über nichtssagende Dinge sprachen. Als sie ihre Gläser fast geleert hatten, zog Carr ein mit Maschine beschriebenes Papier aus der Innentasche seines Seidenanzugs und reichte es Waters.

„Gibt es einen Grund, warum das Urteil nicht ausgesprochen werden sollte? Nein, Euer Ehren", sagte dieser, während er das Blatt in Empfang nahm.

„Nicht sehr schmeichelhaft für Miß Houseman", meinte Jaggers lächelnd.

„Es war nicht böse gemeint. Das Urteil trifft uns ja beide. Wenn jemand beleidigt sein könnte, dann höchstens ihr zwei", sagte Waters und deutete auf Jaggers und Carr. „Aber ihr macht euch ja nichts daraus."

„Nicht das geringste", meinte Jaggers, und „Sie sind unglaublich witzig" sagte Carr.

Waters las das Programm durch. „Das ist ja entsetzlich", rief er und fügte hinzu: „Hat sie auch eine Kopie?"

„Nein, sie wird ja mit Ihnen sein."

„Ach so. Natürlich."

„Das ist doch der Zweck der Übung", erklärte Carr.

„Gewiß", sagte der Dramatiker. „Nun, Miß Houseman, ich werde also die Ehre haben, Sie heute abend um zehn abzuholen."

„Ja, bitte. Gern."

„Danke."

„Wissen Sie, wo ich ..."

„Steht alles hier auf diesem Papier."

Carr verlangte die Rechnung, unterschrieb sie und legte zwei Dollar für den Kellner auf den Tisch.

„Also bis nachher", sagte Waters.

„Ja", antwortete sie und lächelte ihm zu. Ein merkwürdiger Mensch, dachte sie. Sie gingen miteinander durch die Halle und trennten sich vor dem Hoteleingang.

Bis zur nächsten Querstraße sprach Jaggers kein Wort. Dann fragte er: „Na, wie findest du die beiden?"

„Ich weiß nicht. Mr. Carr ist mir nicht sehr sympathisch."

„Er kann sehr charmant sein, wenn er es für nötig hält. Weißt du, was er ist?"

„Nein."

„Er ist Pflanzer."

„Ein Pflanzer?"

„Ja. Er pflanzt Namen von Leuten in die Artikel von Journalisten. Die berühmtesten Zeitungsleute drucken das, was er ihnen schickt. Anekdoten, witzige Aussprüche, Klatsch. So kommen die Namen von Leuten in die Zeitungen, auch die seiner Klienten."

„Gehöre ich zu seinen Klienten?"

„Nicht eigentlich. Aber ich gehöre dazu. Und deshalb bist auch du seine Klientin."

„Und Mr. Waters? Gehört er auch dazu?"

„Auf die gleiche Weise wie du. Seine Presseagenten, die Presseagenten für sein neues Stück, arbeiten mit Mr. Carr."

„Er scheint nicht sehr glücklich darüber zu sein."

„Nein, nicht sehr. Weißt du, bei ihm ist das ein wenig anders. Für dich besteht der Zweck darin, daß dein Name in die Zeitungen kommt. Mit Waters ist es nicht so einfach. Er und der Hauptdarsteller seines neuen Stückes sind — wie soll ich sagen — ein Liebespaar, und die Presseagenten wollen nicht, daß das allgemein bekannt wird. So haben sie eine Liebesaffäre für ihn erfunden. Mit dir."

„Mit mir?"

„Es ist ganz in Ordnung. Er ist vollkommen harmlos. Er macht sich nicht das geringste aus dir."

„Gut zu wissen."

„Das Ganze ist eine rein geschäftliche Angelegenheit. Er wird dich in verschiedene Lokale führen, und in jedem gibt es irgend etwas, was durch Carr in die Zeitungen kommen soll — das Lokal selbst oder der Sänger, der dort auftritt, oder der Wein, den du trinken wirst, oder was immer auch. Es ist sehr kompliziert."

„Und das alles geschieht gegen Bezahlung?"

„Mehr oder weniger ja."

„Aber warum müssen wir dann eigentlich hingehen?"

„Ich bitte dich, stelle keine philosophischen Fragen. Es gibt da feine Unterschiede. Carr kann die Zeitungsschreiber dazu bewegen, gewisse Dinge zu bringen. Aber sie wollen nicht als Lügner dastehen. So sorgt er dafür, daß die Dinge tatsächlich geschehen, und erspart den Journalisten Gewissensbisse. Sie wissen alle, daß Waters homosexuell ist, aber wenn sie dich mit ihm im ‚El Morocco' sitzen sehen, können sie wählen, wem sie trauen wollen: ihrem Wissen oder ihren Augen. Und die Augen siegen."

„Ich wollte schon immer gern einmal ins ‚El Morocco'. Ich war noch nie dort."

„Du hast nicht das geringste versäumt."

Sie waren bei Jaggers' Büro angelangt. Er trat vom Gehsteig auf die Straße, winkte ein Taxi herbei und setzte Merry hinein. Während er die Tür für sie offenhielt, wünschte er ihr gute Unterhaltung.

„Danke“, sagte sie und lachte leise auf.

„Das ist die richtige Einstellung“, quittierte er ihr Lachen und schlug die Tür zu.

Ein paar Minuten vor zehn Uhr verständigte der Portier Merry, daß ein Mr. Waters da sei. Sie ließ ihn bitten, heraufzukommen. Dann lief sie ins Badezimmer, um noch einmal ihr Aussehen zu überprüfen, und als sie es zufriedenstellend fand, setzte sie sich ins Wohnzimmer und wartete, bis die Türglocke läutete.

„Hallo“, sagte er mißmutig, als sie die Tür öffnete.

„Guten Abend“, sagte sie. „Treten Sie ein.“

„Danke.“ Er legte seinen Mantel über eine Sessellehne und blickte sich im Raum um. Dann trat er ans Bücherregal und sah sich die Bücher an.

„Die meisten Bücher sind in Aufbewahrung“, sagte sie.

„Gewiß“, sagte er.

„Was meinen Sie mit gewiß?“

„Nichts Besonderes. Daß ich glaube, was Sie sagen.“

„Ich bin nicht so überzeugt davon. Und überhaupt — gehört sich das, wenn man in eine Wohnung kommt, zuerst die Bücher anzusehen? Das kommt mir so vor, als ob man in einem fremden Badezimmer im Medikamentenschrank stöbern würde.“

„Pflegen Sie das zu tun?“

„Hören Sie, Mr. Waters, es tut mir leid, daß Sie so unglücklich über den heutigen Abend sind. Aber da wir der Sache nun einmal nicht entgehen können — wäre es da nicht besser, wenn wir so täten, als machte es uns Spaß?“

„Bitte, fangen Sie an. Sie sind die Schauspielerin.“

„Sie sind sehr sarkastisch.“

„Ja, das bin ich.“

„Möchten Sie etwas zu trinken?“

„Wir werden heute abend noch genug trinken müssen.“

„Wie liebenswürdig Sie sind!“

„Na, wer ist jetzt sarkastisch?“ fragte er. „Es stimmt übrigens, ich war liebenswürdig. Es wird heute abend eine Menge zu trinken geben, und alles gratis. Sie sind ein junges Mädchen, das Schauspielerin werden will. Ich habe keine Ahnung, ob Ihnen Ihr Vater eine Menge Geld schickt oder nicht. Wenn nicht, dann kostet Sie eine Flasche Whisky viel mehr als mich.“

„Entschuldigen Sie“, sagte sie. „Ich nehme alles zurück.“

„Sie sollten die Schutzumschläge abnehmen. Die Bücher sehen darin aus wie in Maskenkostümen.“

„Aber sie werden geschont.“

„Was für Bücher haben Sie denn, die wert sind, geschont zu werden? Lauter Erstausgaben? Ein Buch, das wirklich geschont werden muß, gibt man in den Safe.“

„Ich glaube, Sie haben recht.“

„Natürlich habe ich recht. Aber wollen Sie nicht Ihren Mantel anziehen? Ich glaube, wir sollten gehen, damit wir es hinter uns bringen.“

Die Bemerkung über die Bücher und die Spur von Herzlichkeit, die in der Frage gelegen hatte, ob sie bereit sei zu gehen, nahmen Merry ein wenig von ihrer Unsicherheit, machten sie aber zugleich sehr traurig. Natürlich war er nervös. Für ihn mußte die Lage doch sehr peinlich sein.

Er half ihr in den Mantel und öffnete die Tür. Er war ein unberechenbarer Mensch. Zynisch, sogar grob, aber in gewisser Weise doch sehr höflich.

Als sie im Lift hinunterfuhren, zog er die Liste, die ihm Mr. Carr gegeben hatte, aus der Brusttasche, überflog sie und steckte sie mit einem Seufzer wieder ein.

„Ist es sehr arg?“ fragte sie.

„Ich glaube, es könnte ärger sein.“

Zuerst gingen sie in den Stork Club. Nachdem man sie an ihren Tisch geleitet hatte, überreichte der Manager Merry eine Flasche französischen Parfums und ließ für beide Champagner bringen. Er plauderte eine Weile mit ihnen und ging dann, um neue Gäste zu begrüßen.

„Das war nett von ihm“, meinte Merry.

„Ach ja. Winchell wird später vorbeikommen und den Manager fragen, ob wir hier waren. Seinen Artikel hat er zwar schon geschrieben und abgeliefert. Aber er wird sich doch überzeugen wollen, ob die Sache stimmt.“

„Aber das Parfum . . .“

„Er vertritt die Firma. Ich meine, er ist der amerikanische Vertreter der Parfumfirma. Es ist alles Reklame. Das Ganze ist ein Karneval, ohne den Spaß, den ein Karneval bietet.“

„Ich habe noch nie einen Karneval erlebt.“

„Herrlich!“

Er leerte sein Glas mit einem Zug.

„Wovon handelt Ihr neues Stück?“ fragte Merry.

„Welches neue Stück?“

„Ich dachte, Sie hätten ein neues Stück geschrieben.“

„Ja, es kommt ein Stück heraus. Aber es ist nicht von mir, sondern von Molnar. Ich habe es nur leicht überarbeitet.“

„Ach so“, sagte sie.

„Ich habe Mädchen gern, die zur rechten Zeit schweigen können“, sagte er. „Trinken Sie noch ein Glas Champagner.“

Sie saßen da, tranken und hörten der Musik zu. Sie sprachen nichts, aber sie zeigten sich den Leuten und erfüllten so Carrs Auftrag. Nach einer Weile sah Waters auf die Uhr und sagte: „Auf zum nächsten Vergnügen.“

Er hinterließ ein Trinkgeld für den Kellner, und sie gingen ins „Metropol“, um Cozy Cole anzuhören, dann zu Harwyn und schließlich ins „El Morocco“. Man wies ihnen Plätze auf den berühmten, mit Zebrafell überzogenen Sitzbänken an, und der Kellner brachte Champagner.

„Sind Sie hungrig? Möchten Sie ein Steaksandwich oder dergleichen?“ fragte Waters.

„Wenn Sie auch eines essen.“

Waters rief den Kellner und bestellte zwei Steaksandwiches. „Ein unwahrscheinliches Lokal“, sagte er dann. „Dort drüben, jenseits des Tanzparketts, ist Sibirien, und dort, neben dem Korridor, durch den wir kamen, ist Miami. Es gibt im ganzen acht gute Tische hier. Die vier dort drüben und die vier mit diesen Sitzbänken. Alles übrige ist für Debütantinnen, die ausgeführt werden, und für Idioten, die zu hohe Trinkgelder geben.“

„Warum kommen die Leute her?“

„Um Berühmtheiten zu sehen, liebes Kind. Um große, bedeutende, strahlende Menschen zu sehen — wie zum Beispiel uns.“

Der Kellner brachte die Steaksandwiches. Merry hatte Hunger und war Waters dankbar, daß er etwas zu essen bestellt hatte. Billy Rose und Doris Lilly kamen herein und setzten sich an einen der Tische vor den Sitzbänken. Merry hörte, daß Billy Rose zwei Kaffee bestellte, und Jim erklärte ihr, daß die beiden täglich gegen drei Uhr früh hierherkamen, ihren Kaffee tranken und wieder gingen. „Ein blödsinniges Leben, finden Sie nicht?“

Merry stimmte zu.

„Aber sagen Sie das niemandem."

Merry wollte eben fragen, wem sie es denn erzählen sollte, als ein kleiner Mann mit schmalem Gesicht und sehr scharfen Zügen an ihren Tisch trat. Leonard Lyons. Jim stellte ihn Merry vor. Sie sprachen über Jims neues Stück. Jim erwähnte den Namen Molnar nicht, sondern meinte nur: „Man tut sein Bestes." Lyons wünschte ihm viel Glück und ging zwei Tische weiter zu Billy Rose.

„Fein. Jetzt ist alles in Ordnung. Wir können gehen, sobald wir aufgegessen haben."

Das war nicht gerade ein Kompliment, aber Merry wußte, daß es sich um eine rein geschäftliche Veranstaltung handelte und daß sie sich nicht durch die äußeren Umstände täuschen lassen durfte. Bisher war ihr das auch gelungen, aber diese sachliche Bemerkung, ohne jede Höflichkeitsfloskel, wirkte auf sie doch wie eine kalte Dusche.

„Könnte ich noch eine Tasse Kaffee haben?" fragte sie.

„O nein. Wir gehen. Kaffee können Sie anderswo trinken, wenn Sie wollen. Aber von allen Sitzgelegenheiten der Welt sind mir diese verrückten Zebradiwans die widerlichsten."

„Ich wollte Ihnen nicht länger zur Last fallen. Ich dachte, es ginge hier am schnellsten."

„Sie fallen mir nicht zur Last. Mit Ihnen war das Ganze viel schmerzloser, als ich erwartet hatte."

„Ich wette, daß Sie das allen Frauen sagen."

„Nein, ich sage es nicht allen."

„Dann muß ich mich wohl bedanken, glaube ich."

Sie aß ihr Sandwich zu Ende. Er ließ die Hälfte des seinen auf dem Teller zurück. Sie verließen das „El Morocco" und gingen in Richtung von Merrys Wohnung, in der Annahme, sie würden unterwegs an einem Lokal vorbeikommen, wo sie Kaffee trinken könnten. Aber alles war geschlossen, und sie befanden sich bereits ganz in der Nähe von Merrys Wohnung.

„Möchten Sie auf einen Kaffee zu mir hinaufkommen?"

„Danke. Gern."

Sie gingen auf die Haustür zu. Die Nacht war still, auffallend still. Der Verkehrslärm hatte fast völlig aufgehört. Ein paar vereinzelte Autos fuhren vorbei. Sie betraten Merrys Wohnung, und Jim setzte sich auf die Couch, während Merry das Wasser für den Kaffee zustellte. Das Appartement war so klein, daß sie plaudern konnten, während Merry in der winzigen Küche hantierte. Jetzt, da ihn der Zwang des vorgeschriebenen Abendprogramms nicht mehr bedrückte, gelang es ihm, sich zu entspannen, und er begann sich sogar ein wenig für Merrys Leben zu interessieren. Er fragte sie, wie lange sie schon hier wohne und was ihr Vater zu ihrem Entschluß, Schauspielerin zu werden, gesagt habe. Sie gab Auskunft, und er hörte müde, aber aufmerksam zu und meinte dann, es sei ein hartes, einsames Leben.

„Sie führen es doch auch", sagte sie.

„Bei mir ist es etwas anderes. Ich habe nichts zu verlieren und alles zu gewinnen. Ich bin eine Art Krüppel. Das Theater eignet sich sehr gut für Käuze aller Art. Wenn man Erfolg hat, kümmert sich kein Mensch darum, was man sonst tut, und wenn man keinen Erfolg hat, kümmert sich überhaupt kein Mensch um einen. Aber für ein nettes, junges Geschöpf wie Sie . . . Aber was weiß ich von Ihnen? Möglicherweise sind Sie genauso verdreht wie ich. Auf andere Art natürlich."

„Es klingt sehr bitter, was Sie sagen."

„Ich bin bitter. Aber vielleicht liegt es an der Müdigkeit."

Merry reichte ihm die Tasse, und er trank aus. Dann stand er auf, gähnte und bat um Entschuldigung. „Danke für den erträglichen Abend. Ich weiß nicht, ob man von uns verlangen wird, ihn zu wiederholen. Aber es war wirklich nicht so arg. Viel Glück für Sie, und danke für den Kaffee."

Er salutierte mit einem Finger und ging. Sie stellte die Tassen in den Ausguß und legte sich zu Bett. Es war ein höllisches Leben, das sie gewählt hatte, ein Leben voll harter Arbeit und falschem Glanz. Aber so war es nun einmal.

Immerhin gab es auch Lichtblicke. Ende der Woche hing die neueste Nummer von *Vogue* an allen Zeitungsständen, und in den folgenden Tagen erschienen zahlreiche Notizen über sie in der Presse. Es war zu lächerlich — aber sie hatte Mühe, nicht zu glauben, was sie las. Natürlich wußte sie, daß die Andeutungen über eine Liebesaffäre zwischen ihr und Waters nicht auf Wahrheit beruhten, und doch hatten die Berichte über das mondäne Leben, das sie führten, über ihr gemeinsames Auftreten in den elegantesten Lokalen etwas Faszinierendes an sich. Sie dachte an die unzähligen Paare, die, behängt mit Kameras und Belichtungsmessern, durch die Welt reisten, Städte besuchten, nur um einander zu photographieren, damit sie, nach Hause zurückgekehrt, beim Anblick der Bilder in dem Gedanken schwelgen konnten, an allen diesen Orten gewesen zu sein. Sie hatte kein Photoalbum vor sich liegen, projizierte keine Dias auf den Schirm, sie las bloß Zeitungsnotizen. Und obwohl sie wußte, daß alles Schwindel war, genoß sie es doch sehr, als im Theaterstudio Tony Bassoto erwähnte, daß er gelesen habe, was Winchell über sie schrieb. Es machte sie stolz, daß er so sehr beeindruckt schien.

Auch andere Leute waren beeindruckt oder hatten die Berichte zumindest zur Kenntnis genommen. Jaggers rief an und bat sie, ihn in seinem Büro zu besuchen. Er sagte ihr, daß er ein Angebot für ein Auftreten im Fernsehen abgelehnt habe, weil er der Ansicht sei, daß das nicht der richtige Start wäre. Und er sei auch nicht sicher, ob sie schon imstande wäre, es zu schaffen. „Diese Arbeit ist in ihrer Art besonders schwierig. Nur eine Woche Proben, und außerdem wird alles direkt aus dem Studio gesendet. Wenn du durchfällst, brauchen wir ein halbes Jahr, um darüber hinwegzukommen. Das Risiko lohnt sich nicht."

Merry hörte aufmerksam zu und gab ihm recht. Sie vertraute seinem Urteil.

Aber er hatte sie nicht aus diesem Grund eingeladen. Es war auch ein Angebot von der Fox-Film gekommen. Für einen Fünfjahresvertrag. Jaggers riet ihr, auch dieses Angebot abzulehnen. Es sei jedoch bedeutsam und attraktiv genug, um darüber nachzudenken.

Es gäbe zwei Möglichkeiten, erklärte er ihr. In beiden Fällen handle es sich um ein Hasardspiel. Die erste Möglichkeit wäre, das Angebot anzunehmen. Dann könne sie mit einem Gehalt für die Dauer des Kontrakts rechnen, auch wenn sie während der fünf Jahre nur einen Film drehen sollte. Ja selbst wenn sie gar nicht filmen sollte. Der Nachteil wäre, daß sie, falls ein mit ihr gedrehter Film ein Kassenschlager werden sollte, für eine lächerlich geringe Bezahlung gearbeitet hätte. Die zweite Möglichkeit bestünde darin, den Kontrakt abzulehnen, in der Hoffnung, man werde ihr trotzdem eine Rolle in einem bestimmten Film anbieten. Falls sie in der Rolle Erfolg hätte, falls der Film als solcher Erfolg hätte, würden weitere Angebote folgen, und sie könnte es wirklich weit bringen.

„Was meinst du, Sam?“ fragte sie.

„Ich würde ablehnen.“

„Dann lehnen wir ab.“

„Gut. Die erste Frage wäre erledigt. Die zweite Frage lautet: Wie denkst du über eine Bühnenrolle?“

„In einem Kellertheater?“

„Nein, auf dem Broadway.“

„Das wäre herrlich.“

„Ich dachte mir, daß es dich freuen würde. Nimm das hier mit nach Hause und lies es durch. Lerne die Rolle nicht, aber mache dich mit ihr vertraut.“

„Welche Rolle?“

„Die Hauptrolle natürlich. Die Clara.“

„Du machst einen Witz.“

„Agenten machen nie Witze, zumindest nicht, wenn es sich um geschäftliche Dinge handelt.“

Erst als sie zu Hause in ihrem Polstersessel saß und das Manuskript aufschlug, bemerkte sie, daß der Autor des Stückes Jim Waters hieß.

Sie hatte nicht nur das Stück mehrere Male durchgelesen, sondern war auch in die Bibliothek gegangen und hatte sich jenes Stück von Molnar geben lassen, das Waters als Vorlage gedient hatte. Waters war viel zu bescheiden gewesen. Es handelte sich keineswegs um eine bloße Bearbeitung. Er hatte die Handlung verändert, neue Personen und Szenen hinzugefügt. Alles, was von Molnar blieb, war der sarkastische Humor, der durch die Bearbeitung eher noch mehr zur Geltung kam.

Sie wollte das Stück von Waters nicht im Theaterstudio einstudieren. Noch immer glaubte sie nicht daran, sie würde die Rolle bekommen, und falls nichts daraus werden sollte, wäre es höchst peinlich, wenn sie vorher öffentlich verkündet hätte, daß sie Aussicht habe, auf dem Broadway zu spielen. Aber sie konnte den Molnar benützen, konnte Szenen daraus unter Kolodins Führung einüben, so daß sie gut eingearbeitet wäre, wenn der Tag kam, an dem sie dem Produzenten und dem Regisseur vorsprechen würde. Und dem Autor? Würde Waters dabei sein? Sie nahm es an. Sie hatte keine Ahnung, ob Waters vorgeschlagen hatte, ihr die Rolle zu geben. Es hatte wenig Sinn, sich den Kopf darüber zu zerbrechen. Ob ja oder nein — es liefe in jedem Fall auf eine Enttäuschung hinaus. Wäre er nicht beteiligt, so fände sie es traurig, daß er nichts für sie getan hatte, denn schließlich soll man seinen Freunden helfen. Hätte er aber etwas damit zu tun, dann wäre auch das enttäuschend. Wie schrecklich banal. Wie deprimierend, zu denken, daß Kunst oft von absurden Zufallsbegegnungen abhing.

Sie beschloß, nicht darüber nachzudenken. Wichtig war nur, daß sie beim Vorsprechen so gut als möglich abschnitt. Sie studierte die Rolle und bemühte sich, die Figur mit so viel Bitterkeit und Gemeinheit auszustatten, als sie konnte, ohne ihre Wärme und ihren Charme gänzlich aufzugeben. Es war sehr schwierig. Sie spielte vor ihren Kollegen im Theaterstudio eine Szene.

„Nun, wie denken Sie darüber?" fragte Kolodin am Schluß in die Runde, nachdem sich Merry, den Finger an die Lippen legend, dem scheidenden Gregory zugewandt und dann ganz unvermittelt in ihren Daumennagel gebissen hatte.

Die Kollegen reagierten sehr verschieden. Aber das taten sie immer. Selbst eine Sarah Bernhardt hätte diesen eifrigen jungen Schauspielschülern keinen ungeteilten Beifall entlocken können. Daß die Meinungen so widersprechend waren, machte Merry eher stolz. „Zu ordinär." „Zu süßlich." „Die Stimmungen wechseln zu abrupt. Man müßte merken, daß sie alle gleichzeitig vorhanden sind."

„Ich glaube", meinte Kolodin, „sie hat den Ton richtig getroffen, sich jedoch in der Gesellschaftsklasse vergriffen. Eine Kleinbürgerin würde sich nicht auf diese Art in den Daumennagel beißen."

Die Kollegen stürzten sich auf die Idee wie Raubtiere im Zoo auf ein Stück Fleisch, das ihnen der Wärter hinwirft. „Gefühle äußern sich bei Menschen aller Klassen auf die gleiche Weise." „Im Gegenteil. Darin liegt der einzige wirkliche Unterschied zwischen den Klassen." „Amerikaner beißen sich nicht in den Daumennagel." „Aber Molnar war Ungar."

Schließlich kam Tony Bassoto Merry zu Hilfe, indem er einen Gedanken äußerte, der einiges für sich hatte. „Wir kennen die Vergangenheit der Frau nicht. Jetzt ist sie eine *petite bour-*

geoise, aber was war sie, bevor sie den Doktor geheiratet hat? Eine Geste, die dem widerspricht, was man von der Frau auf Grund ihrer gesellschaftlichen Stellung erwarten würde, ist um so wirkungsvoller, als sie eine Art Selbstenthüllung darstellt, also aufschlußreich ist."

„Sehr gut. Sehr gut. Sagen Sie, Merry, wie sind Sie auf diese Lösung des Problems verfallen? Was hat Sie auf die Idee gebracht, sich in den Nagel zu beißen?"

„Ich habe nicht ... Ich hatte es gar nicht geplant. Aber meine Hand lag auf meinem Mund, und das war richtig. Ich hatte das Gefühl, daß es richtig sei. Aber ich mußte meinen Zorn irgendwie ausdrücken, und plötzlich schien mir das der richtige Ausdruck zu sein."

„Gut, sehr gut."

Es war das überschwenglichste Lob, das Kolodin seit Wochen über die Lippen gebracht hatte. Merry war kaum imstande, ihre Aufmerksamkeit auf die beiden Kollegen zu konzentrieren, die nach ihr kamen und einen Dialog von Beckett sprachen.

Als Merry nach Schluß der Vorführung, die drei Stunden gedauert hatte, die Treppe hinunterging, fragte Tony Bassoto sie, ob sie mit ihm ein Glas Bier trinken wolle.

„Ja, gern", sagte sie lächelnd. Seine Bemerkung über Claras Vergangenheit hatte ihr Freude gemacht. Und außerdem fand sie Gefallen an seiner schlaksigen Gestalt, seinem schwarzen Haarschopf und seinen hellblauen Augen — ein Erbteil seiner irischen Mutter, wie er ihr später erklärte. Natürlich war er ihr längst aufgefallen. Er glühte vor Begeisterung für das Theater und nahm es ungemein ernst. Und er trug immer denselben schwarzen Rollkragenpullover, ausgebleichte Blue jeans und schwarze Leinenschuhe. Auch das hatte sie wohl bemerkt und sich gefragt, ob es Affektation sei oder ob ihn Armut dazu zwinge. Die Frage gab ihr zu denken. Während der zwei Wochen, seit er im Theaterstudio aufgetaucht war, hatte sie darüber nachgedacht, hatte gehofft, er sei arm. Sie war noch nie jemandem begegnet, der Geldsorgen hatte. Und die Idee, daß dieser junge Mann in die Schauspielschule ging, weil er unter dem eisernen Zwang der Notwendigkeit stand, von dem Jaggers gesprochen hatte, weil ihn sein Ehrgeiz trieb, sich aus bitterer Armut emporzuarbeiten, zog sie mächtig an.

Natürlich hatte sein blendendes Aussehen etwas damit zu tun.

Merry war sich darüber klar, daß ihre Schuldgefühle und ihr Mitleid, so echt sie waren, nicht so rasch und so heftig erwacht wären, wäre Tony weniger anziehend gewesen. Es fiel ihr auf, mit welcher Anmut er sich in der kleinen Bar, in die er sie geführt hatte, niedersetzte. Es war eines jener altmodischen Lokale mit braunen Holztischen, die auf drei Seiten von Bänken umgeben und jeweils durch eine niedrige Holzwand voneinander getrennt sind. Es roch nach verschüttetem, abgestandenem Bier. Tony schien sich völlig zu Hause zu fühlen, ohne jedoch den Eindruck zu machen, daß er ausschließlich hierhergehöre. Er schmiegte sich in die Ecke der Bank wie eine Katze in ein seidenes Kissen, mit einer vollendeten Mischung aus Eleganz und animalischem Behagen.

Nachdem er zwei Glas Bier bestellt hatte, wandte er sich an Merry. „Sie waren wirklich sehr gut heute nachmittag“, sagte er in einem Ton, als hätte er lange und sorgfältig darüber nachgedacht. „Sie haben mich überrascht.“

„Ja?“

„Ich weiß, es war ungerecht, aber wegen Ihres Namens glaubte ich nicht, daß Sie Talent hätten. Ich dachte, Sie hätten es nicht nötig, begabt zu sein, und fragte mich, wozu Sie Schauspielunterricht nehmen, da Sie Ihren Weg doch auch machen würden, ohne spielen zu können. Aber ich habe mich geirrt.“

„Finden Sie?“

„Ich hoffe, daß ich mich geirrt habe — für sie und für mich.“

„Für Sie?“

„Gewiß. Ihnen kann es egal sein, was andere Leute denken. Ich muß achtgeben, damit ich nicht wahnsinnig werde, wenn ich an alle die völlig unbegabten Leute denke, die Millionen scheffeln.“

„Möchten Sie denn nicht auch Millionen scheffeln?“

„Das glaubte ich früher, als ich ein grüner Junge war. Heute weiß ich, daß es Möglichkeiten gibt, leichter Geld zu verdienen als beim Theater. Eine Menge Möglichkeiten. Wichtig ist nur, alles daranzusetzen, daß man seine Sache gut macht. Gut und immer besser. Ich bin sicher, daß man mir eines Tages ein einträgliches Geschäft anbieten wird. Aber ich werde es ablehnen. Ein Freund von mir hat im Textilgeschäft Geld gemacht. Tischwäsche und Handtücher für Bars und Restaurants. Ein ziemlich krummes Geschäft, aber man verdient Unsummen dabei. Das hätte ich auch machen können. Er wollte mich zum Partner haben."

„Aber Sie sagen, es ist ein krummes Geschäft."

Er antwortete nicht, sondern zeichnete mit dem nassen Boden seines Glases eine Reihe von Ringen auf die hölzerne Tischplatte. Nach einer Weile sagte er: „Für Sie ist es etwas anderes. In gewisser Hinsicht haben Sie es schwerer. Es wäre so leicht für Sie, zu kneifen, auf eine mühelose Karriere hinzuarbeiten. Aber Sie haben etwas zu verlieren. Sie haben das Zeug zur Schauspielerin."

„Danke", sagte sie.

„Mir brauchen Sie nicht zu danken. Ich habe es Ihnen nicht gegeben."

„Aber ich bin doch froh, daß Sie finden, ich hätte es."

„Was kann Ihnen daran liegen, was ich finde. Sie sind doch schon jemand. Sie gehen mit großen Tieren aus, und Ihr Name steht in der Zeitung."

„Das ist nichts als Propaganda. Alles abgekartet."

„Dachte ich mir. Aber Sie haben jemanden, der es Ihnen macht." Er lachte auf, und sie blickte auf die Tischplatte nieder, nicht weil sein schmutziges Lachen sie in Verlegenheit brachte, sondern weil sie das Gefühl hatte, daß sie jetzt peinlich berührt sein sollte. Dann lachte sie auch.

Der Mechanismus der Anziehung ist kompliziert und grotesk. Wenn man ihn im Modell darstellen könnte, wie jene Modelle von Molekülen, die man zu Lehrzwecken verwendet, ergäbe sich etwas, was große Ähnlichkeit mit den beweglichen, aus Drähten und Kugeln hergestellten Werken gewisser moderner Bildhauer hätte. Eine zufällige Bemerkung, ursprünglich nicht einmal doppelsinnig gemeint, deren Zweideutigkeit von beiden Partnern verstanden und mit Lachen quittiert wurde, hatte wie jene Nußkerne gewirkt, die aus dem Füller herabrieseln und das Eichhörnchen dazu veranlassen, in dem Tretrad herumzulaufen, das wieder eine Achse in Bewegung setzt, die eine Rasierklinge aufrichtet, die eine Schnur durchschneidet, worauf das Gewicht herunterfällt.

Er bestellte noch zwei Glas Bier, und sie plauderten, aber merkwürdig zerstreut und ohne ihren Worten besondere Aufmerksamkeit zu schenken. Hauptsächlich sahen sie einander an, und jeder bemerkte in den Zügen des andern kleine Unregelmäßigkeiten, die für ihn plötzlich ungeheuer interessant und unwiderstehlich wurden. Ihr fiel zum Beispiel auf, daß seine Ohren ungleich hoch angesetzt waren, das linke ein wenig höher als das rechte, was seinem Gesicht etwas Koboldhaftes verlieh. Ihn faszinierte die Zartheit ihrer Handgelenke und ihres Halses, die in einem irgendwie rührenden Gegensatz zu den starken, ausdrucksvollen, vom Vater ererbten Gesichtszügen standen und ihr etwas Zerbrechliches und Verletzbares verliehen, das ihn unwiderstehlich anzog. Nur weil sie sich nicht eingestehen wollten, daß sie einander in dieser Weise musterten, erfanden sie immer neue Gesprächsthemen oder erzählten einander Geschichten aus der Kindheit, sobald eine Pause eintrat.

Dazwischen lud er sie zum Abendessen ein, und sie sagte zu. Irgendwann brachen sie dann auf und gingen in ein chinesisches Restaurant, dessen Tische ebenfalls durch Wände getrennt waren, nur daß die Sitzbänke diesmal lederähnliche Plastikbezüge aufwiesen. Merry konnte sich kaum erinnern, im Freien gewesen und Straßen entlanggegangen zu sein. Erst als Tony sie für einen Augenblick allein ließ, um auf die Toilette zu gehen, fiel ihr ein, daß sie vergessen hatte, den Kundendienst anzurufen. Sie beschloß, das bis zum nächsten Morgen zu verschieben und sich diesen Abend, den nettesten, den sie seit ihrer Ankunft in New York erlebt hatte, nicht zu verderben. Aber Jaggers hatte sie so gut trainiert, daß sie Gewissensbisse empfand. Sie stand auf und trat in die Telephonzelle neben dem Tisch des Kassiers. Es war besser, die Sache gleich zu erledigen, als den ganzen Abend eine, wenn auch noch so kleine Last auf der Seele zu haben. Der Kundendienst teilte ihr mit, daß ein Mr. Waters angerufen habe.

Sie wählte die Nummer, die er hinterlassen hatte. Als sie das Signal am andern Ende der Leitung hörte, kam Tony zurück, sah, daß Merry nicht am Tisch saß und blickte sich suchend um. Merry öffnete die Tür der Telephonzelle und winkte ihm zu. In diesem Augenblick meldete sich Jim Waters.

„Hier Merry Houseman. Sie haben mich angerufen?“

„Ja, ich habe Sie angerufen, weil ... Ich habe Karten für eine Premiere. Das Stück ist sicherlich schlecht, aber ich muß gehen. Ich dachte, Sie würden vielleicht mitkommen. Ich meine, falls Sie Lust haben.“

„Ja ... Gewiß, sehr gern.“

„Das Stück wird sehr schlecht sein.“

„Das macht nichts. Ich war noch nie bei einer Premiere.“

„Das dachte ich mir. Deshalb hoffte ich, es würde Ihnen Spaß machen.“

„Das ist sehr liebenswürdig von Ihnen.“

Sie legte den Hörer auf und ging zum Tisch zurück, um Tony zu sagen, daß sie fort müsse. Sie hatte nur eine knappe Stunde Zeit, um nach Hause zu fahren, zu baden, sich anzukleiden und sich ins Hotel Algonquin zu begeben.

„Da kann man nichts machen“, sagte er. „Ich kenne das.“

„Vielleicht morgen?“ schlug sie vor.

„Ja“, sagte er und deutete durch ein Lächeln an, daß er nicht gekränkt war. Merry war unzufrieden mit sich selbst. Während sie im Taxi die Third Avenue hinauffuhr, sah sie ihn dauernd vor sich, allein in dem chinesischen Restaurant vor seiner Tasse Tee sitzend, und sie kam sich herzlos vor, weil sie weggegangen war, weil sie imstande gewesen war, ihn zu verlassen.

Es war allerdings kein so phantastisches Zusammentreffen von Ereignissen, wie Merry dachte. Eher ein grobes Netz aus verschiedenen Umständen, ein Netz mit Löchern, die so groß waren, daß ein Walfisch hätte hindurchschlüpfen können. Aber Merry deutete es als ein Omen. Sie las aus dem Zusammentreffen der Ereignisse Bedeutungen heraus wie eine wahrsagende Zigeunerin aus dem Kaffeesatz. Jims Anruf war nichts als eine freundliche Geste, der keine besondere Absicht zugrunde lag. Hätte Merry sich beim Kundendienst erkundigt, so hätte sie erfahren, daß der Anruf knapp vor vier Uhr erfolgt war, reichlich spät also, um eine Dame zu einer Premiere, die um halb acht begann, einzuladen. Sie war nicht die erste, die er aufgefordert hatte, sondern die letzte. Da sie nicht zu Hause gewesen war, hatte er seine Nummer hinterlassen, weil er nicht gewagt hatte, zu so später Stunde noch einen Versuch zu machen, jemand anderen einzuladen.

Aber auf die Idee, sich zu erkundigen, wann er angerufen habe, war sie gar nicht gekommen, denn sie war überzeugt, daß alles mit der Rolle in seinem Stück zusammenhing und daß Waters ihr die Möglichkeit verschafft hatte, die Rolle vorzusprechen. In Wirklichkeit hatte Waters nichts damit zu tun. Jaggers hatte sie nicht in die Geheimnisse seines Berufes eingeweiht, und so ahnte sie nicht, daß sie die Aussicht auf die

Rolle lediglich dem Umstand verdankte, daß Jaggers und der Produzent von Waters' Stück einander zufällig im Dampfbad getroffen hatten. Diese Begegnung war von Jaggers geschickt ausgenützt worden.

Merry war daher überrascht, als Waters nach Schluß der Vorstellung (das Stück war übrigens so schlecht gewesen, wie er vorausgesagt hatte) nicht vorschlug, noch in irgendein Lokal zu gehen, sondern sie nach Hause bringen wollte.

„Aber Sie kommen doch noch auf eine Tasse Kaffee hinauf?" fragte sie. „Ich habe jetzt echten, nicht mehr Pulverkaffee."

„Danke", sagte er. „Lieber nicht. Ich bin sehr müde, und ich kann mir vorstellen, daß es für ein Mädchen wie Sie tausend Möglichkeiten gibt, einen Abend angenehmer zu verbringen als mit mir."

„Das ist nicht wahr."

„Sie sollten nicht lügen. Außer wenn Sie ganz sicher sind, daß man es nicht merkt."

„Aber ich ...", begann sie, unterbrach sich jedoch, als ein Blitz des Erkennens in ihrem Gehirn aufzuckte. „Das ist ein Satz aus dem Stück", rief sie.

„Aus welchem Stück?"

„Aus Ihrem. Der Doktor sagt das."

„Woher wissen Sie das? Es stimmt zwar, aber Sie kennen das Stück doch nicht."

„Sie wissen nichts?" fragte sie. „Sie wissen nichts davon?"

„Nein. Wovon?"

„Ich bin aufgefordert worden, die Rolle der Clara vorzusprechen. Ich dachte, Sie hätten das veranlaßt."

„Keine Spur. Das ist das erste Mal, daß ich davon höre."

„Wirklich?"

„Ja, wirklich", wiederholte er spöttisch. „Was für eine verrückte Idee."

„Danke."

„Ach, nicht daß Sie vorsprechen sollen, sondern daß ich es veranlaßt haben soll. Es handelt sich doch nicht um eine Spielerei oder um eine gesellschaftliche Angelegenheit."

„Das weiß ich."

„Wenn ich eine Ahnung gehabt hätte, daß Sie für eine Rolle in meinem Stück in Aussicht genommen sind, hätte ich Sie heute abend nicht eingeladen. Das macht die Sache um so viel komplizierter. Was ist, wenn Sie vollkommen unmöglich sind? Ich müßte es Ihnen sagen, und Sie wären beleidigt. Und böse auf mich. Und mit einigem Recht — außer Sie glauben mir, daß ich wirklich nichts damit zu tun habe."

„Ich glaube Ihnen", sagte sie. „Bitte, bringen Sie mich nach Hause."

„Sehen Sie, das Malheur ist schon geschehen. Wie wär's, wenn Sie zu mir auf einen Kognak kämen? Es ist alles so entzückend banal."

„Banal? Was?"

„Die ehrgeizige junge Schauspielerin und der alternde Dramatiker. Ich sehe es vor mir als eine Komödie aus den dreißiger Jahren mit Katherine Hepburn und Spencer Tracy. Mit allem, was dazugehört, einschließlich Begegnung der beiden durch wundersames Spiel des Zufalls."

„Wie zum Beispiel?"

„Zum Beispiel so: Die Dame und der Psychiater bestellen im selben Warenhaus je eine Couch. Bei der Lieferung werden die Möbelstücke vertauscht, und die beiden treffen einander im Beschwerdebüro."

„Ich verstehe. Ich habe nicht viele solcher Filme gesehen."

„Ich weiß. Sie sind so deprimierend jung. Also kommen Sie zu mir auf einen Kognak?"

„Gern."

Obwohl er sie zu der Premiere bloß eingeladen hatte, um den Sitz neben dem seinen dekorativ auszufüllen, war es also schließlich doch noch so gekommen, wie sie es sich in der Telephonzelle des chinesischen Restaurants irrigerweise vorgestellt hatte. Und während sie neben Jim her ging, wanderten ihre Gedanken zurück in jenes Restaurant, in dem sie Tony gelassen hatte. Immer wieder mußte sie an ihn denken. Sie dachte an ihn, als sie Jims Wohnung betrat und die kostbaren Möbel, die Gemälde an den Wänden und alle die Anzeichen jenes großen Erfolges sah, nach dem Tony sich sehnte. Sie dachte an ihn, als Jim davon sprach, wie mühsam der Beginn einer Theaterlaufbahn sei, wie sehr er den Mut junger Schauspieler bewundere, die von nichts als ihren Hoffnungen lebten, sich bei unzähligen Agenten vorstellen und kostspielige Photos von sich selbst in alle Welt schickten.

Es fiel ihr ein, daß er sie vielleicht schonend auf eine Ablehnung vorbereiten wolle, damit sie, wenn es soweit wäre, seine Gründe leichter einsähe. Von allen jungen Schauspielern, die sich mühsam emporzukämpfen versuchten, hatte sie es am leichtesten, weil es bei ihr nicht um die nackte Existenz ging. Aber vielleicht meinte er nichts Besonderes, sondern redete bloß über ein Lieblingsthema. Oder er versuchte, ihr einen Sinn für Pflicht und Verantwortung beizubringen, weil er meinte, daß sie es leichter haben würde als andere.

Er ging in die Küche, um eine neue Flasche Kognak zu holen, denn die erste war schon fast leer. Sie benützte die Gelegenheit, um das Badezimmer aufzusuchen.

„Durch das Schlafzimmer", rief er ihr zu.

Im Schlafzimmer, das ganz in Hellblau gehalten war, stand ein riesiges Doppelbett. Sie dachte wieder an Tony und fragte sich, wie sein Schlafzimmer wohl aussehe. Sicher hatte es keine Ähnlichkeit mit diesem hier.

Während sie sich im Badezimmer die Hände wusch, betrachtete sie sich im Spiegel des Medikamentenschrankes, der über dem Waschbecken hing. Dabei fiel ihr die Bemerkung ein, die sie gemacht hatte, als Jim ihre Bücher musterte; das sei ebenso ungehörig, hatte sie gemeint, wie bei fremden Leuten im Medikamentenschrank zu stöbern. Sie blickte sich in dem Raum um, sah eine Glasplatte, auf der ungefähr zehn verschiedene Arten von Toilettewasser standen, und öffnete schließlich, mehr aus Übermut als aus Neugierde, die Spiegeltür des Schränkchens. Sie fuhr zurück, und eine heftige Röte stieg ihr ins Gesicht. Ein Photo bedeckte die ganze Innenseite der Tür: das riesenhaft vergrößerte Abbild eines Penis. Sie schlug die Tür zu und stürzte aus dem Raum. Erst im Schlafzimmer blieb sie stehen und versuchte sich zu beruhigen. Sie wollte sich um keinen Preis anmerken lassen, daß sie den Schrank geöffnet und das Photo gesehen hatte. Nahm er an, daß sie es gesehen hatte? Machte ihm die Vorstellung Spaß? Nein, es war zu kompliziert, darüber nachzudenken. Das einzig Mögliche war, so zu tun, als wisse sie nichts von der Existenz des Bildes. Später konnte sie darüber nachdenken, zu Hause, hinter der geschlossenen Tür ihres Zimmers.

Er reichte ihr das Kognakglas, das er aus der neuen Flasche gefüllt hatte. Weder sein Gesichtsausdruck noch seine Stimme verrieten Neugierde. Sie unterhielten sich eine Weile über sein

Stück. Sie sagte ihm, daß er viel zu bescheiden gewesen sei, als er behauptet hatte, es handle sich nur um eine Bearbeitung.

„Das ist eine reine Frage der Technik", sagte er. „Eine Art Fingerübung. Und die Technik des Stückeschreibens beherrsche ich. Haben Sie das Molnar-Stück gelesen?"

Sie erzählte ihm, daß sie Szenen daraus im Theaterstudio gespielt habe.

„Sie sind ein braves Mädchen, das seine Hausaufgaben macht", meinte er. „Jetzt muß sich nur noch herausstellen, ob Sie Talent haben."

„Ja, das muß sich noch herausstellen", sagte sie. Dann trank sie ihr Glas leer und entschuldigte sich, daß sie ihn so lang aufgehalten habe. „Sie sagten, Sie seien müde. Es war sehr liebenswürdig von Ihnen, meinetwegen aufzubleiben."

„Ich habe es gern getan."

„Wie nett von Ihnen, das zu sagen." Sie stand auf und dankte ihm nochmals, daß er sie zu der Premiere mitgenommen habe.

„Ich sehe Sie also beim Vorsprechen", sagte er, womit er ihr offenbar andeuten wollte, daß sie sich vorher nicht mehr treffen würden, was durchaus vernünftig war. Er half ihr in den Mantel und begleitete sie bis zur Haustür.

In ihrer Wohnung angelangt, versuchte Merry sich darüber klarzuwerden, was sie eigentlich von ihm halten solle. Das Bild im Medikamentenschrank hatte ihre Einstellung zu ihm gänzlich verändert. Sie wußte, daß er homosexuell war, Jaggers hatte es ihr bei jenem ersten Zusammentreffen im Hotel Saint Regis gesagt. Und Jim war freundlicher zu ihr gewesen, als sie erwarten durfte. Aber es hatte keinen Sinn, sich die Wahrheit zu verhehlen. Dieses riesige obszöne Bild hatte alles verändert. Es hatte ihr die psychische Einstellung enthüllt, aus der der Zwang zu solcher Schaustellung entsprang. Man hatte ihr eine seelische Last aufgeladen, die nicht ihre eigene war. Und es war unfair, sie zu zwingen, an dieser Last mit zu tragen. Sobald sie in ihren Gedanken so weit gekommen war, begann sie zu verstehen. Er mußte, als er das Bild anbrachte, gewollt haben, daß irgend jemand es sehen sollte. Daß es sich an der Innenseite der Schranktür befand, war wohlüberlegt. Wer neugierig war und hineinsah, war zum Komplizen geworden und konnte ihm nicht den Vorwurf der Obszönität machen. Wer sich dieser Beleidigung ausgesetzt sah, hatte sie verdient, hatte durch das Öffnen der Tür dieses Risiko auf sich genommen. Und dem Neugierigen blieb es dann überlassen, das, was Jim Waters von seinem innersten Wesen enthüllt hatte, anzunehmen oder abzulehnen. Die Einladung anzunehmen, wenn es ein Mann war, oder sich mit seiner Homosexualität, seiner Schwäche abzufinden, wenn es eine Frau war. Je nachdem.

Der Gedanke machte sie traurig. Wenn ihre Erklärung stimmte — was für ein bedauernswertes Wesen war dann dieser Jim Waters. Sich selbst so zu verachten! Auf diese Art um Bestätigung oder wenigstens um Duldung von seiten seiner Gäste werben zu müssen! Und wieder fiel ihr Tony Bassoto mit seiner Sicherheit und seinem Selbstvertrauen ein.

Sie dachte auch in anderem Zusammenhang an ihn. Im Dunkeln im Bett liegend und allmählich in den Schlaf gleitend, machte sie sich Gedanken darüber, was wohl aus ihnen beiden werden würde. Sie war sehr einsam gewesen, seit sie in New York lebte. Sehr allein. Wieder erinnerte sie sich an sein verständnisvolles und leicht amüsiertes Lächeln, als sie ihm aus der Telephonzelle zugewinkt hatte. Und diese Erinnerung vermengte sich mit der an das Photo im Medikamentenkästchen, während sie einschlief.

Als sie am Morgen erwachte, war ihr, als sei *es* bereits geschehen. Sie sah dem Zusammentreffen im Theaterstudio mit jener Mischung aus Ungeduld und Gewißheit entgegen, mit der man das Wiedersehen mit einem Liebhaber erwartet. Sie hatte sich entschlossen; oder vielmehr *es* hatte sich in ihr entschlossen. Es gab keinen Zweifel mehr, nur freudige Erwartung. Und doch war sie auf dem Weg zum Theaterstudio ein wenig nervös. Aber sie machte sich eher seinetwegen Sorgen als um sich selbst. Vielleicht war er nicht so gesund und robust, wie sie glaubte. Man konnte nie wissen, wie es um einen Menschen wirklich bestellt war. Aber Tony? Mit ihm mußte alles in Ordnung sein. Wenn sie sich in ihm geirrt hatte, dann konnte sie sich auf ihr Gefühl überhaupt nicht verlassen.

Alle ihre Besorgnisse verflogen in dem Augenblick, da er den Saal betrat. Er winkte ihr zu und lächelte. Sie lächelte und nickte. Eine merkwürdige Ruhe überkam sie, sobald sie ihn im selben Raum wußte, ihn sehen konnte. Und als der Unterricht beendet war, glaubte sie zu fühlen, daß auch er die gleiche

Ruhe empfand. Daß ihn keine Besorgnis, keine Angst erfüllte, sondern nur die Freude, mit ihr zusammen zu sein.

Es war alles höchst sonderbar. Sie besuchte das Theaterstudio jetzt seit sechs Wochen, und vor drei Wochen war Tony eingetreten. Sie hatten einander drei Wochen lang täglich gesehen. Natürlich war er ihr aufgefallen, ja sie hatte sogar gefunden, daß er gut aussehe, aber es war kein persönliches Wohlgefallen, wie man es beim Anblick eines Bildes, eines Kleides oder eines Stoffmusters empfindet. Und gestern, als *es* geschah, als sich das gegenseitige Wohlgefallen aus etwas Unpersönlichem in etwas sehr Persönliches verwandelte, war in Wirklichkeit nichts geschehen. Sie hatten ein paar Glas Bier getrunken, aber zu einem gemeinsamen Abendessen war es nicht gekommen. Und doch schien es ihnen heute, als wären sie schon lang miteinander bekannt; oder, wenn nicht lange, so doch sehr gut bekannt. Auf der Treppe und im Hausflur hielt er ihre Hand. Das hatte er noch nie getan, aber es erschien so natürlich, so richtig, so selbstverständlich, daß sie nicht glauben konnte, es sei das erste Mal.

„Wollen wir in meine Wohnung gehen?“ fragte sie, als sie auf die Straße traten.

„Nein, in meine“, antwortete er.

Auch das schien völlig richtig. Sie wußte nicht, warum, aber es war einfach richtig. Die männliche Überlegenheit, die darin lag, gefiel ihr. Sogar der Gedanke, ein wenig begönnert zu werden, gefiel ihr, obwohl sie Frauen, die sich begönnern ließen, früher verachtenswert gefunden hatte.

Als sie durch die Straßen gingen, hüpften sie stellenweise wie kleine Kinder. „Ich muß hier einkaufen“, sagte Tony und deutete auf einen Selbstbedienungsladen. „Meine Wohnung ist gegenüber.“

Sie betraten den Laden, und Merry folgte Tony zu den verschiedenen Regalen, denen er Konservendosen und Gläser entnahm. Gefüllte Oliven, Artischocken in Öl, grüne und rote Paprikaschoten, Anchovis, Thunfisch. Zum Schluß ein Paket Veroneser Salami.

„Was soll aus alldem werden?“ fragte sie.

„Das weißt du nicht? Antipasto.“

„Ach ja, natürlich.“

„Du kannst doch kochen, nicht?“

„Nein. Ich kann nur Kaffee aus Pulver machen und Dosensuppe aufwärmen. Ja, und Käsebrote kann ich auch machen. Das ist alles."

„Wovon lebst du denn dann?"

„Von Pulverkaffee und Dosensuppen und . . ."

„Und Käsebroten. Na schön, ich werde dir Kochunterricht geben."

„Wieso kannst du kochen?"

„Ich mußte es lernen. Meine Mutter hatte einen Beruf, und ich blieb allein zu Hause. Da lernte ich kochen. Und dann habe ich eine Zeitlang in einem Restaurant gearbeitet. Aber ich war immer der Ansicht, daß die Privilegierten ihren weniger begünstigten Mitmenschen helfen müssen, sich selbst zu helfen. Findest du nicht auch?"

„Ja", sagte sie und freute sich nicht nur über den Scherz, sondern auch über die Tatsache, daß er imstande war, darüber zu scherzen.

Er fuhr mit dem Wägelchen zur Kasse, zahlte, und sie verließen den Laden. Er trat an den Obststand an der Ecke, kaufte vier enorm große Pfirsiche und drückte ihr die Tüte in die Hand. Dann überquerten sie die Straße, jeder einen braunen Papiersack an sich drückend, um nach oben zu gehen und das Abendessen zuzubereiten. So etwas hatte Merry nicht nur noch nie getan, es war ihr auch noch niemals untergekommen. Die Vorstellung, daß ihre Mutter und Novotny oder ihr Vater und Melissa Papiersäcke mit Lebensmitteln über die Straße tragen könnten, erschien ihr einfach lächerlich. Jaggers und seine Frau dagegen hatten sicherlich hin und wieder miteinander Lebensmittel eingekauft und nach Hause getragen. Sie fragte sich, warum sie eigentlich an alle diese Leute dachte, und kam zu dem Schluß, daß sie es tat, weil sie glücklich war. Sie wollte sich darüber klarwerden, ob sie Hausfrau spielen wollte, wie man eine Rolle auf der Bühne spielt, ob sie einen Lebensstil, den sie irgendwo gesehen hatte, imitieren wollte. Aber nein, sie war nirgends lang genug gewesen, um einen bestimmten Lebensstil anzunehmen. Sie tat es aus Freude an der Sache.

Sie waren angekommen. Tony öffnete die Haustür mit seinem Schlüssel und ging ihr voran. Er führte sie durch einen dunklen, aber sauberen Flur zur Treppe.

„Es gibt keinen Lift, leider. Du mußt zwei Stockwerke steigen."

„Macht nichts.“

„Ich sage mir immer, daß es eine gute Turnübung ist.“

„Das stimmt.“

Sie stiegen die Treppe empor, und Tony sperrte die Tür zu seiner Wohnung auf. Er ließ sie eintreten, schloß die Tür, ging ihr voran in die Küche und packte seine Einkäufe aus.

„Möchtest du gleich heute anfangen zu kochen? Ich würde bei dir bleiben und dir sagen, was du zu tun hast. Du mußt nicht, wenn du nicht willst. Aber es wäre gut für dich.“

„Gut für mich? Was meinst du damit?“

„Na, wenn ich an deine Käsebrote denke! So kann man doch nicht leben.“

„Ich kaufe mir auch andere Sachen — Gansleberpastete und Eier. Ich kann Spiegeleier machen.“

„Kannst du ein Steak braten?“

„Nein.“

„Nun, dann wirst du es heute lernen. Und zwar auf die angenehmste Art. Du mußt nämlich die Pfanne nachher nicht selbst reinigen.“

„Du könntest das Steak braten, und ich könnte die Pfanne reinigen.“

„Du weißt nicht, was du sagst.“

„Habe ich etwas Falsches gesagt?“

„Ja, aber es war süß. Mach dir keine Sorgen.“

„Das tue ich ohnehin nicht“, sagte sie. „Ich mache mir über nichts Sorgen.“

Er wandte sich ihr zu, legte das Glas mit den Artischocken in Öl weg und küßte sie ganz zart auf den Mund. Es war kein richtiger Kuß, sondern eher eine Antwort auf ihre Bemerkung. Aber als Antwort war es deutlich genug, und dabei zart genug, um unerhört aufregend zu wirken. Er insistierte nicht, ging nicht weiter — das würde später kommen. Beide wußten das. Man mußte sich Zeit lassen und durfte nichts überstürzen. Als er die Lebensmittel an ihren Platz gestellt hatte, holte er zwei Dosen Bier aus dem Kühlschrank und trug sie in den Nebenraum. Sie fragte sich, ob er Bier besonders gern hatte oder ob er es trank, weil es billig war. Sie tranken aus der Dose. Merry erinnerte sich an eine Schülerin des Internats — Mary Jane, Mary Lou oder so ähnlich hieß sie —, die eine Kurzgeschichte verfaßt hatte, worin sie ihre Vorstellung von tiefster Verworfenheit dadurch zum Ausdruck gebracht hatte, daß sie einen Mann, der um sechs Uhr abends nach Hause kommt, seine Frau noch im Negligé auf dem Sofa liegend und Bier aus einer Dose trinkend vorfinden ließ.

Das erzählte sie Tony, und beide lachten. Er bot ihr eine Zigarette an und holte einen Aschenbecher von dem auf zwei Stützen ruhenden Brett, das ihm als Schreibpult diente. Dieses Möbel und der davor stehende Sessel waren die einzigen Einrichtungsgegenstände im Zimmer. Ein Bett gab es natürlich auch, kein richtiges zwar, sondern eine riesige Doppelmatratze, die auf dem Boden lag und mit einem Überwurf aus grünem Kordsamt bedeckt war.

Der Raum wirkte kahl, war aber recht ordentlich gehalten. An den Wänden hingen zwei Theaterplakate und ein großes Bild von James Cagny.

„Warum gerade James Cagny?“ fragte sie.

„Ich benütze das Bild als Zielscheibe beim Bogenschießen.“

„Aber man sieht keine Löcher.“

„Ich habe noch keine Pfeile.“

Sie lachte. Er lächelte bloß. Sie haßte Leute, die über ihre eigenen Witze lachten.

„Setz dich“, sagte er.

Es gab keine Sitzgelegenheit außer der Matratze. Sie ließ sich darauf nieder und zog die Beine unter sich. Er setzte sich neben sie, und sie tranken aus ihren Bierdosen.

Wie zufällig begann er ihre Beine zu streicheln, vom Knie zum Knöchel und wieder zurück. Seine Fingerspitzen strichen so zart über das Nylongewebe ihrer Strümpfe, daß sie es kaum spürte. Plötzlich fiel ihr ein, daß er, obwohl er sicherlich älter war als sie, der jüngste von allen Männern war, mit denen sie Liebesbeziehungen gehabt hatte. Oder nein. Er war der erste Mann, mit dem sie eine Liebesbeziehung hatte. Bei den andern hatte Liebe keine Rolle gespielt. Das waren rein sexuelle Angelegenheiten gewesen.

Er lächelte auf die träge Art, die sie so erregend fand, und zog sie neben sich auf das Bett. Sie lag völlig passiv in seinen Armen. Lange Zeit hielt er sie eng an sich gepreßt, ohne irgend etwas zu tun. Sie fragte sich, ob er vielleicht doch vorschlagen würde, daß sie zuerst zu Abend essen sollten. Doch dann begann er auf eine Weise, die nicht mehr zufällig oder absichtslos wirkte, aber immer noch langsam und zart, ihr Gesicht zu küssen — die Wangen, die Stirn, das Kinn und dann ganz sanft die Lippen. Er streichelte ihr Ohrläppchen, was sie ein bißchen komisch fand. Das Ganze war irgendwie sonderbar, so traumhaft, so unwirklich, daß sie nicht recht wußte, was sie davon halten solle. Aber nachdem er sie ein paar Minuten so sanft geküßt und ihre Ohren und ihren Nacken gestreichelt hatte, kam ihr zum Bewußtsein, daß es wie ein Tanz war, und sie beschloß, ihm die Führung zu überlassen. Sie legte sich entspannt zurück und genoß seine Zärtlichkeiten. Erst jetzt küßte er sie richtig, ließ seine Zunge tief und suchend in ihren Mund eindringen und zog sie dann auf eine spielerische Weise, die etwas unendlich Erregendes hatte, wieder zurück. Dann kam er näher, so daß sie nicht mehr bloß seine Hüfte, sondern seinen ganzen Körper an dem ihren fühlte, und sie spürte, wie sehr er sich bisher zurückgehalten hatte.

Er strich über ihre Brüste, und die Berührung war immer noch so zart, daß sie wieder nachzudenken begann. Sie fragte sich, ob das vielleicht alles bloß Technik sei. Aber sie verneinte die Frage. Nein, sie war sicher, daß er damit seine Achtung für sie ausdrücken wollte.

Aber trieb er es nicht ein bißchen zu weit? Sie legte ihre Hand hinter seinen Nacken und streichelte seinen Rücken. Erst jetzt drückte er sie leidenschaftlich an sich. Ein Zittern der Begierde überlief sie! Es war ein Gefühl, das sie nie gekannt hatte. Es begann ganz leise dort unten und lief stärker werdend durch ihren ganzen Körper, bis hinauf in die Ohrläppchen, die er soeben gestreichelt hatte. Immer enger schmiegten sich die beiden Körper aneinander, bis sie, erst leise, dann immer heftiger zu zucken begannen. Und dann stand er völlig übergangslos auf.

Was hatte sie getan? Hatte sie irgend etwas falsch gemacht? Aber nein. Er lächelte ihr zu und half ihr auf die Füße.

„Dreh dich um", sagte er ruhig, aber befehlend.

Sie wandte ihm den Rücken zu und fühlte, wie er den Zippverschluß ihres Kleides öffnete. Er löste den Verschluß ihres Büstenhalters. Seine Hände schlüpften in das offene Kleid und umfaßten ihre Brüste. Er ließ sie wieder los, gab ihr einen Kuß auf den Nacken und löste das Kleid von ihren Schultern. Es glitt zu Boden und blieb als kleines Häufchen vor ihren Füßen liegen. Sie beugte sich vor und ließ den Büstenhalter fallen.

Dann wandte sie ihm ihr Gesicht zu. Er küßte sie. Sie fühlte die Wolle seines Pullovers an ihrer Brust. Es kitzelte, war aber nicht unangenehm. Als er sie an sich drückte, fühlte sie seine Erregung.

Sie zogen sich ganz aus. Merry war zuerst fertig, legte sich auf die Matratze und zündete sich eine Zigarette an.

„Warum zum Teufel tust du das?“ fragte er.

„Was?“

„Eine Zigarette anzünden.“

„Aus Verlegenheit wahrscheinlich.“

„Lächerlich“, sagte er. „Lösch sie aus.“

Sie tat es und sah zu ihm auf. Sein Körper war nackt womöglich noch schöner als in Kleidern. Sie starrte ihn an, und es schien ihr, als fordere er sie dazu heraus. Zwischen ihnen würde es von nun an keine Verlegenheit, keine Scham, keine Schranke mehr geben. Erst jetzt ging ihr ein wirkliches Verständnis auf für die Schönheit der Statuen, die sie im College studiert hatte. Alles, was sie über das richtige Verhältnis von Flächen, Winkeln und Kurven gelernt hatte, wurde ihr klar, als sie mit halbgeschlossenen Augen seinen Körper betrachtete.

Er legte sich neben sie, zog sie an sich und hielt sie eine Zeitlang in den Armen. Wieder begann er sie zuerst sanft, dann immer leidenschaftlicher zu küssen. Und plötzlich glitt seine Hand an ihrem Körper auf und nieder, strich genießerisch über die Kurve ihrer Hüften, die Rundung ihrer Brüste, die Flachheit ihres Bauches, die seidige Festigkeit ihrer Schenkel. Sie hatte aufgehört zu denken. Ihr Körper kam den Bewegungen seiner Hände entgegen. Er fühlte die Intensität ihrer Erregung und glitt über sie. Ihre Beine öffneten sich, aber obwohl ihr ganzer Körper ihn erwartete, sich glühend nach ihm sehnte, vermochte er nicht in sie einzudringen.

„Entspanne dich“, sagte er und blickte auf sie herab.

Es war ihr unmöglich, sich zu entspannen. Verzweifelt fragte sie sich, was mit ihr los sei. Sie dachte daran, ihm zu helfen, ihn mit ihrer Hand zu führen, aber das erschien ihr entsetzlich schamlos. Er schob ihre Knie an ihre Brust und drang in sie ein. Sie kreuzte ihre Beine hinter seinem Rücken. Die Härte seines Gliedes in ihr und die Härte seines Körpers auf ihr lösten eine Erregung aus, die sie nie gekannt hatte. Sie hungerte, dürstete, brannte nach ihm. Aber er hielt still.

Schließlich begann er sich langsam, fast unmerklich zu bewegen, den Genuß verlängernd. Während der Zeit, da er ruhig geblieben war, hatte sie, ohne es zu wollen, wieder zu denken begonnen. Es kam ihr merkwürdig vor, daß sowohl Denver James wie Canfield sie so roh behandelt hatten. Wahrscheinlich hatten die Autoren dieser langweiligen Aufklärungsbücher doch recht, wenn sie immer wieder behaupteten, daß ohne Liebe kein wirklicher Genuß möglich sei. Aber dann, als seine Bewegungen heftiger wurden, hatte sie keinen Gedanken mehr für Canfield oder James oder für Aufklärungsbücher oder für sonst irgend etwas, außer für die wachsende Ekstase, die sie ganz erfüllte. Immer wieder flüsterte sie seinen Namen, bis schließlich nur mehr kleine, hilflose, animalische Laute aus ihrer Kehle drangen, als er sich in sie ergoß. In diesem Augenblick schien jede Zelle ihres Körpers aufzuschreien in der jubelnden Seligkeit höchsten Genusses.

Sie blieben liegen und spürten, daß sie in Schweiß gebadet waren. Noch immer mit ihr vereint, küßte er ihre Augenlider und blies zart über ihr feuchtes Gesicht, um es zu kühlen. Er blieb in ihr, und nach einiger Zeit begann er sich von neuem zu bewegen. Sie versuchte zu protestieren, aber er brachte sie mit einem Kuß zum Schweigen.

Bei diesem zweiten Mal waren sie beide von gelassener Sicherheit, wie zwei Menschen, von denen jeder den Körper des anderen kennt. Es war nicht so himmelstürmend wie das erste Mal, aber inniger, intimer. Sie konnte immer nur flüstern: „Ich liebe dich. Ich liebe dich."

„Und ich liebe dich", sagte er. „Ich wollte es dir vorher nicht sagen, weil ich fürchtete, du würdest mir nicht glauben. Aber jetzt kann ich es dir sagen."

„Und ich glaube dir", antwortete sie.

Plötzlich waren sie fröhlich und jung und hungrig. Nackt gingen sie in die Küche.

„Jetzt werde ich dir eine Lektion in der Kunst des Antipasto geben", sagte er.

Das kam ihnen beiden so unendlich komisch vor, daß sie laut zu lachen begannen. Er versetzte ihr einen Klaps auf das Gesäß und reichte ihr das Glas mit den Oliven.

Die nächsten Tage gehörten zu den glücklichsten, die Merry je erlebt hatte. Trotz ihren Erfahrungen hatte sie ja nie einen richtigen Freund gehabt. Sie waren faktisch ununterbrochen zusammen. Sie besuchten den Zoo im Central Park und den in Bronx. Sie gingen sogar ins Planetarium. Der März war außerordentlich kalt, aber für sie war der Frühling bereits angebrochen. Sie tranken eine Menge Bier und gingen oft miteinander ins Bett. Und wenn sie sich nicht gerade liebten, so fühlte einer den Körper des anderen und dachte an die Liebe.

Merry war glücklich, daß sie ihn so sehr liebte, daß er so blendend aussah, vor allem aber, daß seine Liebe zu ihr so uneigennützig war. Zum erstenmal in ihrem Leben konnte sie sicher sein, um ihrer selbst willen geliebt zu werden. Der Gedanke, daß man ihr schöne Worte sage, weil sie die Tochter ihres Vaters war, hatte sie bedrückt, seit sie denken konnte. Tony liebte sie, obwohl sie die Tochter ihres Vaters war. Denn er haßte den Film und die Filmschauspieler und empfand für Hollywood und alles, was damit zusammenhing, nichts als Verachtung. Die Broadwaytheater fand er zwar auch trostlos, doch mußte man da wohl oder übel zu Kompromissen bereit sein. Die große Hoffnung für das amerikanische Theater sah er in den immer zahlreicher werdenden Bühnen abseits des Broadway.

Im Laufe vieler Gespräche lernte Merry seine Ansichten über dieses Thema kennen, die er mit einer gewissen Vorsicht äußerte, da er ja nicht wußte, wie sie zu ihrem Vater stand. Er war jedoch erfreut, als er entdeckte, daß er Meredith Houseman kritisieren durfte, ohne sich Merry zu entfremden. Sie stimmte ihm nicht nur zu, sondern war beglückt über seine Kritik an ihrem Vater, bewies sie ihr doch, daß Tony nicht den Namen Houseman, sondern sie, Merry, um ihrer selbst willen liebte.

Hätte sie in der Weise darüber nachgedacht, wie sie es viel später tat, so wäre ihr klargeworden, daß es sie enorm erleichterte, den Groll, den sie gegen ihren Vater hegte, auf so intellektuelle Weise abreagieren zu können. „Einige Male ist er auch auf der Bühne aufgetreten“, sagte sie eines Nachmittags, als sie mit Tony auf der Flußpromenade in Brooklyn Heights spazierenging.

Sie waren mit der Untergrundbahn hingefahren, weil Tony

ihr den Blick auf die Wolkenkratzer der City zeigen wollte. Der Wind pfiff über den Fluß und zauste an Merrys Haaren. Es war ein kalter, beißender Wind, der direkt von Kanada zu kommen schien.

„Ja, aber nicht in richtigen Stücken", sagte Tony.

„Was meinst du damit?"

„Genau das, was ich sage. Diese kleinen Gesellschaftskomödien sind keine Theaterstücke, sondern Umrahmungen für einen Star. Man führt sie auf, weil man den Star hat, und der Star hat darin nichts anderes zu tun, als Star zu sein."

Sie hatte Tony nicht erzählt, daß sie die Rolle der Clara in Waters' Stück vorsprechen solle. Es war das einzige, was sie ihm bewußt verheimlicht hatte. Zuerst sprach sie nicht davon, weil sie fürchtete, die Rolle nicht zu bekommen. Und jetzt, da sie seine Ansichten über Schauspielkunst kannte und sich zu eigen gemacht hatte, fragte sie sich, ob es ihm nicht mißfallen würde, daß sie diese Rolle spielen wollte. Ja sie fragte sich auch, ob sie sich nicht selbst ein wenig schämte, daß Jaggers ihre Karriere mit dieser Rolle zu starten gedachte.

Aber auf irgendeine merkwürdige Weise war das alles nicht wirklich wichtig. Wenn sie in Tonys Gesellschaft sein konnte, dachte sie nur an ihn, und alles übrige erschien irgendwie fern und unwirklich.

Die Kälte wurde unerträglich. Sie gingen in ein Café und tranken heiße Schokolade. Tony beugte sich vor, um ein Tröpfchen Schlagsahne von Merrys Lippen zu wischen. Sie ergriff seine Hand und küßte seine Fingerspitzen.

„Ich habe eine wunderbare Nachricht für dich", sagte er.

„Oh, was denn?"

„Es handelt sich um ein Stück, das heißt eigentlich um vier Stücke."

„Vier?"

„Ja."

„Was ist es? Hast du eine Rolle? Oder vier Rollen?"

„Noch besser. Ich glaube, *wir* haben Rollen", sagte er mit leuchtenden Augen.

„Wirklich? Bitte, erzähle mir alles."

„Es handelt sich um vier Einakter von Yeats, die der Freund eines Freundes von mir in einem Theater abseits vom Broadway aufführen möchte."

„Und woher kommt das Geld?“ fragte sie.

„Noel — das ist einer der Partner — hat eine Tante, die das Geld hergibt. Es ist nicht viel, aber die Kosten werden sehr gering sein.“

„Ich weiß nicht . . .“, sagte sie. „Ich glaube, ich werde erst mit meinem Agenten sprechen müssen.“

Sie fühlte, daß das irgendwie falsch klang und unfreundlich obendrein. Deshalb fügte sie rasch hinzu: „Wenn er erfährt, wieviel mir daran liegt, wird er sicher ja sagen.“

Eigentlich hatte Jaggers selbst wenig damit zu tun. Es ging vielmehr um das, was durch Jaggers symbolisiert wurde, um alle die vernünftigen, praktischen Erwägungen, die sie bisher mit Erfolg verdrängt hatte. Jetzt mußte sie sich diesen Erwägungen stellen, und zwar vor der Unterredung mit Jaggers. Das beunruhigte sie. Sie wußte so wenig von Tony, hatte keine Ahnung, wovon er lebte. Bisher war es ihr unwichtig erschienen, aber jetzt, da er diesen Vorschlag gemacht hatte, fand sie es nötig, etwas vorsichtiger zu sein. Und das wieder kam ihr absurd vor. Wenn sie in Liebesangelegenheiten unbekümmert, ja leichtsinnig war, jedoch vorsichtig zu werden begann, wenn es sich um ihre Karriere handelte, so konnte das nur eines bedeuten: daß ihr die Karriere wichtiger war als die Liebe. Stimmte das? Sie weigerte sich, über diese Frage auch nur einen Augenblick nachzudenken.

Sie wollte auch über Tony nicht allzuviel nachdenken. Wenigstens nicht jetzt und im Zusammenhang mit der vorgeschlagenen Aufführung. Sie sagte sich, daß sie Vertrauen zu ihm haben müsse, selbst dann, wenn das eine Dummheit sein sollte, denn sie hatte ihm bereits so viel Vertrauen geschenkt, daß sie nicht plötzlich damit aufhören konnte. Einen Augenblick war der Verdacht in ihr aufgetaucht, daß Noels Tante gar keine Tante sei. Sie hatte die zynische Idee gehabt — den Bruchteil einer Sekunde lang —, daß die sogenannte Tante eine ältere Frau sei, der Tonys Freund ihres Geldes wegen den Hof machte.

Aber nein, sie durfte einen so häßlichen Gedanken nicht in sich aufkommen lassen. „Mach dir keine Sorgen, Tony“, sagte sie. „Ich bin sicher, daß ich Jaggers zu allem überreden kann. Besonders, wenn es sich um etwas Gutes handelt.“

Sie drückte Tonys Hand. Er erwiderte den Druck und begann mit seinem Zeigefinger Buchstaben auf ihren Handrücken zu schreiben. I-C-H-L-I-E-B-E-D-I-C-H, entzifferte sie. Dann küßte er ihren Handrücken.

Sie tranken die Schokolade aus, Tony zahlte, und sie gingen zur Untergrundbahn.

Sie nahmen in der Bahn Abschied. Tony stieg früher aus, weil er zum Fechtunterricht mußte. Merry fuhr ein paar Stationen weiter und begab sich zu ihrer Gymnastikstunde.

Nach der Stunde rief sie Jaggers an und fragte, wann sie ihn sprechen könne. Er schlug ihr vor, am nächsten Tag mit ihm zu Mittag zu essen.

„Ja, danke", sagte sie.

„Kannst du mir sagen, worum es sich handelt?" fragte er.

„Ich könnte, aber ich möchte lieber bis morgen warten. Es ist gar nicht wichtig."

„Bist du sicher? Wenn du willst, kannst du jetzt gleich in mein Büro kommen."

„Nein", sagte sie. „Ich freue mich auf morgen."

„Gut. Wie du willst. Kannst du mich um Viertel vor eins im Büro abholen?"

„Gewiß", sagte sie.

„Auf Wiedersehen morgen."

Auf dem Weg zu Tonys Wohnung kaufte sie eine Flasche Champagner. Ob Jaggers ihr nun erlauben würde, in den Yeats-Einaktern an Tonys Seite zu spielen oder nicht — jedenfalls hatte sie das Gefühl, daß dieser Abend bedeutsam sei, eine Art Wasserscheide. Sie gestattete sich nicht, den Gedanken bewußt zu formulieren, sie wich ihm aus, indem sie sich sagte, die Tatsache, daß sie einander liebten, sei Grund genug, um Champagner zu trinken. Sie nahm ein Taxi. Mit Tony fuhr sie in der Untergrundbahn, aber wenn sie allein war, zog sie es vor, mit einem Taxi zu fahren, um sich zu entspannen. Aber dann ließ sie den Wagen doch an der Ecke halten und ging das letzte Stück zu Fuß. Tony hatte ihr einen Hausschlüssel gegeben. Sie sperrte auf, ging hinauf und stellte den Champagner in den winzigen Kühlschrank unter dem Abwaschbecken. Da Tony frühestens in einer Stunde kommen konnte, duschte sie sich und zog eines seiner alten Hemden an. Sie fand eine Ausgabe der Dramen von Yeats, legte sich auf die Matratze und las. Sie las noch, als Tony nach Hause kam.

„Was hältst du davon?" fragte er sofort.

„Ich finde sie herrlich.“

„Fegefeuer“ und „Auferstehung“ hatte sie schon gekannt. Die andern Stücke waren ihr neu. Sie sagte ihm das und fragte: „Welche Stücke wollen deine Freunde aufführen?“

„Sie haben sich noch nicht endgültig entschlossen“, antwortete er, während er sich neben sie setzte. Er begann ihren Nacken zu streicheln. „Bier?“ fragte er.

„Du kannst wählen“, sagte sie.

„Was heißt das?“

„Geh und sieh nach.“

Er öffnete den Kühlschrank, sah den Champagner, wandte sich um und warf ihr einen verliebten Blick zu. „Den trinken wir später“, sagte er und öffnete zwei Bierdosen. Dann ging er ins Badezimmer, um sich zu duschen, denn er war noch erhitzt von der Fechtstunde. Als er aus dem Bad zurückkam, warf er Merry das Handtuch zu und ließ sich von ihr den Rücken abtrocknen. Dann legte er sich auf die Matratze und schlürfte sein Bier. Als er es ausgetrunken hatte, drückte er die Dose zusammen und warf sie quer durch das Zimmer, verfehlte jedoch den Papierkorb. Wie in Fortsetzung dieser Schleuderbewegung wandte er sich zu Merry um und zog sie auf sich nieder.

„Komm, Mädchen“, sagte er, und sein Mund lachte noch, als er ihn auf den ihren drückte.

Er war in sie eingedrungen, und sie saß auf ihm, während er begann, ihr Hemd aufzuknöpfen.

„Ich habe es so gern, wenn du auf mir bist. Ich habe es so gern, deine spitzen Brüste von unten zu sehen.“

Statt jeder Antwort bewegte sie sich auf ihm auf und ab. Er griff nach ihren Brüsten und faßte dann plötzlich nach ihren Hüften. Er wollte sie zurückhalten, aber sie mißverstand ihn und bewegte sich heftiger.

„Merry, Merry ...“, begann er, aber im nächsten Moment bäumte sich sein Körper auf. Es war für beide überraschend. Er seufzte und sagte entschuldigend: „Ich habe mich so schrecklich nach dir gesehnt den ganzen Tag.“

Sie versuchte ihn in sich zu behalten und bewegte sich ein wenig, um ebenfalls zum Höhepunkt zu gelangen. Aber es war unmöglich. Sie glitt anmutig neben ihn und lachte. Sie hatten es ohnehin nie bloß einmal gemacht. Er zündete eine Zigarette an und gab ihr von Zeit zu Zeit einen Zug.

Sein Orgasmus hatte sie in höchste Erregung versetzt, weil sie alles so deutlich gespürt hatte. Für gewöhnlich erlebten sie den Höhepunkt gleichzeitig, und dieser Moment war stets dermaßen beglückend, daß sie ihn nie klar zu empfinden vermochte. Tonys Körper pflegte immer sehr rasch auf sie zu reagieren. Da ihre Erregung anhielt, streckte sie die Hand aus und spielte mit ihm. Aber vielleicht weil der Zugriff so stürmisch war oder weil Tony einen anstrengenden Tag hinter sich hatte oder bloß weil sie einander während der letzten Tage so oft geliebt hatten — jedenfalls reagierte er nicht gleich.

„Küß mich dort", schlug er vor. Er schien den Atem anzuhalten, als er auf ihre Antwort wartete.

Ohne Zögern beugte sie sich über ihn und streifte mit den Lippen an seinem Penis entlang. Sie fühlte, wie er unter der Berührung ihres Mundes größer wurde und sich aufrichtete.

„Nimm ihn in den Mund", sagte er, während er ihr Haar streichelte.

Sie tat es. Es war eine merkwürdige Empfindung. Sie fühlte mit ihrer Zunge die sonderbare Mischung von Härte und Weichheit. Sie wartete, bis er sie zu sich emporzog und von neuem in sie eindrang.

„Ich habe das noch nie getan", sagte sie. „War es gut?"

„War es für dich gut?"

„Es war schrecklich aufregend."

Ja, es war gut gewesen und hatte ihre Erregung gesteigert. Er begann sich in ihr zu bewegen, und fast sofort stieß sie einen Schrei aus und krallte ihre Hände in seinen Rücken. Sie hatte sich so sehr danach gesehnt, daß es fast schmerzhaft war.

Völlig erschöpft lagen sie dann nebeneinander und schliefen ein. Als Merry erwachte, stand Tony vor ihr, in jeder Hand ein Glas Champagner. Den Rest des Abends lasen sie die Stücke von Yeats. Gegen Mitternacht gingen sie aus, um Pizza zu essen.

Nachher setzte er sie in ein Taxi. Der Chauffeur kippte das Fähnchen des Taxameters um.

„Warten Sie", rief Merry.

Sie kurbelte das Fenster herunter. „Tony", rief sie.

Er trat an den Wagen. Sie ergriff seine Hand, und er beugte sich durch das Fenster zu ihr.

„Ich rufe dich morgen an", sagte sie, „sobald ich mit Jaggers gesprochen habe."

„Ich werde auf deinen Anruf warten."

Er küßte sie. Dann trat er zurück und sah dem davonfahrenden Taxi nach.

Liebe macht schön, dachte Merry am nächsten Morgen, als sie in den Spiegel blickte. Aber war das nicht vielleicht ein rein subjektiver Eindruck? Sie gefiel sich. Würde aber Jaggers mit ihrem Aussehen zufrieden sein? Oder würde er die leichte Verquollenheit ihres Gesichts bemerken, die dunklen Ringe um die Augen? Sie hatte nicht genug geschlafen. Sie hatte zuviel Bier getrunken. Sie hatte nichts Richtiges gegessen. Pizza und Spaghetti waren zwar billig und schmeckten ihr auch, hatten aber wenig mit der Diät — Steaks, viel Salat und Obst — zu tun, die ihr Jaggers verordnet hatte. Sie machte sich sorgfältiger als gewöhnlich zurecht und begab sich in sein Büro.

Man ließ sie sogleich vor. Als sie eintrat, telephonierte Jaggers eben. Er nickte ihr zu und deutete auf einen Sessel. Nachdem er den Hörer aufgelegt hatte, drückte er auf einen der Knöpfe auf seinem Schreibtisch. Miß Bernstein, seine Sekretärin, erschien.

„Haben Sie alles verstanden?" fragte er.

„Ja."

„Heben Sie diese Notizen gut auf. Er ist ein gerissener Kunde. Vielleicht brauchen wir sie."

Er schwang sich im Drehstuhl herum und sah Merry an. „Wie geht es dir, Kleine?" fragte er lächelnd und fügte, ohne eine Antwort abzuwarten, hinzu: „Wollen wir essen gehen?"

Im Lift fühlte sie, wie er ihre Erscheinung musterte. Unter seinem Blick kam sie sich dick und aufgedunsen vor. Sie wollte das harte Neonlicht in der Kabine dafür verantwortlich machen, aber sie wußte, daß der Eindruck ihrem Schuldgefühl entsprang, weil sie Jaggers' Vorschriften übertreten hatte.

Im Restaurant lehnte sie den Aperitif ab, den er ihr anbot, und bestellte ein Steak, grünen Salat und schwarzen Kaffee. Sie wollte ihm zeigen, daß sie die Diätvorschriften kannte, wenn sie sie auch nicht immer eingehalten hatte.

„Ich habe gestern einen Brief von deinem Vater bekommen", begann er.

„So?"

„Die Dreharbeiten in Spanien sind beendet."

„Das ist nett."

Jaggers schnitt ein Stück von seiner Hammelkeule ab, schob es in den Mund, kaute gemächlich und fragte dann: „Was meinst du damit?“

„Womit?“

„Dein Ton klang merkwürdig.“

„Nun, es handelt sich ja hier nicht eigentlich um einen Film, sondern um eine Finanztransaktion. Mein Vater hat es mir erklärt. Es ist so, wie wenn man in der Bank Geld wechselt.“

„Das stimmt nicht ganz“, sagte Jaggers. „Die Pesetenguthaben sind inzwischen deblockiert worden, wie du vielleicht weißt. Es handelt sich jetzt um Öl.“

„Um Öl?“

„Ja, um das Recht, Öl nach Spanien zu importieren.“

„Egal“, sagte sie mit einer wegwerfenden Handbewegung. „Das ist eben genau das, was ich meine.“

„Ja, was meinst du denn?“ fragte er. „Woher diese plötzliche Verachtung für große Geldsummen?“

„Ich weiß nicht“, antwortete sie. „Vielleicht habe ich ein wenig über das Theaterspielen, über den Schauspielerberuf und über meinen Vater nachgedacht.“

„Ach so“, sagte er und fügte sofort hinzu: „Um von etwas anderem zu reden — du sollst übermorgen vorsprechen. Bist du soweit?“

„Ja. Aber das ist es eben, worüber ich mit dir sprechen wollte.“

„Das habe ich vermutet.“

„Ich habe einen Mann kennengelernt.“

„Auch das habe ich vermutet.“

„Wir haben einander im Theaterstudio kennengelernt. Er ist richtig! Er ist wunderbar!“

„Soso!“

„Er würde dir gefallen“, sagte sie. „Er wird sicher einmal ein ganz großer Schauspieler werden. Kein Star. Ein Schauspieler.“

„Wie heißt er?“ fragte Jaggers.

„Tony Bassoto.“ Sie holte tief Atem und stieß hervor: „Ein paar Freunde von ihm wollen Einakter von Yeats aufführen. Kennst du die Stücke von Yeats?“

Er sah sie einen Augenblick an, bevor er antwortete. „Gewiß. Ich habe Yeats selbst einmal kennengelernt. In London.“

„Wirklich?“ fragte sie aufgeregt. „Wie ist er?“

„Total verrückt, glaube ich“, sagte Jaggers.

Enttäuscht senkte sie den Blick. Sie hatte gehofft, daß Yeats ein Bindeglied zwischen Tony und Jaggers werden könnte.

„Ein großer Dichter, zweifellos, aber verrückt“, wiederholte Jaggers.

Er bestrich ein Brötchen mit Butter und fragte übergangslos: „Woher bekommen sie das Geld?“

„Einer der Partner hat eine Tante, die das Geld hergibt“, sagte Merry.

„Welche Stücke wollen sie spielen?“

„Das wissen sie noch nicht genau.“

„Ich verstehe.“

Sie war sich nicht klar, ob er belustigt oder ärgerlich oder wirklich interessiert war. Sie wartete, bis der Kellner Teller und Schüsseln fortgetragen hatte, und sagte dann: „Ich weiß, daß es kein Broadwaytheater ist. Aber es ist gut. Es wird gut sein.“

„Du findest das Stück von Waters nicht gut?“

„O doch, es ist gut, glaube ich. Aber es hat nichts mit Kunst zu tun. Man kann es nicht mit Yeats vergleichen.“

„Dieser junge Mann scheint ebenso charmant wie begabt zu sein“, meinte Jaggers und zog die Augenbrauen hoch.

Merry errötete.

„Und ich nehme an, daß er dir diese Verachtung für Hollywood und den Film beigebracht hat.“

Sie nickte.

„Ich verstehe. Laß mich ein wenig über all das nachdenken.“

„Selbstverständlich“, sagte sie, beglückt lächelnd.

„Die Rolle der Clara wirst du aber doch vorsprechen, nehme ich an. Oder nicht?“

„Wenn du es willst.“

„Es ist immer gut, wenn man etwas hat, worauf man zurückgreifen kann.“

Als sie das Restaurant verließen, fragte er, wo sie am Nachmittag sein werde. Es könnte möglich sein, daß er sich mit ihr in Verbindung setzen wolle.

„Ich weiß nicht. Ich habe Stimmbildungsschule. Aber ich werde den Kundendienst jede Stunde anrufen.“

„Vielleicht könntest du mich gegen vier Uhr anrufen?“

„Gut.“

Sie war ein wenig erstaunt, daß er nicht mehr sagte, aber ihre Freude darüber, daß er gegen ihre Mitwirkung in den Stücken von Yeats offenbar nichts einzuwenden hatte, war so groß, daß sie sich weiter keine Gedanken machte.

Um vier Uhr rief sie an, und Jaggers' Sekretärin bat sie, in einer halben Stunde ins Büro zu kommen. Sie kam eben aus der Stimmbildungsstunde. In dem Taxi, das sie zu Jaggers brachte, setzte sie ihre Atemübungen fort.

„Was weißt du über Bassoto?" fragte Jaggers, kaum daß sie eingetreten war.

„Ich liebe ihn", antwortete sie schlicht.

„Danach habe ich nicht gefragt", sagte Jaggers in ruhigem Ton. „Was weißt du über ihn? Wie alt ist er?"

„Ich weiß es nicht. Ich glaube, einundzwanzig oder zweiundzwanzig."

„Er ist achtundzwanzig."

„Wie bitte?"

„Achtundzwanzig. Er war zweimal verheiratet und hat ein Kind."

„Nein", rief Merry.

„Doch, doch. Er wurde mit schlichtem Abschied aus der Armee entlassen."

„Was heißt das?"

„Es bedeutet nicht gerade, daß er ausgestoßen wurde, aber es ist auch keine ehrenvolle Entlassung. Einmal wurde er wegen Rauschgifthandels verurteilt. Bedingt. Wovon er seine Existenz bestreitet, ist unbekannt."

„Was heißt das?"

„Daß er wahrscheinlich von Frauen lebt. Von älteren Frauen, nehme ich an."

Sie saß eine Minute wie betäubt da. „Ich glaube es nicht. Ich glaube kein Wort davon", rief sie dann.

„Es ist aber jedes Wort wahr."

„Er ist ein begabter Schauspieler. Und ich liebe ihn. Und er liebt mich."

„Glaubst du das?"

„Ich weiß es."

„Gut", sagte Jaggers. „Nimm diesen Hörer."

Jaggers hatte einen Telephonapparat mit Zusatzhörer, an dem eine zweite Person die Gespräche mitverfolgen kann. Er wählte eine Nummer. Das Signal am anderen Ende ertönte zweimal. Dann hörte Merry Tonys Stimme.

„Hallo", sagte Tony.

„Ist dort Mr. Bassoto?"

„Ja."

„Hier spricht Samuel Jaggers. Mr. Kolodin vom Theaterstudio hat mir sehr Lobendes über Sie berichtet."

„Oh."

„Ich habe ein interessantes Angebot für Sie. Keine große Sache, aber eine Startmöglichkeit, die zu Größerem führen könnte. Sagen Sie, haben Sie irgendwelche Verpflichtungen, die Sie an New York binden?"

„Nicht die geringsten."

Merry stockte der Atem.

Jaggers legte den Finger an die Lippen, um ihr zu bedeuten, daß sie sich ruhig verhalten solle.

„Sehr gut", sagte er ins Telephon. „Ein Freund von mir, Produzent in Hollywood, sucht eine Besetzung für eine Rolle in einem utopischen Abenteuerfilm. Der Mann, den er hatte, hat sich am Wochenende beim Wellenreiten das Bein gebrochen. Die Gage beträgt fünfhundert pro Woche. Wer ist Ihr Agent?"

„Ach, ich war bei George Wallenstein, aber er hat in fünf Jahren nichts für mich gefunden."

„Soll ich ihm die Unterlagen übergeben?"

„Würden Sie nicht die Güte haben, mich zu vertreten, Mr. Jaggers?"

„Gern, wenn ich könnte. Aber mein Stall ist zur Zeit überbelegt. Wenn Sie mit Wallenstein nicht zufrieden sind, könnte ich Sie an einen Freund von mir in Los Angeles empfehlen, der Sie sicher nehmen würde."

„Dafür wäre ich Ihnen sehr dankbar. Sagen Sie, ist fünfhundert das letzte Wort?"

„Ich fürchte, ja. Ihre Reisespesen werden selbstverständlich bezahlt. Und später haben Sie natürlich die besten Chancen, wenn Sie einmal im Geschäft sind."

„Ich kann Ihnen nicht sagen, wie dankbar ich Ihnen bin, Mr. Jaggers."

„Es freut mich, Ihnen einen Gefallen tun zu können. Die Dreharbeiten beginnen bereits Dienstag. Ich schicke Ihnen das Flugbillett durch Boten, es wird in einer Stunde in Ihrer Wohnung sein. Es gibt heute abend um elf ein Flugzeug. Könnten Sie das erreichen?"

„Darauf können Sie sich verlassen. Das ist die Chance, auf die ich gewartet habe."

„Viel Glück."

„Danke, Mr. Jaggers. Danke tausendmal."

Jaggers legte den Hörer auf. „Na?" fragte er, zu Merry gewandt.

„Du bist ein gemeiner Mensch", sagte sie.

„Warum?"

„Du hast ihn in Versuchung geführt."

„Er hätte ja ablehnen können. Liebes Kind, es führt zu nichts, wenn du mir Schimpfnamen gibst. Tatsache ist, daß du einen Narren aus dir gemacht hast."

„Aber er sagte doch, er mache sich nichts aus Geld. Er hasse Hollywood und mache sich nichts aus Geld. Er hasse alles das, was mein Vater repräsentiert."

„Wenn reiche Leute behaupten, das Geld zu hassen, sind sie Lügner. Wenn arme Leute dasselbe behaupten, sind sie verdammte Lügner."

Merry begann zu weinen.

„Nimm es nicht so tragisch", redete ihr Jaggers zu. „Ich will nicht sagen, es hätte schlimmer kommen können, aber du wirst darüber hinwegkommen. Alles geht vorüber. Oder wie dieser Narr Yeats sagt: ‚Wirklich heil und ganz kann nur sein, was einmal zerbrochen war.' Komm, mein Kind. Ich gehe jetzt nach Hause. Und du setzt dich in ein Taxi und fährst ebenfalls nach Hause und gehst zu Bett."

Das Taxi hielt vor Merrys Haus. Sie stieg aus, zahlte und ging hinein. Von ihrer Wohnung aus rief sie zuerst den Alkoholladen an der Ecke an und bestellte eine Flasche starken Rum. Dann wählte sie Tonys Nummer. Er meldete sich nicht. Der Bote mit dem Rum kam. Sie öffnete die Flasche, füllte ein großes Glas zur Hälfte mit Rum und schüttete Coca-Cola darauf. Fünf Stunden lang saß sie in ihrem Polstersessel, trank Rum mit Coca-Cola und rief alle zehn Minuten bei Tony an.

Er war zu Hause, das wußte sie. Er mußte ja packen, sich auf die Abreise vorbereiten. Schließlich wurde ihr klar, daß er sich nicht meldete, weil er annahm, daß sie es wäre, die ihn sprechen wollte. Um ein Viertel nach zehn gab sie es auf. Er mußte jetzt bereits weg sein. Er war auf dem Weg zum Flugplatz, auf dem Weg nach Hollywood, zu seiner kleinen Rolle in einem utopischen Abenteuerfilm.

Sie schüttete den Rest aus der Rumflasche in den Ausguß und ging zu Bett. Zwei Tage später sprach sie die Rolle der Clara vor. Ob das Erlebnis mit Tony etwas mit ihrer Leistung zu tun hatte oder nicht, wußte sie nicht. Sie hätte es auch nicht ertragen, darüber nachzudenken. Tatsache war, daß sie in ihre Darstellung eine ätzende Bitterkeit, eine verhaltene Leiderfahrung legte, die Waters' Sätze von innen her mit einem eigenartigen Glanz erfüllten.

Sie bekam die Rolle.

X

Die Rolle in Waters' Stück änderte weniger in Merrys Leben als sie erwartet hatte. Wohl veränderte sie den Ort ihrer Tätigkeit, doch die Tätigkeit selbst blieb die gleiche. Anstatt zur Stadt in den Theater Workshop oder quer durch die Stadt zu ihrem Sprechlehrer zu gehen, ging sie nun zu den Proben. Wenn es einen Unterschied gab, so lag er in der Intensität der Arbeit. Aber sie begrüßte dieses größere Tempo, das sich mit der Zeit noch steigerte. Es war physisch erschöpfend, aber seelisch beruhigend.

Sie entdeckte, daß ihre Arbeit, so hart sie war — lang, anstrengend und unglaublich beanspruchend —, ihren Gefühlen eine Zuflucht bot. Zuerst hatte sie wenig Vertrauen dazu. Sie dachte, es sei nur das Neue und das Tempo, die sie ablenkten. Aber als das Neue verging und das Tempo wuchs, begann sie einen Lebensweg vor sich zu sehen — nicht durch die Rolle, die sie verkörperte, sondern durch ihre Arbeit. Ihr Leben wurde zu einem Projekt, zum Ablauf einer Karriere, zu einer Reihe von Hürden, die es zu überwinden galt, in der Richtung auf Ziele, die man erreichen mußte. Das beste daran war, daß sie nicht einmal selbst entscheiden mußte, welche Ziele zu erreichen waren. Es gab Leute, die ihr dies sagten — der Regisseur, Jim Waters und vor allem Jaggers. So hatte sie trotz der harten Arbeit das wundervolle Gefühl, von einer Strömung getragen zu werden, die sie durch die Proben, zu den Versuchsvorstellungen nach New Haven, zurück nach New York zu den Vorschauen und durch die Premiere brachte.

Diese Erfahrung war herrlich betäubend. Manchmal machte sie sich Sorgen, besonders nachts vor dem Einschlafen. Sie fragte sich, ob sie nicht vielleicht seelisch krank sei, daß sie den Schock der Katastrophe mit Tony so schnell überwunden hatte. Daß sich ihre Fähigkeit, Schmerz zu empfinden, verändert hatte, wurde ihr bei der Premiere bestätigt. Ihr Vater flog nach New York, um sie zu sehen — oder zumindest zum Teil aus diesem Grund. Außerdem stand auch eine Werbekampagne für „Nero" auf dem Programm. Am Premierennachmittag hatte er einige Fernsehinterviews und konnte sie nicht besuchen, doch das war ganz gut so, denn sie versuchte zu schlafen. Er sandte einen riesigen Rosenstrauß in ihre Garderobe — es waren sicherlich vier Dutzend, die in einem Schirmständer, der die Form eines Elefantenfußes hatte, arrangiert waren. Auf der Karte stand: „Die Rosen für die Liebe, der Elefantenfuß fürs Glück." Unterschrift: „Dad".

Eine halbe Stunde vor Beginn kam er vorbei, um ihr einen Kuß zu geben und für die Photographen zu posieren. Die Reklame war für sie beide gut. Erst nach der Vorstellung wurde ihr klar, daß sie nur am Rande mit seiner Reise nach New York zu tun hatte. Der Hauptgrund war die Förderung des Films, den er gemacht hatte, und sein Hauptinteresse galt Noni Green, dem neunzehnjährigen Mädchen, das in dem Film seine Tochter spielte. So wie man sich an den Inhalt eines Buches erinnert, das man als Kind gelesen hat, so dachte sie daran, was sie, anfangs jedenfalls, bei Carlotta und Melissa empfunden hatte; sie hatte sich ausgeschlossen gefühlt, war unsicher gewesen, dazu eifersüchtig und ärgerlich über die Art, in der diese Frauen ihr das Gefühl gaben, außerhalb der Dinge zu stehen. Aber heute abend stand sie im Mittelpunkt, und er und das alberne kleine Mädchen waren außen, irgendwo am Rande. Es war ihr Abend. Während sie bei Sardi saß und auf die Zeitungen wartete, war sie sogar fähig, fünfzehn Sekunden lang echte Sympathie für das Mädchen zu empfinden. Noni. Sie fragte sich, wie sie wirklich hieß. Aber dann kamen die Zeitungen mit den Kritiken. Sie waren gut, großartig sogar. Sie hatte es geschafft. Es war gelungen. Ihre Freude war so groß, daß es sie nicht gekümmert hätte, wenn ihr Vater mit einem ganzen Harem voll Nonis dagewesen wäre. Es galt, eine weitere Probe ihrer Selbstsicherheit zu geben, am folgenden Tag, als sie zu dritt im „Le Pavillon“ lunchten. Aber auch diese bestand sie mit fliegenden Fahnen. Sie fühlte sich viel zu wohl, um sich zu ärgern. Am nächsten Tag flogen ihr Vater und Noni zurück nach Hollywood.

Nach der Abreise erklärte ihr Jaggers, er habe ihren Vater am Premierenabend absichtlich von ihr ferngehalten, da er gefürchtet habe, sein Besuch würde sie durcheinanderbringen. Es war auch Jaggers gewesen, der die Fernsehinterviews angesetzt hatte.

„Das war rücksichtsvoll von dir“, sagte sie, „aber es machte mir überhaupt nichts aus.“

„Wirklich nicht?“

„Ich hätte es einfach hingenommen, das ist das Wundervolle daran, ich hätte es einfach hingenommen.“

„Ich dachte es mir, aber ich wollte kein Risiko eingehen. Ich wollte nicht, daß dich irgend etwas aus der Ruhe bringt.“

„Es ist großartig“, sagte sie, „sich stark zu fühlen, fest zu sein, fähig, mit allem fertig zu werden.“

„Sicherlich, aber überfordere dich nicht. Dieses Geschäft ist unberechenbar. Es gibt viele Höhen und Tiefen. Wenn du mit beiden fertig wirst, dann bist du wirklich stark.“

„Vermutlich hast du recht.“

Sie saß in seinem Büro. Er hatte sie gebeten, vorbeizukommen, um ihn zu besuchen. Seit jenem anderen Mal, jenem furchtbaren Tag, als er mit Tony telephonierte, war sie nicht in seinem Büro gewesen. Sie dachte darüber nach, ob Jaggers es nicht aus Taktgefühl bewußt so arrangiert hatte, daß sie nicht in sein Zimmer kommen mußte. Möglicherweise war das der Fall. Daß er daran gedacht hatte, war seiner Klugheit und Güte durchaus zuzutrauen.

„Wie fühlst du dich jetzt?“ fragte er. „Stark?“

„O ja, stark und gut.“

„Schön, dann habe ich etwas für dich.“

„Hoffentlich nichts zu Arges.“

„Nein, es ist eine gute Nachricht, aber auch das erfordert Kraft."

„Versuch's einmal", sagte sie.

Es war ein Lustspiel von Harry Kleinsinger.

„Weißt du, wer Kleinsinger ist?" fragte Jaggers.

„Er ist ein Regisseur in Hollywood. Er ist . . . ich kann nicht alle Filme aufzählen, die er gemacht hat, aber es gibt ihn seit Ewigkeiten."

„Stimmt. Und er ist einer der besten Regisseure der Welt für Frauen. Darauf baue ich. Das Drehbuch habe ich nicht gelesen, es gibt auch noch gar kein fertiges Drehbuch, aber das macht nichts. Wie immer der Film ausfällt, wenn Kleinsinger Regie führt, wirst du gut herauskommen. Und darauf kommt es uns an."

Er hatte gute Bedingungen für sie ausgehandelt und erklärte sie ihr.

„Es sind hunderttausend Dollar und eine Beteiligung von einem Prozent am Nettogewinn. Wahrscheinlich wird es keinen Nettogewinn geben, es gibt selten einen."

„Wie meinst du das? Wie ist das möglich?"

„Das liegt an der Art der Buchführung. Für jeden Dollar, den sie für die Herstellung ausgeben, berechnen sie eineinviertel Dollar. Auf diese Weise decken sie den Anteil an Bürospesen. Dann kommt eine siebenundzwanzigeinhalbprozentige Gebühr, die sich die Gesellschaft selbst für den Verleih ihrer eigenen Filme berechnet. Wenn ein Film eine Million Produktionskosten hat und eine Million vierhunderttausend einbringt, dann würdest du annehmen, daß du einen Nettogewinn von vierhunderttausend Dollar hast, nicht?"

„Natürlich."

„Aber du hast ihn nicht. Wenn der Film wirklich eine Million gekostet hat, wird er mit einer Million zweihundertfünfzigtausend zu Buch stehen. Diese Vierteldollars summieren sich. Die siebenundzwanzigeinhalb Prozent bringen das auf . . . runden wir auf fünfundzwanzig Prozent ab. Das macht zusammen . . ."

Er notierte schnell mit einem Kugelschreiber etwas auf einem Block und verkündete: „Das macht eine Million fünfhundertzweiundsechzigtausendfünfhundert Dollar. Wenn dein Film eine Million vierhunderttausend eingebracht hat, hast du daher einen Nettoverlust von hundertzweiundsechzigtausendfünfhundert. Oder noch etwas mehr."

„Aber das ist doch verrückt."

„Überhaupt nicht. Wie hoch, glaubst du, sind die Steuern bei einem Verlust von hundertzweiundsechzigtausend Dollar?"

„Ich verstehe. Wo liegt dann aber der Sinn meiner Beteiligung am Nettogewinn?"

Er holte tief Atem, lehnte sich in seinem Stuhl zurück und begann ihr zu erklären: „Das wesentliche ist, daß wir sagen können, du warst beteiligt. Es ist wichtig, mit einer guten Gage zu beginnen. Jeder in der Branche wird wissen, wie hoch deine Gage war. Die zweite Gage wird darauf basieren. Es ist viel vorteilhafter, von hunderttausend mit einer Beteiligung auszugehen, als von hunderttausend allein. Außerdem — wenn der Film trotz allem einen Gewinn einspielt, bekommst du noch etwas mehr. Deine nächste Gage wird entsprechend höher sein."

„Schön", sagte sie, „aber was geschieht mit dem Stück?"

„Was soll damit sein?" fragte Jaggers. „Du spielst weiter den ganzen Sommer hindurch bis in den Herbst. Falls das Stück im Oktober noch läuft, zahlt Kleinsinger mit Vergnügen die Konventionalstrafe. Denk einmal daran, um wieviel mehr du dann wert sein wirst."

„Wenn du es erklärst, sieht alles so einfach aus."

„Es ist meine Aufgabe, alles für dich einfach zu machen."

„Danke."

„Ich hab' ja etwas davon."

„Ich weiß. Trotzdem danke."

„Laß das. Die Verträge werden in ein paar Tagen fertig sein. Ich schicke sie dir zur Unterschrift hinüber."

Ihre Euphorie auf Grund des ersten Stückes hatte noch nicht nachgelassen, und da kam nun diese neue Aussicht, die nicht so sehr beglückend, aber beruhigend war. Die seltsame Zuflucht, die sie in ihrem Beschäftigtsein gefunden hatte, war jetzt noch mehr gefestigt. Nach außen hin setzte sich ihr Leben ohne Veränderungen fort. Sie bewegte sich — vorsichtig, klug, aber konventionell — genauso wie sie sich achtmal wöchentlich durch die Dialoge und Gesten des Stückes im Theater bewegte. Auch außerhalb des Theaters hatte sie das Gefühl, in einer Welt von Kulissen zu leben. Seit ihrer Verpflichtung, im Oktober nach Hollywood zu gehen, erschien ihr New York, wie seinerzeit

New Haven, nur als eine Station am Weg, als ein Ausgangspunkt. Die Wartezeit war hinreichend ausgefüllt, um erträglich zu sein. Oder jedenfalls genügend geregelt.

Sie schlief täglich bis mittags und las dann oder ging im Park spazieren. Gegen vier Uhr nahm sie eine leichte Mahlzeit zu sich, und um sechs Uhr dreißig war sie im Theater. Gegen Mitternacht kehrte sie nach Hause zurück und war müde genug, um sich auf ihr Bad, ihr Joghurt und das Nachtprogramm im Fernsehen zu freuen, bevor sie schlafen ging. Ihr Leben war so genau eingeteilt, daß es sich mit dem am Mather-Internat vergleichen ließ. Einsamer vielleicht, aber ebenso ausgefüllt. Und ruhiger.

Sie lebte in einem Schwebezustand, und nur im Park, wo sie beobachtete, wie das Gras grün wurde, die Bäume Blätter bekamen und die Blumen zu blühen begannen, merkte sie, daß die Zeit verging. Der April wich dem Mai, und eine Hitzeperiode kündigte die Ankunft des Sommers an. Ende Mai, als sie zu einer Matinee ins Theater ging, fand sie eine Nachricht von Helen Farnam vor.

„Liebe Merry", stand darin, „die Prüfungen sind vorbei. Ich komme für den Sommer nach New York. Gehen wir gemeinsam essen oder machen wir sonst irgend etwas. Wenn du diese Zeilen liest, bin ich in Darien. Ruf mich bitte an. Alles Liebe, Helen."

Merry freute sich. Sie wartete nicht einmal das Ende der Vorstellung ab, sondern rief gleich vom Telephon hinter der Bühne aus an. Sie einigten sich darauf, am nächsten Tag gemeinsam zu lunchen. Merry gab Helen ihre Adresse und lud sie ein, sie zu besuchen, sobald sie in die Stadt käme. Es war gegen Ende des ersten Aktes, als Merry plötzlich mitten auf der Bühne einfiel, es wäre eine blendende Idee, wenn Helen zu ihr zöge. In der Wohnung war genügend Platz für beide. Sie schuldete es Helen auch für die Gastfreundschaft, die ihr die Farnams während des Studiums am Mather-Internat gewährt hatten. Abgesehen davon, daß sie Helen mochte, konnte sie auch mit ihr auskommen. Es würde weniger einsam, wieder wie früher sein.

Am nächsten Tag erwachte sie zeitiger als sonst. Sie machte selbst ihr Bett und setzte sich dann nieder, um auf Helens Ankunft zu warten. Überrascht merkte sie, daß sie nervös war.

Sie hatte Angst vor diesem Wiedersehen. Würden sie imstande sein, dort wieder anzuknüpfen, wo sie abgebrochen hatten? Würden die Unterschiede in ihrer beider Leben eine Kluft schaffen, die sich nicht überbrücken ließ? Je mehr sie daran dachte, desto unruhiger wurde sie. Sie wußte, wie einsam sie war und was es für sie bedeutete, eine Freundin bei sich zu haben; jemanden, mit dem sie sprechen konnte, jemanden, der an ihrem Leben Anteil nahm.

Wie sich herausstellte, gab es keinen Grund zu Besorgnis. Als Helen kam, umarmten sie einander und begannen sofort ein angeregtes Gespräch, als ob sie nur durch ungewöhnlich lange Ferien getrennt gewesen wären. Helen erzählte Merry den letzten Klatsch über einige ihrer Klassenkameradinnen. Seltsame Mädchen hatten seltsame Dinge getan.

„Und was ist mit dir los?“ fragte Merry. „Was machst du?“

„Ach, über mich gibt es nicht viel zu berichten. Mir geht es in Radcliffe ganz gut. Ich arbeite viel und unterhalte mich.“

Helen erzählte Merry, daß sie durch ihren Vater eine Lektorenstelle in einem Verlag bekommen hatte, in dem er einige Freunde besaß.

„So?“ fragte Merry. „Und das ist alles?“

„Nun, vielleicht nicht alles. Ich habe einen Freund.“

„Geh, erzähl!“

„Er heißt Tom McNeill und studiert Jus in Harvard. Auch er wird den Sommer in New York verbringen.“

„Großartig. Es sieht so aus, als ob du einen schönen Sommer vor dir hättest.“

„Eine bescheidene Sache, aber sie gehört mir.“

„Wie meinst du das?“

„Mein Gott, die glänzende Berühmtheit bist doch du. Du bist diejenige, die sich sicherlich herrlich amüsiert.“

„Ganz und gar nicht“, sagte Merry. „Eigentlich finde ich, daß mein Leben dem an der Schule gleicht; der einzige Unterschied besteht darin, daß ich keine Geometrie lernen muß.“

„Mach mir doch nichts vor. Hältst du mich für so dumm?“

„Es ist wirklich so. Weißt du, daß du außer der Bedienerin die einzige Person seit . . . nun, seit Monaten bist, die diese Wohnung betreten hat?“

„Das hätte ich nie geglaubt.“

„Ich auch nicht.“

Das Gespräch verstummte. Merry überlegte, ob sie Helen jetzt schon anbieten sollte, die Wohnung mit ihr zu teilen, oder ob sie den Vorschlag erst nach dem Lunch machen sollte. Dabei hatte sie den Eindruck, daß auch Helen sich zu entscheiden versuchte, ob sie dieselbe Frage jetzt oder später stellen sollte. Plötzlich schien es Merry durchaus möglich, daß Helen bereits daran gedacht hatte, als sie ihr schrieb.

„Schau", sagte sie, „mit . . . wie heißt er?"

„Tom."

„Mit Tom in New York wirst du doch nicht ständig nach Darien und zurück fahren. Warum ziehst du nicht zu mir?"

„Glaubst du, daß es geht?" fragte Helen. „Ich möchte nicht gern im Weg sein."

„Ich würde dich nicht fragen, wenn du im Weg wärst."

„Großartig! Wundervoll! Nichts möchte ich lieber!" sagte Helen. „Wie hoch ist die Miete? Ich zahle die Hälfte."

„Lächerlich", sagte Merry. „Vergiß es."

„Nein, ich hätte ein schlechtes Gefühl, wenn du mich nicht meinen Teil bezahlen ließest."

„Nun gut, wenn du darauf bestehst . . ."

Sie sagte Helen, der Zins sei hundert Dollar pro Monat. Helen versprach, fünfzig zu bezahlen. Der Zins war hundertachtzig, aber schließlich verdiente Merry elfhundert pro Woche.

Anstatt in ein Restaurant zu gehen, kauften sie etwas zu essen ein und aßen in der Wohnung. Nachher gingen beide zu W. & J. Sloane und kauften eine Couch für Helen. Sie waren sehr vergnügt. Helen konnte sich auf einen Sommer freuen, in dem sie Tom sehen konnte. Merry konnte drei Monate Kameradschaft erwarten. Sie würde diesen Sommer überstehen, und dann blieb nur noch ein Monat bis zu ihrer Reise an die Küste.

Einige Tage später lernte sie Tom kennen und freute sich, daß er angenehm und sympathisch war, daß sie gut mit ihm auskommen konnte. Obwohl er drei Jahre älter war als sie, hatte er etwas zuviel Respekt vor ihr, aber es gelang ihr, ihm dies bald abzugewöhnen. Für alle drei entwickelte sich schnell ein erfreuliches Verhältnis, in dem Merry eher die Stellung einer älteren Schwester oder einer jungen Tante einnahm. Wo immer es möglich war, schlossen die beiden sie in ihre Pläne ein. An manchen Sonntagen fuhr sie mit ihnen nach Darien oder begleitete sie auf ihren Ausflügen nach Long Island. Eine Möglichkeit zu Zank gab es kaum. Merrys Termine am Theater und jene von Helen und Tom bei ihrer Arbeit trennten sie ohnedies den größten Teil der Zeit. Nur in seltenen, kurzen Augenblicken waren sie beisammen.

Oft warteten Helen und Tom auf Merry, wenn sie vom Theater heimkam. Dann machten sie gemeinsam Omeletten und aßen miteinander.

Merry wußte allerdings nicht, daß Helen und Tom fast jeden Abend, wenn sie auf der Bühne stand, in ihrer Wohnung waren und sich liebten. Es hätte sie nicht gestört, aber hätte sie davon gewußt, so hätte sie ihnen früher und besser helfen können. Doch wie die Dinge lagen, erfuhr sie das erste Mal davon in der zweiten Augustwoche. Sie erwachte und war erstaunt, daß Helen noch zu Hause war.

„Was ist los mit dir? Warum bist du noch nicht bei deiner Arbeit?“ erkundigte sie sich.

„Ich fühle mich nicht wohl.“

„Ist es etwas Ernstes? Soll ich einen Arzt holen?“

„Beim Arzt war ich bereits, und es ist verdammt ernst.“

„Was ist es? Sag es mir.“

„Ich bin schwanger“, sagte sie. „Ich — ich bin . . .“ Aber sie konnte nicht weiter. Sie brach zusammen und schluchzte.

„Was willst du tun? Willst du ihn heiraten?“

„Ja. Nein. Ich weiß es nicht.“

„Nun“, sagte Merry, „das sind drei Möglichkeiten. Wähl eine aus.“

„Ich weiß es nicht. Ich möchte ihn jetzt nicht heiraten. Ich will die Schule fertigmachen.“

„Wie weit ist es schon?“

„Ich weiß nicht. Ich glaube sechs Wochen, vielleicht sieben.“

„Bist du sicher?“

„Ich sagte dir ja schon, ich war beim Arzt. Ich ließ einen A-Z-Test machen.“

„Gut. Was willst du dagegen tun?“

„Was kann ich tun?“

„Du weißt, was du tun kannst.“

„Denkst du, ich sollte?“

„Was macht es aus, was ich denke? Es ist dein Leben, nicht?“

„Kannst du mir helfen?“ fragte Helen. „Kannst du mir helfen, jemanden zu finden?“

„Kann er das nicht tun?"

„Ich nehme an, er könnte es versuchen. Aber er würde die Sache sicher verderben. Er weiß nicht, was er will. Er behauptet, wir sollten heiraten, aber ich weiß, daß er das nicht wirklich will. Er ist einfach verschreckt."

„Nun, er ist jung", meinte Merry.

„Er ist drei Jahre älter als wir."

„Männer sind jünger. Auch wenn sie den Jahren nach älter sind als wir, sie sind jünger."

„Schau", sagte Helen, „es ist mir schrecklich, dich darum zu bitten, ich fühle mich ohnedies schon so niederträchtig ..."

„Niederträchtig, warum?"

„Dich in dieser Art auszunützen. Mich in deiner Wohnung mit einem Mann zu vergnügen, während du im Theater bist. Aber gestern abend, nachdem wir schlafen gingen, dachte ich, daß du beim Theater ... Ich meine, Tom und ich kennen keine solchen Leute, aber du schon, du könntest jemanden finden ..."

„Einen Abtreiber?" Merry war nicht einfach hilfsbereit, sie spuckte das Wort in Helens unglückliches, armseliges Gesicht.

„Ja, einen Abtreiber", sagte Helen.

Es hatte keinen Sinn, weiter darauf herumzureiten. Helen hatte auch so genug Schwierigkeiten. Merry rief Jaggers an. Er war beim Essen. Um drei Uhr rief sie nochmals an. Als sie ihn an den Apparat bekam, erkundigte sie sich, ob Miß Bernstein mitschriebe.

„Nein, sie schreibt nicht mit", sagte er. „Sollte sie?"

„Nein. Hör zu. Du wirst es nicht glauben, weil es so faul klingt. Ich brauche einen Abtreiber, und zwar für eine Freundin."

„Ich glaube es dir", sagte Sam.

„Kannst du mir helfen?"

„Für wen ist es?"

„Für Helen Farnam. Meine Zimmerkollegin."

„Wie weit ist die Sache schon?"

„Sie sagt, sechs oder sieben Wochen."

„Wie sieht es mit Geld bei ihr aus?"

„Es geht, nehme ich an. Was wird es kosten?"

„Die, die ich kenne, sind teuer", sagte Jaggers, „gut, aber teuer. Es wird sicher ungefähr tausend Dollar kosten."

„Das sollte sie aufbringen können."

„Ich rufe dich in einer Stunde zurück."
„Danke, Sam", sagte sie und legte auf.
„Wieviel?" fragte Helen. Ihr Gesicht war kalkweiß.
„Tausend."
„Aber ich kann das nicht ... wir können das nicht ..."
„Deine Eltern?" fragte Merry.
„Oh, das könnte ich niemals ..."
„Wieviel geht denn?"
„Drei, vielleicht dreifünfzig."
„Geht in Ordnung, auf den Rest lade ich dich ein."

Drei Tage später brachte Merry Helen zu der Adresse in der Park Avenue, die Jaggers ihr angegeben hatte. Merry saß im Warteraum, blätterte in *Life*, *Look* und *Saturday Evening Post*, während Helen sich das Baby auskratzen ließ. Nach einer Weile kam der Arzt heraus und setzte sich nieder, um mit ihr zu warten, bis Helen aus der Narkose erwachte.

„Ist alles in Ordnung?" fragte Merry.

„O ja, es geht ihr gut. Sie wird okay sein." Er machte einen langen Zug an seiner Zigarette und sagte: „Das einzige, was ich nicht verstehe, ist, warum ihr verdammt dummen Mädels euch keine Pessare anpassen laßt. Damit hätte sie sich neunhundertfünfundachtzig Dollar ersparen können. Und eine Menge Unannehmlichkeiten dazu."

„Ja", sagte Merry.

„Oder sie hätte Ihnen neunhundertfünfundachtzig Dollar erspart. Es war doch Ihr Geld, oder nicht?"

„Wie kommen Sie darauf?" fragte Merry.

„Nur eine Annahme."

Merry erinnerte sich, wie sie mit Helens und Toms Scheck zur Bank gegangen war, um ihren eigenen Scheck auszustellen, wie sie die zehn Hundertdollarnoten sorgfältig gefaltet und eingesteckt hatte. Die Gewichtszunahme in ihrer Handtasche war nicht zu bemerken gewesen.

„Nun, ein Teil war von mir", gab sie zu.

„Übrigens, soll ich Ihnen ein Pessar anpassen, während Sie warten müssen? Sie könnten wenigstens diesen Vorteil davon haben, nicht?"

„Gut", sagte Merry.

Er führte sie durch den Empfangsraum in eine Flucht von Untersuchungsräumen. Sie kamen bei einer offenen Tür vorbei, durch die sie Helen auf einem Bett liegen sah. In der nächsten Kabine entkleidete sie sich, während der Arzt sie beobachtete. Sie stieg auf den Untersuchungstisch und stellte die Füße in die Bügel. Das Metall der Instrumente fühlte sich kalt an.

Zwei Tage später übersiedelte Helen aus der gemeinsamen Wohnung wieder nach Darien und ließ Merry allein. Merry kehrte zu ihrer Routine zurück, die aus Lesen, Spaziergängen, dem Weg zum Theater und dem Ansehen des Nachtprogramms im Fernsehen bestand. Sie fand, daß ihr Leben nicht schlecht war. Es war wirklich gar nicht so schlecht.

Eine Limousine des Studios erwartete sie auf dem internationalen Flughafen von Los Angeles. Sie hatte das Gefühl eines neuerlichen Aufschubs. Dabei konnte sie nicht erklären, was sie als aufgeschoben betrachtete, aber es mußte irgend etwas sein, eine Änderung, ein Schock. Sieben Monate lang hatte sie Abend für Abend die beruhigende Sicherheit des Stückes mit den immer gleichen Texten an derselben Stelle derselben Bühne gehabt. Das war jetzt vorbei. Sie war in Hollywood, um zu sehen, wie das Filmgeschäft lief, um sich selbst dabei zu erproben und zu behaupten. Mehr noch — um sich mit ihrem Vater zu messen. Sie hatte Tony fast vergessen. Irgendwie war es ihr wirklich gelungen, alle Männer abzustreifen, die sich je in ihr Leben gedrängt hatten. Aber über allem, unauslöschlich und unerreichbar, stand das Bild ihres Vaters, gleich einer riesigen Plakatwand in der dunstigen Weite. Dies war seine Stadt. Der Film war sein Spiel, und sie war gekommen, um mitzuspielen.

Doch noch war es nicht soweit. Der Flug quer über das Land war bequem und langweilig gewesen. Ein Empfangschef vom Studio sorgte dafür, daß ihre Koffer von der Gepäckabgabe geholt und in der Limousine verstaut wurden. Wie ein riesiger schwarzer Fisch bewegte sich der Wagen nordwärts, nach Los Angeles hinein. Es war ihr, als ob sie noch immer mit der Strömung triebe, die sie gespürt hatte, seit sie die Rolle in dem Stück übernommen hatte, und von der sie seither getragen wurde.

Es war für alles gesorgt worden. Wemmick hatte für sie eine

Wohnung im Coldwater Canyon gefunden. An der Auffahrt stand ein weißer MG bereit. Man hatte ihn für sie gemietet. Am Kaminbord standen frische Blumen; Flaschen in der Bar, alkoholfreie Getränke und ein Krug mit Orangensaft. Der Mann vom Studio und der Chauffeur trugen ihre Koffer in die Wohnung.

„Mr. Kleinsinger freut sich darauf, Sie kennenzulernen", sagte der Empfangsmann. „Er trug mir auf, Sie hier willkommen zu heißen."

„Danke. Vielen Dank."

„Ihr erster Termin ist morgen früh um halb zehn. Kostüm- und Make-up-Besprechungen. Möchten Sie selbst fahren, oder sollen wir Ihnen den Wagen schicken?"

„Ich glaube, ich hätte lieber den Wagen. Auf jeden Fall morgen, am ersten Tag."

„Gern. Gibt es noch etwas, was ich für Sie tun kann?"

„Nein, danke. Ich bin Ihnen dankbar für alles, was sie bereits für mich getan haben. Sie waren sehr liebenswürdig."

„Es war mir ein Vergnügen", sagte er und ging.

Es war ihr angenehm, am nächsten Morgen abgeholt zu werden. Sie wollte die passive Annahme aller Dinge so lange wie irgend möglich fortsetzen; der „Mutterschoß der Zustimmung" schien ihr ein sicherer Ort zu sein.

Im vierten Stock des Gebäudes der Merchant & Miners Bank am Wilshire Boulevard klapperte fast ununterbrochen eine Reihe von Fernschreibern und sandte die Antworten auf die Fragen der Redakteure des New-Yorker Büros über Land. Tatsachen, Zahlen, Namen, Daten, Informationen und Meinungen wurden in prägnante Worte gefaßt, als Löcher in ein perforiertes Band gestanzt und durch Drähte in die Ferne getragen. Es war ein auf komplizierte Art eindrucksvoller Raum. Für die Besucher des hiesigen Büros der Zeitschrift *Pulse* war ein Fenster aus Spiegelglas in die Wand des Warteraums eingesetzt, durch das die Leute die Maschinen bewundern konnten. In die Nußwandverkleidung waren sechs Uhren eingefügt, welche die Ortszeiten von Los Angeles, Chicago, New York, London, Moskau und Tokio anzeigten.

Komplizierter aber als die Maschinen und wesentlich interessanter, obwohl weniger eindrucksvoll, waren die Menschen — die Berichterstatter, Reporter und Redakteure, deren Worte und Gedanken in die Maschinen hinein- und aus ihnen herauskamen. Sie waren auch viel empfindlicher. Gleich den Maschinen waren sie in einem komplizierten Netz über die ganze Welt verstreut, doch ihre Betreuung lag weit außerhalb des Kompetenzbereichs einfacher Elektriker oder sogar Systemtechniker. Es gab drei Männer in New York, die die Ursache des jüngsten Austausches von Korrespondenten kannten; die Betroffenen selbst wußten nicht, worum es ging.

In Beirut war Joe Mylanos an die Luft gesetzt worden. Mylanos, der auf dem Titelkopf des Blattes als Beiruter Vertreter angeführt wurde und der mit seiner Person tatsächlich das ganze dortige Büro darstellte, erhielt ein Gehalt von *Pulse* — allerdings über ein Sonderkonto. Die Einlagen auf dieses Konto wurden niemals von *Pulse* gemacht, sondern von der Central Intelligence Agency. So lang dies so ging, war es ein gutes Arrangement. *Pulse* hatte ein Büro in Beirut, und die CIA hatte eine unanfechtbare Deckung für ihren Agenten. Nachdem Mylanos geflogen war, mußte man die Deckung aufrechterhalten, und so wurde er nach London versetzt. Ed Weeks wurde von London nach Nairobi transferiert, als Ersatz für Garrett Holmes-Wallace, der nach Paris geschickt wurde. Jocelyn Strong ging von Paris nach Los Angeles, einerseits weil Paris, wäre sie geblieben, überbesetzt gewesen wäre, anderseits weil George Mahr in letzter Zeit immer mehr der Flasche zugesprochen hatte, so daß man der Meinung war, der Büroleiter in Los Angeles brauche eine kräftige Unterstützung — die bessere Übersetzung dafür lautete „möglicherweise Ersatz".

Es wäre unkorrekt gewesen, Jocelyn Strong mitzuteilen, warum man sie nach Los Angeles schickte, und es war unnötig, es Mahr zu sagen, denn er war lang genug dabei, um zwischen den Zeilen lesen zu können. Er wußte, daß Jocelyn für ihn eine ernste Gefahr darstellte, aber er wußte auch, daß sie es nicht wußte, sondern ihre Versetzung als eine Art Degradierung empfand. Am Tag ihrer Ankunft steckte er seinen Kopf zur Tür ihres Büros herein und sagte: „Aus der Lichterstadt in die Flitterstadt, wie? Trotzdem herzlich willkommen."

Der Ton ihrer Antwort zwischen Ekel und Resignation sagte ihm alles, was er wissen wollte. Nun hieß es, ihr alle Mickey-

Mouse-Stories zu geben. Eines von drei Dingen konnte dann geschehen: Sie würde ihr Spiel zu früh beginnen und verlieren; sie würde bald davon genug haben und gehen; oder — und das war wohl das wahrscheinlichste — sie würde sich in einen der Untermenschen verwandeln, aus denen das Pressekorps von Hollywood bestand; eine Gruppe, von der Mahr oft sagte, sie sei die Brigade der Halbtoten, die von Presseaussendungen und Horsd'œuvres lebten; Leute, die dankbar wären, wenn man ihnen einen Holzpflock durchs Herz triebe.

Obwohl ihr die Gründe für ihre Versetzung nicht bekannt waren, wußte Jocelyn nichtsdestoweniger, was sie zu tun hatte. Es gibt gewisse mathematische Probleme, bei denen zuviel Information ein Nachteil für den Mathematiker ist, weil sie mehr verwirrt als hilft.

Auch in dieser Organisation war es nicht unbedingt ein Nachteil, im dunkeln zu tappen. Sie wußte, daß es jetzt darauf ankam, einen guten Eindruck zu machen. Ob sie Gefahr lief, ihre Stellung zu verlieren, oder ob sie sich auf einem Sprungbrett für eine Beförderung befand, war ihr nicht klar. Offenkundig aber war, daß sie sich auszeichnen mußte, daß sie die Mickey-Mouse-Geschichten annehmen und etwas daraus machen mußte. Die Redakteure in New York würden früher oder später schon merken, wie gut sie die Aufträge erledigte.

Trotzdem hatte sie nicht etwas so vollkommen Unmögliches zu erhalten erwartet. Das Postmädchen brachte die Mappe und legte sie in ihren Eingangskorb wie irgendeinen Akt, aber sie hätte ebensogut eines dieser Hundekotstückchen aus Plastik hinterlassen können. Jocelyn kannte die Story bereits. In Paris hatte sie schon vor acht Monaten selbst daran gearbeitet und gesehen, wie sie langsam abstank. Sie war vom ersten Augenblick an tot gewesen, schon damals, als die Anfrage aus New York kam. Eine müde, dumme, alte Idee. Wen gab es, der nicht wußte, daß amerikanische Filmproduzenten sehr oft zwei Versionen ihrer Filme herstellten, eine für den Inlandmarkt und eine für den Export? Oder daß die Exportversionen mehr Fleisch zeigten und manchmal Nacktszenen enthielten? Es waren europäische Filme für Europäer. Was diesen alten Trick betraf — wer kümmerte sich schon darum?

Jocelyn dachte weniger an die Geschichte als an die Notiz von Mahr, die an den Akt geheftet war. Sie war mit blauem

Bleistift hingekritzelt (mit einem Redigierstift, dabei war er kein Redakteur). „Wie wär's damit?" stand darauf.

Sie dachte nicht an die Story, sondern an den Kampf mit Mahr. Lohnte es sich? Lohnte es sich deswegen? War es vielleicht noch zu früh? Sollte sie vorgeben, daran zu arbeiten, und nach zwei Tagen sagen, daß es nichts zu berichten gäbe? Oder sollte sie ihm gleich jetzt mitteilen, daß sie schon in Paris daran gearbeitet habe? Beides war riskant. Sie ging zum kombinierten Wasserkühler mit Kaffeemaschine, machte sich eine Tasse Neskaffee und ging zu ihrem Schreibtisch zurück, um den *Hollywood Reporter* und *Daily Variety* zu lesen.

Sie trank den Kaffee und las die Fachzeitschriften, als das Telephon läutete.

„Hier Jocelyn Strong", meldete sie sich.

„Jocelyn, hier Joe Barton aus New York. Wie geht es dir?" Barton war der Kulturredakteur in New York. „Eigentlich rief ich an, um mit Mahr zu sprechen", sagte er, „aber ich wollte dir für den Sputnikartikel danken und dachte, wenn ich schon am Draht hänge, na du weißt schon."

Der Sputnikartikel war eine Geschichte über drei billige Produktionen von drei verschiedenen Studios, alles Tiergeschichten über einen Hund im Weltraum, inspiriert — falls das das richtige Wort war — durch die Russen, die ihren Sputnik mit Laika die Erde umkreisen ließen. Alle drei lieferten sich ein Wettrennen, um die ersten zu sein, und es war wahrscheinlich, daß alle innerhalb einer Woche herauskommen würden. Ebenso wahrscheinlich war es, daß alle drei Filme ganz miserabel sein würden.

„Danke", sagte sie. „Es war eine blendende Idee für den Anfang. Alles, was ich zu tun hatte, war zu telephonieren."

„Du bist viel zu bescheiden, Jocelyn."

„Nein, das bin ich nicht. Es scheint nur so. Ich kann mir das leisten, weil du mir die Stange hältst."

„Jederzeit, Baby. Hast du etwas für diese Woche in Arbeit?"

„Ich weiß nicht", begann sie. Und dann entschloß sie sich, den Ballon steigen zu lassen. „Wie wäre es mit der alten Geschichte von der Auslandsversion amerikanischer Filme?"

„Dieser tote Hund?" fragte er.

So war es also Mahrs Idee, sie in den Krieg zu schicken, damit sie ihre Zeit vergeuden sollte.

„Ja, es kann vielleicht einen Weg geben, die Sache aufzufrischen ...“

„Wie? Wenn du einen weißt, bist du ein Genie.“

Es lag vor ihr. Die ganze Zeit, während sie Kaffee getrunken und telephoniert hatte, war es vor ihr gelegen.

„Nun, ich dachte an Harry Kleinsingers ‚Three for the Money‘. Merry Houseman spielt.“

„Was ist damit?“

„Es ist ihr erster Film. Sie könnte jung und naiv genug sein, um etwas Originelles darüber zu sagen. Kleinsinger dreht beide Versionen ab.“

„Ich weiß nicht“, sagte Barton. „Es könnte einen Versuch wert sein. Auf jeden Fall könnte sie den Versuch wert sein. Ist sie etwas wert?“

„Wie zum Teufel soll ich das wissen. Bisher spielte sie nur in einem Stück in New York. Ich war in Paris und Los Angeles.“

„Aber, du bist doch sicher über New York geflogen?“

„Nein, ich habe die Polarroute genommen.“

„Ich werde dir etwas sagen. Warum gehst du nicht hin, schnüffelst ein bißchen herum und sagst mir, was du gefunden hast. Wenn du etwas hast, werde ich Platz dafür finden.“

„Ausgezeichnet“, sagte Jocelyn, „mache ich.“

„Fein. Und jetzt verbinde mich, bitte, mit Kreiger.“

„Gut.“

„Und nochmals vielen Dank für die Sputniksache.“

„War mir ein Vergnügen.“

Sie drückte den Knopf am Telephon nieder, blinkte der Vermittlung und ließ Barton mit Kreiger verbinden. Dann ging sie zu Mahr, um ihm mitzuteilen, daß sie an der Story über die Auslandsversionen arbeite. Was immer auch geschah, nun würde sie fein dabei herauskommen. Klappte es, so würde sich Barton erinnern, daß es ihre Idee war. Klappte es nicht, so konnte sie immer noch auf Merry Houseman zurückkommen.

Sie rief das Studio an, sprach mit einem Presseagenten und vereinbarte einen Besuch des Aufnahmegeländes für denselben Nachmittag. Alles, was zu tun blieb, war, die Geschichte so geschickt zu handhaben, wie sie die Büropolitik gehandhabt hatte. Sie seufzte und kam sich alt und müde vor. Sie war klug genug, normalerweise Begegnungen mit solchen Absurditäten wie die Tatsache der Existenz von Merry Houseman zu vermeiden. Aber jetzt nützte es ihr wenig, darüber nachzugrübeln, daß sie nun ausging, ein Mädchen zu interviewen, dessen Geburt zu feiern sie mitgeholfen hatte. Es hätte keinen Sinn gehabt.

Harry Kleinsingers Bungalow war der einzige, der noch stand. Alle andern waren schon vor vielen Jahren niedergerissen worden, und die Stars und Regisseure, denen solche Vorrechte gebührten, übersiedelten in ein langes, niederes Ziegelgebäude, das einem Gartenhaus glich. Aber Kleinsinger hatte sich geweigert zu übersiedeln, und es war ein Gradmesser seiner Wichtigkeit, seines Prestiges und seiner Verdienste, daß man ihm erlaubte, sein privates Büro und seine Wohnung in einem separaten Gebäude zu behalten. Der Bungalow lag in einem abgelegenen Teil des Geländes, vier oder fünf Autominuten von den Tonateliers entfernt, in denen gedreht wurde. Man brauchte lang, die gewundene Straße durch den hinteren Teil der Anlage zurückzulegen — durch den tropischen Dschungel, die New-England-Straße, an den eineinhalb Blocks der Casbah vorbei, durch die alte Dodge City. Aber das Haus war geräumig, so daß Kleinsinger seinen eigenen Schneideraum und einen eigenen Vorführraum haben konnte.

Der wirkliche Grund aber, warum er darauf bestand, den Bungalow zu behalten, war der, daß dieser früher Jean Harlow gehört hatte. Für Hollywoodverhältnisse war er ein ehrwürdiges Denkmal. Was dies für Kleinsinger bedeutete, wußte man nicht in der Direktion. Ob es sein Gefühl für Historisches war oder seine Bewunderung für Jean Harlow oder einfach seine Exzentrik, hätte niemand zu sagen gewußt. Und er sprach auch nicht darüber. Er hatte es nicht nötig. Die Einnahmen seiner Filme ersparten ihm jede Erklärung. Wie es Leo Kahn, der Studioleiter, einmal formuliert hatte: „Wenn Harry Kleinsinger einmal Lust bekäme, das Studio abzubrennen, ich stünde mit einem Zündholz bereit.“

Greg Overton fuhr seinen kleinen Rambler durch die Straßen zum Studio, sah das rote Licht aufleuchten, das Dreharbeiten auf dem hinteren Gelände anzeigte, stoppte und stellte den Motor ab. Es dauerte vier Minuten, Kleinsingers Bungalow zu erreichen, wenn man nicht aufgehalten wurde, wenn man nicht warten mußte, bis eine Aufnahme fertig war. Leuchtete das rote Licht, so konnte es bedeutend länger dauern. Einmal hatte Overton zwanzig Minuten warten müssen. Es war lästig, aber es gehörte zu Overtons Arbeit, sich mit lästigen Dingen zu beschäftigen. Wieder fragte er sich, ob es nicht besser gewesen wäre, Kleinsinger am Telephon zu sprechen, entschied aber, daß es klüger war, den Mann persönlich zu sehen. An Ort und Stelle zu sein. Am Telephon ließ sich das nicht erledigen. Man mußte die Stimmung des Mannes einkalkulieren und seine Sache richtig vorbringen. Das war die einzige Möglichkeit, etwas zu erreichen.

Das rote Licht hörte zu blinken auf, und der Wächter bedeutete ihm, weiterzufahren. Overton parkte seinen kleinen Wagen vor dem Bungalow und blieb einen Augenblick lang hinter dem Lenkrad sitzen. Er überlegte nicht so sehr seine Taktik, sondern sammelte vielmehr Energien für das bevorstehende Treffen mit Kleinsinger. Tief Atem holend, kletterte er aus dem Auto und betrat das Haus.

Im Vorraum saß Letty an einem nierenförmigen Schreibtisch, tippte auf der Maschine und sprach gleichzeitig ins Telephon. Lautlos formte er mit den Lippen die Worte: „Ist er da?"

Letty nickte und winkte ihn mit einer Hand hinein. Die Geste war nicht verschwendet, denn mit derselben Bewegung hatte sie den Wagen der Schreibmaschine geschoben. Overton fand ihre Tüchtigkeit deprimierend. Sie war ein leuchtendes Beispiel für das, was Kleinsinger von jedermann erwartete. Es war nicht gerade ermutigend, zu beobachten, wie sie drei Dinge gleichzeitig tat, und alle drei perfekt. Vorsichtig klopfte er an die Tür.

„Herein."

Er öffnete die Tür. Kleinsinger hatte eine Besprechung mit seinem Regieassistenten George Fuller und unterzeichnete gleichzeitig die Post. „Ich habe ihn vor drei Tagen gebeten, das zu erledigen", sagte Kleinsinger, „und er erklärte mir, es sei unmöglich. Ich will keine Erklärungen; ich möchte, daß das geschieht, was ich anordne. Guten Morgen, was kann ich für Sie tun?"

Im Fluß von Kleinsingers Rede hatte es keinerlei Unterbrechung gegeben, und Overton brauchte einen Augenblick, bis er merkte, daß Kleinsinger sich ihm zugewandt hatte.

„Ich bin gekommen, um Sie nach den heutigen Dreharbeiten zu fragen."

„Was wollen Sie mich fragen? Ob wir heute drehen? Ja."

„Nein, nicht ob Sie heute drehen ..."

„Ja, ja. Ich weiß. Sie verschwenden offensichtlich meine Zeit."

„Bitte, entschuldigen Sie."

„Sparen Sie Ihre Entschuldigungen. Sagen Sie mir jetzt, was Sie eigentlich wollen."

„Ob Sie bezüglich der Besuchssperre bei den Dreharbeiten eine Ausnahme machen würden."

„Nein."

„Aber wir haben eine Anfrage von *Pulse*."

„Also sind Sie nicht gekommen, um zu bitten, sondern um zu argumentieren?"

„Ja. Nein. Ich wollte es nur erklären. Sie wollen einen Artikel über die Exportversionen bringen. Und Jocelyn Strong rief mich heute morgen an ..."

„Jocelyn Strong ist eine Frau, nehme ich an?"

„Jawohl, Sir."

„Nun, ich weiß nicht recht. Sie könnten ja Miß Houseman fragen. Wenn es ihr nichts macht, werde ich es mir überlegen."

„Das wäre eine Möglichkeit."

„Ja, das wäre die ehrliche Möglichkeit. Sagen Sie mir, was Sie sich vorgestellt haben."

„Ich dachte, um Miß Houseman nicht aufzuregen, wäre es vielleicht besser, wenn Miß Strong mit einer Klappe oder etwas Ähnlichem dabeisein könnte. Es würde aussehen, als gehöre sie zum Team ..."

„Das ist sehr rücksichtsvoll von Ihnen", sagte Kleinsinger mit einem boshaften Lächeln. Dann verschwand das Lächeln, als habe er es abgedreht. „Es ist auch unehrlich und absolut charakteristisch für Sie. Nicht nur unaufrichtig gegen Miß Houseman, sondern auch unaufrichtig gegen mich. Zu behaupten, es kümmere Sie die Seelenruhe von Miß Houseman! Unverschämt. Sie interessiert nichts anderes als die Zeilenanzahl Ihres verdammten Artikels."

„Nun, der Artikel nützt schließlich auch dem Film."

„Das weiß ich. Das ist auch der einzige Grund, warum ich mit Ihnen spreche, anstatt Sie hinauszuwerfen, wie ich es noch vor einigen Minuten tun wollte. Gehen Sie und fragen Sie Miß

Houseman. Oder nein, vielleicht lieber nicht. Ich werde sie selbst fragen. Wissen Sie, ich will die Gefühle von Miß Houseman nicht verletzen, und während ich nicht sicher bin, ob die Anwesenheit einer Reporterin sie stört, bin ich todsicher, daß Ihre Anwesenheit sie stören würde."

Ohne die geringste Pause zu machen, nahm Kleinsinger die unterbrochene Besprechung wieder auf. Wie üblich gab es keinerlei Übergang. In unverändertem Tonfall fuhr er fort: „Ich weiß, daß es so etwas wie nichtreflektierendes Glas gibt. Man sieht es in allen Museen der Welt. Und das ist es, was ich brauche. Man muß es beschaffen. Das Bild muß unter Glas sein, damit man dieses Glas später einschlagen kann. Und es muß so beleuchtet sein, daß man es sieht. Was ich zeigen will, ist das Gemälde, nicht das spiegelnde Glas. Noch etwas?"

Er hatte die schweren Lider gehoben und sah Overton an. Dieser fühlte sich wie eine Fliege, die Kleinsinger verscheucht hatte und die es noch immer wagte, herumzuschwirren.

„Nein, Sir."

„Dann lassen Sie sich doch bitte nicht von Ihren Geschäften abhalten, die sicherlich alle sehr dringlich sind."

„Werden Sie mich wissen lassen, was Miß Houseman meint, damit ich es an *Pulse* weitergeben kann?"

„*Ich* werde Sie nichts wissen lassen, aber Sie werden benachrichtigt werden."

„Danke, Sir", sagte Overton.

Er zog sich rückwärts gehend aus dem Büro zurück, wie man sich aus der Gegenwart von Königen zurückzieht.

Eine Stunde später rief ihn Letty, Kleinsingers Sekretärin, an, um ihm mitzuteilen, daß Jocelyn Strong am Nachmittag bei den Dreharbeiten anwesend sein dürfe.

„Mr. Kleinsinger wies mich an, Ihnen auszurichten, daß keine Photographen mitkommen dürfen. Miß Strong hat allein zu sein. Das heißt, Mr. Kleinsinger wünscht nicht, daß Sie Miß Strong begleiten. Sie werden sie hinbringen und sich dann entschuldigen."

Sie wartete nicht auf Overtons Zustimmung zu Kleinsingers Bedingungen. Das war nicht nötig.

In ihrer Garderobe an einem Ende des riesigen Tonstudios bereitete sich Merry auf die Verfolgungsszene vor. Was Kleinsinger ihr gesagt hatte, war nur zu richtig. Oder es schien zumindest so, als sie die Szene durchbesprachen.

„Sie müssen verstehen", hatte er in jenem Tonfall gesagt, der befehlend, aber gleichzeitig irgendwie beruhigend war, „daß nicht Sie dort oben auf der Leinwand sein werden. Das wird Alexandra sein. Sie wird Ihnen nur in bestimmten oberflächlichen Details gleichen. Aber immer werden Sie von der Rolle abgeschirmt sein, und auch von meinem guten Geschmack, auf den ich Sie zu vertrauen bitte."

Nun, sie vertraute ihm. Es blieb ihr nichts anderes übrig. Aber als sie sich in dem großen Ankleidespiegel betrachtete, fühlte sie sich nackt — nackter, als wenn sie gar nichts angehabt hätte. Die fleischfarbenen Haftschalen, mit einer gummiartigen Flüssigkeit angeklebt, waren obszöner, als ihre nackten Brüste es hätten sein können. Sie schüttelte sich, um sicher zu sein, daß sie fest angeklebt waren und nicht herunterfallen würden. Ja, sie hielten gut. Nun zog sie ihren Büstenhalter darüber und dann den schwarzen Seidenpullover.

Die Szene war einfach und raffiniert. Alexandra befand sich in dem Auto, in dem Philip zu fliehen suchte. Sie wurden von einem Detektiv verfolgt. Während Philip chauffierte, schlüpfte Alexandra auf dem Hintersitz aus den schwarzen Hosen und dem Pullover, die sie während des Diebstahls getragen hatte, wieder in das Cocktailkleid, das sie bei der Party angehabt hatte, zu der sie nun zurückkehrten. Während des Umziehens wurde sie von dem Privatdetektiv gesehen, der von ihrem halbnackten Körper sichtlich beeindruckt war. Er holte auf, und Alexandra warf, um zu entkommen, ihren Büstenhalter zum Fenster hinaus. Dann hopste sie auf dem Hintersitz auf und nieder und bot sich den Blicken des Detektivs dar, der sie anstarrte, dabei von der Straße abkam und einen schweren Unfall erlitt.

In dem fertigen Film würde die Szene ungefähr zwei Minuten dauern, aber jetzt wurde bereits den fünften Tag an dieser Zweiminutenszene gearbeitet.

Mit den vorangegangenen vier Tagen Arbeit hatte Merry

nichts zu tun gehabt. Zwei Tage hatte man auf den Autostraßen von Los Angeles verbracht, um den Verkehr aufzunehmen, der den Hintergrund zu dem fliehenden Auto bilden sollte. Ein weiterer Tag war damit vergangen, Aufnahmen von dem fliehenden Auto auf der Straße zu machen. Am vierten Tag hatte man den im Frack in seinem Wagen sitzenden Detektiv und dessen Reaktionen gedreht. Worauf er reagierte — Alexandras Entkleidung —, das sollte heute drankommen. Und in der nächsten Woche würden sie das Autounglück drehen und dabei zwei oder drei Autos zertrümmern. Erst im Schneideraum würden die einzelnen Streifen zusammenkommen. Unter den Adleraugen Kleinsingers würde der Cutter die Szenenfolge entstehen lassen, vom Verfolger zu den Verfolgten, von den Aufnahmen im Wageninneren, die sie im Studio gemacht hatten, zu den entsprechenden Außenaufnahmen auf der Santa-Anna-Autobahn. Merry erinnerte sich, was Jaggers über das Filmen gesagt hatte; wenn es Lassie und Flipper konnten, würde sie es auch zustande bringen. Also hatte sie keine andere Wahl, als sich auf Kleinsinger zu verlassen und auf das, was er als seinen guten Geschmack bezeichnete. Weil sie sich so vollkommen auf ihn verließ, was ihr Spiel, ihre Darstellung, ihre Sprache betraf und die Güte des Films, für den sie ihr ganzes Talent einsetzte, schien es ihr durchaus vernünftig, sich auch in anderen Dingen auf ihn zu verlassen. Wenn sie ihm ihre ganze Karriere anvertraute, wäre es absurd, ihm nicht auch hinsichtlich einer so trivialen Sache wie ihrer Entblößung zu vertrauen. An der Garderobetür wurde geklopft. Ein Diener rief, daß die Dreharbeiten in fünf Minuten beginnen würden. Sie ließ sagen, daß sie bereits auf dem Weg sei.

Sie wanderte über die riesige Tonbühne, vorbei an Bürohälften, Wohnraumhälften und halben Schlafzimmern, vorbei an einem Parkplatz, einem Kai und einem Raum, in welchem die Arbeiter soeben eine Sektion der Haupttribüne eines Rennplatzes aufgerichtet hatten, bis zu dem Stück Straße, auf dem das Auto stand. Das Auto war in der Mitte aufgeschlitzt worden, so daß der Kameramann seine große Panavisionskamera frei bewegen und aus einer Anzahl von Winkeln und Einstellungen wählen konnte. Am vorderen und am hinteren Kotflügel waren einige Griffe angebracht, mit deren Hilfe man das Auto jederzeit in eine schaukelnde Bewegung versetzen konnte, um die

Illusion des Fahrens hervorzurufen. Auf eine Leinwand hinter dem Auto, die vorläufig noch leer war, würde mittels einer Maschine, die mit der Panavisionskamera synchronisiert war, die Straße projiziert werden.

Man war noch immer mit der Beleuchtung beschäftigt. Merry setzte sich in einen Klappstuhl. Kleinsinger sprach mit dem Kameramann und schaute von Zeit zu Zeit durch den Bildsucher der Kamera.

„Wie geht es Ihnen, Baby?"

Sie sah auf. Es war Hugh Gardner, der zweite Star — oder besser gesagt *der* Star. Sein Benehmen während der Dreharbeiten war stets etwas bevormundend, aber niemals herablassend gewesen. Er konnte sich das leisten, denn er gehörte zu den Wundern von Hollywood. Sie wußte, daß er vier Jahre älter war als ihr Vater, aber noch immer spielte er Liebhaberrollen und spielte sie überzeugend. Die kleinen Falten um die Augen betonten nur sein fröhliches Zwinkern, das schärfer werdende Kinn verstärkte nur die Vertiefung, die auf der Leinwand als Grübchen erschien. Seine Wirkung beruhte auf einer Mischung von Jungenhaftigkeit und unglaublicher Erfahrung. Vielleicht hatte das alles gar nichts damit zu tun, wie er aussah, sondern nur mit dem, was die Welt in ihm zu sehen gewohnt war. Im Laufe von fünfunddreißig Jahren hatten die Leute gelernt, ihn sich romantisch und charmant vorzustellen. Und sie fanden, was sie zu sehen erwarteten. Dafür zahlte man ihm Millionen Dollar. Sogar ohne seine geschickten Investitionen auf dem kalifornischen Realitätenmarkt während der dreißiger und vierziger Jahre wäre er allein durch seine Filmgagen ein sehr wohlhabender Mann geworden. Wie die Dinge lagen, gehörte er zu den reichsten Schauspielern Hollywoods.

Er beschränkte sich auf einen Film pro Jahr und machte auch diesen nur, um sich zu beweisen, daß er noch dazu imstande war. Oder nein, vielleicht war das nicht ganz ehrlich. Vielleicht tat er es noch immer des Geldes wegen — um seine Steuern zahlen zu können.

„Hallo!" Sie sah ihn an.

„Nervös?" fragte er sie.

„Ein bißchen."

„Das ist gut. Man wird es auf der Leinwand sehen."

„Dieser Lichtkegel ist störend!" schrie Kleinsinger. „Müssen wir das haben?" Er schrie, wie er das manchmal zu tun pflegte, und schimpfte über einen Lichtfleck auf dem Autodach.

„Er ist festgelegt", erwiderte der Aufnahmeleiter, „er ist in den Außenaufnahmen festgelegt, nach denen wir uns richten müssen."

„Niemand wird etwas bemerken. Wolken kommen und gehen, nicht? Wir werden dieses Licht zumindest abschwächen."

Einer der Beleuchter kletterte auf eine Leiter, um die Lampe zur Hälfte mit einem Netz abzudecken.

„Es tut mir leid, daß wir so lang gebraucht haben", wandte sich Kleinsinger an Gardner und Merry. „Seid ihr fertig? Wollt ihr, bitte, zu euren Plätzen gehen?"

Als sie zum Auto gingen, sagte Kleinsinger zu Merry: „Jetzt hätte ich fast vergessen, ich möchte Ihnen Jocelyn Strong vorstellen, die gekommen ist, um bei den Dreharbeiten zuzusehen. Sie schreibt einen Artikel für ... für die Zeitschrift *Pulse*, nicht wahr?"

„Ja", bestätigte Jocelyn. „Ich freue mich, Sie kennenzulernen, Miß Houseman."

„Ich glaube, Miß Strong ist der Ansicht, ich sei ein widerwärtiger alter Mann, der mit der europäischen Verderbtheit spekuliert. Natürlich bin ich ein widerwärtiger alter Mann, aber nur, weil ich aus dem amerikanischen Puritanismus Geld schlage."

„Und was ist Ihre Meinung, Miß Houseman?" fragte Jocelyn.

„Ich mache das, was Mr. Kleinsinger sagt", antwortete Merry, „er ist der Regisseur."

„Sehen Sie?" strahlte Kleinsinger. „Mit ihr werden Sie Schwierigkeiten haben. Zum Unterschied von vielen Ihrer Opfer hier ist sie nämlich klug. Aber Sie können sich später mit ihr unterhalten, einverstanden?"

„Natürlich", gab Jocelyn zurück.

Kleinsinger senkte den Kopf, streckte seine Hand aus und wies Merry auf den Hintersitz des Autos. Zum Glück war das Licht so, daß Merry glauben konnte, in einem wirklichen Auto zu sitzen. Nur rechts war ein gleißendes Licht auszunehmen, dort, wo sich die Tontechniker, die Elektriker, das Skriptgirl und alles, was sonst noch zu dem Team gehörte, um Kameramann, Aufnahmeleiter und Regisseur drängte. Sie konnte keinen von ihnen erkennen, und als der Tontechniker das Band mit dem Autogeräusch auflegte und der Mechanismus das Auto leise zu wiegen begann, um die Fahrbewegung zu imitieren, hatte sie wenigstens das Gefühl einer teilweisen Realität.

Fuller, der Regieassistent, rief: „Bitte, Ruhe auf dem Gelände. Kamera."

Ein Mann hielt die Verschlußklappe vor die Kamera. „Szene 174-C", sagte er.

„Achtung, Aufnahme!" rief Kleinsinger.

Gardner gab vor zu chauffieren und bewegte das Lenkrad einmal nach dieser, einmal nach jener Seite, blickte in den Rückspiegel und dann in den Seitenspiegel. „Ist das hinter uns nicht Rogers?" fragte er.

„Wie kann das möglich sein?"

„Das weiß ich nicht. Aber ist er es?"

Sie drehte sich um, sah durch das Hinterfenster und sagte die vorgeschriebenen Worte: „Ich weiß es nicht. Ich glaube schon, aber sicher bin ich nicht."

„Verdammtes Pech", sagte Gardner.

Jetzt begann die Jagd. Einige Momente angespannten Fahrens, wieder ein Blick durch den Rückspiegel, und Gardner sagte, sie müsse sich umziehen. Er befahl ihr, während des Umkleidens den Detektiv nicht aus den Augen zu lassen. Sie zog den Pullover aus. Irgendwie verfing sich ihr Kopf im Ausschnitt, und sie brauchte eine Spur zu lange.

„Schnitt!" rief Kleinsinger. „Nochmals bitte."

Wieder begannen sie von vorne. Das zweite Mal entledigte sie sich korrekt des Pullovers, hatte aber Schwierigkeiten mit der Hose.

„Schnitt!" rief Kleinsinger. „Ich weiß, es ist schwierig, und es soll auch schwierig aussehen, aber nicht sehr schwierig. Vielleicht versuchen Sie, die Knie enger beisammenzuhalten."

Sie wolle es versuchen, versprach Merry gehorsam.

Das dritte Mal zog sie Pullover und Hose vorschriftsmäßig aus, aber der Ton ihrer Stimme bei den nächsten Worten war nicht richtig.

„Schnitt. Sie klingen erfreut, daß der andere schneller wird. Sie müssen erschreckt klingen und verängstigt. Wenn er sich zu Tode fährt, werden Sie traurig sein, aber daran dürfen Sie jetzt nicht denken."

„Szene 174-C. Vierte Aufnahme."

Diese Aufnahme war schlecht, weil der Winkel ihrer Beine falsch war. Aufnahme fünf schien gut zu gehen, aber Kleinsinger brach sie ab, weil er fand, Gardner sehe nicht genügend besorgt aus. „Nein, Sie sind gelangweilt. Ich bin gelangweilt. Miß Houseman ist gelangweilt. Wir langweilen uns alle. Aber versuchen wir doch, es nicht zu zeigen — sonst wird sich das Publikum ebenfalls langweilen."

Die sechste Aufnahme ging glatt, und jetzt war Merry fast erleichtert, den Büstenhalter abnehmen zu können. Sie ließ das Fenster hinunter und warf ihn hinaus. Die Windmaschine blies ihn aus dem Bildrahmen und hinter das Auto.

„In Ordnung!" rief Kleinsinger.

Eine Garderobiere reichte Merry ihren Schlafrock, den sie sich umhängte.

„Was meinen Sie?" fragte Kleinsinger den Kameramann.

„Ich kann noch nichts sagen", erwiderte er, „wir müssen auf die Abzüge warten."

„Man konnte die Marken der Haftschalen erkennen, nicht?"

„Wahrscheinlich."

Merry war herübergekommen, um das Gespräch mit anzuhören. Kleinsinger wandte sich an sie und fragte: „Sagen Sie, Miß Houseman, wäre es Ihnen unangenehm, kleinere Schalen zu tragen?"

„Sie sind lästig." Merry hatte sie am Abend zu Hause anprobiert, und die Befestigung des Klebestreifens direkt auf ihren Brustspitzen war unangenehm gewesen. Auch das Abnehmen hatte weh getan. Merry zögerte einen Augenblick, und dann entschloß sie sich. „Muß ich sie überhaupt tragen?"

„Um ganz ehrlich zu sein: Wenn Sie sich ohne diese Schalen behelfen könnten, wäre ich froh."

„Mir macht es nichts aus", sagte sie.

„Ausgezeichnet, dann versuchen wir es nochmals ohne Schalen."

„Ich werde sie mir abnehmen gehen."

Sie verschwand in ihrer Garderobe, löste die großen Schalen, wischte den Klebstoff ab, zog einen neuen Büstenhalter an und darüber den schwarzen Pullover.

Jetzt schien es ihr absurd, daß sie überhaupt gezögert hatte, und noch absurder schien ihr, was sie hatte zögern lassen. Es war nicht das Zeigen ihrer Brüste, das ihr etwas ausmachte, sondern es Kleinsinger vorzuschlagen. Den Vorschlag nicht zu machen wäre lächerlich und prüde gewesen; aber ihn zu machen hätte — davor hatte sie Angst gehabt — herausfordernd oder frech wirken können. Was sie letztlich zu der Entscheidung getrieben hatte, war Gardners Bemerkung zu Beginn der Aufnahmen gewesen, daß nämlich ihre Nervosität gut sei und man sie wahrscheinlich auf der Leinwand sehen würde. Ohne diese Schalen auf der Brust würde ihr Ausdruck möglicherweise besser und weitaus echter sein. Sie überlegte nicht lange.

Sie ging zurück zum Auto, stieg ein und wiederholte die Szene. Anscheinend war ihr Entschluß richtig gewesen, denn am Ende der siebenten Aufnahme sagte Kleinsinger: „In Ordnung. Ausgezeichnet!“

Ein Kommentar von ihm war etwas Seltenes. „Wir werden gleich weitermachen, wenn es Ihnen recht ist“, sagte er. „Wir werden die Aufnahmen vom Rückfenster machen.“

Während der fünfzehnminutigen Pause zog Merry ihren Schlafrock an. Die Beleuchtung wurde geändert, die Kamera verschoben. Merrys Double saß im Auto und hüpfte auf und nieder. Sie beobachteten sie durch den Bildsucher und hielten den Belichtungsmesser an ihr Gesicht und ihre Haare. Alice Beasely, das Double, glich Merry in keiner Weise. Nur ihre frische Haut und die Haarfarbe waren ähnlich. Sie trug einen Bikinioberteil. Merry beobachtete sie mit sachlichem Interesse und stellte fest, daß Alices Figur voller war als die ihre. Ob das etwas ausmachte?

Den Frauen machte es etwas aus. Aber Männer, dachte sie, waren einfacher zufriedenzustellen und fanden die verschiedensten Busen anziehend. Frauen waren in dieser Beziehung wahrscheinlich objektiver. Sie war überzeugt, daß ihre eigenen Brüste zu klein und zu nahe beisammen waren. Das heißt, meistens waren sie zu klein. In der Woche vor der Periode wurden sie größer und schienen ihr dann etwas hübscher. Ganz annehmbar. Aber trotzdem zu eng beisammen. Sie erinnerte sich, wie scharf Melissas Brüste abgesetzt gewesen waren, wie sie das flache Brustbein sehen ließen. Alice, fand sie, war hübsch und üppig, aber wahrscheinlich war ihr Busen ohne den Bikinioberteil zu tief.

„In Ordnung“, sagte Kleinsinger, „Merry, seien Sie so gut . . .“

Sie setzte sich auf den Rücksitz des Autos.

„Alles hinter diese Linie, bitte“, befahl Kleinsinger.

Das war rücksichtsvoll von ihm, dachte Merry. Jetzt konnte sie, mit Ausnahme ihres kurzen Auftauchens im Rückfenster, nicht gesehen werden. Und Kleinsinger selbst schien nicht zu zählen. Er war wie ein Arzt. Oder nein, er war viel rücksichtsvoller als die meisten Ärzte. Es war, als wäre er ihr eigener Vater . . .

„Kamera!“ rief Kleinsinger und unterbrach ihre Gedanken.

„Szene 175!“ rief der Mann mit der Tafel.

„Aufnahme!“ rief Kleinsinger.

Der Mechanismus begann den Wagen zu schaukeln. Auf dem Hintersitz kniend, richtete sich Merry auf, so daß der Detektiv sie sehen konnte, duckte sich und richtete sich wieder auf. Es war gar nichts dabei. Sie dachte an die Polaroidparty und wie verderbt ihr das damals erschienen war. Sie mußte lächeln. Denn jetzt wiederholte sie einen Teil dieses verrückten Abends, allerdings nicht mehr amateurhaft, sondern beruflich und fast in einer klinischen Art und Weise. Oder nein, nicht klinisch. Sie tat es für die Kunst. Für Kleinsinger und die Kunst. Sie gewährte dem Detektiv einen besseren Ausblick als bisher und verschwand wieder.

„Gut, vielen Dank“, sagte Kleinsinger.

Die Garderobiere brachte ihr einen Umhang, und sie ging sich anziehen. Jetzt machten sie eine Aufnahme von Gardners Gesicht, während er sie im Rückspiegel betrachtete. Die Kamera würde die Reflexion seiner Augen im Spiegel einfangen. Sie brauchte nicht dabeizusein.

Es war seltsam. Es hatte ihr Spaß gemacht. Sie fragte sich, ob es ihr nicht zuviel Spaß gemacht hatte.

Jemand klopfte an Merrys Garderobentür.

„Miß Houseman?“ rief eine Stimme.

„Ja“, antwortete sie.

„Jocelyn Strong. Darf ich hineinkommen?“

Merry öffnete die Tür. „Bitte.“

„Nun, wie hat es Ihnen gefallen?“ fragte Jocelyn.

„Ich weiß nicht recht. Ich muß erst die Abzüge sehen. Alles hängt davon ab, wie es zusammengeschnitten wird, nicht?" meinte Merry höflich.

„Wahrscheinlich. Ja. Aber was empfanden Sie während der Dreharbeiten?"

„Ich war ein wenig nervös."

„Sie nahmen die Haftschalen ab. Darf ich fragen, warum?"

„Sie waren unangenehm und haben bei den Aufnahmen gestört. Doch ich glaube, es gab noch einen Grund. Um die Nervosität, um die größere Intensität zu erreichen und den richtigen Tonfall."

„Einige unserer Leser werden mit dem, was Sie getan haben und was Mr. Kleinsinger getan hat, nicht einverstanden sein. Ich meine, mit der Praxis, eine andere Filmversion für Europa zu drehen."

Jocelyn saß auf dem Sofa, das eine Wand der Garderobe einnahm. Merry, an ihrem Toilettetisch, dachte einen Augenblick nach und sagte dann: „Sie hörten, wie Mr. Kleinsinger es formulierte. Man kann beide Ansichten vertreten. Man kann die eine oder die andere mißbilligen."

„Was hält Ihr Vater davon?"

„Wovon? Daß ich beim Film bin oder daß ich solche Szenen spiele?"

„Sowohl als auch."

„Ich habe nicht mit ihm über diese Szene gesprochen. Schließlich bin ich erwachsen. Sagen Sie, was wollen Sie eigentlich aus mir herausbekommen?"

„Ich möchte gar nichts aus Ihnen herausbekommen. Ich möchte nur wissen, was Sie denken."

„Ich werde Ihnen sagen, was ich denke. Ich finde gar nichts Besonderes an dieser Szene. Sie ist gut. Sie hat eine dramatische Funktion. Sie haben sie ja selbst gesehen. Aber sie ist keineswegs sensationell. Das einzig Sensationelle ist die Tatsache, daß Sie hier sind, daß daraus ein Artikel werden soll, daß Ihr Magazin den Lesern berichtet, wie ich meinen Büstenhalter ausziehe."

Jocelyn versuchte ihr zu erklären, daß dies nur ein Teil der Story sei, daß es verschiedene Aspekte gebe. „Der Film", sagte sie, „ist die große Kunstform unserer Zeit, die Kunstform mit einem Massenpublikum. Ich glaube, man könnte den Film als soziologisches Barometer bezeichnen."

„Ich glaube", antwortete Merry, „ich stimme mit Mr. Kleinsinger überein. Wir sind verderbter als die Europäer."

„Halten Sie all die verschiedenen Zensurstellen für verderbt?"

„Nein, aber ich halte nichts von der Zensur. Ich glaube nicht, daß man etwas mit ihr erreicht."

„Was halten Sie von dem MPAA-Kodex?" fragte Jocelyn.*

„Ich halte ihn für dumm."

Jocelyn erkundigte sich nach Merrys Kindheit, nach ihrem Leben bevor sie zum Film kam, nach ihrem Entschluß, in die Fußstapfen ihres Vaters zu treten. Merry antwortete auf alle Fragen, aber mehr tat sie nicht. Kein Thema, das Jocelyn anschnitt, brachte Merry so zum Sprechen, wie es sich alle Reporter wünschen: zu einem unbekümmerten Erzählen und Schwatzen, aus dem der Reporter sich dann aussuchen kann, was er braucht. Jocelyn versuchte es mit Schweigen, in der Hoffnung, die gesellschaftlichen Konventionen würden Merry dazu veranlassen, die Stille zu beenden und von sich aus zu sprechen. Doch Merry schien völlig zufrieden, still dazusitzen und zu warten. Ihre Geduld war größer als die von Jocelyn. Diese begann also wieder Fragen zu stellen, erkundigte sich nach den üblichen Dingen und erfuhr herzlich wenig. Merry war sich noch nicht darüber im klaren, ob sie den Film der Bühne vorziehe. Ihr erster Film war noch nicht fertiggestellt. Nein, sie war nicht verliebt. Ja, die Tatsache, daß ihr Vater ein großer Star war, bedeutete anfangs eine große Hilfe. Aber nur für den Start. Sie sagte, sie würde Erfolg oder Mißerfolg nur ihrem eigenen Talent zu verdanken haben. Es war alles ziemlich banal und auf der Hand liegend. Jocelyn verspürte fast so etwas wie Erleichterung, als ein Junge kam und Merry zur nächsten Szene rief.

Jocelyn dankte Merry für das Gespräch, klappte das Notizbuch zu und ging zu ihrem Wagen zurück. Es war kein erfolgreiches Interview gewesen. Sie wußte, das kam gelegentlich vor. Manche Menschen waren mitteilsamer als andere, manche reagierten besser auf diesen Reporter als auf jenen. Zweifellos hatte eine betont kühle Stimmung geherrscht, deren Ursache sich Jocelyn nicht erklären konnte. Sie suchte nach dem Grund und fragte sich, ob es der Umstand war, daß sie Merry in der

* MPAA: Motion Picture Association of America. Anm. d. Übers.

Nacktszene gesehen hatte. Vielleicht hatte es Merry gestört? Nein, das war nicht wahrscheinlich. Dazu war Merry zu selbstsicher, zu ruhig, ihre Einstellung zu vernünftig. So fragte sich Jocelyn, ob es vielleicht an ihr gelegen hatte. Aber sie hatte keine Zeit für lange Überlegungen. Sie mußte arbeiten.

Während des Interviews war ihr der Gedanke gekommen, daß weniger Merry, sondern vielmehr ihr Vater Leben in den Artikel bringen könnte. Meredith Housemans Reaktion auf die Nachricht, daß seine Tochter Nacktszenen drehte, war wertvoll, ganz gleich wie sie ausfiel. War er schockiert, würde es amüsant sein; war er amüsiert, würde es schockierend sein. Außerdem hatte sie bei ihm mehr Boden unter den Füßen.

Sie kehrte ins Büro zurück, rief das Studio an, erkundigte sich, wo Meredith Houseman zu finden sei, und wurde an Arthur Wemmick verwiesen. Dieser teilte ihr mit, daß Houseman in Palm Springs sei. Sie nahm den Hörer auf, um Palm Springs anzurufen, besann sich aber anders. Wahrscheinlich war es besser, ganz einfach zu ihm zu fahren und ihn zu überraschen.

Während sie über die Berge und durch die Wüste nach Palm Springs fuhr, versuchte Jocelyn, nicht an Meredith Houseman zu denken. Nur nicht sich in irgendeine Stimmung verstricken! Um des Artikels willen mußte sie unvoreingenommen sein. Nur zuhören und keine emotionelle Stellung beziehen! Sie drehte das Autoradio auf eine derartige Lautstärke, daß die banale Musik nicht nur ihr Ohr, sondern ihren ganzen Körper erfüllte und alles andere ausschloß.

Sie hatte kein gutes Gefühl bezüglich des Artikels. Daß das Interview mit Merry nicht besonders günstig ausgefallen war, bot allerdings noch keinen Anlaß zur Sorge. Wahrscheinlich ließen sich Merrys Aussprüche ganz gut auswerten. Und der Plan, Meredith zu besuchen, war ebenfalls vernünftig. Sie war überzeugt, daß seine Ansichten den Artikel interessant machen würden. Obwohl sie die Worte nicht wußte, konnte sie sich den Ton vorstellen, in dem die Redaktion in New York die Überschriften halten würde. Beruflich war also alles soweit in Ordnung.

Und privat? Es war seltsam, aber sie war ärgerlich und verdrossen. Sie hatte die von Kleinsinger markierte Linie überschritten. Niemand hatte sie daran gehindert, denn damit hätte man Merrys Aufmerksamkeit auf die Tatsache gelenkt, daß es Zuschauer gab. Außerdem war sie eine Frau, und daher hatte man ein Auge zugedrückt. Es war kein bestimmter Grund vorhanden gewesen, die Linie zu überschreiten, außer daß für einen Reporter Linien immer Hürden darstellen, die es zu nehmen gilt. Also hatte sie sie genommen. Sie war weniger niedergeschlagen als vielmehr verärgert über die Unverschämtheit. Es war unverschämt von Merry Houseman, so feste, hohe Brüste zu haben. Es war unverschämt, daß sie überhaupt Brüste hatte.

Gardner war beruhigend gewesen. Darauf beruhte wahrscheinlich auch sein großer Erfolg auf der Leinwand. Die Tatsache, daß er noch ebenso gut aussah wie vor dreißig Jahren, gab jeder Frau, die sich aus ihrer Kindheit an ihn erinnerte, das Gefühl der Jugend. In der Dunkelheit des Kinosaales dachte jede Frau, die zu ihm auf die Leinwand aufblickte, daran, was sie empfunden hatte, als sie ihn zum erstenmal sah. Und seine ungeschmälerte Vitalität ließ auch von ihr den Staub der Jahre abfallen.

Trotz der Musik, die aus dem Lautsprecher plärrte und sie und das Auto erfüllte, konnte sie sich nicht der Erkenntnis verschließen, daß es Gardners Anwesenheit und seine beruhigende Wirkung gewesen waren, die sie zu dem Besuch von Meredith Houseman veranlaßt hatten. Natürlich hätte sie nie daran gedacht, natürlich wäre sie nicht auf dem Weg zu ihm, wenn es ihr nur um eine Tröstung ginge, die sie — es sich einzugestehen fiel ihr schwer — so dringend nötig hatte. Sie befand sich auf einem legitimen journalistischen Ausflug. Dessenungeachtet freute sie sich auf Houseman mit mehr als dem üblichen journalistischen Interesse. Der Trost, den andere Frauen in der Gegenwart solch alternder Idole wie Gardner oder Houseman empfanden, wirkte auf sie, denn er beruhte nicht nur auf flüchtigen Phantasien. Jocelyn hatte gelernt, nicht sentimental zu sein, Gefühlen zu mißtrauen, sie zu meiden und zu fliehen. Aber es war ihr als Frau unmöglich, die Tatsache zu ignorieren — und es war eine Tatsache, eine gesicherte Tatsache, sogar eine journalistische Tatsache —, daß sie und Meredith Houseman miteinander geschlafen hatten.

Sie öffnete das Seitenfenster, so daß der heiße Wüstenwind ihr direkt ins Gesicht blies, und mit dem Ansturm des Windes und dem Anprall der Musik gelang es ihr endlich, die Gedanken nicht mehr abschweifen zu lassen. Sie senkte die Augen vor dem Gleißen der Wüste und starrte auf das Straßenband, das sich in der Ferne im Nichts der kahlen Steppe verlor.

Es war fast sechs Uhr, als sie Palm Springs erreichte. Sie ging in ein Motel und rief Houseman im Biltmore-Hotel an. Das Telephonfräulein erkundigte sich nach ihrem Namen, als sie Meredith Houseman verlangte. Dann ließ sie Jocelyn warten, während sie Houseman benachrichtigte, wer ihn zu sprechen wünsche, und sich erkundigte, ob er den Anruf übernehmen wolle oder nicht. Jocelyn saß, den Hörer in der Hand, auf dem Bett des Motelzimmers und wartete. Sie hatte Lust auf eine Zigarette, konnte sich aber nicht entschließen, den Hörer wegzulegen und zum Toilettetisch zu laufen, wo ihre Handtasche lag. Es würde nur einige Sekunden brauchen, sagte sie sich, und stellte fest, daß sie schon lange genug gewartet hatte, um einige Male zum Toilettetisch und wieder zurücklaufen zu können. Doch sie erwartete jeden Augenblick, Housemans Stimme zu hören. Endlich gab es einen leichten Knacks in der Leitung, und eine bekannte Stimme sagte: „Hallo, Jocelyn, wie geht es dir?"

„Gut, und dir?"

„Nicht schlecht. Was kann ich für dich tun?"

„Ich bin hierhergekommen, um mit dir zu sprechen."

„Du bist hier? Hier, in Palm Springs?"

„Ja." Sie nannte den Namen des Motels, in dem sie wohnte.

„Arbeitest du noch immer für *Pulse?*"

„Ja, ich wurde vor kurzem von Paris nach Los Angeles versetzt. Derzeit arbeite ich an einem Bericht über dich und deine Tochter."

„Ich verstehe", sagte er.

Sie konnte keinerlei Schärfe in seiner Stimme entdecken. Seine Worte waren höchstens etwas nachdenklich, mehr nicht.

„Natürlich hätte ich dich von Los Angeles anrufen können", sagte sie, „aber ich habe dich jahrelang nicht gesehen. Ich dachte, ich könnte mir einen Tag fern vom Großstadtdunst, einen Ausflug in die Wüste und ein Nachtessen mit dir gönnen. Oder Cocktails. Was immer dir recht ist."

„Natürlich. Essen wir zusammen. Ich erwarte dich gegen acht Uhr im Hotel."

„Fein. Auf bald."

Sie legte auf, zog sich aus und ging ins Badezimmer. Bevor sie die Dusche aufdrehte, betrachtete sie sich prüfend im Spiegel. Sie drehte sich, hob den Kopf, um den Ansatz zu einem Doppelkinn verschwinden zu lassen, atmete tief ein und wölbte die Brust. Dann atmete sie aus, sah an sich hinunter und trat unter die Dusche. Sie machte das Wasser so heiß, als sie es aushalten konnte.

Um acht Uhr rief Jocelyn Meredith Houseman von einem der weißen Haustelephone in der Halle des Biltmore-Hotels an, um ihm mitzuteilen, daß sie auf ihn warte. Er würde gleich kommen, sagte er. Sie hatte sich besonders sorgfältig angezogen und hergerichtet, und sie wollte nicht alles dadurch gefährden, daß sie sich niedersetzte. Keine Frau sieht sitzend so hübsch aus wie stehend. Und Jocelyn kannte sich gut genug, um zu wissen, daß sie nicht zu jenen seltenen Geschöpfen gehörte, die auch hinreißend aussehen, wenn sie sich gerade von einem Stuhl erheben. Also blieb sie stehen und wartete. Vielleicht wurde ihr die Zeit so lang, weil sie stand. Aber es war auf jeden Fall eine lange Zeit, und sie ertappte sich dabei, daß sie sich für ihn Entschuldigungen zurechtlegte. Sie sagte sich, daß sie ja den Grundriß des Hotels nicht kenne. Vielleicht war er so wie der das Beverly-Hills-Hotels, mit kilometerlangen und teppichbespannten Korridoren, die es zurückzulegen galt.

Wie sich zeigte, gab es eine Entschuldigung, allerdings nicht die, die sie erwartet hatte. Meredith erschien in Begleitung einer jungen Dame. Jocelyns Lächeln erstarrte. In einem der Wandspiegel sah sie ihr Gesicht, ihrem Ausdruck war nichts anzumerken, doch sie fühlte sich, als hätte sie eine Maske auf.

Meredith stellte die beiden Damen einander vor. Jocelyn unterzog Noni Green einer kurzen Prüfung, konstatierte, daß sie tatsächlich so jung war, wie sie aussah, und machte sich sofort Gedanken, wie die beiden zusammengehören mochten. Aber sie erlaubte sich keine Vermutungen. Sie hatte gelernt, daß Vermutungen oft irreführend und fast immer unnütz waren. Die nächste halbe Stunde würde alles klären.

Meredith ging mit ihnen in den Speisesaal und bestellte eine Runde Drinks. Es wurde Konversation gemacht. Meredith schlürfte seinen Champagner und erzählte von Spanien. Jocelyn sprach über ihre Versetzung von Paris nach Los Angeles. Noni fragte Jocelyn, ob sie schon einmal in Palm Springs gewesen sei und ob sie länger zu bleiben gedenke.

Auf Jocelyns doppeltes Nein antwortete sie mit einem bedauernden Lächeln: „Ich hätte Sie herumführen können. Die Geschäfte, den besten Friseur ... lauter Dinge, die man allein erst nach einer Weile entdeckt."

Sie machte ihre Sache gut. Jocelyn hätte gern gewußt, ob sie ihre Gespräche einstudiert hatte oder ob sie aus eigenem so redete. Kaum hatten sie die Drinks geleert, als Noni sich erhob. Meredith stand ebenfalls auf, während Noni sich für den Drink bedankte und zu Jocelyn sagte, wie leid es ihr täte, zu einer Dinnerparty gehen zu müssen.

„Ich freue mich darauf, Sie auf der Leinwand zu sehen", erwiderte Jocelyn. „Viel Glück, Noni."

„Danke", sagte Noni mit einem süßen Lächeln, „hoffentlich sehen wir einander wieder einmal. Auf Wiedersehen, Miß Strong."

Damit wandte sie sich ab, küßte Meredith auf die Wange und verließ den Speisesaal. Jocelyn war sich nicht schlüssig, ob das „Miß Strong" nur Schulmädchenmanier war oder eine beabsichtigte Distanzierung. Es war ihr auch gleichgültig. Anscheinend gehörten die beiden nicht zusammen, denn sonst hätte Meredith entweder Noni gar nicht gezeigt oder sie den ganzen Abend lang festgehalten.

Er war nicht dumm. Er wußte, daß Jocelyn unter anderem Reporterin war. Und Noni auf diese Art vorgestellt zu haben war für sie ein Beweis, daß die beiden nur für die Dauer des Films zusammengehörten. Wahrscheinlich hatte die Reklameabteilung die ganze Reise arrangiert.

„Ich glaube, ich möchte doch noch einen Drink", sagte sie. Sie hatte abgelehnt, als Meredith ihr einen zweiten Drink angeboten hatte, aber jetzt fühlte sie sich wohler. Auch er schien vergnügt. Vielleicht würde der Abend doch noch ein Erfolg werden.

Vollkommen ungezwungen kam sie auf das Thema zu sprechen, über das sie ihn zu interviewen wünschte. „Es ist nicht nur, daß ich es hinter mir haben möchte", sagte sie, „damit wir uns unterhalten können. Es handelt sich um ein so allgemeines Thema, daß ich nicht einmal fragen kann ‚Wie geht es dir?', ohne daß es irgendeinen Bezug darauf hat. Ich schieße am besten gleich los, dann gibt es keine verbotenen Gebiete mehr."

„Verboten? Was soll das heißen?"

„Nun, ich möchte über nichts mit dir sprechen, was das Magazin interessiert, ohne daß du zumindest weißt, worum es geht."

„Das ist sehr anständig von dir."

„Ich betrachte mich als mit dir befreundet."

„Natürlich", sagte er, „also fangen wir an." Er lächelte ihr zu und fragte: „Ist es zulässig, daß wir zuerst bestellen?"

„Auf jeden Fall. Ich bin ganz ausgehungert. Es muß an der Wüstenluft liegen."

„Das ist einer der Reize von Palm Springs", meinte er, „man hat hier das Gefühl, gesund zu sein, auch wenn man es gar nicht ist."

Sie bestellten Steaks und eine Flasche Bordeaux, und als der Kellner gegangen war, erkundigte sich Jocelyn, was er über Merrys Karriere beim Film denke.

„Ja, das sagtest du mir bereits am Telephon." Er lehnte sich in seinem Stuhl zurück, lächelte, schüttelte fast unmerklich den Kopf — es war eine seiner berühmten Gesten, die völlig natürlich kamen — und meinte dann: „Es ist eine schwierige Frage. Das heißt, es wäre von jedem Reporter eine schwierige Frage, doch wenn sie von dir kommt . . . Mein Gott! Es ist einfach nicht zu beantworten."

„Was meinst du damit?"

„Nun, dem Reporter kann ich gar nichts sagen. Für einen Freund aber muß alles klar sein."

„Und wie ist das bei einem freundschaftlichen Reporter?"

„Wie freundschaftlich?"

„So freundschaftlich, wie du willst. Sehr freundschaftlich."

„Nun, ich muß dir wohl vertrauen, nicht?"

„Erscheint es dir sehr riskant?"

„Nein. Aber du weißt ja, wovon ich spreche. Ich war Merry kein sehr guter Vater. Ich war eigentlich überhaupt kein Vater, fürchte ich. Nun, ich glaube, ein Mädchen kann ohne Vater auskommen. Aber wenn es keinen Vater hat, braucht es wenigstens eine Mutter. Und auch die ließ ich Merry nicht haben. Du erinnerst dich an meinen Bruch mit Elaine. Du warst dabei. Ich muß dir nichts sagen. Und du erinnerst dich auch an das andere. Carlotta . . ."

„Ja", erwiderte Jocelyn, „ich erinnere mich."

„Was soll ich dazu sagen? Welches Recht habe ich, etwas zu sagen? Ich wollte nur, daß nicht gerade du es wärest, die den Artikel schreiben muß."

„Daran habe ich gedacht", sagte sie. „Ich habe lang darüber nachgedacht. Aber dann fand ich, wenn nicht ich es bin, so ist es jemand anderer."

„Wahrscheinlich."

„Doch wie denkst du darüber? Ich frage dich jetzt als Freundin."

„Also", begann er, „sie hatte ein teuflisches Leben. Ich glaube, auch ich hatte ein teuflisches Leben. Wer nicht? Aber für ihr Leben fühle ich mich verantwortlich. Und der Gedanke, daß sie zum Film ging ... er macht mir gleichzeitig Freude und Kummer."

„Wie ist das gemeint?"

„Daß sie zum Film ging, ist vielleicht ein Zeichen, daß es irgend etwas zwischen uns gibt. Und darüber bin ich natürlich froh. Ich weiß nicht, was es ist. Aber ich bin dankbar für jedes Gefühl, das sie für mich empfindet."

„Du sagtest, es mache dich auch traurig."

„Sicherlich. Ich kenne das Leben. Ich weiß, wie es ist. Und ich weiß, wieviel Aussicht sie hat, glücklich zu werden. Verdammt wenig. Ich bemitleide mich nicht, verstehst du. Für mich ist das Leben ein Geschäft mit dem Teufel. Einiges habe ich bekommen, vieles habe ich verloren. Doch wenn ein Mann an seine Tochter denkt und an die Dinge, die er sich für sie wünscht ... Diese Dinge wird sie wahrscheinlich nicht haben. Ich weiß, daß ich sie nicht bekommen habe."

„Welche Dinge?" fragte Jocelyn.

„Ach, ich weiß nicht. Es ist schwierig, sie aufzuzählen. Ich könnte sagen, eine Familie. Und vielleicht verstündest du, was ich meine. Es ist nicht nur eine Familie, es ist die ganze Sicherheit, die damit zusammenhängt. An demselben Ort aufzuwachsen und alt zu werden. Ich glaube, auch das meine ich."

„Das hat aber nicht nur mit dem Film zu tun", warf Jocelyn ein. „Nirgends haben die Menschen mehr Familie oder Sicherheit. Oder Wurzeln. Ich kenne das."

„Ich weiß, daß du es kennst. Aber die Chancen für ein glückliches Leben sind beim Film viel schlechter als bei jeder anderen Lebensform."

„Möglich", sagte Jocelyn.

„Ich erinnere mich, was ich für Merry erhoffte, als sie geboren wurde. Es war nichts Derartiges. Natürlich erinnere ich mich auch an andere Dinge an diesem Weekend. Es war nicht deine Schuld. Es war meine. Und teilweise auch Elaines. Aber ganz bestimmt war es nicht Merrys Schuld."

„Nein, sicher nicht."

„Weißt du, ich bin doch froh, daß du gekommen bist. Daß du den Bericht schreiben wirst. Ich vermied es bisher, an diese Dinge zu denken. Ich glaube, einfach deshalb, weil ich mich etwas alt fühle, seit Merry beim Film ist. Doch seit du da bist, seit ich mit dir darüber spreche, ist es leichter geworden, sich damit abzufinden und an die wichtigen Dinge zu denken."

„Ich weiß genau, was du meinst. Heute im Studio fühlte ich mich wie eine Greisin, als ich Merry ansah und zurückdachte ... an uns. Hier mit dir ist mir viel leichter zumute."

„Wie sah sie aus?" fragte Meredith.

„Das ist schwer zu sagen. Du weißt, wie es ist. Sie drehen immer nur so kurze Szenen."

„Ich weiß."

„Ach, da fällt mir etwas anderes ein. Sie drehte eine Szene halb nackt für die europäische Version. Jetzt muß ich einen Augenblick meine Reporteruniform anziehen und dich darüber befragen. Irgendein Kommentar?"

„Irgend etwas Geistreiches? Laß mich nachdenken. Nun, man könnte vielleicht sagen, wenn sie groß genug ist, um von Mr. Kleinsinger für eine solche Szene ausgesucht zu werden, dann ist sie auch groß genug, um sich allein dafür oder dagegen zu entscheiden. Zum Teufel! Kleinsinger ist der harmloseste alte Esel in Hollywood."

„Ich weiß", sagte Jocelyn, „aber ich mußte deine Meinung darüber erfahren."

„Sind wir jetzt fertig mit der Arbeit?"

„Ja, jetzt sind wir fertig."

„Gut. Trink noch einen Wein."

„Danke."

Sie sah ihn einen Augenblick lang an und beobachtete, wie er den Wein zuerst in ihr Glas und dann in seines füllte. Er sah gut aus. Seine Züge waren weniger regelmäßig als die von Gardner, aber er wirkte sympathischer. Sein Alter war nicht vollkommen verborgen, wie es bei Gardner der Fall war, doch er trug es mit Charme. Sein Gesicht hatte mehr Charakter. Bestimmte Linien und Furchen machten es interessanter als zu Beginn seiner Karriere.

„Es tut mir leid“, sagte sie.

„Was?“

„Ich weiß, daß du mir keinen Vorwurf machst. Dazu bist du zu fair. Doch ich hatte niemals zuvor daran gedacht. Jetzt, wo du es erwähnst ... es war ein schreckliches Zusammentreffen.“

„Wovon sprichst du?“

„Von dem, was wir taten. Wie es Merrys Schicksal beeinflußt hat.“

„Es hat keinen Zweck, darüber nachzudenken“, erwiderte er. „Wir hatten niemals die Absicht, sie zu verletzen. Wie sagt Shakespeare? ‚Die Götter sind gerecht und machen aus unseren schönen Lastern Instrumente der Folter!‘ Aber so ist es gar nicht. So möchten wir es gerne haben. Im selben Stück drückt er es auch anders aus: ‚Den Göttern sind wir wie Fliegen dem unwilligen Knaben. Sie töten uns aus reiner Laune.‘ “

„Das klingt tröstlicher.“

„Nein, es ist erbarmungsloser. Ich glaube, daß es stimmt, aber es ist erbarmungsloser. Denkt man eine Weile darüber nach, so fühlt man sich grenzenlos allein.“

„Ich fühle mich nicht allein. Nicht hier. Nicht jetzt mit dir.“

„Ja“, sagte Meredith, „sogar in diesem verrückten Leben gibt es gute Augenblicke. Möchtest du einen Brandy zum Kaffee?“

Einen Augenblick zögerte sie, und dann fragte sie ihn: „Gerne, aber wie wäre es, ihn bei mir zu trinken?“

„Ich wollte, ich könnte ja sagen.“

„Natürlich kannst du.“

„Nein, ich muß zu der Party gehen, zu der Noni vorausging.“

„Du kannst dich doch sicherlich drücken, nicht?“

„Nein. Eigentlich sollte ich es dir nicht sagen“, erwiderte Meredith, „aber wir gehören zusammen. Das da vorhin ... Nun, es ist ein alter Pokertrick. Man zeigt eine hohe Karte, um die andern glauben zu machen, man bluffe. Ich zeigte dir Noni, weil es die einfachste Möglichkeit war, dich irrezuführen. Tut mir leid.“

„Es muß dir nicht leid tun." Jocelyns Stimme klang hart. „Aber du mußt auch nicht närrisch sein."

„Ich wollte, ich wäre es nicht. Aber ich bin's. Sie ist neunzehn Jahre. Ich bin zweiundfünfzig. Sie ist ungefähr das Maximum, das ich gerade noch bewältigen kann. Vielleicht könntest du den Gedanken für die Tat nehmen?"

„Wenn das alles ist, was du mir bietest, wird mir wohl nichts anderes übrigbleiben."

Sie erhob sich. Meredith stand bereits.

„Mußt du schon gehen?" fragte er.

„Es ist besser."

Sie küßte ihn auf die Wange. Es gelang ihr sogar, Wut und Enttäuschung zu verbergen. Langsam, mit betonter Nonchalance, verließ sie den Speisesaal, ging durch die Halle und zum Parkplatz. Sie fuhr zurück zu ihrem Motel.

In ihrem Zimmer ließ sie sich auf den gepolsterten Schaukelstuhl fallen, rauchte eine Zigarette und entschied, daß sie das kahle Zimmer inmitten der kahlen Landschaft nicht ertragen konnte — nicht allein. Sie packte ihren kleinen Koffer, trug ihn zum Auto und fuhr zurück nach Los Angeles.

Zehn Tage später wurde Merry nachmittags von Arthur Wemmick angerufen. Sie war gerade vom Studio zurückgekehrt, und das Telephon läutete eben, als sie die Tür öffnete. Schnell hob sie ab.

„Merry? Hier Arthur."

„Ja?"

„Haben Sie die letzte Nummer von *Pulse* gesehen? Ich meine die neue, die heute erschienen ist?"

„Nein."

„Ich glaube, Sie sollten sie lesen. Soll ich sie Ihnen schicken lassen?"

„Danke, ich werde sie mir kaufen", sagte Merry, „das geht rascher. Bitte machen Sie sich keine Mühe."

„Gut, rufen Sie mich an, wenn Sie sie gelesen haben. Wenn ich nicht im Büro bin, erreichen Sie mich zu Hause."

„In Ordnung", sagte sie und dankte. „Ist es ... ist es sehr schlimm?"

„Es ist jedenfalls nichts Gutes."

„Okay, und danke, daß Sie mich verständigt haben."

Sie legte auf, ging zum Auto und fuhr den Sunset Strip hinunter bis zu Schwab, wo sie die letzte Nummer von *Pulse* kaufte. Allein im Auto sitzend, öffnete sie die Zeitschrift und fand, von hinten nach vorne blätternd, die Unterhaltungsrubrik. Während sie las, spürte sie, wie sich kleine Schweißperlen auf Stirn und Oberlippe bildeten.

Es war ein bösartiger Artikel. Noch bösartiger, weil er vorgab, zu sympathisieren und zu entschuldigen. Seine Linie war, sowohl Merry wie auch ihren Vater zu bemitleiden. Merry wurde als unbedachtes junges Geschöpf geschildert, das keine Ahnung hatte, was es tat, das Nacktszenen für Harry Kleinsinger spielte, weil es um jeden Preis Anerkennung finden wollte. Die Bedeutung einer derartigen Anerkennung wurde im weiteren durch Aussprüche ihres Vaters erklärt: „Ich war niemals ein guter Vater für Merry. Ich war eigentlich überhaupt kein Vater. Daß sie zum Film ging, ist vielleicht ein Zeichen, daß irgend etwas zwischen uns existiert. Und natürlich bin ich froh darüber."

Der nächste Absatz war noch ärger: „Ein Glas Chateau Latour 47 im Speisesaal des luxuriösen Biltmore-Hotels trinkend, sagte er: ‚Ich kenne das Leben. Ich weiß, wie es ist. Und ich kenne ihre Aussichten, glücklich zu werden. Sie sind verdammt gering.' "

Merry las den Artikel ein zweites Mal. Der Angriff auf sie selbst war wesentlich harmloser, fand sie. Die Zeitschrift nahm ihr gegenüber einen väterlich herablassenden Ton an: „ ‚Ich bin jetzt erwachsen', verkündete das neunzehnjährige Starlet verzweifelt."

Sie hatte diese Worte gebraucht, aber weder hatte sie sie verkündet, noch war sie verzweifelt gewesen. Es war alles unbeschreiblich unfair und gemein.

Sie legte die Zeitschrift neben sich auf den Sitz, fuhr nach Hause und rief Arthur Wemmick an.

„Was sagte mein Vater dazu?" fragte sie ihn.

„Er macht sich Sorgen über Sie."

„Aber das ist doch dumm", erwiderte Merry, „über ihn ist man viel mehr hergezogen."

„Das weiß er. Aber er weiß auch, warum. Ihn kränkt, daß auch Sie dabei verletzt wurden."

„Haben Sie seine Telephonnummer?“

Wemmick gab ihr die Geheimnummer und verlor kein Wort darüber, daß sie genötigt war, ihn danach zu fragen. Sie war ihm dankbar dafür.

„Es ist draußen in Malibu“, fügte er hinzu.

„Danke“, sagte sie, „ich werde ihn anrufen.“

„Gut.“

Sie legte auf und wählte die Nummer ihres Vaters.

„Hallo, ja?“

„Daddy? Hier ist Merry!“

„Hast du es gesehen?“

„Ja, vor einer Weile.“

„Es tut mir schrecklich leid“, sagte er. „Ich war dir niemals eine große Hilfe, aber wenigstens wollte ich dich nicht verletzen.“

„Ach, Daddy, so schlimm ist das nicht“, erklärte sie ihm, „ich war nur wütend darüber, wie sie mit dir umgesprungen sind. Es ist so verdammt unfair.“

„Ich bin nicht erstaunt. Es war eine Reporterin, die darauf aus war, mir zu schaden.“

„Aber warum?“

„Nichts ist so schlimm wie der Zorn einer abgewiesenen Frau“, sagte er, „aber das ist zu kompliziert, um es telephonisch zu erklären. Sag, wo bist du eigentlich?“

Sie nannte die Adresse ihrer Wohnung.

„Warum kommst du nicht heraus?“

„Ich käme gern.“

„Abgemacht. Ich freue mich, dich zu sehen“, sagte er.

„Oh, ich freue mich auch, dich zu sehen. Ich komme, so schnell ich kann.“

Sie legte auf. Das Magazin wanderte in den Papierkorb. Es war jetzt gleichgültig. Es war ihr vollkommen gleichgültig geworden. Sie lief zum Auto.

Auf der Fahrt gegen Westen nach Malibu konnte sie die untergehende Sonne hinter einer dünnen Wolkenschicht sehen. Der Artikel war völlig bedeutungslos. Oder nein, er hatte Bedeutung. Während des Telephongesprächs mit ihrem Vater war er von einem ekelhaften Geschmier zu einer großen, schönen, bunten Weihnachtskarte geworden.

XI

„Viel Glück!" rief sie und erhob ihr Champagnerglas.

Sie trank ihrem Vater und Noni — jetzt Mrs. Houseman — zu, die in einer Ecke des Zimmers beim Kamin standen.

„Alles Gute", sagte Richter Needleman.

Arthur Wemmick nickte bedächtig und beglückwünschte das Paar mit erhobenem Glas.

Sie tranken den Champagner, und als Noni ihr Glas geleert hatte, warf sie es in den Kamin.

„Warum das?" erkundigte sich Meredith.

„Ich wünschte mir schon immer, das zu tun", sagte Noni. „Es ist . . . es ist wie im Film!"

Meredith lachte, und die andern stimmten ein.

„Ich werde das Auto holen", sagte Wemmick. Er würde sie zum Flugplatz bringen, von wo eine Chartermaschine die Houseman nach Acapulco fliegen sollte.

„Nun, Mrs. Houseman, wie fühlen Sie sich?" fragte Meredith.

„Köstlich!" erwiderte Noni. „Es ist der schönste Tag meines Lebens."

„Fein!" sagte der frischgebackene Ehemann.

„Es ist auch einer meiner schönsten Tage", ließ sich Merry vernehmen.

Ihr Vater sah sie prüfend an.

„Das ist ehrlich", sagte Merry, und so war es auch. Sie wollte, sie könnte ihrem Vater erklären, wie glücklich es sie machte, ein freundschaftliches Verhältnis zu ihm gefunden zu haben. Zum erstenmal fühlte sie sich bei dem Gedanken einer neuen Ehe ihres Vaters weder gekränkt noch gefährdet. In Noni sah sie keine Bedrohung ihrer Beziehung zum Vater. Wenn sie etwas für das junge Mädchen empfand, so höchstens Mitleid. Noni war liebenswert, einfach und arglos. Ihre Interessen galten ausschließlich Meredith Houseman, Pferden und

Filmen. Es wäre ihr niemals eingefallen, sich mit Merry auseinanderzusetzen. Sie akzeptierte Merry schlicht als Merediths Tochter und seit kurzem auch als ihre Freundin. Merry empfand Mitgefühl für die Einsamkeit einer Neunzehnjährigen an der Seite eines zweiundfünfzigjährigen Mannes und gleichzeitig auch so etwas wie Anerkennung. Es brauchte nicht viel Phantasie, um die Rolle, die Noni im Leben ihres Vaters spielte, zu erraten und zu wissen, warum er sie brauchte. Ihr Vater sah nicht alt aus, hörte sich nicht alt an, wirkte nicht alt. Und die ganze Welt sah in ihm den zeitlosen, ewig vitalen Mann und Liebhaber. Aber die Ansprüche, die gerade diese Bewunderung an ihn stellte, waren so bedrückend, daß ihn die Angst verfolgte, eines Tages plötzlich wirklich alt zu sein. Dann würde sein Leben, seine Karriere, seine ganze Welt zusammenbrechen. Noni war der wandelnde Beweis, daß seine Filme recht hatten. Sie war nicht nur eine Stärkung seines Selbstvertrauens, sondern seine Ehe war der beste Leckerbissen, den er der rasenden Menge hinwerfen konnte.

Merry nahm nicht an, daß diese Ehe von langer Dauer sein würde. Aber darüber machte sie sich keine Sorgen. Sie hatte schon gelernt, daß Glück ein flüchtiges Etwas war, eine Sache des Zufalls, wie bei den Goldfischen, die man in der kleinen Tierhandlung kaufte: Neunundneunzig starben, und der hundertste wurde dick und fett und lebte jahrelang.

Sie war neugierig, ob sie ein Kind haben würden. Es wäre gut für ihren Vater, dachte sie. Aber was für ein Leben dieses Kind haben würde, war eine andere Sache. Sie stellte ihr Champagnerglas auf das Löschblatt auf dem Schreibtisch des Richters. Die Entscheidung lag nicht bei ihr. Es hatte keinen Sinn, sich darüber Gedanken zu machen.

„Ich glaube, Arthur wird den Wagen bereits geholt haben", sagte Meredith. „Vielen Dank, Richter Needleman."

„Es war mir ein Vergnügen", antwortete der Richter. „Gute Reise."

Meredith reichte Noni den Arm und legte den andern um Merry. Gemeinsam verließen sie die Amtsstube des Richters und gingen zum Auto.

Als Merry in ihre Wohnung zurückkehrte, fühlte sie sich glücklich. Das heißt, sie sagte sich immer wieder, daß sie glücklich sei, aber sie glaubte es nicht ganz. Irgend etwas war nicht in Ordnung. Irgend etwas war irgendwie unvollständig. Ziellos ging sie im Wohnzimmer umher, zündete sich eine Zigarette an und stellte fest, daß sie bereits eine angezündet hatte. Irgend etwas war nicht in Ordnung.

Sie drückte die Zigarette aus und begann nachzudenken. Dann fiel es ihr ein. Elaine. Ihre Mutter.

Sie wußte, es war verrückt. Aber die wunderbare Veränderung der Beziehungen zu ihrem Vater brachte sie auf den Gedanken, ob nicht ein zweites Wunder möglich sein könnte. Vielleicht könnte sie ein besseres Verhältnis zu ihrer Mutter herstellen? Wenigstens eine Freundschaft?

Seit sie hier an der Küste war, hatte sie ein Zusammentreffen mit ihrer Mutter vermieden. Sie hatte ihre Arbeit zum Vorwand genommen und ihre Müdigkeit, aber sie wußte, daß das nur Ausreden waren. Nur zweimal hatte sie ihre Mutter angerufen, und die Reaktion ihrer Mutter auf die beiden Anrufe war bestenfalls lauwarm gewesen. Merry hatte sich beglückwünscht, daß es ihr gelungen war, der Mutter aus dem Weg zu gehen, aber jetzt fragte sie sich, ob sie dafür tatsächlich zu beglückwünschen war.

Sie nahm den Hörer auf und wählte die Nummer. Lyon meldete sich.

„Lyon, hier spricht Merry."

„Hallo, Merry", sagte er mit merkwürdig tonloser Stimme.

„Ich würde gerne heute abend zu euch kommen und dich und Mutter besuchen. Es ist Ewigkeiten her, seit ich euch gesehen habe."

„Mutter ist im Augenblick nicht da. Sie wird erst in einer Stunde zu Hause sein."

„Brauche ich denn eine Eintrittskarte?" fragte Merry scherzend.

„Unser Heim ist das deine", erwiderte Lyon.

Es war, so schien es Merry, ein seltsamer Ausspruch für einen vierzehnjährigen Jungen. Vielleicht wollte er witzig sein, um schnell über die entstandene Entfremdung hinwegzukommen.

„Ich bin in eineinhalb Stunden da“, sagte sie und legte auf.

Sie parkte den weißen MG vor dem vertrauten Haus, und im Gefühl fröhlicher Erwartung lief sie die Stufen hinauf und läutete. Lyon öffnete die Tür.

Merry traute ihren Augen nicht. „Was zum Teufel bedeutet das?“ erkundigte sie sich fassungslos.

Er trug ein rotes Gewand und Spagatsandalen. Seine Haartracht ließ sich kaum beschreiben: Um eine große Tonsur in der Mitte des Kopfes rankte sich ein dünner Haarkranz.

„Würdest du, bitte, deine Schuhe auf der Veranda lassen?“

„Warum?“ fragte sie. „Was ist denn los?“

„Sie sind aus Leder.“

„Natürlich sind sie aus Leder, was sonst?“

„Ich werde dir Spagatsandalen bringen.“

„Sag, wovon sprichst du eigentlich?“

„Oder vielleicht würdest du Papierpantoffeln vorziehen?“

„Bitte, Lyon, schieß los. Ist das alles dein Ernst?“

„Ja natürlich.“

Sie war überzeugt, daß es nur ein Scherz sein konnte. Etwas anderes durfte es nicht sein. Eine Weile war sie bereit mitzumachen. Sie zog die Schuhe aus und ging ins Haus. Aber Lyon hielt sie zurück.

„Deine Handtasche“, sagte er.

„Was willst du? Ich kann meine Handtasche nicht auf der Veranda liegen lassen. Jemand würde sie stehlen. Außerdem sind meine Zigaretten darin.“

„Du wirst sie bei uns nicht brauchen. Mutter und ich halten nichts vom Rauchen.“

„Wovon sprichst du eigentlich?“

„Möchtest du nicht weiterkommen?“ forderte er sie auf.

Sie legte ihre Handtasche auf die Veranda neben die Schuhe und folgte ihm ins Haus. Ein merkwürdiger Geruch drang ihr entgegen. Es dauerte eine Weile, bis sie ihn als Sandelholzweihrauch identifizieren konnte.

Der Raum war nur schwach erleuchtet; vor verschiedenen Altären flackerten Kerzen. In regelmäßigen Abständen waren an den Wänden Bilder von Jesus, Buddha, Moses, Mohammed, Konfuzius, Zeus, Dalai Lama und Ahura Masdah angebracht. Das merkwürdigste war, daß auf der Stirn der Abbilder ein drittes Auge zu sehen war, das Lichtstrahlen aussandte.

Ihre Mutter kam aus der Küche, lächelte liebenswürdig und sagte: „Friede!“

Elaine trug ein langes grünes Gewand und auf dem Kopf einen Myrthenkranz.

„Es ist schön, dich wiederzusehen, Meredith“, sagte sie. Sie streckte die Arme aus und ging auf Merry zu, die dachte, die Mutter werde sie auf die Wangen küssen. Doch Elaine nahm ihren Kopf in beide Hände und drückte ihr einen Kuß auf die Stirn. Merry wußte nicht recht, wie sie diese Begrüßung erwidern sollte, und tat gar nichts.

„Nimm Platz, mein Kind“, sagte Elaine und wies auf einen Stuhl.

Merry tat, wie man sie geheißen hatte. Lyon ließ sich auf einer Bambusmatte nieder.

„Mutter, was ist hier eigentlich los?“ erkundigte sich Merry.

„Wir sind gerettet worden“, sagte die Mutter, „wir wurden wiedergeboren und aufgenommen in die Kirche des Transzendentalen Auges.“

„Ja? Aber warum ist Lyon so merkwürdig angezogen?“

„Er ist ein Mönch“, erklärte Elaine, „in sieben Jahren wird er zum Priester geweiht werden, in zwanzig Jahren wird er ein Heiliger sein.“

„Und du?“

„Ich bin nur Schwester Elaine. Ich habe erst nach einem langen Leben der Sünde in den Schoß der Kirche gefunden. Lyon hat Glück. Die Kirche wird sein ganzes Leben bedeuten.“

„Aber was ist das für eine Kirche? Ich habe niemals von ihr gehört?“

Elaine ließ ein schmerzliches Lächeln sehen: „Es ist ein herrlicher Glaube“, sagte sie, „ein veredelnder Glaube. Als Harry verschied, war ich ganz verloren, doch jetzt habe ich den Frieden gefunden. Die Kirche des Transzendentalen Auges vereint alle großen Weltreligionen zu einer einzigen transzendentalen Religion. Es ist ein Glaube, der alle Konfessionen umfaßt und eint, wie wir alle eins sind vor dem Auge Gottes.“

„Ist es ein christlicher Glaube?“ fragte Merry.

„Christlich, jüdisch, buddhistisch, mohammedanisch, taoistisch . . ., nichts ist ausgeschlossen. Wie unser Führer sagt: Er gibt allen Menschen alles.“

„Aber was hat das mit meiner Handtasche und meinen

Schuhen zu tun?“ fragte Merry. „Meine Zigaretten sind zum Beispiel in meiner Handtasche. Weißt du, es ist ein bißchen viel auf einmal, was ihr mir da zumutet.“

„Wir rauchen nicht“, verkündete Elaine, „wir benützen kein Leder und essen kein Fleisch. Wir haben diese Dinge nicht nötig.“

„Könnte ich vielleicht etwas zu trinken haben, bitte?“

Merry hatte das dringende Bedürfnis, irgend etwas in der Hand zu halten.

„Lyon, bring deiner Schwester ein Glas Liebeselixier.“

„Was für ein Elixier?“

„Hab keine Sorge, mein Kind. Es ist Selleriesaft.“

„Selleriesaft!“

„Du wirst feststellen, daß er einen frischen, reinen Geschmack hat. Es ist der Geschmack der Besinnung.“

Merry sah Lyon nach, als er in der Küche verschwand. Er kam mit einer bläßlichgrünen Flüssigkeit zurück. Sie nahm einen Schluck und stellte das Glas neben sich auf den Tisch. Es war scheußlich. Alles war scheußlich.

„Mutter, was fällt dir ein? Was bedeutet das? Bist du von Sinnen?“

„Nein, mein Kind. Zum erstenmal bin ich meiner Sinne mächtig, meines Herzens, meiner Seele ... ausgesöhnt mit der Welt.“

„Was soll das alles?“ Merry verlor die Geduld.

„Aus dir spricht die Stimme der Weltlichkeit“, sagte Elaine.

„Nein, aus mir spricht die Vernunft. Wenn du dich für so etwas entscheidest, mag es noch angehen. Aber Lyon ist ein Kind. Du richtest ihn zugrunde.“

„Ich rette ihn. Und ich wäre dir dankbar, wenn du deine unverschämten, gottlosen Ansichten für dich behieltest. Wer bist du eigentlich, hierherzukommen und an uns Kritik zu üben? Ich weiß, was du tust und wie du dich verschacherst, um die Lust der Massen zu befriedigen; wie du dein Fleisch vor den lüsternen Augen sündiger Männer bloßstellst ...“

„Mein Gott, Mutter, wovon sprichst du?“

„Ich habe den Artikel gelesen.“

„Sprichst du von dem Artikel im *Pulse*?“

„Jawohl.“

„Das kannst du doch nicht glauben. Er wurde von einer Frau

geschrieben, die mit Vater irgendeine alte Rechnung zu begleichen hatte."

„Du weißt nicht, wovon du sprichst", sagte Elaine. „Ich kenne diese alte Rechnung. Es ist eine Rechnung, die *ich* mit ihr zu begleichen habe, nicht er mit ihr. Weißt du, wer unsere Ehe zerstört hat? Die Ehe zwischen deinem Vater und mir? Weißt du es?"

„Nein, wer?"

„Diese Jocelyn Strong, Reporterin bei *Pulse*. Sie verführte deinen Vater, und schwach und töricht, wie er war, erlag er ihrer Verderbtheit."

Merry war betroffen. Ihr Vater hatte Jocelyns feindselige Einstellung mit einer flüchtigen Liebesaffäre erklärt, aber niemals erwähnt, wann diese gewesen war oder was für Folgen sie gehabt hatte.

Ihre Mutter stand auf und fiel vor dem Bild Ahura Masdahs auf die Knie.

„Vergib mir", flüsterte sie, „ich habe mich der Sünde des Zornes schuldig gemacht."

Sich zu Lyon wendend, forderte sie diesen auf, sich ihrem Gebet anzuschließen. Hierauf fragte sie: „Willst du mit uns beten, Meredith? Wir werden es dich lehren. Es gäbe nichts, was mich mehr beglücken könnte. Es würde mir den letzten Frieden bringen, nach dem mein Herz lechzt, wenn du dich unserem Gebet anschlössest, unserem Glauben, unserer Kirche des Transzendentalen Auges. Laß ab von der Sündhaftigkeit deines Lebens. Gib den Film auf. Widme dein Leben Gott, und er wird dich mit seinem Auge ansehen, und du wirst baden in dem herrlichen Licht seiner Strahlen."

„Nein, Mutter, nein, ich kann nicht, ich . . ." Aber sie konnte nicht aussprechen, welches Entsetzen, welchen Widerwillen sie empfand.

Sie floh aus dem Haus, packte Schuhe und Handtasche und lief barfuß zu ihrem Auto. Nachdem sie eine Zigarette angezündet hatte, startete sie den Motor.

Es war zu lächerlich, zu verrückt, zu schmerzlich, um wahr zu sein. Sie begann zu kichern. Das Schalten der Gänge und die Reaktion des starken Motors unter der Haube des MG machten ihr Vergnügen. Sie fuhr zu schnell, doch es war ihr gleichgültig. Sie lachte.

Erst als sie sich einem Verkehrslicht näherte und es nur verschwommen wahrnehmen konnte, merkte sie, daß sie auch weinte.

„Was mich betrifft, wird es dem Film sicherlich nicht schaden", sagte Kleinsinger.

„Aber wird es dem Film helfen?"

„Indirekt kann es vielleicht eine positive Wirkung haben. Aber für Sie selbst, Miß Houseman, wird es stärkere Folgen haben."

„Sie sind also der Meinung, daß ich es machen soll?"

„Nein, das sagte ich nicht. Ich möchte Ihnen weder zu- noch abraten. Es ist, wie ich schon sagte, Ihre eigene Entscheidung. Aber ich würde Sie irreführen, erweckte ich in Ihnen den Eindruck, ich wäre unglücklich über die Idee."

Merry war zu Mr. Kleinsinger gekommen, um mit ihm über die Einladung zu sprechen, für ein doppelseitiges Nacktphoto Modell zu stehen, die sie vom Herausgeber des *Lothario* erhalten hatte. Diese Photos waren eine Spezialität der Zeitschrift. Die Mädchen auf der Doppelseite waren immer nackt und wurden so aufreizend wie irgend möglich photographiert. Sie hatte die Einladung einige Tage nach dem Erscheinen des *Pulse*-Artikels erhalten und weggeworfen. Doch nach dem grotesken Abend mit ihrer Mutter, Lyon und der Kirche des Transzendentalen Auges begann sie immer öfter daran zu denken. Die Annahme der Aufforderung würde eine herrlich befriedigende Geste der Absage an all diesen krausen Unsinn darstellen.

„Jedenfalls danke ich Ihnen, daß Sie hergekommen sind, um die Angelegenheit mit mir zu besprechen", sagte Kleinsinger, „die wenigsten Schauspielerinnen sind so rücksichtsvoll und gewissenhaft." Er schenkte ihr eines seiner seltenen Lächeln.

Merry dachte, daß er unter seiner rauhen, großartigen Fassade ein schüchterner Mann war. Noch immer unentschlossen, was sie tun sollte, verließ sie sein Büro. Im Innersten hatte sie Lust, für das Photo zu posieren. Sie würde das Magazin anrufen und annehmen. Es gab nichts, was wirklich dagegen sprach, und es würden gefundene tausend Dollar sein. Es gab nichts und niemanden, der sie daran hindern konnte.

Doch als sie beim Telephon stand, war sie über sich selbst

verwundert. Anstatt den *Lothario* anzurufen, wählte sie Sam Jaggers' Nummer in New York.

Sie wurde sofort mit ihm verbunden.

„Merry, wie geht es dir?“ fragte er.

„Ausgezeichnet.“

„Was ist los?“

„Nichts Besonderes. Ich habe eine Frage, die ich mit dir besprechen möchte.“

„Ja?“

„Ich bekam eine Einladung vom *Lothario.* Sie wollen, daß ich für sie Modell stehe.“

„Laß es bleiben“, sagte er.

„Warum?“

„Du hast es nicht nötig“, sagte er, „außerdem heißt deine Handelsmarke Talent.“

„Aber ich möchte es gern machen.“

„Warum?“

„Ich glaube, es wäre . . . einfach lustig.“

„Du bist nicht in diesem Geschäft, um es lustig zu haben. Du sollst Geld verdienen. Wenn du Aktphotos haben willst, dann laß sie dir privat machen.“

„Sie sind ja bereit, dafür zu zahlen.“

„Merry, ich bin überzeugt, du bekommst nicht so viel dafür, wie wir bezahlt haben, um die letzten Bilder zurückzukaufen, für die du dich hergegeben hast.“

Sie war sprachlos. „Das war eine gemeine Bemerkung“, stieß sie hervor.

„Was glaubst du eigentlich? Daß das ein Spiel ist?“ fragte er. „Du bist eine wertvolle Ware, und ich muß dich schützen, ob du es willst oder nicht.“

„Ich pfeif' darauf.“

Jaggers antwortete nicht. Merry wußte, er wartete darauf, daß sie einlenken und ihren Ausbruch zurücknehmen würde.

Nach einer langen Pause sagte sie: „Ich werde es machen.“

„Dann hast du mich nicht angerufen, um etwas mit mir zu besprechen, sondern um mir etwas mitzuteilen“, erwiderte Jaggers.

„Wahrscheinlich.“

„Merry, ich kann dir nur raten, ich kann dir nichts befehlen. Ein weiterer guter Rat ist der, daß man solche Mitteilungen viel billiger in einem Luftpostbrief machen kann."

„Danke", sagte sie, „danke vielmals."

Ärgerlich legte sie auf. Jetzt war sie wütend genug, Drew Ebbet in der Redaktion des *Lothario* anzurufen und einen Termin für die Photos zu vereinbaren.

Leroy Lefrenier bat sie, ihr Bein etwas nach links zu legen.

„Nein, nicht so weit", sagte er, „etwas weniger. Nein, mehr. Das ist wieder zuviel. Warten Sie einen Augenblick. So."

Er kam zu ihr und richtete das Bein so, wie er es haben wollte. Sie lag auf einem gestreiften Teppich. Der Winkel zur Kamera betonte nicht nur die Vollheit ihrer Brüste, sondern ließ auch die Rundungen des Gesäßes übertrieben stark hervortreten. Wie Lefrenier es etwas drastisch ausgedrückt hatte: „Die einzige Regel in diesem Spiel heißt, man darf das dunkle Pelzchen nicht sehen."

Körperlich war es unangenehmer, als sie erwartet hatte. Die Hitze der Scheinwerfer war keine Überraschung. Aber die klebrige Konsistenz des Make-ups auf ihrer Haut, das Fett des Lippenstiftes und das Rouge auf ihren Brustwarzen erweckten in ihr den verzweifelten Wunsch nach einer Dusche. Doch Lefreniers derber, aber gutmütiger Humor und sein offensichtliches Können machten die Prozedur erträglich. Wie er mit seinen Kameras um sie herumtanzte, einmal diese, einmal jene hochhielt und den Belichtungsmesser prüfte, wirkte er unnahbar und sachlich. Er kritisierte ihren Gesichtsausdruck, der, wie er ihr erklärte, besonders wichtig sei.

„Der Körper ist nur eine Randbemerkung, alles muß im Gesicht liegen", sagte er. „Sie müssen Verlangen zeigen. Los jetzt, Baby", ermunterte er sie, „denken Sie ans Bett."

Sie brach in ein nervöses Lachen aus, doch als das Lachen abklang, begann er mit seiner 35-Millimeter-Kamera zu knipsen. „Bleiben Sie so", rief er und machte eine weitere Aufnahme mit der Spiegelreflexkamera.

Es war eine anstrengende Sitzung. Mehr als zwei Stunden waren sie beschäftigt, und er photographierte sie in den verschiedensten Stellungen gegen diesen und jenen Hintergrund. Es gab eine Aufnahme in Jeans, der Zippverschluß halb offen, und eine andere im Herrenhemd mit geöffneten Knöpfen, so daß man die Rundungen ihrer Brüste sehen konnte, eine Aufnahme mit einem durchsichtigen Schal, eine andere mit einem Umhang.

„Knien Sie sich hier nieder, bitte. Nein, das ist zu tief. Ich will die Brust mit den Zebrastreifen des Teppichs in Verbindung bringen."

Die Brust. Nicht sie selbst. Sie hatte das Gefühl, überhaupt nur ein Stück Fleisch zu sein, das von diesem Mann und seiner Kamera gebraucht und manipuliert wurde. Sonderbarerweise fand sie an dieser merkwürdigen Entpersönlichung Gefallen. Sie war nur noch ein Objekt, das für die Herausgeber des *Lothario* und die Leser des Magazins benützt wurde. Es war eigentlich ganz tröstlich.

„Ich glaube, wir sind fertig", bemerkte er, „dort drüben ist die Dusche. Sie waren ein braves Kind."

„Danke", sagte sie, stand auf und verschwand im Badezimmer. Sie wusch sich das Make-up ab und ging ihre Kleider holen, die sie hinter einem Wandschirm im Atelier gelassen hatte. Sie nahm ein großes weißes Badetuch um. Als sie nach den Kleidern griff, öffnete sich das Handtuch. Krampfhaft versuchte sie es zuzuhalten; es war lächerlich, aber sie hatte sich den ganzen Nachmittag lang nicht so nackt und entblößt gefühlt. Sie machte sich fertig und trat hinter dem Wandschirm hervor.

Lefrenier bot ihr ein Bier an. „Sie müssen durstig sein. Es ist heiß unter den Scheinwerfern."

„Ja, vielen Dank", erwiderte sie. „Eine merkwürdige Arbeit haben Sie sich ausgesucht, nicht?"

„Mir macht sie Spaß, Körper sind etwas Schönes, einige zumindest. Die man mir schickt, sind es meistens."

„Erregt es Sie nicht?"

„Nicht so, daß ich die Kamera nicht mehr halten könnte!" Sie lachte und nahm einen tiefen Schluck aus dem Glas. Lefrenier ging umher, löschte die Lichter und räumte die Kabel fort. Merry leerte ihr Glas und stellte es auf den Tisch.

„Ich nehme an, wir sind fertig", sagte sie.

Es war nicht das Abenteuer, das sie gefürchtet — oder erhofft hatte. Etwas war unvollständig. Sie hatte keine Lust zu gehen. Ob er es spürte oder ob es nur Zufall war, erfuhr sie niemals. Es war auch nicht wichtig. Das wichtige war, daß er sie fragte:

„Hätten Sie Lust, heute abend auf eine Party zu kommen?"

„Mit Vergnügen, gern", antwortete sie, „ich mache nichts anderes als immer nur arbeiten."

„Dann haben Sie Glück. Die meisten Leute verbringen ihre Zeit damit, Arbeit zu suchen. Ich werde Sie gegen halb zehn Uhr abholen, okay?"

Sie gab ihm ihre Adresse.

„So weit draußen? Gut, in Ordnung", sagte er.

„Was für eine Party wird es sein?"

„Ach, ich weiß nicht. Man weiß das nie im voraus. Eine Gruppe von Swingern. Bleiben Sie so, wie Sie sind."

Sie trug einen gestrickten Pullover und lange Hosen.

„Okay, danke."

Um neun Uhr fünfzehn war Merry fertig. Sie saß in ihrem Wohnzimmer und blickte immer wieder durch die Vorhänge auf die Straße, um nach Lefreniers Porsche Ausschau zu halten. Es machte sie unruhig, daß sie so begierig war, auf die Party zu gehen. Aber es war durchaus natürlich. Schließlich war sie seit ihrer Ankunft in Los Angeles kein einziges Mal ausgegangen. Sie hatte sich in nichts und mit niemandem einlassen wollen. Hollywood war ein gefährliches Pflaster für junge Schauspielerinnen. Jedermann war nach irgend etwas aus — nach einer vergnügten Stunde im Bett, nach Profit, nach Geld, nach Erfolg. Es war ihr einfacher erschienen, zu Hause zu bleiben und sich in den Schlaf zu lesen.

Aber jetzt machte sich die Reaktion bemerkbar. Es waren nur mehr eineinhalb Wochen bis zum Ende der Dreharbeiten, und danach würde sie wieder frei sein, frei und ohne Ziel. Weder wollte sie in Hollywood bleiben, noch hatte sie andere Pläne. Alles war vage und offen. Was ihr am meisten an der Idee der Party gefiel, war die Vorstellung, daß keine Filmleute dort sein würden, sondern jene merkwürdige Gesellschaft am Rande, von der sie gehört, die sie aber bisher nicht gefunden hatte, weil sie weder Zeit noch Lust gehabt hatte, danach zu suchen.

Wieder spähte sie durch die Vorhänge und sah zwei Scheinwerfer den Cañon heraufleuchten. Mit Lefrenier, mit dem sie so viele Stunden ausgezogen verbracht hatte, auch einige Stunden angezogen zu verbringen war nur recht und billig.

Das Auto bremste und näherte sich ihrem Appartement. Als er läutete, wartete sie bereits an der Tür.

„Wollen Sie einen Drink?" fragte sie. „Bitte, kommen Sie doch herein."

„Gehen wir lieber gleich zur Party. Dort wird es genug Alkohol geben."

„Gut, also dann los", stimmte sie zu und ging zum Auto.

Während sie neben ihm im Auto saß, sah sie ihn prüfend an. Komisch, während sie nackt gewesen war, hatte sie keine Zeit gefunden, ihn aufmerksam zu betrachten. Jetzt, da sie beide angezogen waren, war das Gleichgewicht wiederhergestellt. Jetzt konnte sie seinen kräftigen Brustkorb sehen, seinen Haarschopf, den er zurückgebürstet hatte, damit er glatt blieb, die Wölbung seiner Hüften unter den engen White Jeans, die er zu dem schwarzen Rollkragenpullover trug. Die Feinheit seiner Hände mit den langen Fingern überraschte sie.

Sie fuhren von Beverly Hills ins Tal, bogen in den Sunset Strip ein und begannen die Hollywood Hills hinaufzuklettern. Er war ein vorzüglicher Autofahrer, und sie bewunderte, wie er die Haarnadelkurven der steilen Bergstraße nahm. Das Haus, vor dem sie anhielten, war für Los Angeles nichts Außergewöhnliches. Vielleicht etwas größer als die meisten, schmiegte es sich, auf Pfählen erbaut, eng an den Berg. An klaren Abenden mußte der Blick über die Stadt atemberaubend schön sein.

Ungefähr zwanzig Autos und etwa ein halbes Dutzend Motorräder waren die Straße entlang geparkt. Aus einem offenen Fenster klang Musik. Er führte sie zum Eingang und öffnete die Tür. Verschiedene Leute begrüßten ihn. Er steuerte sie durch das Menschengewirr zum Eßzimmer, wo ein Tisch als Bar hergerichtet war.

„Was nehmen Sie?"

„Scotch on the rocks, bitte."

„Schon bereit", sagte er und reichte ihr ein halbes Glas Whisky mit einigen Eisstücken.

„Wundervoll, danke."

„Nehmen Sie sich vor den Eisstücken in acht, sie haben scharfe Kanten, die einem Mädchen ein blaues Auge eintragen können!"

„Leroy, alter Knabe! Wie zum Teufel geht es dir?"

Leroy machte den Fremden mit Merry bekannt. „Merry", sagte er, „das ist Jocke Dunbar."

„Jocke?“ fragte Merry.

„Ja, mit einem ‚e‘, meine Mutter hatte einen sonderbaren Geschmack.“

„Jocke, das ist Merry Houseman“, unterbrach Lefrenier.

„Houseman?“ fragte Dunbar. „Sie sind doch nicht mit dem Dichter verwandt?“

„Nein, leider nicht“, erwiderte Merry. Sie war entzückt.

„Sind Sie auch ein Modell?“

„Ich bin schon Modell gestanden“, antwortete sie wahrheitsgetreu. Sich im Zimmer umsehend, bemerkte sie, daß die meisten Mädchen Modelle waren oder zumindest sein könnten. Es war eine hübsche Gruppe. Die Männer sahen weniger einheitlich aus; sie waren nach Kleidung und Alter in verschiedensten Ausgaben vertreten, aber alle schienen sie zum „smart set“ zu gehören. Ein paar Meter von ihr entfernt war eine heiße Debatte im Gang. Ein großer Mann mit Adlergesicht gestikulierte erregt mit der Linken, während er irgend etwas erzählte. Merry war zu weit entfernt, um ihn zu verstehen. Merkwürdig aber war, daß er mit der Linken seine Rede unterstrich, während er mit der rechten Hand die Brust des neben ihm stehenden Mädchens umfaßt hielt. Das Mädchen schien es kaum zu bemerken, und niemand sonst beachtete es.

Aus dem Plattenspieler ertönten Blues. Es war angenehm entspannend, und das beste war, daß sie sich wie jedes andere Mädchen auf der Party fühlte — sie sah sich um und hatte nichts anderes im Kopf, als sich gut zu unterhalten.

Leroy verließ sie, um einen Neuankömmling zu begrüßen, und Jocke nahm sie unter seine Fittiche. Er führte sie quer durch den Raum zu einigen Freunden. Alles, was von ihr verlangt wurde, war, die richtigen Gesten zu machen — zu lachen, zu nicken oder zuzustimmen. War ihr Glas leer, so reichte sie es einem der Männer und erhielt es gefüllt wieder zurück.

Nach einer Weile begannen einige Paare zu tanzen, das heißt, nicht zu tanzen, sondern sich eng aneinandergeschmiegt zu wiegen. Ein leise wimmerndes Saxophon hatte mit einem sinnlichen Rhythmus die Bluesnummern abgelöst. Jocke forderte sie nicht zum Tanzen auf, sondern nahm sie in die Arme und wiegte sie hin und her. Nur um sich von der Gruppe zu entfernen, machte er ein paar Tanzschritte. Es war angenehm, wieder einmal in den Armen eines Mannes zu sein. Sie schloß die Augen und gab sich der Musik und dem Rhythmus hin. Während sie die Augen geschlossen hielt, fiel ihr ein, daß sie Jocke gar nicht richtig angesehen hatte, daß sie nicht wußte, wie er aussah. Sie öffnete ein wenig die Augen und blinzelte.

Alles, was sie sehen konnte, ohne den Kopf zu bewegen, war die Rundung seines Ohrläppchens und der Haaransatz. Aber sie konnte spüren, wie sie zueinander paßten. Wie alles zusammenpaßte. Seltsam ruhig und heiter wußte sie, daß sie vielleicht mit diesem Mann schlafen würde, daß sie mit ihm schlafen wollte oder vielleicht mit jemand anderem. Jetzt. Auf der Party. Sie spürte, daß sie ein wenig betrunken war, vielleicht mehr als nur ein wenig. Aber das war es nicht. Sie war schon öfters betrunken gewesen, doch noch nie hatte sie dieses Gefühl erlebt. Es war nicht das unwiderstehliche Gefühl eines physischen Verlangens. Mehr ein Gefühl, wie vollkommen natürlich es wäre und wie alles zusammenzupassen schien. Was paßte zusammen? Sie wußte es nicht genau. Das Modellstehen am Nachmittag gehörte dazu. Aber das Modellstehen an sich war nicht besonders aufregend gewesen, noch hatte es sehr viel mit der Party zu tun. Höchstens ganz am Rande. Ohne es sich selbst klarzumachen, spürte sie die Folgen einer Verbindung, die Jahre bestanden hatte.

Man behauptet, eine Frau vergäße niemals ihren ersten Liebhaber. Doch Merrys erster Liebhaber war eine Zufallsbegegnung auf einer Party gewesen, oder vielleicht, genauer gesagt, das zufällige Zusammentreffen einer Reihe von Aufnahmen mit einer Party, so daß weder das eine noch das andere allein sie reizte, wohl aber das Zusammentreffen dieser beiden Gegebenheiten. Es war wie das Vibrieren eines Feuerzeuges auf einer Glasplatte, wenn auf dem Klavier die richtige Taste angeschlagen wird.

Er hielt sie eng an sich gepreßt und schob seine Hand unter ihren Pullover. Sie fühlte sich angenehm an auf ihrer nackten Haut. Als sie sich drehten, bemerkte sie Leroy mit einer üppigen Blondine. Er machte nichts anderes als ihren Arm zu streicheln, aber irgendwie strahlte diese Zärtlichkeit eine aufreizende Intimität aus. Sie fragte sich, ob sie eifersüchtig sei, entschied aber, daß das kaum der Fall sein konnte, wenn sie sich eine solche Frage überhaupt stellte. Sie wunderte sich, daß Jocke durch das Tanzen nicht erregt wurde, und stellte gleich darauf fest, daß er erregt war. Sie hatte es nur nicht gemerkt. Oder vielleicht hatte sie es gespürt, aber wie alles hier unbestimmt war und ineinanderglitt, war seine Erregung nicht in ihr Bewußtsein gedrungen.

Sie waren zur Eingangshalle hingetanzt. Ohne ein Wort zu sagen, löste er sich aus der Umarmung, faßte sie an der Hand und führte sie den Gang entlang zu einem Schlafzimmer.

„Falsches Zimmer", sagte er lakonisch und schloß die Tür, doch sie konnte gerade noch auf dem Bett ein Paar in inniger Umarmung erkennen, Arme und Beine ineinander verschlungen.

Er öffnete eine andere Tür gegenüber der ersten. Dieses Zimmer war leer, doch auf dem Bett türmten sich Mäntel. Sie dachte, er würde sie auf die Erde werfen, aber er nahm nur den obersten Mantel, einen hellen Nerz, breitete ihn auf dem Boden aus und zog sie neben sich nieder.

Es gab kaum eine Einleitung, und es war auch keine nötig. Der Alkohol, seine Nähe und ihre lange Enthaltsamkeit hatten sie genügend entflammt. Er entkleidete sie, streifte ihr das Höschen ab und drang sofort in sie ein. Der Pelz unter ihrer nackten Haut reizte sie zum Lachen. Aber es war nicht nur komisch; es gab ihr auch ein herrlich wollüstiges Gefühl.

Es war stürmisch, schnell und unerhört befriedigend.

Er ließ sie los, und sie stand auf, um sich anzuziehen, während er auf dem Mantel lag, eine Zigarette rauchte und sie betrachtete.

„Vielleicht später noch einmal?" fragte er.

„Vielleicht. Wenn ich noch hier bin", erwiderte sie und ging hinaus, um das Badezimmer zu suchen. Sie fühlte sich großartig. Leicht und beschwingt. Sie überlegte, daß sie wahrscheinlich auf sein Angebot zurückkommen würde. Sie hatte viel versäumt. Noch immer in Gedanken versunken, öffnete sie die Tür des Badezimmers.

Sie traute ihren Augen nicht. Verwirrt nahm sie zur Kenntnis, daß das Badezimmer nicht leer war. Warum saßen vier vollkommen nackte Frauen auf dem Rand der Badewanne? Sie machte zwei Schritte auf die Badewanne zu und sah Harry Kleinsinger in einer Lache Urin liegen. Er war splitternackt und hielt mit beiden Händen sein aufgerichtetes Glied umfaßt.

Eines der Mädchen kicherte und benäßte ihn.

Er stöhnte. Seine Augen waren geschlossen. Er lag da und rieb sich. Den Bruchteil einer Sekunde öffnete er die Augen. Sie floh und hoffte, er habe sie nicht erkannt, nicht gesehen oder würde sich nicht erinnern, sie gesehen zu haben.

Sie ging in das Zimmer, in dem sie Jocke zurückgelassen hatte.

„Bring mich nach Hause", forderte sie in einem Ton, der keinen Widerspruch duldete.

„Natürlich, Baby, wie du willst."

Auf der Heimfahrt bat sie ihn, einen Augenblick anzuhalten. Sie stieg aus, ging hinter das Auto und übergab sich.

Vor der Haustür verabschiedete sie sich. „Es tut mir leid, aber mir ist nicht gut", sagte sie. Er zuckte mit den Achseln.

„Nimm's nicht zu schwer, Baby." Damit fuhr er ab.

Der arme Mann, dachte sie immer wieder, der arme, arme Mann. Sie dachte an die Autorität, das Talent, die Überlegenheit von Harry Kleinsinger und war unendlich traurig, daß alles das nicht mehr war als eine Maske für seine armselige Schwäche. Für seine Selbstzerstörung, oder was immer es auch war. Sie fühlte Mitleid mit ihm, und sie fühlte Mitleid mit sich selbst. Sein Vertrauen zu ihr hatte ihr Selbstvertrauen gestärkt, sie hatte sich auf ihn verlassen, nicht nur in bezug auf ihr Spiel, sondern auch in anderen, schwerer definierbaren Dingen. Es hatte mit ihrer Selbstachtung zu tun. Mit einem Gefühl ihres eigenen Wertes. Wäre ihr Vater dort in der Badewanne gelegen, es hätte nicht schlimmer sein können.

Langsam, als hätte sie Blei in den Gliedern, begann sie sich auszuziehen. Sie legte sich ins Bett und zog die Decke über den Kopf, als könne sie sich verkriechen. Wovor? Vor allem. Vor der ganzen Welt.

Während der letzten zehn Drehtage war Kleinsinger sehr verschlossen. Wenn er es irgendwie vermeiden konnte, sprach er sie nicht an. Sie wollte ihm sagen, wie leid es ihr tue, aber natürlich war das nicht möglich.

Auf dem Tisch stand für neun Dollar Orangensaft, das heißt neun Gläser. In der Polo Lounge des Beverly-Hills-Hotels kostete ein Glas Orangensaft einen Dollar, aber die Leute, die dort frühstücken, können sich das leisten. Eine Stunde lang — von sieben bis acht Uhr früh — liegt dort in dem kleinen Speisesaal das Nervenzentrum der Filmindustrie. Wenn es in Los Angeles sieben Uhr ist, ist es in New York zehn Uhr. Die Börse eröffnet ihren Betrieb. Den Männern an den Tischen werden von den Kellnern weiße Telephone gebracht, und sie können sich mit ihren Maklern in New York unterhalten. Wenn man dreitausend Aktien Paramount kauft oder viertausend Aktien Twentieth Century Fox verkauft, trinkt man den Orangensaft, ohne ihn zu beachten, und zahlt den Dollar, ohne ihn zu spüren.

Die runden Tische sind die besten. Es sind die mit Telephonanschlüssen. An diesem Morgen war etwas los. Neun Männer saßen an dem großen Fenster, durch das man in den subtropischen Garten sehen konnte. Die Männer an den andern Tischen waren neugierig. Doch im Laufe des Tages würden sie herausfinden, was an dem runden Fenstertisch besprochen wurde. Sie konnten warten.

Die Männer an dem Tisch repräsentierten hundert Millionen Dollar der Vergnügungsindustrie. Fünf große Filmgesellschaften waren vertreten, Isidore Shumsky von der MPAA und ein junger Mann mit einem runden Gesicht, den niemand kannte. Es war Jason Podhoretz von der Kulturabteilung des Außenamtes.

Podhoretz stellte eine Frage: „Phoenix-Nest? Was ist das?"

„Ein Drive-in-Kino", erklärte Shumsky, „am Rand von Phoenix. Es ist ein kleines Autokino inmitten der Wüste. War irgend jemand jemals dort?"

Nein, niemand war jemals dort gewesen.

„Warum ist dieses Autokino so wichtig?" erkundigte sich Podhoretz.

„Das weiß niemand. Wir konnten bis heute keine Erklärung dafür finden. Aber es ist ein Schlüsselbezirk, wie man in der Politik sagt. Wenn den Besuchern des Phoenix-Nest-Autokinos in Phoenix, Arizona, ein Film gefällt, so gefällt er dem ganzen amerikanischen Publikum."

„Es gibt auch andere repräsentative Lichtspieltheater", fuhr Marty Golden fort, „wir haben einige in Brentwood getestet. Manchmal nehmen wir auch ein Kino auf der 86. Straße, weil es Mittelklasse und New York ist. Aber der schnellste und verläßlichste Weg, sich über einen Film zu informieren, ist, ihn in Phoenix-Nest auszuprobieren."

„Und hat er dort gefallen?" fragte Podhoretz.

„Wie sind die Ziffern?" erkundigte sich George Melnik.

„Er gefiel. Er gefiel sehr", erwiderte Golden. Er langte in seine Brusttasche und zog einen Berg von Papieren in mehr oder minder fortgeschrittenem Zerfallsstadium hervor. Es dauerte eine Weile, bis er fand, was er suchte. „Hier", sagte er, „210 Ausgezeichnet. 540 Gut. 118 Mittelmäßig, 26 Schlecht. Und die 26 negativen Stimmen stammen wahrscheinlich alle von Melnik."

„Was fällt dir ein? Ich war in meinem Leben noch nie in Phoenix."

„Tu mir einen Gefallen. Fahr einmal hin. Für zwanzig oder dreißig Jahre. Phoenix, Albuquerque . . ."

„Sehr witzig", bemerkte Melnik. „Also Mr. Poretz . . ."

„Podhoretz", korrigierte dieser.

„Ja, wie ich schon sagte, wiederholen Sie uns doch bitte, was Sie Mr. Shumsky und Mr. Golden mitgeteilt haben."

Podhoretz gab seinen Bericht. Das meiste war bereits bekannt. Zum Beispiel wußten alle, daß die europäischen Filmproduzenten und sogar einige europäische Regierungen sehr verärgert waren, weil die Amerikaner bei den eben zu Ende gegangenen Festspielen in Cannes gedroht hatten, fünf Jahre lang keinen Film zu schicken, falls nicht mindestens ein amerikanischer Film prämiiert würde. Die Leitung der Filmfestspiele in Cannes — ein großes kommerzielles Unernehmen — war von der Möglichkeit eines amerikanischen Austritts entsetzt. Amerika war wichtiger für Cannes als Cannes für Amerika. Nach zwanzig Stunden hektischer Verhandlungen wurde der Preis für den besten Schauspieler, der den Gerüchten zufolge einem brillanten tschechischen Komiker zuerkannt werden sollte, plötzlich dem amerikanischen Schauspieler Edgar Sinclair verliehen. Es wurde in allerletzter Minute gemacht und wirkte recht kläglich.

Allen Männern am Tisch waren die Hintergründe bekannt. Doch über den neuen Direktor der Mostra Internazionale d'Arte Cinematografica, Ettore Sismondi, wußten sie nichts.

„Das einzige, was wir wissen", sagte Podhoretz, „ist, daß er unberechenbar ist."

„Sind Sie dreitausend Meilen von Washington hierhergekommen, um uns das mitzuteilen?“ erkundigte sich Melnik.

„Halt den Mund und hör ihm zu“, sagte Golden.

„Er ist ein Edelkommunist“, fuhr Podhoretz fort.

„Was bedeutet das?“ fragte Jack Faber.

„Wahrscheinlich wird irgendein Naturfilm aus Estland alle Preise erhalten“, meinte Melnik.

„Bitte, George“, mahnte Shumsky.

„Nein“, sagte Podhoretz, „er ist ein Edelkommunist und sieht im Film sowohl eine Kunstform für das Volk als auch ein politisches Instrument. Unsere Ansicht ist, daß ‚Addict‘ der Film mit den besten Chancen ist. Damit würde er einen amerikanischen Film prämiieren, zugleich aber einen Film, der Amerika in einem schlechten Licht zeigt. Er könnte sagen, er bewundere den Film, weil er einen Beweis dafür darstellt, daß die amerikanischen Filmproduzenten die Freiheit der Kritik haben.“

„Also schicken wir ‚Addict‘ “, schlug Melnik vor.

„Mir wird schlecht bei dieser Vorstellung“, sagte Harvey Backert.

„Du hattest schon immer einen schwachen Magen“, erinnerte ihn Melnik.

„Ich bin natürlich nur hier, um Ratschläge zu erteilen“, fuhr Podhoretz fort, „doch wir sind gar nicht sicher, ob ‚Addict‘ nicht etwas zu stark ist, um hinübergeschickt zu werden ...“

„Was meinen Sie mit ‚stark‘?“ erkundigte sich Norman Epstein. „Der Film wird sicherlich einschlagen.“

„Mit einem Budget von dreihunderttausend Dollar kann den Leuten wenig geschehen“, sagte Backert.

„Vom Standpunkt der Filmindustrie aus gesehen“, ließ sich Shumsky vernehmen, „wäre es vielleicht besser, einen Film zu wählen, der kommerziell interessanter ist. Das heißt, natürlich einen künstlerisch wertvollen Film, aber doch einen mit einem gewissen finanziellen Gewicht.“

„Gibt es nichts anderes auf der Liste?“ fragte Melnik. „Gar nichts?“

„Darauf wollte ich gerade zu sprechen kommen“, erwiderte Podhoretz. „Vielleicht sind unsere Gedankengänge zu verschlungen und kompliziert, doch die Überlegungen von Sismondi sind es auch. Ich glaube, daß ‚Three for the Money‘ eine gute Chance hätte. Kleinsinger selbst könnte bei Sismondi ein Wort dafür einlegen, da er doch vor einigen Jahren von der Kommission so ungerecht behandelt worden ist. Und das Thema des Films ist bis zu einem gewissen Grad die Korruption im Geschäftsleben, das heißt, man kann es zumindest so auslegen. Zum Glück ist es außerdem ein Lustspiel."

„Ich weiß nicht recht", überlegte Epstein, „es ist ein guter Film. Mir hat er gefallen, aber wenn er mir gefällt, was halten dann die Europäer davon? Ich meine, er ist nicht schwarzweiß, die Einstellungen sind nicht verzerrt, die Beleuchtung ist nicht originell, sondern so, wie sie sein soll. Allein diese drei Merkmale disqualifizieren doch den Film für drüben, nicht? Ich meine, falls Sismondi ein Filmnarr ist."

„Für Cardini würden sie ihn disqualifizieren, aber nicht für Sismondi."

„Okay, und wie steht es mit den Reprisen?"

„Welche Reprisen?" erkundigte sich Melnik.

„Das weißt du nicht?" fragte Golden. „Sagen Sie es ihm."

Podhoretz informierte Melnik über die Reprisen amerikanischer Lustspiele aus den dreißiger und vierziger Jahren — Samuel Goldwyn, Fred Astaire, Esther Williams . . .

„Der Mann scheint närrische Ideen zu haben", unterbrach Golden.

„Er ist verrückt", sagte Melnik, „das soll Kunst sein?"

„Ja sicher, warum nicht?"

„Ihr meint, wir haben all diese Jahre recht gehabt?" fragte Faber. „Es ist nicht zu fassen!"

„Welcher Film auf der Liste könnte noch in Frage kommen?" wandte sich Shumsky an Podhoretz.

„Nun, es ist schwer zu sagen. Wir tappen ebenso im dunkeln wie Sie", antwortete er, „doch wenn ‚Nero' rechtzeitig fertig wird . . ."

„Nein", unterbrach Melnik, „dieses Risiko können wir nicht eingehen. Wenn er gewinnt, hilft es uns nichts. Und wenn er verliert, schadet es uns sehr."

„Vielleicht, wenn man ihn außer Konkurrenz zeigen würde?"

„Was hätte das für einen Sinn?" wollte Melnik wissen.

„Es würde bedeuten, daß nur ein einziger amerikanischer Film Anwärter auf einen Preis wäre. Sie müßten ihn also in irgendeiner Form prämiieren", sagte Shumsky und zündete sich eine Zigarre an.

„Aber warum ausgerechnet ‚Nero'? Was gewinnen wir dabei?"

„Warum nicht? Sei nicht feig", ließ sich Hector Stavrides zum erstenmal vernehmen.

„Was redet ihr da? Wir haben vierzehn Millionen Dollar in den Film investiert!" rief Melnik.

„Wenn du nicht feig bist, bin ich es auch nicht. Du kannst dafür das Criteriongeschäft machen", sagte Stavrides.

„Okay", willigte Melnik ein.

„Irgendwelche Einwände?" fragte Shumsky.

Es gab keine.

„Abgemacht", sagte er, „es bleibt bei ‚Three for the Money' für das Geld und ‚Nero' außer Konkurrenz."

Ein Kellner räumte die vollen Aschenbecher weg und brachte saubere.

Die Männer am Tisch waren sich einig. Nur Melnik murmelte kopfschüttelnd: „Esther Williams ... da soll mich der Teufel holen!"

Als sich die Frühstücksgesellschaft erhoben hatte, ging der Kellner, der die Aschenbecher gewechselt hatte, durch den Saal zu Lester Monaghan, um ihm zu berichten. Monaghan saß neben einer der Telephonzellen, trank Kaffee und las die Zeitung. Der Kellner informierte ihn über die Entscheidung der Tafelrunde und erhielt dafür fünfzig Dollar.

Hierauf rief Monaghan seinen Makler an und kaufte tausend Aktien der Celestial Pictures.

Als er den Raum verließ, war sein Glas Orangensaft noch halb voll, doch der Kellner war das gewohnt. Eigentlich war es eine Schande. Es war der teuerste Orangensaft der Welt.

Im Brown-Derby-Restaurant von Hollywood saß Merry mit Jim Waters beim Abendessen. Seit Waters hierhergekommen war, um den Dialog von Merrys Film aufzupolieren, hatten sie einander oft gesehen. Jeder von ihnen freute sich, daß der andere an demselben Film arbeitete, und beide empfanden jenes besondere Vergnügen, das ein Wiedersehen mit einem alten Freund vermittelt — denn in der unsicheren, hektischen Welt des Showgeschäfts hatte ihre Freundschaft eine relativ lange Zeit überdauert, das heißt, sie war älter als das Filmprojekt, mit dem sie augenblicklich beschäftigt waren, und nicht nur ein Zufallsprodukt der Dispositionen von Agenten und Produzenten.

Sie verlangten nichts voneinander und erwarteten nichts anderes als die Freude an angenehmer Gesellschaft, Sympathie und Verständnis. Waters gab Merry Bücher und versuchte ihre nach der Abreise von Skidmore abgebrochene Ausbildung fortzusetzen. Beide fanden das unterhaltend und lustig; seine intellektuelle Reife und ihre Naivität ergänzten einander vortrefflich, und es fehlte ihnen nie an Gesprächsstoff.

Es war daher vollkommen natürlich, daß Waters als erster, sogar vor Wemmick, von Venedig erfuhr; Merry erzählte ihm, daß „Three for the Money" zur Biennale geschickt werden würde und daß das Studio sie, Merry, ebenfalls hinschicke. Das Abendessen bei Brown Derby war so etwas wie eine Feier — Waters' Art, ihr Glück zu wünschen. Er benützte es auch als Gelegenheit zum Unterricht und hatte ihr Ruskins „Stones of Venice" mitgebracht, um es sie lesen zu lassen.

Sie war noch niemals in Venedig gewesen und noch nie bei einem Filmfestival. Die Aussicht auf die Reise machte ihr Freude.

„Das Buch wird dir von Venedig erzählen", sagte Waters, „aber nicht über die Biennale. Jede ist anders. Ein Festival ist wie jede Versammlung von Menschen; alles hängt von den Leuten ab, die dort sind, und alle sind aus unterschiedlichen Gründen dort. Es ist wie bei einer Dinnerparty. Alle Dinnerparties sind gleich, und alle Dinnerparties sind verschieden. Es wird eine Menge Filme geben, eine Menge Parties und eine Menge Presseleute. Doch das ist alles nur Staffage. Was wirklich geschehen wird, läßt sich nicht voraussagen. Ich rate dir, soviel wie möglich von der Stadt anzuschauen."

„Das werde ich", sagte Merry. „Wie ist die Stadt?"

„Sie ist einfach unwahrscheinlich. Selbst wenn du dort bist, wirst du kaum an ihre Realität glauben können. Die Stadt besitzt die Unwirklichkeit von Kulissen. Aber sie ist wunderschön. Ich glaube, der Eindruck der Unwirklichkeit kommt von den vielen Assoziationen, die sie wachruft. Du bist in Venedig, wirklich und leibhaftig in Venedig, und trotzdem siehst du die Stadt, die Kanäle, die Gebäude ununterbrochen durch die Augen von andern — von Ruskin, Byron, Wagner, Henry

James, Thomas Mann, George Eliot, Napoleon. Ich kann nie auf der Piazza stehen, ohne an Napoleons Bemerkung zu denken, dies sei der schönste Salon Europas. So ist alles irgendwie indirekt. Doch trotz der Indirektheit oder vielleicht gerade deshalb geht einem alles sehr nahe."

Er nahm Ruskins Buch vom Tisch auf, blätterte durch die Seiten und las ihr eine Stelle vor, die er besonders gern hatte: „... an den Wänden der Portikus sind Säulen aus vielfarbigem Stein, aus Jade und Porphyr, aus tiefgrünem Serpentin, durchsetzt von weißen Schneeflocken, und aus Marmor — die sich halb verwehren, halb der Sonne hingeben; wie Kleopatra ‚reichen sie ihre blauen Adern zum Kuß' — ... zurückweichende Schatten geben azurfarbene Wellen frei, wie die zurückweichende Flut die Wellen des Sandes. Die Kapitelle sind reich geschmückt mit verwobenen Mustern, mit Gräsern und den Blättern des Akanthus und der Rebe, mit mythischen Zeichen, die im Kreuz beginnen und in ihm enden. Und über ihnen in den weiten Bogen ein unaufhörliches Leben ..."

Ihre Eilbogen auf den Tisch und das Kinn in die Hand gestützt, hatte Merry fasziniert zugehört. „Es klingt wundervoll", sagte sie.

„Es wird dir gefallen", versicherte er, „ich weiß, es wird dir gefallen."

Als sie zu Bett ging, nahm sie das Buch zur Hand und begann zu lesen. Auf der ersten Seite stand eine Widmung von Waters: „Für Merry mit viel Liebe, Jim."

Sie seufzte, starrte einen Augenblick lang auf die Worte und begann dann zu lesen: „Als die Herrschaft der Menschen über das Meer begann, wurden drei Residenzen, ausgezeichnet vor allen andern, an seinen Ufern gegründet ..."

Waters Vergleich des Filmfestivals mit einer Dinnerparty war nicht so unrichtig. Der einzige Unterschied lag wahrscheinlich in der Größenordnung. Das Telegramm, das in der Villa von Meredith Houseman in Montreux eintraf, war eine willkommene Abwechslung.

Noni langweilte sich. In der ruhigen Abgeschiedenheit ihres Lebens in der Seevilla langweilte sie sich zu Tode. Zwei Tage lang hatten sie über eine andere Einladung, die Meredith nicht annehmen wollte, gestritten. Diese Einladung sei nicht wichtig, sie sei geradezu lächerlich, hatte er gemeint.

„Ich kenne Ayscue kaum. Ich traf ihn ein paarmal. Nicht öfter. Er will auch nicht uns oder unsere Gesellschaft, sondern meinen Namen. Er sammelt Namen, packt sie alle auf seine verdammte Jacht und fährt mit ihnen zwischen den griechischen Inseln spazieren. Er macht das jedes Jahr."

„Es könnte aber doch lustig sein?" widersprach sie.

„Schau, wenn du eine Kreuzfahrt in der Ägäis machen willst, so werden wir eine machen. Wenn du auf einer Jacht fahren willst, werden wir eine Jacht mieten. Aber nicht Ayscues Jacht."

Doch dieses Angebot hatte ihr nicht gefallen. Was sie wollte, war der Glanz und das Schillern einer Party, genau das, was Meredith nicht wollte. Womit sich das Thema des Gesprächs von der Einladung auf das allgemeinere Problem ihres gemeinsamen Lebens verschob. Sie fand, es sei nicht zuviel verlangt, daß er ihr nachgebe und die Dinge mitmachte, weil es sie amüsierte; daß er ihr etwas von dem Leben zeigte, das er genossen hatte und dessen er überdrüssig geworden war.

Bis zu einem gewissen Grad sah er ein, daß ihr Wunsch berechtigt war, aber er sah auch die Ironie der Situation. Jetzt, da er mit Noni verheiratet war, empfand er weniger Verlangen nach diesen Dingen als je zuvor. Er hatte sogar etwas wie Angst davor.

Aus dem Gespräch wurde eine Auseinandersetzung — kein wirklicher Streit, sondern eine lang andauernde, schwelende Mißstimmung, in der die Argumente aus Stillschweigen bestanden und die Rhetorik aus abgewandten Blicken und kühler Höflichkeit.

Das Telegramm war ein Geschenk des Himmels. Meredith mußte nach Venedig fahren, und Venedig würde noch unterhaltender sein als Ayscues Jacht. Die Wolken der Feindseligkeit waren verschwunden. Wenigstens für eine Welle.

Auch für Harry Kleinsinger war die Nachricht, daß „Three for the Money" als amerikanischer Beitrag nach Venedig gehen würde, eine Ablenkung, aber eine Ablenkung anderer Art. Der Film war abgedreht, geschnitten, montiert und bereits der Kritik vorgeführt worden. Er hatte nichts mehr damit zu tun. So saß er in dem Arbeitszimmer seines Hauses in Bel Air vor dem schönen Régenceschreibtisch, und vor ihm türmten sich Bücher, Manuskripte und Entwürfe.

Es war eine schlechte Zeit für Kleinsinger; wenn er einen Film fertiggestellt hatte, war es immer eine schlechte Zeit. Plötzlich war der Druck der Arbeit verschwunden, und er fühlte sich nutzlos und verbraucht. Noch schlimmer, er war überzeugt, daß er es niemals mehr schaffen würde, daß er erledigt wäre, daß seine Karriere am Ende und alles sinnlos gewesen sei. Vor ihm auf dem Schreibtisch, am anderen Ende der florentinischen Lederunterlage, zwischen der kleinen Golduhr von Cartier und dem Federständer aus Onyx, lag ein merkwürdiger Kunstgegenstand: ein Vogelnest aus Golddraht mit einem kleinen grünen Jadeei darin. Von Zeit zu Zeit griff Kleinsinger nach dem Ei, hielt es in der Hand, rollte es hin und her, legte es wieder zurück und griff nach dem nächsten Buch auf dem Stoß. Er blätterte es durch, las da und dort eine Seite, legte es weg und griff wieder nach dem Ei. Er hielt es in der Hand, als Jim Twan, der chinesische Hausboy, hereinkam. Er trug ein Telephon.

„Ein Anruf für Sie, Mr. Kleinsinger", sagte er.

„Ich nehme keine Anrufe entgegen, das weißt du doch."

„Ich weiß, Sir. Aber das wichtiger Anruf. Diesen Anruf Sie können übernehmen, ich denke", sagte Jim lächelnd und drängte: „Sehr wichtig, sehr gute Nachricht."

„Gut", willigte Kleinsinger ein. Er wies Jim an, das Telephonkabel anzustecken, hob den Hörer ab und vernahm von Marty Golden, daß „Three for the Money" für Venedig ausgewählt worden war. Marty gratulierte.

„Danke, Marty", sagte Kleinsinger, „ich fühle mich geehrt. Wirklich. Und noch vielen Dank für den Anruf."

Er legte auf. Jim trug das Telephon wieder fort, und Kleinsinger wartete, bis er das Zimmer verlassen hatte, um dann wieder nach dem Ei zu greifen. Er machte es auf, betrachtete die kleine Zyankalipille, die es enthielt, schraubte es wieder zu und legte es in das Nest zurück.

Auf Freddie Grindell in Rom hatte die Nachricht eine andere Wirkung. Sie war keine Abwechslung, sondern der Aufschub eines Urteilsspruchs. Er hatte den Brief bereits geschrieben, kuvertiert und versiegelt. Aber er hatte ihn noch nicht abgeschickt. Und er trug den Durchschlag mit sich herum, las ihn durch, steckte ihn ein, um ihn zehn Minuten später wieder herauszunehmen und nochmals zu studieren. Zwei Tage lang war es so gegangen.

Als der Bürojunge ihm das Telegramm überreichte, saß er gerade an seinem Schreibtisch und las zum hundertstenmal die Briefkopie. Er las das Telegramm und zerknüllte es. Doch gerade als er es in den Papierkorb werfen wollte, besann er sich anders, legte es vor sich auf den Schreibtisch und glättete das Papier.

Nochmals besah er sich den Durchschlag seines Briefes:

Celestial Pictures
Rom, Italien
14. Juli 1959
Mr. Martin B. Golden
Direktion der Celestial Pictures
Hollywood, Kalifornien, USA

Lieber Mr. Golden!

Seit siebzehn Jahren arbeite ich gewissenhaft und fleißig für Celestial Pictures. Diese Dienstzeit gibt mir keinen Anspruch auf besondere Vorrechte, aber ich glaube, sie gibt mir das Recht, anläßlich meiner Kündigung einige Worte zu sagen.

Während des letzten Aufenthaltes Ihres Sohnes Martin B. Golden jr. in Rom, der die europäischen Ateliers und Büros von Celestial Pictures besuchte, war ich beauftragt, diesen zu betreuen. Ich freute mich, es tun zu dürfen.

Sein Interesse an unserer Arbeit und an der Herstellung von Filmen war, um ganz offen zu sein, äußerst gering. Seine geschäftlichen Kenntnisse schienen noch geringer zu sein als sein Interesse. Aber natürlich hat er als Sohn des Präsidenten und größter Aktionär das Recht auf eine gewisse Nachsicht.

Er ist aber nicht berechtigt, von mir zu verlangen, ihm Mädchen zu verschaffen, für ihn als Zuhälter zu fungieren oder ihn mit Marihuana zu versorgen. Er hat auch nicht das Recht, wütend zu werden, wenn ich diese Dienste ablehne und das Gewünschte nicht beistelle. Am wenigsten ist er berechtigt, gegenüber meinen Kollegen in Rom, London und Paris von mir als „läppischem Warmen" und „Scheißkerl" zu sprechen.

Sie sollten ihm erklären, daß ihn sein Geld einigermaßen verwundbar macht. Ich könnte ihn in jedem der drei Länder auf eine halbe Million Dollar klagen und würde wahrscheinlich in jedem Land eine beträchtliche Summe zugesprochen erhalten.

Meine Abneigung gegen ein solches Vorgehen und meine Loyalität gegenüber der Gesellschaft lassen mich von derartigen Schritten absehen. Aber ich bin angewidert und verärgert. Ich biete daher meinen Rücktritt an.

Hochachtungsvoll
Frederick R. Grindell

Er nahm den Brief und den Durchschlag, zerriß beides in kleine Stücke und warf sie in den Abfalleimer. Er hielt ein Streichholz daran und sah zu, wie sie verbrannten.

Doch war dies nicht eine so endgültige Geste, wie es den Anschein hatte. Er kannte den Brief bereits auswendig. Aber er würde ihn trotzdem nie aufgeben. Er wußte es. Bis Mitte September damit zu warten wäre absurd. Und er würde bis Mitte September warten. Er würde zur Biennale nach Venedig fahren. Er mußte fahren. Nicht nur für Martin Golden oder Celestial Pictures. Nein, für sich selbst. Für Merry Houseman und für Carlotta. Und für sich selbst.

Für Raul Carrera in Paris war es nur einfach absurd, nicht mehr. Es war eine Ehre, für Venedig nominiert zu werden, eine Ehre, die er sich immer gewünscht hatte. Aber das, was man sich wünscht, ist selten das, was man bekommt. Oder noch schlimmer: Man bekommt das, was man sich wünscht, und merkt erst dann, wie anders es ist als das, was man sich erträumt hatte.

„Du siehst nicht erfreut aus", sagte Aram Kayayan, Carreras Financier und Verleiher in Frankreich.

„Natürlich nicht. Was hast du erwartet? Ich weiß, warum sie meinen Film genommen haben, und du weißt es auch. Er hatte nicht die geringsten Aussichten. Der einzige Zweck war, Fresney zu beleidigen."

Das war vollkommen richtig. Sismondi hatte Fresneys „Rubber Boots" ins Programm genommen, einen Film über die Fallschirmtruppen in Indochina, mit dem die französische Regierung keineswegs einverstanden war. Der Kulturminister hatte den Schlag pariert, indem er Carreras „Chateau d'Arly" ausgewählt hatte, nicht weil er den Film bewunderte, sondern weil er ihn für ein geschicktes, zugkräftiges Machwerk hielt und daher für eine Beleidigung der Biennale. Es war auch eine Demonstration seiner Macht, die Filmauswahl so zu treffen, wie er Lust hatte — und der Macht Frankreichs. Um einen Film nach Venedig schicken zu dürfen, mußte ein Land nach den Statuten fünfzehn Spielfilme pro Jahr produzieren. Frankreich erfüllte diese Bedingung und konnte daher einen Film schicken. Der Kultusminister machte von seinem Recht Gebrauch und benützte es gleichzeitig, um sich bei Sismondi für die Wahl des Fresney-Films zu rächen. Und einen Film von Carrera zu schicken, von einem ehemaligen Argentinier, das stellte eine zusätzliche Beleidigung dar.

Carrera hätte sich nicht so geärgert, wäre nicht Monique Fourichon gewesen, die Hauptdarstellerin von „Chateau d'Arley" und heute Carreras geschiedene Frau. Es würde mühsam werden, sie dort zu sehen und sich mit ihr gemeinsam zeigen zu müssen.

„Aber du verstehst", sagte Kayayan, „daß ich nicht ablehnen konnte. Und selbst wenn ich es gekonnt hätte, hätte ich es nicht gewollt. Die Aufforderung bringt Geld. Geld für uns beide."

„Ich weiß", erwiderte Carrera, „aber es ist mir egal."

„Das Geld ist dir egal?" Kayayan zog die Brauen hoch und runzelte seine olivenfarbene Stirn.

„Es können nicht alle Menschen Armenier sein", scherzte Carrera, „sonst gäbe es keine Leute, die du ausnützen kannst."

„Du besitzt eine großartige Sorglosigkeit."

„Und du besitzt eine Menge Geld. Es ist eine gute Einteilung."

„Schau", beharrte Kayayan, „wer weiß, was geschehen wird. Sismondi hat ‚Rubber Boots' aufgenommen. Aber vielleicht hat er nicht den Mut, es zu prämiieren, und wenn das der Fall sein sollte, kann vielleicht doch etwas für unser ‚Chateau' dabei herausschauen."

„Wenn jemand einen Preis bekommt, wird es Monique sein."

„Auch das wird dem Film nützen."

„Der Film ist fertig", sagte Carrera, „ihm ist nicht mehr zu helfen. Vor allem interessiert er mich gar nicht mehr."

„Aber dein nächster Film ist interessant. Und ich werde deinen nächsten Film finanzieren, daher bin ich interessiert. Und mir wirst du vielleicht einen kleinen Gefallen tun. Fahr nach Venedig. Schau dir die Tiepolos und Canalettos an. Geh ins Graspo de Ua zum Abendessen. Bade im Meer. Ist das ein solches Opfer?"

„Nein, wahrscheinlich nicht. Aber es ist so lächerlich, so paradox."

„Du findest immer alles paradox. Aber vielleicht gefällt es dir. Es wäre das größte Paradoxon, wenn du dich dort unterhieltest. Bring etwas fertig. Sieh dir etwas an. Sei erfolgreich!"

„Mist!"

„Im Armenischen haben wir ein Sprichwort: ‚Mist läßt das Gras wachsen.' "

„In diesem Fall", sagte Carrera, „wird das Gras mannshoch sein. Aber bitte. Du hast gewonnen. Ich fahre."

XII

„Freddie", sagte Merry schläfrig, „bitte geben Sie mir etwas Sonnenöl auf den Rücken."

Er langte nach der Creme, drückte einen orangefarbenen Wurm auf ihren Rücken und begann die Creme zu verreiben.

„Danke", sagte Merry, „Sie sind ein Schatz."

Er klopfte ihr freundschaftlich auf die Hüfte und wischte die überschüssige Creme auf seine Beine.

„Sind Sie durstig? Wie wäre es mit einer Limonade?"

„Köstlich", gab Merry zurück.

Er winkte den Strandkellner herbei und bestellte Limonaden. Merry lag auf einem weißen Handtuch und sah auf die bleierne Ruhe der Adria hinaus. Kaum ein Mensch war im Wasser.

„Gehen die Leute hier nie hinein?" erkundigte sie sich.

„Nur selten", erklärte Freddie, „manchmal die Kinder. Es ist eher warm. Und es gibt kleine Krabben. Das Mittelmeer ist lustiger zum Schwimmen."

„Ja? War ich jemals am Mittelmeer?" fragte sie.

Freddie Grindell hatte sie vom Flugplatz abgeholt, hatte sie durch den Zoll und die Ansammlung Papagalli durchgeschleust, in ein Motoscafo gesetzt und durch die Lagune, vorbei an Murano und Venedig, zum Lido Excelsior gebracht. Er war auf sie zugekommen, hatte ihre beiden Hände genommen und gesagt: „Merry . . . Aber Sie erinnern sich sicherlich nicht mehr an mich, oder doch? Ich bin Freddie Grindell. In Montreux spielten wir Krocket zusammen. Aber das war vor langer Zeit. Damals waren Sie elf oder zwölf Jahre."

Zuerst hatte sie sich gar nicht erinnert. Sie hatte ihm alles geglaubt, aber sie konnte sich nicht an sein Gesicht erinnern, ebensowenig wie an sonst irgend etwas aus dieser Zeit in Montreux. Sie hatte alles weggewischt. Das einzige, woran sie sich erinnern konnte, war, daß sie in dem Sommer, von dem er sprach, weggeschickt wurde. Aber Grindells Freude über das Wiedersehen war so spontan und echt, daß sie ansteckend wirkte, und sein gutes Benehmen oder sein Taktgefühl ließen ihn nicht allzuoft auf die vergangene Zeit zurückkommen. Während sie zum Hotel fuhren, zeigte er ihr die Sehenswürdigkeiten; er begleitete sie in ihr Zimmer und stellte ihr seine Assistentin Aileen Keats vor.

„Mrs. Keats wird bei Ihnen wohnen", sagte er, „und wird sich soviel oder sowenig um Sie kümmern, als Sie es wünschen. Sie kann während der Interviews dolmetschen, Sie herumführen, Ihnen beim Ankleiden helfen — alle diese Sachen. Hauptsächlich ist sie eine Geste der Filmgesellschaft, die Ihren Wert und Ihre Jugend unterstreichen soll."

„Sie meinen ein Chaperon?" scherzte Merry.

„Nicht unbedingt", warf Mrs. Keats ein. „Wollen Sie einen Martini?"

Sie ging zur Bar, und während sie die Drinks mixte, erklärte sie Merry: „Wir sind hier in einem lateinischen Land, und es sieht besser aus, wenn jemand wie ich um sie herum ist."

„Wenn wir Sie hoch einschätzen", fügte Freddie hinzu, „werden es die andern auch tun."

„Sicherlich", bestätigte Mrs. Keats.

„Nun, auf jeden Fall vielen Dank", sagte Merry.

Sie teilten ihr das Abendprogramm mit. „Three for the Money" würde der Eröffnungsfilm des Festivals sein und im großen Filmpalast gezeigt werden.

„Das Programm soll um neun Uhr beginnen", sagte Grindell, „aber es wird sicherlich neun Uhr zehn werden. Zuerst wird ein Kurzfilm gezeigt, der ungefähr fünfunddreißig Minuten dauert. Also werden Sie um Viertel vor zehn Uhr erscheinen. Für heute sind keine Interviews angesetzt. Ich dachte, Sie würden müde vom Flug sein, daher ist der Nachmittag vollkommen frei. Sie können sich die Stadt ansehen oder am Strand liegen — was immer Sie wollen."

„Ich glaube, ich lasse die Stadt für morgen", sagte sie, „ich bin zu müde und zu nervös."

„Gute Idee", stimmte er zu.

„Um fünf Uhr habe ich Sie beim Friseur angesagt", teilte Mrs. Keats mit, „wenn es Ihnen recht ist."

„Ja, fein, das ist gut. Vielen Dank. Warum gehen wir nicht schwimmen?" fragte Merry.

„Ich glaube, ich muß hierbleiben und auspacken. Ich werde das Mädchen rufen, Ihre Kleider bügeln lassen und sehen, daß alles gut versorgt wird", sagte Mrs. Keats.

„Danke", sagte Merry nochmals, und dann: „Mr. Grindell? Freddie? Ich weiß wirklich nicht, wie ich Sie nennen soll."

„Nur Freddie, bitte."

„Gut, Freddie, haben Sie Lust, schwimmen zu gehen?"

„Ihr Vergnügen ist mein Vergnügen", antwortete er, „und auch meine Pflicht. Ich werde unten auf Sie warten. Fragen Sie nur nach Ihrer Kabine. Es ist bereits alles geregelt."

So waren sie heruntergekommen und auf den glatten, gepflegten Strand gegangen, den die langen Reihen der *cabanas* so einengten, daß er einer sauberen Vorortestraße glich.

Es war sehr erholsam am Strand. Sogar die Langeweile der langen Kabinenreihen, der allzu ordentliche Sand und das allzu ruhige Meer waren erholsam. Merry war müde. Sie hatte in Hollywood ihren zweiten Film beendet und war dann nach Paris geflogen, um Kleider für Venedig zu kaufen. Es war gut, auf einem Handtuch zu liegen und in der Sonne zu braten. Grindell machte Konversation — amüsant, freundlich und belanglos. Es war, als spürte er, wie müde sie war und wie ungern sie sprechen wollte. Sie hörte ihm zu und antwortete gelegentlich mit Ja oder Nein, aber dazu mußte sie ihr Gehirn kaum in Anspruch nehmen. Hauptsächlich lag sie einfach da und genoß die Wärme der Sonne und die Wärme seiner Sympathie.

Seine Gegenwart gab ihr ein angenehmes, sicheres Gefühl. Daß sie einmal in der fernen Vergangenheit mit ihm Krocket gespielt, hatte nichts damit zu tun; eher schon sein Takt und sein Charme. Aber das war nicht alles. Nein, es war etwas anderes.

Erst als sie ihn um das Sonnenöl bat und er das gelbe Gelee auf ihrem Rücken verrieb, wußte sie plötzlich, was es war. Sie waren völlig verschieden, er und Waters, vollkommen verschieden in vielen Dingen. Aber in einer Hinsicht waren sie gleich. Natürlich. Grindell war ein Homosexueller. Sie spürte es und spürte gleichzeitig ihre Erleichterung. Sie wußte, sie würden sich gut vertragen, sie wußte, die Freundschaft, die er beteuert und auch bewiesen hatte, war selbstlos und echt. Sie wußte ...

Aber es war zu mühsam, daran zu denken, zumindest jetzt. Die Sonne brannte auf sie herab. Sie konnte spüren, wie sie in ihre Haut eindrang, in ihren Kopf. Ihr Gehirn schien wie ein Ei in einer heißen Pfanne zu braten. Ein andermal würde sie darüber nachdenken.

Sie stand auf, ging zum Wasser, stand in dem nassen Sand und ließ die kleinen Wellen ihre Füße umspülen. Aus einem gewissen Pflichtbewußtsein — es schien schade, so viel Wasser ungenützt zu lassen — watete sie hinein, tauchte unter und schwamm ein paar Züge. Das Wasser war lau, doch der Salzgeschmack war angenehm. Sie trocknete sich ab, ging in ihr Zimmer, um zu duschen, und begann mit den langen Vorbereitungen für ihr abendliches Erscheinen.

Um acht Uhr wurde an die Tür geklopft, Mrs. Keats öffnete, und Freddie kam herein. Er trug jetzt einen Smoking und darunter eine bestickte Weste.

„Ich dachte, ich bringe Ihnen diese Dinge, damit Sie einen Blick darauf werfen können", sagte er.

Merry saß an dem kleinen runden Tisch, den der Zimmerkellner hereingeschoben hatte, und knabberte an einem Steaksandwich mit Salat. Sie nahm den großen braunen Umschlag, den ihr Grindell reichte, und entnahm ihm das auf rotem Satin gedruckte Programm für den heutigen Abend. Außerdem ein großes weißes Kuvert, in dem sie die Einladung zu einer Party fand, und eine Nummer von *Cinemundus,* der italienischen Filmzeitschrift oder, wie es auf der Titelseite hieß: „Araldo dello Spettacolo ... Quotidiano." Auf der zweiten Seite war ein großes Bild von ihr und ein Artikel in italienisch.

„Ich soll Ihnen mitteilen, daß wir uns um neun Uhr in der Halle treffen", sagte Grindell, „es wird sicher eine Viertelstunde später werden, also ist es Zeit, wenn Sie bis dahin unten sind."

„Gut", sagte sie, „ich werde rechtzeitig dort sein."

Der Abend war wie gesponnener Zucker, wie Champagnerperlen; köstlich, aber unbefriedigend, schön, aber flüchtig. Wie ein gelungenes Bild in einem Kaleidoskop. Das Bild zerfällt in etwas anderes, und man kann es nie mehr wiederholen, sich an nichts mehr erinnern. Die Unwirklichkeit von Venedig, die Bühnenhaftigkeit, von der schon Waters gesprochen hatte, war hier am Lido noch stärker zu spüren. Das Hotel schien trotz seiner Mächtigkeit nichts anderes als ein großes, von einem ehrgeizigen Kind erbautes Sandschloß, das die Wellen wieder wegspülen würden.

Merry trat pünktlich aus dem Lift und fand Kleinsinger, Hugh Gardner und den Produzenten Arnold Finkel in der Halle wartend vor. Ebenso Grindell, der ihr Begleiter sein würde. Aber auch der ganze Raum schien auf sie zu warten. Trotz seiner Ausmaße — er sah groß genug aus, um darin, wenn man alle Sofas und Lehnstühle beiseite schob, Polo spielen zu können — hatte er ein provisorisches Aussehen. Vielleicht waren es die riesigen Photographien, die die Wände zierten, Photographien von Giulietta Masina, Sophia Loren, Anna Magnani, Marina Vlady, Ingrid Thulin, Monica Vitti, Vittorio Gassmann, Edward G. Robinson, Simone Signoret. Und von ihrem Vater. Und von ihr selbst. Es hatte den Anschein, als wären die Wände nur als Hintergrund für die Photographien errichtet worden und das Gebäude nur als Unterstützung der Wände.

Die üblichen Begrüßungen wurden ausgetauscht, und man erkundigte sich nach dem Verlauf der verschiedenen Flugreisen, bis Finkel vorschlug, sich zu den Autos zu begeben. Bis zum Weltfilmpalast waren es nur zwei Häuserblocks, trotzdem warteten vier Limousinen vor dem Hotel, um die illustre Gesellschaft hinzubringen.

Sie gingen nicht beim Haupteingang hinein, sondern durch eine Hintertür, um die Menschenmassen zu vermeiden, die sich hinter dem Polizeikordon vor dem großen Glasportal angesammelt hatten. Sismondi begrüßte sie und lud sie in sein Büro zu einem Champagner ein.

Als es soweit war, erschien einer von Sismondis Assistenten und führte sie einen Gang entlang in den großen Saal. Auf der Bühne kündigte jemand ihr Erscheinen an, und das Publikum drehte sich um, starrte sie an und applaudierte, als sie zu ihren reservierten Sitzen gingen — zuerst Finkel und seine Frau, dann Merry und Hugh Gardner, schließlich Harry Kleinsinger, den man ganz besonders bejubelte. Er setzte sich, aber der Applaus wollte nicht aufhören. Er stand wieder auf und forderte, wie der Dirigent eines Symphonieorchesters, die anderen auf, sich ebenfalls zu erheben. Als sie sich wieder gesetzt hatten, gingen die Lichter aus, und „Three for the Money" flimmerte über die Leinwand.

Merry hatte den Film bereits dreimal gesehen, Kleinsinger und Finkel Dutzende Male. Sie saß und wartete auf das Ende des Films, um eine Zigarette rauchen zu können. Zu Beginn war es ganz interessant, zu sehen, ob das Lachen des Publikums an den richtigen Stellen einsetzen würde. Es klappte. Sie sah, wie Kleinsinger sich entspannte, in seinem Stuhl zurücklehnte und die Augen schloß, vielleicht um sich auszuruhen, vielleicht um vor seinem geistigen Auge einen anderen Film ablaufen zu lassen. Den Rest der Zeit vertrieb sich Merry damit, die französischen Untertitel zu lesen, die sie nicht gut fand; zu formell und zu steif. Sie fragte sich, warum die Untertitel überhaupt in französisch waren. Man war doch in Italien, oder nicht? Sie beugte sich zu Grindell, um sich zu erkundigen.

„Es ist die internationale Sprache", flüsterte er. „Außerdem ist es ganz gleichgültig. Die meisten Leute hier verstehen Englisch."

Als die Verfolgungsszene kam und Merry sich auf der Leinwand den Büstenhalter ausziehen sah, war sie verblüfft, aus dem Publikum einige Pfiffe zu hören. Und dann lauten Applaus. Kleinsinger beugte sich über Grindell, um sie zu beruhigen.

„Kümmern Sie sich nicht darum", sagte er, „Sie gefallen dem Publikum."

Sie hoffte, daß er recht habe. Jedenfalls war sie froh, daß es im Zuschauerraum dunkel war und niemand sehen konnte, wie sie errötete.

Es gab Bravorufe und Applaus am Schluß des Films. Sie warteten, bis sich die Reihen leerten, und wurden schließlich durch eine kleine Tür hinausgeleitet, die direkt in Sismondis Büro führte. So konnten sie das Gedränge in der unteren Marmorhalle vermeiden. Sie warteten in Sismondis Büro und tranken wieder Champagner. Kleinsinger schien zufrieden. Finkel war begeistert. Es ließ sich schwer feststellen, was Gardner dachte. Seine Gedanken zu erraten war immer schwierig. Niemals schien seine Maske der Überlegenheit zu verschwinden. Merry war daher erstaunt, als er ihr zutrank und sagte: „Ich glaube nicht, daß ich es Ihnen schon sagte, aber ich hätte es tun sollen. Sie waren gut, wirklich gut. Ich bin überzeugt, daß Sie Erfolg haben werden."

„Danke", sagte Merry.

Als sich die Menge so weit zerstreut hatte, daß sie durchkommen konnten, gingen sie durch den hinteren Ausgang hinaus und zum Kanal, wo ein Motorboot darauf wartete, sie zum Dogenpalast zu bringen. Das Boot fuhr den Kanal entlang, bog kurz nach dem Filmpalast links ab und fuhr in die Lagune. Lichter funkelten auf dem schwarzen Wasser, und das Boot tanzte über die kleinen Wellen, die von den Bugwellen der anderen Schiffe herrührten. Als sie in die Nähe von San Marco kamen, sahen sie die herrlichen Privatjachten mit panamaischem Hoheitszeichen, die immer hier vor Anker zu liegen schienen, und links die Kirche von San Giorgio Maggiore. Am Landungssteg von San Marco warf ein Matrose ein dickes Seil um den großen eisernen Pfahl, während ein anderer das Boot bei laufendem Motor so steuerte, daß es sich nicht vom *pontile* entfernte. Sie stiegen aus und gingen den Weg entlang, den die Polizei auf der Piazetta für sie freihielt.

Am Eingang des Dogenpalastes stand ein Majordomo in alter venezianischer Tracht, einen großen Stab mit einer goldenen Kugel in der Hand, und venezianische Polizisten in ihren schmucken Paradeuniformen salutierten, als sie durch die kleine Tür in dem großen Eisengitter gingen.

Ein paar Schritte durch den Torbogen, und plötzlich lag zu ihrer Rechten der *cortile* — der große Hof, voll von Menschen, von Öllampen erhellt, die in den Spitzbogen funkelten. Unter dem Arco Foscari war ein langer Bartisch aufgestellt, und Grindell holte ihnen etwas zu trinken. Livrierte Diener mit großen Silbertabletts drängten sich durch die Menschen und boten herrliche Toasts an. Niemals in ihrem Leben hatte Merry etwas Ähnliches gesehen. Es war zauberhaft.

Der Empfang erschien ihr eher langweilig, aber der Rahmen war von so erlesener Eleganz, daß Merry es genoß, von den trinkenden und sich unterhaltenden Menschen um sie herum nicht allzusehr abgelenkt zu werden. Gelegentlich stellte man ihr einen Signor Soundso vor, einen Mister Sowieso, einen Herrn von Irgendwo. Sie alle sagten das gleiche; wie ihnen Merrys Darstellung im Film gefallen habe, und sie erwiderte, wie freundlich es sei, ihr dies zu sagen. Dann wandten sie sich von ihr ab, um mit Gardner oder Kleinsinger zu sprechen. Einer von ihnen, sie erinnerte sich nicht, wer — war es der Argentinier? —, lenkte ihre Aufmerksamkeit auf die großen Sansovino-Statuen von Neptun und Mars. Sie hatten darüber gesprochen, wie schön der Hof sei.

„Sansovino?“ fragte sie. Der Name war ihr bekannt, aber durch den Akzent des Namens klang er verändert und fremd.

„San — so — vi — no“, wiederholte er langsam. „Dieses Gebäude wäre niedergerissen worden, wäre er nicht gewesen. Palladio wollte es abreißen und ein neues bauen ...“

„Wirklich?“

Er schien etwas erwidern zu wollen, doch da trat Gardner auf sie zu. Die Konversation wandte sich einem anderen Thema zu, und dann nahm Grindell ihren Arm und führte sie zu neuen Leuten, die sie begrüßen mußte.

Sie blieben nicht sehr lange. Nach einer Weile erklärte Finkel, daß er müde sei. Kleinsinger stimmte ihm zu. Gemeinsam kehrten sie alle zum Boot zurück und fuhren durch die Lagune zum Hotel.

Mrs. Keats schlief bereits. Merry konnte ihr Schnarchen durch die halbgeöffnete Tür des Schlafzimmers hören. Sie weckte sie nicht auf, sondern zog sich allein aus, schlüpfte in das neue Nachthemd aus Seide und Spitzen, das sie in Paris erstanden hatte, und legte sich nieder. Mit dem Vorsatz, am nächsten Tag Venedig anzuschauen, schlief sie ein.

Irgendwie war es sehr passend, daß es auf diese Weise geschah und daß es gerade hier geschah — in Venedig. Die Straßen Venedigs sind ein Labyrinth von Durchgängen, Gäßchen und Passagen, die sich drehen und wenden, über Brücken führen, durch Torbogen, durch Gebäude, um dann plötzlich, ganz unvermutet, einen erstaunlichen Anblick freizugeben. Man biegt um die letzte Ecke, überzeugt, in einer Sackgasse zu sein, und steht plötzlich vor einem Palazzo, einer Kirche, einem Kanal oder einfach auf einem großen Platz, und am Rande eines alten Brunnens liegen schläfrig zwei Katzen in der Sonne.

Am nächsten Morgen ging Merry doch nicht die Stadt ansehen. Von acht Uhr dreißig bis elf Uhr mußte sie Interviews geben. Leute von den Filmzeitschriften, von der *New York Times,* von der Londoner *Sunday Times* und vom *L'Express* wollten sie sehen. Als der letzte gegangen war, dachte sie, auch sie könne gehen, doch Finkel rief an und lud sie zum Lunch ein, so daß die Stadtbesichtigung wieder um einige Stunden verschoben werden mußte. Um ihre Enttäuschung vollzumachen, teilte ihr Freddie mit, er müsse am Nachmittag wegfliegen, und Mrs. Keats würde sie herumführen. Aber unverhofft, wie sich die Straßen Venedigs ändern, änderten sich auch ihre Pläne. Der Mann, den Freddie treffen sollte, hatte sein Flugzeug versäumt. Freddie hatte Zeit, sie zu begleiten. Sie fand seine Nachricht in ihrem Zimmer vor. Sie trafen sich in der Halle des Hotels und nahmen ein Vaporetto nach San Marco.

Freddie erwies sich als ebenso angenehmer Gesellschafter wie am Vortag. Zwar wußte er nicht viel über Kunst und Geschichte von Venedig, aber er schien auch nicht gelangweilt, als müsse er den Rundgang über sich ergehen lassen. Außerdem besaß Merry ihren *Guide Bleu.*

Sie gingen in die Markuskirche und badeten in dem goldenen Licht, das von den Mosaiken zurückstrahlte, besichtigten die Pala d'Oro, tranken bei „Florian" Kaffee und gingen nochmals in den Dogenpalast, von dem sie am Abend zuvor nur den Hof gesehen hatten. Merry konnte sich später nicht mehr erinnern, welches Gemälde es war, nicht einmal, in welchem Raum sie gestanden waren. Wahrscheinlich war es ein Veronese. Jedenfalls war auf dem Gemälde eine jener nackten Gestalten, die irgend etwas symbolisieren sollen, dargestellt: Die Gerechtigkeit, der Friede oder die Tugend priesen oder begrüßten die Stadt Venedig, und Merry machte eine Bemerkung zu Grindell, wie lächerlich sie es fand, daß man bei der Premiere gepfiffen hatte. Sie erinnerte sich an diese Bemerkung, denn sie gab dem Gespräch eine Wendung, wie sich der verirrte Spaziergänger in Venedig des Punktes erinnert, an dem er noch wußte, wo er sich befand. Von dieser zufälligen Bemerkung ausgehend, kamen sie auf jenen Tag zu sprechen, an dem die Szene gedreht wurde, und auf das Interview mit Jocelyn Strong, das den gemeinen Artikel zur Folge hatte. Sie erzählte Freddie davon, denn schließlich gehörte er zur Branche, und vor allem schien er ein Freund. Sie erzählte ihm von der gezielten Bosheit des Artikels und daß es sich um einen persönlichen Racheakt gehandelt habe. Sie erwähnte sogar Jocelyns alte Verbindung mit ihrem Vater.

„Ja, ich weiß", sagte Grindell.

„Sie wissen davon?"

„Ich war dabei. Das heißt, nicht wirklich dabei. Aber ich war damals auch dort. Eine traurige Sache."

„Ja", erwiderte Merry. „Manchmal frage ich mich, wie anders mein Leben sein könnte, wenn es nicht geschehen wäre."

„Sie war ein wundervoller Mensch", sagte Grindell.

„Wer? Mutter? Ich wußte nicht, daß Sie sie kannten."

„O doch, leider nicht wirklich gut. Ich traf sie einige Male. In Paris und in der Schweiz."

„Wo? In Paris? Aber sie war doch niemals in Paris, und ich weiß, sie war niemals in der Schweiz. Sie lebt in Los Angeles."

„Lebt in ...", begann Grindell und hielt inne. „Entschuldigen Sie, ich ... ich muß mich geirrt haben."

„Wie merkwürdig", sagte Merry.

Grindell erwiderte nichts. Er schien das Thema wechseln zu

wollen, und Merry hatte nichts dagegen, aber irgend etwas störte sie, ließ ihr keine Ruhe. Sie betrachtete nicht mehr die Bilder an den Wänden, die alten Rüstungen in den Kästen interessierten sie nicht mehr, im Geiste rekapitulierte sie Grindells Worte und versuchte sich jeden Satz ins Gedächtnis zurückzurufen. Endlich fand sie, was sie störte, was sie nicht locker ließ.

„Was meinten Sie damit? Wovon sprachen Sie? Sie sagten, Sie seien dort gewesen?"

„Was hat Ihnen Ihr Vater erzählt?" fragte Grindell.

„Nichts", erwiderte Merry, „oder fast nichts. Ich hörte von meiner Mutter darüber."

„Worüber hörten Sie von Ihrer Mutter?"

„Über ... nun, ich weiß nicht einmal, wie ich es nennen soll. Es war keine Affäre, ein einmaliges Zusammensein, glaube ich. Zwischen Jocelyn und meinem Vater. Es geschah gleich nach meiner Geburt."

„Ich verstehe", sagte Grindell.

„Sie verstehen? Ich dachte, sie sagten, Sie wüßten davon?"

„Anscheinend nicht. Es ist so lange her. Man verwechselt die Dinge."

Seine Erklärung war nicht befriedigend, aber das Gespräch hätte damit enden können, hätte Merry nicht genug von den Bildern und Statuen der alten venezianischen Fürsten gehabt und den Wunsch geäußert, sich niederzusetzen. Sie war müde. Sie fragte Freddie, ob sie nicht irgendwo einen Drink nehmen könnten. Er führte sie hinaus und längs der Riva degli Schiavoni zu „Danieli", wo sie in bequeme Fauteuils versanken und Gin and Tonic bestellten. Vielleicht war es, weil sie jetzt saß und sich ausruhen konnte. Oder vielleicht war es ein Gefühl der Unvollständigkeit über das vorangegangene Gespräch, die Gewißheit, daß irgend etwas nicht stimmte. Jedenfalls kam sie darauf zurück, wenn auch nur zögernd und auf Umwegen.

„Manchmal versuche ich mir vorzustellen, wie meine Mutter geworden wäre, wäre sie bei meinem Vater geblieben. Sicher besser, als sie heute ist. Und es wäre auch besser für mich gewesen. Seltsam, wie sich die Dinge im Leben ergeben."

Grindell antwortete nicht, und schon das allein war auffallend. Er ging doch sonst auf alles ein. Doch jetzt dachte er an etwas anderes. Sie sprach trotzdem weiter, weil sie einmal angefangen hatte und weil es ihr wohltat, darüber zu sprechen. Wenn er nur mit halbem Ohr zuhörte, um so besser, dachte sie.

„Was ich nicht verstehe“, fuhr sie fort, „ist die Rachsucht, die darin liegt. Natürlich weiß ich nicht, was zwischen Jocelyn und meinem Vater vorfiel und wie es war. Aber zwanzig Jahre lang einen solchen Groll zu hegen ... das ist doch einfach unmenschlich!“

„Es waren nicht zwanzig Jahre“, sagte Grindell zögernd.

„Was meinen Sie? Es geschah, als ich geboren wurde. Ich werde nächste Woche zwanzig.“

„Es waren nicht zwanzig Jahre“, wiederholte er. „Ich sagte Ihnen, ich war dabei. In der Schweiz. Vielleicht sage ich Ihnen lieber die Wahrheit. Ich dachte nicht an Ihre Mutter, sondern an Carlotta, Ihre Stiefmutter.“

„Ich verstehe Sie nicht.“

„Ihr Vater sprach nie mit Ihnen darüber? Erzählte Ihnen kein Wort davon?“

„Nein, worüber?“

„Sie trafen einander nochmals. Ihr Vater und Jocelyn. In Montreux. Vor ungefähr acht Jahren. Sie wurden damals gerade in die Staaten zurückgeschickt.“

„Daran erinnere ich mich. Es ist das einzige, woran ich mich erinnere — daß ich zurückgeschickt wurde.“

„Nun, es war ein, zwei Wochen später. Jocelyn kam von Paris, um Ihren Vater zu interviewen. Ich war auch dort.“

„Sie waren dort? Aber das ... War das, als Carlotta ertrank?“

„Ja.“

Merry dachte nach. Trotz der Hitze des Nachmittags, trotz der Schwüle eines Augusttages in Venedig war ihr auf einmal kalt. Sie mußte ihr Glas auf den kleinen Tisch stellen.

„Wegen Jocelyn?“ fragte sie. „Wegen Jocelyn und meinem Vater?“

Grindell schöpfte tief Atem, befeuchtete seine Lippen, sah sie einen Augenblick lang an und sagte: „Nicht nur deshalb. Es war nicht der einzige Grund. Ich glaube, es gibt niemals nur einen einzigen Grund. Aber es war ein Teil, der Großteil.“

„Ich verstehe.“

Merry leerte ihr Glas und bat ihn, sie ins Hotel zurückzubringen. Durch einen Seitenausgang des „Danieli“ gingen sie zu dem kleinen Steg, wo das Motorboot, das zwischen den beiden Hotels hin- und herfährt, wartete. Auf der Fahrt durch die Lagune starrte Merry in die Wellen, dann wandte sie sich an Grindell und fragte: „Aber warum? Ich verstehe es noch immer nicht. Nach so vielen Jahren noch gehässig zu sein?"

„Ich glaube nicht, daß es Jahre waren", sagte Grindell, „ich glaube, es waren drei, vier Tage."

„Das ist unmöglich. Ich ... ich verstehe es nicht."

„Ich glaube, Jocelyn besuchte ihn. Natürlich ist das nur eine Vermutung von mir, aber ich bin lange genug in diesem Geschäft, und diese Art von Bosheit seitens weiblicher Reporter ... nun, es ist nichts Einmaliges."

„Aber was ist geschehen? Wovon sprechen Sie?"

„Ihr Vater war damals verlobt, nicht? Mit Noni?"

„Ja!"

„Nun, ich nehme an, sie fuhr zu ihm, und ich nehme an, sie machte ihm Avancen. Ich vermute, er ließ sie abblitzen. Und darum war der Artikel so, wie er war."

Merry äußerte kein Wort. Es gab auch nichts zu sagen. Sie wünschte nur, sie müßte sich nicht in zwei Stunden frisieren lassen, sich wieder anziehen und zu Finkels Party im „Chez Vous" gehen.

Aber noch schlimmer als das Dinner war, was darauf folgte. Während des Dinners hielt sich Merry ausgezeichnet. Sie hätte hundert Parties überstehen können. Alles, was man von ihr verlangte, war, freundlich und liebenswürdig zu sein. Und das war wenigstens eine Beschäftigung. Nach dem Dinner, am nächsten Tag und am übernächsten Tag, gab es keine Beschäftigung für sie. Es gab nichts mehr für sie zu tun. Es wurde nichts von ihr verlangt. Nichts. Sie hatte nicht erwartet, daß die Maschinerie der Biennale, die sie seit ihrer Ankunft in Atem gehalten hatte, sie plötzlich freigeben, sie ausspeien würde, nachdem ihre Verwendung aufgehört hatte. Daß sie so plötzlich sich selbst überlassen sein würde. Aber so war es. Es gab so viele Filme, so viele Schauspieler und Schauspielerinnen, Direktoren, Produzenten, Regisseure und Autoren, die gefeiert und interviewt sein wollten; so viele Geschäfte abzuschließen, daß auf einmal Tage vor ihr lagen und Nächte, in denen nichts von ihr verlangt oder gebraucht werden würde. Sie war in den Klauen eines riesigen Vogels gefangen gewesen, und jetzt, da man sie freigegeben hatte, war sie erleichtert — so sagte sie sich —, aber sie war auch niedergeschlagen. Was sie am allerwenigsten wollte, waren Zeit und Muße, zu verdauen, was Grindell ihr über ihren Vater, Jocelyn und Carlotta erzählt hatte.

Um beschäftigt zu sein, besichtigte sie die Stadt. Sie ging nicht zu den von ihrem Führer empfohlenen Sehenswürdigkeiten, sondern zog es vor, in den weniger besuchten Stadtvierteln umherzustreifen, wo die verfallenen Gebäude ihrer Stimmung zu entsprechen schienen. In jeder anderen Stadt der Welt ist ein Lager- oder ein Wohnhaus etwas Notwendiges und Funktionelles, man nimmt es hin und geht daran vorbei, ohne an seine ästhetischen Qualitäten zu denken. Aber in Venedig, dieser auf dem Wasser erbauten, absurden Stadt, die eine so sublime Verachtung für Funktion und Notwendigkeit zeigt, gilt kein anderes Kriterium als die Ästhetik, und alle großartigen Gebäude verkünden es mit ihrer Grazie, ihrem extravaganten Schmuck oder ihrem stillen Charme. Doch die betonte Pracht der schönen und arroganten Paläste läßt die anderen Bauten — die notwendigen, die schäbigen, die armseligen — um so trauriger erscheinen. Sie sind wie häßliche Frauen, die ein grausamer Zufall auf einen Ball verschlagen hat, wo sie sich in den dunklen Ecken des Saales aneinanderdrängen, um nicht gesehen zu werden.

Zu diesen dunklen Ecken, zu diesen architektonischen Mauerblümchen nahm Merry Zuflucht und fand, daß deren Melancholie ihr Trost spendete. Hier war ein Ventil, das ihren Schmerz entließ, durch das ihre Traurigkeit ausfließen konnte in die Lagune und das Meer. Sie aß in den kleinen *Trattorias,* in denen man den Wein in blau-weißen Krügen serviert und wo sie ein Prezzi fisso mit drei Gängen für siebenhundert Lire bekam, umgerechnet ungefähr ein Dollar. Sie ging spazieren, ohne darauf zu achten, wohin sie ging, ohne sich um Stadtpläne und Führer zu kümmern, außer wenn sie müde wurde und wissen wollte, wo sie sich befand. Dann sah sie sich nach einer Kirche um, suchte die Kirche auf dem Plan und fand sich wieder zurecht. Wollte sie sich niedersetzen, so ging sie in eine Kirche, und am frühen Nachmittag, wenn diese geschlossen waren, wanderte sie zum Canal Grande, stieg in einen der Vaporetti und fuhr einige Stationen. Während die Stadt an ihr vorüberglitt, störte sie niemand und niemand beachtete sie. Die Biennale und der Lido schienen tausend Meilen weit entfernt.

Der Dampfer hielt mit einem Ruck, als er gegen den *pontile* stieß. Ein Knäuel von Passagieren drängte sich zum Ausgang, andere stiegen ein. Das Boot setzte sich wieder in Bewegung. Merry betrachtete die Häuser und bemerkte kaum die Menschen um sie herum.

„Haben Sie die Sansovinos angesehen?" fragte eine Stimme.

Sie wandte sich um, sah aber niemanden, den sie kannte, und nahm an, es müsse das Bruchstück einer Konversation gewesen sein, das Wind und Wasser an ihr Ohr getragen hatten.

„Miß Houseman", beharrte dieselbe Stimme.

Wieder wandte sie sich um. „Wie bitte?" Sie sah den neben ihr stehenden Mann fragend an.

Er lachte freundlich. „Raul Carrera", sagte er und machte die Andeutung einer Verbeugung, „wir lernten einander im Palazzo Ducale kennen."

Sie war nicht unbedingt erfreut, in ihrer Einsamkeit gestört zu werden, doch sie erwiderte sein Lächeln und sagte: „Nein, von der Nähe habe ich sie mir noch nicht angesehen."

„Schade", erwiderte er, „aber sie stehen schon lange an ihrem Platz. Es wird sich noch eine Gelegenheit finden."

Er fuhr fort, belanglose Konversation zu machen, die keine Antworten erforderte. Sie erinnerte sich, ihn beim Empfang gesehen zu haben. Er war der einzige Mensch gewesen, der ihr aufgefallen war, der einzige, an den sie sich erinnerte. Aber es war auch keine sehr muntere Gesellschaft gewesen. Sie betrachtete ihn prüfend, während er sprach. Er trug einen beigen Pullover und enge Hosen im gleichen Farbton. Bei einem anderen Mann hätte es feminin aussehen können, aber ihm stand es gut. Er war nicht groß oder wirkte nicht groß, als er neben ihr saß. Eher vermittelte er den Eindruck einer gewissen Kompaktheit, eines leichten Schwergewichts, kraftvoll und sehnig. Er trug das Haar sehr kurz, und die Sonne hatte es gebleicht, während sie sein Gesicht gebräunt hatte. Es unterstrich die Weiße seiner Zähne, was wiederum die Aufmerksamkeit auf seinen Mund lenkte, auf seine vollen Lippen und die dazu im Widerspruch stehenden scharfen Linien an den Mundwinkeln.

Aber während sie all das feststellte und zur Kenntnis nahm, dachte sie gleichzeitig: Zum Teufel, wen kümmert das schon? Vielleicht war es die größte Absurdität des Filmgeschäftes, daß fast jeder Mann, den man kennenlernte, gut aussah und irgendein Idol war. Carrera war Regisseur, nach Frankreich gekommen, um der strengen Moral der Argentinier zu entgehen. Als Neueingebürgerter gab er sich französischer als die Franzosen und war die Verkörperung jener französischen Nonchalance, die mit dem Zynismus des Nachkriegsfrankreich groß geworden war.

Er sprach noch immer, während der Vaporetto durch das Wasser dampfte, momentan über das spezifische Licht eines Gemäldes von Canaletto, das die vor ihnen liegende Ansicht darstellte. Ohne es zu beabsichtigen, sprach sie ihre Gedanken aus — nicht über Canaletto, sondern über ihn und Venedig und über alles andere.

„Aber wen kümmert das?" fragte sie.

„Ich verstehe Sie nicht?"

„Es tut mir leid", sagte sie, „aber ich habe einfach genug davon. Ich habe wirklich genug. Ich bin dem Lido und der Biennale entflohen, und jetzt fliehe ich vor Sansovino und Canaletto und Veronese und dem Rest. Den ganzen Morgen wanderte ich in den Elendsvierteln von Venedig umher . . ."

„Aber warum? Warum die Elendsviertel?"

„Weil sie hier besonders traurig sind."

„Aber das ist doch sehr romantisch."

„Sie in eine Kategorie einzuordnen läßt sie nicht verschwinden."

„Nein, natürlich nicht, aber es hat einen Zweck. Es rückt sie ins richtige Licht."

„Das ist klug gesagt", erwiderte sie, „aber ich habe genug von klugen Aussprüchen und genug von Venedig. Es ist ebenso unwirklich wie ich selbst."

Einen Augenblick schien er darüber nachzudenken. Er wandte sich ab und blickte sie wieder an. „Sie sind so wirklich wie nur irgend jemand", sagte er, „glauben Sie, daß diese einfachen Leute, die Leute, die Sie bewundern, die in romantischen Slums leben, wirklicher sind als Sie? Wissen Sie, daß alle diese Leute ins Kino gehen, Sie ansehen und durch Sie existieren? Für diese Leute sind Sie wirklich. Das Leben dieser Menschen ist eintönig und grau und leer. Durch Sie erhalten sie einen Schimmer Hoffnung, einen Funken Leben und Freude."

„Nein, nein", widersprach sie, „Sie sprechen von wirklicher Kunst. Die Filme, die Sie und ich machen, haben keine solche Wirkung . . ."

„Doch", erwiderte er, „das ist ja das Deprimierende. Sie haben diese Wirkung. Die Qualität des Films, die intellektuelle oder die künstlerische Qualität, ist völlig gleichgültig. Das einzig Wesentliche ist, bis zu welchem Grad sich die Leute identifizieren können, bis zu welchem Grad sie sich so sehen können, wie sie gerne sein möchten. Wenn das gelingt, dann glauben sie dem Film, und wenn sie dem Film glauben, ist es ein guter Film."

„Wie traurig."

„Sicher, aber ich versuche, nicht daran zu denken."

„Warum machen Sie dann Filme?"

„Um mich zu unterhalten."

„Ein kostspieliges Hobby, nicht?"

„Nein, ganz und gar nicht. Ich habe Geldgeber. Und ich hatte Glück. Meine Filme waren erfolgreich, aber das war nicht das wesentliche. Es kümmerte mich nicht. Wenn ich keinen Spaß mehr daran hätte, würde ich aufhören, Filme zu machen."

„Ich verstehe es nicht", sagte sie. „Warum machen Sie es? Warum macht es Ihnen Vergnügen?"

„Wenn Sie es wirklich wissen wollen: Ich mache es, weil ich eine Art Voyeur bin. Alle Regisseure sind Voyeurs, so wie meiner Ansicht nach alle Schauspieler und Schauspielerinnen Exhibitionisten sind. Ich sah die äußerst aufschlußreichen Aufnahmen von Ihnen im *Lothario*. Und es schien mir, daß Sie auf diesen Photos das Paradigma einer Schauspielerin sind. Es war eine tolle Darstellung des Bereitseins, nur eine Darstellung, und es ist diese Darstellung, die das interessante ist. Was Sie an der Kunst der Venezianer vielleicht vermissen, ist das Nichtvorhandensein eines sexuellen Inhaltes. Filme sind schließlich ein lebendiges Medium. Wir beschäftigen uns mit dem Stil, aber es wäre heuchlerisch, das starke erotische Element des Films und seine Wirkung auf das Publikum zu leugnen."

„Vielleicht", sagte sie.

„Sind Sie nicht meiner Meinung?"

„Ich weiß es nicht. Ich überlege."

Und sie dachte darüber nach, oder nicht nur darüber, sondern auch über ihn. „Der Verstand“, sagte er, ihre Gedanken unterbrechend, „ist die am wenigsten anerkannte erogene Zone.“

Es war richtig. Sie merkte, daß er während des kurzen Gespräches unerhört anziehend für sie geworden war. Sie fragte sich, ob sie ihn im geringsten interessierte, und die Neuheit, einen Mann zu interessieren, auf intellektueller Basis zu interessieren, war ebenso faszinierend, wie er selbst faszinierend war. Er war kein simpler amerikanischer Junge, der sich durch die Aussicht auf einen schönen weißen Körper verführen ließ. Er war auch kein Geschäftsmann, der sie als Handelsware betrachtete, und auch kein ehrgeiziger junger Schauspieler, der in ihr eine Eintrittskarte zu der großen Welt sah. Er war ein Mann der Alten Welt, erfahren, intelligent und berühmter als sie selbst. Sie fragte sich, ob sie es in sich hatte, sein Gefallen zu erregen, wie er ihr Gefallen erregt hatte. Obwohl sie viel herumgekommen war, wußte sie so wenig von der Welt — so wenig vor allem von der Welt des Geistes.

Vor allem wußte sie nichts von der Anfälligkeit Carreras, eines europäischen Intellektuellen, für die Mängel, die sie so deutlich spürte. Er sah in ihnen keine Mängel, sondern amerikanische Unschuld. Soweit es ihn betraf, war sie naiv und primitiv, aber sie besaß genügend Geist und Intelligenz, genügend Originalität und Spontaneität, um ihm zu gefallen, wie die weiße Leinwand dem Künstler gefällt, wie der kalte Marmorblock Pygmalion gefiel, ja wie vor Jahren Clothilde ihm gefallen hatte, die sich ihm gab, um erzogen und geformt, um neu von ihm erschaffen zu werden.

Der Vaporetto näherte sich der Anlegestelle der Accademia. „Entschuldigen Sie mich bitte“, sagte Carrera, „aber ich muß hier aussteigen. Ich würde Sie einladen, aber Sie scheinen nicht in der richtigen Stimmung für die Bilder der Accademia zu sein. Gehen Sie heute abend zum Film?“

Sie hatte keine Ahnung, ob er es vorzog, daß sie ablehne oder annähme.

„Ich weiß es noch nicht“, sagte sie ausweichend.

„Nun, hätten Sie Lust, mit mir zu essen? Um sieben. Wenn Sie nachher den Film ansehen wollen, bleibt immer noch genug Zeit.“

Sie war entzückt und überrascht und sagte: „Ja, ja, sehr gerne."

Er verbeugte sich — die gleiche leichte Verbeugung, die er bei der Vorstellung gemacht hatte. „Es ist mir eine Ehre", sagte er, „ich freue mich auf den Abend. Ich werde Sie im Hotel anrufen."

Der Dampfer hielt. Sie sah ihm nach, als er über das alte Holz des *pontile* ging. Er drehte sich nicht um.

Merry fuhr weiter bis San Zaccaria und nahm von dort ein Boot zum Lido. Carrera verbrachte vierzig Minuten in der Accademia, aber es gelang ihm nicht, sich zu konzentrieren. Er gab es auf und nahm ein Motoscafo zum Gritti, das er der Öde des Lidos vorzog. Er ging in seine Suite, goß sich einen starken Brandy mit Soda ein und setzte sich in einen Stuhl ans Fenster, um seinen Drink und die Photographien in seinem Album zu genießen. Es war ein großes Album in Folioformat, in Eidechse gebunden und mit einem Nummernschloß versperrt. Er wählte drei Nummern, nahm einen Schluck Brandy und dachte, während er es öffnete, daß er für Merry ein neues brauchen würde. Der Gedanke daran war angenehm und regte die Phantasie an.

Merry hatte vergessen, daß sie Freddie versprochen hatte, mit ihm zu dinieren. Als sie in ihr Zimmer kam und Mrs. Keats mitteilte, sie würde heute abend mit Carrera ausgehen, erinnerte Mrs. Keats an die andere Verabredung und schlug taktvoll vor, daß einer von ihnen Mr. Grindell anrufen müsse.

„Mein Gott", sagte Merry, „ich habe vollkommen darauf vergessen. Ich werde ihn anrufen. Danke."

Sie nahm den Hörer auf und verlangte Grindells Zimmer.

„Freddie? Hier Merry."

„Hallo", antwortete er, „wie war der Nachmittag?"

„Schön", sagte sie, „aber es tut mir leid, ich habe etwas Schreckliches gemacht."

„Ja?"

Sein Ton war vollkommen beiläufig, aber Merry wußte, daß sein Gehirn umgeschaltet hatte und er in diesem Augenblick wieder zum Presseagenten geworden war, der darauf wartete, welches Durcheinander man ihm aufbürden würde, damit er es in Ordnung bringe — durch gute Worte, durch Geld, durch Beruhigen, Entschuldigen und Verschleiern ...

„Nun, *so* schrecklich ist es wieder auch nicht."

„Ja?" fragte er. „Was kann ich für Sie tun?"

„Sie können mir verzeihen. Ich traf Raul Carrera auf dem Vaporetto und sagte zu, mit ihm essen zu gehen. Ich vergaß, daß wir uns für heute abend verabredet hatten. Seien Sie ein Schatz und verzeihen Sie mir, ja?"

„Nun, vielleicht könnten wir morgen abend zusammen essen?"

„Ausgezeichnet. Ja. Vielen Dank."

„Aber ich muß Ihnen sagen, daß ich mich nicht so leicht aufs Eis legen lasse. Könnten wir nicht heute nachmittag einen Drink zusammen nehmen?"

„Mit Vergnügen", sagte Merry, „aber ... ich meine, habe ich genug Zeit? Ich muß wieder frisiert werden und mich umziehen."

„Nur ganz schnell. Kommen Sie. Nachdem Sie mein Herz gebrochen haben, ist es das mindeste, was Sie tun können."

„Okay", sagte sie, „geht in Ordnung."

„In zehn Minuten erwarte ich Sie in der Bar."

„Ich werde dort sein", sagte sie und hing auf.

Grindell hielt den Hörer eine Weile in der Hand, bevor er auflegte. Er freute sich nicht darauf. Er freute sich ganz und gar nicht darauf. Es würde nicht leicht sein. Aber wenn es nötig war, mußte es getan werden. Um ihretwillen. Er war es, wenn schon nicht Merry, so jedenfalls Carlotta schuldig oder deren Angedenken. Er war es sich selbst schuldig.

Sie trafen einander in der Bar, und er erkundigte sich, was sie trinken wolle.

„Ich weiß es nicht", sagte sie, „ich hatte schon einen Gin and Tonic."

„Nehmen Sie einen Wermut mit Soda, wenn der Wermut zum Gin kommt, gibt es einen Martini!"

Er bestellte Wermut mit Soda für sie und einen doppelten Scotch für sich selbst. Zwischen dem Telephongespräch und ihrem Treffen in der Bar hatte er genügend Zeit gehabt, sich seinen Plan ein wenig zurechtzulegen. Daher fragte er sie nicht, wie sie den Tag verbracht und nicht, wie sie Carrera getroffen hatte. Er wollte nicht die Initiative ergreifen, wenn es nicht unbedingt nötig war. Wahrscheinlich würde sie Carrera ganz von selbst erwähnen, ohne daß er das Gespräch darauf bringen mußte.

Vorläufig war er noch auf sicherem Boden. Sie wiederholte ihre Entschuldigung und erklärte ihm, daß sie ihn gut genug kenne, um ihn bitten zu dürfen, ihre Verabredung zu verschieben. Sie habe Carrera erst am Nachmittag auf dem Vaporetto kennengelernt. „Das heißt, eigentlich traf ich ihn schon vorher. Auf dem Empfang im Dogenpalast. Sie stellten ihn mir vor, aber ich hatte es ganz vergessen."

„Nun, das wird mir eine Lehre sein", sagte Grindell. „Wenn ich Ihnen noch mehr Männer vorstelle, geschieht es mir recht, allein zu essen."

„Bitte, sagen Sie das doch nicht. Es tut mir wirklich leid."

„Ich habe nur einen Scherz gemacht", erwiderte er.

Der Kellner brachte die Drinks. Grindell trank ihr zu und sagte: „Unterhalten Sie sich gut."

„Danke."

„Haben Sie schon einen von Carreras Filmen gesehen?" erkundigte er sich nach einer Weile.

„Einige."

„Sie sind sonderbar, nicht?"

„Ja", gab sie zu, „das sind sie."

„Und nach dem, was ich höre, ist auch er sonderbar."

„Freddie, seien Sie doch nicht gemein."

„Das bin ich nicht. Wirklich nicht. Ich denke nur an Sie."

„Ich bin erwachsen, Freddie. Ich darf seit Jahren allein über die Straße gehen."

„Er ist keine Straße, er ist ein Abgrund."

„Oh, Freddie!"

„Mißverstehen Sie mich bitte nicht, Merry. Ich sage nicht, daß Sie nicht mit ihm essen gehen sollen oder sich nicht mit ihm unterhalten sollen. Ich schlage nur vor, daß Sie vorsichtig sein sollen. Bitte, seien Sie mir nicht böse."

„Ich bin Ihnen niemals böse", sagte sie, „ich finde es rührend von Ihnen, mich zu warnen. Aber es wird nichts nützen. Nichts erhöht das Interesse eines Mädchens an einem Mann mehr, als wenn man ihr sagt, er sei gefährlich. ‚Hüte dich vor dem dunklen Fremden' und all das Zeug. Es ist ... es ist einfach lächerlich."

„Ich weiß“, sagte Freddie, „aber es ist mir Ernst. Und wie sonst soll ich es Ihnen sagen? Er ist ein seltsamer, kranker Mensch. Und ich will nicht, daß Sie verletzt werden.“

„Machen Sie sich keine Sorgen, ich werde ein braves Mädchen sein.“

„Okay“, sagte er.

Er konnte nicht weiter insistieren. Wenn er so viel davon sprach, daß sie aufhörte, amüsiert zu sein, würde er riskieren, jede Verständigungsbasis mit ihr zu verlieren. Eigentlich hatte er ja noch gar nichts gesagt. Aber er hatte sie gewarnt, hatte wenigstens angedeutet, daß sie aufpassen solle. Obwohl es stimmte, daß eine derartige Warnung Carrera nur noch interessanter machte, konnte er sich doch nicht vorstellen, daß sie seine Worte ganz in den Wind schlagen würde.

Sie trank aus und lief weg, um sich frisieren zu lassen. Als sie fort war, setzte er sich wieder nieder und bestellte einen zweiten Whisky. Morgen abend würde er mit ihr essen. Vielleicht würde sie ihm erzählen, wie der Abend mit Carrera gewesen war. Es mußte gar nichts geschehen. Noch war Hoffnung vorhanden. Und auch wenn es anders ausging, was konnte er tun?

Der Kellner brachte ihm seinen Whisky, den er mit einem gierigen Zug hinunterschüttete.

Nun, wenn es dazu kam, konnte er mit Meredith sprechen. Vielleicht konnte ihr Vater erklären, warnen, sie zurückhalten. Es dem Vater zu überlassen hieß nicht die Verantwortung abwälzen, dachte er. Doch im nächsten Augenblick überkamen ihn Zweifel. Er versuchte, sich darüber klarzuwerden. Er wußte nicht, was richtig war. Vielleicht hätte er aufrichtiger sein sollen. Vielleicht hätte er sich nicht mit vagen Andeutungen begnügen, vielleicht die ganze häßliche Wahrheit vor ihr ausbreiten sollen. Vielleicht hätte er sein Wissen nicht nur Gerüchten zuschreiben sollen, vielleicht wäre es besser gewesen, die Quelle zu nennen — Clothilde Chaumont, Carreras erste Frau. Clothilde hatte es Grindell nicht selbst erzählt. Aber das hätte er verschweigen können. Es gab keinen Grund, den Ursprung der Geschichte allzu genau anzugeben.

Oder vielleicht doch. Vielleicht hätte er gerade das tun sollen. Vielleicht wäre es besser gewesen, er hätte ihr erzählt, daß Clothilde sich Louis anvertraut und dieser ihm darüber berichtet hatte und daß er Louis glaubte, weil er fast ein Jahr mit ihm gelebt hatte.

Aber dafür war noch Zeit, wenn es wirklich ernst werden sollte. Er würde abwarten, was sie zu sagen hatte, wenn sie morgen abend zusammen essen gingen.

Aber Merry konnte auch am nächsten Abend nicht mit Grindell ausgehen. Meredith und Noni waren einen Tag früher angekommen, als Grindell erwartet hatte. Sie wohnten im „Danieli" und hatten Merry eingeladen. Am nächsten Abend sollte „Nero" Premiere haben. Grindell hatte einige Male am Tag die Hand auf dem Hörer, um Meredith Houseman anzurufen und ihm mitzuteilen, was ihm Sorgen machte und daß Merry Carrera kennengelernt habe, aber er konnte sich nicht dazu entschließen.

Außerdem war es ein schlechter Zeitpunkt, Houseman zu belästigen. Er war mit seinen Interviews beschäftigt und dachte an seinen Film. Sogar wenn er bereit war, Grindell zuzuhören und sich mit dem zu beschäftigen, was Grindell für eine Gefahr hielt, konnte er vor morgen abend nichts unternehmen. Warum also nicht warten? Und so wartete Grindell.

Es erwies sich als richtig, zu warten. Aus zwei Gründen. Der erste war eine Einladung zu einer Gesellschaft in Barbara Fords Palazzo Leporelli. Merry war eingeladen worden und wollte, daß Freddie sie begleite. Es war ihm sehr recht. Er wußte, daß auch Meredith Houseman dort sein würde, denn es war das große Ereignis der Biennale. Sismondis Ansichten über die Form, in der sich eine Biennale abspielen sollte — es ging sogar das Gerücht, er wolle den Smoking abschaffen —, hatten, wie vorauszusehen, eine entsprechende Reaktion der *haute monde* von Venedig in der andern Richtung zur Folge: Wenn Sismondi nicht bereit war, Glanz und Flitter zu bieten, so war man durchaus imstande, selbst dafür zu sorgen. Daher Mrs. Fords Anti-Biennale-Party in ihrem Palazzo.

Für Grindell bot sich damit die Aussicht auf eine ideale Gelegenheit zu einem Gespräch mit Meredith. Und ein Gespräch war jetzt an der Zeit. Grindell hatte Merrys Reaktion am Abend der „Nero"-Premiere bemerkt, als sie in der Hotelhalle an Carrera vorbeigingen. Carrera war in Gesellschaft einer Frau gewesen, und nicht nur das, er hatte sich angeregt mit ihr unterhalten und offensichtlich amüsiert. Die Frau war um die Vierzig, aber unerhört schick, elegant und glänzend hergerichtet gewesen. Beim Anblick der beiden war Merry wie vor einem Schlag zurückgewichen. Es sagte Grindell mehr, als ein ganzer Abend mit Merry in erzählfreudiger Stimmung ihm gesagt haben könnte.

Grindell band seine Smokingmasche und wollte gerade das Zimmer verlassen, um Merry abzuholen, als er einen stechenden Schmerz im Magen verspürte. Er ging ins Badezimmer zurück, schluckte eine Pille, trank ein Glas Wasser und legte drei weitere Pillen in eine kleine Silberschachtel. Er steckte die Schachtel in seine Tasche und ging zum Aufzug, um Merry abzuholen. Er hoffte, daß sie während der Fahrt über die Lagune zum „Danieli" etwas erzählen und das bestätigen würde, was er bereits mehr oder weniger wußte. Aber sie sagte nichts. Sie war sehr still. Er konnte nicht einmal feststellen, ob sie nachdachte, grübelte oder einfach nur die Lichter der Stadt betrachtete. Vielleicht freute sie sich auch nur auf die Party.

Sie freute sich, aber nicht so, wie Grindell es sich vorstellte. Sie dachte an Carrera und den herrlichen Abend, den sie zusammen verbracht hatten. Sie waren zuerst in Harry's Bar gegangen, wo er für sie einen „Roger" bestellte, ein Gebräu aus Gin, Orangen- und Zitronensaft und einem passierten Pfirsich. Und dann waren sie in das Graspo de Ua gegangen und hatten vorzüglich gegessen. Nachher hatte er seinen eigenen Gondoliere angerufen, der sie an der Rialtobrücke abgeholt und durch die mondbeschienenen Kanäle geführt hatte. Carrera war reizend gewesen, witzig, freundlich und, allen absurden Warnungen Grindells zum Trotz, auch absolut korrekt. Nicht nur daß er Grindells Schilderung keineswegs entsprochen hatte, war er weniger aus sich herausgegangen, als Merry lieb war. Sie hatte sich gefragt, wovon Freddie eigentlich gesprochen habe. Carrera war zweimal verheiratet gewesen. Und wenn sie mit ihm beisammen war, hatte sie das Gefühl, mit einem richtigen Mann beisammen zu sein. Er war in mancher Hinsicht wie Freddie gewesen, charmant und lustig, aber irgendwo doch erregend. Wäre er ein Homosexueller, Freddies Anspielungen wären deutlicher gewesen, und er hätte sich weniger besorgt gezeigt. Sie dachte an den Abend zurück und gleichzeitig an Carrera und die schöne Frau in der Hotelhalle und wie wütend und verärgert sie gewesen war.

Es war vollkommen irrational, aber ihre erste Assoziation, der erste Gedanke, der ihr durch den Kopf ging, galt ihrem Vater — es war durchaus natürlich, denn sie war ja in seiner und Nonis Gesellschaft gewesen — und dem, was Grindell ihr über Carlottas Tod erzählt hatte. Wenn sie der Anblick von Carrera im Gespräch mit einer Frau nach einem einzigen gemeinsamen Abend so aus der Ruhe bringen konnte, wie furchtbar mußte es für Carlotta gewesen sein, die mit ihrem Vater verheiratet war, ihn mit Jocelyn zu überraschen?

Es war diese merkwürdige Gedankenverbindung, die es mit sich brachte, daß alle zur Party gingen. Barbara Ford war eine amerikanische Zinnerbin, und ihre Parties waren absolut nicht das, was sich Meredith unter einem gemütlichen Abend vorstellte. Aber die Einladung war da, und Noni zeigte durchaus Lust, ihr Folge zu leisten. Sie hatten einen kurzen Wortwechsel, allerdings gedämpft durch Merrys Anwesenheit. Aber es war Merry gewesen, die die Entscheidung brachte, ihrem Vater zuredete und vorschlug, man solle gemeinsam hingehen, und sie würde Freddie Grindell als Begleiter mitnehmen. Sie tat es nur, um Grindells Namen in Gegenwart ihres Vaters zu erwähnen, um ihm den Namen ins Gesicht zu schleudern, um seine Reaktion zu sehen.

„Grindell?“ hatte er gefragt. „Warum er?“

„Warum nicht? Er war sehr nett zu mir, wirklich besonders reizend. Er erzählte mir, daß wir einmal in Montreux zusammen Krocket spielten. Und er war besonders verständnisvoll und freundlich, als ich ihm von dem *Pulse*-Artikel berichtete. Er sagte mir, ich solle mich nicht über Jocelyn Strong ärgern, und wiederholte ungefähr die gleichen Dinge, die du mir sagtest.“

Der Stachel saß. Von Merrys Andeutungen irritiert, hatte Meredith seinen Widerstand gegen die Party aufgegeben und sich entschlossen, die Einladung anzunehmen, vielleicht nur um das Thema zu wechseln. Jedenfalls löste das bei Noni einen langen, unzusammenhängenden Monolog über die Frage aus, was sie anziehen würde.

Und deshalb saß Merry jetzt im Motoscafo neben Grindell, deshalb stieg sie vor dem „Danieli“ aus, um ihren Vater und ihre — in Gottes Namen — Stiefmutter abzuholen und einen heiteren Abend im Palazzo Leporelli zu verbringen. Grindell rief vom Hoteltelephon aus an, und sie gingen in Meredith' Suite, um einen Cocktail zu trinken. Meredith selbst nahm einen Schluck Champagner, aber für Gäste und Reporter war eine gutassortierte Bar vorhanden, und Noni mixte die Getränke. Alle waren schweigsam.

„Nun", sagte Meredith endlich und leerte sein tulpenförmiges Glas, „ich glaube, wir könnten uns geradesogut ins Vergnügen stürzen. Wollen wir gehen?"

Sie gingen hinunter, und Meredith bestellte beim Portier eine Gondel für die kurze Fahrt zum Ford-Palazzo.

Es war eine sonderbare Party. Sie war groß, doch machte sie nicht diesen Eindruck, da sich die Menschen auf verschiedene Zimmer und Säle des riesigen Renaissancepalastes verteilten. Zwei Minuten nach der Ankunft entschied Merry, daß es tödlich langweilig sein würde und sie früh nach Hause gehen wolle.

Doch das war eine so deprimierende Vorstellung, daß sie den Versuch machte, sich wenigstens einigermaßen zu unterhalten. Sie wollte sich nicht eingestehen, daß Carrera ihre Gedanken in Beschlag nahm. Nein, sie würde fröhlich sein. So schnell es ohne Auffallen möglich war, leerte sie einige Gläser Martini. Und nachdem sie von zwei gutaussehenden Italienern — Guido Soundso und Marco Soundso — mehr oder weniger aufgegabelt wurde, fuhr sie zu trinken fort und überlegte, daß sich vielleicht irgendwo ein Schlafzimmer mit einem Nerzmantel finden würde. Nicht daß sie besondere Lust darauf hatte, aber es würde eine Genugtuung sein — ein Protest gegen ihren Vater, gegen Carrera und alle anderen.

Doch ihre Pläne waren noch nicht weit fortgeschritten, als sie bemerkte, daß ihr Vater mehr Champagner als gewöhnlich trank. Sie wußte nichts von seinem Gespräch mit Grindell an der Bar, als Meredith diesen gefragt hatte, warum er Merry von Carlottas Selbstmord erzählt habe. Grindell hatte sich gerechtfertigt, er sei der Meinung gewesen, Merry wisse bereits alles, hatte es aus dem geschlossen, was Merry über Jocelyn gesagt hatte, aber ... „Nun, ich wußte nichts von Jocelyn und Ihnen und Ihrer ersten Frau."

„Ich verstehe nicht ganz, was das damit zu tun hat. Ich bin schließlich nicht verpflichtet, Ihnen Bericht zu erstatten."

„Natürlich nicht. Es war ein Irrtum, das ist alles. Es tut mir leid."

„Das genügt nicht, Grindell. Es genügt einfach nicht. Ich könnte Sie fertigmachen. Ich könnte Sie ruinieren, wissen Sie das? Ihre einzige Hoffnung ist, daß ich es vielleicht nicht der Mühe wert finde, mich mit Ihnen abzugeben."

„Herzlichen Dank."

„Gerne geschehen."

Und Meredith hatte sich ein weiteres Glas Champagner geben lassen, der Bar den Rücken gekehrt und Noni zugesehen, die mit einem Fremden vor der Musikkapelle Twist tanzte, während ein Sänger die Songs der Saison ins Mikrophon hauchte.

Merry hörte den Schmeicheleien von Guido — oder war es Marco? — nur mit halbem Ohr zu. Ihre Aufmerksamkeit gehörte dem Vater, und sie fragte sich, warum er trank und ob es etwas mit Noni zu tun habe. Doch dann trat Grindell zu ihr und sagte, daß er gehen müsse. Er habe starke Magenschmerzen.

„Ich nahm Pillen, aber es wird nicht besser. Ich glaube, ich gehe lieber ins Hotel zurück und lege mich nieder. Tut mir leid."

„Soll ich Sie begleiten?"

„Nein, nein, ich komme allein zurecht."

„Sind Sie sicher . . .?"

„Natürlich. Aber werden Sie sich zurechtfinden?"

„Guido und Marco werden mich behüten. Und schließlich ist auch mein Vater hier. Alles ist in Ordnung, bitte, machen Sie sich keine Sorgen."

Er dankte ihr, warf ihr eine Kußhand zu und ging hinaus, um ein Motoscafo herbeizuwinken. Er ließ sich nicht ins Hotel bringen, sondern ins Spital. Zu einer Kugel zusammengerollt lag er auf dem Boden des Bootes, ein brennendes Schmerzzentrum in seinem Innern.

Und so blieb Merry allein und war leicht erstaunt über den ungewohnten Anblick, den ihr betrunkener Vater bot. Vielleicht war er noch nicht wirklich betrunken, aber jedenfalls war er auf dem besten Wege dazu. Etwas unsicher und mit schwerer Zunge. Sie nahm an, Noni müsse irgend etwas damit zu tun haben, doch es war ihr im Grunde gleichgültig. Aber es war interessant genug, um selbst mit dem Trinken aufzuhören. Ihn zu beobachten würde lustiger sein; außerdem hatte sie bereits mehr als genug getrunken.

Weder Guido noch Marco schienen beleidigt zu sein, daß sie ihnen keine Beachtung schenkte, und das machte die beiden noch uninteressanter. Aber ihr Vater, der jetzt zu laut und zu lärmend zu lachen begann, war faszinierend. Es war sonderbar, dachte Merry, daß sie ihn so beobachten konnte, mit klinischem, kaltem Blick, oder vielleicht doch nicht ganz kalt. Denn sie war eindeutig fasziniert. Sie fragte sich, was Noni getan haben mochte, ihn derart aus dem Gleichgewicht zu bringen.

Und dann geschah es. Es gab keinen Zusammenhang, keinen Hinweis, es war alles ein dummer Zufall. Doch auch ein Waldbrand ist nicht nur die Folge eines achtlos weggeworfenen Zündholzes — nicht allein. Er ist die Folge eines Zusammentreffens des Zündholzes mit trockenem Wetter, mit ausgedörrtem Holz und Gras, das zu brennen bereit ist, das auf ein Zündholz wartet, das gleichsam eine Aufforderung darstellt.

Ein kleines, dummes Starlet, das eine Wette abgeschlossen hatte (über ungefähr fünfzigtausend Lire), begann sich auszuziehen. Die Musik ließ keinen Takt aus. Doch die Gespräche verstummten, und Barbara Ford, die erfahrene Gastgeberin, wußte, daß ihre Party an einem entscheidenden Punkt angelangt war. Ein derartiger Vorfall kann Erfolg oder Mißerfolg bestimmen. Und sie war entschlossen, sich vor einer Laune dieses dummen und, wie sich herausstellte, sehr hübschen Mädchens nicht geschlagen zu geben. Es hieß, elegant darüber hinwegzugehen. Und mit der Erfahrung, die ihr zahllose Kostümbälle gegeben hatten, mit Raffinement und spielerischer Leichtigkeit brachte sie das Kunststück zuwege.

„Meine Liebe", sagte sie, „ziehen Sie doch etwas an. Hier, nehmen Sie eine davon." Und sie reichte dem nackten Starlet eine ihrer Masken aus der Commedia dell'arte. Ihre Sammlung war Tausende Dollar wert, aber was bedeutete das im Vergleich zu einem mißglückten Abend? Sie gab dem Mädchen eine der Columbine-Masken. Folgsam legte sie das Mädchen an.

„Welch reizende Idee!"

„Bezaubernd!"

„Himmlisch!"

Aber es waren nicht diese Komplimente, die Barbara Ford belohnten. Komplimente sind leicht zu erhalten, aber sie wiegen nicht schwer. Sie waren wie die südamerikanischen Währungen, in denen sie ihr Vermögen investiert hatte. Was ihr gefiel, war die ansteckende Wirkung; zwei andere Damen nahmen Masken, lächelten und zogen sich zurück. Nach einer Weile betraten sie den Saal vollkommen nackt, nur mit den schönen Masken bekleidet. Es war schwer zu sagen, wer wer war.

Das Fest ging weiter. Andere kamen, nahmen eine Maske aus der Truhe oder von der Wand, verschwanden einen Augenblick und kamen als Pierrot oder als Harlekin zurück, als Pulcinella, Pierette oder Columbine. Daß manche Gäste keine Lust hatten, sich zu entkleiden, oder, aus Angst, sie könnten etwas versäumen, nicht einen Augenblick weggehen wollten, machte es um so heiterer. Nichts betont die Nacktheit so stark wie die Anwesenheit einiger Leute im Smoking.

Doch es bot auch gewisse Nachteile, angezogen zu bleiben. Die Nacktheit war anonym oder durch die Masken pseudonym. Angezogen sein hieß erkennbar sein; das Gesicht bot sich dar, bloß und schutzlos. Bei Guido und Marco machte es keinen Unterschied. Sie hatten kaum Gesichter. Doch für Merry wurde es zunehmend unangenehmer, durchzuhalten, in ihrem grünen Cocktailkleid auf dem rot-weiß gestreiften Satinsofa sitzen zu bleiben. Sie entschuldigte sich, nahm eine Maske von dem Tisch, auf dem sie jetzt bereitlagen, und verschwand, um sich auszuziehen, um von einer Kleidung in die andere zu wechseln, denn auch die Maske war eine Art von Bekleidung.

Die Musiker — ungerührt und unberührbar — spielten weiter. Mit untrüglichem Instinkt für das Richtige im richtigen Moment bestellte Mrs. Ford einen mexikanischen Huttanz. Tarump, tarump, tarump, tariddledy-dum-te-dump. Die Paare begannen zu tanzen. Es war ein Tanz mit wenig körperlichem Kontakt, äußerst komisch, weil das Umherspringen Brüste und Genitalien auf und nieder wippen und hin und her schwingen ließ.

Der nächste Schritt lag auf der Hand, und die Musiker intonierten unaufgefordert einen langsamen Slowfox. Jetzt hielten sich die Paare eng umschlungen, preßten sich aneinander, nahmen jede Gelegenheit wahr, die ihrer Sinnlichkeit durch die Befreiung von der hemmenden Identität geboten wurde. Die Masken und Mrs. Fords geflüsterter Vorschlag, daß die Männer es wie in der Tanzstunde halten und abengagieren sollten, gaben den Vorgängen eine gewisse Form und Struktur, die ebenso reizvoll war wie die Anonymität.

Es war keine echte Orgie, zumindest noch nicht, aber ein Spiel, ein herrliches Spiel, bei dem ein Mann mit einer Pulcinella-Maske und einer eindrucksvollen Erektion einem Pierrot auf die Schulter klopfen und ihm seine rothaarige Columbine entführen konnte, alles mit einer eleganten Formalität und Grazie. Merry tanzte mit einem gedrungenen, dunklen Jungen, mit einem schlanken, älteren Mann (sie konnte das Alter an seinen grauen Brusthaaren erkennen), mit einem andern und wieder mit einem andern. Manchmal tönte aus den dunklen Ecken des Saales Gekicher oder unterdrücktes Lachen. Einige Paare verschwanden in kleinere, intimere Räume. Merry unterhielt sich und war auf merkwürdige Art beruhigt, denn hier war eine ganze Gesellschaft, die sich benahm, wie sie selbst sich ein-, zweimal benommen hatte, und es war tröstlich, zu wissen, daß sie in ihrer Verderbtheit nicht allein war, ja daß sie anscheinend gar nicht so verderbt war. Sie war sich nie besonders schlecht vorgekommen, aber sie hatte sich manchmal gefragt, warum sie sich nicht schlecht vorkam. Doch hier, in diesem herrlichen Palazzo, waren sechzig oder siebzig Menschen von einiger gesellschaftlicher Bedeutung, die ihr bestätigten, daß das, was sie getan hatte, mehr oder weniger normal war.

Es war nicht die stärkste Art sexueller Stimulierung. Die Umarmungen, die sie selbst zum Beispiel mit Tony erlebt hatte, waren heftiger, süßer, persönlicher gewesen. Aber diese seltsame, freifließende Erotik hier war wie ein großes Federbett, in das man versinken konnte, in dem man nicht ganz sicher war, wo die Trennungslinie zwischen Phantasie und Wirklichkeit, zwischen Tagtraum und Realität verlief. Bis jemand, mit dem sie vielleicht fünf Minuten getanzt hatte, ihr vorschlug, sich an einen weniger lauten Ort zurückzuziehen.

„Wollen wir?“ fragte er und nickte zu einer Tür, durch die gerade ein Mann und eine Frau verschwanden.

Sie antwortete nicht. Es schien zu mühsam, Worte zu formen, Laute der Zustimmung auszusprechen. Er hielt sie sehr fest, streichelte ihre Hüften, preßte sie eng an sich, sichtlich erregt. Sie hatten auf der gleichen Stelle getanzt, sich nur langsam im Rhythmus der Musik gewiegt. Jetzt begann er zur Tür hinzutanzen. Sie ließ sich führen.

„Fein“, sagte er, „komm mit mir.“

Sie folgte ihm aus dem Saal. Da erkannte sie seine Stimme.

Sie riß sich aus seiner Umarmung und floh, so schnell sie konnte, zu der großen Halle. Er lief ihr nach.

„Nein", schrie sie zurück, „mein Gott, nein!"

Er blieb stehen. Sie wußte nicht, ob ihm ihre Stimme sagte, daß sie seine Tochter war, oder ob er einfach ein Mädchen, das „Mein Gott, nein!" schrie, nicht der Mühe wert fand. Was immer auch der Grund war, jedenfalls hörte er auf, sie zu verfolgen. Sie fand das Zimmer, in dem sie sich ausgezogen hatte. Sie hatte es zu eilig, um in dem Kleiderberg nach ihren Sachen zu suchen. Sie packte ein Kleid und streifte es ohne Unterwäsche oder Strümpfe über den Kopf. Sie fand ein Paar Schuhe. Sie paßten nicht. Sie versuchte ein anderes Paar. Auch sie paßten nicht. Zum Teufel. Sie ging barfuß. Sie suchte ihre Nerzjacke, konnte sie aber nicht finden. Sie nahm eine andere, die ihrer eigenen glich, warf sie über die Schultern und floh.

Den Mann am Anlegesteg ließ sie ein Motoscafo rufen und fuhr zum Lido.

Es war kühler geworden, und über dem Wasser wehte ein Wind. Aber sie hatte den Pelz um und konnte nicht begreifen, warum ihr fröstelte. Ihre Zähne schlugen zusammen. Der Fahrer drosselte den Motor und warf ihr eine Decke zu. Sie war nicht allzu sauber, doch sie wickelte sich dankbar darin ein.

„Die Signorina ist krank?" fragte er.

„Ja, krank."

„Ich eilen dann."

„Ja, bitte."

Er gab Gas, und das Boot schoß durch die Lagune. Nach wenigen Minuten legten sie am Bootssteg des „Lido Excelsior" an. Merry hatte kein Geld. Sie wies den Portier an, das Boot zu bezahlen.

„Das kann ich nicht", sagte er, „tut mir leid, aber . . ."

„Schauen Sie, ich bin Merry Houseman, zahlen sie das verdammte Boot."

„Selbstverständlich."

Halb ging sie, halb lief sie hinein und durch die Halle zum Lift. Sie drückte auf den Knopf und wartete. Sie zitterte am ganzen Körper.

„Ist etwas nicht in Ordnung?"

Sie drehte sich um. Es war Carrera.

„Nein. Ja. Ich bin ... Ich fühle mich nicht gut."

„Erlauben Sie mir, Sie auf Ihr Zimmer zu bringen?" fragte er. Es sollte wie eine Frage klingen, aber es klang wie ein Befehl. Er nahm ihren Arm und half ihr in den Aufzug.

Er fragte nach ihrer Zimmernummer und ihrem Schlüssel, sperrte auf und betrat mit ihr gemeinsam das Zimmer.

„Wo ist Mrs. Keats?"

„Wer?"

„Mrs. Keats. Sie ist eine Art von Begleiterin. Sie sollte hier sein."

Carrera entdeckte eine Nachricht auf dem Schreibtisch.

„Hier", sagte er, „hier ist Mrs. Keats."

Merry las die Nachricht. „Freddie ist mit einem Magendurchbruch im Spital. Ich bin bei ihm. Hoffe, Sie vermissen nichts. Bitte, rufen Sie Finkel, Kleinsinger oder mich im Spital an, falls Sie etwas brauchen. Tut mir leid. Aileen Keats." Unter der Nachricht stand eine Telephonnummer, wahrscheinlich vom Spital.

Sie setzte sich auf einen Stuhl neben dem Schreibtisch und begann zu weinen.

Carrera half ihr aufzustehen und führte sie in das Schlafzimmer der Suite. Sie ließ sich auf das Bett fallen. Er öffnete den Verschluß ihres Kleides, und sie zog sich aus. Wenn er erstaunt war, daß sie nichts darunter anhatte, so ließ er es jedenfalls nicht merken. Er öffnete die Laden des eingebauten Kastens und fand ein Nachthemd für sie. Sie zog es an, und er schlug die Bettdecke zurück. Das Bett war bereits gemacht, aber indem er die Decke noch weiter aufmachte, konnte sie sich ins Bett legen, ohne nochmals aufstehen zu müssen. Er deckte sie zu und löschte das Licht.

Sie dachte, er würde fortgehen, doch er blieb bei ihr. Er setzte sich in den Lehnstuhl, zündete eine Zigarette an und sah von Zeit zu Zeit zu ihr hinüber, ob sie etwas brauche.

Das ist sehr lieb von ihm, dachte sie. Sie schloß die Augen. Als sie die Augen wieder öffnete, war er noch immer da. Sie versuchte einzuschlafen, doch es gelang ihr nicht. Nicht sofort. Sie dachte an ihren Vater und wie er sich an sie gepreßt hatte, und wieder zitterte sie vor Ekel. Es war widerwärtig und obszön, daran zu denken. Und dann, ganz plötzlich, paßte alles zusammen. Ihr Vater und Elaine, ihr Vater und Jocelyn, und die Sache mit Carlotta, und der Selbstmord, und mit Noni ... alles schien auf einmal klar. Es hatte nichts zu bedeuten, daß er ihr Vater war. Er war einfach einer der vielen ehrgeizigen, lüsternen, brutalen Männer. Wie Tony. Wie Denver James. Wie ... Aber es hatte keinen Sinn, sie alle aufzuzählen. Sie waren doch alle gleich. Die netten, die freundlich zu ihr gewesen waren und liebevoll, die sie um ihrer selbst willen gemocht hatten und nicht um der Fähigkeit willen, ihre Schwänze aufzunehmen — das waren die Kranken, die Verletzten. Waters und Kleinsinger, Grindell und jetzt, vielleicht, Raul Carrera. Sie öffnete ein wenig die Augen und sah seine Zigarette in der Dunkelheit glühen. Sie dachte an Grindells Warnung, daß er ein gequälter, kranker Mann sei. Aber Qual und Krankheit hatten ihn Zärtlichkeit gelehrt, hatten ihm Verständnis und Mitgefühl geschenkt.

Sie wünschte, sie könnte ewig so liegenbleiben, unter der wärmenden Decke, in der Dunkelheit des anonymen Hotelzimmers — Carrera in der Nähe, eine Zigarette rauchend und sie behütend.

XIII

Auf dem Flugplatz trieben sich Photographen herum und warteten, welche Prominentenpaare ihnen die Laune der internationalen Flugpläne vor die Kamera bringen würde. Sooft sie „Nur noch ein letztes Mal, bitte“ riefen, glaubten die Berühmtheiten die Stimme Venedigs selbst zu hören, und da es dem Ende zuging, ja tatsächlich schon zu Ende war, stellten sie sich den Kameras, lächelten, schüttelten Hände und taten, als plauderten sie miteinander. Merry war mit Carrera gekommen. Sie hatten seit jener schicksalhaften Nacht fast jede Minute miteinander verbracht. Jeden Tag war Merry von dem Läuten des Telephons geweckt worden. Es war Carrera, der fragte, wie es ihr gehe, wie sie geschlafen habe. Einmal hatte er sie abgeholt, und sie war mit ihm zu der Vorführung seines

Films gegangen. Nun war sie im Begriff, mit ihm nach Paris zu fliegen; sie sollte der Star seines nächsten Films sein.

Meredith und Noni waren da, und wie üblich wurden Meredith und Merry gebeten, sich miteinander aufnehmen zu lassen. Merry hatte nichts dagegen. Sie war durchaus imstande, es auszuhalten, wenn er es aushielt. Wahrscheinlich hielt sie es sogar besser aus als er. Raul stand nur ein paar Schritte entfernt und schien sie mit seinem Lächeln zu stützen, wie er sie vor ein paar Tagen mit seinen Armen gestützt hatte. Es fiel Merry auf, daß Noni müde und erschöpft aussah. Zweifellos hatte sie eine schwere Zeit hinter sich. Es war gewiß nicht leicht, einen betrunkenen Meredith auszuhalten, ihn zu pflegen, bis er wieder nüchtern war, und sich mit den Presseagenten herumzuschlagen, die von ihr verlangten, sie solle vorgeben, daß ihr selbst übel gewesen sei, nicht um Meredith' willen, sondern seiner Karriere und des Films wegen. Merry beneidete Noni nicht um ihr Los, aber sie tat ihr auch nicht besonders leid. Sie mußte liegen, wie sie sich gebettet hatte.

Einer der Photographen bat Merry, sich zwischen Carrera und Kleinsinger aufnehmen zu lassen, und sie tat es mit großer Bereitwilligkeit. Nicht nur weil es ihr die Möglichkeit gab, sich von ihrem Vater zu entfernen, sondern auch weil es ihr als Geste bedeutsam erschien. Zwischen ihren früheren und ihren neuen Regisseur, zwischen ihr früheres und ihr neues Leben konnte sie sich mit einem gewissen Maß von Stolz und Freude stellen; Kleinsinger hatte den Preis für den besten Film erhalten, und Carrera und sie liebten einander.

Kleinsinger war glücklich, daß er den Preis gewonnen hatte, und Merry freute sich mit ihm, obwohl ihr Raul einiges über die Hintergründe der Preisverteilung erzählt und sie darüber aufgeklärt hatte, daß es sich dabei um ein Kompromiß zwischen künstlerischem Wert und politischen Rücksichten handelte. „Glaub nicht, daß es saure Trauben sind", sagte er. „Für mich hätte diese Biennale nicht besser ausgehen können — ich habe ja dich gewonnen."

Tatsächlich bestanden die wahren Resultate des Festivals nicht aus dem, worüber die Presse berichtete, nämlich aus den Preisen, die die Jury verliehen hatte, sondern aus den persönlichen Befriedigungen und Enttäuschungen, die sich aus jeder Ansammlung von Menschen dieser Art ergeben mußten, aus der geheimnisvollen Verbindung von Eitelkeit, Stolz, Ehrgeiz, Lüsternheit — und manchmal sogar von Großmut und Güte und Liebe.

„Ich habe heute morgen mit Grindell gesprochen", sagte Kleinsinger. „Es scheint ihm viel besser zu gehen."

„Ja, ich weiß", erwiderte Merry. „Ich habe ihn heute morgen gesehen."

„Du bist hingegangen? Ins Spital? Das war sehr nett von dir."

Sie hatte Grindell in den vier Tagen, die seit seinem Anfall vergangen waren, dreimal besucht und ihm für ungefähr hundertfünfzig Dollar Blumen geschickt.

„Carrera", sagte Kleinsinger, „wirst du auf dieses Mädchen aufpassen?"

„Ja. Ich werde mein Bestes tun."

„Ich glaube es dir", sagte Kleinsinger. „Und ich bin glücklich, daß ich es glauben kann."

Impulsiv ergriff Kleinsinger Carreras Hand und schüttelte sie. Sofort flammten Blitzlichter auf, aber die Geste war nicht für die Kameras bestimmt gewesen. Ebensowenig posierte Merry für die Photographen, als sie Kleinsinger auf die Wangen küßte.

„Viel Glück", sagte er.

Es war wie bei einer Hochzeit, wenn der Brautvater seine Tochter dem Bräutigam zuführt.

Meredith Houseman stand zwanzig Schritt entfernt, an der Bar des Flughafens. Er hatte eine kleine Flasche Champagner bestellt. Noni wollte ihn abhalten, merkte jedoch, daß er es auf eine Szene ankommen lassen würde, und sah ein, daß sie machtlos war. Houseman wandte sich um, sah, wie Kleinsinger Carreras Hand schüttelte, sah, wie Merry Kleinsinger küßte, sagte „Verflucht" und stürzte den Champagner hinunter.

„Gehen wir", sagte er zu Noni.

Sie begaben sich an Bord der Maschine, die nach Genua flog. Merry und Raul schritten auf den Ausgang Nummer vier zu, um das Flugzeug nach Paris zu nehmen. Kleinsinger schlenderte zur Bar hinüber und bestellte einen Kognak. Er hatte bis zum Abflug der Maschine nach New York noch eine halbe Stunde Zeit.

Merry hatte nicht die leiseste Ahnung gehabt, wie das Leben mit Carrera sein würde. Sie war mit ihm gegangen, wie man sich einem religiösen Glauben anschließt. Ihn zu fragen, wo er wohne, wie viele Zimmer er habe, wie sie eingerichtet seien, wäre ihr ketzerisch erschienen. Einem Gläubigen kommt es ja auch nicht in den Sinn, einen Engel zu befragen, wie es mit den Wohnungsverhältnissen im Himmel bestellt sei. Außerdem verschaffte ihr das Nachdenken über diese kleineren Mysterien eine gewisse Ablenkung vom Nachdenken über das große Mysterium — Carrera — selbst. In den kleinen wie in den großen Belangen hatte sie sich zu passivem Abwarten entschlossen.

Was sie zu sehen bekam, war besser als alles, was sie sich hätte vorstellen können. Eine Wohnung im achten Arrondissement, mit einem großen Balkon und Aussicht auf die Seine; ein Weekendhaus in Versailles; ein Gut in der Bretagne. Weekendhaus und Gut hatte sie allerdings noch nicht gesehen, sondern nur davon gehört.

Wichtiger aber als der Rahmen war der kultivierte und gelöste Stil dieses Lebens. Raul schien wenig anderes zu tun zu haben, als sich und sie zu unterhalten. Sie machten Einkäufe, gingen zu den Rennen, in die Oper, ins Theater, zu Parties. Sie besuchten Galerien und Antiquitätengeschäfte und gingen häufig ins Kino. Raul hatte das Kino gern; selbst wenn die Filme langweilig waren, beschäftigten sie ihn geistig.

„Es ist interessant, die Reaktion des Publikums zu beobachten und sich vorzustellen, wie man den Film anders hätte schneiden können."

Hin und wieder arbeitete er. Es gab Konferenzen mit Drehbuchautoren, Besprechungen mit Kayayan, Vorführungen von Filmen mit Schauspielern, die für die Besetzung einer Rolle in Betracht kamen. Aber die Art, wie er seine Filme vorbereitete, hatte nichts von der in Hollywood üblichen hektischen Betriebsamkeit an sich.

„Ich will frei bleiben", erklärte er. „Ich will imstande sein, ein wenig zu improvisieren, und das ist unmöglich, wenn alles schon im vorhinein genau festgelegt ist."

Wann immer es ging, nahm er sie zu den Filmvorführungen oder zu den Autofahrten mit, die der Motivsuche galten. Ob er das tat, weil er gern mit ihr zusammen war oder damit sie sich nicht einsam fühlen sollte — also aus einer Art Höflichkeit —, wußte sie nicht. Denn die eine große Frage war noch immer unbeantwortet. Sie lebten schon drei Wochen miteinander, ohne eine Liebesbeziehung zu haben.

Immer öfter dachte Merry über Grindells Worte nach und versuchte an Hand seiner vagen Andeutungen herauszufinden, was mit Raul nicht in Ordnung sein mochte. Aber Grindells Äußerungen waren so unbestimmt gewesen, und er hatte im Grunde so wenig gesagt. Einmal war sie im Begriff gewesen, ihn in Rom anzurufen, aber sie hatte es sich überlegt. Die Entscheidung war gefallen, sie hatte sich entschlossen, mit Carrera zusammen zu leben, und es wäre geschmacklos und unfair gewesen, mit Grindell über ihn zu sprechen. Außerdem hatte das Wissen, daß es etwas gab — wenn sie auch keine Ahnung hatte, was es war —, eine gewisse beruhigende Wirkung, denn es nahm ihr die Befürchtung, zuwenig reizvoll und anziehend zu sein, oder milderte diese Angst zumindest.

Ihre Neugierde allein hätte als Motiv ausgereicht; aber dazu kamen ihre Liebe zu ihm und ihr Bedürfnis, diese Liebe zum Ausdruck zu bringen. Daher war die Idee, mit der sie sich immer wieder beschäftigte, nicht allzu unvernünftig — die Idee, daß sie ihn verführen müsse. Und tatsächlich schien es das zu sein, was er von ihr erwartete. Auf andere Weise konnte man sich den Widerspruch zwischen unglaublicher Zurückhaltung und ebenso unglaublicher Zügellosigkeit nicht erklären. Seine Filme waren bekannt für ihre unerhörte Sinnlichkeit und Erotik. Und in seiner Wohnung gab es einschlägige Bücher und Bilder, Stiche und Plastiken, die er nicht zu verbergen suchte und auch gar nicht hätte verbergen können, weil sie viel zu zahlreich waren. Er war kein bloßer Dilettant, sondern ein ernst zu nehmender Sammler pornographischer und erotischer Kunstwerke. Und Merry konnte keinen Schritt in der Wohnung machen, ohne mit irgendeiner Darstellung erotischen Genusses konfrontiert zu werden. Primitive phallische Schnitzereien, Beardsley-Drucke, Abdrücke indischer Basreliefs, die mit mathematischer Präzision komplizierte sexuelle Kombinationen darstellten.

Aber das Studium seiner Sammlung lieferte ihr keinen Schlüssel für seine sexuellen Probleme oder seine erotische Geschmacksrichtung. Die Kollektion war so allumfassend, daß sie in sämtliche Richtungen und daher in gar keine wies. Der gemeinsame Nenner bestand in der künstlerischen Qualität. Es gab kein Buch, kein Bild, keine Statuette, die vom künstlerischen, bibliographischen oder historischen Standpunkt aus uninteressant gewesen wäre. Daß Raul zweifellos ein Kenner war, freute Merry, brachte ihr jedoch keine Antwort auf die Frage, wie sie vorgehen sollte.

Sie dachte mehrere Tage — und Nächte — darüber nach und tat dann das Einfachste, das Eindeutigste. Jedenfalls ließ das, was sie tat, keinen Zweifel über ihre Absichten zu.

Sie hatten von Anfang an getrennte Schlafzimmer gehabt. Eines Abends, als sie von einem Dinner bei Kayayan nach Hause kamen, ging Merry in ihr Zimmer, zog ein durchsichtiges Negligé an, das sie am selben Tag gekauft hatte, und begab sich in Rauls Schlafzimmer und trat an sein Bett.

„Ist irgend etwas nicht in Ordnung, meine Liebe?" fragte er.

„Nein, nein. Alles ist in bester Ordnung."

„Ah, dann kommst du, um zu plaudern. Das ist reizend."

„Um zu plaudern? Nein, eigentlich nicht. Ich wollte bei dir sein", sagte sie. Er machte es ihr so schwer als möglich, aber sie nahm es ihm nicht übel. Wie schwierig mochte es erst für ihn sein. Sie war jedenfalls entschlossen, seine Schwierigkeiten mit ihm zu teilen, einen Teil der Last auf ihre Schultern zu nehmen.

„Du wolltest bei mir sein? Gut, hier bin ich."

Merry fühlte sich durch diese Bemerkung ermutigt, denn sie ließ sich immerhin irgendwie auslegen, ließ einen wenn auch gewagten Schluß auf seine Neigungen zu. Merry fragte sich, ob er vielleicht passiv zu sein wünschte. Wollte er die Rollen tauschen? Wollte er die weibliche Rolle spielen und ihr die männliche überlassen? Wenn das alles sein sollte, dann wären ihre langen Überlegungen, ihre Besorgnisse lächerlich gewesen. Das war ja praktisch normal.

„Kann ich also zu dir kommen?" fragte sie.

„Aber natürlich", sagte er und legte das Buch weg, das er in der Hand hielt. „Setz dich hierher."

„Ich dachte, ich könnte mich zu dir legen."

„Oh", sagte er. Es klang nicht fragend, aber auch nicht wie eine Antwort. Aus dem Ton seiner Stimme war weder eine Aufforderung noch eine Ablehnung herauszuhören.

„Ist es . . . ist es dir recht?"

„Gewiß", sagte er. „Es ist mir recht."

Aber meinte er es auch wirklich? Oder war er bloß höflich, wollte er sie nicht verletzen? Sie beruhigte sich mit dem Gedanken, daß er sich immerhin Mühe gab, liebenswürdig zu sein, sie, aus welchen Gründen immer, aufzunehmen. Es wäre ihr lieber gewesen, wenn das nicht bloß aus Taktgefühl geschähe, aber schon die bloße Tatsache, daß er fähig war, so zu reagieren, empfand sie als etwas Gesundes und Normales und war dankbar dafür.

Sie schlüpfte neben ihn unter die Decke.

„Ah, so ist es besser, nicht wahr? Ich liebe dich so sehr, und ich habe es so gern, ganz nahe bei dir zu sein. Hast du es auch gern?"

„Ja", sagte er, „ich habe es auch gern."

Er zündete sich eine Zigarette an. Wie ein Wissenschaftler über den Wert einer neuen Entdeckung nachdenkt, so dachte Merry über die Bedeutung dieser Geste nach. Sie schien ihre Hypothese zu bestätigen, daß er passiv sein wollte oder mußte. Doch obwohl sie mit dieser Wahrscheinlichkeit gerechnet hatte und auch bereit war, ihr Verhalten danach zu richten, widerstrebte es ihr, zu rasch und zu direkt vorzugehen. Sie wollte sich — und ihm — eine Rückzugsmöglichkeit offenhalten. Sie streckte zwei Finger aus, um anzudeuten, daß sie einen Zug aus der Zigarette wolle.

Er reichte ihr die Zigarette, sie tat einen Zug und gab sie ihm zurück.

Und diese Bewegung des Zurückreichens brachte sie auf eine Idee. Sie zog ihren ausgestreckten Arm nicht an sich, sondern ließ ihn leicht und wie zufällig auf seinen Körper fallen. Er fuhr fort zu rauchen, als bemerke er ihre Geste nicht. Sie konnte ein nervöses Zittern nicht unterdrücken und hoffte, daß er es nicht bemerkt habe. Oder war es gerade das? Mußte er Nervosität und zitternde Angst erwecken, um in Erregung zu geraten?

Aber auch das schien es nicht zu sein. Ein zweites Mal lief ein Zittern durch ihren Körper, und diesmal versuchte sie es nicht zu unterdrücken. Doch es rief keinerlei Reaktion bei ihm hervor. Sie fühlte sich erleichtert, denn obwohl der Gedanke, daß ihm das Zufügen von Schmerz Genuß bereite, sie nicht entsetzte, war sie auch nicht begeistert davon. Sie begann ihre Hand zu bewegen, strich über seinen Bauch und seine Schenkel und versuchte so zu tun, als geschehe das unabsichtlich, als denke sie sich nichts dabei. Es war sehr wichtig, so zu tun, als wäre alles ganz ungezwungen und spontan.

Sie berührte sein Glied, ließ ihre Hand auf seinen Schenkel zurückfallen, berührte wieder sein Glied. Er ergriff ihre Hand. Einen Augenblick fürchtete sie, er würde sagen, er wolle oder könne nicht ... Aber nein. Zu ihrer Überraschung und Erleichterung hielt er ihre Hand eine Sekunde fest und sagte: „Ich liebe dich."

„Und ich liebe dich. Oh, so sehr", sagte sie und küßte ihn.

Nach einer langen Zeit berührte er ihre Brüste und streichelte ihren Nacken. Dann sagte er: „O Merry, o meine liebe Merry. Meine arme, liebe Merry", drückte sie an sich, küßte sie und drang in sie ein.

Vielleicht weil sie so besorgt gewesen war, so im dunkeln getappt hatte, oder vielleicht weil sie das erste Mal zusammen waren — jedenfalls war es nicht das strahlende Glück, das sie erhofft hatte, für ihn und für sich selbst erhofft hatte. Es war eher mechanisch und ging zu rasch. Nachher zog er sich sofort zurück, nicht nur aus ihrem Körper, sondern sozusagen auch aus ihrer Gesellschaft. Er rollte sich auf seine Seite des Bettes, zündete eine Zigarette an und dachte offenbar nach. Aber er sagte ihr nicht, worüber er nachdachte, berührte sie nicht, nahm von ihrer Anwesenheit überhaupt keine Notiz.

„Worüber denkst du nach?" fragte sie.

„Über nichts."

Sie glaubte ihm nicht. Aber was hätte sie tun sollen? Keinesfalls wollte sie mit weiteren Fragen in ihn dringen, sie wollte auch nicht plaudern, Konversation machen, sich ihm aufdrängen. Eigentlich war es komisch. Sie fand es in Ordnung, daß sie zu ihm gekommen war, ihm ihren Körper aufgedrängt hatte, aber es widerstrebte ihr, ihm ein Gespräch aufzudrängen. Wie lächerlich waren diese feinen Unterschiede, die man machte!

Lange Zeit blieb sie schweigend liegen. Endlich, nachdem sie sich zu fragen begonnen hatte, wie sie sich am besten von ihm zurückziehen könnte und ob sie warten müßte, bis er eingeschlafen war, um sich dann aus dem Zimmer zu schleichen, beschloß sie, noch ein letztes Mal mit ihm darüber zu sprechen.

„Ich liebe dich, Raul."

„Ich liebe dich auch, Merry."

„Fein."

„Aber . . ."

„Aber?"

„Aber du mußt mich verstehen. Du mußt es wissen, mußt es nach den gemeinsamen Wochen bereits bemerkt haben und eben jetzt . . . Ich bin nicht . . . Ich kann nicht . . . Ich bin nicht fähig, so zu sein wie die meisten Liebhaber."

„Vielleicht braucht es Zeit. Wir müssen uns aneinander gewöhnen."

„Nein, das ist es nicht. Wäre es so einfach, wie schön könnte das Leben sein. Wie gerne möchte ich dir recht geben. Aber ich kann es nicht. Aus Anständigkeit dir gegenüber kann ich es nicht."

„Gib uns eine Chance. Gib dir selbst eine Chance."

„Meine Frauen gebrauchten genau dieselben Worte, glaub mir", erwiderte er trocken. „Ich war mit zwei der schönsten Frauen der Welt verheiratet. Clothilde und Monique. Und jetzt habe ich dich. Es wäre unvernünftig von mir, dir oder mir selbst vorzumachen, ich hätte mir keine Chance gegeben. Ich gab mir mehr Chancen, als die meisten Männer im Leben jemals haben — oder zehn Männer in zehn Leben."

„Gibt es nichts, was du dagegen tun könntest? Warst du bei einem Arzt oder bei einem Psychiater?"

„Nein", sagte er eher scharf. „Ich will nicht."

„Du glaubst nicht daran?"

„Nein, im Gegenteil, ich glaube daran. Aber ich bin nicht überzeugt, daß die Normalität so wünschenswert ist, daß man auf alles andere verzichtet. Angenommen, ich könnte *geheilt* werden — und das ist keineswegs sicher —, was dann? Ich würde meinen besonderen Blickwinkel verlieren, jene scharfe Sicht, die zu mir gehört. Es wäre kein guter Tausch."

„Sprichst du von deinen schöpferischen Visionen?"

„Natürlich, aber nicht nur das. Mein Leben beschränkt sich nicht auf die Filme, die ich gemacht habe oder noch machen werde. Weißt du, bis zu einem gewissen Grad genieße ich es, so zu sein, wie ich bin. Es hat seine unangenehmen Augenblicke, wie eben jetzt. Aber auch für normale Menschen gibt es sicherlich unangenehme Augenblicke. So wie ich geartet bin, besitzt mein Leben eine Intensität, die ich keinesfalls missen möchte. Man behauptet, Tuberkulosepatienten hätten diese Art von Intensität. Oder vielleicht ist sie auch anders. Jedenfalls erlaubt sie mir ein müheloses Atmen und ist nicht mit einer tödlichen Krankheit verbunden."

„Aber worin besteht sie eigentlich, deine Art? Deine *Krankheit?*"

„Es gibt keine Bezeichnung dafür, keinen passenden Namen. Ich glaube, in Ermangelung eines geeigneten Begriffs kann man einfach von sexueller Schwäche sprechen."

„Und diese Schwäche gibt dir Intensität?"

„O ja. Vergiß nicht, wenn ich auch schwach bin, so bin ich doch nicht tot. Wie du eben gesehen hast. Ich schätze dich, ich kann dich begehren und deine körperlichen Reize bewundern. Aber ich bin nicht imstande, deine sexuellen Wünsche zu erfüllen."

„Woher weißt du das? Woher kennst du meine Wünsche?"

„Du kamst heute abend zu mir. Erinnerst du dich?"

„Ich erinnere mich."

„Nun, ich kann es einfach nicht. Ich kann dir nicht das reiche sexuelle Leben bieten, auf das du Anspruch hast und das deine Schönheit so sehr verdient. Aber ich bin kein grausamer, kein unfairer oder ungerechter Mann. Daher erwarte ich, daß du andere Partner finden wirst. Ich werde es sogar von dir verlangen. Aber nicht, ohne meinerseits etwas dabei zu empfinden. Ich werde nicht leiden. Leiden ist nur eine romantische Illusion. Aber es wird ein Schatten von Bedauern da sein und gleichzeitig ein Teilhaben an deiner Lust; denn ich liebe dich wirklich und kann dich so weit begehren, daß ich zu diesen Gefühlen fähig bin, wenn ich deine Abenteuer sehe."

„Du willst ... Du willst, daß ich mit andern Männern ...?"

„Ich will es und ich will es nicht. Aber du wirst wollen. Und du hast meine Einwilligung. Mit dem Verstand und teilweise auch mit dem Gefühl. Teilweise."

„Aber ..."

„Bitte, denke darüber nach", sagte er, umschlang ihren Hals, sah ihr in die Augen und wiederholte: „Bitte! Antworte mir nicht heute. Und auch nicht morgen. Aber denke darüber nach. Du bist frei. Frei, zu gehen oder zu bleiben. Frei, *treu* zu bleiben oder *untreu* — und frei von jeder Verantwortung, die nur ich trage, meine Psyche und meine Drüsen. Denk darüber nach und entscheide dich. Und vergiß nicht, bitte, glaub daran, daß ich dich auf meine armselige Art, die einzige Art, zu der ich imstande bin, wirklich liebe."

„Ich werde nachdenken", versprach sie.

„Ja, geh und überlege. Geh."

Es war der schärfste Befehl, den er ihr seit jener Nacht im „Excelsior" gegeben hatte, als er sie in ihr Zimmer begleitete. Sie küßte ihn auf die Lippen und ging in ihr Zimmer zurück.

Die Leintücher schienen kalt, als sie sich ins Bett legte. Es war ein nasser Herbsttag gewesen, und ganz Paris war von der Feuchtigkeit durchdrungen. Aber sie dachte nicht an das Wetter und auch nicht an die Tatsache, daß sie soeben ein warmes Bett verlassen hatte, um in dieses kalte zu kommen. Sie war sicher, daß die Kälte aus ihr selbst kam, daß sie diese Kälte überall empfunden hatte.

Rauls Bekenntnis und sein Vorschlag waren irgendwie erschreckend. Einiges war nicht so arg; seine Eigenheit war nicht annähernd so schlimm, wie sie gefürchtet — und sich nicht einmal vorzustellen gewagt hatte. Und sein Vorschlag, wie sie leben sollten, wie sie leben sollte, war durchaus vernünftig und fair. Aber gerade das machte es so erschreckend. Auf sich selbst angewiesen, ohne Richtlinien, ohne jene Beschränkungen, die sich die Menschen auferlegen, hatte sie keine Ahnung, was sie tun würde, wie sie sich verhalten sollte, was sie über sich selbst erfahren würde. Sie glaubte zu verstehen, was er über den Blickwinkel und die scharfe Sicht gesagt hatte, die ihm seine Lebensweise verlieh. Aber sie war nicht sicher, ob sie überhaupt so klar sehen wollte oder so viel. Es machte sie unendlich einsam.

Und dann dachte sie an seine Hand auf ihrem Hals und wie er sie gebeten hatte: „Bitte, denk darüber nach. Bitte."

Sie würde es tun. Sie gelobte sich, es gleich morgen zu tun. Dann würde sie sich entscheiden. Wenn sie sich nicht schon entschieden hatte.

Sie fragte sich, ob er ihre Entscheidung nicht bereits wußte.

Am nächsten Morgen erwachte sie, zog sich an und ging, um mit Raul zu frühstücken. Sein Anblick — er saß in einem braunen Morgenrock von „Hermes" in seinem gewohnten Stuhl — vertrieb jeden Zweifel. Er sah so verletzlich aus, so liebenswert — auch wenn er offensichtlich zu verbergen suchte, woran er gerade gedacht hatte. Oder nein, er sah aus wie gewöhnlich. Aber ihr, deren Augen durch das Wissen um seine bemitleidenswerte Unfähigkeit geöffnet worden waren, erschien er in einem neuen Licht. Sie ging zu ihm und beugte sich hinab, um ihn auf die Wange zu küssen. Dann setzte sie sich ihm gegenüber, neben das große Glasfenster, das den Blick auf die Seine freigab. Sie trank ihren Orangensaft.

Ohne besondere Betonung, als mache er eine Bemerkung über das Wetter, erzählte er ihr, daß René Blangis am Wochenende aus Somaliland zurückkehren werde.

„Ja?“

„Ja, dein Partner“, sagte er.

„O ja, natürlich.“

Sie hatte auf Blangis vergessen, falls Raul ihn überhaupt je erwähnt hatte.

„Was macht er in Somaliland?“ erkundigte sie sich.

„Wahrscheinlich eine Safari. Er macht das gerne zwischen den Filmen, um auszuspannen.“

„So“, kommentierte sie ohne besonderes Interesse.

„Das soll dich nicht abschrecken. Er ist nicht so dumm, wie man meinen könnte. Eigentlich recht klug. Er sieht merkwürdig aus, ist aber faszinierend zu photographieren. Bisher ist es niemandem gelungen, ihn sympathisch erscheinen zu lassen. Immer spielt er nur den Bösewicht und den schlechten Kerl. Aber trotz seines brutalen Aussehens besitzt er einen gewissen Charme. Ich freue mich, mit ihm zu arbeiten.“

„Dann freue ich mich auch darauf.“

„Gut“, sagte er und wechselte unvermittelt das Thema. „Letzte Woche sah ich bei Cartier eine hübsche Halskette. Wenn du nichts anderes vorhast, könnten wir sie uns heute nachmittag ansehen. Ich glaube, sie wird dir gefallen.“

„Das sollst du nicht tun, Raul.“

„Ich tue es aber gerne.“ Er sah sie einen Augenblick lang an, lächelte und beschäftigte sich wieder mit den Brotkrumen auf seinem Teller.

Zwei Wochen später trafen sich Carrera und Merry mit Blangis und Kayayan in einem der kleinen Zimmer im zweiten Stock des Restaurants Lapèrouse. Es war ein etwas merkwürdiger Abend, denn die drei Männer unterhielten sich die längste Zeit in einem sehr schnellen Französisch, dem Merry kaum folgen konnte. Sie besprachen hauptsächlich geschäftliche Dinge, an denen sie zwar beteiligt war, die sie aber nicht sonderlich interessierten und von denen sie auch nicht viel wußte. Ihr Vertrag war an Jaggers nach New York geschickt worden, und es hatten verschiedene transatlantische Telephongespräche stattgefunden, um alle Details festzulegen. Sie hatte vergessen, wieviel Geld sie bekommen sollte — es war alles in Francs fixiert worden —, aber sie erinnerte sich, daß sie eine fünfundzwanzigprozentige Beteiligung am Nettoverdienst hatte.

Jetzt sprachen sie über Blangis' Vertrag. Merry hatte Zeit, ihre ganze Aufmerksamkeit dem Lokal zuzuwenden und vor allem dem Essen, das Carrera bestellt hatte — Œufs en gelée, Gratiné de langoustines Georgette, Pommes soufflés und Crêpes Mona. Sie war schon einmal mit ihm bei Lapèrouse gewesen, doch damals hatte er ein ganz anderes Menü zusammengestellt. Alles war köstlich und auserlesen gewesen, und sie freute sich auf die Wunderwerke, die heute aus der Küche kommen würden. Die drei Männer unterhielten sich weiter, während Merry das gediegene Silber und Kristall betrachtete und bewundernd feststellte, wie geschickt das Restaurant in kleine Räume aufgegliedert war, so daß niemals der Eindruck von Gedrängtheit oder Überfüllung entstand. Sie überlegte gerade, wie raffiniert die erlesene Perfektion der Speisen durch die einfache Einrichtung unterstrichen wurde, als Blangis sich etwas in seinem Sessel drehte, über den Tisch nach einer Zigarette griff und gleichzeitig eine Hand auf ihre Hüfte legte.

Sie war im Begriff, ihr Weinglas niederzustellen, und es befand sich einige Zentimeter vom Tisch entfernt, als sie den Druck seiner Hand spürte. Wie erstarrt hielt sie das Glas in der Luft, unfähig, es niederzustellen oder sich zu rühren. Schnell blickte sie zu Carrera, doch er sah sie nicht an, und auch wenn er es getan hätte, gab es nichts, was er ihr hätte sagen können oder sagen wollen. Sie hob das Glas, nahm einen Schluck Wein und stellte es endlich auf den Tisch.

Blangis, der sehr schnell sprach — das Wort Prozent kam immer wieder vor —, begann seine Hand kreisförmig über ihre Hüfte gleiten zu lassen. Sie legte ihre Hand auf die seine, um der Bewegung Einhalt zu gebieten, aber damit hielt sie auch gleichzeitig seine Hand fest. Sie brauchte Zeit, um zu überlegen. Sie hatte sich entschlossen, ihre Wünsche den Wünschen Carreras anzupassen, und ungefähr eine Woche lang hatte sie sich ungeheuer tugendhaft gefühlt. Doch diese aufregende Annäherung eines äußerst anziehenden Mannes verwirrte sie und ließ sie unsicher werden. Der Kellner kam, um ihr Glas zu füllen, und das Geklirre der Eisstücke im Kübel schien ihr die passende Begleitmusik für ihre durcheinandergeratenen Gefühle. Sie war noch immer darauf eingestellt, Carrera die Treue zu halten. Aber was für eine Art von Treue? Dem Mann selbst oder dem, was er gesagt hatte? Als der Kellner kam und das Dessert brachte, war sie noch immer mit ihren Gedanken beschäftigt. Blangis zog seine Hand zurück.

„Ah, bon!" sagte er, und es galt seinen Crêpes.

Merry war ärgerlich, denn sie hatte sich zu keiner Entscheidung durchgerungen, und jetzt gab es nichts mehr zu entscheiden. Der Gedanke, zweite Geige zu einem Teller Crêpes Mona zu spielen, behagte ihr nicht.

Doch nach den Crêpes, während sie Kaffee tranken, zündete Blangis eine Zigarette an und ließ das Feuerzeug fallen. Er beugte sich hinunter, um es aufzuheben, schlug ihren Kleidersaum zurück, und während er mit einer Hand das Feuerzeug bediente und die Zigarette anzündete, die er im Mundwinkel hielt, schob er die andere Hand unter ihr Kleid und zwischen ihre Schenkel. Da sie vorhin nichts unternommen hatte, hatte sie irgendwie das Recht verwirkt, sich jetzt zu wehren.

Daß Blangis während des Essens kaum zehn Worte an sie gerichtet hatte, machte alles noch sonderbarer.

„Es tut mir schrecklich leid, mein Schatz", sagte Carrera auf englisch zu Merry, „wir haben dich unverzeihlich gelangweilt. Schluß, meine Herren, der geschäftliche Teil ist beendet, von nun an müssen wir englisch sprechen."

„Ausgezeichnet", sagte Kayayan, der Englisch mit einem starken Akzent, aber durchaus korrekt sprach.

„Zu anstrengend, es versuchen", sagte Blangis.

Carrera lachte und erklärte: „Er meint, er wird sich anstrengen, es zu versuchen."

„Ja, das habe ich gemeint. Aber anstrengen ist ein Verbum, nicht? Und das Adverb dazu heißt anstrengend?"

„Merry, bitte erkläre es ihm", sagte Carrera.

Also erklärte sie ihm die Tücken der Satzstellung, und während sie es tat, sah sie ihn anerkennend an. Er war groß und kräftig, hatte eine gebrochene Nase, ein breites Kinn und eine ungleichmäßig verlaufende Narbe auf seiner Stirn. Es sah häßlich und gleichzeitig attraktiv aus. Seine hellgrauen Augen erwiderten ihren Blick, während seine Hand noch immer zwischen ihren Schenkeln ruhte.

„Ich werde mich sehr anstrengen", wiederholte er ihre Belehrung und drückte sanft ihren rechten Schenkel. Er besaß — das mußte sie zugeben — eine erstaunliche Unverfrorenheit.

Carrera lud die beiden Männer nach Hause zu einem Brandy ein. Kayayan lehnte ab, aber Blangis folgte der Aufforderung. Merry war nicht erstaunt. Auf dem Rückweg in der Limousine entschied sie, daß sie weit genug gegangen war. Vielleicht war es während des Dinners noch entschuldbar, aber jedenfalls war Carrera der Mann, den sie liebte, und sie war bereit, jedes Opfer zu bringen, das diese Liebe erforderte. Merry saß zwischen Carrera und Blangis, und nachdem sie ihren Entschluß gefaßt hatte, nahm sie Carreras Hand und drückte sie. Er erwiderte die Zärtlichkeit.

Ihr Entschluß machte sie heiter und unbeschwert. Sie fühlte sich entspannt und zufrieden. Nachdem sie Kayayan zu seiner Wohnung gebracht hatten, fuhren sie zu ihrem Appartement. Carrera bot dem Gast einen Kognak an, doch Blangis meinte, er hätte lieber einen Whisky.

„Ich auch", schloß sich Merry an.

„Dann werde ich ebenfalls Whisky trinken", sagte Carrera und brachte drei Scotch mit Soda.

Sie unterhielten sich angeregt und hörten Blangis zu, der in seinem lächerlichen Englisch von der Safari berichtete, als das Telephon läutete. Carrera nahm den Hörer ab, sagte „Oui. Oui. Non. Oui" und erklärte, während er die Muschel mit der Hand abdeckte: „Ich werde das Gespräch im andern Zimmer führen. Entschuldigt mich, es kann eine Weile dauern. Würdest du bitte hier auflegen?"

Er ging in sein Arbeitszimmer, nahm dort den Hörer auf und rief Merry zu, den anderen Hörer aufzulegen. Sie hörte, wie sich die Tür seines Zimmers schloß.

Blangis ging zur Bar, nahm sich noch einen Drink und hielt die Flasche fragend hoch.

„Ja bitte", sagte sie.

Er schenkte ihr einen großzügigen Schluck ein und setzte sich zu ihr auf das Sofa. Einen Augenblick lang machte es sie nervös, doch dann entspannte sie sich. Es war lächerlich, sich so unsicher zu fühlen. Dieses Wird-er-oder-wird-er-nicht-Spiel war bestenfalls für Teenager geeignet. Sie gehörte zu Carrera, und Blangis wußte es.

„Ich fürchte, wenn wir filmen, werden alle mehr über mein Französisch lachen, als heute abend über Ihr Englisch gelacht wurde", begann sie.

Er murmelte etwas vor sich hin und meinte: „Man kann ja synchronisieren. Außerdem gibt es in Rauls Filmen wenig Dialoge."

Er machte einen tiefen Schluck aus seinem Glas, stellte es auf den Tisch, nahm ihr das Glas aus der Hand und stellte es daneben. Sich ihr zuwendend, zog er sie an sich. Bevor sie ein Wort sagen konnte, spürte sie seine Lippen auf ihrem Mund. Einen Augenblick war sie unfähig, sich zu rühren, doch dann stieß sie ihn fort.

„Was machen Sie? Raul ist im Nebenzimmer. Er wird sofort zurückkommen."

„Nein, das wird er nicht. Haben Sie nicht gehört, er wird lange telephonieren?"

„Wie können Sie so sicher sein? Und außerdem ist das alles ganz unmöglich."

„*Au contraire*, es ist *absolument* möglich. Du bist eine schöne Frau, und ich will dich sehr."

Ohne Zögern, ohne Hast, aber mit einer großartigen Sicherheit zog er sie an sich.

„Nein", wehrte sie sich, „nicht hier."

Er küßte sie.

Es wurde ihr klar, daß es bereits eine Einwilligung bedeutete, ihren Protest nur auf den Ort und die Zeit zu beschränken, aber entweder hatte er ihren Protest gar nicht gehört, oder er ignorierte ihn. Eine Hand umfaßte ihre Brust. Ihr Mund öffnete sich unter dem dringlichen Fordern seiner Zunge. Die Gespanntheit seines Körpers erregte sie noch mehr als seine Hände und sein Mund. Sie fühlte, wie ihr Körper antwortete, wie er seit Tony nicht mehr geantwortet hatte. Sie legte ihre Hand auf seinen Hals.

Er nahm ihre Hand und führte sie zwischen seine Schenkel, während er sie auf das Kissen niederzog. Als sie sich jetzt gegen ihn preßte, war es nur noch aus Leidenschaft. Jeder Widerstandswille war geschwunden. Nur dieser Augenblick zählte, nichts sonst.

Er zog sie wieder hoch, und für den Bruchteil einer Sekunde dachte sie, er würde sie loslassen. Doch nein, seine geschickten Hände öffneten nur den Zippverschluß ihres Kleides. Sie beugte sich vor, damit er den Büstenhalter lösen konnte. Während er damit beschäftigt war, öffnete sie sein Hemd und umschlang seinen nackten Körper.

Er versuchte, ihr das Kleid über die Schultern zu streifen, doch sie wehrte ab: „Nein, nein, Raul ..."

René küßte ihren Hals und nahm ihre Brustspitze zwischen seine Finger. Der lustvolle Schmerz durchdrang ihren ganzen Körper.

Er machte seine Hose auf, und sie liebkoste ihn. In diesem Augenblick hörte sie ein Klicken und erstarrte.

„Was war das?"

Zuerst dachte sie, es wäre die Tür. Sie versuchte ihr Kleid herunterzuziehen, und während sie es tat, sah sie auf und sah Raul. Sie hatte ihn nicht ins Zimmer zurückkommen gehört, weil er keine Schuhe anhatte. Er war vollkommen nackt, bis auf die 35-mm-Kamera mit dem langen Objektiv, die um seinen Hals hing. Er rauchte eine dünne, schwarze Zigarre und beobachtete sie durch den Sucher.

René streifte ihr das Kleid ab. Sie bemerkte kaum, was er tat. Entsetzt starrte sie auf Carrera, der nur an seiner Zigarre zog. Jetzt endlich verstand sie das Gräßliche; alles, was Grindell ihr in der Bar des „Excelsior" zu sagen versucht hatte. Alles war klar. Carrera hatte Spaß daran. Seine Erregung war deutlich sichtbar, viel stärker als in jener Nacht, da sie einander geliebt hatten.

Einen Augenblick lang dachte sie an Flucht. Sie konnte aus dem Appartement fliehen, aus Paris, aus Frankreich, und zurück zu ... Aber wohin zurück? Sie hatte keinen Ort, wohin sie fliehen konnte.

Sie löste den Griff, mit dem sie Blangis' Handgelenk umfaßt hatte, und erlaubte ihm, sie weiter zu entkleiden. Er liebte sie — erfahren und sogar mit einer gewissen Grazie. Ihr Körper antwortete trotz ihres Entsetzens — trotz des Klickens der Kamera.

Als es vorbei war, ging sie aus dem Zimmer und zwang sich, nicht zu laufen, nicht aus dem Wohnzimmer in ihr Schlafzimmer zu stürzen. Sie ging ins Badezimmer, drehte das Wasser so heiß wie möglich auf und legte sich in die Badewanne. Sie nahm ihren Badeschwamm, hielt ihn in der Hand und war unfähig, sich zu bewegen, unfähig, irgend etwas zu tun. Das Wasser kühlte allmählich ab. Tiède, dachte sie zerstreut, war das französische Wort dafür. Lauwarm. Sie fühlte Mitleid und Verachtung, doch ob es ihr selbst galt oder Carrera, wußte sie nicht genau. Sie erinnerte sich, was er einmal gesagt hatte; daß Regisseure Voyeurs seien und Schauspieler Exhibitionisten. Aber die Vorstellung, die man heute abend von ihr verlangt hatte, hatte ihr keine Freude gemacht.

Wirr und ungeordnet gingen ihr die Gedanken durch den Kopf, wie die kleinen Strudel, die das Wasser machte, wenn sie ihre Knie bewegte. Plötzlich kam ihr ein Gedanke, der klar genug war, sie zu einer Handlung zu zwingen. Sie würde ihnen nicht erlauben, sie für geschlagen zu halten. Noch immer etwas betäubt, aber entschlossen stieg sie aus der Wanne, trocknete sich ab, zog einen Schlafrock an und kehrte in das Wohnzimmer zurück. René lag auf dem Sofa und rauchte eine Zigarette. Raul hatte seinen Dressing gown umgehängt und trank ein Glas Whisky. Als sie hereinkam, hielten sie in ihrem Gespräch inne und beobachteten sie, wie sie zu der Hausbar ging, sich einen doppelten Whisky eingoß und damit in ihr Schlafzimmer zurückkehrte. Vor der Tür ihres Zimmers blieb sie stehen, drehte sich um und sagte höflich: „Gute Nacht."

Vier Tage später wurden Carrera und Merry im Rathaus einer kleinen Stadt in der Bretagne, in deren Nähe Rauls Landhaus lag, getraut.

Während der Dreharbeiten war Carrera zuvorkommend, zärtlich und liebevoll. Es machte die Dinge gleichzeitig schwerer und leichter für sie. Bis zu einem gewissen Grad erinnerte Raul in seinem Verhalten während der Aufnahmen — er war immer betont höflich und ruhig — an Kleinsinger, doch war er persönlich engagierter, vielleicht, weil er während der Aufnahmen immer wieder improvisierte. Das Filmthema war eine Version des Romans „The Apsern Papers": Der Gelehrte kommt nach Paris, lernt die Enkelin der Geliebten des großen Dichters kennen und verführt sie, um die Briefe und Tagebücher des berühmten Mannes an sich zu bringen und für seine Arbeit zu verwenden. Während der ersten Filmhälfte hatte sich Merry zu René, dem Gelehrten, herablassend und verächtlich zu benehmen, doch nach ihrer Verführung mußte sie eine Art von passiver Bewunderung zeigen, bis sie letztlich verlassen und vernichtet wurde. Der Rhythmus des Films und der Rhythmus ihres Lebens zeigten eine gewisse Parallelität. Die Passivität glaubhaft zu machen fiel ihr leicht; sie brauchte nichts anderes zu tun, als das, was sie in jedem Augenblick spürte, auf die Leinwand zu projizieren.

Viermal während der achtwöchigen Dreharbeiten erreichte die Anspannung in Carrera ein Ausmaß, das eine Ablenkung erforderte. Oder vielleicht war es auch seine Art, sich zu erholen, seine Augen und seinen Geist aufzufrischen. Er fand Partner für Merry und machte Aufnahmen von ihr und den Männern, die er nach Hause brachte. Gelegentlich verlangte er eine bestimmte Stellung oder eine Änderung des Winkels, um die Komposition zu verbessern — genau wie er es während der Dreharbeiten zu tun pflegte.

Merry war in die Filmarbeit und in Carreras biologischen Rhythmus eingespannt, denn während der Dreharbeiten war sie vollkommen sein Geschöpf. Ob es die physische Entspannung war, die man ihr bot, obwohl sie sie nicht gesucht hatte, oder die Erniedrigung, die mit dieser Hingabe an fremde Männer verbunden war — jedenfalls fiel es ihr nach diesen Episoden leichter, die merkwürdige Passivität darzustellen, die der Film von ihr verlangte. Bei der fünften Begegnung begann sie sogar ein perverses Vergnügen daran zu finden. Fast konnte sie sich durch das Auge der Kamera sehen. Sie hatte sich niemals über die Ästhetik des Geschlechtsaktes Gedanken gemacht, doch jetzt fragte sie sich bei jeder Bewegung im Bett oder auf dem Boden, wie es aussah, wie sie zusammen aussahen. War es anziehend, besaß es jene tierhafte Anmut, jene ballettartige Grazie, die es haben sollte? Sie wußte, daß Carrera in der Erotik hohe Ansprüche stellte, und sie wollte ihm gefallen.

Es war eine seltsame Art der Liebe, aber schließlich hatte sie in ihrem Leben sehr wenig Liebe kennengelernt, und wenn das alles war, was man ihr bot, würde sie sich damit abfinden müssen. Nach Beendigung der Dreharbeiten gab es eine Feier im „Maxim“, nach der Carrera sie allein nach Hause brachte.

Getragen von einer Welle freudiger Erregung folgte er ihr ins Schlafzimmer, half ihr, die Kleider abzulegen, und liebte sie. Es war sehr sanft und fast kindlich, aber merkwürdig befriedigend, und sie fragte sich, warum er zu einer Kamera Zuflucht nehmen mußte, wenn er dazu imstande war. Sie verspürte Wärme und fast so etwas wie Hoffnung, daß ihr Verhältnis sich bessern könnte, sich normalisieren würde, sich zu einer Beziehung zwischen zwei Menschen entwickeln könnte, die einander lieben und mit dem Körper des anderen zufrieden sind und mit ihrem eigenen ...

Carrera war täglich im Schneideraum beschäftigt. Merry streifte durch Paris, las viel und schlief viel. Sie stellte fest, daß sie mehr als gewöhnlich schlief und trotzdem immer müde war. Eines Abends erwähnte sie es zu Raul, und er schlug vor, sie solle einen Arzt aufsuchen. Sie war niemals gerne zum Arzt gegangen, und so telephonierte Raul selbst und sagte sie für den nächsten Tag bei Doktor Dreyfuss an.

„Raul", sagte sie, als sie am nächsten Abend nach dem Dinner aufstanden.

Höflich und fragend sah er von einem Buch mit Standphotos auf, das er gerade durchblätterte.

„Der Test war positiv."

„*Qu'est-ce-que veut dire* Test?" fragte er.

„Ich bin schwanger."

Er legte die Photographien weg und wandte sich ihr zu.

„Das ist kein Grund, sich Sorgen zu machen." Er stand auf, ging zu ihr und legte seine Hand beschwichtigend auf ihre Schulter. „Das können wir in Ordnung bringen. Es ist ganz einfach. Ich habe einen Freund in der Schweiz."

„Willst du, daß ich es tue?"

„Ich möchte, daß du das tust, was du willst. Ich möchte immer, daß du das tust, was du willst."

„Was würdest du sagen, wenn ich das Kind behalten wollte?"

„Aber ... aber warum?" fragte er.

„Ich weiß nicht. Vielleicht möchte ich es haben. Vielleicht möchte ich mein Kind behalten?"

„Unser Kind", sagte er.

Sie lachte. Es war ein kurzes, bitteres Auflachen. Wer konnte wissen, welcher ihrer Partner der Vater war.

„Eigentlich", meinte er, auf und ab gehend und sich die Sache überlegend, „ist es gar keine schlechte Idee. Es ist verlockend, weißt du. Ich habe mich manchmal gefragt, wie es wäre, eine Tochter aufzuziehen ...“

„Eine Tochter? Warum glaubst du, daß es eine Tochter sein wird?“

„Ein Sohn würde mich nicht interessieren“, antwortete er kühl, „aber eine Tochter aufziehen ... Das wäre“, sagte er mit wachsendem Enthusiasmus, „das wäre interessant.“

Er schwieg, überlegte einen Augenblick und sagte: „Ja, unbedingt. Wir wollen ein Kind haben.“

Er kam zu ihr und küßte sie auf die Stirn. „Eine Tochter“, wiederholte er und lächelte.

Während des Gesprächs fühlte Merry einen immer stärker werdenden Abscheu in ihr aufsteigen. Was ihr geschehen war, konnte sie aushalten, konnte sie ertragen. Sie konnte alles ertragen. Aber ihr Kind! Welchen bizarren Zeitvertreib würde es für Carrera bedeuten, eine Tochter aufzuziehen? Sie — wenn es eine „sie“ sein würde — verdiente einen frischen Start, einen besseren, als Merry ihn gehabt hatte.

Sie blieb noch zehn Tage bei Raul, bis der Rohschnitt fertig war. Gemeinsam mit ihm sah sie sich den Film im Vorführraum des Studios an und teilte seine Freude an dem gelungenen Werk. Während der letzten zehn Tage hatte sie wenig mit ihm gesprochen. Er war in einer zarten, beschützenden Art besonders besorgt um sie gewesen, und der Gedanke, ein Kind zu haben und der Vater einer kleinen Tochter zu sein, schien ihm wirklich Freude zu bereiten. Fast war es, als interessiere ihn Merry nur noch als Mutter eines neuen Geschöpfes.

Am Tage nach der Vorführung rief sie im Reisebüro an und buchte einen Flug von Paris nach New York mit Anschluß nach Chicago und Butte, Montana.

Sie rief Sam Jaggers nicht an, sie rief überhaupt niemanden an. Daß sie den Entschluß allein gefaßt hatte, erfüllte sie mit einem gewissen Stolz. Seit sie dem Haushalt der Novotnys entkommen war, um ihren Vater in New York zu treffen, hatte sie nie mehr ein ähnliches Gefühl des Abenteuers und der Erwartung empfunden. Sie wußte, daß es gelingen würde, daß sie würde fliehen können, wie sie es damals, vor so vielen Jahren, gewußt hatte.

Am Tag vor dem Abflug verbrachten sie einen ganz gewöhnlichen Abend. Sie aßen in einem kleinen Restaurant am linken Seineufer und kehrten dann in die Wohnung zurück. Sie sagte, sie sei müde, und ging bald zu Bett. Am nächsten Morgen schlief sie lange. Aus Rücksicht auf ihren Zustand weckte er sie jetzt nicht mehr in der Früh, und als sie aufwachte, war er bereits gegangen.

Sie ging in sein Zimmer. Er war das erste Mal seit jener Nacht, als sie zu ihm gekommen war, um ihn zu verführen. Sie setzte sich an seinen Schreibtisch, um ihm ein paar Zeilen zu schreiben. Eine Weile dachte sie nach, doch es fiel ihr nichts ein. So schrieb sie nur: „Es tut mir leid. Ich gehe. Merry."

Sie öffnete eine Lade, um ein Kuvert zu suchen. Die Dienerschaft sollte ihre Nachricht nicht lesen. In der Lade fand sie ein dickes, ledergebundenes Album. Sie versuchte es zu öffnen, aber es war mit einem Kombinationsschloß versperrt. Sie hielt es an ihr Ohr und hörte auf das Klicken, aber — anders als in den Filmen, wo sich alles spielend öffnen ließ — es gelang ihr nicht. Schließlich erbrach sie das Schloß mit einem Brieföffner.

Die ersten Bilder sagten ihr nichts. Wie sie erwartet hatte, waren es Photographien von Paaren in den verschiedensten Stellungen des Liebesaktes. Die Frau war immer dieselbe, die Männer wechselten. Im zweiten Drittel des Buches begann die Serie von Clothilde, seiner ersten Frau. Sie blätterte weiter und fand Monique. Dann kamen andere, Frauen, die sie nicht kannte. Von jeder einige Bilder. Und ... sie hielt an, blätterte zurück, sah wieder hin und lachte. Es war Noni, ihre Stiefmutter, auf einem Bild, das in seiner Groteskheit fast lächerlich war. Sicherlich hatte Raul es behalten, weil es so erheiternd war. Es zeigte Noni mit drei Männern. Ihr Gesicht war stumpf und dumm vor Lust, aber sonst sah sie aus wie immer. Es war wirklich komisch.

Sie war nicht erstaunt, gegen Ende des Buches Bilder von sich selbst zu finden. Völlig unbeteiligt betrachtete sie die Aufnahmen, bewunderte die Komposition der einen, bedauerte die Unvorteilhaftigkeit der andern. Die Intimitäten, welche die Photographien zeigten, waren leblos, mechanisch, tot. Sie starrte sie an und versuchte die Gleichgültigkeit, die sie empfand, zu durchbrechen. Aber sie empfand nur Traurigkeit — nicht nur für sich und Raul, sondern auch für die Bilder; das bißchen Leben, das einmal in ihnen gewesen war, war gestorben. Darum mußte Raul immer neue Aufnahmen machen, immer wieder den Augenblick festzuhalten suchen, der sich sogar der Kamera und dem Film entzog, jenen Augenblick, der sich nicht festhalten läßt, der jedem entwischt — immer.

Jetzt konnte sie gehen. Sie rannte nicht fort. Sie ging einfach weg. Sie klappte das Buch zu, legte es zurück und schloß die Lade. Sie wußte, daß sie mehr schloß als nur eine Lade.

EPILOG

„Preß“, sagte die Indianerin.

„Das tue ich“, stöhnte Merry ärgerlich.

„Fester.“

Merry biß in das Handtuch, das ihr die Indianerfrau für die schlimmen Momente gegeben hatte. Sie bäumte sich auf. Der Schmerz ließ nach, und sie fiel erschöpft zurück.

„Siehst du ihn? Sieh nochmals zum Fenster hinaus und sag mir, ob du ihn siehst.“

Die Indianerin ging zum Fenster, um nach dem schwarzen Ford von Doktor Gaines Ausschau zu halten. Es war der Enkel des alten Doktor Gaines, des Tierarztes, der vor vierundfünfzig Jahren Merrys Vater zur Welt bringen geholfen hatte.

Merry lag in dem großen Ahornbett von Mutter Houseman in dem Zimmer, das zwei Jahre lang leer gestanden hatte.

Ellen, Merrys Großmutter, saß in einer Ecke des Zimmers und häkelte.

„Es tut weh“, klagte Merry, „wenn die Wehen kommen, tut es sehr weh.“

„Wehr dich nur nicht dagegen“, sagte Ellen.

„Hechle wie ein kleiner Hund“, befahl die Indianerin.

„Vorläufig scheint es nur weh zu tun“, sagte Ellen, „später wirst du sehen, daß das gar nichts ist. Die wirklichen Schmerzen kommen später.“

Die Nachmittagssonne, die durch das Fenster hereinströmte, ließ die Häkelnadel aufblitzen. Ellen dachte an die Leben, die in diesem Bett entstanden und in diesem Bett zu Ende gegangen waren. Im Geist ging sie die Liste durch, dachte an jeden, erinnerte sich an jeden, an die Lebenden und die Toten; an Merry, die jetzt in ihren Wehen lag; an Meredith, der nicht einmal bei seiner Geburt dieses Bett haben durfte; weit weg war er nun, entfernter als die Erinnerung, er, der vor der Erinnerung an seinen Vater — ihren Mann Sam — geflohen war; an Sam und die Qualen, die er als Mutter Housemans Bastard ertragen hatte; an Mutter Houseman, die in diesem Bett gestorben war, die niemals ihre kurze Liebschaft oder ihr Kind bereut hatte; und schließlich an den alten Amos Houseman, den Ellen einmal als kleines Mädchen gesehen hatte.

Es schien alles so endlos. Und doch, hier war wieder ein neuer Anfang.

Ein Schrei entrang sich Merry, und sie warf den Kopf auf dem Kissen hin und her.

„Es kommt", sagte die Indianerin, „preß fester."

Merry machte ein letzte gewaltige Anstrengung. Die Indianerin drückte auf ihren Bauch, um zu helfen. Ein durchdringender Schrei.

Das Kind war geboren.

Die Indianerin nahm das winzige Etwas und hob es hoch. Sie durchtrennte die Nabelschnur und übergab Ellen das rötliche Neugeborene; diese hielt es an den Fersen und gab ihm einen Klaps, damit es schreie und Mund und Hals säubere. Nach sieben kurzen Schlägen gab das Kind einen dünnen, ärgerlichen Laut von sich. Ellen wickelte das Baby in einen Schal.

Merry seufzte.

Ellen legte das Kind neben das Gesicht der Mutter.

„Es ist ein Mädchen", sagte sie.

Merry sah ihre Tochter an und lächelte.

Es war ein neuer Anfang, hoffte sie.

CIP-Titelaufnahme der Deutschen Bibliothek

Sutton, Henry:
Die Exhibitionisten: Roman / Henry Sutton. [Ins Dt. übertr. von Ilse Winger]. – Frankfurt/M; Berlin: Ullstein, 1988
(Ex-Libris-Ausgabe)
Einheitssacht.: The exhibitionist <dt.>
ISBN 3-550-08551-6